A TREE GROWS
IN BROOKLYN

布鲁克林
有棵树

[美] 贝蒂·史密斯 著

冯瑞贞 译　　刘荣跃 审译

中国致公出版社

*

无论种子散落何处，都会长出一棵树，
向着天空，挣扎着生长。

...

Betty Smith

有人将这种树称作天堂树，向着天空，挣扎着生长

《布鲁克林有棵树》场景　艾米·莱昂斯（Amy Lyons）绘

　　艺术家艾米·莱昂斯完全按照《布鲁克林有棵树》书中的描写，绘出弗兰茜一家在威廉斯堡格兰德街的住所，并于 2017 年在布鲁克林图书馆展出。格兰德街的住所，是弗兰茜妈妈凯蒂通过做保洁员以工换租得到的。书中写道："新公寓由四个房间组成，房间一个紧挨着另一个，号称车厢屋。又高又窄的厨房正对着院子，院子里有一条石板路，周围是一块像水泥一样的酸土地，地里什么也长不出。然而，院子里却长着一棵树。弗兰茜第一次看到这棵树的时候，它才长到第二层楼高。她可以从窗户俯视它。整个树身就像一群体态各异的人，站在雨中，打着伞。……阳光明媚、微风习习的日子里，绳子上会挂满衣服，场面蔚为壮观。"

1945 年电影《布鲁克林有棵树》剧照

　　像布鲁克林贫民区其他孩子一样，弗兰茜与尼利平时搜集破烂衣服、废旧纸张、破铜烂铁和塑料橡胶等废旧物品，把它们锁在地下室的垃圾箱或者藏在床底下，攒到一定数量后就拿去卖给垃圾收购商。1945 年上映的电影《布鲁克林有棵树》这幅剧照，表现的是 11 岁的弗兰茜和弟弟尼利卖了垃圾回来，兴奋地分配所得的情形。他们贫穷，却依然生机勃勃；他们艰难，但从不放弃。

等我长大了，要有自己的家，家里要有书、书、书……

布鲁克林的威廉斯堡图书馆

　　布鲁克林的威廉斯堡图书馆，因为《布鲁克林有棵树》已成文学地标。书中写道，弗兰茜认为全世界的书都在那个图书馆里，她打算把全世界的书都读一遍。她按照字母顺序每天读一本书，再枯燥乏味的书也不敢漏掉。她记得第一本书的作者名叫阿博特（Abbott）。她坚持每日读一本书很长时间了，现在依然还在字母 B 区。她想，等我从 A 读到 Z，我就可以宣称读完全世界的书了。

孩子必须有一个秘密世界，那里住着世间不存在的东西

圣诞前夕的孩子们看着梅西百货商店的橱窗，纽约市

摄于 1914 年　美国国会图书馆藏

　　这张 1914 年的老照片，几乎和《布鲁克林有棵树》书中描述的弗兰茜的记忆一模一样。"商店的橱窗里摆满洋娃娃、雪橇和其他玩具，那种感觉真是棒极了……转过街角，看到另一家商店也装修一新，准备迎接圣诞节，弗兰茜多么激动啊！"弗兰茜没有钱，买不起玩具，可是她会动用想象力，根据玩具编故事。编出好故事给她带来的快乐，远远超过得到玩具的快乐。编故事，让她获得思考并超越现实的能力。

贫穷的生活绝不等于是污秽的生活

Brooklyn Bridge, New York City.

1914 年印制的纽约布鲁克林明信片

　　1914 年，弗兰茜 13 岁了。在大人的世界，欧洲爆发了第一次世界大战。而在年幼的弗兰茜的梦想世界中，她赢得了一生中最重要的收获。她写的《冬日时光》被选作七年级最佳作品，刊在校刊上。学校老师加恩德小姐赞赏她的写作才华，却反对她写熟悉的身边人和事。在她眼中，弗兰茜所写的布鲁克林贫民窟中的生活，丑陋而卑贱，是"上不了台面的污秽故事"。弗兰茜搞明白"污秽"之意后，愤怒了，冲着加德恩小姐大喊："不许用这个词来形容我们！"

亲爱的上帝，让我在我生命中的每分每秒都有所收获吧

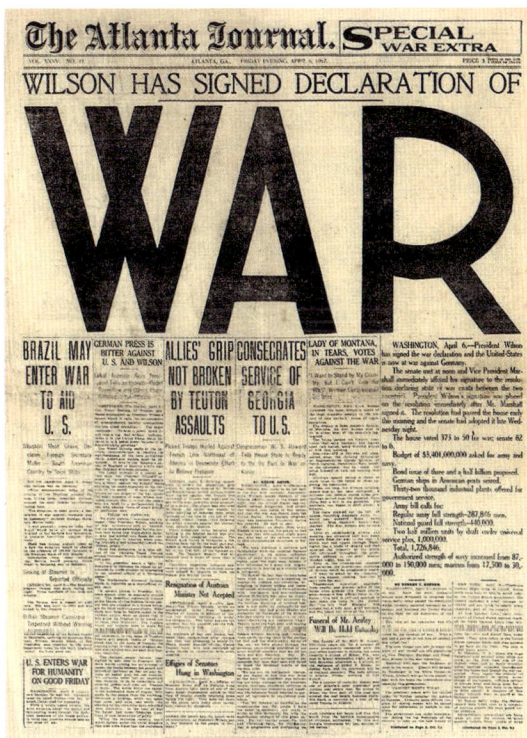

1917 年 4 月 6 日《亚特兰大报》刊发美国参战消息的号外

　　1917 年，15 岁的弗兰茜在模范剪报局做审稿员。4 月 6 日这一天，她看到一份号外，"标题只有一个单词 WAR（战争），有六英寸高"，宣布美国参战。面对这改变世界的大消息，弗兰茜以一番不同寻常的行为为自己举行了成人礼。她用手指按在油墨未干的"WAR（战争）"上，沾上油墨，再在一张白纸上按下指纹。她拿出口红，在指纹上画了一条红线。这几乎是件"作品"了，她将其放入一个信封，然后在信封外面郑重写下：1917 年，4 月 6 日，弗兰茜·诺兰，十五岁零四个月。"亲爱的上帝"，她祈祷道，"让我在我生命中的每分每秒都有所收获吧……让我一直做梦吧，这样人生中的每个片段都不会虚度。"

《布鲁克林有棵树》，陪伴青少年成长

1945 年，格劳曼中国剧院，伊利亚·卡赞执导的《布鲁克林有棵树》
首映式的热闹场面

　　《布鲁克林有棵树》的故事，结束于弗兰茜 18 岁时的 1918 年。贝
蒂·史密斯将这部几乎是自传的小说于 1943 年发表后，立刻畅销全美。次
年就被伊利亚·卡赞改编制作为同名电影，并获奥斯卡奖。小说还被改编
为音乐剧，上演了 267 场。2008 年，美国陷入金融危机，已出版五十多年
的《布鲁克林有棵树》再掀阅读旋风，数十万读者涌上亚马逊网站购买本
书，直推本书为最佳青少年成长读物。向着天空，不屈不挠，向上生长。
《布鲁克林有棵树》已跨越时代和国界，成为积极进取的全球象征。

前 言

贝蒂·史密斯

孩提时代，我喜欢倾听，总能听到大人们在说他们的梦想与胆魄，但终归都会以壮志未酬结尾。几乎人人都要说上一句"要是我从头再来一次……"我想，这些先生和女士们已经错过了现在生活中的充实。

但是我，绝不会允许自己与它失之交臂。这是我在 14 岁就已经定下来的事情。为此我找来一个煞有介事的旧书本子，把我一生要做的事情一件件写了上去。我发誓，一定完成清单。

这些想法根本没有实现，我长大以后的大部分时间都在努力活下去，让自己活下去。充实生命的念头，已经在活下去的激烈竞争中消失殆尽了。不过，我坚信自己还年轻，依然可观。我对自己说：所有的忙碌都是暂时的。总有一天，我会实现我的愿望。

人生一年又一年，当孩子们都已经开始去充实自己的生活的时候，我已经步入中年了。我也隐隐会想"要是我从头再来一次"……

一个下雨的夜里，我下楼去买了一本平装书回来，以此来打发自己无聊的睡前时光。我随手拿起了一本左拉的书，站在那里，努力回想似曾相识的记忆，感觉以前在什么地方读到过一句话。终于，我想了起来：左拉说，所谓充实的生活，就是养个孩子，栽棵树苗，写本小说。

　　我感觉四周静了下来，我意识到我养了孩子，种过树，甚至我曾经写过一本书，不过左拉应该说的不是单纯的书籍，而是一个有所建树的象征。

　　就这样，我在伟人的规划中，有了自己充实的生活。我的孩子们在他们的成长中总是带给我波澜不惊而又无穷无尽的意外之喜。而我25年前种下的小树有了自己的方寸之地，茁壮成长，不再是被人遗弃的幼苗。此刻我正享受着它的阴凉。我的孩子们，我孩子的孩子们都在这棵树下嬉戏玩耍……如果上帝保佑的话，大概我也能见到我的曾孙在树下乘凉。说到书的话，大概我曾经用我的希望、我的恐惧、我的梦想写就了它。

　　这些生活中的清单并没有抄写在当时的本子上，它们都是生活里的理所当然、习以为常。例如，我意识到自己是个女孩子的时候，我就知道我可以生养小孩子。人们将院内的树木砍倒的时候，我会为它们哭泣，从那个时候起，我就知道不管生活在什么地方，我都会再种一棵树。当我 8 岁取得优异的作文成绩的时候，我也知道，总有一天我会写出来一本书。

于是我得出了一个结论、一个真理：活下去、继续奋斗，当然更要热爱生活——要爱着生活里的一切，它馈赠的伤怀与喜悦，因为这就是生活的充实。人人皆能从中找到救赎。

首刊 This Week 杂志

A

TREE

GROWS

IN

BROOKLYN

目录 Contents

A TREE GROWS
IN BROOKLYN

Betty Smith

第 一 部

像我们这种人，

能够偶尔浪费一次东西也不错，

我们可以趁机体验一下，

有钱任性、不用东挪西借是个什么感觉。

1

1912 年夏天，纽约的布鲁克林格外宁静。用沉闷形容布鲁克林或许更加贴切，但这个词对威廉斯堡不大合适。大草原秀美宜人，仙纳度水声潺潺，这些词语用于布鲁克林都不合适。宁静是唯一恰如其分的形容词，尤其是 1912 年夏季一个星期六的下午。

午后的阳光斜射在弗兰茜·诺兰家长满苔藓的院子里，晒暖了破旧的木篱笆墙。望着一缕缕斜阳，弗兰茜的心头涌起一股似曾相识的愉悦之情，这感觉在她回忆起一首诗的时候也曾有过。这首诗她在学校里背诵过：

> 这里是原始森林。
> 松树和铁杉，喃喃低吟，
> 苔藓如须，绿衣裹身；
> 伫立在暮霭中，氤氲曚昽，
> 如德鲁伊教士般老态龙钟。

弗兰茜家院子的那棵树既不是松树也不是铁杉。尖尖的叶子爬满绿色的枝条，枝条从四周向树干处聚拢，整棵树看上去如同一把把撑开的绿伞。有人将这种树称作"天堂树"。无论种子散落何处，都会长出一棵树，向着天空，挣扎着生长。这种树长在木板围拢的废墟里，长在人迹罕至的垃圾场，它是唯一能在水泥地里生长的树。它枝繁叶茂，偏偏钟情于居民住宅区。

星期天下午，如果出去散步，走到一个精致的高档小区，透过院子的铁门，如果你看到这样一棵小树，就会知道，布鲁克林这一带马上要变成住宅区了。住不住，先看树，树是先行军。后来，一些贫穷的外国人渐渐拥入这里，把破旧的褐石房子改造成平房，把填满羽毛的被褥摆放在窗台上通风晾干。天堂树日益枝繁叶茂，这种树的习性就是这样：不爱富人爱穷人。

　　弗兰茜家院子里长的就是这种树。树枝上的"小伞"卷曲着缠绕在三楼防火梯的周围。如果一个十一岁的小女孩坐在这样的防火梯上，她会想象自己住在大树上。夏日的每个星期六下午，弗兰茜就是这么浮想联翩的。

　　啊，布鲁克林的星期六多么美好！啊，到处洋溢着欢乐的气息！星期六人们照样有薪水可领，既可以度假又没有礼拜日的清规戒律，还有钱外出消费。他们胡吃海塞、喝酒买醉、约会做爱，通宵熬夜，唱歌、奏乐、打架、跳舞，因为第二天他们可以自由支配，睡个懒觉，能赶上晚上的弥撒就万事大吉了。

　　礼拜天，大部分人会赶着去参加十一点的弥撒。当然，也有些人，为数不多的一些人，会参加早上六点钟的弥撒。大家夸他们起得早，够虔诚，其实他们根本不配这样的赞美，因为他们前一天晚上在外面逍遥太晚，等到回家已是凌晨时分。他们不过是匆匆赶赴早场弥撒，应付一下，交差了事，然后回家蒙头大睡一整天，睡得毫无愧意，心安理得。

　　对于弗兰茜来说，星期六要做的第一件事情是：去垃圾回收站。像布鲁克林地区的其他孩子一样，她与弟弟尼利平时搜集破烂衣服、废旧纸张、破铜烂铁和塑料橡胶等废弃物品，把它们锁在地下室的垃圾箱或者藏在床底下。每天放学的时候，她都会放慢脚步，边走边看排水沟，寻找香烟的锡纸盒或口香糖的包装纸，然后把这些东西放在一个罐子的盖子里熔化。垃圾收购商不收未经熔化的锡纸球，因为很多孩子为了增加废品重量，会把铁垫圈塞在里面。有时候，尼利会捡到一个苏打水瓶，弗兰茜就帮他把瓶盖取下来，熔化成铅。因为害怕苏打水公司的人来找麻烦，垃圾收购商不敢收购整个瓶盖。其实瓶盖是个好货，熔化以后，可以卖五分镍币。

每天晚上，弗兰茜和尼利都会去地下室，将升降机架子上当日收集的垃圾清理干净。他们之所以享有这个特权，是因为他们的妈妈是一位垃圾清运工。他们将架子上的废纸、破布和空瓶子一洗而空。废纸不值钱，十磅也只能卖一分钱。破布一磅可以卖两分钱，废铁一磅能卖一毛钱。废铜也是个好货，一磅可以卖一毛钱。有时候，弗兰茜会撞大运：捡到一个丢弃的洗涤锅锅底。她会用开罐器把锅底撬下来，折叠，捶打一番，再折叠，再捶打一番。

星期六早上九点刚过，孩子们就从大街小巷钻出来，拥向主街曼哈顿大道。他们沿主街慢慢朝着斯科尔斯街行进。有的孩子怀里抱着破烂。有的孩子拖着木质肥皂盒，盒子下面有坚固的木车轮。还有几个孩子推着婴儿车，车里装得满满当当。

弗兰茜和尼利把他们所有的破烂都装进一个粗麻袋，两人分别拽着一角，拖着麻袋沿街行走。他们走过曼哈顿大道，经过莫杰街，穿过滕艾克街和斯塔格街来到斯科尔斯街。这些街道虽然名字美丽，但其实面目丑陋。每一条侧街陋巷都有衣衫褴褛的小家伙蜂拥而出，汇入破烂大军的洪流里。在去卡尼垃圾回收站的路上，他们遇到一群空手而归的孩子。这些孩子已经把破烂卖掉了，钱也挥霍光了。他们正昂首阔步地往回走，一边走一边嘲笑着其他孩子。

"破烂王！破烂王！"

听到这个绰号，弗兰茜的脸顿时红得发烫。尽管她知道这些骂人者自己也是捡破烂的，但这丝毫没有缓解她的尴尬和窘迫。其实，她的弟弟也会昂首挺胸，空手而归，和自己的伙伴们一起嘲笑后面来卖破烂的孩子。但她还是感到羞愧。

卡尼在一个摇摇欲坠的马厩里建起了这个垃圾收购站。转过街角，弗兰茜就看见收购站的两扇大门被钩子钩住，友善地敞开着。她想象着那个指针式磅秤的指针朝她眨了眨眼，似乎在欢迎她的到来。她看见卡尼守在磅秤旁边，他长着铁锈色的头发、铁锈色的胡须和铁锈色的眼睛。卡尼对男孩没什么热情，他更喜欢女孩子。他喜欢掐女孩的脸蛋，如果对方不拒绝，他就会多付一分钱。

为了争取到这点"红利"，尼利躲到一边，让弗兰茜一个人把粗麻袋拖进马厩。卡尼跳上前去，把麻袋里的破烂倒在地板上，然后在弗兰茜的脸颊上先掐了一把，接着他把破烂堆放到磅秤上。这时候，弗兰茜眨了眨眼睛，以适应周围暗淡的光线。她嗅到了空气中的苔藓味儿和湿破布的霉味儿。卡尼迅速瞄了一眼磅秤的指针，然后报出一个数字：那是他给的价钱。弗兰茜连忙点头称是，因为她知道这里不允许讨价还价。卡尼快速将破烂推下磅秤，一边吩咐让她等着，一边把废纸堆在一个角落里，把破布扔到另一个角落里，再把金属单独整理出来。忙完这一切，他才把手伸进裤子口袋，拿起一个用蜡线系着的旧皮包，从中数出一枚枚分币，这些分币看起来也像周围的破烂，又脏又旧，泛着绿光。弗兰茜小声说了句："谢谢你。"卡尼抬起满是污垢的脸，生硬地朝她看了一眼，伸手狠狠地捏了捏她的脸颊。她站在原地一动不动。他笑了笑，又多给了她一分钱。然后，他的态度突然一变，声音洪亮，动作轻快。

"来吧。"他冲着排在下一位的小男孩喊道，"把你的铅取出来！"他料定孩子们会发笑。"我可没说破烂两个字啊。"孩子们非常配合地笑了起来。这笑声听起来像迷途羔羊的哭诉，但卡尼似乎心满意足，毫不介意。

弗兰茜走出垃圾站，向弟弟汇报收入情况。"他给了我一毛六，掐脸另外给了一分钱。"

"那一分钱归你吧。"弟弟说道。姐弟两人早就订好了分配协议。

她把属于自己的那一分钱放进衣服口袋，把剩下的钱全部交给了弟弟。弟弟尼利今年十岁了，比弗兰茜小一岁。不过，他是男孩，管钱的事情由他负责。他仔仔细细地分配了这些硬币。

"我们先把八分钱存起来。"这是他们之间立好的规矩，无论在哪里挣到多少钱，都要将一半存到存钱罐里，这个锡制存钱罐钉在壁橱底层最黑暗的角落里。"四分钱归你，四分钱归我。"

弗兰茜用手帕把存钱罐的钱包了起来。她看着属于自己的五分钱，幸福地憧憬着，这些钱可以兑换一个五分镍币了。

尼利把粗布麻袋卷起来夹在胳膊底下，挤进了查理平价店，弗兰茜紧随其后。查理平价店是一家廉价糖果店，店铺紧挨着卡尼的垃圾收购站，其实就是为了迎合垃圾收购站的顾客才开的。每到周六结束营业的时候，店铺的钱柜里总是装满绿色的硬币。按照一条不成文法规，只有男孩子才能进店消费。于是弗兰茜没有跟着弟弟走进店铺，她只能站在门口等候。

这些男孩的年龄虽然从八岁到十四岁不等，看上去却十分相像：他们都身穿松松垮垮的灯笼裤，头戴破破烂烂的有檐帽。他们站在店铺里，手插衣兜，瘦削的肩膀紧张地向前弯曲着。他们长大后一定也会这样，在其他聚集场所依然保持这样的站姿。唯一不同的是，长大后的他们，唇间会时时刻刻叼着香烟，说话的时候，香烟会随着他们的口音变化起起落落。

此时，男孩们在店铺里惴惴不安地四处走动，他们消瘦的脸庞一会儿面向查理，一会儿彼此对视，然后又转回头去看着查理。弗兰茜发现，有些男孩已经把头发剪成了夏季发型：剪刀离头皮太近，头发剪得太短，头皮上留下了很多刮痕。这些领先一步剪头的幸运儿要么把帽子塞进口袋，要么把帽子推到头顶。那些还没有理发的男孩头发微微卷曲，幼稚地耷拉在后脖颈。他们为此感到羞愧，只好将帽子狠狠拉下来，盖住耳朵。尽管他们满口脏话，这样的装扮依然使他们显得女里女气。

查理平价店的东西并不便宜，店铺老板的名字也不叫查理。他只是给店铺取了这个名字而已，商店的遮阳棚上也就这么一写，弗兰茜却对老板的名字信以为真。

只要你付一分钱，查理就会给你一次抽奖的机会。柜台后面有一块木板，木板上有五十个标了号码的钩子，每个钩子上都挂着一件奖品。有些奖品相当不错：溜冰鞋，接球手套，长着真头发的洋娃娃。另外的钩子上挂着记事本、铅笔和其他价值一分钱的小商品。弗兰茜看见尼利买了个奖券。只见他从破旧的信封里取出一张卡片。二十六号！弗兰茜满怀希望地看了看那块木板。他抽到了一个价值一分钱的擦笔器。

"要奖品还是要糖果？"查理问他。

"要糖果，你觉得呢？"

每次都是这样的结果。弗兰茜从来没听说有人赢过一分钱以上的奖品。实际上，那溜冰鞋的轮子都已经锈迹斑斑，洋娃娃的头发上也落满了灰尘，这些奖品似乎在这里等待了很久，就像蓝衣男孩小布鲁的玩具狗和小锡兵。弗兰茜暗下决心，等到哪天自己攒够了五毛钱，一定要买断所有奖券，把木板上的奖品通通赢过来。

她私下盘算，这一定是个稳赚不赔的买卖：溜冰鞋、接球手套、洋娃娃，还有其他玩具，加在一起才要五毛钱。想想吧，光是溜冰鞋就值这个价的四倍呢！到了那个伟大的日子，尼利也一定要隆重出场，因为女孩很少光顾查理平价店。当然，周六的确有几个胆大鲁莽、早熟轻率的女孩在查理平价店逗留，她们大声喧哗，和男孩子厮混在一起，邻居们预言，这些女孩不会有什么好结果。

弗兰茜穿过马路，来到店铺对面的吉姆佩糖果店。吉姆佩是个跛腿的人。大家以前都认为他为人温和，对孩子慈眉善目，没想到一个阳光明媚的下午，他把一个女孩引诱到自己阴暗的后屋里。

　　弗兰茜百般纠结，不知道该不该牺牲一分钱买一个吉姆佩家的特价商品：奖品袋。和她偶有交情的莫蒂·多纳文准备下手了。弗兰茜挤进小店，站在莫蒂身后，假装自己也想花钱买一个奖品袋。莫蒂思前想后，夸张地指向橱窗里一个鼓鼓囊囊的袋子，弗兰茜紧张得屏住了呼吸，她宁愿选择小一点的袋子。她从朋友的肩膀望过去，只见她从袋子里取出几块陈旧的糖果，仔细查看自己的奖品——一块粗麻布手绢。弗兰茜有一次抽中了一小瓶香水。她又开始纠结要不要牺牲一分钱买个奖品袋。即使那些糖果不能吃，有个惊喜总归不错。不过，她转念一想，莫蒂刚才购买奖品袋的时候，她就在旁边，陪莫蒂一起见证了惊喜，这和自己买奖品袋感觉差不多。

　　弗兰茜沿着曼哈顿大道一路向前，边走边大声朗读这些悦耳的街名：斯科尔斯、梅塞罗尔、蒙特罗斯大道、约翰逊大道。最后两条大道是意大利人聚居区。号称犹太街的片区从西格尔街开始，包括摩尔街和麦吉本街，经过百老汇。弗兰茜径直向百老汇走去。

　　布鲁克林威廉斯堡的百老汇到底有什么诱人之处？唯一诱人的地方就是：这里拥有世界上最好的五分一毛平价店。这个平价店店铺宽敞，金光闪闪，全世界的物品应有尽有——至少，这是百老汇留给一个十一岁的女孩子的印象。弗兰茜有一枚五分硬币，她有权消费，她可以随心所欲地购买店铺里的任意商品。这是世界上唯一能够让她施展这种特权的地方。

　　到达商店后，她在过道上走来走去，随心所欲地触摸她喜欢的东西。捡起一样东西，在手里把玩一会儿，感觉它的轮廓，用手抚摸着它的表面，然后小心翼翼地放回去，这是多么美妙的感觉啊。她的五分镍币给了她这个特权。如果有服务员过来问她是否打算买什么东西，她可以说，是的，就买这个，然后指一两个东西给他看看。她由衷地感觉到，金钱是个神奇的好东西。一阵疯狂的触摸把玩之后，她买了自己计划内价值五分钱的物品——粉白相间的薄荷糖薄脆饼。

她沿着贫民区街格雷厄姆大道走回家。摆满了商品的手推车令她兴奋不已，每一辆小推车就是一个小商店——讨价还价的顾客，情绪激动的犹太人，街区特有的气味，烤箱里的烤鱼，新鲜的酸黑麦面包，还有的东西闻起来像沸腾的蜂蜜。她盯着那些戴着羊驼头骨帽、穿着丝网外套的大胡子男人，想知道他们的眼睛为什么又小又凶。她仔细研究那些简陋的小店，嗅嗅桌子上凌乱的布料的味道。映入她眼帘的，还有伸出窗外的羽毛床，晒在防火梯上明亮的东方服饰，排水沟里玩耍的半裸的孩子。

一个女人，肚子高高隆起，略微不便但又颇为耐心地坐在路边的硬木椅上。在炎热的阳光下，她注视着街上的生活，守护着自己腹中的小生命。

有一次，妈妈告诉她，耶稣是个犹太人，弗兰茜至今还记得自己大吃一惊的模样。她一直以为耶稣是天主教徒。但是，妈妈知道真相。妈妈告诉她，犹太人只不过把耶稣看作是一个调皮捣蛋的犹太男孩，不愿意做木匠活儿，不愿意安居乐业，不愿意结婚生子。妈妈说，犹太人相信他们的救世主弥赛亚尚未降临。想到这里，弗兰茜凝视着那个怀孕的犹太妇女。

"我猜，这大概就是犹太人喜欢多生孩子的原因吧。"弗兰茜心想，"她们能够安心静坐，耐心等待，也是这个原因吧。她们不为自己臃肿肥胖而羞耻，还是这个原因吧。每个人都觉得自己可能会孕育一个小耶稣。难怪她们怀孕的时候走起路来傲气十足。相比之下，爱尔兰女人看上去总是很羞愧。她们知道自己永远也生不出耶稣，只会生出另一个小爱尔兰人。等我长大怀孕了，我也要保持骄傲的走姿，放慢脚步，尽管我不是犹太人。"

弗兰茜到家的时候已经是中午十二点了。没过多久，妈妈进门了，她手拿扫把和水桶，"砰"的一声扔进角落。这最后一扔意味着不到下周一，没人会再碰它们了。

妈妈二十九岁，她黑发棕眼，手脚麻利，身材也不错。她是一名保洁员，三套公寓楼被她打扫得干干净净。有谁会相信，妈妈依靠擦地板谋生，养活着一家四口呢？她五官漂亮，身材娇小，性格活泼，充满激情。由于长期浸泡在苏打水里，她的双手发红皲裂，但是她的指甲修剪成椭圆的弧线形，外观美丽，惹人喜爱。

大家都说，像凯蒂·诺兰这么漂亮的女人，还得靠擦洗地板谋生，真是太遗憾了。不过他们也说，摊上这样的丈夫，她还能做什么呢？大家承认，无论你怎么看，乔尼·诺兰都是本街区最优秀的男人，他英俊帅气，为人和气。只可惜，他是个醉鬼。他们就这么称呼他，而且名副其实。

弗兰茜把八分钱放进锡质存钱罐的时候，她让妈妈站在身边监督自己。母女两人猜测着存钱罐里究竟有多少钱。弗兰茜觉得应该有一百块钱。妈妈则说，差不多接近八块钱。就这样，她们在猜测中度过了愉快的五分钟。

妈妈指派弗兰茜出去买午餐。"你从裂口杯里取八分钱买一份四分之一犹太黑面包，要确保新鲜。然后再取五分钱，到索尔温肉铺买五分钱的舌根肉。"

"但是，你得先给他打个招呼我才能买到。"

"你告诉他，你妈妈说的。"凯蒂语气坚定地说。她又想起另外一件事。"我想想看，是再买五分钱的糖面包，还是把五分钱再放回钱罐。"

"哎呀，妈妈，今天是星期六。整整一个星期，你都在说，我们周六可以吃甜点。"

"那好吧，买糖面包。"

小小的犹太熟食店挤满了购买犹太黑面包的基督徒。看着店员把她的面包塞进纸袋里，弗兰茜心想，这面包皮又脆又酥又嫩，粉色的面包底又松又软，要是新鲜的话，这面包一定能轻而易举地当选世界上最美味的面包。

她不情愿地走进了索尔温肉铺。这家店主有时候愿意卖舌头，有时候又不愿意。切片舌头每磅售价七毛五，只有富人才吃得起。但是，如果你和索尔温先生关系很熟，等到舌头快卖完的时候，你就可以花五分钱买到舌根肉。当然，舌根没有太多的肉，大部分是柔软的小骨头和脆骨，嚼起来有点肉的感觉。

今天碰巧，索尔温先生愿意卖舌头。"昨天舌头卖完了，"他对弗兰茜说，"不过，我给你留了一份，因为我知道你妈妈喜欢吃舌头，我喜欢你妈妈。你要转告她啊。听见没？"

"好的，先生。"弗兰茜一边小声回答，一边低头看了看地板。她觉得自己的脸越来越热。她讨厌索尔温先生，也不愿把他说的话转告妈妈。

在面包店，她精心挑选了四块糖最多的面包。走出店铺，迎面碰上了尼利。他往包里偷偷瞄了一眼，看到四块面包，立刻兴奋不已。尽管早上吃了四分钱的糖果，他依然饥肠辘辘，催促弗兰茜一路小跑赶回了家。

爸爸中午没有回家吃饭。他是一个自由歌手，在餐厅做歌唱侍者，平时没什么业务。星期六的时候，他通常会去工会总部等活儿上门。

弗兰茜、尼利和妈妈享受了一顿美味大餐。每人分到一片厚厚的舌头、两片涂了无盐黄油的甜味黑麦面包、一个糖面包和一杯浓热咖啡，咖啡旁边还有一匙甜炼乳。

诺兰家对咖啡有独到的见解。喝咖啡是他们家的一大乐事。

每天早上，妈妈都会煮一大壶咖啡，留到午饭和晚餐的时候重新加热，随着时间的推移，咖啡会变得越来越浓。咖啡壶里水多咖啡少，不过，妈妈会在壶里放一块菊苣，这样煮出的咖啡味道又浓又苦。家里每人每天只允许喝三杯加牛奶的咖啡，黑咖啡则可以随时享用。有时候，恰逢雨天，无所事事，孤零零地待在公寓里，如果可以享用某种东西，你会感到妙不可言，尽管这东西不过是一杯又黑又苦的咖啡。

尼利和弗兰茜都喜欢咖啡，却不怎么喝。和往常一样，尼利今天没有给咖啡加糖，他把甜炼乳涂在了面包上。他例行公事地喝了一小口黑咖啡。妈妈给弗兰茜倒了一杯咖啡，又给咖啡加了牛奶，尽管她知道，这孩子不会喝咖啡。

弗兰茜喜欢闻咖啡的味道，喜欢那种热气腾腾的感觉。她一边吃着面包嚼着肉，一边手握杯子，享受着咖啡的温暖。时不时闻一闻又苦又甜的咖啡，比直接喝咖啡更有意思。吃完饭，咖啡就倒入水槽里。

妈妈有两个姐姐，茜茜和艾薇，她们两个经常来妹妹家串门。每次看到妈妈把咖啡倒进水槽，她们都会长篇大论，教训妈妈不该浪费东西。

妈妈解释说："和其他人一样，弗兰茜有权每顿饭喝一杯咖啡。如果她觉得倒掉比喝掉更好，那也是她自己的权利。像我们这种人，能够偶尔浪费一次东西也不错，我们可以趁机体验一下，有钱任性、不用东挪西借是个什么感觉。"

这个奇怪的观点既满足了妈妈，又取悦了弗兰茜。这个观点在底层的穷人和挥霍的富人之间建立了一个链接。这个小女孩觉得，就算她比威廉斯堡的任何人都贫穷，但是在某种意义上，她比他们更富有，因为她还有东西可以浪费。她慢慢地吃着糖面包，想要长时间享受这种甜味，而咖啡已经变冷了。她像帝王般傲慢地端起咖啡，倒进水槽里，她感到自己在漫不经心中过了把铺张浪费的瘾。倒完咖啡，她准备去洛舍面包店买下半周的粮食储备：霉面包。妈妈告诉她，她可以拿五分钱，买一张陈馅饼，只要馅饼不太破就可以。

洛舍面包厂负责为附近的商店供货。面包不用蜡纸包裹，所以很快就变质。厂商从经销商那里赎回不新鲜的面包，再以半价卖给穷人。折扣店紧邻面包房。折扣店一边是又长又窄的柜台，另两边是又长又窄的凳子。柜台后面开着巨大的双扇门。面包房的马车倒车进来，把面包直接卸到柜台上。两块面包只卖五分钱。面包出货的时候，人群会蜂拥而上，争先抢购。面包总是供不应求，有的人等到三四辆马车卸完货才买到面包。由于价格低廉，顾客必须自带包装纸。大多数顾客都是孩子。有些孩子把面包夹在胳肢窝里，大摇大摆地走回家，让全世界都知道他们家很穷。有自尊的孩子会把面包包起来。有些孩子带了旧报纸，其他孩子带着或脏或干净的面粉袋。弗兰茜带了一个大大的纸袋子。

她没有立即上前去抢面包，而是坐在一张长凳上观望着。十几个孩子在柜台前推推搡搡，大喊大叫。四个老人在对面的长凳上打着盹儿。这些都是领救济金的老人，被家里派出来跑跑腿、看看孩子。在威廉斯堡，这是这帮风烛残年的老人们唯一能做的事情。他们想方设法多等一会儿，因为洛舍家的烤面包闻上去很香，窗户里射进来的阳光洒在他们苍老的后背上，这感觉也特别舒服。时间一小时一小时过去了，他们坐在那里打着盹儿，感觉自己的时间变得充实了。就是这种日复一日看得见终点的等待，不期然间成了老人们生活中的盼头。

弗兰茜盯着最年长的那个老人，开始玩她最喜欢的游戏，看人猜故事。他凌乱稀少的头发和凹陷的脸颊上的胡茬儿一样，脏兮兮、灰溜溜。风干的口水在嘴角结了痂。他打了个哈欠，嘴里没有牙齿。弗兰茜继续观察，她觉得又好奇又恶心。只见他合上嘴巴，嘴唇往里抿着，整个嘴巴后来就看不见了，下巴和鼻子差点碰到一起。她仔细端详他的旧外套，看见里面的衬垫从袖子的接缝处露了出来。他的双腿松松垮垮地向外伸开，裤子扣扣子的地方油腻腻的，还少了一个纽扣。她发现他的鞋子破破烂烂，脚指头都露出来了。一只鞋系着打结的鞋绳，另一只鞋用脏兮兮的麻绳绑着。她看到两只粗壮的脏脚趾，脚趾上是皱皱巴巴的灰指甲。

她开始思绪万千……

"他老了，一定有七十多岁了。他出生的时候，亚伯拉罕·林肯还健在，正在准备竞选总统呢。威廉斯堡当时想必还是一个乡村小镇，印第安人也许还住在弗拉特布什。那是很久以前的事了。"她一直盯着老人的双脚。"他曾经也是个婴儿。他一定很可爱很干净，他妈妈一定会亲吻他粉红色的小脚趾。也许，晚上打雷的时候，她会来到婴儿床前，替他盖好毯子，在他耳畔低声说，不要害怕，妈妈在。然后她会把他抱起来，脸颊贴在他的额头上，说他是她自己的亲宝贝。他当年可能和我弟弟一样，进进出出，跑来跑去，把房门摔得砰砰响。他妈妈一边数落他，一边心想，也许有朝一日，他会当上美国总统呢。后来，他长成了小伙子，身强力壮，幸福快乐。走在街上，女孩子会冲着他微笑，转过身来看他。他会还以微笑，也许还会冲着最漂亮的那个女孩抛个媚眼。我猜想，他一定结过婚，生过孩子。孩子们一定觉得他是世界上最好的爸爸，因为他工作努力，挣钱养家，圣诞节总是送他们玩具。现在，连他的孩子都和他一样老了，他们也有了自己的孩子，谁还想再要老人，不过是等着他死罢了。但是，他不想死。尽管年事已高，但再也没有多少能让他开怀大笑的事儿了。"

周围一片寂静。夏日的阳光照射进来，在窗户和地板之间形成了道道尘土飞扬的斜柱子。一只巨大的绿头苍蝇在阳光明媚的灰尘里飞进飞出。除了她自己和那个打瞌睡的老头，四周没有其他人了。等候买面包的孩子们都到外面玩耍去了。他们高声尖叫着，似乎离这里很远。

突然，弗兰茜跳了起来。她心跳加快，惶恐不安。她无缘无故地想到了手风琴，为了奏出美妙的音乐，手风琴被拉到了最大限度。然后，她想到手风琴正在收缩……收缩……收缩……她意识到，世界上许多可爱的婴儿在出生的时候就注定会变老，他们总有一天会变成这位老人的样子。想到这里，一股无名的恐惧涌上心头。她必须离开这里，否则她就会中招；突然间，她就会变成一个只有牙龈没有牙齿的老太太，有一双臭脚惹人厌的老太太。

就在这时，柜台后面的两扇门"砰"地打开了，一辆运送面包的卡车倒进来。有个人走过来站在柜台后面。卡车司机开始向他扔面包，他再把接到的面包扔在柜台上。听到门被撞开，街上的孩子们蜂拥而入，在弗兰茜周围转来转去。弗兰茜早就站在柜台前了。

"我要面包！"弗兰茜大声喊道。一个大个子女孩狠狠地推了她一把，想见识见识她的胆量，让她知道自己是谁。"没关系！没关系！"弗兰茜对她说。"我要六块面包，外加一个不要太碎的馅饼。"她尖叫着说。

见她态度强硬，店员连忙把六块面包和保存最好的回收馅饼推给她，收了她五分钱。从拥挤的人群挤出来的时候，她不小心把一块面包弄掉了，因为人多没法下蹲，她只好放弃不要了。

挤出人群，她坐到马路牙上，把面包和馅饼装进纸袋子里。一个女人推着婴儿车刚好路过。婴儿的双脚在空中挥舞。弗兰茜看到的不是婴儿的脚，而是破旧的大鞋子里奇形怪状的东西。惶恐又一次袭上心头，她一路小跑回到家中。

家里空空荡荡。妈妈已经穿好衣服，和茜茜姨妈一起出去看日场演出了，她们花一毛钱买了最廉价的顶层楼座。弗兰茜把面包和馅饼取出来，把袋子折叠整齐，以备下次使用。她走进一间和尼利共用的没有窗户的小卧室，摸黑坐在自己的小床上，等待恐慌的浪潮停止、退去。

不久，尼利回来了，他爬到自己的小床底下，取出一个破破烂烂的接球手套。

"你要去哪里？"她问道。

"去楼下空地上打球。"

"我能一起去吗？"

"不行。"

她跟着他下楼来到街上。他的三个小伙伴正在等他。其中一个拿着球棒，另一个拿着棒球，第三个两手空空，却穿了条棒球裤。

他们动身前往一块空地，这块空地靠近绿点区。尼利看到弗兰茜跟在后面，但他没吱声。其中一个男孩用胳膊肘顶了顶他，说：

"嗨！你姐姐在我们后面跟着呢。"

"是啊。"尼利回答说。那男孩转过身来，冲着弗兰茜大喊一声：

"滚开吧！"

"这是个自由的国家。"弗兰茜声明说。

"这是个自由的国家。"尼利冲着那个男孩又说了一遍。从那以后，他们就不再关注弗兰茜了。她继续跟在他们身后。社区图书馆下午两点钟重新开门，在此之前，她无事可做。

孩子们打打闹闹，慢慢吞吞往前走。男孩们会停下脚步，到排水沟里捡锡箔，捡香烟屁股。他们会把香烟屁股攒起来，等到哪天下午下雨了，他们就会躲在地窖里抽烟。

他们还花了些时间去骚扰一个去神殿的犹太男孩。他们先把男孩扣住，然后集体讨论应该如何处置他。那男孩谦卑地微笑着，等候他们的指令。最后，这些基督徒释放了他，给他制定了未来一周详细的行为准则。

"别让我们在德沃街上看到你这张苦瓜脸！不许到德沃街上来！"他们命令道。

"我再也不来了。"他承诺道。几个男孩有点失望。他们以为会有一场遭遇战。其中一个男孩从口袋里掏出一截粉笔，在人行道上画了一条波浪线。他命令说：

"连这条线都不许跨过。"

那个小男孩突然明白，自己轻而易举就做出让步，显然冒犯了他们，于是，他决定配合他们，按照他们的套路来玩。

"难道我不能把一只脚踩进排水沟里吗，伙计们？"

"你想在排水沟吐口水都不行。"他们告诉他。

"好吧。"他假装顺从地叹了口气。

年龄稍大的一个男孩灵机一动。"离基督教女孩远点，明白吗？"说完，他们扬长而去，留下那个男孩在背后凝视着他们。

"天哪！"他一边转动着那双棕色的犹太眼珠，一边低声说道。这帮非犹太哥们儿竟然觉得他已经够有男人味，有能力想女孩了，这让他受宠若惊，他一边继续走路，一边不停念叨。

几个男孩慢慢往前走，他们狡黠地看着那个谈论女孩的大男孩，想知道他会不会再说些脏话荤段子。不过，还没等他开口，弗兰茜听到弟弟说话了：

"我认识那个男孩，他是个犹太白人。"

尼利的爸爸喜欢一个犹太酒吧男招待，他就叫他犹太白人。

"根本就没什么犹太白人。"那个大男孩反驳道。

"嗯，如果有所谓的'犹太白人'，"尼利说话的语气既同意对方的态度，又坚持自己的观点，这显得他和蔼可亲，"那他就是这样的人。"

"永远都不会有犹太白人。"大男孩说道，"即使假设，也不存在。"

"我们的主就是犹太人。"尼利引用妈妈的话说。

"可惜，其他犹太人背叛了他，把他杀了。"大男孩针锋相对地回答说。

他们还没来得及深入研究神学，就看到另一个小男孩从洪堡街转向安斯利街，男孩的胳膊上挎着一个篮子。篮子上盖着一块干净的破布。篮子的一角竖着一根棍子，棍子上挂着六块椒盐卷饼，像一面无精打采的旗帜。尼利团伙中那个大男孩一声令下，几个男孩立刻紧紧围住了这个卖椒盐卷饼的小男孩。小男孩站在原地，张开嘴巴，大声号叫道："妈妈！"

二楼的窗户应声飞速打开，一个女人一边大声叫喊，一边手抓着薄款胸衣，挡住两只极度扩张的乳房。

"放开他，滚出这个街区，你们这些混账。"

弗兰茜连忙用双手捂住耳朵，这样去教堂做忏悔的时候她就不必告诉神父自己曾经听到过脏话。

"我们什么也没做啊，夫人。"尼利说道。他的脸上露出讨好的微笑，这微笑常常能换来妈妈的原谅。

"你们想在这里为所欲为？休想。只要我在，门儿都没有。"接着，那女人用同样的语气对着她儿子大喊起来，"赶快上楼，以后我睡午觉的时候你再给我惹事，看我怎么收拾你。"卖卷饼的男孩上楼了，其他孩子继续缓步往前走。

"这个女人真难搞。"大个子男孩背着窗户，仰了仰头说。

"是的是的。"其他男孩应和着说。

"我们家老头子也很难搞。"一个小男生说道。

"谁在乎你家老头子？"大个子男孩漫不经心地说。

"我就是随口说说嘛。"小男生连忙道歉。

"我家老头一点儿也不难搞。"尼利说。其他男生被他逗笑了。

他们继续漫步前行，时不时休息一下，深深地吸一口纽敦溪的气味儿。纽敦溪贯穿好几个街区，沿着格兰德大街，在狭小扭曲的河道里蜿蜒流淌。

"天啊，河水真臭啊。"大个子男孩评论道。

"是的。"尼利赞同道。

"我敢打赌，这是世界上最臭的味道。"另一个男孩吹嘘道。

"没错儿。"

弗兰茜也低声说"是"，表示赞同。她对这种气味感到自豪。因为这气味让她知道附近有通往河流的水道，虽然很脏，却一样随着河流汇入大海。对她来说，那巨大的恶臭暗示着长途帆船，暗示着海上冒险，她非常喜欢这种气味。

孩子们到达一块空地，空地上有一片踩出来的不规则的菱形球场。一只黄色的小蝴蝶在杂草中飞舞。男人的天性就是征服，征服一切能跑的、能飞的、能游的、能爬的东西。男孩们秉持这一特性，开始追赶蝴蝶，人还没到，先把破帽子朝着蝴蝶扔了过去。

尼利抓到了蝴蝶。男孩们走马观花地看了一眼，很快就兴趣全无，开始玩他们自己发明的四人棒球赛。

他们疯狂地玩耍，骂骂咧咧，汗流浃背，推推搡搡。如果有闲人路过，稍稍逗留片刻，他们就会扮丑、卖弄、出洋相。有传言说，每个周六下午，布鲁克林有一百名星探在街道上游荡，观看空地上的比赛，发现有潜力的球员。布鲁克林区的男孩子，宁愿不做美国总统，也不会拒绝去布鲁克林球队打球。

过了一会儿，弗兰茜看厌了他们的比赛。她知道，在回家吃晚饭之前，他们会没完没了地玩耍、打斗、卖弄。现在已经两点了，图书管理员应该吃完午饭回来了。弗兰茜怀着愉快的期盼，返身向图书馆走去。

2

图书馆有点破旧，弗兰茜却觉得它很漂亮。这种妙不可言的感受和去教堂如出一辙。她推开门，走了进去。她喜欢大弥撒上烧香的味道，更喜欢图书馆的味道：磨损的皮书套、图书馆的标签贴和新借书戳的油墨混在一起的味道。

弗兰茜认为全世界的书都在那个图书馆里，她打算把全世界的书都读一遍。她按照字母顺序每天读一本书，再枯燥乏味的书也不敢漏掉。她记得读的第一本书的作者名叫阿博特（Abbott）。她坚持每日读一本书很长时间了，现在依然还在字母 B 区。她已经读过蜜蜂（Bee），读过水牛（Buffalo），读过百慕大假日（Bermuda vacation），读过拜占庭建筑（Byzantine architecture）。尽管她满腔热情，但她不得不承认字母 B 区的有些书非常枯燥。不过，弗兰茜痴迷阅读，她见到什么就读什么：垃圾废话、经典作品、时间表、杂货商的价格表。有些书内容精彩，比如路易莎·奥尔科特的作品。她打算读完字母 Z 区的书以后，把所有路易莎·奥尔科特的作品再读一遍。

星期六是个特别的日子。在这一天，她给自己一个特权：不按字母顺序阅读，让图书管理员推荐一本书给她。

弗兰茜走进图书馆，轻轻关上门——大家在图书馆都要遵守这个规矩。她迅速看了看图书管理员桌子尽头那个金棕色小陶碗。一碗览四季。秋天的时候，陶碗里会插几株白英，圣诞时节，白英换成了冬青。看到陶碗里插着褪色柳，她就知道春天来了，即使地上还有积雪。今天，1912 年夏天的星期六，陶碗里会放什么呢？她的目光慢慢移向陶碗上方，穿过绿色的细茎和小圆的叶子，她看到了……金莲花！红色、黄色、金色，还有象牙白色。她看到这美丽的景象，不禁额头发痛。这是一生都无法忘却的记忆。

"等我长大了，"她想，"我要买这样一个棕碗，在炎热的八月里，插上金莲花。"

她把手放在光滑的桌子边缘，这感觉让她心生欢喜。她注视着那排整整齐齐、刚刚削好的铅笔，干净的绿色方形记事本，白色大肚罐里的奶油色糨糊，按照严格顺序摆放的卡片和等待放回书架的还书。那支与众不同、笔尖上有日期条的铅笔，正孤单单地躺在记事本旁边。

"是的，等我长大了，有了自己的家，我不要毛绒布椅子和蕾丝边窗帘，也不要塑胶植物。我只要在客厅放一张这样的桌子，把墙壁刷成白色。每周六晚上，我要有一个干干净净的绿色记事本；一排闪闪发光的黄色铅笔，削尖了备用；还要一个金色的碗，里面要么插朵花，要么放些树叶，要么摆些浆果；还要有书……书……书……"

她要为星期天挑一本书，书的作者应该姓布朗（Brown）。弗兰茜觉得她已经花好几个月时间阅读布朗了。她原以为自己快把姓布朗的作家的书看完了，这时候才发现下一个架子标注的是布朗尼（Browne），再下一个架子是布朗宁（Browning）。她难过地叹了口气，恨不得早点进入姓 C 的作者区，那里有玛丽·科雷利的书，她以前偷偷翻过几页，觉得很刺激。她还有机会看到那本书吗？也许应该每天读两本书，也许……

她在桌子前站了很久，图书管理员俯身朝她走了过来。

"你要借什么书？"女管理员怒气冲冲地问道。

"这本书，我要这本书。"弗兰茜一边回答，一边把书的封底打开，从封底的小纸袋里取出一张小卡片。管理员以前训练过孩子们如何正确借书。这样，他们每天就可以少翻几百本书，少打开几百个小袋子，少抽几百张卡片。

她接过卡片，盖好章，把卡片放到桌子的一个插槽里。又在弗兰茜的借书卡上盖了章，退还给她。弗兰茜拿起借书卡，却没有立即离开。

"还有什么事？"图书管理员懒得抬头看她一眼。

"您能不能给一个女孩子推荐一本好书？"

"多大的女孩？"

"她十一岁了。"

每个星期，弗兰茜都会提同样的请求；每个星期，图书管理员都会问同样的问题。借书卡上的名字对她来说毫无意义，因为她从来不抬头看孩子的脸，也不会认识这个每天借一本书，周六借两本书的小女孩。哪怕一个微笑对弗兰茜都意义非凡，一句友善的评价会让她开心快乐。她喜欢图书馆，急切地想表达自己对图书管理员的敬仰之心。可是，图书管理员心里装着别的事情。不管怎么说，她就是讨厌小孩。

当女管理员手伸下去的时候，弗兰茜满怀期待，瑟瑟发抖。书取出来的时候，她看到了书名：麦卡锡的《如果我是国王》。太棒了！上周和上上周她给的都是《格劳斯塔克的贝弗利》。她只看过两次麦卡锡的书。图书管理员一遍又一遍地推荐了这两本书，也许她自己只读过这两本书，也许这是某个榜单上推荐的两本书，也许她发现那是应付十一岁小女孩最好的书。

弗兰茜紧紧抱着书，匆匆赶回家，她差点在路过的门廊上停下来读书，好在她抵住了诱惑。

终于到家了，她期盼了一个星期的时刻——防火梯阅读时刻——终于到了。 她在防火梯上放一块小地毯，从床上拿了个枕头，靠在栏杆上。冰箱里正好有冰，她凿下一小块冰，放进一杯水里。她把早上买的红白相间的薄荷片放在一个小碗里，小碗虽然有点裂缝，但是蓝蓝的颜色很漂亮。她把玻璃杯、小蓝碗和书安安稳稳地放在窗台上，然后爬上了防火梯。一旦爬出去，她就住在树上了。楼上、楼下或对面的人都看不见她。而她却可以透过树叶向外看，一切尽收眼底。

这是一个阳光明媚的下午，慵懒的暖风带来温暖的海洋气息。树叶在白色的枕套上形成瞬息变换的图案。院子里没人，这真是求之不得。通常，院子总是被一个小男孩霸占着，他的父亲在一楼租了个店铺。那男孩喜欢玩一种无休止的墓地游戏。他会挖一个小坟，把活捉来的毛毛虫放到小火柴盒里，举办一场非正式的葬礼把它们埋进小坟，再在小坟上竖起小石头墓碑。在玩游戏的过程中，小男孩一直在假哭，胸脯一起一伏地颤抖着。不过，今天，这个忧郁的男孩去本森赫斯特拜访姑妈了。知道他不在家，弗兰茜兴奋得如同收到了生日礼物。

弗兰茜呼吸着温暖的空气，看着舞动的树影，吃着糖果，一边读着书，一边喝几口冷水。

> 如果我是国王，我的爱人，
>
> 啊，如果我是国王……

弗朗索瓦·维隆的故事越读越精彩。有时她担心图书馆会把这本书弄丢，那她就再也读不成了。她于是花两分钱买了个笔记本，开始抄写这本书。她特别想拥有自己的书，以为只要抄写一本，就算是自己的了。但是，铅笔写的纸张看起来不像，闻起来更不像图书馆的书，所以她放弃抄书的念头，安慰自己说，长大以后，她一定要努力工作，拼命攒钱，把她喜欢的书全部买齐。她就这样静心阅读着，与周围世界和平共处，一本好书，一小碗糖果，独自一人在家，树叶的光影在摇曳，下午的时光在流逝。这是一个小女孩最快乐的时光。大约四点钟左右，弗兰茜家院子对面的出租公寓里开始活跃起来。透过树叶，她可以看见敞开的没有拉窗帘的窗户，看到人们拿着啤酒桶蜂拥而出，提着满满的带着泡沫的冰啤酒满载而归。孩子们进进出出，奔走在肉店、杂货店和面包店之间。女人带着笨重的当铺包进来了，取回了男人礼拜天的西装。到了周一，西服又要送回当铺，再待一个星期。当铺靠每周的利息钱生意兴隆，西装也因此得到呵护：刷干净，挂起来，用樟脑丸防虫。周一放进当铺，周六取出，支付蒂米叔叔一毛钱利息。就这样周而复始地循环着。

弗兰茜看到年轻女孩们正准备出去和男朋友约会。由于公寓里没有浴室，女孩们只能穿着胸衣和衬裙，站在厨房的水槽前洗漱。她们抬起胳膊洗腋窝的时候，手臂抬过头顶，胳膊的线条特别柔美。这么多窗户里站了这么多女孩，这么多女孩摆着同样的姿势，看起来就像一种充满期待的静默仪式。

弗拉伯家的马车驶进邻家院子的时候，弗兰茜放下了手中的书，赏马和读书一样妙趣横生。邻家院子用鹅卵石砌成，院子尽头有一个漂亮的马厩。一道锻铁双门把院子和街道隔开了。在鹅卵石的边缘，有一片精心打理的土地，里面长着一株可爱的玫瑰和一排鲜红的天竺葵。这个马厩比附近所有的房子都精致，院子也是威廉斯堡最漂亮的庭院。

弗兰茜听到大门"咣当"一声关上了。首先映入眼帘的是一匹闪亮的棕色阉马，有着黑色的鬃毛和尾巴。它拉着一辆酱紫色的小马车，车的侧面用烫金字写着"牙医弗拉伯博士"和诊所地址。这辆整洁的马车既不载人也不运货，它每天缓慢地穿街走巷，负责广告宣传。这是一个梦幻的移动广告牌。

弗兰克是一个脸颊红润的优秀青年，就像儿歌里唱的那些年轻人一样，他每天早上把马车赶出去，下午再把马车赶回来。他的生活有滋有味，所有的女孩都和他打情骂俏。他唯一要做的就是缓缓地驾着马车，好让人们能看清车上的名字和地址。准备装假牙或者拔牙齿的人们，会记得马车上的地址，过来求助弗拉伯医生。

弗兰克悠闲地脱下外套，穿上皮围裙，那匹名叫鲍勃的马耐心站着，四只蹄子轮流踩着地。弗兰克帮它卸下马具，擦了擦马具上的皮革，再把马具挂进马厩里。接着，他用一大块黄色的湿海绵给马清洗。马非常享受地站在那里，斑驳的阳光洒在它的身上。它用蹄子踩着地，有时候石头上会蹦出火花。弗兰克把水挤到棕色的马背上，一边往下擦，一边不停地跟马说话。

"站稳了，鲍勃。真是个好男孩。退回去。好了好了！"

鲍勃并不是弗兰茜生活中唯一的一匹马。艾薇姨妈的丈夫，威利·弗利特曼叔叔，也有一匹马。他的马名叫德鲁默，拉着一辆牛奶车。威利和德鲁默不是朋友，不像弗兰克和他的马那样彼此关爱。威利和德鲁默时刻都在想方设法加害彼此。威利叔叔时不时就臭骂一顿德鲁默。听他那意思，你会觉得那匹马晚上从来不睡觉，整夜在牛奶公司的马厩里琢磨着怎么戏弄自己的主人。

弗兰茜想玩一个游戏，在她的想象中，主人看起来像宠物，而宠物看起来也像主人。小白贵宾犬是布鲁克林常见的宠物。养小白贵宾犬的女人通常又矮又胖又白又脏，眼睛潮湿，就像一只贵宾犬。那个给妈妈上音乐课的老处女泰莫尔小姐身材瘦小，聪明伶俐，叽叽喳喳，就像挂在她厨房笼子里的金丝雀。如果弗兰克能变成一匹马，他一定看上去像鲍勃。弗兰茜从未见过威利叔叔的马，但她知道它长什么样子。德鲁默一定和威利一样，又小又瘦又黑，眼睛里白多黑少，眼神局促不安。它也会像艾薇姨妈的丈夫一样怨天尤人。她连忙控制自己，不再想弗利特曼叔叔。

大街上，十几个小男孩紧紧抓住铁门，围观附近唯一的马洗澡。弗兰茜看不见他们，但她听到他们在说话。他们用这只温柔的动物，编造着可怕的故事。

"它是不是看上去又安静又随和，"一个男孩说，"但那只是假象。它在寻找机会，等弗兰克不注意的时候，它就会咬他，把他踢死。"

"没错儿。"另一个男孩说，"我昨天看见它撞倒了一个小婴儿。"

第三个男孩灵机一动。"我看见它对着一个老太太撒尿，那老太太正坐在排水沟边卖苹果。苹果上也到处都是尿。"他想了想，又补充了一句。

"他们给马戴了眼罩，这样它就看不出人有多小。如果它能看到人有多小，它就会把所有的人搞死。"

"戴上眼罩就能让它觉得人很小吗？"

"小得像尿丝。"

"咦！"

每个男孩说话的时候都知道自己在撒谎。然而，他们却相信其他男孩关于马的鬼话。最后，见鲍勃只是心平气和地站在那里，男孩们心生厌倦。其中一个男孩捡起一块石头，砸向鲍勃。鲍勃被砸中的皮肤颤动了一下，男孩们吓得浑身发抖，他们以为马会发飙。弗兰克抬起头来，用布鲁克林口音温和地对他们说：

"你们赖着不走，竟然欺负一匹马。马又没有伤害你们。"

"哦，没有吗？"一个男孩愤怒地喊道。

"没有啊。"弗兰克回答。

"呀，你滚蛋吧。"那个最小的男孩总是能说出最狠的话。

弗兰克一边给马背上浇了点水，一边用温和的语气说："你们想自己离开这里，还是等我来打烂你们的屁股？"

"你和谁呀？"

"我给你看看我和谁！"突然，弗兰克猛冲下来，捡起一块散落的石头，挺直身子，做出要扔出去的架势。男孩们一边撤退，一边大声骂骂咧咧地喊着。

"我想这是一个自由的国家。"

"是的。街道又不是你们家的。"

"我要叫我叔叔告你，我叔叔是警察。"

"现在就滚吧。"弗兰克冷漠地说。他小心翼翼地把石头放回了原处。

大点儿的男孩厌倦了这种游戏，慢慢地散去了。几个小点儿的男孩又溜了回来。他们想看弗兰克喂鲍勃吃燕麦。

弗兰克给马洗完澡，把马牵到树荫下乘凉。他给马脖子上挂了满满一袋饲料，然后去洗马车。他一边走一边吹着口哨，"让我叫你小甜心吧。"这口哨好像是个信号，住在诺兰家下面的弗洛茜·加迪斯把头伸出了窗外。

"喂，你好。"她兴高采烈地叫道。

弗兰克知道是谁在跟他打招呼。他等了很长时间，然后头也不抬就回了一句"你好"。他走到马车的另一边，弗洛茜虽然看不见他，但她执着的声音穷追不舍。

"今天收工了吧？"她欢快地问道。

"是的，马上收工。"

"我想你要出去玩了吧，今晚是周六晚上。"没有人回答她。

"别告诉我像你这么帅的男生没有女朋友。"没有人回答她。

"今晚沙姆洛克俱乐部有一场狂欢。"

"是吗？"他听起来不感兴趣。

"是的。我有一张双人票。"

"对不起，我忙得不可开交。"

"待在家里陪你老妈？"

"也许吧。"

"啊，见鬼去吧！"她"砰"的一声关上了窗户，弗兰克松了一口气，总算了断了。

弗兰茜为弗洛茜感到难过。弗兰克一次又一次地拒绝了她，她却从来没有放弃希望。弗洛茜总是在追男人，而男人们却总是在躲避她。弗兰茜的姨妈茜茜也喜欢追男人，但不知什么缘故，男人们都会掉过头来迎接她。

不同之处在于：弗洛茜·加迪斯对男人饥不择食，而茜茜对男人有的放矢。态度不同，结果就大相径庭了。

3

爸爸五点钟回家了。这个时候，马和马车已经锁在了弗拉伯家的马厩里，弗兰茜已经读完书，吃完了糖果，她注意到午后的阳光映照在破旧的篱笆上，显得那么苍白、那么稀薄。她的枕头被阳光晒得暖暖的，被微风吹得香香的，她把枕头放在脸颊上贴了一会儿，才放回自己的小床上。爸爸进来的时候，唱着他最喜欢的民谣《莫莉·马露恩》。上楼的时候，他总是唱着这首歌，这样大家都知道他回家了。

> 在那美丽的都柏林，
> 少女们漂亮又迷人，
> 在那里我遇见了……

他还没来得及唱出下一句，弗兰茜就微笑着打开了家门。

"你妈妈呢？"他问道。每次进门他都会这么问。

"她和茜茜姨妈去看演出了。"

"哦！"听起来他很失望。如果凯蒂不在家，他总是很失望。"我今晚要去克洛默，那里有场很大的婚礼派对。"他用外套袖子擦了擦圆顶礼帽，然后把礼帽挂了起来。

"去做服务员还是去唱歌？"弗兰茜问道。

"都做。我有干净的服务员围裙吗，弗兰茜？"

"有一条围裙是干净的，就是没有熨烫。我帮你熨一熨。"

她把熨衣板放在两把椅子上，然后加热熨斗。她拿出一块皱皱巴巴的方形厚布料，布料上有亚麻宽边带子，她在布料上洒了点水。等待熨斗变热的时候，她把咖啡加热，给爸爸倒了一杯。他喝了咖啡，吃了他们给他留下来的糖面包。他非常高兴，因为晚上有份差事，因为今天天气不错。

"这样的日子就像有人给你礼物一样美好。"他说。

"是的，爸爸。"

"热咖啡是不是个好东西？没有发明热咖啡之前，人们是怎么打发日子的？"

"我喜欢闻它的味道。"

"你在哪儿买的这些小圆面包？"

"温克勒家。怎么啦？"

"他们做得越来越好了。"

"还剩了一点犹太面包，一小块。"

"很好！"他把那片面包拿起来，翻了翻。面包底下有工会的标签。"好面包，工会的面包师手艺不错！"他把标签撕了下来。一个念头一闪而过。"我的围裙上也有工会的标签！"

"标签在这里，钻到接缝的地方了。我把它熨出来。"

"标签就像个装饰品，"他解释说，"就像你戴的玫瑰。你看看我的服务生工会徽章。"那徽章颜色暗淡，绿白相间，牢牢地扣在他的翻领上。他用袖子擦了擦徽章。"在我加入工会之前，老板想付给我多少就付多少。有时候一分钱也不付。他们觉得客人们赏的小费就可以打发我了。有些地方甚至要求我付费工作。老板说，我挣的小费就够用了，他们甚至想出售服务生特许权。后来我就加入了工会。你妈妈当时不应该吝惜这点会费。工会帮我找工作，工会还要求老板必须给我一定的工资，和我的小费多少没有关系。所有的行业都应该成立工会。"

"是的，爸爸。"弗兰茜已经开始熨衣服了。她喜欢听爸爸说话。

弗兰茜想到了工会总部。有一次，她去那里给爸爸送围裙和车票钱，她看见他和几个男人坐在一起。他一直穿着无尾晚礼服，这是他唯一的西装。弗兰茜进来的时候，他正在抽雪茄，黑色的礼帽神气活现地扣在他头上。看见弗兰茜进来，他连忙脱下帽子把雪茄扔了。

　　"这是我女儿。"他骄傲地说。服务员们打量着这个衣衫褴褛的瘦弱小孩，互相交换着眼神。他们与乔尼·诺兰完全不同。他们在非周末时间做固定服务员，周六晚上出来挣点外快。乔尼没有固定工作，他四处乱跑，在夜店里找活儿干。

　　"伙计们，我要告诉你们，"他说，"我家里有两个优秀的孩子和一个漂亮的老婆。我还想告诉你们，我不够好，配不上他们。"

　　"别这么说。"一个朋友一边说，一边拍了拍他的肩膀。

　　弗兰茜无意中听到朋友圈外面有两个男人在谈论她的父亲。那个矮个子说：

　　"你最好听听这个家伙怎么说他的老婆和孩子。他家的故事可精彩了！他是个滑稽的小丑。他把工资拿回家给他老婆，却把小费留下来买酒喝。他和麦加里蒂有个荒唐的协议，他把所有的小费都交给麦加里蒂酒吧，让对方供他酒喝。不知道是麦加里蒂欠他的钱，还是他欠麦加里蒂的钱。不过，这个协议挺适合他的。他总是喝得烂醉如泥。"两个人说完就走开了。

　　痛苦萦绕在弗兰茜心头，不过，她看到站在爸爸周围的人那么喜欢他，他们听他讲话，一会儿喜笑颜开，一会儿开怀大笑，他们如饥似渴地听他侃侃而谈，看到这些，她的伤痛有些缓解。她知道，大家都喜欢她的爸爸，那两个人不过是例外罢了。

　　是的，大家都很喜欢乔尼·诺兰。他是个专唱甜蜜情歌的情歌王子。有史以来，所有的人，尤其是爱尔兰人，都喜欢人群中爱唱歌的那个人。他的服务生兄弟们真心实意喜欢他。他的老板喜欢他。他的妻子和孩子也都喜欢他。他性格开朗、年轻帅气。他的妻子没有对他恶语相向，他的孩子们也不知道他们应该为他感到羞耻。

弗兰茜收回思绪，不再想工会总部那天的经历，继续听爸爸聊天。爸爸正在回忆。

"就拿我来说吧，我是个无名小卒。"他从容地点燃一支五分钱的雪茄。"土豆歉收的那年，我的父母从爱尔兰来到这里。经营轮船公司的伙计说他可以带我父亲去美国——那里有份差事在等着他。他说他会从工资中扣除船费。就这样，我的父母来到了这里。"

"我父亲和我一样，什么工作都做不长久。"他默不作声地抽了一会儿烟。

弗兰茜静静地熨着围裙。她知道，他不过是在自言自语。他不指望她能明白这些，他只是想找个人倾听。他几乎每个星期六都会说同样的话。周六之外的其他时间，如果他喝酒了，进出家门，他都不怎么说话。但今天是星期六，是他说话的日子。

"我的父母都不识字。我自己也只上了六年级，老爷子去世后我就只好辍学了。你们这几个孩子都很幸运。我要确保你能把书念完。"

"是的，爸爸。"

"那时候，我才十二岁。我在酒吧为醉汉唱歌，他们朝我身上扔硬币。后来我开始在酒吧和餐馆工作……等待客人……"他陷入了长久的沉思中。

"我一直想做真正的歌手，那种精心打扮站在舞台上的歌手。但我没受过正规训练，对怎样做舞台歌手一窍不通。'看好你的饭碗，'我妈妈对我说，'你不知道自己有活儿干是多么幸运。'我听了她的话，进入了唱歌服务生的行列。这不是个稳定的工作。如果我只是个普通的服务员，我可能会过得更好。这就是我喝酒的原因。"他颠三倒四地说完了。

她抬头看了看他，好像要问问题似的，但她却什么也没说。

"我喝酒是因为我没戏了，而且我知道自己没戏了。我不能像别人那样开卡车，我的身材也没法当警察。想唱歌的时候，我就一边喝啤酒一边唱歌。我喝酒，是因为我人生无望，我对此心知肚明。"他又停顿了很长时间，然后低声说："我快乐不起来。我有老婆有孩子，可我却四体不勤。我从来没想过结婚生子。"

这番话再次伤了弗兰茜的心。他不想要她还是不想要尼利？

"像我这样的男人要家庭干什么？但是我爱上了凯蒂·罗姆利。哦，我不是怪你妈妈，"他加快语速说，"如果我不娶她，我就会娶希尔迪·奥黛尔。你知道吗？你妈妈现在还在吃她的醋。但当我遇到凯蒂时，我对希尔迪说，'你走你的阳关道，我走我的独木桥。'后来我娶了你妈妈。我们生儿育女。你妈妈是个好女人，弗兰茜。你一辈子都别忘了这一点。"

弗兰茜知道妈妈是个好女人，她知道。爸爸也这么说。那么，和妈妈比，她为什么更喜欢爸爸呢？为什么会这样？爸爸浑身毛病，他自己也这么说自己。可她就是更喜欢爸爸。

"是的，你妈妈工作卖力。我爱我的老婆，我也爱我的孩子们。"听到这话，弗兰茜又高兴起来了。"但是，作为男人，我不该过得更好吗？也许有一天，工会不但会给大家安排工作，还会给大家安排自由活动。不过，我这辈子可能享不到这个福了。现在，要么不停拼命干，要么街头流浪汉……没有别的路子。等我死了，没有人会长久记得我。没有人会说，'那个人热爱家庭，信任工会。'他们只会说，'太差劲了。不管怎么看，他都一无是处，不过是个酒鬼罢了。'没错，他们一定会这么说。"

屋子非常安静。乔尼·诺兰愤怒地把他抽了一半的雪茄从一扇没有纱窗的窗户扔了出去。他预感到自己的生命消耗得太快。小女孩俯身垂头，在熨衣板上静悄悄地熨着衣服，孩子消瘦的脸上挂着温柔的悲伤，这一幕深深地刺痛了他。

"听着！"他走到她身边，搂住她瘦弱的肩膀，"如果我今晚能挣到很多小费，我就用这笔钱去赌一匹周一参赛的好马。我在他身上下两元钱赌注，赢十元。我再把这十元投到另一匹马身上，然后赢一百元。如果我动动脑子，撞撞运气，我就能挣到五百元。"

天上掉馅饼，他自己在讲赌钱过程的时候就知道这是白日梦。但是他想，如果这一切真的能够实现，那该多好啊！他继续痴人说梦。

"然后，你知道我要做什么？我的小天后。"弗兰茜开心地笑了，爸爸用她的绰号叫她，这让她很高兴。这个绰号是爸爸在她婴儿的时候给她取的，他发誓说，她的哭声音色多变，音调优美，和歌剧演唱家的音域一样宽广。

"我不知道。您要做什么？"

"我要带你去旅行。只有你和我，我的小天后。我们一路向南，去棉花盛开的地方。"他对这句话很满意，所以又说了一遍，"在棉花盛开的地方。"这时候，他想起这句话是他知道的一首歌的歌词。他把手塞进口袋，吹起了口哨，开始像帕特·鲁尼那样跳起了华尔兹。然后他唱起了这首歌。

　　……在一片雪白的田野上，
　　听到黑人在柔声低唱。
　　那是我梦想的地方，有伊人在痴痴等待，
　　在棉花盛开的地方。

弗兰茜轻轻地亲吻着爸爸的脸颊。"啊，爸爸，我太爱你了！"她低声说道。

他紧紧地抱着她，刺痛的感觉又一次涌上心头。"哦，上帝啊！哦，天啊！"在难以忍受的痛苦中，他一遍又一遍地自言自语，"我是个什么爸爸啊。"不过，当他再次和她说话时，语气已经完全平静了。

"这么久了，我的围裙还没熨好呢。"

"熨好了，爸爸。"她把围裙折成一个规规整整的正方形。

"家里有钱吗，宝贝？"

她看了看架子上的裂口杯子。"有一枚五分钱和几个一分钱。"

"你能不能拿七分钱出去给我买个假衬衣和纸衣领？"

弗兰茜去纺织品店给父亲买周六晚上用的装备。假衬衫是用过浆的硬邦邦的平纹细布做的衬衫前胸，可以用领扣系住，挂在脖子上，然后用马甲固定起来。假衬衫可以替代衬衫，不过它只能穿一次就得扔掉。纸衣领并不是纸做的。之所以叫作纸衣领，是为了区别于穷人穿的纤维素衣领，这种衣领只要用湿抹布擦一擦就干净了。纸衣领是用细棉纱过浆做成的，也只能穿一次。

弗兰茜回来的时候，爸爸已经剃好胡子，弄湿头发，擦好鞋子，穿上了干净的打底衫。打底衫没有熨烫，后面有个大洞，但是干干净净，清清爽爽。他站在椅子上，从橱柜顶层的架子上取下一个小盒子。盒子里有凯蒂送给他作为结婚礼物的珍珠纽扣。这纽扣花了她一个月的薪水。乔尼非常珍惜这些纽扣，不管诺兰家有多拮据，这些纽扣从来没有被典当出去。

弗兰茜帮他把纽扣扣到假衬衣上。他用一个金纽扣把领子扣上，这金纽扣是希尔迪·奥黛尔送给他的礼物，那时候他和凯蒂还没有订婚。他也舍不得扔掉这个金纽扣。他用深黑色的丝绸领带打了个专业的蝴蝶结。其他服务生都戴着有弹力的现成的蝴蝶结。乔尼·诺兰绝不这么做。就算是临时着装，他也要做到尽善尽美。

他终于打扮好了。金色的卷发闪闪发亮，清洗剃刮之后，他的身上散发着干净清爽的味道。他穿上外套，兴高采烈地扣上扣子。燕尾服的缎面翻领有些破旧，但是，这套衣服这么合身，连裤缝的折痕都完美无缺，有谁会在意翻领上那一点瑕疵呢？弗兰茜端详着父亲擦得发亮的黑皮鞋，发现直筒裤的裤管一直盖到鞋后跟，在脚背上形成一个完美的折痕。没有谁的爸爸能把裤子穿出这种效果。弗兰茜为自己的爸爸深感自豪。她用一张专用的干净包装纸，把熨好的围裙小心翼翼地裹了起来。

她陪着他一起走向无轨电车。女人们朝他微笑，直到看见小女孩牵着他的手，她们才连忙收住了笑脸。乔尼看起来像一个英俊潇洒、漫不经心的爱尔兰男孩，根本不像清洁女工的丈夫，更看不出来他是个父亲，有两个经常挨饿的孩子。

他们经过加百利的五金店，停下脚步看了看橱窗里的溜冰鞋。妈妈从来没有时间陪她逛街，爸爸则不然。听爸爸说话的口气，总有一天，他会给弗兰茜买一双。他们走到了街角。一辆格雷厄姆大道的电车出现了，他踩着汽车减速的节奏，快速跳上候车台。当汽车再次启动时，他站在车后的平台上，一边抓住护栏，一边斜着身子向弗兰茜挥手。她想，没有哪个男人像父亲这样英俊潇洒、风度翩翩。

4

送走爸爸之后，弗兰茜去看弗洛茜·加迪斯为当晚舞会准备的服装。

为了供养妈妈和哥哥，弗洛茜在一家儿童手套工厂做车工。工人们有时候会把手套缝反了，弗洛茜的工作是把缝反了的手套纠正过来。她经常晚上带活儿回家做。他们家急需要钱，因为她的弟弟得了肺结核，不能干活儿。

弗兰茜听说亨尼·加迪斯活不了多久了，但她并不相信这个传言。他看起来不像要死的样子。恰恰相反，他看起来好极了。他皮肤透亮、脸颊粉红、眼睛又大又黑，像一盏防风的灯，持续稳定地燃烧着。不过他自己心中有数。他只有十九岁，对生活充满渴望，却不明白为什么自己要遭此厄运。见到弗兰茜，加迪斯太太非常高兴。有人过来做伴，亨尼也不再胡思乱想了。

"亨尼，弗兰茜来了。"她兴高采烈地叫道。

"你好，弗兰茜。"

"你好，亨尼。"

"你不觉得亨尼看起来气色很好吗，弗兰茜？你告诉他，他看起来不错。"

"你看起来真不错，亨尼。"

亨尼当她是空气，看都不看她一眼："她竟然跟一个垂死的人说，他看起来不错。"

"我是真心实意啊。"

"不，你言不由衷。你不过是说说而已。"

"你怎么说话呢，亨尼。你看看我，我瘦得皮包骨头，但我从没想过死。"

"你不会死的，弗兰茜。你天生就能战胜这苦难的日子。"

"不过，我真希望自己能有你那样的红脸蛋。"

"不，如果你知道我的脸蛋为什么发红，你就不会想要这样的红脸蛋了。"

"亨尼，你应该到楼顶上多坐坐。"他母亲说道。

"她对一个快死的人说，他应该坐到屋顶上。"亨尼对着他看不见的伙伴说道。

"你需要新鲜空气和阳光。"

"你别管我，妈妈。"

"我是为了你好。"

"妈妈，妈妈，你别管我！你别管我了！"

突然，他把头靠在胳膊上，使出浑身力气，发出痛苦的咳嗽。弗兰茜和他的妈妈对视了一眼，彼此默契地不再说话，不再打扰他。她们任由他在厨房里一边咳嗽一边哭泣。她们走进前房给弗兰茜看服装。

弗洛茜每周做三件事：她研究手套，研究服装，研究弗兰克。她每个周六晚上都要参加化装舞会，每次都穿不同的服装。这些服装都经过了精心设计，以隐藏她残疾的右臂。小时候，大人粗心，在厨房的地板上放了一口锅炉，锅炉里盛着滚烫的开水。她掉进锅炉里，右胳膊严重烫伤，长大后右胳膊皮肤枯萎发紫。她总是穿长袖衣服。

由于化装舞会的服装必须袒胸露背，她就发明了一套无背服装，正面露出她过于丰满的胸部，用一只长袖遮盖右臂。评委们总觉得那个下垂的袖子寓意深刻。毫无疑问，她每次都拿一等奖。

弗洛茜穿上当晚要穿的服装。这套衣服借鉴了一个新的服装概念，有点像克朗代克舞厅舞女穿的服装。这是一件紧身的紫缎晚装，里面是桃红色细纹平布底裙。在她左胸胸口最突出的地方，别了一块黑色金属蝴蝶亮片。那只长袖子用豆绿色的雪纺绸布做成。弗兰茜非常欣赏这套装束。弗洛茜的母亲打开衣橱，弗兰茜看见一排色彩鲜艳的服饰。

　　弗洛茜有六件不同颜色的紧身外套，六件平布衬裙，至少二十条不同颜色的雪纺袖子，各种你能想到的颜色应有尽有。每个星期，弗洛茜都会改变组合，穿出一套新服装。下周，樱桃色的衬裙可能会从天蓝色的紧身服下露出来，再配上黑色的雪纺袖子。如此这般。衣橱里有二十把卷得紧紧的、从未用过的丝绸伞，这些都是她赢得的奖品。弗洛茜收藏这些，就像是运动员收藏奖杯一样。看到这些雨伞，弗兰茜感到非常高兴。穷人总是喜欢量多。弗兰茜欣赏这些服装的时候，开始感到不安起来。望着这五彩缤纷的颜色，樱桃色、橙色、亮蓝色、红色和黄色，她感觉那些衣服后面隐隐地藏着什么东西。这东西和一个咧嘴笑的骷髅头、几根手的残骨一起，裹在长长的昏暗的斗篷里。它就躲在这些鲜艳的颜色后面，等待着亨尼。

5

六点钟的时候，妈妈和茜茜姨妈一起回到家里。见到茜茜，弗兰茜非常高兴。她是弗兰茜最喜欢的姨妈。弗兰茜爱她，迷她。茜茜一直过着惊险刺激、令人神往的生活。她三十五岁，结了三次婚，生了十个孩子，所有的孩子在出生后不久就夭折了。茜茜经常说，弗兰茜就是她十个孩子的总和。

茜茜在一家橡胶厂工作，她对待男人，狂野热情。她有一双顾盼神飞的黑亮眼睛，一头色泽亮丽的黑色卷发。她喜欢在头发上戴一个樱桃色的蝴蝶结。妈妈戴着她的翠绿色帽子，衬得皮肤异常白皙，看起来像奶瓶上面的奶酪。一双白色的棉质手套遮住了她粗糙的双手。她和茜茜兴奋地一边进门，一边有说有笑地谈论着她们在节目中听到的笑话。

茜茜给弗兰茜带了个礼物，一个玉米芯做的烟斗。只要往里面吹口气，一只橡胶母鸡就会跳出来，在烟斗的大头处膨胀。这是茜茜上班的工厂生产的玩具。为了掩人耳目，工厂生产少量的橡胶玩具。它们是能给他们带来暴利的产品，是人们私下悄悄购买的某个东西。

弗兰茜希望茜茜能够留下来吃晚饭。茜茜在哪里，哪里就有欢声笑语。弗兰茜觉得茜茜最懂小女孩的心思。别人都把小孩当作可爱又淘气的小坏蛋，茜茜却把他们当大人看待。但是，尽管妈妈也竭力挽留她，她还是执意要走。她说，她必须回家，她要看看她的丈夫是不是还爱她。这话把妈妈逗笑了。弗兰茜也跟着笑了，尽管她不明白茜茜究竟是什么意思。茜茜答应下个月第一天带杂志过来，然后就离开了。茜茜的现任丈夫在一家通俗杂志社工作。每个月，他都会收到杂志社所有出版物的样书：爱情故事、西部荒野故事、侦探故事、超自然故事，应有尽有。这些杂志的封面色彩鲜艳，他从库房里收到的时候，杂志上都系着崭新的黄色麻绳。杂志一到，茜茜立刻就拿过来给弗兰茜。弗兰茜如饥似渴地读完杂志，然后以半价卖给附近的文具店，再把钱放进妈妈的锡质存钱罐。

茜茜离开后，弗兰茜给妈妈讲了自己去洛舍家买面包的时候看到的那个老人，讲到他脏兮兮的双脚。

"胡说八道。"妈妈说，"晚年并不那么悲惨。如果他成了世界上唯一的老人，那才真是悲剧。可是，他还有其他老人做伴。其实老年人并不是不快乐，他们对我们想要的东西不感兴趣。他们只想穿的暖暖的，吃的软软的，彼此之间可以回忆往事。不要傻乎乎乱想了。如果说有哪件事是确定无疑的，那就是：总有一天我们都得变老。所以，你要尽快接受这个现实。"

弗兰茜知道妈妈说得没错。不过……她很高兴听妈妈谈别的话题。她和妈妈商量着下一周用陈旧面包做什么饭菜。

诺兰一家实际上是靠霉面包度日的，凯蒂能用霉面包做出各种各样的神奇美味！她取出一条霉面包，在面包上浇些开水，搅成糊状，加上食盐、胡椒粉、百里香、碎洋葱和鸡蛋（如果鸡蛋便宜的话）等作料，然后放在烤箱里烤。等到面包烤到焦黄的时候，她用半杯番茄酱、两杯沸水、调味料、一点浓咖啡和一点面粉搅和成一种酱汁，再把酱汁浇在焦黄的面包上。这样做出来的成品香喷喷、热乎乎的，味道好极了。她还会把剩下的面包切成薄片，用热培根油炸着吃。

妈妈还会用霉面包片做美味可口的面包布丁，材料是切片面包、糖、肉桂和廉价苹果片。等面包烤成棕色的时候，她把糖溶化，浇在面包上。有时候，她会做所谓的 Weg Geschnissen，这个词勉强翻译过来就是"用通常会被扔掉的面包屑做成的东西"。她把面包屑放进面粉、水、盐和鸡蛋制成的面糊中，然后放进猪油里煎炸。煎炸面糊的时候，弗兰茜跑到糖果店买了一分钱的棕色冰糖。她用擀面杖把冰糖压碎，吃之前撒在油炸面包屑上。冰糖尚未溶化的感觉真是妙不可言。

星期六的晚餐是一顿节日大餐。诺兰一家吃了顿油炸肉！用热水将一条霉面包搅成糊糊，把洋葱切碎拌进一毛钱的碎肉里，将碎洋葱肉末和面包糊搅在一起，加入盐和价值一分钱的碎欧芹，做成小小的肉圆，油炸后蘸上热番茄酱吃。这些肉圆有个名字，叫作"弗雷卡德利"，这是用弗兰茜和尼利的名字合成的一个搞笑新名词。

他们日常主要吃陈面包、炼乳、咖啡、洋葱和土豆，外加最后时刻打折买的一分钱的调味品。偶尔也会吃根香蕉。但是，弗兰茜一直想吃橙子和菠萝，她对橘子更是情有独钟。不过，橘子只有在圣诞节才能吃到。

有时候，如果手头有多余的几分钱，她就去买碎饼干。杂货店老板会用一张卷曲的纸给她折成喇叭状，往喇叭口里装满不能整块卖出的碎饼干。妈妈立的规矩是：如果你有一分钱，不要买糖果、蛋糕，去买苹果吃。但是苹果有什么好吃的呢？弗兰茜觉得生土豆吃起来也一样美味可口，而生土豆根本不用花钱买。

还有些时候，尤其是当漫长、寒冷、黑暗的冬天快要结束的时候，不管有多饿，弗兰茜总是没有胃口。泡菜时间到了。她会带上一分钱，去摩尔街的一家店铺，那里别的不卖，只有肥大的犹太泡菜漂浮在加了香料的盐水里。一位手拿大木叉的犹太老人站在木桶边，这位只有牙龈没有牙齿的老人留着长长的白胡子，戴着黑色的圆顶犹太帽。和其他孩子一样，弗兰茜点了自己想要的菜。

"给我一分钱的老犹太泡菜吧。"

那个犹太人凶巴巴地看着这个爱尔兰孩子，他的眼睛小小的，眼圈红红的，眼神苦苦的。

"外邦崽！外邦崽！"他讨厌"老犹太"这个称呼，所以朝她啐了一口。

弗兰茜其实没有恶意。她根本不知道这个称呼的真正含义。她以为这是一个术语，指陌生又可爱的东西。那个犹太人当然并不知情。弗兰茜听说，他有一只大桶，里面装着只卖给外邦人的泡菜。据说他每天都在这个大桶里吐一次痰，甚至做更过分的事情。这是他对外邦人的报复。不过，这种恶行从来没有在这个可怜的老犹太人身上得到验证，弗兰茜也不相信他会这么胡来。

他用木叉搅来搅去，白胡子后面的嘴巴不断地诅咒谩骂，当弗兰茜提出要桶底的一根泡菜时，他勃然大怒，一边转眼珠，一边扯胡子。最后，他还是捞出一根肥美的、两头结实的黄绿色泡菜，放在一张棕色的纸上。那个犹太人还在喋喋不休地谩骂着。一边骂，一边他那醋渍的手掌收了弗兰茜的一分钱，然后回到店铺后面，坐在那里打盹消气。他的头一点一点，胡子一翘一翘，梦想着故国家园的好日子。

泡菜可以享用一整天。弗兰茜一点点吸，一点点啃。她根本就不是在吃泡菜，她只是想拥有它。家里没完没了地吃面包土豆，弗兰茜就会想吃水滴滴的酸泡菜。她不知道为什么会这样，但是吃过一天泡菜后，面包和土豆又变得美味可口了。是的，吃泡菜的日子值得期待。

6

尼利回家了，他和弗兰茜被妈妈派出去买周末吃的肉。这是一个极其重要的差事，需要严格执行妈妈的行动指令。

"用五分钱在哈斯勒家店铺买一块熬汤的骨头。但是，不要在他家买碎肉。碎肉要去沃纳家买。买一毛钱切碎的牛后腿肉，不能要他放在盘子里的肉。你们再带个洋葱。"

弗兰茜和弟弟在柜台前站了很久，屠夫才注意到他们。

"你们要买什么肉？"他终于开口问他们了。

弗兰茜开始和他交涉起来。"一毛钱的牛后腿肉。"

"剁碎的肉要不要？"

"不要。"

"刚才有个女士进来，买了两毛五分钱的牛后腿肉。我剁得太多，剩了一些放在盘子里，正好值一毛钱。不骗你们，我刚刚才剁的。"

这正是妈妈警告过的陷阱。不管屠夫说什么，坚决不要买盘子里的肉。

"不要这个，我妈妈要一毛钱的牛后腿肉。"

屠夫怒气冲冲地剁下一小块肉，称好以后，砸在纸上。正当他准备把纸包起来的时候，弗兰茜用颤抖的声音说：

"哦，我忘了。我妈妈要碎肉。"

"真他妈该死！"他把肉一顿乱砍，然后塞进绞肉机。老子又被耍了，他愤愤不平地想。新鲜的红肉从绞肉机上旋转而出。他用手接住肉，正准备砸到纸上……

"我妈妈让把这个洋葱剁进肉末里。"她羞怯地把从家里带来的去皮洋葱推到柜台对面。尼利站在她旁边，一句话也不说，他的使命就是提供道德支持。

"天哪！"屠夫火冒三丈地说。不过他还是双手操刀，把洋葱剁进了肉末里。弗兰茜望着他，她喜欢听屠刀剁肉的声音节奏。屠夫再次把肉拢到一起，砸在纸上，眼睛瞪着弗兰茜。她倒吸了一口凉气，妈妈的最后一道指令最难开口。屠夫知道接下来会发生什么，他站在那里，暗暗发抖。弗兰茜鼓足勇气，一口气说道：

"再来一块板油，要和肉末一起炒。"

"杂种。"屠夫愤怒地低声说。他猛然切了一块白板油，报复性地扔在地上，然后捡起来，砸在肉堆上。他怒气冲冲地把这些包起来，一把抢过硬币，一边转身交给老板结账，一边诅咒该死的命运，怎么自己就命中注定成了个倒霉的屠夫。

肉末交易之后，姐弟俩去哈斯勒家店铺买熬汤的骨头。哈斯勒家的骨头品质一流，但是，他家的肉末就不敢恭维了，因为他总是关起门来绞肉，天知道买回来的是什么玩意儿。尼利只能拿着刚买的肉末在店铺外面等着，因为如果哈斯勒发现你在别处买了肉，他会堂而皇之地告诉你，在哪里买肉就去哪里买骨头吧。

弗兰茜要了一块价值五分钱的肉骨头，用来熬星期天喝的汤。哈斯勒让她稍等片刻，他要讲一个老掉牙的笑话：一个男人买了两分钱的肉给自己家狗吃，哈斯勒竟然问他，是要打包带走，还是在店里吃？弗兰茜羞怯地笑了笑。心满意足的屠夫走近冰箱，拿着一根闪闪发光的白骨头，骨头里面是奶油状的骨髓，骨头根部粘着红肉碎片。他给弗兰茜炫耀着。

"等你妈妈把骨头煮好后，"他说，"你让她把骨髓抽出来涂在面包上，再撒上胡椒粉和盐，给你做个美味三明治。"

"我一定告诉妈妈。"

"你要多吃点，看你瘦得像个柴火棍，给你的骨头上长点肉，哈哈哈。"

包好了骨头，收过了钱，他又切下厚厚的一块肝泥香肠给了她。弗兰茜觉得很愧疚，自己居然在别人家买了肉，还欺骗了这个好心人。只可惜妈妈对他家的肉末不放心。

天色还早，路灯还没有亮起来。卖辣根调料的女士却已经坐在哈斯勒门前，料理着她的辣根。弗兰茜取出从家里带来的杯子，老妈妈给她倒了半杯辣根作料，收了两分钱。买肉的使命就这么愉快地告一段落，弗兰茜又去蔬菜店买了做汤用的绿色蔬菜，花了两分钱。买了一根发蔫儿的胡萝卜，一棵无精打采的芹菜，一只柔软的番茄和一根新鲜的欧芹。这些东西会和骨头一起下锅，煮出浓浓的骨汤，上面漂着零散的肉屑。妈妈还会在骨汤里放些自家手工做的宽厚的面条。美味骨汤，加上涂了骨髓的面包，一顿丰盛的星期天大餐就大功告成了。

吃完油煎"弗雷卡德利"，土豆和碎饼晚餐，喝完咖啡，尼利来到街上和他的朋友们一起玩。虽然没有任何信号召唤，也没有协议约定，孩子们晚饭后总是不约而同地聚集在街角，双手插在口袋里，肩膀向前弯曲，吵吵嚷嚷，嘻嘻哈哈，推推搡搡，蹦蹦跳跳，还会踩着节拍吹口哨。

莫蒂·多纳文过来约弗兰茜一起去教堂参加忏悔仪式。莫蒂是一个孤儿，她和两个在家做工的未婚姨妈住在一起。姨妈以缝制女人裹尸布为生，她们把裹尸布以每打为单位卖给棺材店。她们用缎子簇绒做裹尸布：白色的裹尸布给死去的处女穿，淡紫色的给年轻的新婚死者穿，紫色的给中年死者穿，黑色的给老年死者穿。莫蒂带来了一些缎子碎布，她以为弗兰茜可能想用这些碎布缝些什么。弗兰茜假装很高兴，但当她把闪闪发光的碎布片收起来的时候，不由得浑身发抖。

教堂里烟雾弥漫，烛火摇曳，蜡泪流淌。修女们在祭坛上摆好了鲜花。圣母祭坛上的鲜花最漂亮。她比耶稣和约瑟夫更受姐妹们爱戴。大家在忏悔室外排队等候。少男少女们只想尽快了事，然后出门约会。奥弗林神父的忏悔室外排队的人最多。他年轻、仁慈、宽容，在他这里忏悔相对轻松一些。

轮到弗兰茜忏悔了，她拉开沉重的窗帘，跪在忏悔室里。神父打开他和罪人之间的小门，在格子窗前画了个十字。顿时，一切都笼上了古老的神秘感。他闭上眼睛，用单调的拉丁语低声快速地念叨着什么。她闻到一股混杂的味道：熏香、蜡烛、鲜花夹杂着神父上等黑袍和剃须液的气味。

"保佑我吧，神父，因为我有罪……"

她立即承认了自己的罪，很快就得到了赦免。她低着脑袋，紧握双手走了出来，在祭坛前行了屈膝礼，然后跪在围栏前。她一边做忏悔祷告，一边用珍珠母念珠来计算祈祷的次数。莫蒂的生活没那么复杂，需要忏悔的罪也就没那么多，所以她早早就走出了忏悔室。弗兰茜出来的时候，她正坐在外面的台阶上等着她。

她们在大街上晃来晃去，和布鲁克林其他女孩子一样互相搂着腰。莫蒂身上有一分钱，她买了一个冰激凌三明治，给弗兰茜吃了一口。没过多久，莫蒂就得回家了，因为姨妈不允许她晚上八点之后在大街上晃悠。两个女孩互相承诺，下周六一起忏悔，然后才分手道别。

"别忘了啊，"莫蒂一边倒退着走，一边对弗兰茜喊道，"这次是我叫你的，下次就该你叫我了。"

"我不会忘的。"弗兰茜答应道。

弗兰茜回到家时，前屋来了客人。客人是艾薇姨妈和她丈夫威利·弗利特曼。弗兰茜喜欢艾薇姨妈。她看起来很像妈妈。她风趣幽默，就像主持节目的人一样，说话总能让人发笑，她还会模仿世界上的任何人。

弗利特曼叔叔带着吉他来了。他正在演奏，其他人都在唱歌。弗利特曼又瘦又黑，头发乌黑发亮，胡子光滑如丝。他的右手没有中指，能把吉他弹成这样已经算是了不起了。到了该用中指的时候，他就会用力敲击吉他，把这段节拍补出来。所以，他的歌曲有种奇怪的节奏。弗兰茜进来的时候，他的曲目已经接近尾声，她正好听到了最后一首。

弹唱完毕，他出去拿了一罐啤酒。艾薇姨妈带了一块粗麦面包和一毛钱的林堡奶酪，他们就这样吃着三明治喝着啤酒。酒壮怂人胆，弗利特曼叔叔喝完啤酒后开始无话不谈。

"你看看我，凯蒂。"他对妈妈说，"你眼前是个失败的男人。"艾薇姨妈眼珠向上翻了翻，叹了口气，下嘴唇收了收。"我的孩子不尊重我，"他说，"我的老婆也说我毫无用处，就连德鲁默，我那匹拉送奶车的马，都拿我不当回事。你知道它那天是怎么整我的？"

他俯身向前，弗兰茜看到他两眼发亮，里面有没有流出的眼泪。

"我在马厩里给它清洗，洗到它肚子下面的时候，它竟然尿在我身上。"

凯蒂和艾薇面面相觑，她们的眼睛里闪烁着隐藏的笑声。凯蒂突然望向弗兰茜，她的眼睛里依然带着笑意，但嘴巴却显得很严厉。弗兰茜连忙低下头，看了看地板，皱了皱眉头，不过她的心里正暗笑不已。

"这就是它干的好事。马厩里所有的人都嘲笑我。每个人都嘲笑我。"他一边说，一边又喝了一杯啤酒。

"别那么说了，威尔。"艾薇姨妈说。

"艾薇不爱我。"他对妈妈说。

"我爱你，威尔①。"艾薇用她那温柔纤弱的声音向他保证，这声音本身就是一种爱抚。

"你嫁我的时候爱我，但是，现在不爱我了，对吧？"他等着。艾薇没有回答。"你看看，她已经不再爱我了。"他对妈妈说。

"我们该回家了。"艾薇说。

睡觉前，弗兰茜和尼利必须读一页《圣经》和一页《莎士比亚》，这是家规。妈妈以前每天晚上都给他们读这两页书，后来他们长大了，就开始自己读书了。为了节省时间，尼利读《圣经》的那一页，弗兰茜读《莎士比亚》的那一页。按照这样的分工，他们已经读了六年，《圣经》读了一半，《莎士比亚》读到了《麦克白》。他们匆匆忙忙读完了书，到十一点的时候，除了正在工作的乔尼，诺兰家所有的人都躺在床上了。

星期六晚上，妈妈同意弗兰茜睡在前屋。她把两把椅子拼起来推到窗前铺了张床，这样她可以观察街上的行人。躺在那里，她能听到整栋楼夜间的噪音。人们走进大楼，回到他们自己的公寓。有的人精疲力尽，拖着沉重的脚步。有的人步履轻盈，轻快地爬上楼梯。还有个人跟跄了一下，咒骂着大厅里破旧的油毡。一个婴儿断断续续地哭着。楼下一个醉汉数落着自己的老婆，说她过着邪恶生活。

凌晨两点，弗兰茜听到爸爸一边上楼，一边轻轻地唱着歌。

……甜美的莫莉·马露恩，

推着她的小独轮，

穿过小巷，走过大街，

---

① 威尔是姨夫威利·弗利特曼的昵称。下文威利亦同。

妈妈在爸爸唱最后一个字的时候打开了家门。这是爸爸和家人玩的一个游戏，如果他们在爸爸唱完歌之前把门打开，他们就赢。如果爸爸在门外把歌唱完了，爸爸就赢。

弗兰茜和尼利从床上爬起来，大家围坐在桌子旁吃起了夜宵。爸爸把三块钱放在桌子上，给两个孩子每人五分钱，妈妈让他们把钱放进存钱罐。她解释说，孩子们当天已经拿了卖垃圾的钱。因为一些客人没来参加婚宴，新娘就把没动过的食物分给了服务生，爸爸用纸袋把分得的食物带了回来。里面有半只冷的烤龙虾，五只冷冰冰的炸牡蛎，一小罐鱼子酱和一块楔形的羊乳奶酪。孩子们不喜欢吃龙虾，冷牡蛎平淡无味，鱼子酱吃起来太咸。可是他们太饿了，把桌上所有的东西一扫而光，一晚上也都消化了。如果指甲可以下饭，他们一定连指甲都能消化。

吃完饭后，弗兰茜不得不面对一个现实问题：斋戒从午夜开始，一直持续到第二天早上弥撒之后，这段时间不允许进餐，可是，她打破了斋戒的规矩，也不能接受圣餐了。这个罪过真真切切，下个星期一定要向神父真诚忏悔。

尼利回到床上，继续呼呼大睡。弗兰茜走进黑暗的前屋，坐在窗口，毫无睡意。妈妈和爸爸坐在厨房里，他们会在那里坐着聊天，一直聊到天亮。爸爸讲述着晚上的工作，他看到的人，他们的样子，他们说话的方式。诺兰一家对待生活总是意犹未尽。他们全心全意地过着自己的生活，但是这还不够，他们还得关注所有他们接触过的人，关注他们的生活。

乔尼和凯蒂整夜都在交谈，黑暗中，他们的声音抑扬顿挫、高低起伏，听起来使人安心，给人慰藉。凌晨三点的时候，街上非常安静。弗兰茜看到一个住在街对面的女孩和她的男朋友跳舞回来了，他们在门厅里紧紧拥抱着。他们站在那里，默默无语地拥抱着，那女孩靠在后墙上，不知不觉中触到了门铃。她的父亲闻声穿着睡裤跑下楼，他压低嗓门，用最难听的话把那个小伙子骂了个狗血喷头，让他去死，让他能滚多远就滚多远。那女孩一边飞奔上楼，一边放声咯咯大笑；她男朋友一边沿着街道走，一边吹着口哨："今晚我只有你。"

在纽约挥霍了一晚之后，当铺老板托莫尼先生乘坐一辆双人出租马车回家了。他从没进过自家当铺的大门，他继承了这家当铺，同时还继承了一位能干的经理。没有人知道像他这么有钱的人，为什么还要住在店铺上面的房子里。他在污秽肮脏的威廉斯堡，过着纽约贵族的生活。一个去过他房间的泥灰匠传言道，他们家里到处都是雕像、油画和白色的毛皮地毯。托莫尼先生是个单身汉。一整个星期都不见他的人影，也没人看见他星期六晚上离开，只有弗兰茜和巡逻的警察看到他回家了。弗兰茜望着他，感觉自己就像剧院包厢里的观众。

他高高的丝绸帽子斜盖着一只耳朵。手杖夹在胳膊下，路灯照着手杖的银杖头，闪闪发亮。他把缎子斗篷往后一甩，从兜里掏钱付款。车夫接过钞票，用鞭子头碰了碰帽檐，抖了抖马缰绳。托莫尼先生目送车夫驾车离开，好像出租车是他美好生活的最后一个环节。然后他上了楼，回到那套豪华公寓。

他应该经常去莱森韦伯和华尔道夫那样传奇的地方。弗兰茜决定有朝一日也要去看看那些地方。总有一天，她会穿过离她只有几个街区的威廉斯堡大桥，一路走到纽约，找到那些漂亮的地方，在外面好好看看，这样她就能更准确地了解托莫尼先生了。

一阵清新的微风从海上吹来，吹过布鲁克林上空。遥远的北方，住着意大利人，他们在院子里养鸡，那边传来一只公鸡的打鸣声。远处的一条狗配合着叫了起来，那匹名叫鲍勃的马，原来在马厩里睡得舒舒服服，此刻也发出了一阵嘶鸣声。

弗兰茜喜欢星期六，不想用睡觉来终结它。对未来一周的恐惧让她惴惴不安。她把这个周六的记忆深深地印在自己的心坎里。除了那个等候面包的老人，这个周六过得完美无缺。

除了周六的其他晚上，她不得不躺在自己的小床上。她能从通风管道听到其他公寓一家人模模糊糊的声音。那家新娘像个小孩，她的丈夫是卡车司机，像个猿猴。新娘的声音轻柔中带着恳求，她丈夫的声音粗糙又苛刻。然后会有一段短暂的沉默，再然后就是如雷鼾声和凄凄惨惨的哭声，新娘会一直哭到清晨。

一想起那新娘的呜咽声，弗兰茜不由得瑟瑟发抖，双手本能地捂住耳朵。这时候她想起来，现在是星期六，她住在前屋，听不到通风管道的声音。是的，现在还是星期六，一切都那么美好。离星期一还有很长一段时间，这中间还有一个宁静的星期天。她可以利用这段时间慢慢去想那个棕色碗里的金莲花，想那匹马站在阳光和树荫下洗澡的样子。她开始昏昏欲睡。有那么一刻，她听到凯蒂和乔尼在厨房里聊天，他们正在追忆往事。

"第一次遇到你的时候，我才十七岁，"凯蒂说，"在卡斯尔编织厂工作。"

"我那时十九岁，"乔尼回忆说，"正和你的闺蜜希尔迪·奥黛尔谈恋爱呢。"

"哦，别提她了。"凯蒂不屑一顾地说。

香甜的暖风在弗兰茜的头发里轻轻飘动。她把胳膊叠在窗台上，脸颊贴在胳膊上。只要一抬头，她就能看到出租房屋顶上的星星。没过多久，她就睡着了。

第 二 部

她们是用看似

薄薄的隐形钢做成的

钢铁女人。

7

　　乔尼·诺兰第一次遇见凯蒂·罗姆利，也是在布鲁克林的一个夏天，那是十二年前，也就是 1900 年的夏天。他十九岁，她十七岁。凯蒂在卡斯尔编织厂工作，她最好的闺蜜希尔迪·奥黛尔也在这个厂上班。希尔迪是爱尔兰人，凯蒂的父母都出生在奥地利，但是两个姑娘相处得很融洽。凯蒂更漂亮，希尔迪更大胆。希尔迪头发金黄，脖子上戴着石榴石红雪纺蝴蝶结，嘴里嚼着森森牌口香糖，她熟悉所有流行的歌曲，还是个跳舞高手。

　　希尔迪的男朋友是个纨绔子弟，每个星期六晚上都会带她去跳舞，他的名字叫乔尼·诺兰。有时候，他会在工厂外等候希尔迪。他总是带着几个小伙子和他一起等。他们在拐角处晃晃悠悠、嘻嘻哈哈。

　　希尔迪告诉乔尼，让他下次跳舞的时候给她的朋友凯蒂带个舞伴来。约翰遵命照办。他们四个人乘坐电车去了趟卡纳西。两个小伙子头戴草帽，系帽子的带子一根绑在帽檐上，另一根绑在外套的翻领上。猛烈的海风不断把帽子从头上吹掉，小伙子们不停地用带子把帽子拉回来，大家笑成一团。

　　乔尼和自己的女朋友希尔迪一起跳舞。凯蒂却拒绝和配给她的小伙子跳舞，这家伙头脑简单、言语粗俗，凯蒂上厕所回来的时候，他竟然说："我以为你得掉进茅坑去了。"不过，她欣然接受了他买的一杯啤酒，她坐在桌子旁，一边看着乔尼和希尔迪跳舞，一边心想：天下再也找不到乔尼这样的人了。

　　乔尼的脚又细又长，他的鞋子又亮又光。跳舞的时候，他用脚趾尖着地，脚跟配合着脚尖，有节奏地摇晃着。跳了一会儿，乔尼浑身发热，就把外套挂在椅背上。他的裤子裁剪得恰到好处，紧紧贴着臀部，白衬衫正好搭在腰带上。他穿着高高的硬领衬衫，戴着圆点领带，这圆点与草帽上的带子正好相配。他戴着淡蓝色的袖带，袖带上的缎子布蓬松地裹在松紧带上。凯蒂醋意十足地怀疑那袖带是希尔迪为他缝制的。她妒火中烧，余生都讨厌那种淡蓝色。

凯蒂目不转睛地盯着乔尼。他青春年少，体形消瘦，金色的卷发闪闪发亮，深蓝色的眼睛炯炯有神。他鼻直口阔，肩膀宽厚。她听到邻桌的女孩们说他衣品一流，她们的男舞伴则说他是跳舞一流。虽然他当时不属于凯蒂，但她还是为他感到自豪。

当乐队演奏《甜蜜的罗西·奥格雷迪》时，乔尼礼节性地邀请她跳了一曲。当他的双臂环抱凯蒂的时候，她本能地适应了他的节奏。她知道，他就是自己想要的人。这辈子她别无所求，只要能够看着他，听着他。此时此刻，她下定决心，为了能够和他在一起，就算一辈子给他做牛做马，她也心甘情愿。

也许这个决定是她的重大失误。她应该耐心等待，等到某个男人甘愿为她做牛做马。这样，她的孩子就不会忍饥挨饿，她就不用靠擦地板维持生计，他就永远是她温柔闪亮的回忆。但是，她当时谁也不想要，只想得到乔尼·诺兰，她开始主动出击去追他。

接下来的星期一，她开始了抢人大战。下班的哨声刚一吹响，她就跑出工厂，在希尔迪之前跑到了拐角处，语气婉转地喊道：

"你好，乔尼·诺兰。"

"你好，凯蒂，亲爱的。"他回答道。

从那以后，她每天都会想方设法有一搭没一搭地和他闲扯几句话。乔尼发现，他每天特意站在街角处，等的就是这几句话。

有一天，凯蒂找到一个女人常用的撒手锏，她告诉女工头，说自己来例假了，感觉不舒服，提前一刻钟离开了工厂。乔尼和朋友们正在角落里等着，嘴里吹着口哨"安妮·鲁尼"打发时间。乔尼斜戴着草帽，帽檐挡着一只眼睛，双手插在口袋里，在人行道上表演华尔兹。路过的人纷纷停下来欣赏。值班的警察大声喊道：

"你在浪费时间啊，伙计。你应该站在舞台上表演。"

看到凯蒂走过来，乔尼停止了表演，对着她咧嘴一笑。她穿着一件紧身的灰色套裙，裙边上镶着自己工厂制作的黑色穗带，看上去妩媚动人。穗带巧妙地缠来绕去，就是想吸引眼球，突出她并不丰满的胸部。紧身衣裙上的两排褶边，就已经让她的胸部凸显出来了。为了与灰色套裙相配，她头上斜戴了一顶樱桃色帽子，脚上穿了双维奇儿童羊皮高跟鞋。她棕色的眼睛闪闪发亮，害羞的脸颊泛着红光，她觉得自己看起来一定精神抖擞——追求这样的男人，就该有这样的气势。

乔尼过来跟她打招呼，其他小伙子四散而去。在那个非同寻常的日子里，凯蒂和乔尼究竟给对方说了些什么，他们俩早忘得一干二净。总之，在他们漫无目的、意味深长的谈话中，随着美妙的停顿，激动人心的情感在彼此心中暗流涌动，他们开始意识到，彼此都在热恋着对方。

工厂下班的哨声响了，姑娘们潮水般从卡斯尔工厂涌出。希尔迪穿着一套棕色西装裙，黄色的头发往后梳着，上面扣着一顶黑色扁帽子，帽子上别着一根邪恶的帽针。看到乔尼，她理直气壮地笑了。可是，看到凯蒂和他在一起，她的笑容顿时僵硬了，疼痛、恐惧和仇恨袭上心头。她猛然冲向他们，从黑帽子上拔出那根长长的帽针。

"他是我的男朋友，凯蒂·罗姆利，"她尖叫着说，"你不能横插一杠子啊。"

"希尔迪，希尔迪。"乔尼从容不迫、不慌不忙地说。

"我想这是一个自由的国家。"凯蒂摇着头说。

"自由不是让你做强盗，随便抢人家男朋友。"希尔迪一边喊道，一边用帽针刺向凯蒂。

乔尼站在两个女孩中间，脸颊被帽针划了个口子。这时，一群卡斯尔编织女工围拢上来，兴致勃勃、叽叽喳喳地看着她们。乔尼一手抓一个女孩的胳膊，把她们俩拉过拐角，带进一个门厅，一边用胳膊拦住她们不让走，一边对她们说。

"希尔迪，"他说，"我没什么本事。我不应该误导你，因为我发现我不能娶你了。"

"这都是她的错。"希尔迪哭道。

"是我的错。"乔尼慷慨大方地承认道，"遇到凯蒂，我才知道什么是真爱。"

"可是她是我最好的朋友。"希尔迪可怜兮兮地说，好像乔尼犯了乱伦罪似的。

"她现在是我心爱的女朋友，别的也没什么好说了。"

希尔迪一边哭泣一边争辩。乔尼让她冷静下来，向她解释了他和凯蒂的关系。最后他说，希尔迪要走她的阳关道，他要走他的独木桥。他喜欢自己说话的声音，就把刚才的话又重复了一遍，享受着此刻的戏剧性场面。

"所以，你走你的阳关道，我走我的独木桥。"

"你的意思是，我走我的阳关道，你走她的独木桥吧。"希尔迪愤怒地说。

最后，希尔迪走了。她垂着肩膀走在街道上。乔尼从后面追上她，在街上搂住她，温柔地和她吻别。

"我真希望我们的结局不是这个样子。"他悲伤地说。

"你根本就不是这么想的，"希尔迪厉声打断他，"如果你真这么想的，"她又开始哭起来，"你就和她做个了断，然后和我重新开始。"

凯蒂也哭了。毕竟，希尔迪·奥黛尔是她最好的朋友。她也吻了吻希尔迪。希尔迪的双眼噙满泪水，充满仇恨，近距离对视片刻，凯蒂连忙望向别处。

就这样，希尔迪开始了自己的新生活，乔尼和凯蒂走到了一起。

于是，希尔迪走了她的阳关道，凯蒂和乔尼选择了他们的独木桥。

他们谈了一段时间恋爱，然后就订婚了，1901年元旦那天，他们在凯蒂选的教堂结了婚。结婚的时候，他们认识还不到四个月。

托马斯·罗姆利一直不肯原谅他的女儿。事实上，女儿们嫁人结婚，他从来没有原谅过。他的育儿哲理简洁明了：不能做赔本的买卖。男人应该享受养孩子的过程，养育的时候尽量少花钱少出力，等他们十几岁的时候，就让他们出去挣钱养活父亲。凯蒂结婚的时候只有十七岁，才工作了四年，他认为女儿欠了他的钱。

罗姆利讨厌所有人，讨厌所有事。没有人知道这其中的原因。他身材高大，英俊帅气，铁灰色的卷发盖在狮子般的头上。为了躲避兵役，他和新婚妻子一起逃出了奥地利。他痛恨自己的祖国，也顽固地拒绝喜欢新国家。如果他愿意，他既能听懂英语，也会说英语。但是，如果有人用英语跟他说话搭腔，他会置之不理，他还禁止家人在家里说英语。他的女儿们不大懂德语。（她们的母亲只让她们在家说英语。她觉得孩子们懂的德语越少，就越不会发现父亲的残酷无情。）因此，在成长的过程中，四个女儿与父亲之间几乎没有什么交流。除了诅咒谩骂，他从来不跟她们说话。他的德语口头禅"该死的"基本上就是"你好""再见"的代名词。愤怒至极的时候，他会把自己发脾气的对象叫作"俄国佬"，他认为这是最恶毒的脏话。他讨厌奥地利，他讨厌美国。但是，他最最讨厌的，是俄国。他从来没有去过那个国家，也从来没见过一个俄国人。他对那个国家印象模糊，对那里的人民知之甚少，没有人知道他的仇恨因何而生。这个人就是弗兰茜的外公。他的女儿们都讨厌他，弗兰茜也讨厌他。

他的妻子，弗兰茜的外婆玛丽·罗姆利是一位圣人。她没上过学，连自己的名字都不认识，更不会写字，但是，她能记得一千多个故事和传说。有些故事是她自己编来哄孩子玩的，其他故事是她自己的母亲和祖母讲给她的古老的民间故事。她知道很多祖国的乡村歌曲，也懂得所有的谚语和名言。

她是一个虔诚的宗教信徒，对每一位天主教圣徒的生活故事了如指掌。她相信鬼魂、仙子和一切异灵。她对草药如数家珍，可以给你煮点药或熬制符水——只要你没有邪念，不想用符水害人。在祖国的时候，她兰心蕙质、德高望重，常常有人上门求教，求她指点迷津。她是一个无可指摘的清白女人，但她却能理解那些有罪之人。在道德行为上，她严于律己、宽以待人。她敬畏上帝，热爱耶稣，但是她能理解人们背离上帝和耶稣的理由。

结婚的时候，她还是处女，谦卑地顺从了丈夫残暴的爱。他的野蛮行径很早就扼杀了她潜在的所有欲望。然而，她明白——正如常言道——狂热的爱欲会使女孩子走上邪路。她还明白，一个因强奸被赶出社区的男孩，内心有可能还是个好孩子。她更明白，人们为什么不得不撒谎，偷窃，互相伤害。她了解人类所有可怜的弱点，也知道各种残酷的力量。

可惜，她目不识丁。

她的眼睛是柔和的棕色，清澈而天真。她闪亮的棕色头发从中间分开，垂在耳朵上。她皮肤雪白，晶莹透亮。她的嘴唇柔和美丽，说话的时候，声音低沉、柔和、热情、悦耳，抚慰着听话的人。她所有的女儿和孙女都从她那里继承了这种高品质的声音。

玛丽确信，自己一定在无意中犯了某个罪，结果就被惩罚嫁给了魔鬼本尊。她对此深信不疑，因为她丈夫就是这么告诉她的。"我自己就是魔鬼附体。"他总是这么说。

　　她经常看他，他脑袋两侧竖立着两绺头发，眼睛灰暗，眼神冰冷，两边的眼角向上斜着。她叹口气，自言自语地说："是的，他就是魔鬼。"

　　他有独到的鬼点子，常常一边看着她圣洁的脸，一边用虚假的亲切语气污蔑诽谤基督。她常常因此惊恐万分，从门后的钉子上取下围巾，胡乱裹在头上，冲到大街上走来走去，要不是牵挂孩子，她真不愿意回到家里。

　　她去三个小女儿就读的公立学校，用磕磕绊绊的英语告诉老师，必须鼓励孩子们只说英语，永远不许她们说德语单词或短语。她以这样的方式保护孩子们不受父亲的伤害。孩子们上完六年级后不得不离开学校，出去工作，她伤心难过。女儿们嫁给不中用的男人时，她伤心难过。女儿们生下女儿时，她伤心落泪，因为她知道生为女人，意味着一辈子都要过卑微的艰苦生活。

　　每次弗兰茜开始祈祷说到"万岁，玛利亚，充满了恩典，主与你同在"，她外婆的面孔就会浮现在眼前。

　　茜茜是托马斯·罗姆利和玛丽·罗姆利的长女。她是父母登陆美国三个月后出生的，从来没有上过学。在她本该上学的时候，玛丽不知道他们这样的人可以接受免费义务教育。的确有法律规定，必须让孩子接受教育，但是，没有人去寻找这些无知的家长，让他们依法送孩子上学。其他女儿到了入学年龄的时候，玛丽已经对免费教育有所了解。但当时茜茜太大了，不能和那些六岁的孩子坐在一起。她只好待在家里，帮母亲干活打下手。

　　茜茜十岁的时候，就已经发育成熟，像个三十岁的女人。所有的男孩都在追她，而她也在追所有的男孩。十二岁的时候，她开始和一个二十岁的男孩子处对象。她父亲将那男孩痛打了一顿，扼杀了这段浪漫的恋爱。十四岁的时候，她和一个二十五岁的消防员搞到了一起。这一次，她父亲被消防员打了个一败涂地，于是，他们的恋情就有了结果，消防员娶了茜茜做老婆。

他们去了市政厅，茜茜发誓说她已经十八岁了，接待员就给他们办理了手续。邻居们对此深表震惊，但玛丽知道，对她这个性欲旺盛的女儿来说，结婚是最好的事情。

消防队员吉姆是个好人。他高中毕业，算得上受过教育的人。他收入很高，却很少回家，是个理想的好丈夫。他们在一起幸福美满。茜茜对他别无所求，只要能够多多做爱，这让他心满意足。有时候，他会感到些许羞愧，因为自己的老婆是个文盲。不过，她机智幽默、聪明伶俐、心地善良，把日子过得开心快乐，有滋有味。没过多久，他就不再纠结老婆是不是文盲了。茜茜对母亲和妹妹们非常慷慨。吉姆定期给她相当可观的零用钱，她精打细算，通常会把剩下的钱留给母亲。

婚后一个月，她就怀孕了。尽管已经成为人妻，可她还是一个十四岁的顽皮姑娘。她依旧和其他孩子在街上跳皮筋，根本不在乎自己胀鼓鼓的肚子，不注意自己肚子里的孩子，邻居们见状，吓得目瞪口呆。

她每天忙着做饭、打扫、做爱、跳绳、抢着和男孩子参加棒球比赛，除此之外，茜茜也为即将到来的孩子做了点儿规划。如果是女孩，她就用母亲的名字叫她玛丽。如果是个男孩，就叫他约翰。不知什么原因，她对约翰这个名字情有独钟。她开始把吉姆叫成约翰，说她不过是想用孩子的名字叫他而已。起初，这只是个宠溺的绰号，但很快，大家都叫他约翰，很多人以为这就是他的真名。

孩子出生了，是个女孩，顺产。他们请来了街区的接生婆。一切进展顺利。茜茜只分娩了二十五分钟，生产过程非常完美。整个事情唯一的问题是：婴儿生下来就死了。巧合的是，这孩子的生日和忌日都和茜茜十五岁生日同一天。

她伤心了一阵子，悲伤改变了她。她干活更卖力了，将屋子收拾得一尘不染。她对母亲更加体贴了，不再像个假小子。她确信，是跳绳导致了孩子的夭亡。她变得安静了，显得更年轻、更天真了。

到二十岁的时候，她已经生了四个孩子，四个都是死婴。最后，她得出结论，认为丈夫才是罪魁祸首，她根本没有错。第一个孩子死了以后，她不就停止跳绳了吗？于是，她告诉吉姆，她不再爱他了，他们做爱的结果就是死亡，她叫他离开自己。他争辩了一段时间，最后还是走了。起初，他还不时地送钱给她。有时，茜茜感到孤独想男人了，就到消防站外面晃一晃，吉姆总是坐在外面，椅子靠在砖墙上。她面带微笑，扭动屁股，放慢脚步从他眼前走过。吉姆于是不辞而别，擅离岗位，跑到公寓里与她相会。他们会在公寓里寻欢作乐半个小时。

最终，茜茜遇到了另一个想娶她的男人。她家里没人知道那家伙的真实姓名，因为她一开始就叫他约翰。第二次结婚相当简单。但是离婚手续既复杂又昂贵。况且，她是天主教徒，不相信离婚。当时结婚的时候，她和吉姆让一个市政厅接待员办理的，她认为那里不是教堂，所以就算不上是真正的结婚，那么为什么要让那次结婚影响这次结婚呢？于是，她用了自己的新婚名字，只字未提第一次婚礼，让另一位接待员给他们办了结婚手续。

茜茜不在教堂结婚，这给她的母亲玛丽平添了痛苦和烦恼。她的二婚给托马斯提供了新的可乘之机，他又借此开始折磨妻子。他三番五次告诉她，他要去报警，让警察以重婚罪逮捕茜茜。不过，他还没来得及报警，茜茜的婚姻就到头了。茜茜和第二任丈夫结婚四年，生了四个孩子，四个都是死婴，于是她又断定，第二任丈夫也不适合自己。

她丈夫是新教教徒，她告诉他，天主教不承认她和新教教徒的婚姻，既然她的教会不承认，她也就不承认这个婚姻，她趁热打铁，当即就解除了这段婚姻，宣布自己自由了。

这位约翰二号泰然自若地接受了这个决定。他喜欢茜茜，和她在一起很幸福、很快乐。但是，她就像水银一样瞬息万变。尽管坦率得吓人，天真得可怕，但他真的对她一无所知，他也厌倦了和一个谜一样的人生活在一起。对于分手，他并不感到太难过。

二十四岁的时候，茜茜已经生了八个孩子，但是没有一个活下来。她认为上帝反对她结婚。她在一家橡胶厂找了份工作，她告诉大家自己是个老处女（没有人相信这话），和母亲住在一起。在第二次和第三次婚姻之间，她找了很多情人，她把他们通通都称作约翰。

多次劳而无功的生育之后，她对孩子的爱更加强烈了。她心情沮丧，觉得如果没有孩子让她去爱，她就会发疯。她把自己受挫的母爱全部倾注在两个妹妹艾薇、凯蒂以及她们的孩子身上。弗兰茜崇拜她。她听到有人私下议论说茜茜是个坏女孩，但她还是一如既往地爱她。对这个总是犯错的姐姐，艾薇和凯蒂想要生气却做不到，她对她们非常慷慨，她们没理由跟她对着干。

弗兰茜十一岁生日后不久，茜茜在市政厅举行了第三次婚礼。第三个约翰就是在杂志公司工作的这位叔叔，通过他，弗兰茜每个月都能读到那些精美的新杂志。为了这些杂志，她希望姨妈的第三次婚姻能天长地久。

伊丽莎是玛丽和托马斯的二女儿，她没有其他三个姐妹那么漂亮可爱，也不如她们那么热情奔放。她相貌平平，枯燥无趣，对生活漠不关心。玛丽一直想送一个女儿给教堂做神职人员，于是就选定了伊丽莎。伊丽莎十六岁时进了修道院。她选择了一种非常严苛的修女类型，除非父母去世，否则不得离开修道院。她给自己取名厄休拉，修女厄休拉成了弗兰茜生活中一个虚幻的传说。

弗兰茜只见过她一次，当时她从修道院出来，参加托马斯·罗姆利的葬礼。弗兰茜那时只有九岁，刚刚参加过第一次圣餐仪式，她发誓要把自己全心全意地奉献给教会，还想长大以后要当修女。

她激动地等待着厄休拉修女的到来。想想看，自己有个修女姨妈，多么荣幸啊！可是，当厄休拉修女弯腰吻她时，弗兰茜发现她的上嘴唇和下巴上有一些细小的毛发。弗兰茜吓坏了，她以为年轻时进修道院做修女，脸上都会长毛发，于是放弃了做修女的念头。

艾薇是罗姆利家的三女儿，她也很早就结婚了。她嫁给了威利·弗利特曼，一个英俊的黑发男人。他的胡须如丝光滑，他的双眼清澈明亮，就像一个意大利人。弗兰茜觉得他的名字非常滑稽，每次想起来她都忍不住想笑。

弗利特曼不那么出色，但也不是个废物，他只是性格软弱，喜欢长吁短叹。不过，他能弹一手好吉他。罗姆利家族的女人都有一个弱点，她们无法抵挡有创造力和表演才能的男人。任何一种音乐、艺术或讲故事的天赋对她们来说都是奇妙非凡的，她们觉得自己有责任培养和保护这些才能。

艾薇是这个家族中最优雅的一个。她住在一个高档社区的边缘，住在一套便宜的地下室公寓里，她想向周围人学习，让生活更上一层楼。

她想出人头地，想让孩子们拥有自己从未有过的机遇。她有三个孩子，一个男孩，名字随他父亲；一个女孩，名叫布洛索姆；还有一个男孩叫保罗·琼斯。她改良命运的第一步就是，让孩子们离开天主教主日学校，进入圣公会主日学校。她已经想明白了，觉得新教徒比天主教徒更文雅。

艾薇喜欢音乐人才，却苦于自己没有音乐细胞，于是就在孩子身上拼命挖掘。她希望布洛索姆喜欢唱歌，希望保罗·琼斯喜欢拉小提琴，小威利喜欢弹钢琴。可孩子们没有任何音乐天赋。艾薇不畏艰险，迎难而上。不管愿不愿意，他们都必须喜欢音乐。如果他们没有天赋，也许可以一小时一小时地给他们填点进去。她给保罗·琼斯买了一把二手小提琴，经过一番讨价还价，以每小时五毛钱的价格请到一个自称"小快板"的教授，给孩子们教授音乐。他教小弗利特曼小提琴的基本指法技能，那种嘎吱嘎吱刮擦琴弦的声音听得人胆战心惊。年底的时候，他终于教会孩子一首完整的曲子，美其名曰"诙谐曲"。艾薇心想，拉曲子总比一直练习音阶好，嗯，哪怕好一点点也是进步啊。从此之后，艾薇的野心就更膨胀了。

"当家的，"她对丈夫说，"既然我们给保罗·琼斯买了小提琴，干脆让布洛索姆也一起来上课，这样两人可以共用一把小提琴。"

"希望时间不要冲突哦。"她丈夫酸溜溜地回答说。

"你什么意思！"她气愤地说道。

就这样，他们每周又得多攒五毛钱，布洛索姆手握五毛钱，不情不愿地去上小提琴课了。

天下之大无奇不有，这位小快板教授对女学生有个小小的癖好，拉琴的时候，他让女学生脱下鞋子和袜子，光着脚站在他家绿色的地毯上。他不去纠正她的节拍和指法，他用一个小时的时间盯着她的脚丫子胡思乱想。

有一天，布洛索姆准备去上课。艾薇发现孩子脱下鞋子和长袜，小心翼翼地洗了洗脚。艾薇觉得，洗脚讲卫生固然精神可嘉，却有点莫名其妙。

"你为什么要现在洗脚啊？"

"为了上小提琴课啊。"

"你是用手拉琴，又不是用脚拉琴。"

"脚脏兮兮地站在教授面前，我觉得不好意思。"

"他难道能透过鞋子看到你的脚？"

"看不到啊，所以他总是让我脱掉鞋子和袜子。"

听了这话，艾薇跳了起来。她对弗洛伊德的性心理学一无所知，她对性问题中的各种怪癖也缺乏了解，但她的常识告诉她，小快板教授不该每小时收费五毛钱却出工不出力。布洛索姆的音乐教育当场就寿终正寝了。

她又去问了问保罗·琼斯，他说上课时，脱帽子就可以了，不用脱鞋脱袜子。于是，他的音乐课照常进行。五年后，他学会了拉小提琴，演奏水平和他爸爸弹吉他的水平不相上下，而他爸爸这辈子没上过任何音乐课。

除了爱好音乐之外，弗利特曼叔叔是个枯燥无趣的人。在家里，他唯一的话题就是那匹名叫德鲁默的马，他喜欢吐槽自己如何被马捉弄得死去活来。弗利特曼和那匹马已经恶斗了五年，艾薇希望他们能尽快做个了断。

艾薇真的很爱她的丈夫，但她还是忍不住想要模仿他。她会站在诺兰家的厨房里，假装自己是那匹马——德鲁默，她会模仿弗利特曼叔叔如何费尽气力给马挂饲料袋的情形。

"那匹马就这样站在马路边上。"艾薇俯下身来，头垂在两个膝盖之间。"威利拎着饲料袋走了过来。他正打算把饲料袋挂上马脖子，马头就抬起头来了。"说到这里，艾薇猛然抬起头来，像马一样嘶鸣着。"威利等了一会儿，马头又低下去了。你会觉得它永远不会再抬头了，那匹马就像没长骨头似的。"艾薇耷拉着脑袋。"威利拿着饲料袋走了过来，马头又突然抬起来了。"

"那后来又怎么办呢？"弗兰茜问道。

"后来我就走下去，把饲料袋挂在马身上。就这么简单。"

"它让你挂吗？"

"它让我挂吗？你这话问的。"艾薇大声回了凯蒂一句，又转向弗兰茜，"你不知道，它跑上人行道，过来迎接我，还没等我把草料袋子提起来，它就把头伸了进去。你还问它让不让我挂？"她愤怒地低声说，然后再次转向凯蒂，"你知道，凯蒂，德鲁默这么喜欢我，有时候我觉得我男人都会吃醋呢。"

　　凯蒂张大嘴巴，盯着她看了一会儿，然后大笑起来。艾薇笑了，弗兰茜也笑了。两个罗姆利家女儿和有半个罗姆利血统的弗兰茜站在那里，大笑着，笑她们共享的一个秘密，笑一个男人的弱点。

　　罗姆利家族的女人包括：老母亲玛丽，女儿艾薇、茜茜、凯蒂。还有弗兰茜，她长大以后也会成为罗姆利家族的女人，虽然她姓诺兰。她们个个身材苗条，身体柔弱，眼睛充满好奇，声音温柔缥缈。

　　但是，她们是用看似薄薄的隐形钢做成的钢铁女人。

8

　　罗姆利家族总能养出个性坚强的女人。诺兰家族总能养出软弱而有才华的男人。乔尼家的人都快绝种了。诺兰家族的男人越来越英俊，越来越软弱，越来越迷人。他们有办法坠入爱河，却总是逃避婚姻，这就是他们濒临灭绝的主要原因。

　　结婚不久，鲁蒂·诺兰就和她年轻英俊的丈夫从爱尔兰来到美国。他们一年一个，连生了四个儿子。米奇三十岁的时候就死了，鲁蒂一个人承担起养家糊口、抚养孩子的重担。她想方设法让安迪、乔治、弗兰基和乔尼读到了六年级。男孩们满十二岁的时候，就不得不辍学，出去打工挣几个小钱。

　　小伙子们长大以后，个个英俊潇洒，擅长吹拉弹唱，能歌善舞，女孩们被他们迷得魂不守舍。虽然诺兰家住在爱尔兰街最破旧的房子里，但是，小伙子们的着装却是附近最考究的。家里的熨衣板一直支在厨房里，总有一个人要么在熨裤子，要么在熨领带，要么在熨衬衫。诺兰家的小伙子是这片贫民窟的骄傲，他们高大威武、金发碧眼、英俊帅气。他们的鞋子闪闪发亮，走起路来脚步轻盈。他们的裤子挂在腿上，笔挺有型。他们的帽子站在头上，神气活现。可是，他们都活不过三十五岁，他们都死了，四个人中，只有乔尼留了一儿一女。

　　安迪是长子，也是最帅的。他金色的卷发泛着红色，精致的五官棱角分明。他也得了肺结核。他和一个名叫弗兰茜·梅拉尼的女孩订了婚。他们一直推迟婚期，指望他身体好转，没料到他的身体总不见好。

诺兰家的男孩都是唱歌服务生。他们组成了诺兰四重唱，后来安迪身患重病不能参与，四重奏变成三重奏。他们赚钱不多，这点钱大部分花在了喝酒和赌马上。

安迪最后一次卧床的时候，兄弟们花了七块钱给他买了一个真正的天鹅绒枕头，想让他生前奢侈一次。安迪非常喜欢这个漂亮的枕头，可惜刚刚枕了两天，他突然大吐血，鲜血把精致的新枕头染成了铁锈色。安迪死了，母亲在他的尸体前整整哭了三天。弗兰茜·梅拉尼发誓永不结婚。其他三个兄弟则发誓，他们永远不会离开妈妈。

六个月后，乔尼迎娶了凯蒂。鲁蒂讨厌凯蒂。她本希望把儿子们都留在家里，直到她死或者他们死。到目前为止，儿子们都不肯结婚。但是那个女孩，那个女孩，凯蒂·罗姆利！她竟然得手了！鲁蒂确信，乔尼跟她结婚是上了她的当，受了她的骗。

乔治和弗兰基都喜欢凯蒂，但他们认为乔尼做事不厚道：自己溜之大吉，留下两个兄弟照顾母亲。不过，他们还是欣然接受这个事实。他们四处寻找合适的结婚礼物，最后决定把他们给安迪买的高级枕头给凯蒂，这枕头没用多长时间。母亲缝了一条新枕套，遮住了安迪临死时留下的血污。就这样，枕头传给了乔尼和凯蒂。他们觉得这枕头太高级了，平时舍不得用，只有在谁生病时才拿出来枕一枕。弗兰茜称之为"病号枕"。凯蒂和弗兰茜都不知道，那其实是一个"死人枕"。

乔尼结婚大约一年后，比安迪还要帅气的弗兰基就出事了。一天晚上，弗兰基喝完酒后，摇摇晃晃往家走，路过某个爱好田园生活的布鲁克林人家，这家门口有一块一尺见方的草地，用铁网围着，铁网用尖利的木棍支撑着。弗兰基被这个铁网绊倒了，一根棍子刺穿了肚子。他不知怎么挣扎着站起身来，踉踉跄跄回到家中。当天夜里他就死了，死的时候独自一人，没有牧师来赦免他所有的罪。他的母亲余生每个月都要做一场弥撒，祈祷儿子的灵魂能够安息，她知道，他的灵魂在炼狱里四处游荡。

在短短一年多的时间里，鲁蒂·诺兰失去了三个儿子：两个死了，一个结婚。她为这三个儿子伤心落泪。三年后，从未离开过她，只有二十八岁的乔治也去世了。当时，诺兰家就剩下二十三岁的乔尼了。

诺兰家的男孩子就是这个命，全都英年早逝，全都暴死，要么由于轻率鲁莽，要么由于生活方式太糟糕。乔尼是唯一活过三十岁生日的人。

弗兰茜·诺兰这孩子，集罗姆利家人和诺兰家人的所有特征为一体。她有鲜明的弱点和强烈的爱美之情，这是贫穷的诺兰家人的特点。她既具有外祖母罗姆利的神秘感、讲故事的才能、伟大的信念以及对弱者的同情心，又有外祖父罗姆利残忍的意志力。她有些艾薇姨妈的模仿天赋，也有些鲁蒂·诺兰的占有欲。她有茜茜姨妈对生活和孩子的热爱。她有乔尼的多愁善感，却没有他的绝世美貌。她继承了凯蒂所有的柔情似水，却只有凯蒂一半的坚强如铁。她是所有这些优点和缺点的混合物。

她身上还有更多的其他成分。她是图书馆里读到的书。她是图书馆棕色碗里的那朵花。院子里枝繁叶茂的那棵树是她生命的一部分。和深爱的弟弟激烈争吵也是她生命的一部分。她是凯蒂秘密、绝望的哭泣。她是父亲醉醺醺蹒跚回家的耻辱。

她身上有这一切的一切，还有更多罗姆利和诺兰家族人没有的素质：阅读、观察、日复一日的生活。这些素质命中注定属于她，而且只属于她，是与两个家族任何成员都不同的素质。这是上帝或类似上帝的神灵，赋予每个灵魂独一无二的素质，就像世界上没有两个完全相同的指纹一样。

9

　　乔尼和凯蒂结婚后就搬进了威廉斯堡一条安静的小巷博加特街。乔尼之所以选择这条街，是因为它的名字读起来令人兴奋、神秘莫测。婚后第一年，他们在这里过得幸福又快乐。

　　凯蒂之所以嫁给乔尼，是因为她喜欢听他唱歌、看他跳舞，喜欢他穿衣的风格。像所有女人一样，一结婚，她就开始改造丈夫。她劝他辞掉唱歌服务生的工作。他那时身处热恋，急于讨她欢心，对她言听计从。他们一起找了份工作，晚上看管一所公立学校。两个人都很喜欢这份工作。其他人上床睡觉的时候，他们一天的工作就开始了。晚饭后，凯蒂穿上她的黑色外套，黑外套的羊腿袖上装饰着华丽的穗带——这是她从工厂里顺回来的最后的战利品，头上裹一条樱桃色羊毛围巾，和乔尼一起出发去上班。

　　这所学校规模不大，设施陈旧，却温暖无比。他们喜欢在那里过夜。夫妻俩手挽着手去学校上班，他穿着漆皮舞鞋，她穿着高帮蕾丝靴。有的时候，夜晚寒冷，繁星满天，他们就跑一跑，跳一跳，一起欢歌一起笑。他们有专用钥匙，可以直接进入学校，这个特权让他们觉得自己举足轻重。整个夜里，学校就是他们的世界。

　　他们一边工作，一边玩游戏。乔尼坐在桌子前，凯蒂扮演老师。他们在黑板上互写信息。他们拉下像百叶窗一样卷起来的地图，用橡胶头的教鞭指点地图上的国家。一想到那些奇怪的国家，一想到那些未知的语言，他们的心中就充满好奇。那时候，他十九岁，她十七岁。

他们最喜欢打扫会议室。乔尼负责擦钢琴，他一边擦琴一边用手指触摸键盘。凯蒂坐在前排，请他唱歌。他给她唱当时的情歌:《她可能已看到更好的日子》或者《我在为你敞开心扉》。这歌声会闹醒住在附近的人，他们躺在温暖的床上，昏昏欲睡地听着，互相低声说:

"唱歌的那伙计，也不知道是谁家的，真是浪费时间。太可惜了，他应该找机会上台表演。"

有时候，乔尼会走上小讲台，假装那是舞台，在上面跳一支舞。他是那么优雅，那么英俊，那么可爱，那么充满生活情趣，凯蒂看着他，觉得自己真是幸福得要死!

两点的时候，他们走进教师午餐室，那里有一个煤气灶，煤气灶上可以煮咖啡。他们在橱柜里放了一罐炼乳。他们喜欢滚烫的咖啡，喜欢闻满屋子美妙的香味。黑麦面包和大腊肠三明治味道不错。晚饭后，他们有时会走进教师休息室，那里有一张印花棉布沙发，他们互相搂着胳膊，在那里躺一会儿。

最后，他们会倒空废纸篓，凯蒂会回收那些长一点的粉笔头和铅笔头，把它们带回家，放在一个盒子里。弗兰茜长大的时候，看到家里有那么多粉笔和铅笔，她觉得自己非常富有。

黎明时分，他们把校园收拾得井井有条，窗明几净，暖暖和和，这样就可以交接给白天的值班人员了。他们步行回家，看着星星从天幕上慢慢褪去。他们经过面包店，新鲜烤面包卷的香味从地下室传了出来。乔尼跑下去，用五分钱买一个刚从烤箱里取出的热面包。回到家，他们用热咖啡就着这甜面包做早餐。然后，乔尼跑出去，买一份《美国人》杂志，趁着凯蒂打扫房间，一边给她读新闻，一边穿插些自己的评论和解释。到了中午，他们会吃一锅炖肉和面条，或者其他类似的美味佳肴。晚饭之后，他们开始睡觉，一直睡到上班时间。

他们每月赚五十块钱，对他们那个阶层的人来说，这是一笔可观的收入。他们过得舒舒服服、开开心心，时不时还有一些小插曲。

他们年纪轻轻，彼此深爱着对方。

几个月后，凯蒂发现自己怀孕了，无知的他们既惊喜又恐慌。凯蒂告诉乔尼，她"那个了"。乔尼一开始稀里糊涂，不知所措，不想让她继续在学校做工了。凯蒂告诉他，这种感觉已经持续很长时间了，但她并不确定，所以一直在工作，也没受到伤害。她还告诉他，工作对自己有好处，他也就不再劝她辞工了。她继续做工，直到后来身子太笨重，无法钻到桌子底下，她才放弃了擦洗桌椅的活儿。再后来，她什么也做不了了，只能去给他做个伴，躺在那张他们曾经做爱的沙发上，而他则承包了所有的工作。凌晨两点，他会给她做粗糙的三明治和烧过头的咖啡。他们依旧非常开心，非常快乐，不过随着时间的推移，乔尼越来越焦虑了。

十二月一个寒冷的午夜，她的阵痛开始了。她躺在沙发上，强忍着疼痛，不想告诉乔尼，好让他把活儿干完。回家路上，一阵撕裂的疼痛让她无法忍受，她痛哭地呻吟起来，乔尼知道，孩子就要出生了。他把她带回家，安顿她和衣躺在床上，盖好被子，然后他跑了几个街区，找到接生婆金德勒太太，求她快点出发。那个绝世好女人慢慢悠悠，磨磨蹭蹭，差点把他逼疯。

她得取下头发上几十个卷发夹。她找不到假牙，没有假牙她就拒绝开工。乔尼帮她四处寻找，终于在外面窗台上的一杯水里找到了。牙齿周围结了冰，必须解冻才能装进嘴里。装好假牙，她还得做个符咒。她找到一片受过祝福的棕榈叶，外加一枚圣母奖章、一根蓝色的小鸟羽毛、一段破刀片和一根药草枝。她把这些东西用一根脏绳子捆在一起，这绳子取自一个女人的胸衣，这女人只用了十分钟就生了一对双胞胎。她又在这些物件上洒了些圣水，据说这圣水来自耶路撒冷的一口井，据说耶稣曾经在这口井里打水解渴。她向心烦意乱的小伙子解释说，这种符咒可以减轻疼痛，保证给他送一个健健康康的好孩子。最后，她抓起她的鳄鱼包，街坊邻居都认识这个包，年轻一代都认为，接生婆就是从这个包里，把双腿乱蹬的他们取出来，交给妈妈——她终于准备出发了。

他们回来的时候，凯蒂正疼得尖声大叫。公寓里挤满了女邻居，她们一边站在周围祈祷，一边回忆自己生孩子的经历。

"我当年生文森特的时候，"一个女人说，"我……"

"我还比她个子矮些，"另一个女人说，"那时候……"

"他们根本没指望我活过来，"第三个女人骄傲地说，"可是……"

女人们接待了接生婆，把乔尼用"嘘"声赶出了家门。他坐在门廊上，凯蒂哭喊一次，他就颤抖一次。事发突然，他有点蒙。第二天早上七点了，她的惨叫声仍然从紧闭的窗户不断地传出来。上班的男人们路过这里，看看发出惨叫声的窗户，再看看蜷缩在门廊里的乔尼，他们的脸上露出忧郁的表情。

凯蒂折腾了一整天，乔尼束手无策，他真的无能为力啊。快到晚上的时候，他再也受不了了，跑到母亲家里寻求安慰。他告诉母亲凯蒂正在生孩子，母亲听完立刻号啕大哭，那声音差点把屋顶掀翻。

"现在倒好，她把你套牢了，"她哀号着说，"你永远也回不到我身边了。"怎么劝她都没用。

乔尼出去找到哥哥乔治，乔治正在跳舞。他只好坐在那里一边喝酒，一边等着乔治结束，把学校的差事忘得一干二净。乔治晚场结束以后，他们去了几个通宵酒吧，在每个酒吧都喝上一两杯，给大家讲乔尼的痛苦遭遇。酒友们万般同情地听着，招待乔尼喝点酒，告诉他，大家都是这么熬过来的。

天快亮的时候，小伙子们回到母亲家，乔尼忧心忡忡地睡着了。九点的时候，他醒了，预感到大事不妙，好像有麻烦了。他想起了凯蒂，想起了学校的差事，可惜为时已晚。他洗漱完毕，穿好衣服，动身回家。经过一个水果摊，他给凯蒂买了两个牛油果。

他根本无法知道，那天晚上，他的妻子在痛苦中煎熬了将近24个小时，终于给他生了一个瘦弱的小女婴。这次生产唯一值得一提的是，这个婴儿出生时头上有胎膜，据说头上有胎膜的孩子将来必有一番大作为。接生婆偷偷摸摸私藏了那块胎膜，后来以两块钱的价格卖给了布鲁克林海军造船厂的一名水手。据说，随身携带胎膜的人永远不会淹死。水手把胎膜放在一个法兰绒袋子里，袋子则挂在自己的脖子上。

那天晚上，乔尼喝完酒就睡觉了，他不知道夜里天变冷了，学校由他看管的炉火熄灭了，水管爆裂了，地下室和一楼全部被水淹没了。

回到家中，他发现凯蒂躺在黑暗的卧室里，枕着安迪的枕头，婴儿躺在她身边。公寓里干干净净，女邻居们已经把房间打扫过了。空气中弥漫着一种淡淡的石碳酸与滑石粉混合的气味。接生婆临走前撂下一句话："一共五块钱，你丈夫知道我住在哪里。"

接生婆走了，凯蒂把脸转向墙壁，强忍着不哭。晚上，她安慰自己说，乔尼在学校干活儿呢。后来，她指望他会利用两点钟吃饭的时间跑回家来看看她们。到了第二天早上，她想，他应该回家了，也许他昨天晚上下夜班后去他母亲家打了个盹儿。她劝自己，无论乔尼做什么都没关系，只要他解释一下，她也就释然了。

接生婆刚走不久，艾薇就来了。一个邻居的儿子给她带了个信。艾薇带来些甜黄油、一盒苏打饼干，还给她煮了点茶。凯蒂觉得味道好极了。艾薇仔细检查了婴儿，觉得没什么特别之处，但她什么也没对凯蒂说。

乔尼回到家后，艾薇准备教训他一顿。可是，看到他脸色苍白、担惊受怕的样子，想到他也只有二十岁，她就把话咽了回去，吻了吻他的脸颊，告诉他不要担心，还给他煮了新鲜咖啡。

乔尼根本没怎么看婴儿。他手里抓着牛油果，跪在凯蒂床边，既担心又恐惧，忍不住呜咽起来。凯蒂和他一起哭。整整一个晚上，她一直希望他在自己身边。可是现在，她真希望自己能去某个地方，偷偷把孩子生下来，生完以后，回来告诉他一切安好。她已经吃过苦了，就像在滚烫的油里生煎一样，求生不得，求死不得。她已经吃过苦了。亲爱的上帝！这还不够吗？为什么还要让他煎熬？他生来就不是吃苦的命，但她是。她刚刚生下孩子两小时，身体非常虚弱，根本没法从枕头上抬起头来。可是，她却在安慰他，要他不要担心，说她会好好照顾他。

乔尼感觉好多了。他告诉她，这都不算什么，他知道很多丈夫都"走过这一遭"。

"现在，我也'走过这一遭'了。"他说，"现在我是个男人了。"

接着，他对着婴儿嘘寒问暖，瞎忙一气。凯蒂听了他的建议，同意给女儿取名弗兰茜，致敬哥哥安迪的未婚女友弗兰茜·梅拉尼。他们觉得，如果让她做孩子的教母，她破碎的心可能会得到抚慰。如果安迪在世，她婚后应该享有的名字就是弗兰茜·诺兰，正好和这个孩子同名同姓。

他给牛油果拌上橄榄油和腌醋，做成沙拉端给凯蒂。凯蒂不喜欢这平淡的味道。乔尼说，牛油果和橄榄差不多，她应该慢慢习惯这个味道。凯蒂被他的关爱打动了，为了他，为了这份关爱，她吃下了沙拉。艾薇也受邀尝了一些，她说自己宁愿吃点西红柿。

乔尼在厨房里喝咖啡时，有个男孩从学校跑来，带来一张校长的纸条，上面说乔尼因为擅离职守被解雇了。学校让他过去一趟，把剩余的工钱结掉。纸条的结尾告诉乔尼，他休想得到任何推荐信。读完纸条，乔尼吓得脸色苍白。他给了那孩子五分钱，感谢他带来纸条，告诉他自己会尽快过去。他撕毁了那张纸条，跟凯蒂只字未提。

见到校长，乔尼极力解释。校长说，既然知道要生孩子了，他就应该更加认真工作。为了能够善终，校长考虑再三后，告诉小伙子，管道破裂造成的损失就不用他赔了，教育委员会会妥善处理。乔尼感激不尽。校长自掏腰包，给他支付了工钱，但是要他签了一份保证书，保证薪水到账后由校长代领。总之，校长竭尽所能，按照自己的方式处理了这件糟心事。

乔尼给接生婆付了工钱，给房东付了下个月的房租。现在家里有了孩子，凯蒂身体虚弱，很长时间都不可能上班，他们两个又丢了工作，一想到这些，他的心里有些害怕。不过，他最后转念一想，自我安慰说，幸亏房租交了，他们有三十天可以平安无事。到那时，车到山前必有路，总会有办法的。

下午，他去给玛丽·罗姆利报告孩子出生的喜讯。路过橡胶厂，他停下脚步，找到茜茜的领班，让他转告茜茜孩子出生的消息，拜托她下班后过去看看。领班答应一定转达，他眨了眨眼睛，戳了戳乔尼的肋骨，说道："干得不错，老兄。"乔尼一边咧嘴笑了笑，一边给了他一毛钱，还不忘叮咛他如何使用：

"买一支好雪茄抽抽，算我请客。"

"一定照办，老兄。"领班一边答应，一边拍了拍乔尼的手，再次承诺要带信给茜茜。

听到消息，玛丽·罗姆利哭了。"可怜的孩子！可怜的小家伙，"她哀号着说，"来到这个悲惨的世界上，天生就要受苦受难。唉，虽然也有一点快乐，但是，更多的是繁重的劳作。唉，唉。"

乔尼急于把喜讯告诉托马斯·罗姆利，但是，玛丽恳求他不要鲁莽行事。托马斯讨厌乔尼·诺兰，因为他是爱尔兰人。他恨德国人，恨美国人，恨俄国人，他根本无法忍受爱尔兰人。尽管他对自己的种族心存仇恨，但他却是个极端的种族主义者，他有一套自己的理论：两个不同种族之间通婚，生出来的一定是杂种。

"如果我让金丝雀和乌鸦交配，会有什么好结果？"

乔尼把岳母护送到家里，就出去找工作了。

见到母亲，凯蒂很高兴。生孩子的痛苦还记忆犹新，现在她体会到母亲生她时所遭受的痛苦。她想到母亲生了七个孩子，把他们抚养长大，眼睁睁看着三个孩子夭亡，活下来的注定要忍饥挨饿，受苦受穷。她预见这个出生不到一天的孩子，将来也逃不过这个生死轮回。她忍不住心烦意乱起来。

"我懂什么呢？"凯蒂问母亲。"我只能教她我自己懂的东西，可是，我什么也不懂啊。你很穷，妈妈。乔尼和我也都穷。这孩子长大后也会很穷。我们不可能比现在过得更好了。有时候，我觉得日子过得一年不如一年。这样年复一年，乔尼和我越来越老，情况只会越来越糟。我们两个年纪轻轻，身强体壮，可以出去干些力气活儿，这是我们唯一的本钱，可是，随着时间的推移，我们就没有这些本钱了。"

说完，她想到了真正的痛处。"我的意思是，"她想，"我能工作，我不能指望乔尼，我得永远照顾他。哦，天哪，别再让我生孩子了，不然我就不能照顾乔尼了，我必须照顾乔尼。他照顾不了自己。"她的母亲打断了她的思绪。

玛丽说："我们在祖国的时候有什么？一无所有。我们是农民。我们忍饥挨饿。后来，我们就来到这里。这里的日子也好不了多少，但是在这里，你父亲不用再去当兵打仗服兵役了。除此之外，这里的日子比祖国更艰难。我想念家乡，想念树木和宽阔的田野，想念熟悉的生活，想念老朋友。"

"如果你们不指望过更好的日子，为什么要来美国呢？"

"为了我的孩子们，希望他们生在自由的土地上。"

"你的孩子们不太争气啊，妈妈。"凯蒂苦笑着说。

"这里有我们祖国没有的东西。尽管这里生活艰难，一切都不熟悉，但是，这里有——希望。在祖国，一个人再努力工作，也只能达到他父亲的水平。如果他父亲是木匠，他可能也会是木匠。他不可能成为老师，也不可能成为牧师。他可能会崛起，但无法超越父亲。在祖国，人属于过去。在这里，人属于未来。在这片土地上，如果一个人心地善良，诚实肯干，不走邪路，他一定会心想事成。"

"可是，事实并非如此啊。你的孩子们都没你做得好。"

玛丽·罗姆利叹了口气。"这可能是我的错。我不知道怎么教育女儿们，因为我自己没受过教育。几百年来，我们家祖祖辈辈都在土地上给领主干活儿。我没有送我的大女儿上学。我很无知，一开始不知道，在这个国家，像我们这种家庭的孩子可以接受免费教育。所以，茜茜就没机会超过我了。可是，其他三个……你们都上过学。"

"我上完了六年级，这就是所谓的教育？"

"还有你的约尼，"她总是把"乔尼"说成"约尼"，"他也受过教育。你没发现吗？"她的声音兴奋起来，"已经开始了，会越来越好的。"她抱起婴儿，高高地举起来，"这孩子的父母都识字，"她简短地说，"对我来说，这就是一个大大的奇迹。"

"妈妈，我还小。妈妈，我才十八岁。我身强力壮，我会努力干活儿去赚钱，妈妈。但是，我不希望这个孩子长大以后，也靠干力气活儿挣钱。我该怎么做，妈妈，我该做什么才能改变她的命运？我该怎么开始？"

"诀窍就是：读书写字。你自己识字，选一本好书，每天给孩子读一页。每天都必须这样做，一直坚持到孩子自己会读为止。然后，让她每天坚持读书，我知道这就是秘诀。"

"我会给她读书的，"凯蒂答应道，"可是，什么书是好书呢？"

"有两本好书。《莎士比亚》是本好书。我听说那本书里有人世间的所有奇迹，人所知道的所有的美，人所知道的所有的智慧，人所知道的生活方式，都写在那本书里。据说，这些故事都被搬到舞台上演出。我从来没有和见过这本书的人说过话。但我听咱们奥地利的领主说过，书里有些内容可以当歌唱。"

"《莎士比亚》是德语书吗？"

"是英语书。我听我们的领主给他小儿子讲起这本书，他当时正要出发去著名的海德堡大学上学。这是很久以前的事情了。"

"那另一本好书是什么？"

"是新教徒看的《圣经》。"

"我们有自己的《圣经》，天主教的。"

玛丽偷偷地环顾了一下屋子四周。"一个忠诚的天主教徒不应该这么说，但我相信，新教《圣经》把福音故事讲得更生动，更有趣。我有个好朋友信新教，她给我读过她的《圣经》，所以我不是凭空乱说的。"

"再说说莎士比亚的书。每天你得给孩子读一页，哪怕你自己看不懂书里的文字，也不会读那些单词。你必须坚持，这样孩子长大后，就知道什么是伟大作品，知道世界不只是威廉斯堡的出租屋那么大。"

"新教《圣经》和《莎士比亚》。"

"你还得把我讲给你的传说故事讲给孩子听，我母亲就是这样讲给我听的，她母亲也是这样讲给她听的。你还得讲一下我们祖国的童话故事，讲那些不在凡间，却永远活在人们心中的仙女、精灵、小矮人，等等。你还得讲那些困扰着你父亲家人的大头鬼，还有你姑妈中邪的时候那双邪恶的眼睛。在我们家族，每当大难临头要死人的时候，女人面前会出现一些征兆，你得教会孩子辨别这些征兆。这孩子必须信仰上帝和他唯一的儿子耶稣。"说完，她在胸前画了个十字。

"哦，你不能忘了圣诞老人。六岁之前，这孩子必须相信圣诞老人。"

"妈妈，我知道根本就没有精灵和仙女。我岂不是要教孩子愚蠢的谎言？"

玛丽严厉地说："你根本不知道地上有没有鬼魂，也不知道天上有没有天使。"

"我知道没有圣诞老人。"

"可是，你必须把这些教给孩子。"

"为什么啊？连我自己都不相信，还要教她？"

"因为，"玛丽·罗姆利言简意赅地解释说，"孩子必须有想象力，想象力是无价之宝。孩子必须有一个秘密世界，那里住着世间不存在的东西。她得相信这个秘密世界，这很重要。她得从相信这个不真实的秘密世界开始。这样，当世界变得太丑陋，无法生活时，孩子就可以回头生活在她的想象中。我自己一大把年纪了，还觉得有必要回忆圣徒们神奇的生活，回忆人间发生的伟大奇迹。心中有这些东西，我才能超越日常的艰难困苦。"

"孩子会长大，会自己了解真相。如果发现我撒谎了，她会失望的。"

"这就是所谓的'开窍'。自己主动开窍是件好事。首先全心全意地相信，然后不再相信，这也是件好事，可以把情绪历练得更厚重、更绵长。等她长大成女人，如果有人对她不好，或者生活让她失望，她就不会扛不住事，因为她已经经历过失望了。教导孩子时，不要忘记，苦难也是好事，苦难可以让人性格更饱满、更丰富。"

"如果真是这样，"凯蒂愤愤不平地评论说，"我们罗姆利家女人都是富婆了。"

"的确，我们很穷，我们受苦受难，我们的生活很艰难。但是，我们更优秀，因为我们知道我刚才跟你说的道理。我不识字，但我告诉你的都是我从生活中学到的东西。你必须把这些告诉你的孩子，随着年龄的增长，你也会学到很多东西，你也要把自己学到的教给孩子。"

"我还得教那孩子什么呢？"

"必须让孩子相信天堂。这个天堂里没有飞翔的天使，也没有上帝坐在宝座上。"玛丽煞费苦心地表达着她的思想，一会儿用德语，一会儿用英语，"这个天堂是奇妙的地方，是人们梦想的地方，是欲望实现的地方。这可能是另一种宗教。我不大清楚。"

"然后，还有什么？"

"在你去世前，你得有一小块土地——最好上面盖座房子，这样你的孩子或孩子们可以继承。"

凯蒂笑了。"我搞一块土地？一座房子？我们能付得起房租就谢天谢地了。"

"你说得虽然有道理，"玛丽斩钉截铁地说，"但是，你还得听我的。几千年来，在我们的祖国，我们祖祖辈辈都是农民，在别人的土地上耕作。现在比以前好多了，我们凭自己的双手在工厂工作。每天都有一点自己的时间，不归老板管。这很好。但是，能有一小块土地就更好了；一块可以传给子孙的土地……这样，我们在这个世界上就有一席之地了。"

"我们怎么才能弄到土地呢？乔尼和我都在上班，但我们挣不到几个钱。有时，付完房租，交完保险，剩下的钱连吃饭都够呛，怎么存钱买地呢？"

"你得找一个空的炼乳罐，把它洗干净。"

"罐子啊……"

"把罐子顶部整齐地剪掉。把金属罐身上部剪成金属条，金属条剪成手指这么长，这么宽。"她用手指比画了一下两英寸，"把金属条扳到外面。这个罐子看起来就像一颗粗糙的星星。罐子顶部开一个细长的口子。然后把罐子钉在你衣橱里最黑暗的角落，每个金属条上钉一个钉子。每天往里面放五分钱，三年以后，就是五十块钱，算是一笔小财富了。拿着这笔钱，到乡下买块空地。一定要拿到地契，写明这是你的土地。这样，你就成了地主。一旦拥有了土地，就不可能再变成农奴了。"

"每天五分钱，看起来不多。但是，这五分钱从哪里来呢？我们现在就不够用，又添了一张嘴……"

"你必须按我说的做。你去蔬菜水果店，问胡萝卜多少钱一捆。老板会告诉你说三分钱。然后你就四处走走看看，找一捆不那么新鲜、不那么大的胡萝卜。你对老板说：'这捆卖相不好，可不可以两分钱卖给我？'说话的时候要理直气壮，他就会两分钱卖给你。你把省下的那一分钱放进星形存钱罐里。现在是冬天，比方说，你要两毛五分钱的煤。天气寒冷，你想给炉子生火。但是，等一等！你再等一小时，忍一小时的寒冷。披上披肩，对自己说，我受冻，因为我要攒钱买地。这一小时可以节约三分钱的煤，你的存钱罐里又多了三分钱。晚上一个人的时候，你不要点灯，坐在黑暗中胡思乱想一会儿。算算自己又省了多少油钱，然后把钱放进存钱罐。你的钱会不断增加。将来有一天，等你攒到五十块钱的时候，你就可以在这座岛上买一块地了。

"这种存钱的方法行吗？"

"我以圣母的名义起誓，肯定行。"

"那你为什么没存够钱买地呢？"

"我存够了。我们一到美国，我就做了一个星形存钱罐。我花了十年的时间，才省下最初的五十块钱。我手里拿着钱，去找一个街坊，据说他能帮人买地，为人公道。他给我看了一块上好的土地，用我的母语告诉我：'这块地归你了。'他拿了我的钱，给我一张地契。我不识字。后来，看到别人在我的土地上盖房子，我就把我的地契拿给他们看。他们冲着我笑了，眼中充满怜悯。那个人根本就无权出卖这块土地。这叫作……用英语怎么说来着？"

"骗局。"

"唉，我们这样的人，初来乍到，人生地不熟，被称作'异邦菜鸟'，常常被人坑蒙拐骗，因为我们不识字啊。可是，你受过教育。你肯定能认出地契上的字，确定那块土地属于你。这时候你再交钱也不迟。"

"妈妈，你后来再也没存过钱？"

"我存了啊。从头再来一次。第二次存起来更困难了，因为有很多孩子要养。我存了很久，可是，我们搬家的时候，你爸爸发现了存钱罐，就把钱拿走了。他不愿意用钱买地。因为一直喜欢家禽，他就用钱买了一只公鸡和许多母鸡，放在后院里养着。"

"我好像还记得那些鸡，"凯蒂说，"那是很久很久以前了。"

"他说，鸡蛋卖给邻居可以赚大钱。啊，男人都喜欢做大头梦！鸡买回来的头天晚上，二十只饥肠辘辘的野猫翻过篱笆，把很多鸡咬死吃掉了。第二天晚上，意大利人爬过篱笆，又偷走了很多鸡。到了第三天，警察来了，说在布鲁克林的庭院养鸡是违法行为。我们不得不给警察交了五块钱，免得他把你爸爸带回警局。你爸爸把剩下的几只鸡卖了，买了只金丝雀，他再也不用担惊受怕了。这样，我的第二笔存款也完蛋了。不过，我又开始存钱了。也许哪天……"她默默地坐了一会儿，然后站起身来，搭上披肩。

"天黑了，你爸爸要下班回家了。愿圣母玛利亚保佑你和孩子。"

茜茜刚下班就赶了过来，顾不上掸掉发卡蝴蝶结上沾的灰色橡胶粉。看到婴儿，她兴奋得语无伦次，说这是世界上最漂亮的婴儿。乔尼听了半信半疑，他觉得这婴儿看上去脸色发青、身体发皱，一定有什么毛病。茜茜给婴儿洗了个澡，然后冲到熟食店，连哄带骗地让店主给自己赊了个账，周六发薪日再来还钱。她一口气买了两块钱的美味佳肴，舌片、熏鲑鱼、乳白熏鲟鱼片和脆卷，又买了一麻袋木炭，把火烧得旺旺的。她带了一盘晚餐给凯蒂，然后就和乔尼坐在厨房一起吃饭。屋子里散发着各种气味：暖暖的亲情、美味的食物、香甜的脂粉，还有一股强烈的糖果味，这味道来自茜茜佩戴的仿银鸡心挂坠。

饭后，乔尼一边抽着雪茄，一边仔细端详着茜茜。他很好奇，大家究竟用什么标准来判断一个人是"好人"还是"坏人"？就拿茜茜来说，她是坏人，也是好人。在男女关系方面，她是个坏人。但是，无论她到哪里，哪里就充满活力，她善良、温柔、热情澎湃、风趣幽默、香味浓郁。他希望自己新生的女儿将来长大后有点茜茜的品质。

茜茜宣布，她要留下来过夜，凯蒂面露难色，她说家里只有一张床，她和乔尼得睡在一起。茜茜说，如果乔尼能保证她生个弗兰茜这样的孩子，她就愿意和他上床。凯蒂皱了皱眉头。她当然知道茜茜这是开玩笑，但她也不能这么真实而直白啊，于是她开始教训起茜茜来。乔尼连忙出来打圆场，说自己得去学校看看。

他不敢告诉凯蒂，说自己把工作弄丢了。他去找哥哥乔治，那晚他正好上班。幸运的是，他们正好需要一个人做服务生，中间还要串唱。乔尼得到了这份工作，对方答应下周继续给他安排演出。他又重操起了唱歌服务生的行业，从那时起，他就再也没有做过其他工作。

茜茜和凯蒂上床了，她们晚上大部分时间都在聊天。凯蒂说她担心乔尼，恐惧未来。她们谈到了玛丽·罗姆利，对艾薇、茜茜和凯蒂来说，她真是一位伟大的母亲。她们也谈到了父亲托马斯·罗姆利。茜茜说他是个老废物，凯蒂叫她放尊重些。茜茜说，"哦，软糖可以吧！"凯蒂笑了。

凯蒂给茜茜讲了那天她和母亲的谈话。存钱罐这个主意让茜茜激动不已，尽管已是半夜，她却从床上爬起来，把一罐牛奶倒进碗里，当场就把罐子做成了存钱罐。她想爬进狭窄拥挤的壁橱把存钱罐钉住，但她那宽大的睡袍把自己缠住了。她把睡袍脱掉，赤身裸体爬进壁橱。壁橱容不下她整个人，她只好跪在里面，屁股露在外面。看到这一幕，凯蒂忍不住一阵大笑，笑得自己都担心会大出血。凌晨三点的敲打声吵醒了其他租户。楼下的住户敲打着天花板，楼上的住户直跺地板。茜茜在壁橱里咕哝着说，这些住户真是狗胆包天，明知道家里有女病人，竟然还敢大吵大闹？这话又惹得凯蒂大笑起来。"谁还能睡得着？"她一边问，一边"砰"的一声把最后一颗钉子钉了下去。

安装好存钱罐，她又穿上睡袍，在存钱罐里放了第一笔买地基金——一枚五分硬币，然后回到床上，兴致勃勃地听凯蒂给她讲那两本书。她答应要把这两本书搞到手，送给婴儿做受洗礼物。

出生后的头一个晚上，弗兰茜舒舒服服地睡在妈妈和茜茜之间。

第二天，茜茜立即开始行动，寻找那两本书。她去了一家公共图书馆，问管理员怎样才能弄到一本《莎士比亚》和《圣经》，然后永久保存。图书管理员说没法帮她弄到《圣经》，但档案室里有一本破破烂烂的《莎士比亚》，正打算扔掉呢，可以拿给茜茜。这是一本破烂的旧书，里面有所有剧本和十四行诗，有复杂的脚注和详细的解释，还有作者的传记和图片，每一部戏还附有钢板画插图。字号很小，纸质很薄。茜茜花两毛五分钱买下了这本书。

《圣经》虽然有点难找，却更便宜。事实上，茜茜没花一分钱就弄到了。这本《圣经》封面上有个名字：基甸。

买到《莎士比亚》几天后，茜茜和她的现任情人去一个僻静的家庭旅馆过夜。早上醒来的时候，她戳了戳情人。

"约翰，"那家伙名叫查理，但她却叫他约翰，"梳妆台上是什么书啊？"

"《圣经》。"

"新教《圣经》？"

"没错。"

"我要把它拿走。"

"尽管拿。他们把书放在这里就是想让人拿走。"

"不会吧？"

"千真万确。"

"如果有人顺手牵羊把书带走，然后仔细阅读，改过自新，最后真心忏悔，最后他们会把书送回来，自己再买一本。这样一来，其他人也可以把书顺走、阅读、改过、忏悔。周而复始，放书的公司一点儿也没有亏。"

"好吧，这本书是肉包子打狗——有去无回了。"她把《圣经》用旅馆的毛巾包起来，打算连毛巾一起顺走。

"假如！"一种冰冷的恐惧笼罩着她的约翰，"假如你读了《圣经》，想要悔过自新，那我就得回到我老婆身边了。"他打了个寒战，双臂搂住了她，"答应我，你不会悔过的。"

"我不会的。"

"你怎么知道你不会呢？"

"我从不听别人告诉我的话，我不识字。我辨别对错唯一的方法就是我对事物的感觉。如果我感觉不好，这事肯定就是错的。如果我感觉很好，那一定就是对的。和你在一起，我感觉很好。"她用胳膊搭在他的胸前，在他的耳朵上打了个响亮的吻。

"我真希望我们能结婚，茜茜。"

"我也希望啊，约翰。我知道我们俩一定能合得来。至少可以维持一阵子。"她老老实实地补充了一句。

"但是，我已经结婚了，天主教就这么麻烦，不能离婚。"

"没关系，我也不相信离婚。"茜茜总是再婚，却没有从离婚中获得任何好处。

"你知道吗，茜茜？"

"什么？"

"你有一颗金子般的心。"

"你没开玩笑？"

"没开玩笑。"他看着她把薄薄的莱尔线长袜套在修长的腿上，又把红色的丝绸吊袜带扣在长袜上。"吻我一下呗。"他突然恳求道。

"我们还有时间吗？"她很实际地问道。不过，她又把长筒袜脱掉了。

就这样，弗兰茜·诺兰的第一批藏书到手了。

10

弗兰茜不太像个婴儿，她皮包骨头，脸色忧郁，毫无生命力。凯蒂坚持给她喂奶，不过，女邻居告诉她，她的奶对孩子没有好处。

弗兰茜三个月的时候就开始用奶瓶，因为凯蒂突然断奶了。忧心忡忡的凯蒂向母亲求教，玛丽·罗姆利唉声叹气地看了看她，一句话也没说。凯蒂又去求助接生婆，那女人问了她一个愚蠢的问题。

"你星期五在哪里买鱼的？"

"帕迪市场。怎么啦？"

"如果你在那里见到一位老女人给猫买鳕鱼头，你就不会再去了。"

"是的，我确实每周都能见到她。"

"那就是她了！是她把你的奶弄干了。"

"哦，不会吧！"

"她的眼睛盯着你呢。"

"为什么呢？"

"嫉妒啊，因为你和那个爱尔兰小帅哥太幸福了。"

"嫉妒？她那样的老女人还嫉妒这个？"

"她是个女巫，我在我们祖国时就认识她。当然，她没有和我坐同一艘船过来。年轻时，她爱上了一个克里郡的狂野男孩。那小子来者不拒，竟然让她怀孕了。她老爹逼那小子和她找牧师结婚，那小子不肯，就在夜深人静的时候乘船溜到美国去了。她的孩子生下来就死了。从此以后，她把灵魂卖给了魔鬼，魔鬼给了她法术，她能吸干奶牛、奶羊和年轻产妇的奶。"

"我记得她看我的样子怪怪的。"

"所以我说她盯上你了。"

"那我的奶怎么才能回来呢？"

"我来告诉你怎么做。等到月圆的时候，用你的卷发做一个小人，上面粘点指甲，裹点破布，洒点圣水。这个小人就叫耐莉·格罗根吧，也就是那女巫的名字，在小人身上扎三根绣针。这样，就能破解她的法术，你的奶就会像香农河水一样源源不断。给我两毛五分钱吧。"

凯蒂如数付了钱。满月时，她做了一个小娃娃，对着娃娃捅了又捅，可她还是没奶。弗兰茜也因为喝奶粉生病了。绝望之下，凯蒂把茜茜找来，向她求助。茜茜听完女巫的故事，轻蔑地说：

"去他的女巫，人家根本没盯着你，这是乔尼干的好事。"

就这样，凯蒂知道自己又怀孕了。她把这事告诉了乔尼，乔尼又开始发起愁来。重操唱歌服务生旧业以后，他一直过得心旷神怡，定期上班，工作稳定，不大喝酒，把大部分钱都带回了家。一听到要生二胎，他觉得自己又要被困住了。他才二十岁，凯蒂才十八岁，两个人都很年轻，却已经一败涂地了。听到这个消息，他就出去喝酒买醉。

后来，接生婆过来，检查她的符咒有无功效。凯蒂告诉她，符咒失效了，自己怀孕了，这跟那位女巫半竿子打不着。接生婆撩起裙子，伸进衬裙里的大口袋，从中拿出一瓶深棕色的东西，那玩意儿看上去很邪恶。

"就算这样，也没什么好担心的，"她说，"多吃这个玩意儿，早晚一次，连吃三天，你又会恢复原样。"凯蒂坚定地摇了摇头。"你是不是怕牧师会对你说三道四？"

"不是，我只是不想杀生。"

"这根本不是杀生。你还没感到有个生命，怎么能算杀生呢？你也没有感到胎动，是吧？"

"没有。"

"得啦！"她得意扬扬地用拳头砸了砸桌子，"这瓶药我只收你一块钱。"

"谢谢你，我不要。"

"别傻了。你自己本身就是个小女孩，这个孩子已经够你烦了。你男人是很帅气，但肯定不是最稳重的啊。"

"我男人怎么样是我自己的事，我的孩子也没给我添麻烦。"

"我只是想帮帮你啊。"

"多谢多谢，恕不远送。"

接生婆把瓶子放回衬裙口袋，起身要走。"临产的时候，你知道我住在哪里。"站在门口，她给了最后一条建设性的建议，"如果你一直在楼梯上跑上跑下，也许会流产。"

那年秋天，布鲁克林的天气风和日丽，一副小阳春的样子，凯蒂坐在门廊上，让病恹恹的孩子靠着自己的大肚子，肚子里是即将出生的另一个孩子。仁慈的邻居常常会停下来，表达他们对弗兰茜的怜悯。

"这个孩子养不大，"他们告诉她，"她气色不好。如果仁慈的上帝能把她带走，那就是最好的结果。穷家养个病孩子，能有什么好结果？人世间已经有太多孩子，容不下这些病孩子了。"

"别这么说。"凯蒂紧紧地抱着孩子，"最好不要死，谁愿意死呢？万事万物都在努力地活着。看看那棵长在栅栏里的树，从来见不到太阳，只能靠雨水浇灌。它在酸土里成长，却依然那么苗壮，它要克服困难成长，所以才那么苗壮。我的孩子就像这棵树，一定会苗壮成长。"

"哎呀，应该把那棵树砍掉，丑死了。"

"如果世界上只有这么一棵树，你一定会觉得它很美。"凯蒂说，"但是，因为有这么多树，你就看不到这一棵到底有多美。看看那些孩子吧。"凯蒂指着一群在排水沟里玩耍的脏孩子，"你可以随便找出一个，把他洗得干干净净，给他穿得整整齐齐，让他坐在富丽堂皇的房子里，你会发现这孩子其实很漂亮。"

"你的见解的确不错，可惜养了个小病孩，凯蒂。"他们告诉她。

"这个孩子会活下来的，"凯蒂恶狠狠地说，"我会让她活下去。"

弗兰茜活下来了，在哭哭啼啼中度过了第一年。

弗兰茜的一岁生日刚过一周，她的弟弟就出生了。

这一次，阵痛开始的时候，凯蒂没有干活儿。她紧咬嘴唇，不再痛苦尖叫。尽管痛得无可奈何，但她仍然竭力保持安静，她要为接下来的痛苦分娩保存力气。

一个强壮健康的男孩诞生了，他大声啼哭着，仿佛在倾诉产道挤压造成的痛苦。当接生婆把孩子抱到凯蒂胸前时，一股疯狂的柔情油然而生。这时候，躺在婴儿床上的另一个孩子弗兰茜开始呜咽起来。和新出生的英俊小儿子一比，凯蒂对一年前生的这个瘦弱孩子突然生出一股蔑视。很快，她就为自己蔑视孩子感到羞愧。她知道这不是小女孩的错。"我得注意自己的言行啊，"她想，"我会更宠爱这个男孩，但我一定不能让她知道。父母对孩子不能厚此薄彼，可我实在忍不住啊。"

茜茜恳求给男孩取名乔尼，以致敬他的爸爸，但凯蒂坚持认为小男孩有权取属于他自己的名字。茜茜非常生气，骂了凯蒂一两句。最后，凯蒂实在忍无可忍，不顾事实地指责茜茜爱上了乔尼，没想到茜茜回答说，"有可能哦。"凯蒂只好闭嘴。她有点担心，如果再吵一架，她会发现茜茜真的喜欢乔尼。

凯蒂在某部戏里看到一个英俊人物科尼利厄斯，扮演英雄的演员也高大帅气，所以她给儿子取了这个名字。男孩长大以后，名字被布鲁克林口音读成了尼利。

没有迂回的推理论证，也没有复杂的情感过程，凯蒂把这个男孩当成了自己的整个世界。乔尼位居第二，弗兰茜在妈妈心中排名倒数第一。凯蒂爱儿子，因为与乔尼和弗兰茜相比，儿子完完全全属于她。尼利长得和乔尼一模一样。凯蒂想把乔尼未实现的梦想交给尼利来完成。他身上有乔尼的一切优点，她会鼓励他继续保持。当男孩身上露出乔尼的缺点时，她会立刻将其扼杀在萌芽中。他会长大，她会为他感到骄傲，他会一辈子照顾她。她必须全心全意照顾他。弗兰茜和乔尼可以随便打发，但是，她对儿子力求万全，她要确保儿子出人头地。

渐渐地，随着孩子们慢慢长大，凯蒂的柔情消失殆尽，不过她也历练出了人们常说的所谓"品格"。她变得精明能干、意志顽强、目光长远。她深爱着乔尼，但过去狂热的迷恋已渐渐消失。她爱女儿，因为有愧于她。她觉得那不是爱，而是对她的怜悯与义务。

乔尼和弗兰茜感受到了凯蒂身上日益增长的变化。儿子越来越强壮，帅气逼人，乔尼却越来越虚弱，每况愈下。弗兰茜觉察到了妈妈的心思。为了应对妈妈的严厉，她变得更加坚强，矛盾的是，两个争强好胜的母女因为惺惺相惜，竟然越走越近了。

尼利一岁的时候，凯蒂就不再依靠乔尼了。乔尼总是喝得烂醉如泥。他在夜店里打零工，工资带回家，小费留下来买酒喝。对乔尼来说，时光飞逝，人生苦短。他还没到公投年龄，就已经娶妻生子了。他的人生还没来得及开始就结束了。他命中注定要失败，没有人比他自己更清楚这一点了。

凯蒂和乔尼面临同样的困境，她还比乔尼小两岁，只有十九。可以说，她也命中注定要失败。她的人生也来不及开始就结束了。但是，他们两个的相似之处仅此而已。乔尼知道他注定失败，所以自甘认命。凯蒂不愿接受命运的安排，哪里跌倒就从哪里爬起来，她开始了自己的全新生活。

她用温柔换取才能。她放弃梦想，直面艰难的现实。

凯蒂有强烈的生存欲望，这使她成为一名战士。乔尼渴望永生，这使他成为无用的梦想家。他们虽然深爱着彼此，但他们的人生却截然不同。

11

　　乔尼又长了一岁，终于有投票资格了。为了庆祝这个生日，他连醉三天。当他结束最后一场酒局回家的时候，凯蒂把他锁进卧室，让他再也喝不到酒。他不但没有清醒，反而开始撒酒疯胡言乱语。他哭哭啼啼，不断讨酒喝，还说自己在痛苦煎熬。她告诉他，痛苦煎熬是好事，可以让他坚强，给他教训，这样他就不会酗酒了。可怜的乔尼哪里坚强得起来啊。他不但没有变强，反而变得更弱，他哀号着，尖叫着，简直就像个女鬼。

　　邻居们猛敲凯蒂的家门，让她为这个可怜的人做点什么。凯蒂嘴巴咬得紧紧的，语气冰冷地叫他们少管闲事。不过，就算她不给邻居们面子，她也知道，月底之前，他们得搬离这里。乔尼这么丢人现眼，他们还有什么脸面在这里住卜去？

　　傍晚时分，他依然哭喊不止，凯蒂有点不安，她把两个婴儿挤在一起，放进童车，推着童车来到工厂，求茜茜的领班让她离开机器暂时出来一趟。她给茜茜讲了乔尼的状况，茜茜说，一旦有机会，她会尽快赶来，收拾收拾乔尼。

　　茜茜把乔尼的情况讲给一位男性朋友，向他咨询解决办法。那位朋友给她支了几招。于是，她买了半品脱上好的威士忌，把它藏在丰满的胸间，戴上紧身胸衣，穿上裙子。

　　她走到凯蒂家，告诉凯蒂，如果能让她和乔尼独处，她就能让他恢复正常。凯蒂把茜茜和乔尼锁在卧室里，她自己回到厨房过夜，头枕着胳膊趴在桌子上，等待结果。

　　看到茜茜，乔尼混乱的大脑稍微清醒了一点，他抓住她的胳膊："你是我的朋友，茜茜。你是我的姐姐。看在上帝的分上，给我一杯酒。"

"慢慢来，乔尼，"她用柔和的声音抚慰着他，"我这儿给你带了酒。"

她解开腰扣，露出一层层白色的刺绣花边和深粉色的缎带。房间里充满了她身上佩带的香囊的浓烈香味。乔尼盯着她看，只见她解开胸衣上一个复杂的蝴蝶结，松开了紧身胸衣。这可怜的小子想起了她的名声，误解了她的意图。

"不要，不要这样，茜茜，求你了！"他呻吟着说。

"别闹笑话了，乔尼。凡事都讲究天时地利，现在我没时间跟你搞那个。"她从胸衣里取出酒瓶。

他一把抢过酒瓶。酒瓶被她焐得暖暖的。她让他喝了一大口酒，然后从他紧握的手指间抠出瓶子。喝完酒，他安静了下来，昏昏欲睡，恳求茜茜不要走。她答应不走，也懒得系上胸衣扣上裙子，就这样躺在他身边。她把胳膊放在他肩膀下，他把脸颊靠在她那裸露的温暖芳香的胸脯上。他睡着了，滚烫的眼泪从他紧闭的眼皮下流了出来，滴落在他冰冷的脸颊上。

她睁着眼睛躺在床上，把他抱在怀里，凝视着黑夜。她对他的感觉就像妈妈对待自己的孩子，她的那些孩子如果还活着，一定能感知到她温暖的爱。她轻轻抚摸着他卷曲的头发，温柔地安抚着他的脸颊。他在睡梦中呻吟的时候，她用对婴儿的口吻抚慰他。她的胳膊抽筋了，想动一动，他惊醒了，紧紧地抓住她，恳求她不要丢下自己。他对她说话的时候，一直叫她妈妈。

每当他醒来害怕的时候，她就会给他一口威士忌。到了早晨，他醒了，头脑也清晰了，但他还是觉得头疼。他一边呻吟，一边猛然从她身边走开了。

"回到妈妈这里吧。"她用温柔的声音颤抖着说。

她张开双臂，他又一次投进她的怀抱，脸颊靠在她丰满的胸脯上。他轻声哭了起来，边哭边向她讲述自己的恐惧、担忧和对世事无常的困惑。她任由他说，任由他哭。她像母亲抱着儿子一样抱着他（她以前从来没有这样做过）。有时候，她会和他一起哭。等他把话讲完了，她把剩下的威士忌全都给了他，最后他精疲力竭，陷入沉睡中。

她静静地躺了很久，不想让他感到自己要走。天快亮的时候，他紧握她的手放松了，脸上恢复了平静，脸色又变得孩子气了。茜茜把他的头放在枕头上，熟练地帮他脱下衣服，盖上被子，又把空威士忌瓶扔进了通风管道。她觉得，只要凯蒂不知道这里发生的一切，她就不会自寻烦恼了。她漫不经心地系上胸衣上的粉色丝带，整理了一下腰部，轻手轻脚地把门带上，走了出来。

茜茜有两个大缺点。她是个了不起的情人，一个伟大的母亲。她有那么多柔情，那么多善意，总是想方设法满足他人的需求，金钱、时间、衣服、怜悯、理解、友谊、陪伴和关爱，她通通可以奉献。不管遇到什么事情，她的母性都能激发出来。她喜欢男人，没错。但她也喜欢女人，喜欢老人，尤其喜欢孩子。她简直太喜欢孩子了！她关爱那些穷困潦倒的人，她想让所有人都幸福快乐。她难得去教堂做一次忏悔，竟然去勾引聆听她忏悔的牧师，因为她觉得牧师一辈子独身，未曾体验人世间最大的乐趣，实在是太可怜了。

她喜欢街上乱抓乱刨的野狗，看到那些神色憔悴、四处觅食的流浪猫挺着大肚子偷偷出没在街角，寻找生崽的洞穴，她会伤心流泪。她喜欢乌黑的麻雀，觉得空地上的野草都很漂亮。她在空地上采几束白色的三叶草，觉得这是上帝创造的最美丽的花朵。有一次，她在自己房间发现一只老鼠，第二天晚上，她就特意准备了一个小盒子，里面放了些奶酪屑。是的，她善于倾听所有人的烦恼，但是没人愿意倾听她的烦恼。不过，这也没什么不妥，因为茜茜是个付出者，不是索取者。

茜茜走进了厨房，凯蒂看着茜茜凌乱的衣服，肿胀的眼睛里充满猜疑。

"我没有忘记，"她可怜又自尊地说，"你是我的姐姐。我希望你也能记住这一点。"

"别说这么愚蠢的混账话。"茜茜知道凯蒂的意思，她凝视着凯蒂的眼睛，笑了笑。凯蒂的疑虑突然消除了。

"乔尼怎么样？"

"他一醒来就没事了。看在基督的分上，等他醒来时，不要数落他。别数落他，凯蒂。"

"可是，必须得告诉他……"

"如果再让我听到你数落他，我就把他从你身边抢走。我发誓。别看我是你的姐姐。"

凯蒂知道她是认真的，所以有点害怕。

"那我就不数落他了。"她咕哝了一句，"就这一次啊。"

"这才像个女人的样子。"茜茜一边亲了亲凯蒂的脸颊，一边表扬她说。她既同情乔尼，也可怜凯蒂。

这时候，凯蒂突然崩溃，大哭起来。她讨厌自己哭，但又忍不住，所以哭声很难听。茜茜只得再听一遍，刚刚在乔尼那里所经历的一切，又一次重新来过，只不过这次是站在凯蒂的立场。对待凯蒂和乔尼，茜茜有不同的方式。她对乔尼像母亲般温柔，因为他需要柔情似水。茜茜承认，凯蒂的内心钢铁般坚强。凯蒂讲完她的故事后，她更加坚定了自己的判断。

"现在你什么都知道了，茜茜。乔尼是个醉鬼……"

"这么说吧，人无完人，是人都会有缺点。我们身上或多或少都会有个标签。就拿我来说吧，我这辈子没沾过一滴酒。但是，你知道吗？"她说话的语气既坦诚又天真，"有些人背后议论我，说我是坏女人。你想象不到吧？我承认，我偶尔会抽一支烟。可是，坏……"

"好啦，茜茜，大家说的，是你和男人的暧昧关系……"

"凯蒂！别唠叨了！我们每个人该是什么样子就是什么样子，每个人都过着适合自己的日子。你嫁了一个好男人，凯蒂。"

"可是，他酗酒。"

"他还会继续喝下去的，除非他死了。事实就是这样，他酗酒。你必须接受他的全部，好的坏的，照单全收。"

"全收什么？你是指没有工作，夜不归宿，滥交朋友？"

"你嫁了他，他身上一定有什么东西打动了你的心。想想这些好处，忘掉其他坏处。"

"有时候，我不知道自己为什么要嫁给他。"

"你在撒谎！你最清楚自己为什么要嫁给他。你嫁给他是因为你想让他和你睡觉，但你太虔诚了，不敢冒险不去教堂结婚。"

"你这是什么话？其实，当初是我把他从别人手里抢过来的。"

"那还不是因为你想和他睡觉嘛。一直都是这个原因。两人睡得好，婚姻就好；睡不好，婚姻就不好。"

"不是吧。还有其他的原因。"

"还有什么其他原因？好吧，也许有。"茜茜让了一步，"如果还有其他原因，那就是钱了。"

"你错了。钱对你来说可能很重要，但是……"

"钱对任何人都很重要，或者应该说，钱很重要。有钱，所有的婚姻都会幸福。"

"哦，我承认，我喜欢他跳舞的样子，喜欢他唱歌的样子，还有他的外表……"

"你说的就是我想说的，只不过你用了自己的措辞。"

"和茜茜在一起，你怎么可能赢呢？"凯蒂心想，"她对一切事物都有自己的见解。也许她出的主意是解决问题的好方法。我不知道。她是我的姐姐，但人们都在说她坏话。毫无疑问，她是个坏女孩。如果她死了，她的灵魂一定会在炼狱中徘徊。我经常提醒她这一点，她总是回答说，在那里徘徊的一定不止她一个。如果茜茜比我死得早，我一定要给她做弥撒，让她的灵魂安息。也许过一段时间，她就会离开炼狱，因为尽管有人说她坏，可她对所有有幸遇到她的人都心存善意。上帝应该会考虑到这一点。"

突然，凯蒂俯下身来，吻了吻茜茜的脸颊。茜茜很惊讶，不知道凯蒂在想什么。

"也许你是对的，茜茜，也许你错了。对我来说，一句话可以概括：除了酗酒，我喜欢乔尼的一切，我会尽力善待他。我将尽量忽略……"她没有继续说下去。因为她知道，在内心深处，她不是那种能随便迁就他人的人。

弗兰茜睁着眼睛躺在洗衣篮里，篮子挂在灶炉边。她躺在那里，吮吸着拇指，听着大人谈话。不过她什么也没听懂，毕竟，当时她只有两岁。

12

乔尼撒酒疯出洋相，弄得四邻皆知，凯蒂觉得丢人现眼，再也不想住在这个社区了。当然，周围邻居家很多男人并不比乔尼强多少，但是，凯蒂不想跟他们一般见识。她希望诺兰家的人出类拔萃，而不是随波逐流。毫无疑问，钱也是个问题，他们本来就一贫如洗，现在又有了两个孩子。凯蒂四处打听，找以工换租的地方。至少得找个遮风挡雨的住处。

她找到了一处可以免交租金的房子，前提是她要负责整栋楼的保洁工作。乔尼发誓不让老婆做保洁员。凯蒂用她新学的泼辣口气告诉他，要么做保洁员，要么流落街头，因为每个月的房租越来越难凑了。乔尼最后只好让步，他答应承担所有的保洁工作，等他找到稳定的工作后，他们一定再搬到别处。

凯蒂把家里为数不多的家当打了个包：一张双人床，一张婴儿床，一辆破旧的婴儿车，一件绿色毛绒礼服，一张印有粉色玫瑰的地毯，一副蕾丝客厅窗帘，一棵橡胶植物和一朵玫瑰天竺葵，一只养在镀金笼子里的黄色金丝雀，一个漂亮的相册，一张厨房桌子和几把椅子，一盒盘子和锅碗瓢盆，一个镀金十字架（底座是个音乐盒，上了发条就会唱"万福玛利亚"），母亲送给她的一个普通木质十字架，一个装满衣服的洗衣篮，一卷床上用品，一堆乔尼的乐谱和两本书——《圣经》和《莎士比亚》。

他们雇了个送冰人帮忙搬家。家当实在太少，送冰人的小马车就可以把所有东西一次运完，那匹羸弱的马拖着家当和诺兰家四口朝着新家走去。

旧家搬得空空荡荡，凯蒂做了最后一件事，她像近视眼摘掉眼镜一样眯着眼睛，把存钱罐取了出来。罐里有三块八毛钱，遗憾的是，她得取出一块钱给送冰人，支付搬家费。

到了新家，乔尼帮着送冰人搬家具，凯蒂做的第一件事就是把存钱罐钉到壁橱里。她先把两块八毛钱放进存钱罐，又从自己的破钱包里挑出一毛钱放了进去。这一毛钱本来是她打算付给送冰人的。

在威廉斯堡有个讲究，搬家工人干完活儿后，主人要招待一品脱啤酒。不过凯蒂心想："我们再也见不到他了。再说，给他一块钱足够了。想想看，他得卖多少冰才能挣到一块钱。"

凯蒂正在装蕾丝窗帘，玛丽·罗姆利过来了，她在每个房间里洒上圣水，驱除可能潜伏在角落的各路魔鬼。谁知道这屋子以前是什么状况？这里也许住过新教徒，也许有个天主教徒死在这里，没有做最后的忏悔。圣水会再次净化这个家，这样上帝就可以随时进来了。

弗兰茜兴高采烈地看着外婆拿着圣水，阳光透过圣水瓶，在对面墙上折射出一道宽宽的彩虹。婴儿弗兰茜高兴得手舞足蹈。玛丽对着孩子微笑，晃动着瓶子让彩虹跳舞。

"真漂亮啊，真漂亮。"她说。

"真不要脸啊，真不要脸。"弗兰茜跟着外婆牙牙学语，还伸出了双手模仿外婆的动作。

玛丽把半满的圣水瓶交给弗兰茜，自己去帮凯蒂挂窗帘。看到彩虹消失了，弗兰茜很失望，她觉得彩虹一定藏在瓶子里。她把圣水全部倒在膝盖上，期待着彩虹从瓶子里爬出来。凯蒂发现她身上湿了，轻轻拍了她几下，告诉她以后不许尿裤子。玛丽解释说那是圣水。

"哎，孩子只不过自己祝福自己罢了，还落得一顿打屁股。"

凯蒂笑了。弗兰茜也笑了，因为她妈妈不再生气了。尼利也笑了，露出三颗乳牙。玛丽冲着他们笑了，说在笑声中开始新家的新生活，一定会好运连连。

晚饭时分，他们就安顿停当了。乔尼和孩子们待在一起，凯蒂去杂货店办理赊账手续。她告诉店主自己刚搬到附近，问他能不能在周六发薪日之前赊给她几件杂货。店主答应了，给了她一袋杂货和一个小本子，上面记着她的债务，还告诉她每次过来赊账，都要带着这个小本子。交涉完毕，凯蒂家有了充足的食物，一直可以吃到下次发薪水的时候。

晚饭后，凯蒂读着书哄孩子们睡觉。她读了一页《莎士比亚》的引言部分，一页《圣经》的族谱部分。这是她目前为止的读书进度。孩子们和凯蒂对这部分内容都不知所云。凯蒂读得昏昏欲睡，但她硬撑着坚持读完了两页。她小心翼翼地给孩子们盖好被子，然后和乔尼上床睡觉了。虽然是晚上八点钟，但搬家弄得他们精疲力竭。

诺兰一家睡在他们位于洛里默街的新家里，那里仍然属于威廉斯堡，但离绿点区已经很近很近了。

13

　　洛里默街比博加特街档次更高。这里住着邮递员、消防员和店铺老板，店铺老板都很富有，不必住在商店的后屋里。

　　这套公寓楼里有一间浴室。浴缸是一个长方形的木箱子，里面镶着锌皮。浴缸里面装满水的时候，弗兰茜会忍不住盯着浴缸看。这是她见过的最大的水池。在她幼小的眼睛里，这浴缸就像一片汪洋大海。

　　他们喜欢这个新家。凯蒂和乔尼把地下室、大厅、屋顶和人行道打扫得一尘不染，以此抵消他们的房租。这里没有通风井，每个卧室都有一扇窗户，厨房和前厅各有三扇窗户。在那里度过的第一个秋天非常惬意，屋子里一整天都有太阳，第一个冬天也很暖和。乔尼工作稳定，喝酒不多，家里也有余钱买煤。

　　夏天到了，孩子们白天大多都在户外的门廊上活动。整栋楼里就他们两个孩子，所以门廊上总有空间给他们。弗兰茜快四岁了，她得照顾尼利，尼利马上就三岁了。她常常在门廊上坐好几个小时，瘦弱的胳膊抱着瘦弱的腿，大海携着咸咸的海风，吹拂着她棕色的长发。这大海近在咫尺，但她却从未见过。她一边照看在台阶上爬上爬下的尼利，一边坐在那里前后摇摆，思考着很多未解之谜：风是怎么吹起来的？草是什么做的？为什么尼利和她不一样，是男孩而不是女孩？

　　有时候，弗兰茜和尼利坐在一起，大眼瞪小眼地互相凝视彼此。他们的眼睛形状一样，也一样深邃，但尼利的眼睛是明亮清澈的蓝色，而弗兰茜的眼睛则是幽暗清澈的灰色。两个孩子无话不说，尼利话少，弗兰茜话多。有时弗兰茜没完没了地说了又说，一直说到性格温和的小男孩笔直地坐在台阶上，头靠铁栏杆睡着了。

那个夏天，弗兰茜开始学做针线活儿。凯蒂花了一分钱，给她买了一块女士手帕大小的方巾，方巾上面有个图案：一只蹲坐的纽芬兰狗，舌头伸在外面。凯蒂又用一分钱买了一小卷红色刺绣棉，用两分钱买了一对圆形刺绣架。弗兰茜的外婆教她如何穿针引线，孩子很快就上手了。路过的女人会停下脚步，怜悯又羡慕地冲着弗兰茜咂咂嘴，只见这孩子在紧绷的布料上飞针走线，她眉头紧锁，右眉内侧有一道深深的折线。尼利趴在她肩上，看着闪亮的银针魔幻般在布面上进进出出。茜茜给了她一块草莓状的擦针布。尼利焦躁不安的时候，弗兰茜就让他用针在"草莓"上来回穿一会儿。如果能缝一百多块这样的正方形，再把它们接在一起，就可以做一张床罩。听说有些女士真的做成了床罩，弗兰茜于是有了雄心壮志，把做床罩作为自己努力的目标。整个夏天，她都在断断续续地缝着，可到了秋天，一块方巾却只完成了一半。看来做床罩的梦想，只能以后再说了。

春去秋来，四季交替。弗兰茜和尼利越长越大，凯蒂工作越来越卖力，乔尼的活儿干得越来越少，酒喝得越来越多。孩子们的阅读没有中断。有时候凯蒂晚上累了，就跳过一页，不过大多数时候她会坚持阅读。他们现在读到了《裘力斯·恺撒》，凯蒂不明白舞台指令上的"报警"该怎么解释。她觉得这应该和消防车有关，所以每当读到这个词，她就会喊"叮当叮当"，孩子们觉得好玩极了。

存钱罐里的零钱越来越多。有一次，弗兰茜的膝盖上扎了一颗生锈的钉子，大家只好将存钱罐打开，取出两块钱付给药剂师。还有十几次，大家用刀子掏出五分硬币给乔尼，让他坐车上班。但是家里有个规定，他必须从小费里拿出一毛钱放回存钱罐。这样算下来，存钱罐只赚不赔。

天气暖和的时候，弗兰茜会独自在街上或门廊上玩耍。她渴望有玩伴，却不知怎样和其他小女孩交往。其他小朋友都躲着她，因为她说话古里古怪。凯蒂每晚的阅读影响了弗兰茜的说话方式。有一次，有个小朋友嘲笑她，她反驳说："啊，你不知道你在说什么。你只是充满了喧嚣和愤怒，没有任何意义。"

还有一次，她想和一个小女孩交朋友，就对她说：

"你在此处等候，容我回去一趟，得一绳索归来，我们一起跳绳。"

"你的意思是，你回去取你的跳绳。"那个小女孩纠正她说。

"不对，我去得我的跳绳。你不是去'取'东西，你是'得'东西。"

"'得'是什么鬼东西？"那个五岁的小女孩问道。

"'得'就是'拥有'啊，就像夏娃'得'了该隐。"

"你真是个笨蛋。女人不会'得'什么该隐，男人抽烟才会'得'烟瘾。"

"夏娃就'得'了。她还'得'了亚伯。"

"管她'得'没'得'的。你知道吗？"

"知道什么？"

"你说话就像南欧鬼佬。"

"我说话才不像南欧鬼佬呢，"弗兰茜哭喊着，"我说话像……像……像上帝。"

"你这么说话，要遭五雷轰顶的。"

"绝不可能。"

"你们家没人管你啊？"

"我们家有人啊。"

"那你怎么说话这么怪啊？"

"这些话都是我妈妈念给我听的啊。"

"原来是你妈妈家没人管她啊。"

"胡说八道，我妈妈不像你妈妈那样又脏又懒。"弗兰茜只能想出这句话来回应了。

这句话小女孩听过多次，她比较识相，不想就这个事实进行辩论。"这么说吧，我宁愿有个又脏又懒的妈妈，也不愿要个疯女人做妈妈。我宁愿没有爸爸，也不愿要个酒鬼做爸爸。"

"懒鬼！懒鬼！懒鬼！"弗兰茜激动地大喊着。

"疯子，疯子，疯子。"小女孩反复重复着。

"懒鬼！肮脏的懒鬼！"弗兰茜尖叫着说，她吵得力不从心，不由得呜咽起来。

小女孩蹦蹦跳跳地走开了，浓密的卷发在阳光下抖动着。她边走边唱，声音清晰又洪亮："棍棒石头能打人，恶语难听不伤身。假如哪天我归西，你会为我常哭泣。"

弗兰茜的确哭了，不是因为对方辱骂她，而是因为她很孤独，没有人愿意和她一起玩。那些粗鲁的孩子觉得弗兰茜太安静，品行良好的孩子似乎都躲着她。弗兰茜隐约觉得这不全是她的错。这和常来串门的茜茜姨妈有点关系，和姨妈的打扮有关，和姨妈路过时男人们看她的眼神有关。这与爸爸也有关，他有时连路都走不直，回家时在街上跟跟跄跄。这还与女邻居有关，她们常常向她打听爸爸、妈妈和茜茜的情况，连哄带骗地问来问去，所幸弗兰茜并不上当。多亏妈妈提前警告过她："不要让邻居欺负你。"

于是，在温暖的夏日里，这个孤独的孩子常常坐在门廊上，假装瞧不起人行道上玩耍的那群孩子。弗兰茜和想象中的同伴一起玩耍，哄自己相信这些虚拟玩伴胜过现实中的孩子。但是，看到那些孩子手拉手围成一圈唱歌的时候，她的心一直跟着歌曲哀伤的节奏在跳动。

沃尔特，沃尔特，小野花，
高高大大真挺拔。
妙龄女郎颜如玉，
我们总会命归西。
莉齐·韦纳最神奇，
花中仙子无人敌。
又羞又臊无处躲，
不如转身告诉我。
翩翩情郎惹人醉，
尊姓大名他是谁。

　　玩耍的女孩们停下来，连哄带骗让那个被选中的女孩莉齐低
声说出某个男孩的名字。弗兰茜在想，如果她们让她一起玩，她
会说出谁的名字呢？如果她低声说乔尼·诺兰，她们会不会嘲
笑她？

　　莉齐低声说出一个男孩的名字，其他小女孩都大声起哄。她
们再次手拉手围成一圈，欢快地用那个男孩的名字编起了段子。

赫米·巴克米好青年，
手托礼帽站门前。
莉齐下楼来相见，
身穿绫罗和绸缎。
郎才女貌结姻缘，
良辰吉日在明天。

　　女孩们停下来，兴高采烈地拍着巴掌。过了一会儿，大家玩
腻了这个游戏，心情有点变化。大家低着头，慢慢转着圈子。

妈妈，妈妈，我不舒服。

快快找个好大夫，

火速，火速，火速！

大夫，大夫，我问你，

是否我要命归西？

是的，是的，是的！

宝贝宝贝不要慌，

人人都得去天堂。

送葬马车多少辆？

足够你和家人坐，

宽敞，宽敞，宽敞！

在其他社区，这首歌的歌词略有不同，但换汤不换药，本质上都是同一个游戏。没人知道这些歌从何而来，小女孩们也是从别处学来的，这是布鲁克林的孩子们最常玩的游戏。

孩子们也会玩其他游戏。两个小女孩可以坐在门廊的台阶上一起玩抓子儿游戏。弗兰茜会一个人扮演抓子儿的双方，首先是弗兰茜抓一次子儿，然后扮演对手抓一次子儿。她还会和想象中的对手说话。"我抓三，你抓二"，她会这样安排彼此的任务。

还有一种游戏叫作"跳房子"，通常由男孩开始玩，女孩收尾。几个男孩会在电车轨道上放一个锡罐，然后坐在路牙上，像一个个行家里手，眯着眼睛，看着电车轮子压平锡罐。他们会把压平的锡罐对折，再放到轨道上，等待锡片再次被压平。如此折叠压平几次，很快就能做成一个沉重的扁方形金属块。孩子们在人行道上画些方块，标上数字，把金属块投掷在不同的方块里。然后，游戏由女孩们完成，她们单脚着地，把金属块从一个方块踢到另一个方块，谁用的步数最少谁就能赢得比赛。

弗兰茜自己画了一个跳房子的方格。她在电车轨道上放了一个锡罐，用专业的眼神看着汽车从锡罐上驶过。听到锡罐被碾压的咔嚓声，她惊喜交加，忍不住浑身打战。她想知道，要是司机知道自己的车被人利用，会不会生气？她画好了方块，却只会写1和7两个数字。她可以从头到尾跳完一轮游戏，可她迫切地希望能人和她一起玩，她相信自己必胜无疑，因为她比任何女孩用的步数都少。

有时候，街上会有音乐表演。这种娱乐不需要玩伴，弗兰茜独自一人就能享受。有个三人乐队每周都会来一次。他们穿着普通服装，但戴着滑稽的帽子，那帽子和司机的帽子很像，只是顶部瘪下去了。每当听到孩子们高喊"贝特泡泡人来了，贝特泡泡人来了"，弗兰茜就会跑到街上，有时候她还带着尼利一起去。

乐队由小提琴手、鼓手和短号手组成。他们演奏维也纳老曲子，演得好坏另当别论，至少声音够大够亮。在温暖的夏日里，小女孩们会在人行道上一起跳华尔兹舞。总有两个男孩跳怪诞的舞蹈，他们跟着女孩，模仿女孩，朝着女孩横冲直撞。如果惹恼了女孩，男孩们会夸张地鞠躬（以确保他们撅起来的屁股能撞到另一对跳舞的女孩），并用华丽的语言赔礼道歉。

弗兰茜特别羡慕那些胆子大的孩子，他们不去跳舞，而是站在短号手身边，大声咂巴着水滴滴的大泡菜。短号手被泡菜刺激得直流口水，口水顺势流进短号，短号手非常恼火。忍无可忍的时候，他会用德语骂出一连串的脏话，收尾的时候还会添上"该死的异邦犹太佬"。大多数布鲁克林德国人都习惯把惹恼他们的人称为"犹太佬"。

弗兰茜最喜欢看乐队的收钱环节。演奏了两首曲子之后，小提琴手和短号手继续合奏，鼓手走进人群，手里拿着帽子，没脸没皮地接受着大家的零碎赏钱。街上讨要完毕，他会站在路边，抬头看着一扇扇窗户。女人们会用报纸把两分钱包起来，扔下楼打赏。赏钱必须用报纸包起来，否则孩子们看见散落的硬币，以为见者有份，他们会一哄而上，你夺我抢，然后扬长而去，愤怒的乐手只好跟在他们屁股后面穷追不舍。不知道是什么原因，他们从来不抢包好的钱。有时候，他们还会把钱捡起来，交给乐手。冥冥之中有一种默契，他们知道谁的钱该归谁。

如果拿够了赏钱，乐手们会额外再演奏一首。如果收获甚微，他们就会换个场子，希望能够柳暗花明。弗兰茜通常会带着尼利，跟随乐手们从一个站转到另一个站，从一条街转到另一条街，一直跟到天黑，乐手们散伙为止。弗兰茜只是众多粉丝之一，很多女孩都和她一样，拖着弟弟或妹妹，把他们放在自制的小推车里，或者放在破旧的婴儿车里。音乐像个魔法，使他们忘记回家，忘记吃饭。小婴儿们哭哭啼啼，尿湿了裤子，睡着了，醒来又哭哭啼啼，又弄湿了裤子，又睡着了。《蓝色多瑙河》演奏了一遍又一遍。

弗兰茜觉得乐手们的生活有滋有味。她心中暗暗盘算，等尼利长大后，他可以上街弹"号号"（尼利把手风琴叫"号号"），而她可以敲小手鼓，大家一定会丢硬币打赏他们，如果他们发财了，妈妈就不用再去工作了。

虽然弗兰茜跟着三个乐手到处跑，但她更喜欢的还是管风琴手。每隔一段时间，就会来一个人，拉着一架手风琴，琴上坐着一只猴子。这只猴子身穿镶金边的红色夹克，头戴红色的无檐小圆帽，帽子的带子系在下巴上。它的红裤子上开了个洞，正好可以让尾巴伸出来。弗兰茜喜欢那只猴子，她会把自己买糖果的钱赏给它，只为看它向她敬礼的样子。如果妈妈在身边，她也会拿出本应放进存钱罐的一分钱，交给猴子的主人，义正词严地告诉他，不许虐待猴子，如果虐待猴子被发现，她会告发他。那个意大利人根本听不懂她的话，但总是做出同样的回应。他脱下帽子，谦卑地弯腿鞠一躬，急切地喊道："明白了，明白了。"

大手风琴果然与众不同。它的到来，总能掀起一阵狂欢。拉风琴的男人头发乌黑卷曲，牙齿洁白无瑕。他穿着绿色平绒裤子，棕色灯芯绒夹克，口袋上挂着一条红色手帕，耳朵上戴一枚圆耳环。他的女助手穿着一条旋转式的红裙子和一件黄衬衫，耳朵上戴一对大大的圆耳环。

音乐声叮叮当当地响了起来，曲子来自《卡门》或者《吟游诗人》。那女人摇着一把脏兮兮、配有饰带的铃鼓，还时不时随着节拍，用胳膊肘无精打采地敲一下鼓。一首歌结束的时候，她突然打个转儿，露出粗壮的肥腿和五颜六色的衬裙，肥腿上穿着肮脏的白色棉袜。

弗兰茜从未关注那个女人有多么肮脏和懒惰。她听到了美妙的音乐，看到了闪亮的色彩，感受到了鲜活的人物的魅力。凯蒂提醒弗兰茜万万不可追随这个大风琴乐队。她说，这种装束的风琴手都是西西里岛人，全世界都知道西西里人是黑手党，他们常常绑架小孩，索要赎金。他们把小孩拐走，留下字条，让其家里人把一百块钱放到墓地，字条上还盖着一个黑手印。妈妈就是这么评价风琴手的。

风琴手离开几天后，弗兰茜开始模仿风琴演奏。她根据自己的记忆哼唱着威尔第民曲，用胳膊肘敲打破旧的馅饼盘子，想象那是铃鼓。游戏结束时，她会在纸上画一个手的轮廓，然后用黑蜡笔填充颜色。

有时候弗兰茜会犹豫不决，她不知道长大后自己该进乐队还是当风琴手。如果她和尼利能有一架风琴和一只可爱的猴子，那就再好不过了。他们整天都可以和猴子免费玩耍，到处演奏，看猴子敬礼。观众会给他们很多硬币，猴子可以和他们一起吃饭，也许晚上还可以和她一起睡觉。这个职业越想越令人神往，弗兰茜忍不住向妈妈宣布了自己的意图，不料凯蒂直接给她泼了盆凉水，告诉她不要犯傻；猴子身上有跳蚤，她才不会允许猴子睡在自家干干净净的床上。

弗兰茜也动过当鼓手的念头。但是这样一来,她就得和西西里人一样去绑架小孩,她可不愿意做这种伤天害理的事情。不过,画黑手还是蛮有趣的。

街上总是有音乐。在很久以前的那些夏日里,布鲁克林的街上总是歌舞升平,日子本该过得无忧无虑,但那些夏日却总是笼罩着一丝悲伤,孩子们骨瘦如柴,脸上稚气未退,围在一起一遍遍唱着忧伤的歌曲。他们只是四五岁的孩子,却不得不过早地为自己的生计担忧。《蓝色多瑙河》被乐队演奏得凄凄惨惨、磕磕绊绊。猴子鲜红色的帽子下是一双悲伤的眼睛。风琴在轻快的声音下演奏着悲凉的曲调。

那些到后院卖唱的吟游歌手,唱的也是这样凄凉的歌曲:

> 如果我有回天之力,
> 你一定不会变老。

他们四处流浪,他们饥肠辘辘,他们没有音乐天赋。他们唯一拥有的就是胆量和勇气,站在后院,手捧帽子,大声歌唱。可悲的是,他们的匹夫之勇并不能助他们一臂之力,天色近晚的时候,他们会陷入迷惘,像大多数布鲁克林人一样。傍晚的阳光依然明亮,但是光线稀薄,照在身上,一点儿暖意也没有。

14

洛里默街的生活愉快而惬意，如果不是茜茜姨妈好心办坏事，诺兰家会一直在这里住下去。茜茜惹出的三轮车事件和气球事件让诺兰家颜面尽失。

一天，茜茜丢了工作，她打算趁着凯蒂上班的时候去照看弗兰茜和尼利。离他们家还有一个街区的时候，她的眼前忽然一亮，一辆漂亮的三轮车的铜把手在阳光下闪闪发光。这种难得一见的三轮车有宽敞的皮座椅，能坐两个孩子。座椅后面有靠背，铁质的方向杆与小前轮相连，后轮比前轮大出很多。转向杆顶端是纯铜把手。脚踏板位于座位前方，小孩可以坐在座椅上，斜靠靠背轻轻松松踩着踏板，手握膝盖上方的把手控制方向。

发现这辆三轮车摆在一家门廊前无人看管，茜茜毫不犹豫地把车推走，拉到了诺兰家门口，把孩子们喊出来，让他们骑车玩。

弗兰茜感觉妙不可言！她和尼利坐在座椅上，茜茜拖着他们绕着街区转圈圈。皮座椅被阳光晒得暖暖和和，有种华丽的味道。热辣辣的太阳在铜把手上跳动，看上去像燃烧的火焰。弗兰茜心想，如果摸一下铜把手，她的手肯定会被烫伤。就在这个时候，发生了一件事情。一小群人朝着他们跑了过来，为首的是一个歇斯底里的女人和一个号啕大哭的男孩。那个女人冲向茜茜，一边大喊"偷车贼"，一边伸手去抓车把手。茜茜紧握把手不肯放松。弗兰茜差点被甩出座椅。辖区警察闻讯跑了过来。

"怎么回事？怎么回事？"他着手接管这起纠纷。

"这位女士是个偷车贼，"那个女人举报说，"她偷了我家小儿子的三轮车。"

"我没偷车，警察先生。"茜茜说，她的声音温柔甜美、魅力四射，"三轮车就放在那里，一直放在那里，于是我就借过来给两个孩子坐坐。他们从来没有坐过这么精致的三轮车。您知道，对孩子来说，坐这样的三轮车意味着什么。简直就是上天堂。"警察凝视着座椅上两个默不作声的孩子。弗兰茜吓得浑身发抖，朝着警察咧嘴笑了笑。"我只是打算带他们绕着街区骑一圈，然后就把三轮车放回去。千真万确，警察先生。"

警察的双眼紧盯着茜茜姣好的胸部，茜茜喜欢穿收腰上衣，紧身服丝毫没有掩盖她丰满的胸脯。警察转身冲向那位喋喋不休的母亲。

"这位女士，您为什么这么小气呢？"他说，"就让她带着孩子绕着街区骑一圈吧。这对你不会造成丝毫损失，毫发无损。"（他还没说出毫发无损，围观的小孩们就发出了一阵窃笑声。）"让她带着孩子们兜个风，我保证把车子安全还回来。"

他就是法律，那个女人还能怎样？警察给那个号啕大哭的小孩一枚五分镍币，吩咐他闭嘴收声。他迅速驱散了人群，告诉他们如果不趁早滚蛋，他就会叫警车来把他们全部拉进警察局。

人群散开后，警察挥舞着警棍，殷勤地陪护着茜茜和孩子们在街区绕行。茜茜仰头看着他，对着他的眼睛微微一笑。于是，他将警棍插进腰带，坚持要求帮她拉车。茜茜穿着高跟鞋，在他身边一路小跑，她温柔甜美的声音魔咒般令他神魂颠倒。他们在街区绕了三圈，居民看见全副武装的警察如此劳心费力地拉车，不禁掩面而笑，警察假装看不见那一只只捂嘴的手，继续和茜茜热情攀谈。话题大多与他的妻子有关，"那是个好女人，但是你懂的，全无用处。"

茜茜说，她完全理解。

三轮车事件之后，邻居们开始风言风语了。乔尼时不时就醉醺醺地回家，男人们不怀好意地盯着茜茜，这些已经够他们嚼舌头了。抢车事件又给他们增加了八卦的作料。凯蒂动了搬家的念头。这里的邻居和博加特街的邻居一样，对诺兰家的丑事知道得太多了。就在凯蒂考虑搬家的时候，又发生了另外一件事情，迫使他们不得不马上搬走。把他们赶出洛里默街的最后一根稻草竟然是性问题。不过，如果正确看待，这件事纯属无辜。

　　一个星期六下午，凯蒂在威廉斯堡一家大型公司戈林百货公司打零工。她负责准备周六的晚餐：咖啡和三明治，这是老板给女孩们的加班补贴。乔尼当时在工会总部，等着工作上门来。茜茜那天不工作，她知道孩子们会锁在家里没人管，便过来陪他们。

　　她敲了敲门，大声说自己是茜茜姨妈。弗兰茜没有松开门上的锁链，确认是姨妈后才让她进去。孩子们蜂拥而上，拥抱着茜茜，他们爱她。在他们眼里，她总是美美的、香香的，穿得漂漂亮亮的，还经常给他们带来各种新奇的礼物。

　　那天她带来了一个香喷喷的雪松木雪茄盒，几张纸巾，有红色有白色，还有一罐糨糊。他们坐在餐桌旁装饰那个盒子。茜茜用硬币在纸上勾出一个个圆圈，弗兰茜把圆圈剪下来围在铅笔头上，在茜茜的指导下做成小纸杯。一个个小纸杯做成之后，茜茜就在盒子盖上画一个心形图。他们给每个红杯子底下糊一点糨糊，贴在铅笔画的心形图上。等心形图上粘满红色纸杯后，他们又在其他地方粘上白色纸杯。完工之后，盒子盖上仿佛簇拥着密密麻麻的白色康乃馨，中间是一颗红色康乃馨围成的心。盒子的四周用白色小杯子填满，里面衬着红色纸巾。差不多整个下午，他们都在忙着装饰这个盒子。

　　茜茜和人相约五点吃杂烩，等她准备离开的时候，弗兰茜紧抓不放，恳求她不要走。茜茜虽然于心不忍，但她不想错过约会。为了让两个孩子开心，她在钱包里摸了半天，想找个东西逗他们玩。两个孩子站在她腿边和她一起到处乱翻，弗兰茜发现一个烟盒，把它拿了出来。盒子盖上有张照片，照片上有个男人躺在沙发上，跷着二郎腿，一只脚在空中晃荡，嘴里抽着香烟，头上有个巨大的烟圈。烟圈里有张照片，照片里的女孩披头散发，袒胸露乳。盒子上面写着"美国梦"。这是茜茜厂里的产品。

两个孩子吵着要拿盒子。茜茜极不情愿地给了他们，但是她叮嘱他们说，盒子里装的是香烟，只能拿着看看，千万不能打开，更不能撕开里面包装袋的封口。

等她走后，孩子们盯着照片自娱自乐。他们摇了摇盒子，里面传出神秘的飒飒声。

"里面好像不是香烟，是蛇吧。"尼利说。

"不对，"弗兰茜纠正说，"应该是虫子，活虫子。"

两个孩子争执起来，弗兰茜说这盒子太小，根本装不下蛇，尼利坚持说蛇一定是卷在一起了，就像装在玻璃罐里的鲱鱼。他们的好奇心越来越重，早把茜茜的叮咛忘得一干二净。他们三下五除二就撕开了并不紧密的封口。弗兰茜打开盒子，里面是一个软软的东西，外面包着锡纸。弗兰茜小心翼翼地打开锡纸。尼利准备只要蛇一动，他就爬到桌子下面去。但是，锡纸里既没有蛇，也没有虫子，更没有香烟，里面的东西索然无味。玩了几个简单的游戏后，弗兰茜和尼利对那些玩意儿失去了兴趣，他们笨手笨脚地给它们吹上气绑在绳子上，拖出窗外，关上窗户，把绳子固定住。然后，他们轮流在那个打开的空盒子上蹦蹦跳跳，全神贯注地把它撕成碎片，把挂在窗外的绳子忘得干干净净。

乔尼晚上有演出，他悠闲地迈着步子回家取新买的假衬衣和领子，没想到一个巨大的惊喜正等着他的到来。他只朝那些玩意儿看了一眼，就已经臊得脸上发烫。凯蒂一到家，他就把这事讲给她听。

凯蒂对弗兰茜刨根问底，知道了事情的来龙去脉，原来茜茜是罪魁祸首。那天晚上，安顿好孩子们上床睡觉，等乔尼出去上班之后，凯蒂坐在黑暗的厨房里，脸上一阵阵发烫。乔尼整晚情绪低落，仿佛天要塌下来似的。

　　艾薇晚上来了，她和凯蒂谈起了茜茜。"到此为止吧，凯蒂，"艾薇说，"彻底了断吧。茜茜平时想干什么是她自己的事情，但是，今天的丑事是她不良行为的后果。我家女儿正在发育，你也有个宝贝姑娘，我们不能再让茜茜进我们的家门了。她品行不端，这一点我们无法回避。"

　　"她身上有很多优点。"凯蒂替她打圆场。

　　"今天她的所作所为，你觉得如何？你还能说出这种话？"

　　"好吧，我觉得你说得没错。不过，你千万不要告诉妈妈。她不了解茜茜的生存状况，茜茜是她的掌上明珠。"

　　乔尼回到家后，凯蒂告诉他，以后不许茜茜再来他们家了。乔尼长叹一声，说也只能如此了。夫妻两人谈了一个晚上，天亮的时候，他们已经订好计划，准备月底搬家。

　　凯蒂在威廉斯堡的格兰德街找到了一份保洁员的差事，可以以工换租。搬家的时候，她拿起存钱罐，里面有八块多钱，取出两块给搬家的工人，剩下的钱放回存钱罐，再把存钱罐钉在新家的橱柜里。玛丽·罗姆利又来了，又给新家洒了一遍圣水。安顿好一切之后，凯蒂又去附近店铺开了赊账账户。

　　遗憾的是，新公寓的条件没有洛里默街的旧家好，但是他们别无选择。他们住在顶楼，而不是底楼。底楼没有门廊，取而代之的是一家商店，屋里没有浴室，厕所位于大厅，由两家合用。

　　唯一的亮点是，屋顶属于他们。根据一条不成文的协议，屋顶属于住在顶楼的人，院子则属于一楼的人。另一个优点是，头顶上没人住，也就没人在天花板上制造噪音，煤气灯罩也不会被震碎了。

凯蒂和搬家工人讨价还价的时候，乔尼把弗兰茜带到屋顶。弗兰茜的眼帘映入一个全新的世界。不远处是美丽的威廉斯堡桥。东河对面的摩天大楼清晰可见，仿佛用银纸板做成的童话城。更远处是布鲁克林桥，和近处的威廉斯堡桥遥相呼应。

　　"真漂亮，"弗兰茜说，"美得像乡村风景照。"

　　"我有时上班会经过那座桥。"乔尼说。

　　弗兰茜诧异地望着他。他走过那座神奇的大桥，怎么看起来还是老样子？说话也没什么异常？她伸手摸摸他的胳膊，过桥的美妙经历肯定会让他摸上去与众不同吧。她失望地发现，他的手臂摸上去和往常一模一样。

　　弗兰茜触摸爸爸的时候，乔尼搂住孩子，低头笑着问道："你几岁啦，小天后？"

　　"快七岁了。"

　　"哎呀，那你九月就该上学了。"

　　"不行，妈妈说我得等到明年，等尼利年龄到了我们一起上。"

　　"为什么？"

　　"这样我们就可以互相帮助，一起对付欺负我们的大孩子。"

　　"你妈妈考虑得真周到。"弗兰茜转身看看其他屋顶。近处有个屋顶上摆着鸽子笼，鸽子关在笼里平安无事。鸽子的主人是个十七岁的青年，手拿一根长竹竿，竹梢上有块破布。小伙子站在屋顶边缘，一圈圈挥舞着棍子。一群鸽子围成一圈飞来飞去，其中一个离开鸽群，跟着飞舞的竹竿飞。小伙子小心翼翼地放低竹竿，那只傻鸽子跟在破布后面继续飞，被小伙子抓住，放进笼子里。看到这一幕，弗兰茜神情沮丧。

　　"那男孩偷了只鸽子。"

　　"明天也会有人偷他的鸽子。"乔尼说。

　　"可是，那只可怜的鸽子和它的亲人分开了，也许它还有孩子呢。"她的眼里涌出了泪水。

"不用哭，"乔尼安慰弗兰茜说，"也许那只鸽子想离开亲人。如果它不喜欢新鸽笼，鸽笼打开的时候，它会飞回老家的。"

父女两人默默无语，手拉手站在屋顶的边缘，看着河对岸的纽约。乔尼仿佛在自言自语："七年了。"

"你说什么，爸爸？"

"你妈妈和我已经结婚七年了。"

"你们结婚的时候我在吗？"

"不在。"

"不过，尼利出生的时候，我在。"

"没错。"乔尼又自言自语起来，"结婚七年，搬家两次，住过三个地方了。但愿这是我的最后一个家。"

弗兰茜根本没有留意，他说的是"我"而不是"我们"的最后一个家。

Part · Three

第 三 部

时间就是时间，

没什么高低贵贱。

15

新公寓由四个房间组成，房间一个紧挨着另一个，号称车厢屋。又高又窄的厨房正对着院子，院子里有一条石板路，周围是一块像水泥一样的酸土地，地里什么也长不出。

然而，院子里却长着一棵树。

弗兰茜第一次看到这棵树的时候，它才长到第二层楼，她可以从窗户俯视它。整个树身就像一群体态各异的人，站在雨中，打着伞。

院子后面有一根细长的晾衣柱，上面有六道绳子，通过滑轮与六扇厨房的窗户相连。如果绳子从滑轮上脱落，附近的男孩就会爬上柱子帮忙安装，挣点零花钱。听说这些男孩会趁夜深人静时爬上柱子，偷偷解开绳子，第二天再来帮忙安装挣钱。

阳光明媚、微风习习的日子里，绳子上会挂满衣服，场面蔚为壮观。方形白色床单像故事书中的船帆一样迎风招展，红、绿、黄各色衣服在木夹子下面生气勃勃地飘动着。

柱子背后是附近学校的围墙，墙上没有窗户。弗兰茜发现，如果仔细观察，围墙上的砖块形色各异，与剥落的白灰泥砌在一起，看上去赏心悦目。太阳照在砖墙上闪闪发亮，弗兰茜把脸颊贴上去，可以闻到温暖的气味，感到墙面的凹凸不平。下雨的时候，墙面会首当其冲，散发出潮湿的泥土味，越发生机盎然。冬天的第一场小雪太薄太细，无法在人行道上残留，却可以粘在粗糙的砖墙上，像童话故事里的蕾丝花边。

校园围墙有四英尺长的一段正对着弗兰茜家的院子，中间有一道铁网栅栏。弗兰茜只在课间休息的时候去过几次院子，看到成群的孩子在校园里玩耍。院子长期被住在底楼的男孩霸占着，只要他在，谁也别想过来。课间休息就是把几百个孩子赶到这个石头砌的小围栏里，然后再把他们带出来。院子里拥挤不堪，根本没有地方玩游戏。孩子们愤怒地转来转去，扯着嗓门不停地尖叫。五分钟后，上课铃声叮当作响，持续不断的尖叫声被戛然切断。在铃响后的一刹那，孩子们突然一声不吭，一动不动。接着，原来的转来转去变成了你推我搡。刚才还在拼命往里面挤，现在又在拼命往外面逃。他们兴奋的尖叫声在拥挤中变成了压抑的哀号声。

一天下午，弗兰茜在院子里玩，看到一个小女孩走出来，煞有介事地拍打着两个黑板擦，清理里面的粉笔灰。弗兰茜把脸靠近铁网，观察那女孩，感觉她正在干世界上最迷人的差事。妈妈告诉她，这种差事只会留给老师的宠物干。对弗兰茜来说，宠物无非是猫、狗和鸟。她发誓，等她长大上学的时候，一定要竭尽全力去"喵喵""汪汪""啾啾"，这样她就会成为"宠物"，也就有机会拍打黑板擦了。

那天下午，她怀着无限崇拜的心情望着那个女孩。对方也意识到弗兰茜在羡慕她，于是就卖弄起来。她把黑板擦在砖墙上拍拍，又在人行道的石头上拍拍，最后把它收到身后，对弗兰茜说：

"你想不想走近点看看？"

弗兰茜羞涩地点了点头。那女孩把一块黑板擦伸到铁丝网边，弗兰茜伸出一个指头去戳那彩色的毡毛，毡毛上布满了粉笔灰。就在她即将触摸到那美丽柔软的毡毛时，那女孩突然收手，朝弗兰茜脸上吐了口唾沫。弗兰茜紧闭双眼，不让苦痛的眼泪流出来。那女孩好奇地站在原地，等着看她的眼泪。见她没哭，那女孩嘲笑道：

"你为什么不哭呢，笨蛋？想让我再给你脸上吐一口？"

弗兰茜转身走进地下室，在黑暗中坐了很久，直到潮水般的伤痛不再涌动。这是她第一次遭遇梦想的幻灭，以后还会有很多，她感受事物的能力在挫败中不断增强。从那以后，她再也不喜欢黑板擦了。

厨房兼具了客厅、餐厅和烹饪室的功能。一堵墙上有两扇又长又窄的窗户，另一堵墙上嵌着一个铁煤炉。炉子上方的凹槽由珊瑚色的砖块搭成，砖块上涂着乳白色的灰泥。凹槽上有个石头壁炉架和一块炉底石，弗兰茜可以在石头上用粉笔画画。炉子旁边有个烧水的锅炉，生火的时候，锅炉就会变热。寒冷的日子里，弗兰茜从外面进来，冻得浑身发僵，她会搂着锅炉，把冰冷的脸颊贴在温暖的银色锅炉上，心中充满感激。

锅炉旁边是一对皂石做的洗衣盆，盆上有带着铰链的木盖子。两个盆子之间的隔板可以移开，变成一个浴缸，不过这浴缸不大好使。有时候弗兰茜坐在里面，盖子会撞到她的脑袋。盆子底部坑坑洼洼，洗完澡起身的时候，她不但没有神清气爽，反而浑身发痛。更可恶的是，她还得对付四个水龙头。尽管她时刻提醒自己要注意水龙头，可是每次突然站起的时候，她的背部都会被水龙头猛磕，留下一道深深的伤痕。

厨房后面有两间卧室，一间连着另一间。卧室的窗户又小又灰暗。通风井活像一口棺材，镶嵌在两个卧室之间。你或许用凿子和锤子可以打开通风井，但是，如果你真这么干了，冰冷潮湿的空气是你唯一的回报。通风井顶部有个厚重的微型斜顶天窗，这个不透明的皱纹玻璃天窗被沉重的铁网罩着，以免被砸碎。通风井侧面是波纹铁板，据说这个设计的初衷是保证卧室有充足的光线和空气。可由于玻璃沉重、上面还笼罩着铁栅栏，灰尘沉积多年，光线根本无法进来。侧面的出口又被灰尘、煤烟和蜘蛛网堵塞，空气也无法进入。但是，雨雪却可以固执地闯进来。暴风雨来临的时候，通风井底部潮湿的木头会冒出一股墓穴的气味。

通风井是个失败的创意。即使窗户紧紧关闭，通风井就像扩音器，任何人的声音都能听得一清二楚。老鼠在底部四处乱窜。火灾的危险随时存在，如果醉醺醺的卡车司机心不在焉地把火柴扔进通风井，他自己还误以为扔进了院子或街道，整栋楼顷刻间就会燃烧起来。通风井底部还有很多乱七八糟的脏东西。由于窗户太小，人无法通过，这里就成了藏污纳垢的可怕场所，汇集着人们抛弃的各种东西。生锈的刀片和血迹斑斑的衣服随处可见。有一次，弗兰茜低头看了一眼通风井，立刻想到了牧师说的炼狱，她觉得炼狱应该和通风井底部差不多，只不过规模大一些罢了。弗兰茜穿过卧室走进客厅的时候，总是双眼紧闭，浑身发抖。

客厅也就是前屋，是家里最重要的正屋。屋里两扇又高又窄的窗户正对着喧嚣的街道。三楼很高，街上的噪音到这里就失去了刺耳的威力，变得温馨舒适。正屋是个体面的地方，有通向大厅的门。客人可以直接进入正屋，不必经过厨房和卧室。

高墙上贴着昏暗的墙纸，暗褐色的墙纸上有金色的条纹。窗户里有板条木做的百叶窗，百叶窗的两头逐渐变窄。弗兰茜在铰链式的百叶窗上度过了许多快乐时光，她喜欢拉开百叶窗，用手轻碰一下，看着百叶再次折叠。这真是个百玩不厌的稀罕物，放下来可以遮天蔽日，收上去逆来顺受地藏起叶片，只在眼前留一小片与世无争的侧面。

黑色的大理石壁炉里镶嵌着低矮的客厅炉。炉子只有前半部分露在外面，看起来像半个大瓜，圆形一面朝外。炉子由无数鱼胶做的小窗组成，框架是薄薄的雕花铁。只有在圣诞节的时候，凯蒂才会慷慨一次，在客厅里生火取暖，所有的小窗都闪闪发光，弗兰茜坐在炉边取暖，看着窗户随着夜幕的流逝从玫瑰色变成琥珀色，她感到无比幸福和快乐。凯蒂进来的时候，会把煤气灯点燃，灯光一亮，窗上的阴影顿时消散，炉子里的光线也黯然失色，真是罪过啊！

前屋最大的亮点是：这里有一架钢琴。这是一个奇迹，一个你一生祷告也求之不得的奇迹。这个货真价实的奇迹竟然就放在诺兰家的客厅里，不需要许愿，不需要祈祷。这架不请自来的钢琴属于前任房客，他们付不起搬运费，就把钢琴留在了这里。

在那个年代，搬运钢琴是个大工程。钢琴无法从狭窄而陡峭的楼梯上搬下来，必须用绳子捆起来，通过在屋顶上安装的巨大的滑轮，从窗户里吊着送出去。这期间，搬运公司的老板会挥舞手臂，大吼大叫。街道得用绳子围起来，警察得把人群赶到远处。为了看热闹，孩子们铁定会逃学。最最壮观的是五花大绑的钢琴从窗户里钻出来的那一刻，只见那庞然大物在空中打着转转，令人眼花缭乱，之后才慢慢回正，缓缓下降。下降的过程令人胆战心惊，孩子们撕扯着嗓子在一旁加油助威。

搬运钢琴需要支付十五块钱，是搬运其他所有家具所需费用的三倍。前任房客问凯蒂，是否可以把钢琴先放在这里，她是否可以帮忙看照？凯蒂满心欢喜地答应了。那女人又依依不舍地叮咛凯蒂不要让琴受潮受冻，冬天要把卧室的门打开，让厨房的暖气流一些过来，防止钢琴变形。

"你会弹琴吗？"凯蒂问她。

"不会，"那女人伤心地说，"我们一家都不会弹琴。真希望自己会弹啊。"

"那你为什么买琴啊？"

"这是有钱人家的钢琴，那家人想贱卖它，而我又特别想要。是的，我不会弹琴，但是这架钢琴太漂亮了……放在家里，蓬荜生辉啊。"

凯蒂答应替那女人好好保养钢琴，等到她有钱的时候派人来搬，可那女人一直没有派人过来，诺兰家也就一直存放着这架家美丽的钢琴。

这是一架小钢琴，由黑色的抛光木制成，琴身发出幽暗的光泽。装饰薄板前镂空刻着漂亮的图案，图案背后煞费苦心地点缀着深玫瑰色绸缎。这架钢琴与众不同，琴盖不用分段折叠上翻。只要把琴盖上翻，后靠在精心设计的木头上即可，就像一个可爱的、闪闪发亮的黑色外壳。钢琴两侧各有一个烛台，你可以在烛台上点放白色蜡烛，在烛光里弹琴，烛光则在奶白色闪亮的键盘上投射出梦幻般的阴影，幽暗的琴盖上反射着琴键的投影。

诺兰家人第一次过来看房，走进主屋的时候，弗兰茜的眼里就只有这架钢琴，她对其他东西视而不见。她想拥抱钢琴，无奈钢琴体积过大，只好抱一抱那个浅玫瑰色的缎面琴凳，聊以自慰。

凯蒂望着钢琴，两眼发亮。她发现楼下窗户上有一张白色的卡片，上面写着"钢琴课"。一个念头在凯蒂心里油然而生。

这把琴凳很神奇，会根据你的体型上下移动，左右旋转。乔尼坐在琴凳上玩起来。当然，他不会弹琴。他压根就不识谱，但他认识一些和弦。他一边唱歌，一边不时地敲击一个和弦，听起来正像自弹自唱。他弹奏了一个小三和弦，看着女儿的眼睛，假模假样地笑着。弗兰茜还以微笑，她的内心充满期待。他又弹了一遍小三和弦，按住琴键，随着柔和的回声，用清晰而真实的声音说道：

　　麦克威顿，重峦叠嶂。
　　晨露滴滴，闪闪发亮。
　　（和弦／和弦）
　　安妮劳丽，美若天仙。

海誓山盟，真心相伴。

（和弦／和弦）

弗兰茜转过头去，不想让爸爸看到她的眼泪。她害怕爸爸问她为什么哭泣，而她又不知该如何回答。她爱爸爸，也喜欢钢琴。她找不到任何轻易流泪的借口。

近一年来，乔尼很少听到凯蒂的柔声细语。没想到此刻她竟然柔声问道："这是爱尔兰民歌吗，乔尼？"

"苏格兰民歌。"

"我从没听你唱过。"

"是的，我没唱过。不过我知道这首歌。我工作的地方人声嘈杂，没人喜欢这样的歌，他们宁肯听《雨天的下午来看我》，如果他们喝醉了，那就只能唱《甜蜜的阿戴琳》。"

他们很快就在新家安顿下来。曾经熟悉的家具看起来有些陌生。弗兰茜坐在椅子上，惊讶地发现那感觉和在洛里默街一样。她觉得新家和旧家完全不同，为什么坐上椅子就感觉不到呢？

经过爸爸妈妈一番收拾，前屋变得赏心悦目。亮绿色的地毯上有粉红色的大玫瑰。窗户上有浆洗过的奶油色蕾丝窗帘。房间中央有一张大理石桌子和一组三件套的绿色毛绒沙发。角落的一个竹架上放着一张长绒面的相册，相册里有罗姆利姐妹婴儿时的照片：她们趴在毛皮地毯上，姑婆们安详地站在椅子旁，椅子上坐着她们的丈夫，丈夫们都留着大胡子。小架子上放着纪念品和纪念杯，或粉色或蓝色，上面有镶金边的蓝色勿忘我和红色的"美国丽人"玫瑰。杯子上写着"记住我""杵臼之交"等金字。这些小杯子小盘子是凯蒂与昔日闺蜜友谊的见证，弗兰茜休想用它们来玩过家家。

架子的底部放着一个褶皱的骨白色海螺壳，壳里是精致的玫瑰红。孩子们非常喜欢它，还给它起了一个情深意切的名字："小脚丫"。弗兰茜把它举在耳边时，它会唱大海的歌。有时候，为了讨孩子们欢心，乔尼会拿起贝壳听一听，然后夸张地伸直手臂，温柔地看着它，唱道：

> 我在海边，捡到贝壳，
> 把它贴近，我的耳朵，
> 听它唱歌，我心欢喜，
> 海的赞歌，甜美清晰。

后来乔尼带着他们去卡纳西，弗兰茜第一次看到了大海。大海之所以引人注目，只是因为它的声音听起来就像海螺壳"小脚丫"甜美的呼啸声。

16

社区店铺是城市儿童生活的重要部分。店铺里有各种生活必需品，有孩子灵魂中渴望的美，有孩子梦寐以求却求之不得的一切。

弗兰茜最喜欢的是当铺，不是因为那些被粗暴扔进栅栏里的珍宝，不是因为女人们裹着披肩溜进侧门的神秘体验，而是因为店铺上方高挂的三个巨大的金球。金球在阳光下闪闪发亮，起风的时候，它们像沉重的金苹果，懒洋洋地摇晃着。

当铺隔壁有一家面包店，出售漂亮的夏洛特奶油蛋糕，蛋糕表面上抹着生奶油，奶油上摆着红樱桃蜜饯。这玩意儿只有有钱人才消费得起。

当铺的另一侧是金兰德涂料店。店铺前面有个台子，上面挂着一个盘子，盘子上有个修补过的大裂缝，底部还有一个洞，洞里穿着一根铁链，链条上系着沉重的石头。这广告证明了梅杰牌水泥威力无比。有人说，这其实是个铁盘子，只不过涂得像开裂的瓷器。但弗兰茜宁愿相信这是个真正的瓷盘子，打碎后被神奇的涂料补好了。

最有趣的店铺坐落在一个小棚屋里，这个别具一格的棚屋可以追溯到印第安人在威廉斯堡出没的时候。屋子的窗户和护墙板都很小，斜屋顶非常陡峭。一扇镶板的大凸窗后面，坐着一个高贵的男人，围着桌子做雪茄，又长又细的深棕色雪茄，五分钱四支。他一只手拿烟叶，一只手小心翼翼从中挑选外层的叶子，熟练地放进其他深浅不一的棕色烟叶，卷成完美的雪茄，又紧又薄，两端还有方角。作为一个传统艺人，他对革新嗤之以鼻。他拒绝使用煤气灯。有时候天黑得太早，手头还有很多雪茄没卷完，他就会秉烛加班。他的店外有一个木制印第安人，凶神恶煞般站在一块木块上，一手拿战斧，一手拿雪茄。他脚穿罗马凉鞋，鞋带一直系到膝盖上，腰穿羽毛短裙，头戴一顶战帽，这些饰品都漆成鲜艳的红色、蓝色和黄色。雪茄店老板每年给他涂一层新漆，下雨的时候还会把他搬进屋子。社区的孩子们叫这个印第安人"迈米姨妈"。

弗兰茜还喜欢另外一家店铺，里面不卖其他东西，只卖茶叶、咖啡和香料。店里摆着一排排漆桶，散发着奇特而浪漫的气味，充满了异国情调。十几个猩红色的咖啡桶，上面用黑色毛笔字横写着新奇的文字：巴西！阿根廷！土耳其！爪哇！混合型！茶叶装在小桶里，漂亮的小桶上配着斜拉的盖子，上面写着：乌龙茶！台湾茶！上等红茶！红茶！杏花茶！茉莉花茶！爱尔兰茶！香料放在柜台后面的小盒子里，货架上排列着一连串名字：肉桂、丁香、生姜、全香料、肉豆蔻、咖喱、花椒、鼠尾草、百里香、马约兰。店里有个小磨，胡椒都是现买现磨。

店里有个大型手动咖啡机。咖啡豆放进一个闪亮的黄铜漏斗里，再用两只手转动大轮子，芳香的咖啡渣就吧嗒吧嗒地掉落在后面一个红色的勺子状的盒子里。（诺兰家自己磨咖啡。弗兰茜喜欢看妈妈兴致勃勃地坐在厨房里磨咖啡，咖啡机放在两腿间，她一边快速转动左腕，一边抬头滔滔不绝地和爸爸说话，房间里充满了现磨咖啡浓郁怡人的气味。）

卖茶人有一架神奇的天平：两块闪亮的黄铜盘子。经过二十五年的不断擦拭，盘子又薄又亮又精致，像抛光的金子。如果弗兰茜买一磅咖啡或一盎司胡椒，店主会将一个带有印记的银秤砣放在一个盘子上，用银勺把咖啡或香料轻轻地舀到另一个盘子上。弗兰茜屏住呼吸，看着店主手里的勺子一会儿抖落一点，一会儿舀回来一点。这是一个美丽而安静的时刻，两个金色的盘子终于平衡，一动不动了。如果世间万事万物都能如此静止平衡，大概就不会出什么乱子了。

对弗兰茜来说，中国人开的一家独窗店铺最为神秘。那个中国人把长辫子盘在头上。妈妈说，他之所以留着辫子，是为了日后能够回家。一旦他剪掉辫子，他们就永远不让他回去了。他穿着黑色毛毡拖鞋，默默地来回走动，耐心地听着顾客的各种要求。弗兰茜对他说话的时候，他双手插进黄色棉褂的宽袖子里，眼睛一直盯着脚下。弗兰茜以为他聪明智慧、勤于思考、善于倾听，没想到他根本不懂英语，听不懂她说的话。他只知道"票票"和"衫衫"。

弗兰茜把父亲的脏衬衫带过来，店主接过去扔到柜台下面，拿出一张神秘的纹理纸，用毛笔蘸些墨水，在纸上画了几笔，交给弗兰茜，换取一件普通的脏衬衫。这似乎是一种奇妙的物物交换。

店铺里有一种干净、温暖但微弱的气味，就像炎热的房间没有气味的花。他一定是在某个神秘的地方洗衣服，而且一定是在深夜的时候洗，因为从早上七点到晚上十点，他一直站在店铺里，在干净的熨衣板前，前后推动一个沉重的黑熨斗。熨斗里一定有个小小的汽油装置，来保持高温。弗兰茜弄不懂这其中的奥秘。不用炉子却可以让熨斗发热，她认为这是他们民族的神奇之处。她隐隐约约觉得，他没有在衣服上放浆粉，而是放了什么加热的东西。

弗兰茜把一张票和一毛硬币从柜台上递了过去，店主把包装好的衬衫和两个荔枝交给她。弗兰茜特别喜欢吃荔枝。荔枝的壳脆而易开，里面的肉又软又甜。肉里有块坚硬的核，没有哪个孩子能撬开这个硬核。据说，这个核里包着一个更小的核，更小的核里还有另一个更小的核，另一个更小的核里还有一个更更小的核，如此这般，没完没了。据说，里面的核越变越小，小到只能用放大镜才能看到，再继续小下去，尽管肉眼根本看不到，但它还是一层包一层，无穷无尽。这是弗兰茜第一次接触"无限"这个概念。

如果需要找钱，那就有好戏看了。只见他拿出一个小木框，木框里镶着细细的铜棒，铜棒上串着蓝、红、黄、绿各色小珠子。他沿着铜棒上下拨动小珠子，一番深思熟虑之后，又把木框抖动一下，让小珠子恢复原状，然后宣布"山（三）毛九分"。小珠子可以告诉他该收多少钱，该找多少零。

啊，弗兰茜暗中祈祷，希望自己是个中国人，这样她就可以用这么漂亮的玩具算账，还可以随心所欲地吃荔枝，还可以掌握熨斗不用炉子就能加热的秘密。啊，如果能做中国人，她就可以拿支小刷子，手腕灵活地转动一番，画出清晰的黑色标记，像蝴蝶的翅膀一样美丽而精巧！这就是布鲁克林的东方之谜。

17

钢琴课！神奇的字眼！诺兰一家刚安顿下来，凯蒂就按照广告上的联系方式去拜访钢琴课老师。对方是两位泰莫尔小姐，莉齐小姐教钢琴，麦吉小姐教声乐，每节课收费两毛五分。凯蒂提议以工换工，她为泰莫尔家做一个小时的清洁，换取对方每周一次钢琴课。莉齐小姐表示反对，她说自己的时间比凯蒂的时间更值钱。凯蒂则认为，时间就是时间，没什么高低贵贱。最后，莉齐小姐同意以时间换时间，双方就这样成交了。

史无前例的第一课如期而至。凯蒂要求弗兰茜和尼利坐在前屋，睁大双眼，好好听课。他们给老师放了把椅子，孩子们并排坐在钢琴的另一边，凯蒂提心吊胆地调整了几次座位，三个人才坐下来等待老师的到来。

下午五点钟泰莫尔小姐准时到达。虽然只是从楼下爬上来，她还是穿了一身正装，脸上罩着一层紧绷的斑点面纱。她的帽子是一只红鸟的胸膛和翅膀，两根帽针无情地刺穿了鸟身。弗兰茜一直盯着那顶残忍的帽子。妈妈把她带进卧室，低声告诉她，这根本不是真鸟，只是一堆羽毛粘在一起而已，叫她不要盯着看。弗兰茜相信妈妈，但她的眼睛却不听使唤，不断回望那只饱受折磨的小鸟。

除了钢琴，泰莫尔小姐把所有教具都带来了：一个廉价闹钟和一个破旧的节拍器。闹钟显示的是五点钟，她把时间设定到六点，然后把闹钟放在钢琴上。她磨磨蹭蹭地消耗着这宝贵的时间。她摘下珍珠灰色的紧手皮手套，每根手指都吹一吹，慢慢抚平手套，再把它们折叠起来放在钢琴上。她解开面纱，往后搭在帽子上。她一边活动手指，一边瞟了一眼闹钟，确信自己耗费了足够的时间，她才心满意足地启动了节拍器，坐到座位上，开始上课。

弗兰茜被节拍器迷住了，她听不进去泰莫尔小姐的话，也看不懂她把妈妈的手放在琴键上有何用意。她在舒缓而单调的咔嗒声中进入了梦乡。尼利也好不到哪里去，他圆圆的蓝眼睛随着小摇杆来回转动，很快就睡着了。他咧着嘴，金色的卷毛头耷拉在肩膀上，鼻子里的小气泡随着呼吸起起落落。凯蒂不敢叫醒他，生怕泰莫尔小姐看穿她的小心思，觉得自己挣一份课酬教三个学生。

节拍器咔嗒咔嗒催人入梦，闹钟嘀嗒嘀嗒惹人恼怒。泰莫尔小姐似乎不大信任节拍器，嘴里一直数着：一、二、三，一、二、三。凯蒂因操劳而肿胀的手指顽强地挣扎着，弹奏着第一个音阶。时间就这么熬过去了，屋子里渐渐变黑了。突然闹钟响了，弗兰茜的心脏突突直跳，尼利从椅子上掉了下来。第一节课到此结束。凯蒂连声道谢，感激不已。

"就算以后再也没机会上课，您今天教我的东西都让我永生难忘。您是个好老师。"

凯蒂的奉承令泰莫尔小姐心花怒放，但她还是对凯蒂直言不讳。"我不会对孩子们额外收费。但我要让你知道，你骗不了我。"凯蒂脸红了，孩子们低头看着地板，被人拆穿，实在太尴尬。"我允许孩子们待在屋里听课。"

凯蒂向她表达了谢意。泰莫尔小姐站起身来，默默等候。凯蒂连忙和她确认了做清洁的时间。泰莫尔小姐依然站着不走。凯蒂觉得她似乎另有诉求。

"请问您还有什么要求？"凯蒂问道。

泰莫尔小姐脸红了，但她还是傲气十足地说："我去其他地方上课……那些女士们……课后……都会给我一杯茶。"她把手放在心口上，含糊地解释说，"爬楼梯不容易。"

"您愿意喝咖啡吗？"凯蒂问，"我们家没有茶。"

"没问题！"泰莫尔小姐如释重负地坐了下来。

凯蒂冲到厨房，一边加热炉子上的咖啡，一边把一个糖面包和勺子放在一个圆形锡盘上。

这时候，尼利已经在沙发上倒头大睡了。泰莫尔小姐和弗兰茜坐在原地，面面相觑。终于，泰莫尔小姐开口了：

"你在想什么呢，小姑娘？"

"只是想想。"弗兰茜说。

"有时候，我看到你在排水沟边坐了好几个小时。你坐在那里想什么呢？"

"什么都没有想。我只是给自己讲故事。"

泰莫尔小姐严厉地指着她说："小姑娘，你长大以后一定要当一个作家。"这话听起来不像是个声明，更像一道命令。

"好的，女士。"弗兰茜礼节性地答应了。

凯蒂端着盘子进来了。"这可能没有您平时吃的那么精致，"她道歉道，"可我们家只有这些。"

"这很好。"泰莫尔小姐优雅地说。她集中精力，努力克制自己，不让自己狼吞虎咽。

说实话，两位泰莫尔小姐是靠学生提供的"茶点"度日的。每天上几节课，每节课两毛五分钱，根本攒不到什么钱。付过房租，几乎就没有多少钱买食物了。大多数上课的女士都给她们淡茶和苏打饼干。女士们深知礼数，心甘情愿奉上一杯茶，但她们不打算付完学费再供一顿饭。于是泰莫尔小姐转而期待到诺兰家来上课，咖啡很令人振奋，总有小圆面包和腊肠三明治来犒劳她。

每次课后，凯蒂都把自己学到的东西教给孩子们，让他们每天练习半小时。最后，母子三个人都学会了弹钢琴。

乔尼听说麦吉·泰莫尔小姐上声乐课，他觉得自己不比凯蒂差，可以和她一样与对方以工换工。他主动要求帮忙修理泰莫尔家一扇窗户的断窗绳，好让弗兰茜上两次声乐课。乔尼这辈子都没见过窗绳，他拿了一把锤子和螺丝刀，把整个窗框都取了下来。他眼睁睁地看着断绳，却无计可施。他这里摸摸那里搞搞，无奈心有余而力不足，丝毫使不上劲。为了防止寒冷的冬雨飘进房间，他打算把窗框先放回原处，以后再想办法修理断窗绳。放回窗框的时候，他打碎了一块玻璃。这笔以工换工的交易以失败告终。泰莫尔家还得找个专业窗户修理工来修窗。作为补偿，凯蒂不得不免费帮她们家多做两次清洁。弗兰茜的声乐课计划永远搁浅了。

18

弗兰茜憧憬着学校的日子。她以为一开学，她所期盼的东西就会随之而来。她是个孤单的孩子，渴望和其他孩子玩耍。她想在校园的饮水台喝水。那里的水龙头是倒着装的，她觉得那里的水应该是苏打水，不是普通水。她听妈妈爸爸谈论过教室。她想看看那张像百叶窗一样能往下拉的地图。最重要的是，她想要"学习用品"：一个笔记本、一个活页本，还有一个铅笔盒，盒顶可以滑动拉开，里面装着新铅笔、一块橡皮、一个大炮状卷笔刀、一个笔刷和一个六英寸的软木黄尺子。

入学前，孩子们必须接种疫苗。这虽然是法律规定，却引起了极大的恐慌！卫生当局想方设法向穷人和文盲解释，告诉他们接种疫苗就是给孩子们注射一种无害天花，以增强孩子们对致命天花的免疫力，可是家长们并不相信专家的解释。他们理解的意思是，要给孩子健康的身体里注射细菌。一些外国移民父母拒绝给他们的孩子接种疫苗，孩子因此上不了学。可是，因为孩子不上学，法律又要追究他们父母的责任。他们质问，这是自由的国家吗？人应该活得很久，可是，如果国家法律强迫小孩接受教育，为了接受教育还得冒生命危险，这叫什么自由国度？悲悲切切的母亲带着号啕大哭的孩子来到接种卫生中心，仿佛要把无辜的孩子送往屠宰场。一看到针头，孩子们就歇斯底里地尖叫起来，在前厅等待的母亲把围巾披在头上，跟着孩子一起号啕大哭起来，活像在哭丧。

弗兰茜七岁，尼利六岁。凯蒂没让弗兰茜按时上学，她想让两个孩子一起上学，这样他们可以互相保护，免受大孩子欺负。八月一个可怕的星期六，出门上班之前，凯蒂走进卧室给孩子们做了交代。她把他们叫醒，嘱咐他们按自己的指令行事。

"听着，你们起床以后，把自己身上洗干净，十一点的时候，你们走过拐角，找到公共卫生中心，告诉他们你们九月入学，需要注射疫苗。"

弗兰茜开始颤抖，尼利大哭起来。

"你和我们一起去吧，妈妈！"弗兰茜恳求道。

"我得去上班。如果我不干活儿，谁会替我干活儿呢？"凯蒂用愤怒掩饰着自己的内疚。

弗兰茜没再说话。凯蒂知道她让孩子们失望了，可是她别无选择，她真的别无选择。是的，她应该和他们一起去，给他们提供心理安慰和精神依靠，但她知道自己无法忍受这种折磨。不过，他们必须接种疫苗。有她陪伴或没她陪伴都改变不了这一事实。既然如此，为什么不少一个人去受折磨呢？她还自我安慰说，这是个艰难而痛苦的世界，孩子们必须适应它，让他们早点学会坚强，早点学会照顾自己。

"那就让爸爸和我们一起去吧。"弗兰茜满怀希望地说。

"爸爸正在工会总部等着干活儿呢。他一天都不在家。你们已经长大了，可以自己去了。再说了，打针也不疼。"

尼利高声哀号起来。凯蒂几乎无法承受。她深爱自己的儿子，之所以不去陪他们打针，就是不忍心看见儿子受苦受痛……哪怕被针尖戳个洞她都无法忍受。她差点改主意去陪孩子。但是，不行。她会因此误工半天，还要用星期天早上来弥补。再说，陪他们去自己也会病倒，而没有她在场，他们两个也能应付。想到这里，她匆忙跑去上班了。

有些大男孩骗尼利说，到了卫生中心，他们会把小孩的胳膊砍掉，尼利吓得魂不守舍。为了安慰弟弟，分散他的注意力，弗兰茜把他带到院子里，用泥巴做饼子玩。他们把妈妈交代的事情忘得一干二净，没有清洗身体。

他们陶醉在泥馅饼的制作中，差点忘记了十一点还有重要的任务。双手和胳膊上全是泥巴，脏得一塌糊涂。十一点差十分的时候，加迪斯太太把头伸出窗外，大声喊着，说他们的妈妈让她十一点前提醒他们去打疫苗。尼利做完了最后一个泥饼，饼上沾满了泪水。弗兰茜牵着他的手，两个孩子慢吞吞拖着脚步走过街角。

他们在一条长凳上坐下。旁边坐着一个犹太妈妈，怀里紧抱着一个六岁的男孩，她一直在哭泣，不时激动地亲吻着男孩的额头。其他母亲则满面愁容地坐在那里。那扇磨砂玻璃门后，就是可怕事件的发生地。那里不断传来号啕大哭声，间或夹杂一声尖叫，接着又是一阵嚎叫，然后走出一个脸色苍白的孩子，左臂上裹着一块纯白色纱布。他的母亲会冲过去抓住他，一边用外语咒骂，一边对着磨砂玻璃门挥舞拳头，然后匆忙把孩子带出这个"刑讯室"。

弗兰茜瑟瑟发抖地走了进去。她短暂的一生中从来没有见过医生或护士。他们身穿白色制服，冷冰冰亮闪闪的器械放在托盘的纸巾上，防腐剂的气味令人作呕，雾气腾腾的消毒器上印着血淋淋的红十字架，这一切吓得弗兰茜瞠目结舌。

护士撸起她的袖子，在她的左臂上擦出一块干净的地方。弗兰茜看见白衣大夫拿着那根结实的针向她走来。他模糊的身影越来越大，直到最后，他似乎变成了一根大针头。她闭上双眼，等待着死亡。什么也没发生，她也没什么感觉。她慢慢地睁开眼睛，几乎不敢相信一切就这么结束了。令她痛苦不堪的是，她发现医生还在，针头和其他东西都在。医生正厌恶地盯着她的胳膊，弗兰茜也转头看了看，只见自己肮脏的深棕色手臂上，有一块小白点。她听到医生正在和护士谈话。

"肮脏，肮脏，肮脏，从早到晚，见到的全是肮脏的小孩。我知道他们穷，但他们总可以洗洗吧。水是免费的，肥皂也很便宜。你看看那只胳膊，护士。"

护士过来看了一眼，惊恐地咂了咂嘴。弗兰茜站在那里，心中的羞耻化作火焰在脸上燃烧。这位医生是哈佛毕业生，在社区医院实习。他每周都要义务在免费诊所工作几个小时。等到实习结束，他就去波士顿一家诊所上班。他的未婚妻是波士顿的一个社交名媛，在写给未婚妻的信中，他用本地话描述了自己在布鲁克林的实习经历，说这是一段炼狱之行。

护士是个威廉斯堡女孩，本地口音很明显，贫穷的波兰移民家庭出身。她雄心勃勃，白天在血汗工厂工作，晚上上学，想方设法接受了一些培训。她希望有朝一日能嫁个医生。她不想让人知道自己来自贫民窟。

听了医生的抱怨，弗兰茜垂头丧气地站在那里。她是个肮脏的女孩，这就是医生的意思。他还在压低声音说话，问护士这种人怎么能活下来；还说，如果他们都绝育了，无法繁殖了，这个世界就更美好了。他的意思是要她去死？他会处死她，就因为她的手和胳膊玩泥巴弄脏了？

她看了看护士。对弗兰茜来说，所有的女人都是妈妈，就像她自己的妈妈、茜茜姨妈和艾薇阿姨一样。她以为那个护士会这样说："也许这小女孩的妈妈去工作了，早上没有时间给她好好洗澡。"或者，"你知道吗，医生？小孩子都喜欢玩泥巴。"但是，护士实际上说的是，"我知道，真是太糟糕了！我完全理解您，医生。这些人把自己弄得脏兮兮的，实在不应该。"

一个从社会底层摸爬滚打走出来的人有两种选择：要么脱离旧环境，忘记曾经的不堪；要么超越旧环境，永远不忘本，在内心深处对那些攀爬中不幸落难的人保持同情和理解。护士选择了忘记初心。然而站在那里，她知道多年以后，自己一定会陷入愧疚，懊悔自己对那个饥饿的孩子竟然如此冷漠，后悔自己连一句安慰的话都没有说，痛恨自己没有为拯救灵魂积点功德。她知道自己当时尚且年轻，但是，做出这样的选择完全是缺乏勇气。

打针的时候，弗兰茜毫无知觉。可是，医生那番话激起的伤痛折磨着她的身体，这伤痛让她失去了其他感知。护士熟练地给她的胳膊上纱布，医生把旧针放进消毒器里，取出一根新针。这时候，弗兰茜说话了。

"下一个是我弟弟，他的胳膊和我一样脏，所以你们不要吃惊，也不用给他说。你们给我说就可以了。"医生和护士惊讶地盯着这个小不点，她的口齿变得异常流利、清晰，声音有点哽咽，"你们不必告诉他。就算你们说了也没用，他是个男孩，根本不在乎自己脏不脏。"她转过身去，微微踉跄着走出了房间。门关上的时候，她听到了医生惊讶的声音。

"没想到她能听懂我说的话。"她听到护士叹了口气，说了一句："哦，好吧。"

孩子们回来时，凯蒂也回家来吃午饭。看着孩子们缠着绷带的胳膊，凯蒂的眼里满是痛苦。弗兰茜激动地说：

"为什么，妈妈，为什么？为什么他们要……说坏话，然后把针扎在你的胳膊上？"

"接种疫苗，"妈妈见木已成舟，就语气坚定地说，"是件大好事。你现在能区分左手和右手了。上学的时候，你必须用右手写字，如果你用左手写字，疼痛的胳膊会告诉你，呃，呃，不是这只手，用另一只手吧。"

弗兰茜对这个解释非常满意，因为她从来分不清左右手。她吃东西和画画都用左手。凯蒂总是纠正她，把粉笔或针线从她的左手转到右手。妈妈对接种疫苗的解释让弗兰茜豁然开朗，她转而认为这也许是件美妙的事情，付出一点点代价，却把这么复杂的问题给简化了，让你知道左右手分别是哪个。接种疫苗后，弗兰茜开始用右手而不是左手写字画画，自那以后，她再也没有混淆过。

当天晚上，弗兰茜发烧了，打针的地方奇痒无比。妈妈知道后惊慌失措，不断叮咛她。

"不管有多痒，你都不能抓啊。"

"为什么我不能抓啊？"

"如果你抓了，你的整个胳膊会肿起来，然后变黑，最后直接断掉。所以，你不能抓。"

凯蒂并不是有意吓唬孩子，她自己也被吓得不轻。她觉得胳膊不能乱碰，否则就会血液中毒。她要让孩子有足够的敬畏之心，这样她才不会乱抓。

弗兰茜不得不竭力克制自己，不去抓瘙痒的地方。第二天，她的胳膊开始一阵阵刺痛。准备睡觉的时候，她偷偷看了看绷带下面，惊恐地发现，针眼周围肿起来了，泛着深绿色，伤口开始化脓发黄。弗兰茜根本没有抓啊！她知道自己没有抓。可是，等等！也许前天晚上，她在睡梦中抓过？没错，肯定是。她不敢告诉妈妈，否则妈妈会说，"我三番五次叮咛过你，你就是不听。现在，你看看。"

那是个星期天的晚上，爸爸外出上班。她无法入睡，从小床上下来，走进前屋，坐在窗前，头靠在胳膊上，等待着死亡的到来。

凌晨三点，她听到格雷厄姆大道的电车在拐角处停了下来，这意味着有人下车了。她把头探出窗外。是的，爸爸回来了。他脚踩着舞步，迈着轻盈的步伐在街上闲逛，嘴里吹着口哨："我的心上人住在月亮上。"他穿着燕尾服，戴着圆顶礼帽，腋下夹着一条卷得整整齐齐的侍者围裙，这身影在弗兰茜看来就像生命本身，充满了活力。他走到门口时，弗兰茜迎上前去招呼他。他抬起头来，殷勤地碰了碰礼帽。她为爸爸打开了门。

"你这么晚还不睡觉啊，小天后？"他问道，"这可不是星期六晚上哦，你知道的。"

"我坐在窗前，"她低声说，"等着我的胳膊断掉。"

他忍不住笑了起来。弗兰茜给他讲了胳膊的状况。他关上通往卧室的门，打开气灯，掀开绷带。看到肿胀化脓的胳膊，他的心里一阵恶心。不过，他没让她发觉。他永远都没让她发觉。

"嘿，宝贝，这根本就不值一提。没什么大惊小怪的。你应该看看我打疫苗时的胳膊，比你的肿两倍，而且是红色、白色和蓝色，根本不是你的绿色和黄色。可是，你现在看看我的胳膊多结实啊。"他说谎连眼睛都不眨一下，因为他根本没打过疫苗。

他把温水倒进盆子里，加了几滴石碳酸，一遍又一遍地清洗着那丑陋的伤口。疼痛的时候，她会龇牙咧嘴，但乔尼说，疼痛意味着愈合。他一边洗，一边低声唱着一首可笑又伤感的歌。

　　他从不愿离开自己的火炉。
　　他从不愿到处晃悠……

他环顾四周，想找一块干净的布作绷带。实在找不到，他就脱下外套和假衬衫，把汗衫从头上脱下来，粗暴地从上面撕下一个布条。

"这可是你的好衬衫啊。"她有点舍不得。

"没关系，反正这衣服也全是洞。"

他给她包扎了胳膊。绷带上有乔尼温暖的气味，还有一股淡淡的烟味。但是对孩子来说，这是安慰，是保护，是关爱。

"好嘞！包扎完毕，小天后。你怎么会想到胳膊会掉呢？"

"妈妈说，如果我乱抓，胳膊就会断掉。我不是故意乱抓的，我猜可能是我睡觉的时候抓过。"

"有可能吧。"他亲了亲女儿清瘦的脸颊,"回去睡觉吧。"弗兰茜回到床上,安心地睡着了。早上起床,疼痛止住了,过了几天,胳膊恢复正常了。

弗兰茜上床后,乔尼又抽了一支雪茄。然后他慢慢脱下衣服,上了凯蒂的床。凯蒂虽然睡意蒙眬,但是意识到他上床了,她难得一见地表现出一点柔情,把胳膊搭在他的胸前。他轻轻地拿开她的胳膊,尽可能地远离她。整整一夜,他紧靠墙壁躺着,双手交叉放在脑后,凝视着黑夜。

19

弗兰茜对学校生活充满期待。接种疫苗让她立刻分清了左右手，她以为去学校会遇到更大的奇迹。她以为上学第一天回家，就能学会读书写字。没想到第一天回家的时候，她唯一的收获是血糊糊的鼻子。她去学校的水龙头喝水，有个大点的孩子把她的头往下一摁，鼻子撞到了水槽的边沿。

弗兰茜很失望，本来一个人坐的桌椅，她却得和另一个女孩合用。她渴望一张属于自己的桌子。早上，她骄傲地接过班长递给她的铅笔，下午三点钟的时候，她又不得不把铅笔交给另一个班长。

虽然只在学校待了半天，但弗兰茜知道自己永远不会成为老师的宠儿。这项特权只属于一小撮女孩……她们留着漂亮卷曲的头发，穿着清爽干净的裙子，头上扎着新的丝绸蝴蝶结。她们都是附近有钱的店主家的孩子。弗兰茜发现，布里格斯小姐对她们满脸堆笑，让她们坐在前排最好的位置，她们也不必与人分享桌椅。对这些宠儿说话时，布里格斯小姐语气温和，而对大部分脏兮兮的孩子，她只会咆哮。

开学第一天，弗兰茜和同类的孩子厮混在一起，学到了意想不到的知识。她发现，在这个伟大的民主国家，人竟然要分等级和阶层。老师因人而异的态度让她困惑不解，也深深地伤害了她。显然，老师讨厌她，也讨厌她的同类，唯一的原因就是他们家境贫寒。在老师看来，这些孩子似乎无权读书上学，而她也是被迫接受他们，所以她有点心不甘情不愿。她杏蔷地从牙缝里挤出一点知识，扔给他们。就像卫生中心的医生一样，她也觉得这些孩子根本无权活在世上。

按照常理，这些不受待见的孩子应该团结一致，反对一切不公正的待遇。但事实并非如此，老师讨厌他们，他们也讨厌彼此。他们模仿老师的说话方式，互相大吼大叫。

老师总能抓住一个倒霉蛋当替罪羊。这可怜的孩子被百般刁难、侮辱谩骂，完全成了那个老处女的出气筒。一旦哪个孩子被老师选中，其他孩子都会学着老师的样子去针对他，折磨他。同样，他们也会奉承巴结老师喜欢的那些学生。也许，他们以为这样做，自己就更加接近权力中心了。

这所肮脏丑陋、残忍粗暴的学校只有一千人的设施，却要容纳三千名学生。孩子们中间常常流传着下流的故事。其中一个故事与普菲弗小姐有关，这位头发淡黄的老师喜欢咯咯大笑。她常常命令班长代为看管班级，美其名曰"去趟办公室"，实则去地下室和助理保洁员睡觉。另一个故事与女校长有关，这位体型肥硕的中年妇女为人苛刻，性格残暴，喜欢穿有亮片装饰的裙子，身上总有一股生酿的杜松子酒味。她常常把顽固不化的男孩叫到自己的办公室，让他们脱掉裤子，用藤条抽打他们的光屁股。如果是女孩子，她就隔着衣服抽打。

当然，学校明令禁止体罚学生。但是，外面的人谁会知道？谁又会说出去？那些挨鞭子的孩子肯定不会说。这个社区有个传统，如果某个孩子回家告诉家长自己在学校挨打了，他会在家里再挨一次打，因为父母觉得他不守规矩。于是，挨打的孩子慢慢学会了忍气吞声，挨完打就默不作声，独自承受。

这些故事最丑恶的一点是，它们都是赤裸裸的真实故事。

1908到1909年间，这个地区公立学校最大的特点就是残忍粗暴，儿童心理学在威廉斯堡地区闻所未闻。教师资格极其简单：高中毕业，外加两年教师培训。很少有教师真正热爱这份职业，她们之所以去教书，因为这是她们能找到的为数不多的工作，而且学校比工厂收入高，还有一个漫长的暑假，退休的时候还可以领到养老金。她们之所以去教书，还因为没有人愿意娶她们为妻。当时，已婚妇女不允许教书，所以大多数女老师欲火中烧，神经过敏。这些不婚不育的妇女以扭曲的权威把自己心中的愤怒发泄在别人家孩子身上。

最残酷的老师其实出身寒门，和那些穷孩子家境类似。好像在她们看来，只要不断折磨那些不幸的孩子，她们就能忘记自己卑微的出身。

当然，不是所有的老师都那么品行恶劣。学校偶尔也会出现一个好老师，同情孩子们的境遇，想方设法帮助他们。但这些女教师在学校待不长久，她们要么匆匆嫁人，不再教书；要么被同事排挤，愤然离职。

学校还有一个严峻的问题，美其名曰"出去一趟"。学校规定，孩子们要在早上离家之前上厕所，然后要一直忍到午餐时间。这期间本该有休息时间，但很少有孩子能享受到这个待遇。课间通常人多拥挤，孩子们根本挤不进厕所。即使侥幸挤进厕所（五百个孩子抢十个茅坑），茅坑也被学校里十个最凶残的孩子抢先占领了。他们站在门口，不让其他人进厕所。任凭大批可怜的孩子苦苦哀求，这些霸凌者充耳不闻。有些孩子只好花一分钱买个便利，大部分孩子却支付不起。这些霸凌者一直守在门边，直到上课铃再次响起。这种伤天害理的游戏究竟有什么乐趣，没有人知道。他们从未受到惩罚，因为老师根本不去上学生的厕所。没有一个孩子敢于报告，再小的孩子都知道要守口如瓶。如果胆敢泄密，他知道自己会被那些恶人打得死去活来。就这样，这个令人作呕的游戏周而复始地进行着。

严格说来，如果孩子请假要求上厕所，就应该得到批准。学校有一套委婉的表达方法：如果孩子竖起一根手指，表示他想小便；竖起两根手指，表示他要解大手。但那些冷酷无情的老师却一致认为，这只是孩子想要逃离教室的借口。他们觉得课间休息和午餐时间足以解决如厕问题。就这样，他们自作主张，不允许孩子们随便出去上厕所。

弗兰茜发现，坐在前排的那些宠儿们，那些衣着光鲜、备受呵护的孩子们，随时都可以离开教室。不知道为什么他们的待遇会有所不同。

至于其他孩子，有一半人根据老师的要求调整了自己的功能，另一半人只有长期尿裤子了。

茜茜姨妈替弗兰茜解决了"出去一趟"的问题。自从凯蒂和乔尼要求她不许登门以后，她就再也没有见过孩子们，心里空落落的。她知道孩子们已经上学了，想了解他们在学校的具体情况。

当时是十一月份，厂里活儿不多，茜茜暂时停工了。趁着放学的时候，她跑到学校那条街上晃荡，心里琢磨着，如果孩子们回家说遇见了她，那也很像是偶遇。她首先在人群中看到了尼利。一个大男孩把他的帽子抢走，扔到地上踩了几下。尼利转身找了个更小的男孩，把他的帽子抢走，扔到地上踩了踩。茜茜抓住尼利的胳膊，尼利哭喊着挣脱她，沿着街道跑了。茜茜心里一阵酸楚，她知道，孩子长大了。

看到茜茜在街上晃荡，弗兰茜立即上前与她拥抱亲吻。茜茜把她带进一家小糖果店，给她买了一分钱的巧克力苏打水，然后让她坐在门廊上，讲讲学校的事情。弗兰茜给她看了启蒙读本和写着大字的家庭作业本。茜茜久久地凝视着孩子瘦削的脸庞，发现她浑身颤抖，身穿单薄的棉裙、破旧的小毛衣和薄薄的棉袜，根本无法抵挡十一月寒冷的天气。她用胳膊搂住孩子，用自己的身体给她取暖。

"弗兰茜，宝贝，你像树叶一样在颤抖。"

弗兰茜从来没有听过这种措辞，她认真地想了想，望着房子旁水泥地里长出来的那棵小树，树上面还挂着几片干枯的叶子。其中一片树叶在风中沙沙作响。"像树叶一样颤抖。"她把这句话记在了脑海里。颤抖……

"怎么回事？"茜茜问道，"你身上冷冰冰的。"

弗兰茜一开始不肯回答，架不住茜茜连哄带骗，她把害羞发烫的脸靠在茜茜的脖子上，悄悄对她说了些什么。

"哦，天哪！"茜茜说，"难怪你这么冷。你为什么不……"

"我们举手的时候，老师从来不看。"

"哦，原来是这样。别担心，这事谁都遇见过，英国女王小时候也遇到过。"

可是，英国女王会这么羞愧、这么敏感吗？弗兰茜悄悄抽泣起来，流下羞愧和恐惧的眼泪。她不敢回家，怕妈妈羞辱她。

"你妈妈不会责骂你的，这种事情哪个女孩都会遇到。我不是给你说过了嘛，你妈妈小时候也尿过裤子，你外婆也不例外。这根本就不是什么新鲜事，你根本算不上头一个。"

"可是，我长大了，只有小孩才会尿裤子。妈妈一定会当着尼利的面取笑我。"

"在她发现前，你先向她坦白，然后保证以后再也不会发生了。这样她就不会取笑你了。"

"我没法保证，因为我可能还会再犯，因为老师不让我们上厕所。"

"从现在起，任何时候你想上厕所，你的老师都会让你出去的。你相信茜茜姨妈，对不对？"

"对。但是，你怎么知道老师的做法？"

"我会在教堂里点一支蜡烛。"

这个承诺给了弗兰茜莫大的慰藉。回家后，妈妈照例把她责骂了一通，不过弗兰茜早有防备，她用茜茜姨妈说的话安慰自己说，尿裤子是代代相传的老毛病。

第二天早上，上课前十分钟的时候，茜茜走进教室和老师直接对话。

"你们班有个小女孩叫弗兰茜·诺兰？"她开门见山地问道。

"弗兰茜斯·诺兰。"布里格斯小姐纠正道。

"她聪明吗？"

"聪……明。"

"她是好学生吗？"

"她最好能做个好学生。"

茜茜把脸凑近布里格斯小姐，声音压得更低，语气变得更温和，但是不知道为什么，布里格斯小姐后退了。"我只想问问你，她是个好女孩吗？"

"是的，她很好。"老师连忙回答道。

"我是她妈妈。"茜茜撒谎道。

"不会吧？"

"怎么不会？"

"你想了解孩子在学校的什么情况呢，诺兰太太？……"

"你有没有听说过，"茜茜撒谎道，"弗兰茜的肾脏不好？"

"肾脏怎么啦？"

"医生说，如果她想上厕所，有人不让她上，她很可能会因为肾脏负担太重而倒地身亡。"

"你也太夸张了吧。"

"你想让她在这个教室里丢了小命？"

"当然，我不想，可是……"

"如果你被警车拉进警察局，当着医生和法官的面，你敢说，你不允许孩子上厕所？"

茜茜在撒谎吗？布里格斯小姐无法分辨。最离奇的是，这个女人用温柔的语气，平和的语调，讲述着耸人听闻的故事。就在这时，茜茜碰巧向窗外望去，看见一个身材魁梧的警察正在附近闲逛。她指了指警察。

"你看到那个警察了吗？"布里格斯小姐点了点头。"那是我丈夫。"

"弗兰茜斯的父亲？"

"不是他还会是谁？"茜茜打开窗户，大声喊道，"哟，喂，乔尼。"

警察大吃一惊，抬头望了望。茜茜给他一个飞吻。有那么一瞬间，他以为是哪个欲火中烧的老女人中邪发疯了。接着，他幼稚的男性虚荣心占了上风，他确信有个年轻的女老师一直对他心生爱慕，今天终于鼓足勇气，做出这个激情表白。他本着礼尚往来的原则，用沉重的拳头还她一个飞吻，殷勤地摸了摸帽子，继续在街上闲逛，嘴里哼着小曲《魔鬼的舞会》。"看来，我还颇有几分女人缘啊，"他心想，"我就是个万人迷，尽管家里有六个孩子。"

布里格斯小姐目瞪口呆。这个警察英俊潇洒、体格健壮。就在这时，一个金发女孩走进教室，送给老师一盒糖果，盒子上还扎着缎带。布里格斯小姐笑得合不拢嘴，吻了吻孩子粉嫩的脸颊。茜茜头脑清晰，像刚磨过的剃刀。刹那间，她看清了风向，她知道像弗兰茜这样的穷孩子是不受老师待见的。

"瞧吧，"她说，"你肯定觉得我们没多少钱。"

"我肯定从没……"

"我们不是那种喜欢炫耀的人。圣诞节快到了……"她开始贿赂老师了。

"或许，"布里格斯小姐开始让步了，"弗兰茜斯举手的时候我没看见。"

"她坐在哪里？你怎么会看不见她？"老师指了指后排一个光线灰暗的座位，"如果她能再往前坐点，你就能看清她了。"

"座位早就安排好了。"

"圣诞节快到了！"茜茜有点不好意思地提醒道。

"我看看该怎么处理。"

"看看，是啊，你是得好好看看。"茜茜走到门口，回转身来，"不仅仅因为圣诞节快到了，还因为我先生是警察，如果你虐待他女儿，他会过来把你揍扁。"

这次家校会谈之后，弗兰茜再也没遇到什么麻烦。尽管她胆小怕事，只要她的手刚举起来，布里格斯小姐碰巧就看见了。她甚至让她坐第一排的第一个座位。但是，圣诞节到来的时候，老师没有收到昂贵礼物，弗兰茜又被安排到教室后面阴暗的角落。

茜茜拜访学校的事情，弗兰茜和凯蒂都一无所知。不过，弗兰茜从此不再感到羞愧了，就算布里格斯小姐不善待她，至少不会对她破口大骂。当然，布里格斯小姐知道那个女人的话都是无稽之谈。但是，自己何必要冒险呢？虽然她不喜欢孩子，但她也不是恶魔啊。她可不想眼睁睁看一个孩子死在自己面前。

几个星期以后，茜茜让自己同车间的一个女孩帮她写了一张明信片给凯蒂，想让妹妹宽大为怀、既往不咎，允许她偶尔过来看看孩子们。凯蒂对这张明信片置之不理。

玛丽·罗姆利过来为茜茜求情。"你们姐妹之间有什么解不开的结？"她问凯蒂。

"这个我不能告诉你。"凯蒂回答说。

"宽恕是无价之宝，"玛丽·罗姆利说，"而且不要你花一分钱。"

"我自有主张。"凯蒂说。

"唉。"老母亲只好长叹一声，闭嘴不说了。

凯蒂虽然嘴上不承认，但她心里也很想念茜茜。她想念姐姐的胆大心细、机智果敢。艾薇来见凯蒂时，从来不提茜茜，那次调解失败后，玛丽·罗姆利也不再提茜茜的名字了。

凯蒂通过一个人了解姐姐的消息，这个人是他们家族官方认可的记者，也就是他们家的保险代理人。罗姆利家族都在同一家公司投保，同一家代理人每周从每个姐妹那里收取零零碎碎的保险费。他就像一个家庭传话筒，负责传递新闻和八卦。有一天，他带来消息说，茜茜又生了个孩子，孩子只活了两个小时就夭折了，连保险都没来得及买。想到自己对可怜的茜茜这么冷酷无情，凯蒂终于感到羞愧了。

　　"下次你见到我姐姐的时候，"她给保险代理人说，"告诉她不要见外。"代理人及时转达了这条宽恕的信息，茜茜又可以出入诺兰家了。

20

从孩子们上学的那天起，凯蒂就打响了抗击病虫害的战役。战斗是激烈的，过程是短暂的，结果是成功的。

孩子们挤在一起，难免会滋生寄生虫，彼此传染。这本身怨不得孩子，但是他们却不得不接受最耻辱的防虫治虫过程。

学校的护士每周过来一次，背对窗站着。小女孩们排成队走向护士，到她身边时，转过身来，撩起辫子弯下腰。护士用一根细长的棍子检查女孩的头发，如果在谁的头上发现虱子或虱卵，这个小家伙就得出列。检查结束时，这些出列的"小贱民"要站在班级前面，护士会给大家宣讲，告诉大家这些小女孩有多脏，该怎样避免与她们接触。随后，护士把这些"小贱民"遣送回家，命令她们从奈普药店购买"蓝药膏"，让她们的母亲帮忙涂在头上。返回学校时，这些孩子会遭到同伴的折磨和戏弄。每个"犯罪分子"屁股后面都会跟着一群孩子，一边尾随她回家，一边反复高唱着：

"邋遢鬼啊，邋遢鬼！老师说你是邋遢鬼。灰溜溜地把家回，灰溜溜地把家回，因为你是邋遢鬼。"

有些感染的孩子在下次检查的时候会顺利过关。侥幸过关的孩子会转而去折磨其他"有罪之人"，完全忘记了自己遭人折磨时的惨相。她们没有从苦难中学会怜悯，因此，她们的苦白吃了。

凯蒂每天忙得晕头转向，根本容不下也接受不了额外的麻烦和担忧。第一天放学回家，弗兰茜告诉妈妈，说邻座的女孩头发上有虫子爬来爬去，凯蒂立刻展开行动。她用那块粗糙的清洁工专用黄肥皂用力擦洗弗兰茜的头，把孩子的头皮都擦痛了。第二天早上，她又把梳子在煤油里蘸了蘸，用力梳理弗兰茜的头发，然后编成辫子，编得很紧很紧，弗兰茜太阳穴上都青筋暴露了。凯蒂叮咛她远离煤气灯，然后送她去上学。

整个教室弥漫着弗兰茜头上的味道。她的同桌想方设法远离她。老师捎了一张字条，禁止凯蒂在弗兰茜头上抹煤油。凯蒂说这是一个自由的国家，对老师的字条置之不理。她每周都用黄肥皂擦洗弗兰茜的头发，每天都给她的头上抹煤油。

学校暴发腮腺炎了，凯蒂立刻采取行动，开始应对传染病。她做了两个法兰绒袋子，每个袋子缝入一头大蒜，袋子上系一根干净的缝衣线，给孩子们挂在脖子上，放在衣服里面。

弗兰茜就这样走进校园，浑身散发着大蒜和煤油的臭味。每个人都唯恐避之不及。即使在拥挤的院子里，她的周围也总是空荡荡的。有轨电车上人满为患，但大家也会相拥着躲开诺兰家的孩子。

不过，凯蒂的方法行之有效！究竟是大蒜中有女巫的魔力，还是刺鼻的气味杀死了细菌，又或许是因为受感染的孩子疏远弗兰茜所以她才没有被病菌感染，还可能是因为她和尼利天生体质强壮，这些都无从知晓。然而，一个不争的事实是，上学的时候，凯蒂的孩子从来没有生过病，连感冒也没有得过，他们也从来没有长过虱子。

由于身上有臭味，弗兰茜常常被孤立，变成了一个局外人。不过，她已经习惯了独自行走，习惯了被人看作"与众不同"。她并没有因此而痛苦难过。

21

学校虽然破旧不堪，孩子们虽然备受虐待，日常虽有各种不快，弗兰茜依然喜欢学校。许多孩子遵循同样的规矩，同时做同样的事情，这让她有种安全感。她觉得自己是某个团队的一部分，是为了某个目聚集到某个领袖旗下的一部分。诺兰家人都是个人主义者。他们只求能生活在自己的世界里，除此以外，他们不顺从任何世俗标准。他们遵循自己的生活准则，不属于固定的社会群体。对培养个人主义者来说，这种态度无可厚非，但小孩子有时候会对此心生困惑。所以，弗兰茜在学校体会到了安全感。虽然学校的日常规范残酷而丑陋，但目标明确，进展顺利。

学校并不完全冷酷无情。每个星期，当莫顿先生到弗兰茜班上教音乐的时候，孩子们就能享受到半个小时的黄金荣耀时刻。莫顿先生专教音乐，在本地几个小学轮流任教。他来的时候就是过节的日子。他身穿燕尾服，打着蓬松的领带。他总是精力充沛，兴高采烈，风趣幽默。他对生活如痴如醉，就像神仙下到了凡间。他形貌平平，却风度翩翩。他理解孩子，喜欢孩子。孩子们崇拜他，老师们喜欢他。他来的时候，教室里弥漫着嘉年华的气氛。班主任会穿上最好的衣服，对孩子也不再那么苛刻，有时候她还会卷起头发，喷些香水。这就是莫顿先生的魔力在女老师身上产生的效力。

他像龙卷风一样翩然而至。教室的门砰然打开，他飞奔而入，衣服的燕尾在身后飘动。他跳上讲台，环顾四周，面带微笑，用欢快的语气说："很好，很好。"孩子们坐在那里，开心地笑个不停，老师也忍不住笑了又笑。

他在黑板上画音符的时候，会在音符下面画些小腿，仿佛它们正要跑出五线谱似的。他把平音符画得像个小胖子，尖音符被他画成了甜菜根一样的鼻子。他自始至终都像一只小鸟，不断唱出动人的歌曲。有时候，他的幸福按捺不住，会洋溢出来，化作一段舞蹈，一阵欢呼雀跃。

他润物细无声地教他们高雅音乐。他给那些伟大的经典作品配上自己写的歌词，然后取一个简单的名字，比如，《摇篮曲》《小夜曲》《街头之歌》《阳光灿烂曲》。孩子们用稚嫩的声音高声合唱的《赞美诗》，其实就是亨德尔的《拉戈》。小男孩们玩弹珠的时候，嘴里会哼唱一段德沃夏克的《新世界交响曲》。如果有人问起这首歌的名字，他们会回答说："哦，这首歌叫《回家》。"玩跳房子游戏的时候，孩子们则哼唱浮士德的《士兵合唱》，也就是他们口中的《荣耀》。

伯恩斯通小姐虽然没有莫顿先生那样人见人爱，但也同样受人尊敬。这位与众不同的美术老师也是每周过来一次，她仿佛来自另一个世界，身穿红绿相间的美丽衣裙，脸庞甜美而温柔。和莫顿先生一样，她更喜欢这群不爱洗澡没人待见的孩子，而不是那些人见人爱的"宠儿"。不过，老师们却不怎么喜欢她。是的，和她说话的时候，她们阿谀奉承，转过身去，她们就会怒目相视。她们对她心生嫉妒，因为她魅力无限，形象甜美，异性缘极好。她热情洋溢，容光焕发，女人味十足。她们知道，夜晚的时候，她不会像她们那样独守空房。

她说话温柔，吐字清晰，声音像唱歌一样婉转。她的双手美丽而灵巧，只要有一截粉笔或一根炭笔，她就能画出各种图案。一旦手握蜡笔，她的手腕仿佛有了魔力，轻轻一转，就画出一个苹果。手腕再转两下，苹果捧到了一个胖乎乎的小手上。遇到雨天，她不教新内容，改为室内课，拿一张硬纸和炭笔，给班上最穷最差的学生画速写。在她的笔下，你看不到肮脏和贫穷，只能看到纯真和善良，看到儿童过早成熟的辛酸。啊，伯恩斯通小姐真是了不起。

　　学校的日子枯燥无聊，老师常常让学生们直挺挺地坐着，双手交叉放在背后，而她自己却把小说放在膝盖上偷偷看。这种日子就像一条泥泞的大河，那两位每周过来兼课的老师就像河上泛起的两朵浪花，在阳光下闪闪发光。如果所有的老师都像伯恩斯通小姐和莫顿先生那样，弗兰茜就谢天谢地了。不过，这样也好，没有污浊泥泞的河水，就无法衬托出太阳闪耀的光辉。

22

懵懂的孩子发现自己能认字了，这是多么奇妙的时刻啊。

弗兰茜一直在学习拼读字母，然后把字母放在一起连读成一个单词。有一天，她看到"老鼠"这个词，瞬间理解了它的意思，脑海里立刻浮现出一只灰色的老鼠。再往下，看到"马"这个词，她仿佛听到马蹄踩在地上吧嗒吧嗒的声音，看到光滑的马背上金灿灿的阳光。"跑"这个词突然映入她的眼帘，她顿时呼吸急促，仿佛正在奔跑。每个字母都有独特的发音，和单词的意思之间有一层屏障，这个屏障如今被清除了，只要眼睛一瞄，她就能明白印在纸上的单词是什么意思。她迅速读了几页，激动得差点晕倒。她真想大喊一声：她识字了！她可以读书了！

从此以后，阅读为她打开了一个新世界。她再也不会孤独，再也不会因缺少闺蜜而遗憾。书籍成了她的朋友，无论喜怒哀乐，总有一款书与她相伴。安静的时候有诗歌陪伴；厌倦了安静的时光，可以阅读探险故事；进入青春期，可以阅读爱情故事；想与人打交道，可以阅读人物传记。从学会阅读的第一天起，她就发誓，有生之年要天天读书，每天读一本。

她喜欢数字，喜欢算术。她自己设计了一个游戏，每个数字都是一个家庭成员，"答案"是家庭成员的不同组合，每个组合背后都有一个故事。0是怀抱中的婴儿，他从来不惹麻烦，每当他出现，你就"抱着"他。1是个漂亮的小女孩，刚学会走路，很好对付。2是一个会走路、会说话的小男孩，他通过加法进入家庭，也不怎么惹麻烦。3是幼儿园里的大男孩，必须时刻盯着他。4 是一个小女孩，和弗兰茜年龄相仿，她和 2 半斤八两，都比较好对付。5 是妈妈，温柔而善良，遇到大数据，她就会立刻出马，像妈妈一样摆平一切，化险为夷。6 是爸爸，比其他数字更难，但他非常公正。7 是一个吝啬鬼，是反复无常的老祖父，总是出其不意地冒出来。祖母 8 也很难懂，但她比 7 容易懂些。最难的数字是 9，他是家里的常客，但是想把他融入大家庭，真是难上加难啊！

弗兰茜做加法题的时候，总会编出一个小故事来解释答案。如果答案是 924，这意味着其他家人都外出不在家，客人过来陪伴小男孩和小女孩。如果答案是 1024 这样的数字，这意味着所有的小孩都在院子里一起玩耍。数字 62 表示爸爸带小男孩在散步，50 表示妈妈推着婴儿车出去兜风，78 则表示冬天晚上，祖父和祖母围坐在家中的火炉旁。每一个数字的组合都是这个家庭的新模式，每一个故事都与众不同。

弗兰茜把这个游戏应用到代数课上。X 是男孩的情人，进入男孩的家庭生活，把家里搞得乱七八糟。Y 是惹事的男朋友。对弗兰茜来说，算术温暖、友好、通人性，帮她打发了很多孤独的时光。

23

学校的日子一天天过去了。有些日子野蛮粗俗，令人心碎；伯恩斯通小姐和莫顿先生到来的时候，日子就变得阳光明媚、美丽温馨。不过，学习的魔力，总是无处不在。

十月份的一个星期六，弗兰茜外出闲逛的时候，偶然发现一个陌生的社区。这里没有廉价的公寓房，没有嘈杂破旧的商店。这里的老房子历史悠久，华盛顿带兵打仗驰骋长岛的时候，它们就矗立在这里了。这些房子又老又旧，但是四周都有尖桩栅栏，弗兰茜真想推门而入。前院有鲜艳的秋季花卉，路边的枫树上挂着深红色和黄色的叶子。在星期六的阳光下，这个社区显得古老而宁静。四周有一种沉思的品质，一种集清静、深沉、永恒、破旧于一体的和谐。像漫游仙境的爱丽丝一样，弗兰茜非常兴奋，仿佛自己穿过魔镜，进入了仙境。

她继续往前走，来到一所古老的小学校。校园的旧砖是石榴红色，在傍晚的阳光下闪闪发光。校园周围没有栅栏，地上不是铺满水泥，而是长满青草。学校对面是一片开阔的田野，一望无际的草地上长满了秋麒麟、野紫菀和三叶草。

弗兰茜心动不已。踏破铁鞋无觅处！这才是自己梦寐以求的理想学校！但是，怎么才能进这个学校呢？法律严格规定，孩子只能在自己居住的学区上学。如果想上那所学校，她的父母就得搬到那个社区。弗兰茜知道，妈妈不会因为她想转学就搬家。她一边慢步往家走，一边琢磨着这个问题。

那天晚上，她一直没睡觉，等着爸爸下班回家。乔尼一边上楼，一边轻轻哼着《莫莉·马露恩》回到家中，还带回来美味的龙虾、鱼子酱和肝泥香肠。吃完美餐，妈妈和尼利上床睡觉了。弗兰茜一直陪在爸爸身边，趁着爸爸抽最后一支雪茄的时候，她在他耳边轻声低语，告诉他那所学校的事情。爸爸看着她，点了点头说："我们明天去看看。"

"你的意思是，我们可以搬到那所学校附近？"

"不是的，但是可以想想其他办法。我明天和你一起去那儿，看看有没有别的途径。"

弗兰茜激动得整晚都睡不着觉，七点钟就起床了。乔尼还在呼呼大睡，她焦躁不安地等待着。每次他在睡梦中叹口气，她都会跑进去看他是不是醒了。

大约中午时分，他才醒来，一家人坐在一起吃饭。弗兰茜无心进食，眼睛一直盯着爸爸，爸爸却没有任何反应。他是不是忘了？他是不是忘了？显然不是。凯蒂倒咖啡的时候，他漫不经心地说：

"我想吃完饭，和小天后出去散散步。"

弗兰茜的心怦怦直跳。他没有忘记，他没有忘记。她等待着妈妈的答复。妈妈可能会反对，可能会问为什么，也可能会说要跟他们一起去。没想到妈妈只说了一声："好吧。"

弗兰茜洗了盘子，然后又去糖果店买星期日报纸，再去雪茄店给爸爸买了五分钱的花冠牌雪茄。乔尼要看报纸，他要看报纸上的每一个栏目，连他根本不可能感兴趣的社会栏目也要看。更糟糕的是，每读一则新闻，他还要对妈妈发表评论。他会把报纸放在一边，转身对妈妈说："现在报纸上全是无稽之谈，你看看这个。"每当这个时候，弗兰茜都要急得差点哭起来。

下午四点钟了，雪茄已经抽完了，报纸散落在地上，凯蒂厌倦了乔尼的新闻分析，带着尼利去娘家看望玛丽·罗姆利了。

弗兰茜和爸爸手牵手出发了。他身穿自己唯一的那套晚礼服，头戴圆顶礼帽，看上去神气十足。那是十月里一个阳光灿烂的日子，温暖的太阳伴着清新的微风，把海洋的气息吹到每个角落。他们走过几个街区，拐了一个弯，来到了那个社区。布鲁克林杂乱无序，所以不同社区才会这么截然不同。这个社区是第五代和第六代美国人的居住区，而诺兰家所在的社区基本都是新移民，在他们社区，如果你能证明自己生在美国，那你就是先驱者，地位等同于"五月花"上的先民们。

确实，弗兰茜是他们班上唯一一个父母都在美国出生的学生。开学的时候，老师点名问每个孩子的家族背景，大家的答案基本一致。

"我是波兰裔美国人，我父亲生于华沙。"

"爱尔兰裔美国人，我父母都出生在科克郡。"

点到诺兰时，弗兰茜自豪地回答说："我是美国人。"

"我知道你是美国人，"那个动不动就火冒三丈的老师说，"可是你的祖籍是哪里？"

"美国。"弗兰茜更加骄傲地说。

"你要么告诉我你父母是哪里人，要么我送你去见校长！"

"我父母都是美国人，他们出生在布鲁克林。"

所有的孩子都转过身来，看着这个父母没有祖国的小女孩。这时老师说："布鲁克林，嗯？那你还真是美国人，好吧。"弗兰茜既骄傲又快乐。她心想，布鲁克林多好啊，生在布鲁克林，你就自然而然成了美国人！

爸爸和她谈起了这个奇怪的社区：这里的住户都是一百年前来到美国的，他们大多是苏格兰人、英格兰人和威尔士人。男人们擅长木工活儿，会制作箱柜。他们还擅长五金，做金匠、银匠和铜匠。

他答应弗兰茜，有空就带她去布鲁克林的西班牙人聚居区。那里有做雪茄的工匠，他们经常凑份子钱，雇人在干活儿的时候为大家读书解闷儿，那些人读的书都是优秀的文学作品。

他们走在周日静悄悄的街道上。弗兰茜看见树上飘下一片树叶，连忙跳上去接住。这是一片镶着金边的紫红色叶子。弗兰茜目不转睛地凝视着叶子，觉得这是自己见到的最美的东西。街角走来一个身披羽毛围巾，浓妆艳抹的女人。她冲着乔尼微微一笑，说：

"先生，想要人陪吗？"

乔尼看了看她，然后柔声回答说："不需要，妹妹。"

"你确定吗？"她略带顽皮地问道。

"确定。"他心平气和地回答说。

她走了。弗兰茜蹦蹦跳跳地跑回来，握着爸爸的手。"爸爸，那是个坏女人，对吗？"她急切地问道。

"不对。"

"可是，她看上去挺坏的。"

"世界上没几个坏人。很多人只是运气不好罢了。"

"可是，她的脸上画的……"

"她是个见过世面的人。"他很喜欢这个词，"是的，她可能见过很多世面。"他陷入了沉思。弗兰茜又蹦蹦跳跳地跑到前面捡树叶去了。

他们一路走到了学校，弗兰茜得意扬扬地给爸爸指东指西。傍晚的阳光暖暖地照在颜色柔和的彩砖上，小格子的窗户似乎在阳光下跳舞。乔尼看了很久，然后说：

"没错，就这所学校了，就是它了。"

每当乔尼深受感动的时候，每当他的心弦被拨动的时候，他一定会用歌声来表达自己的情绪。他把旧礼帽放在胸口，站直身体，抬头望着校园，唱道：

校园的日子难忘记，

学会爱人又爱己，还要学会懂规矩，
读书、写字、做算术题……

对于路过的陌生人来说，这景象有点荒唐可笑——乔尼身穿绿色燕尾服，手牵一个衣衫褴褛、骨瘦如柴的孩子，毫无顾忌地站在街上高唱这首平淡无奇的歌。但是，在弗兰茜看来，这情形合情合理，赏心悦目。

他们穿过街道，在人们称之为"空地"的草地上漫步。弗兰茜采了一束秋麒麟和野紫菀，准备带回家。乔尼解释说，这里曾经是印第安人的墓地，他小时候经常来这里寻找箭头。弗兰茜建议他们去找找，两个人找了半小时，结果一无所获。

乔尼回忆说，他小时候也总是空手而归。弗兰茜笑他们太滑稽。乔尼承认，也许这根本不是印第安人的墓地，也许是有人杜撰了这个故事。他的话完全正确，因为整个故事就是他自己乱编的。

很快就到了回家的时间，爸爸根本不提让她转学的事情，弗兰茜的眼泪在眼眶里打转。乔尼看到了女儿的眼泪，立刻想出了一个妙招。

"宝贝，我来告诉你我们该怎么做。我们四处走走，选一栋高级的房子，记下门牌号。我给你们校长写封信，就说你要搬到那栋房子住，所以申请转学。"

他们找到了一栋房子，一栋一层楼的白房子，屋顶是斜的，院子里种着晚菊。乔尼认认真真地把地址抄了下来。

"你知道吗？我们这是在干坏事。"

"是吗，爸爸？"

"可是，为了更大的好事，我们只好先干点小的坏事。"

"就像是善意的谎言？"

"一个能救人出困境的谎言。为了弥补这件坏事，你要加倍努力，好好学习。坚决不许学坏，不许迟到，不许缺席。千万不要让学校往家里寄信啊。"

"如果我能进这所学校，爸爸，我一定好好学习。"

"好吧。现在我给你指一条近路，从小公园穿过去即可。我对这条路了如指掌。没错，我知道这条路在哪里。"

他带弗兰茜去了公园，告诉她斜穿公园就可以到学校。

"这下你开心了吧。每天来来回回，你可以欣赏季节的变化。你觉得怎么样？"

弗兰茜想起妈妈曾经读过《圣经》里的一句话，意思是，我得到的比我需要的多，她直接引用说："我的福杯满溢了。"她真的心满意足了。

听到这个计划，凯蒂说："随你们的便，但是别把我扯进去。如果警察过来抓你，说你提供假地址，我会如实相告，说我与此事毫无关系。哪个学校有多好？哪个学校又有多坏？我不知道她为什么要转学。不管上哪个学校，你都得做家庭作业啊。"

"那就这么定了。"乔尼说，"弗兰茜，给你一分钱，你去糖果店买张信纸，买个信封。"

弗兰茜飞奔出去，又飞跑回来。乔尼写了一张便条，说弗兰茜要去某某地址和亲戚住，特此申请转学。他又补充写道，尼利继续住在家里，因此无须转学。他签了名，又在名字下面画了一条线，以示权威。

第二天早上，弗兰茜颤颤巍巍地把纸条交给了校长。那位女士读完信，嘴里咕哝了几句，然后同意她转学，又把她的成绩单交给她，让她赶紧走，反正学校人满为患。

弗兰茜带着材料去面见新校长。校长握了握她的手，说希望她在新学校过得愉快。班长把她带到了教室。老师暂停教学，把弗兰茜介绍给全班同学。弗兰茜放眼看了看教室里的一排排小女孩。她们衣衫破旧，但大多都干净整洁。她分到一个单独的座位，愉快地融入了新学校的日常生活。

这里的师生不像老学校的师生那样残忍粗暴。没错，这里也有坏小孩，但那是小孩子天性中的小毛病，不是故意使坏。老师们也常常心烦气躁、缺乏耐心，但他们从不无休止地挑衅和指责，也不体罚学生。学生家长都是地道的美国人，对宪法赋予他们的权利了如指掌，遇到任何不公正的待遇，绝不会逆来顺受。他们可不像移民和第二代美国人那样随便被践踏和盘剥。

弗兰茜对这所学校的感觉大不相同，这种别样的感觉主要来自一个看门人。这位老人面色红润、头发花白，连校长都尊称他为詹森先生。他自己有许多儿孙，没一个不受他宠爱。他像父亲般关爱所有的孩子。下雨的时候，有些孩子来到学校，浑身都湿透了，他让这些孩子到锅炉房里把衣服烤干，让他们脱下湿鞋，把湿袜子挂在绳子上晾干。孩子们破旧的小鞋整整齐齐地在火炉前摆成一排。

锅炉房是个温馨的地方。墙壁刷得雪白雪白，红色的大火炉令人赏心悦目。墙上的窗户都很高。弗兰茜喜欢坐在那里，一边取暖，一边看着橙色和蓝色的火焰在黑色的小煤块上跳舞。（孩子们烘干衣服的时候，詹森先生会把炉子门打开。）遇到雨天，她会提早出门，慢慢走到学校，这样就可以浑身湿透，享受去锅炉房烘干的特权。

詹森让孩子们翘课去锅炉房烘干衣服，这显然不符合校纪校规，但是大家喜欢他、尊重他，没有人对此提出异议。弗兰茜在学校听到许多詹森先生的故事。听说他上过大学，知识比校长还渊博。还听说他结婚生子的时候，发现做校工比当教师挣钱多。不管传言是不是真的，他在学校的确人见人爱、广受尊重。有一次，弗兰茜看到他坐在校长办公室里，穿着干净的条纹工作服，跷着二郎腿，正在和校长谈论政治。弗兰茜听说，校长经常到詹森先生的锅炉房小坐一会儿，抽一斗烟，聊一会儿天。

如果哪个小男孩干了坏事，老师不会送他到校长办公室去挨批，而是让他去詹森先生的锅炉房里聊天。詹森先生从不责骂坏男孩，他只会谈起自己的小儿子，小儿子现在是布鲁克林棒球队的投球手。他还会跟他们谈什么是民主，如何做好公民，告诉他们如果人人都尽力而为，这个世界就会变得更加美好。和詹森先生谈完话，男孩子基本上都不会再闯祸了。

　　毕业的时候，出于对校长职位的尊重，孩子们会请校长在纪念册的第一页上签名，但他们更看重詹森先生的签名，总是把第二页留给他。校长签字匆匆忙忙，字迹潦草，詹森先生却从不马虎。他会郑重其事地把签名册拿到自己的大翻盖桌前，点上灯，坐下来，仔细地擦亮眼镜，选支钢笔。他用笔蘸上墨水，眯起眼睛看看，把笔尖擦干净，再蘸一遍墨水。然后，他用精美的钢版雕刻字体签上自己的名字，再小心翼翼地修饰一番。他的签名总是纪念册里最好看的。如果你勇气可嘉，胆子够大，还可以求他把纪念册带回家，让他在道奇队做投手的儿子也签个名。男孩子求之不得，女孩子对这个则没多大兴趣。

　　詹森先生书法了得，他还受邀为大家写毕业文凭呢。

　　莫顿先生和伯恩斯通小姐也来这所学校代课。他们上课的时候，詹森先生经常会走进教室，挤在后座一个座位上，和孩子们一起陶醉在课堂里。遇到冷天，他会让莫顿先生和伯恩斯通小姐到锅炉房喝一杯热咖啡，然后再去下一所学校。他有一张小桌子，上面摆着煤气炉和煮咖啡的设备。他用厚厚的杯子装上浓浓的、滚烫的黑咖啡招待这些走校的老师，老师们对他心存感激。

　　弗兰茜在新学校过得很开心。她处处留意，力争做个好学生。每当经过那家自己冒名顶替的住户时，她都会心怀感激和爱慕地看一眼。刮风的时候，如果房子前面有废纸吹落，她就四处走动，把碎纸捡起来放在门前的排水沟里。垃圾清运工清理垃圾的时候，常常会粗心大意，忘记把空麻袋放在院子里，总是顺手扔在人行道上。早上弗兰茜路过的时候,她会把麻袋捡起来,挂在栅栏上。这家住户觉得这孩子文文静静,似乎有点洁癖。

弗兰茜热爱这所学校。在这里上学,她每天来回必须走四十八个街区,不过她倒是喜欢走路。她早上必须比尼利早出发,晚上很晚才回家。她并不介意,只是没多少时间吃午饭。她回家要走十二个街区,返校又得走十二个街区,而中午本来就只有一个小时的休息时间,几乎没空吃东西。妈妈不允许她带午餐,她给出的理由是:

"像她这样,早晚会抛开家人远走高飞。而且,小孩就得有小孩该有的样子:放学回家吃饭。她跑这么远去上学,难道是我的错?这不是她自己选择的吗?"

"但是凯蒂,"爸爸争辩道,"这所学校真的非常好。"

"那就让她自己承担,好的坏的一起受吧。"

午餐问题就这么解决了。弗兰茜吃午饭的时间大约有五分钟——只够回家报个到,带上一个三明治,返校路上边走边吃。她从没觉得自己受了委屈。她在新学校里开心极了,为了这份快乐,就算额外付出,她也心甘情愿。

转学是件好事,这件事让她明白天外有天,她原生家庭所接触的世界之外,还有其他世界,而其他世界并不是遥不可及。

24

　　弗兰茜计年的方法不是按天数算，也不是按月份算，而是按照节日算。她的一年从七月四日开始，因为这是学校放假后的第一个节日。节前一周，她开始囤积鞭炮。她把能用的每一分钱都拿来买鞭炮，一小包一小包地买。她把这些小包藏在床底下一个盒子里。她每天会把盒子拿出来至少十次，不断摆弄这些鞭炮，长时间地看着鞭炮淡红色的外皮纸和白色的炮杆，想知道鞭炮是怎么制作的。每次买鞭炮的时候，店主都会免费赠送火捻，她喜欢闻火捻的味道，火捻点燃后，可以闷烧好几个小时，用来燃放鞭炮。

　　大庆的日子到来时，她竟然不舍得把鞭炮放掉。拥有比使用更有意义。有一年，日子格外拮据，根本攒不到零钱，弗兰茜和尼利就把纸袋子囤积起来。国庆当天，他们给纸袋子装满水，把袋子口拧住，从屋顶扔到下面的街道上。纸袋子发出的砰砰声，几乎和鞭炮效果一样。差点被砸中的路人怒气冲冲，抬头看见姐弟俩，也拿他们没办法，这是穷人家孩子庆祝国庆的土方法，他们也只好认命了。

　　接下来的节日是万圣节。尼利用烟灰把脸抹黑，帽子前后反戴，衣服里外反穿。他找来妈妈的一只黑色长筒袜，给里面装满炉灰，和小伙伴在街上四处游荡时，挥舞着这支自制的"棍棒"，时不时狂叫一番。

　　弗兰茜和其他小女孩一起，带着白粉笔在街上游荡。她四处走动，每遇到一个人，就在他的背后快速画一个巨大的十字。孩子们这么做纯粹是走形式，没有什么具体意义。他们对这个符号知其然却不知其所以然，这可能要追溯到中世纪，如果有人染上瘟疫，人们会给这个人或者他家房子做个标记。也许那时候的恶棍就用这个符号故意捉弄无辜的人，而这种做法代代相传了几个世纪，最后被扭曲成一个毫无意义的万圣节恶作剧。

对弗兰茜来说，选举日似乎是最大的节日，更像是整个社区的节日。弗兰茜心想，也许美国其他地方的人也会投票选举，但肯定不能和布鲁克林地区同日而语。

乔尼给弗兰茜介绍过斯科尔斯街上的一家牡蛎馆。牡蛎馆的建筑已经有一百多年的历史，可以追溯到大酋长坦慕尼和他的勇士们四处游走的年代，馆子里的炸牡蛎闻名全州。不过这家馆子出名的不只炸牡蛎，这里还是市政厅的政客们秘密集会的地方。政党领袖曾经在一间私密的房间秘密聚会，他们一边吃着多汁的牡蛎，一边决定让谁当选，把谁赶下台。

弗兰茜常经过这里，每次看到这家馆子她就激动不已。馆子的门上没有名字，窗台空荡荡的，只有一盆蕨类植物。窗户后面的铜杆上挂着半幕棕色亚麻布窗帘。有一次，弗兰茜看到门开了，有人走了进去。她趁机朝里瞥了一眼，只见低矮的屋子里光线灰暗，红色的台灯发出微弱的光，屋子里弥漫着雪茄的烟雾。

弗兰茜和社区的其他孩子虽然不知道为什么要举办选举仪式，也不知道这仪式的深层含义，但也懵懵懂懂地参加过几次。选举日的晚上，她就去排队，双手搭在前面孩子的肩膀上，队伍在街上蜿蜒前进，大家边跳边唱：

坦慕尼啊坦慕尼，
酋长住在帐篷里，
调兵遣将显威力，
常胜将军坦慕尼。

妈妈和爸爸对政党的优缺点进行辩论的时候，弗兰茜总是听得津津有味。爸爸是民主党的忠实拥护者，但妈妈根本不留情面，她不但批评了民主党，还告诉乔尼他的选票都打了水漂。

"别这么说，凯蒂，"他申辩道，"总的来说，民主党为人民做了很多好事。"

"这个我只能想象。"妈妈忿忿不平地说。

"他们只不过想要每家的男人投个票，看看大家对他们的付出有多少回报。"

"他们付出什么了，你举个例子吧。"

"好吧，比如你需要法律建议，你不必去找律师，问问你的议员就知道了。"

"盲人摸瞎马，这有什么用呢。"

"你还别说，尽管他们在很多方面都很愚蠢，但他们对纽约市的法规了如指掌。"

"你去告纽约市政府，看看坦慕尼协会能帮你多大忙。"

"以公务员考试为例吧，"乔尼换了个角度说，"他们知道警察、消防员和邮递员的考试时间。如果选民对这些考试感兴趣，他们总会及时提醒这些选民。"

"拉维夫人的丈夫三年前就参加了邮递员考试，可他还在开卡车。"

"你看看！这还不是因为他是个共和党人。如果他是民主党人，他们就会把他的名字排在候选人名单靠前的位置。我听说有个老师想转到另一所学校，坦慕尼协会很快就帮她搞定了。"

"是吗？除非她是个大美女。"

"这不是重点。这是个精明的举措。教师培养的是未来的选民。就拿这个老师来说，如果她以后有机会就给学生说坦慕尼协会的好话，这些男孩长大以后都是选民，你懂吧？"

"为什么？"

"因为这是特权啊。"

"特权！呸！"凯蒂冷笑着说。

"再举个例子，如果你有一条贵宾犬死了，你该怎么办？"

"我压根就不可能养贵宾犬啊。"

"难道你就不能假装自己有一只死了的贵宾犬，好让我把话说完？"

"好吧，我的贵宾犬死了。然后呢？"

"你可以到党部去，他们会派人帮你把死狗带走。再比如，弗兰茜想办个工作证，但是她年龄太小。"

"我想，他们会帮忙办理的。"

"那当然了。"

"让这么小的孩子去工厂工作，你觉得合适吗？"

"这么说吧，假如你有个儿子不学好，他游手好闲，经常逃课，满街瞎逛，但法律又不允许他工作，给他办个假证难道不是好事吗？"

"经你这么一说，这还的确是件好事。"凯蒂有点让步了。

"看看他们给选民提供的工作吧。"

"你知道他们是怎么物色到这些工作的？他们去视察工厂，明知这些工厂在违法乱纪，却视而不见。工厂的老板自然心知肚明，作为报答，工厂在招工的时候就会把机会留给他们。如此这般，功劳全都归了坦慕尼协会。"

"还有一个例子。有个人的亲戚在祖国，由于手续烦琐，无法到美国来。不用说，坦慕尼协会可以帮忙搞定。"

"当然，他们帮外国人移民到美国，又帮他们办理公民手续，然后要他们给民主党投一票，否则就让他们滚回老家去。"

"不管你说什么，坦慕尼对穷人很慷慨。假设某个人生病了，付不起房租，你认为组织上会让房东把他扫地出门吗？不会的。如果他是民主党人，那肯定不会。"

"这么说，我猜房东都应该是共和党人了。"凯蒂说。

"那倒不至于。这个组织对双方都照顾有加。假设房东遇到的房客是个无赖，这个无赖不但不交房租，还一拳打到房东的鼻子上。你觉得会怎样？组织上会帮助房东把这个无赖扫地出门。"

"坦慕尼给老百姓一点好处，就要从老百姓身上加倍索取。你就等着我们女人有投票权的时候吧。"乔尼的笑声打断了她。"你不相信女人会有投票权？这一天一定会到来，你记住我的话。到时候我们会把这些骗人的政客送到他们该去的地方——把他们关进铁窗。"

"等到女人真的有权投票了，你和我一起去投票站——我们两个手拉手，你就照着我的样子投吧。"他伸出手臂搂住凯蒂，迅速地抱了抱她。

凯蒂仰头冲他笑了。弗兰茜忍不住看了妈妈一眼，她发现妈妈斜着身子在笑，看上去很像学校礼堂里一幅画像上名叫蒙娜丽莎的女士。

坦慕尼之所以势力强大，是因为他们从娃娃抓起，从小按照民主党的方式培养孩子。就算党内最笨的地方工作者，也知道随着时间的流逝，今天的学童就是明天的选民。他们把男孩和女孩都拉拢到自己的阵营。虽然当时女人还不能投票，但政客们知道，布鲁克林的女人对她们的男人影响巨大。用党的理念培养起来的女孩一旦长大结婚，一定会让她的男人直接给民主党投票。为了吸引孩子们，玛蒂·马霍尼协会每年夏天都会组织孩子和家长去旅游。尽管凯蒂对这个组织除了蔑视没有好感，但她觉得机会难得，不用白不用。听说他们要出去旅游，弗兰茜和所有从未坐过船的十岁小孩一样，兴奋地手舞足蹈。

乔尼不想去旅游，也不明白凯蒂为什么非去不可。"我要去旅游，因为我热爱生活。"她给的理由莫名其妙。

"如果吵吵嚷嚷也叫生活，附赠优惠券我也不要。"他说。

不过，他还是去了。他觉得乘船旅行或许有些教育意义，他可不想错过教育孩子的机会。那天又闷又热。甲板上挤满了孩子，一个个兴奋不已，跑上跑下，差点没掉进哈德逊河。弗兰茜盯着流动的水看啊看，终于看出了生平第一次头痛。乔尼告诉孩子们，很久以前，亨德里克·哈德逊就在这条河里逆流而上，乘船航行。弗兰茜想知道，哈德逊先生会不会像她一样晕船呢？

妈妈坐在甲板上，戴着翠绿色的草帽，穿着从艾薇姨妈那里借来的黄色瑞士波点裙子，看上去非常漂亮。围在她身边的人都在微笑，妈妈很会聊天，大家都喜欢听她说话。

午后，船在州北部一个树木繁茂的峡谷停靠，民主党人下了船，开始忙碌起来。孩子们跑来跑去，忙着使用手里的购物券。一周前，每个孩子都得到一张条子，条子上有十张票，票面上印着"热狗""苏打水""旋转木马"等项目。弗兰茜和尼利都得到了一张条子，但弗兰茜受一些奸诈男孩的蛊惑，去玩打弹子赢购物券的游戏。他们告诉她，她有可能会赢五十张条子，可以快活一整天。不料弗兰茜技不如人，很快就把自己的购物券输了个精光。尼利倒是手气不错，赢了两张条子。弗兰茜问妈妈，她能不能匀一张尼利的条子。妈妈趁机长篇大论，对她展开了一场关于赌博的教育。

"你本来有票，但是你自作聪明，想得到你不该得的东西。赌博的时候，人人都想赢，个个不想输。记住这一条：总得有人输，别人有可能输，你也有可能输。这次你用十张购物券买个教训，这个学费已经算是便宜的了。"

妈妈说得没错，弗兰茜知道这一点，但是这话弄得弗兰茜很不开心。她想像其他孩子一样去坐旋转木马，她想喝杯苏打水。她沮丧地站在热狗摊边，看着其他孩子狼吞虎咽。这时候，有个人停下来和她搭讪。他穿着警察制服，衣服的颜色金灿灿的。

"你没有票吗，小姑娘？"他问道。

"我把票弄丢了。"弗兰茜撒谎道。

"没关系的,我小时候玩弹子也技不如人。"他从口袋里掏出三张条子,"我们每年都会给输掉的小朋友预留一些备用券。不过,难得遇到女孩子赌输。她们会牢牢抓住自己的东西,再少也不会放弃。"弗兰茜接过购物券,谢过对方,准备离开。这时候,那个人问道:"坐在那边戴着绿色帽子的人是不是你妈妈?"

"是的。"她等着他继续问话。见他不再开腔,弗兰茜只好又问道:"怎么啦?"

"你每天晚上都祈祷吧,许愿让自己长大后有你妈妈一半漂亮。现在就去祈祷吧。"

"妈妈旁边那人是我爸爸。"弗兰茜等着听他表扬爸爸英俊帅气。没想到那人盯着乔尼看了一眼,什么也没说。弗兰茜跑开了。

弗兰茜每隔半小时就得按要求来妈妈这里报一次。这次回来的时候,乔尼正站在免费啤酒桶跟前。妈妈奚落弗兰茜说:

"你和你茜茜姨妈一样,总是喜欢和穿制服的人聊天。"

"他又给了我几张票。"

"我看到了。"凯蒂漫不经心地补了一句,"他问你什么了?"

"他问你是不是我妈妈。"弗兰茜没有把他赞美妈妈漂亮的话说出来。

"是的,我就知道他在问这个。"凯蒂凝视着自己的双手。因为长期泡在洗涤液里,这双手又红又糙,上面还有口子。她从手袋里取出一双有补丁的棉手套,虽然天气炎热,但她还是戴上了手套。她叹了口气:"我干活儿太卖力了,有时候我都忘了自己是个女人。"

弗兰茜大吃一惊,她第一次听到妈妈说这种类似抱怨的话。她不知道妈妈为什么会突然为自己的双手感到羞愧。当她蹦蹦跳跳地跑开时,她听到妈妈问旁边的女士:"那个穿着制服朝这边看的人是谁啊?"

"那是迈克尔·麦克肖恩警官啊。你真搞笑，他分管你们片区，你竟然不认识他。"

欢乐的一天还在继续。每张长桌的尽头都放着一桶啤酒，向所有的民主党人免费供应。弗兰茜兴奋不已，和其他孩子一样跑前跑后，喊来喊去，推推搡搡。啤酒哗哗地流动着，就像暴雨后布鲁克林的排水沟。一支铜管乐队卖力地演奏着，从《克里舞者》《爱尔兰人的眼睛在微笑》到《哈里根，是我》，从《香农河》到纽约人自己的民歌《纽约人行道》。

每次演奏之前，指挥都会报幕："玛蒂·马霍尼乐队即将为您献上……"每首曲子结束时，乐队成员都会齐声高喊："玛蒂·马霍尼加油。"每倒一杯啤酒，服务员都会说："玛蒂·马霍尼向您致敬。"每个项目都以玛蒂·马霍尼命名："玛蒂·马霍尼竞走比赛""玛蒂·马霍尼花生米比赛"，诸如此类。这一天还没结束，弗兰茜已经确信无疑：玛蒂·马霍尼的的确确了不起！

下午晚些时候，弗兰茜突发奇想，觉得自己应该去找马霍尼先生，亲自感谢他给大家创造的这段美好时光。她找了又找，问了又问，奇怪的是，居然没有一个人认识玛蒂·马霍尼，也没有人见过他。毫无疑问，他根本就没有出来旅游。虽然看不见他，但他却无处不在。有个人告诉她，也许根本就没有玛蒂·马霍尼，这只是个代号，专指该组织的负责人。

"我投了四十年票，"他说，"候选人似乎总是同一个人：玛蒂·马霍尼。或者就是不同的人使用同样的名字。我不知道他是谁，小姑娘，我只知道，我在给民主党投票。"

返程的船在月光笼罩的哈德逊河上行驶，男人们吵吵嚷嚷，互相掐架，这是回家路上唯一值得一提的事件。孩子们要么晕船，要么被晒伤，个个烦躁不安。尼利趴在妈妈腿上睡着了。弗兰茜坐在甲板上，听爸爸和妈妈聊天。

"你认识麦克肖恩警官吗？"凯蒂问道。

"我知道他是谁。他们叫他'诚信警察'，民主党正在考察他。如果他当选议员，我一点也不会惊讶。"

坐在旁边的一个男人身子前倾，碰了碰乔尼的胳膊："当选警察局长更靠谱，伙计。"

"他个人生活怎么样？"凯蒂问道。

"很像一部励志小说。他二十五年前从爱尔兰过来，两手空空，只有背上的一口箱子。他白天在码头上干苦力，晚上学习，后来进了警局。他继续学习，参加各种考试，最后当上了警官。"乔尼说。

"我猜想，他一定娶了个知书达理的贤内助吧？"

"还真没有。他刚来的时候，一个爱尔兰家庭收留了他，让他站稳了脚跟。这家人的女儿嫁了个无赖，蜜月刚过就抛弃了她，后来又在一场斗殴中丧生。没想到这个女孩却怀上了孩子，而邻居们根本不知道她结过婚。眼看着这家人要颜面扫地了，麦克肖恩警官站出来，娶了那个姑娘，让孩子跟自己姓，以报答这家人的收留之恩。这肯定不是两情相悦的婚姻，不过，听说他对太太很好。"

"他们两个有自己的孩子吗？"

"听说有十四个。"

"十四个！"

"但是，只养活了四个，好像孩子们都没长大成人就死了。他们天生就有肺结核，是妈妈遗传的，妈妈小时候得过这个病。"

"他还有很多烦神事呢。"乔尼若有所思地说，"他是个好人。"

"我猜，他夫人还健在吧。"

"不过病得很重，据说她活不了多久。"

"哦，病秧子都能撑很久呢。"

"凯蒂！"乔尼被妻子的话吓得大惊失色。

"我才不在乎呢！她嫁给无赖，和无赖生孩子，这都无可指摘，这是她的特权。但我不得不责怪她，为什么不按时吃药？为什么要把自己的麻烦转嫁给一个无辜的好人？”

“你不该这么说人家。”

“我就希望她死，早死早托生。”

“嘘，凯蒂。”

“不，我偏要说。如果她死了，她的丈夫就可以再婚，娶一个健康快乐的女人，给他生健康的、能活下来的孩子。这是每个好男人的权利。”

乔尼不再说话。听了妈妈的话，弗兰茜的内心涌起一股莫名的恐惧。她站起身来，走到爸爸跟前，紧紧握住他的双手。月光下，乔尼惊讶地睁大了眼睛。他把孩子拉到身边，紧紧地抱着她。不过，他嘴里却说：

“你看看月亮在水上是怎么走的。”

外出旅游后不久，民主党组织就开始为选举日做准备。他们给社区的孩子们分发了闪亮的白色徽章，上面印着玛蒂的脸。弗兰茜也收到一些，她久久地盯着那张脸。对她来说，玛蒂神秘莫测，他取代了弗兰茜心目中圣灵的位置——他从未露面，却无处不在。图片上的他和蔼可亲，梳着大背头，留着八字胡，看起来和其他小政客没什么区别。弗兰茜真希望自己能见他一面——哪怕就一次。

这些徽章引发了一连串激动人心的事件。孩子们用徽章换东西，玩游戏，甚至拿它当钱花。尼利以十个徽章的价格把自己的陀螺卖给一个男孩。糖果店老板吉姆佩收了弗兰茜的十五个徽章，给了她一分钱的糖果。（他和组织达成协议，可以用回收的徽章换钱。）弗兰茜四处寻找玛蒂，却发现他无处不在。她发现男孩们用他的脸玩投球游戏，他们还把他的脸在汽车轨道上压扁，做成跳房子用的小铁块。他待在尼利口袋的一堆零碎里。她俯视下水道，看见他脸朝上漂浮在污水中，栅栏底部的酸土里也有他的头像。在教堂做弥撒需要奉献的时候，她看见身边的朋克·珀金斯在盘子里放了两个徽章，没有放妈妈交给他的两分钱。弥撒结束后，她看见他走进糖果店，用两分钱买了四根甜卡牌香烟。玛蒂的脸无处不在，而她却从来没见过他。

选举前一周，她和尼利还有其他男孩一起去搜集木柴，用于选举之夜的篝火晚会，他们把这些木柴称作"选举柴"。她负责帮忙把这些木柴存在地窖里。

选举日当天，她早早就起床了，看见有个人过来敲门。乔尼应了一声，那人说：

"你是诺兰？"

"是的。"乔尼承认说。

"十一点钟，去投票点。"那人在名单上核对了乔尼的名字，递给他一支雪茄，"玛蒂·马霍尼向您致敬。"说完，他继续去找下一个民主党人。

"他们不告诉你，你难道就不去吗？"弗兰茜问爸爸。

"我会去的，但是他们给每个人规定了时间，让投票时间错开。你知道，不能成群结队地去。"

"为什么啊？"弗兰茜没完没了地问。

"因为……"乔尼遮遮掩掩地说。

"我来告诉你为什么。"妈妈插嘴说，"他们想记录谁在投票，投了谁。他们掌握了每个人去投票的时间，如果那个人不来给玛蒂投票，那他就好自为之吧。"

"女人对政治一无所知。"乔尼说着，点燃了玛蒂送的雪茄。

选举之夜，弗兰茜帮助尼利把木柴从地窖里拖了出来，他们这个街区的篝火最大最旺，姐弟两个功不可没。弗兰茜和其他孩子排成队，一边围着篝火跳印第安舞，一边唱着"坦慕尼"。篝火烧成余烬后，男孩们突袭了犹太商人的手推货车，偷了些土豆，放在灰烬里烤。他们把烤熟的土豆称作"小老鼠"。因为数量有限，弗兰茜一个也没吃到。

她站在街上，关注着选举的结果。人们在街角一栋房子的两个窗户之间扯了张床单，街对面的一台幻灯机把数字投射在床单上。每当新数字出来的时候，弗兰茜就和其他孩子一起大喊：

"另一个地区出结果了！"

玛蒂的照片时不时会出现在"银幕"上，人群欢呼雀跃，连嗓子都喊哑了。那一年，一位民主党人当选总统，纽约州的民主党州长获得连任，但弗兰茜只知道玛蒂·马霍尼又获胜了。

选举之后，政客们就把当初的承诺忘得一干二净，心安理得地休息起来，一直休息到年底。等到新年到来的时候，他们又开始张罗下一届选举。

一月二日是民主党总部的妇女节。只有在那天，女士们才有机会进入这个被男性垄断的选区，享用雪利酒和夹仁蛋糕。一整天，前来造访的女士络绎不绝，玛蒂的亲信们热情接待。玛蒂本尊从不露面。女士们出去时，会把装饰精美的小名片留在大厅桌子的雕花玻璃盘上。

凯蒂虽然蔑视政客，但这并不妨碍她每年拜访民主党总部。她会穿上干干净净、平平展展的灰色套装，套装上还有流苏；戴上绿色天鹅绒帽子，斜扣在右眼上。她给了总部门外那个临时开店的书法家一毛钱，让他帮忙给自己做了张名片。他在卡片上写了"乔尼·诺兰太太"，还在大写的字母旁边画上花朵和天使。这一毛钱本来应该放进存钱罐，但是凯蒂觉得，一年到头，她完全可以奢侈这一回。

全家人都在等她回家，想听听她拜访总部的所见所闻。

"今年怎么样？"乔尼问道。

"一如既往，还是那帮老面孔。很多女人都穿了新衣服，我敢打赌她们是特意买的。当然，妓女穿得最好。"凯蒂直截了当地说，"像往常一样，妓女的数量是良家妇女的一倍。"

25

　　乔尼喜欢胡思乱想。他觉得人生太过沉重，于是就借酒浇愁。弗兰茜对爸爸喝醉酒的状态越来越熟悉了。他会径直走回家，走得小心翼翼，却有点摇摇晃晃。喝醉的时候他很安静，既不吵闹，也不唱歌，更不会感情用事，反而变得沉默寡言、深思熟虑。清醒的时候，他喜欢引吭高歌，容易情绪激动，不认识他的人会误以为他喝醉了。他喝醉的时候，陌生人倒以为他性格沉稳、思维缜密，各人自扫门前雪，不管他人瓦上霜。

　　弗兰茜害怕爸爸醉酒，不是因为他酒后失德，而是因为他醉酒后就像变了个人。他不会和她说话，也不和任何人说话。他用陌生的眼神看着她。妈妈对他说话，他会扭过头去不予理睬。

　　每次酒醒之后，他就立志要做个好爸爸，觉得自己应该教给孩子们一些本领。他会戒一阵子酒，立志努力工作，把所有的业余时间都花在弗兰茜和尼利身上。他和凯蒂的母亲玛丽·罗姆利的教育观完全一致，想把自己知道的知识全部教给孩子们，这样孩子在十四五岁就和三十岁的人一样见多识广。他觉得，从此以后，他们可以凭借前面的积淀继续自学，根据他的计算，等到孩子们三十岁的时候，一定比他同龄的时候聪明一倍。

　　他突发奇想，觉得孩子们需要学习地理、公民学和社会学，于是他把他们带到了布希维克大道。

　　布希维克大道是老布鲁克林的高档林荫道，道路宽阔、绿树成荫。两边的房子用大型花岗岩砌成，富丽堂皇，门口是长长的石头门廊。这里住着政治大鳄、有钱的啤酒厂厂主和坐着头等舱来美国的富裕移民。他们带着金钱、雕像和油画来到美国，在布鲁克林定居下来。

汽车这时候已经开始使用，但这些家庭大多仍旧依靠他们漂亮的马儿和华丽的马车出行。爸爸比画着向弗兰茜讲解这些马车的各种装备，她敬畏地看着马车缓缓驶过。

有些马车小巧精致，车身涂了油漆，车内四周有白色缎子，车上有一把上流女士使用的大伞，伞边带着流苏。有一些可爱的柳条车，两边各有一条长凳，幸运的孩子们坐在上面，拉车的是一匹设得兰小马。陪伴孩子的是那些看似精明能干的家庭女教师，弗兰茜凝视着她们，觉得她们是来自另一个世界的女人，身穿披风，头戴浆洗过的帽子，侧身坐在座位上，驾着小马车。

弗兰茜见过黑色的两座马车，由一匹高头大马拉着，车夫是打扮时髦的年轻人，他戴着羊羔皮手套，手套的边缘卷回来，看起来像袖口反过来似的。

弗兰茜见过由几匹马一起拉的家庭马车，这种马车一本正经，并没有给弗兰茜留下深刻的印象，因为威廉斯堡每个殡仪馆都有一长串这样的马车。

弗兰茜最喜欢的是一种出租小马车，一马二轮有盖双座。乘客一落座，车门就会自动关闭，特别神奇！（弗兰茜天真地认为，车门是为了保护乘客不被飞过来的马粪打中。）"如果我是个男人，"她心想，"我就要找这样的工作：驾驶马车。高高在上地坐在后面，一根威风凛凛的鞭子放在手边的插座里。身穿漂亮的外套——大大的纽扣，天鹅绒衣领；头戴高高的礼帽，帽子上系着带子打着结！把外观昂贵的毯子折叠着放在膝盖上！"弗兰茜轻声模仿着马车夫的吆喝声。

"凯瑞奇酒店，先生，您去凯瑞奇酒店吗？"

乔尼沉浸在自己的民主梦里。"任何人都可以坐这些马车，"他补充说，"只要他们有钱。所以你看，我们的国家多么自由啊。"

"如果你还要付钱，那怎么能叫自由呢？"弗兰茜问道。

"我说的自由是这样的：如果你有钱，无论你是谁，你都可以乘坐马车。在咱们的祖国，即使有钱，有些人也无权乘坐马车。"

"如果我们能免费骑马，"弗兰茜坚持说，"那我们的国家不是更自由了吗？"

"那不行。"

"为什么不行？"

"那就成了社会主义了，"乔尼得意地总结道，"我们不想走得那么快。"

有传言说，布鲁克林的布希维克大道会产生一位纽约市的下一任市长。乔尼为此激动不已。"你好好看看这个街区，弗兰茜，告诉我我们未来的市长应该住在哪里。"

弗兰茜四处看了看，然后耷拉着脑袋说："我不知道，爸爸。"

"那边！"乔尼像吹冲锋号一样大声宣告，"总有一天，那栋房子的台阶下面会有两根灯柱。在这个伟大的城市，不管你在哪里闲逛，"他激动地说，"只要你看到一栋房子有两根灯柱，你就会知道世界上最伟大的城市的市长就住在那里。"

"他要两根灯柱干什么呢？"弗兰茜求知若渴地问。

"因为这是美国，在这样的国家，这种东西，"乔尼总结得含含糊糊，却充满爱国热情，"你知道，我们的政府主张民享、民有、民治，与咱们的祖国不同，这个国家永远不会灭亡。"他开始低声歌唱。没过多久，他就情不自禁地高声唱起来。弗兰茜也跟着唱起来：

　　　　你是古老而伟大的旗帜，
　　　　你是高高飘扬的旗帜，
　　　　愿你永远在和平中飘扬……

人们好奇地盯着乔尼看，一位好心的女士给他扔了一分钱。

弗兰茜对布希维克大道还有另一段回忆，这段回忆和芳香的玫瑰密切相关。布希维克大道上到处都是玫瑰，街上没有车，也没有人。人行道上挤满了人，警察把他们往后推。玫瑰的香味无处不在。车队终于来了：骑警开道，后面是一辆敞篷汽车，车上坐着一个和蔼可亲的人，脖子上挂着玫瑰花环。看到他，有些人喜极而泣。弗兰茜紧紧抓住爸爸的手，她听到周围的人在说话：

"想想看吧！他小时候曾经住在布鲁克林。"

"曾经？你这个笨蛋，他现在还住在布鲁克林。"

"真的啊？"

"当然是真的。他就住在布希维克大道。"

"你看看人家！你看看！"一个女人大声喊道，"他干这么大的事，还这么平易近人，有点像我丈夫，不过比他好看些。"

"车上一定很冷吧。"一个男人说。

"我就想知道，他的那个玩意儿会不会冻僵呢。"一个流里流气的男孩说。

一个脸色苍白、形容枯槁的男人拍了拍乔尼的肩膀。"伙计，"他问道，"你真的相信世界上有北极杆吗？"

"当然相信，"乔尼回答说，"他不是爬上北极杆，把美国国旗挂在上面了吗？"

就在这时，一个小男孩大声喊道："他来了！"

"哇呜——哇呜——哇呜——哇呜！"

汽车经过人群站立的地方，赞叹声和欢呼声此起彼伏，弗兰茜也兴奋不已。感动之下，她也尖声喊道：

"库克博士万岁！布鲁克林万岁！"

26

　　第一次世界大战前在布鲁克林长大的孩子，大多数都对感恩节有着特殊的温馨回忆。这一天，孩子们身穿奇装异服，头戴廉价面具，四处乱跑，扮演"小乞丐"挨家挨户"砸门讨赏"。

　　弗兰茜小心翼翼、煞费苦心地为自己挑选面具。她买了个黄色的亚洲人面具，面具上有粗制滥造的中式胡须。尼利买了一个粉白色的死人头面具，面具咧着嘴露出黑色的獠牙。爸爸在最后时刻赶回来，给两个孩子各买了一个廉价号角，红色的给弗兰茜，绿色的给尼利。

　　弗兰茜最喜欢看尼利化装了！他身穿妈妈废弃的裙子，把前面的裙摆剪到脚踝部位以便于走路。后裙摆留着，形成一个脏兮兮的拖裙。他给胸前塞满抹皱的报纸，形成一个巨胸。包着铜尖的破鞋露在裙摆外面。他害怕被冻僵，又在这身裙装上套了件破毛衣。穿上这套服装，戴上死亡面具，头上再斜扣一顶爸爸废弃的帽子。只可惜帽子太大，不肯立在头上，只好懒懒地靠在耳朵上。

　　弗兰茜身穿妈妈的黄色胸衣和亮蓝色裙子，扎上一条红色腰带。她头戴亚洲人面具，再披一条红色头巾把面具固定住，绑在下巴上。因为太冷，妈妈还让她戴上"土包帽"（凯蒂给绒线帽取的名字）。弗兰茜挎着去年复活节的篮子，篮子里放了两个核桃应景。孩子们出发了。

　　街上挤满了奇装异服戴面具的孩子，他们的号角发出震耳欲聋的喧闹声。有些孩子太穷，买不起廉价面具，就用烧焦的软木塞把脸涂黑。家境富裕的孩子身穿商店买来的服装：脏兮兮的印第安服、牛仔服和荷兰女佣穿的粗布棉服。还有少数漠不关心的孩子，胡乱在自己身上披一张脏床单，美其名曰"化装服"。

弗兰茜挤在拥挤的孩子群中，和他们一起四处游走。有些店主把门锁了，不让孩子们进来，但大多数店主都给孩子们准备了东西。糖果店老板花了好几个星期，把所有碎糖果收拾到一起，分装在一个个小袋子里，发放给前来讨要的孩子。他这也是无奈之举，毕竟孩子们日常消费的硬币，是他养家糊口过日子的本钱，他可不想得罪自己的财神爷。面包店也被迫烘焙了一批批松软的饼干，免费奉送给孩子们。孩子们是社区的主要消费者，他们只会光顾那些对他们友善的商店，面包店老板对这一点心知肚明。蔬菜水果店被迫提供熟过头的香蕉和半腐烂的苹果。有些商店不做儿童生意，既不关门，也不提供福利，还要长篇大论把孩子说教一番，历数乞讨的坏处。孩子们针锋相对，不停疯狂地猛敲店铺的前门。"砸门讨赏"就是这么得来的。

到了中午，一切都结束了。弗兰茜厌倦了这笨拙的服装。她的面具已经压皱了。（面具用廉价纱布做成，在模具上烘烤干燥制成。）有个男孩抢走了她的号角，在膝盖上折成两半。她看见尼利鼻子带血地跑了过来。他刚和想抢他篮子的男孩打了一架。尼利不愿说谁赢谁输，但他手里除了自己的篮子，还有另一个男孩的篮子。他们回到家，享用了一顿丰盛的感恩节大餐，有炖肉和自制面条。整个下午，大家一起听爸爸追忆往事，讲他小时候过感恩节的经历。

感恩节的时候，弗兰茜生平第一次撒了个谎，这个精心编造的谎言竟然还被识破了，从那以后，她下定决心要当一名作家。

感恩节的前一天，弗兰茜的班上在做一个练习。四个被选中的女孩要站上讲台，每人必须背诵一首与感恩节有关的诗，每人手里还要拿一种感恩节的象征物。其中一个女孩拿着一只干玉米，另一个女孩拿着一只火鸡爪子，代表整只火鸡。第三个女孩拿着一篮苹果，第四个女孩拿着一个杯托大小的南瓜馅饼。

练习结束后，火鸡爪子和干玉米被扔进了垃圾桶。老师准备把苹果带回家。她问有没有人想要那个南瓜馅饼。三十个孩子个个口水直流，三十只手都想举到空中，可没有一个人真的举手。有些孩子贫穷，有些孩子饥饿，但是，所有的孩子都很自尊，不肯接受嗟来之食。看到没人举手，老师就下令把馅饼扔掉。

弗兰茜终于按捺不住了，那么漂亮的馅饼要被扔掉，而她还从没机会尝过这样的美味呢。对她来说，这是那些乘坐豪华马车的人享用的食物，是印第安勇士享用的食物。她渴望自己能有这个口福。她急中生智，想出了一个谎言，然后把手举了起来。

"我很高兴这个馅饼有人想要。"老师说。

"我不是为自己要的，"弗兰茜得意扬扬地撒谎说，"我知道有一家人特别穷，我想把馅饼送给他们。"

"好的，"老师说，"这正是感恩节的精神。"

那天下午，弗兰茜在回家的路上把馅饼吃掉了。不知道是因为内疚，还是不习惯那陌生的味道，她不喜欢馅饼，尝起来味同嚼蜡。第二周星期一上课前，老师在大厅里看到弗兰茜，询问她那个穷人家的孩子喜不喜欢南瓜馅饼。

"她们非常喜欢。"弗兰茜回答说。她看到老师似乎饶有兴趣，就添油加醋地美化了这个故事："他们家有两个小女孩，长着金色的卷发和蓝色的大眼睛。"

"还有呢？"

"还有……还有……她们是双胞胎。"

"真有趣儿。"

弗兰茜越说越来劲："其中一个叫帕梅拉，另一个叫卡米拉。"（这都是弗兰茜为自己不存在的布娃娃取的名字。）

"她们很穷，很穷。"老师说。

"是的，特别特别穷。医生说，她们已经三天没吃东西了，要不是我给的那个馅饼，她们就饿死了。"

"那么小的馅饼，"老师温和地说，"竟然救了两条命。"

弗兰茜这才意识到自己的牛皮吹大了。她痛恨自己鬼使神差地撒这样的弥天大谎。老师弯腰搂住弗兰茜。弗兰茜看到她的眼睛里有泪水。弗兰茜崩溃了，悔恨像汹涌的洪水袭上心头。

"这都是骗人的鬼话，"她坦白说，"馅饼是我自己吃的。"

"我知道是你吃的。"

"请您别给我家寄信，"弗兰茜想到那个地址根本就不是自己家，便恳求说，"我每天放学后都留下来，随您怎么惩罚……"

"我不会因为你有想象力而惩罚你。"

老师和颜悦色地向她解释了谎言和故事之间的区别。"谎言是你怯懦羞愧时的遮羞布，故事则是现实生活的凝练。你只是没有按照实际情况讲故事，你是按照自己想象编的故事。"

老师的话让弗兰茜如释重负。最近，她习惯夸大事实。她不如实汇报事情经过，而是添油加醋、肆意渲染。凯蒂对此大为光火，她一再警告弗兰茜实话实说，不许杜撰。但是，弗兰茜就是无法原原本本地讲出真相。她非得添油加醋不可。

其实，凯蒂也有绘声绘色描述事情的天赋，而乔尼则生活在半梦半醒的世界里，但他们都想遏制孩子的这种苗头。也许他们有足够的理由。也许他们知道，自己的想象力只是给贫穷、残酷的生活增添了乐观温馨的色彩，使他们能够承受生活的艰辛。也许凯蒂认为，如果没有这种想象力，他们的头脑或许会更清楚，能够看清事实的本质，了解现实，厌恶现实，然后想方设法改变现实。

弗兰茜总是记得那位善良的老师说过的话。"你知道吗，弗兰茜？很多人会以为你一直在编造可怕的谎言，因为你说的不是人们心目中的事实。今后，如果发生什么事情，你要如实陈述，但是如果你想自己把它写下来，那你可以随心所欲，任意发挥。讲真话，写故事，分清区别，你就不会把两者混为一谈了。"

这是弗兰茜听到的最好的建议。在她的脑海里，真相和幻想混杂在一起——孤独的孩子不都是这个样子——她常常分辨不清。但是，老师对两个概念的解释让她茅塞顿开。从那以后，她会把自己的所见所闻所感所知全部写成小故事。最后，她也能做到实话实说，只是略带几分出于本能的渲染。

弗兰茜十岁时第一次找到了写作这个突破口。她写了什么并不重要，重要的是，尝试写故事的过程让她分清了事实和小说的界线。

如果她没有把写作当作抒发情感的突破口，长大以后她可能会成为一个谎话连篇的大骗子。

27

　　布鲁克林的圣诞节是一段令人心驰神往的美好时光。节日还没到，气氛却早已烘托起来了。圣诞节到来的第一个迹象是，莫顿先生在各个学校上课的时候，开始教唱圣诞颂歌。但是，圣诞节到来的第一个确定性标志是商店的橱窗。

　　商店的橱窗里摆满洋娃娃、雪橇和其他玩具，那种感觉真是棒极了，只有孩子才能理解那种美妙的感觉，而弗兰茜却可以免费体验。通过玻璃橱窗随便看，那感觉不亚于真正拥有这些玩具。

　　转过街角，看到另一家商店也装修一新，准备迎接圣诞节，弗兰茜多么激动啊！干干净净闪着亮光的窗户上，铺着棉花屑做成的闪亮的星星！里面有淡黄头发的娃娃，还有弗兰茜更喜欢的娃娃，它们的头发像上好的咖啡加了很多奶油，它们的脸部着色完美，它们的衣服世上少有。娃娃们直立在薄薄的纸板箱里，脖子和脚踝用胶带缠住，固定在盒子里。浓密的睫毛下那双深蓝色的眼睛直视着小女孩的内心，那双完美的小手伸出来，似乎在哀求："求你了，做我的妈妈好吗？"弗兰茜只有一个五分钱买的、两英寸的娃娃。

　　还有雪橇！这可是孩子们的天堂之梦！崭新的雪橇，上面画着梦想中的花朵——深蓝色的花朵、亮绿色的叶子、油漆得乌黑的驯鹿，光滑的硬木转向杆，还有闪闪发光的清漆！所有的雪橇上都漆了名字——"玫瑰花蕾""木兰花""雪王""飞行者"。弗兰茜心想，"如果我能得到这样一个雪橇，这辈子我都不会向上帝祈求什么了。"

还有闪亮的镍质溜冰鞋，由上等的棕色皮革和银色的转向轮做成，轮子好像时刻都在待命，只要吹口气就可以转身跑起来。这些溜冰鞋叠放在一起，躺在云一样的棉絮里，上面撒着云母雪。

还有其他不可思议的宝贝，弗兰茜无法一一描述。她一边走，一边转头观望，一边根据玩具编故事，一路走来，她已经头晕目眩了。

圣诞节前一周，云杉树就陆续运到了社区。也许是为了便于运输，树枝都用绳子捆着，防止张开。小贩们在商店前租一块场地，在两根杆子之间拉一根绳子，把云杉树靠在绳子上，在街道一侧形成了一条香气四溢的云杉树大道。他们整天在这条云杉大道上走来走去，不戴手套，手都冻僵了，他们不断朝手上哈气取暖，带着渺茫的希望，看着驻足停下来的人。有些人会为圣诞节买一棵树，其他人则会停下来讨价还价、看来看去、掂量掂量。大多数人只是来摸一摸枝条，乘人不备偷偷折一束香气四溢的云杉枝。空气安静而寒冷，弥漫着松树味和橘子味，商店只有在圣诞时节才供应橘子，这条吝啬的街道也终于有几个令人欢喜的慷慨日子。

社区有一个残酷的习俗。平安夜的午夜来临时，如果这些树还未售出，如果你能等到那个时候，你就不用花钱买树。当地有句俗话说，"他们会把树抛售给你。"这句话毫不夸张，他们真的会把树"抛"给你。

亲爱的救世主诞辰前的午夜，孩子们围拢在未售出的杉树周围。小贩子按照大小顺序，轮流把树抛出去，孩子们自愿站出来接"抛"。如果谁没有被树撞倒，那树就归他所有。如果谁被砸倒了，他就失去了赢树权。只有最顽强的孩子和一些小伙子敢于挑战大树。其他孩子量力而行，伺机而动，等候着自己接得住的树。最小的孩子只能等那些一英尺高的小树，一旦接树成功，他们会高兴地尖叫起来。

弗兰茜十岁、尼利九岁那年的平安夜，妈妈第一次同意让他们下楼去接树。弗兰茜当天白天就选好了自己想要的树。整个下午和晚上，她一直站在那棵树旁边，祈祷别人不要买。让她高兴的是，直到午夜时分，那棵树还在那里。这是社区最大的树，由于价格太高，社区居民都买不起。这棵树有十英尺高，树枝被白色的新绳子捆住，顶部的树尖干净利落。

小贩子首先把这棵树拿了出来。弗兰茜还没来得及开口，社区恶霸，一个名叫朋克·珀金斯的十八岁男孩，就走上前来，命令小贩子把树抛给他。小贩子讨厌朋克唯我独尊的样子，他环顾四周，问道：

"还有其他人想试试吗？"

弗兰茜走上前去："我，先生。"

卖树人发出一阵嘲笑声。孩子们窃窃私语。几个围在边上看热闹的成年人也哄笑起来。

"走开走开，你太小了。"卖树人反对道。

"我和我弟弟，我们一起就不算小了。"

她把尼利拉了上去。卖树人看了看他们：一个十岁的瘦弱女孩，面黄肌瘦，不过下巴还有点婴儿肥；那个小男孩，尼利·诺兰，长着金黄的头发、圆圆的蓝眼睛，纯真又可信。

"两个人一起，这不公平。"朋克尖叫着说。

"闭上你的粪嘴。"卖树人厉声说道，此刻他掌握着生杀予夺的大权，"这两个孩子勇气可嘉，大家都退后，看看这两个孩子怎么接树。"

其他人让出一条参差不齐的小道。弗兰茜和尼利站在小道一端，卖树人举着那棵大树站在另一端。两边的看客围成一个漏斗状，弗兰茜和弟弟站在漏斗口。卖树人伸了伸粗壮的胳膊，准备抛树。他发现小道尽头的两个孩子看上去那么弱小。一瞬间，卖树人的灵魂开始挣扎，仿佛有了耶稣被捕前在客西马尼园祈祷的体验。

"啊，耶稣基督，"他的灵魂备受煎熬，"我干吗不把树送给他们，说一声圣诞快乐，然后让他们回家？这棵树对我有什么用呢？今年不可能再卖出去了，也撑不到明年。"孩子们看着他神色肃穆地站在那里沉思。"但是，"他为自己开脱，"如果我这么做了，其他人也都指望我白白送树。明年，岂不是没人买我的树了？就这么白送？不，我没那么伟大，我没有伟大到那个地步。我还得想想我自己，想想我的孩子们。"他终于下定了决心。"唉，管不了那么多了！这两个孩子将来还要生活，也要习惯这个世道。他们要学会付出，学会接受惩罚。说实在的，在这该死的世上，哪有什么给予，全是索取、索取、索取，无时无刻地索取。"他竭尽全力把树抛了出去，内心却在哭泣，"这个该死的、肮脏堕落的世道！"

弗兰茜看见那棵树离开了卖树人的手。一瞬间，时间和空间都失去了意义。一个黑暗而可怕的庞然大物从空中向自己飞来，整个世界都静止不动了。飞速落下的大树屏蔽了她的记忆，她瞬间忘记了一切，忘记了自己还活着。暗无天日的那团黑暗正冲向自己，越来越大。树落下来砸到他们身上的时候，她趔趄了一下。尼利则被砸得跪在了地上，在他倒地之前，弗兰茜猛然将他拉起。大树轰然倒下，发出一阵巨大的嗖嗖声。眼前的一切都笼罩在黑暗中，她的眼里绿绿的，脸上刺刺的。紧接着，她感到头部一阵剧痛，原来是树干砸中了头部的一侧。她发现尼利浑身颤抖。

几个大男孩把树拉开，发现弗兰茜和弟弟手牵手直挺挺地站着。尼利的脸被划破，鲜血直流。此刻的他，蓝色的眼睛里充满困惑，看上去像个婴儿。在鲜红的血液映衬下，他的皮肤显得更白了。不过，姐弟两人都面带微笑。难道不是他们赢了社区最大的那棵树吗？男孩子们大声喊着："万岁！好极了！"几个成年人忍不住鼓起掌来。卖树人正话反说，大叫了一声：

"赶快滚吧，把你们的树拖走，两个小杂种。"

弗兰茜从能听懂话的那天起，就一直在听骂人的脏话。对这些人来说，脏话和粗话根本没有特殊的含义。这些不善言辞的人们词汇量有限，只好用粗话脏话来表达情感，这些脏话粗话就成了他们的方言。表达方式和语气不同，这些短语的意思就不同。所以，听到卖树人骂自己"小杂种"，弗兰茜对这个善良的男人腼腆地笑了笑。她知道他真正想说的是，"再见，上帝保佑你们。"

把这棵树拖回家并不容易，他们不得不一寸一寸地往前拉。有个男孩在旁边起哄捣乱，他跳上去骑在树干上，大声喊着，"搭便车了！都上车吧！"他们只好连他一起往前拖。不过，他最后也玩腻了这个游戏，就跳下来跑了。

他们花这么长时间才把树拖回家，在某种程度上这其实是件好事，延长了他们享受胜利的喜悦。听到一位女士说："我从来没见过这样大的树！"弗兰茜脸上泛起了红光。有个人在他们后面喊道："这两个孩子一定是抢银行了，买这么大一棵树。"街角的警察拦住他们，仔细检查了那棵树，郑重提出想花一毛钱买下这棵树，如果他们能帮他拖回家，他就付一毛五。弗兰茜知道他在开玩笑，但她还是抑制不住自己强烈的自豪感。她说，就算给一块钱，她也不卖。警察摇了摇头，说她是个傻姑娘，不会抓住商机。他又把价钱提高到两毛五，弗兰茜还是一边微笑一边摇头，"不。"

这情形就像圣诞剧的一幕，背景是一个街角，时间是一个寒冷的平安夜，角色是一个善良的警察，还有弟弟和她自己。弗兰茜知道所有的对话。警察的台词恰到好处，弗兰茜顺着他的台词对答如流，舞台指导就是他们对话之间的微笑。

他们不得不求助爸爸，帮他们把树运上狭窄的楼梯。爸爸跑步下楼，他步伐稳健，没有晃晃悠悠，说明他头脑清醒，没有喝醉。弗兰茜终于松了口气。

看到这么大一棵树，爸爸感到很惊讶，他诧异的表情让孩子们深感欣慰。他假装说这不是他们的树。弗兰茜假装苦口婆心劝他相信，尽管她始终知道这些都是开玩笑，但她还是乐在其中。爸爸在前面拖，弗兰茜和尼利在后面推，他们死拉硬拽，把那棵大树拖上三层狭窄的楼梯。乔尼兴奋不已，不顾夜深人静，开始唱起歌来。他唱的是《平安夜》。狭窄的楼梯墙壁接受了他清晰甜美的声音，略做停顿之后，又回荡出来，听起来更加甜蜜。邻居家的门纷纷打开，一户户的家人聚集在楼道上，又惊又喜地享受着生命中这一刻的意外收获。

弗兰茜看见泰莫尔姐妹一起站在门口，灰色的头发上夹着卷发器，宽松的长袍下露出又硬又皱的睡衣。她们跟着乔尼，尖声唱了起来。弗洛茜·加迪斯、她的母亲和她害痨病快死的弟弟亨尼，也都站在门口。亨尼正在哭泣，乔尼见此情景，连忙放低了声音，他想或许这歌声引得亨尼伤心了。

弗洛茜身穿化装服，等人送她去参加午夜后的化装舞会。她穿着克朗代克舞厅舞女的服饰，穿着薄款黑丝袜，脚蹬高跟鞋，一条红色吊袜带系在膝盖下，手里挥舞着黑色面具。她微笑着看着乔尼的眼睛，手放在臀部，斜靠在门柱上，摆出一副仪态万方的样子——至少她自以为如此。为了逗笑亨尼，乔尼说：

"弗洛茜，这棵圣诞树的顶部还缺个天使，劳烦你上来扮演一个？"

弗洛茜本来想用一句脏话来回应，说如果她爬那么高，底裤一定会被风吹掉。但她临时改了主意。那棵骄傲的大树，如今低声下气地被人拖来拖去，孩子们笑容满面，邻居们如此友善，过道里的灯低低地亮着。这一切使她羞愧，耻于说出那句脏话。她只是说了一句：

"哎呀，你不是在开玩笑吧，乔尼·诺兰。"

凯蒂独自站在最后一段台阶上，双手紧握在胸前。她听着歌声，低头看着他们慢慢地拖着树走上楼梯。她陷入了沉思。

"他们认为这样很好，"她想，"他们认为这样很好——他们免费赢得那棵树，他们的父亲竭力讨他们欢心，大家一起唱歌，邻居们欢天喜地。他们认为自己无比幸运地活着，现在又是圣诞节。他们看不到我们住在肮脏的街道上肮脏的房子里，这里的居民素质低下。乔尼和孩子们看不到，我们的邻居不得不在肮脏和污浊中苟且生活，苦中作乐，这是多么可怜又可悲啊。我的孩子必须摆脱这一切。他们一定要比乔尼过得好，一定要超越我，超越我周围的所有人！可是，该怎样帮孩子们脱离苦海？每天从这些书中读一页，在存钱罐里存点零钱，这些还远远不够。金钱！金钱会改善他们的生活吗？是的，金钱能使生活更加便捷。但是，光有钱远远不够。麦加里蒂在街角开了家酒吧，他有很多钱，他的妻子戴着钻石耳环，但他的孩子不如我的孩子善良，也不如他们聪明。他们为人很刻薄又贪婪，仗着有钱，他们总有办法戏弄穷人家的孩子。我曾在街上看到麦加里蒂的女儿吃一袋糖果，一群饥饿的孩子围着她看。我亲眼看到那些孩子围着她看，他们的心里在哭泣。她再也吃不下的时候，竟然把剩下的糖果扔进了下水道，也没有分给那些孩子吃。哦，不，光有金钱还不够。麦加里蒂的女孩每天都头戴不同的蝴蝶结，每个蝴蝶结值五毛钱，这钱可以养活我们一家四口一天。可是，她的红发又稀又薄又暗淡。而我的尼利虽然帽子上有个大洞，帽身严重走形，但他的卷发又浓又密又黄。我的弗兰茜头上没有戴蝴蝶结，但她的头发又长又闪亮。金钱能买到这样的东西吗？不能。这意味着一定有比金钱更重要的东西。杰克逊小姐在社区服务中心教书，但她没有钱，她为慈善组织工作。她住在顶楼一个小房间里。她只有一条裙子，却把裙子洗得干干净净、平平整整。和她说话的时候，她的眼睛会直视你的眼睛。听她说话的时候，你好像久病逢良医，她的声音有治愈功能。杰克逊小姐明白事理。她住在一个肮脏的社区，却能做到出淤泥而不染，她像剧中的女演员，可远观而不可亵玩。她和麦加里蒂太太迥然不同。麦加里蒂太太虽然腰缠万贯，但她太肥太胖，行为龌龊，竟然和给她丈夫送啤酒的卡车司机不清不白。那么，她和一文不名的杰克逊小姐有什么区别呢？"

凯蒂想到了一个答案。这个答案简单又意外，在她的脑海里一闪而过，仿佛突然袭来的一阵头痛。教育！就是教育！是教育发挥了作用！教育可以把他们从污浊中解救出来。证据呢？杰克逊小姐受过教育，而麦加里蒂太太却没有。哦！这是她的母亲——玛丽·罗姆利，多年来一直告诉她的道理，只是她没有明确说出这个字眼：教育！

看着孩子们拖着树挣扎着爬上楼梯，听着他们奶声奶气的声音，她又开始思考教育的问题。

"弗兰茜很聪明，"她心想，"她一定得上高中，或者走得更远上大学。她天生是块学习的料，将来肯定会出人头地。不过，如果她接受了教育，她就会疏远我。看吧，她现在就在疏远我。她不像我儿子那样爱我。我感觉她不喜欢我，也不理解我。她唯一能理解的是我不理解她。也许等她接受了教育，她会以我为耻，以我说话的方式为耻。不过到那时候，她已经修身养性，不会把羞耻之心表现出来。她会想方设法让我与众不同。她会来看我，让我按更好的方式去生活，而我对她总是很刻薄，因为我知道她在我之上。随着年龄的增长，她会明白很多世事；明白的世事越多，她的幸福感就越低。她会发现，我更宠儿子，不怎么爱她。这是事实，我也无法改变，但她不会理解。有时候，我觉得她现在已经知道这一点了。她已经开始疏远我了，她很快就会挣脱我，远离我。转到那所遥远的学校，就是她疏远我的第一步。但是，尼利永远不会离开我，这就是我最爱他的原因。他会黏着我，理解我。我希望他将来当医生，一定要当医生。也许他还可以拉小提琴。他有音乐天赋，那是他父亲遗传给他的。他的钢琴造诣远远超过弗兰茜和我。没错，他的父亲有音乐天赋，但这天赋不但对他没任何好处，反而正在摧毁他。如果他不会唱歌，那些招待他喝酒的人就不会拉上他。歌唱得再好，也不能让他自己和我们的日子得到改善，那有什么用呢？儿子的情况就完全不同了，他得接受教育。我必须想想办法。乔尼不会和我们在一起太久。亲爱的上帝，我曾经如此深爱过他——现在有时我还爱着他。但他真的是毫无用处……毫无用处。上帝啊，请原谅我发现了这一点。"

在他们爬楼梯的时候，凯蒂把一切想得明明白白。大家抬头看着她，只看到她光滑、漂亮、活泼的脸，却根本不了解她内心的痛苦挣扎，也不知道她绞尽脑汁做出的重大决定。

他们把圣诞树摆在前屋，底下铺了一张床单，防止松针落到粉色地毯上。他们把树放进一个大锡桶，用碎砖块围着，保持直立。绳子割断后，树枝张开，填满了整个房间。他们把钢琴用布罩住，把几张椅子摆放在树枝中间。虽然没钱买装饰品和灯，但有这棵大树摆在这里，也就足够了。房间很冷。那年他们很穷，穷得没钱买煤在前屋生炉子。房间里的气味寒冷、干净又芳香。树放在家里的那个星期，弗兰茜每天都会身穿毛衣，头戴帽子，跑进前屋，坐在树下。她坐在那里，享受着树的气息，欣赏着它暗绿色的枝条。

哦！一棵大树，曾经那么神秘，如今却困在一间出租房的前屋，困在一个锡桶里。

那一年，尽管他们很穷，但还是过了一个非常美好的圣诞节，孩子们并不缺礼物。妈妈给他们每人一件羊毛底裤，上面有背带，还有一件长袖羊毛衫，穿上去扎得人发痒。艾薇姨妈给他们送了一份共享礼物：一盒多米诺骨牌。爸爸教他们如何玩骨牌。尼利不喜欢这个游戏，于是爸爸就和弗兰茜一起玩。每次输了的时候，他都会假装懊恼不已。

外婆玛丽·罗姆利带来了自己做的好东西。她给每个孩子做了一件无袖外衣。她特意剪了两块椭圆形的鲜红羊毛织品，用亮蓝色的纱线在一个椭圆上绣了个十字架，另一个椭圆上绣着一颗金色的心，上面有一个棕色荆冠。一把黑色的匕首穿过那颗心，两滴深红色的鲜血从匕首尖上流淌下来。十字架和心都非常小，用细密的针脚缝制而成。两个椭圆形用一根胸衣线缝合在一起。玛丽·罗姆利来之前，已经把两件衣服带到牧师那里，请他祝福过了。把无袖外衣给弗兰茜套上头的时候，她用德语说了一句："神圣的圣诞节。"然后她又补充说，"愿你永远和天使同在。"

茜茜姨妈送给弗兰茜一个小包裹。她打开包裹，发现一个小火柴盒。火柴盒精美无比，上面覆盖着皱纸，皱纸上面画着小小的紫藤。弗兰茜轻轻打开盒子，里面有十个用粉色纸单独包裹的小圆盘。这些圆盘原来是金光闪闪的硬币。茜茜解释说，她买了一点金粉，和几滴香蕉油混合，把硬币一个个涂成了金色。弗兰茜最喜欢茜茜的礼物。收到礼物还不到一小时，她已经把火柴盒慢慢地打开了十几次，看着钴蓝色的纸和盒子里面干净的薄木片，弗兰茜感到无比快乐。金色的硬币用梦幻般的纸巾包裹着，这是一个百看不厌的奇迹。大家一致认为，这些镀金的硬币太漂亮了，最好不要花掉。那天，弗兰茜不知道在哪里丢了两枚。妈妈建议说，存钱罐里最安全。并答应说，等到打开存钱罐的时候，弗兰茜可以取回自己的金币。弗兰茜觉得妈妈说得有道理，硬币放在存钱罐里的确最安全，可是把金币扔进黑暗之中，这着实令人心痛。

爸爸给弗兰茜送了份特殊的礼物。那是一张明信片，上面有个教堂。屋顶上贴着粉末状的云母，比真正的雪更加闪亮。教堂的窗玻璃用闪亮的橙色小方纸做成。这张明信片的神奇之处在于，弗兰茜把它举起来的时候，光线会穿过纸板照进来，在闪闪发光的白雪上投射出金色的阴影，精美绝伦。妈妈说，明信片上没有写字，弗兰茜可以保存起来，明年寄给别人。

"哦，那不行。"弗兰茜双手护住卡片，紧紧扣在胸前。

妈妈笑了："你得经得起开玩笑，弗兰茜，否则以后有苦日子过呢。"

"圣诞节不是说教的时候。"爸爸说。

"不能说教，但是可以醉酒，是吗？"她勃然大怒。

"我只喝了两杯酒，凯蒂。"乔尼申辩道，"圣诞节人家请客的。"

弗兰茜走进卧室，关上了门。她无法忍受妈妈责骂爸爸。

晚饭前，弗兰茜就把自己给大家准备的礼物分发完毕。她送给妈妈一个放帽夹的盒子。她在奈普药店买了一个便宜的试管，试管外面裹上一层蓝色的缎带，缎带上缝上一条婴儿头饰带。这礼物可以挂在梳妆台的一侧，随时可以放帽夹。

她送给爸爸一根怀表带。她在一个线轴上钉了四根钉子，用两个鞋带在钉子周围缠绕，绕来绕去就会在线轴底部编出一个越来越长的表带。乔尼没有怀表，但他拿了一个铁水龙头垫圈冒充怀表，系上表带，装在背心口袋里。整整一天，他都假装自己带了怀表。弗兰茜给尼利准备了一件非常精美的礼物：一个五分钱的大弹子，这弹子看起来不像是弹子，倒像一个超大的猫眼石。尼利有一盒"小移民"，用黏土做的棕色和蓝色小弹子，一分钱可以买二十个。但他没有好弹子，没法参加重要的比赛。弗兰茜注视着他，只见他弯起食指，勾住弹子，用拇指在后面抵着。那样子看上去又好看又自然，她很高兴自己为弟弟添了一个好行头，幸亏当初改了主意，没买那把五分钱的气枪。

尼利把弹子塞进口袋，宣称他也有礼物要送。他跑进卧室，爬到小床底下，拿着一个黏糊糊的袋子走了出来。他把袋子塞给妈妈说："你来分发吧。"他自己则站到一个角落里。妈妈打开袋子，里面为每个人准备了一根条纹棒棒糖。妈妈欣喜若狂，她说这是她收到的最漂亮的礼物。她吻了尼利三次。弗兰茜竭力克制自己的嫉妒之情，妈妈对尼利太偏心，更把他的礼物当回事。

就在那个星期，弗兰茜又说了个大谎。艾薇姨妈带来两张演出票。某个新教组织打算为不同信仰的所有穷人举行一个庆典。庆典的舞台上会有一棵装饰过的圣诞树，还有圣诞剧和圣诞颂歌，还会给每个孩子准备一份礼物。凯蒂弄不明白，天主教的孩子参加新教组织的晚会，这算怎么回事啊。艾薇让她宽容些，别那么计较。她终于做了让步，允许弗兰茜和尼利去参加晚会。

晚会在一个大礼堂举行。男孩们坐在一边，女孩们坐在另一边。庆祝活动进展顺利，只是那个戏剧是宗教节目，有点枯燥乏味。演出结束后，教会里的女士们沿着过道走下来，给每个孩子送一份礼物。所有女孩得到的都是棋盘，男孩们拿到的是乐透游戏。又唱了一会儿，一位女士走上舞台，宣布要给大家一个特别的惊喜。

这个特别的惊喜是一个精心打扮的可爱的小女孩，她从舞台一侧走了上来，拿着一个漂亮的玩具娃娃。这个娃娃有一英尺高，有真正的黄头发，有能睁开又能闭上的蓝眼睛，还有真正的眼睫毛。那位女士领着孩子走上前来，发表了一段演讲。

"这个小女孩名叫玛丽。"小玛丽微笑着鞠了一躬。观众中的小女孩抬头朝她微笑，一些即将进入青春期的男孩尖声吹起了口哨。"玛丽的妈妈买了这个娃娃，还请人为它做了衣服，这套衣服和小玛丽身上穿的衣服一模一样。"

小玛丽上前一步，把娃娃举到空中。然后她让那位女士拿着娃娃，自己摊开裙摆，行了个屈膝礼。那位女士说得一点没错，弗兰茜看到娃娃穿着有蕾丝花边的蓝色丝裙，头上扎着粉红色的蝴蝶结，脚穿黑色漆皮鞋和白色丝袜，和漂亮的小玛丽的装束完全一样。

"现在，"那位女士说，"她要把这个娃娃送出去。这个娃娃也叫'玛丽'，是以这位善良的小女孩命名的。"小女孩又一次优雅地笑了笑。"玛丽想把娃娃送给观众席中某个名叫玛丽的穷女孩。"这话就像一阵风吹过玉米地，观众席中的小女孩开始交头接耳，窃窃私语。"观众中有没有名叫玛丽的穷小孩？"

大家突然安静下来。观众席中至少有一百个玛丽，但是"穷"这个形容词刺激了她们，她们选择默不作声。不管心里多么想要这个娃娃，没有一个玛丽愿意站出来，成为观众席中穷小孩的代表。她们开始交头接耳，告诉对方自己并不穷，家里有更好的娃娃，自己也有比那个女孩更好的衣服，只不过自己不想穿罢了。弗兰茜麻木地坐在原地，她一心一意想要得到那个娃娃。

"什么？"那位女士说，"没有名叫玛丽的？"她等了等，又宣布了一遍通知。仍然没人反应。她很遗憾地说："可惜这里没有人名叫玛丽。小玛丽得把娃娃带回家了。"那个小女孩微笑着鞠了一躬，转过身去，准备带着娃娃离开舞台。

弗兰茜受不了了，她再也受不了了。这和上次老师要把南瓜饼扔进废纸篓一样。她站起身来，把手高高举起。那位女士看到了，连忙拦住小女孩，不让她离开舞台。

"哦！我们的确有个玛丽，虽然羞羞答答，但总归还是玛丽。直接走上舞台吧，玛丽。"

弗兰茜又紧张又尴尬，她沿着长长的过道，向舞台走了过去。上台阶的时候，她绊了一跤，所有的女孩都在窃笑，男孩们则放声狂笑。

"你叫什么名字？"那位女士问。

"玛丽·弗兰茜斯·诺兰。"弗兰茜低声回答道。

"大声点。面向观众吧。"

弗兰茜痛苦地转身面向观众，大声说："玛丽·弗兰茜斯·诺兰。"台下所有的面孔看起来都像粗绳子扎口的大气球。她想，如果自己一直不停地看下去，那些面孔就会飘到天花板上。

那个漂亮的女孩走上前来，把洋娃娃放在弗兰茜的怀里。弗兰茜的胳膊自然地挽成曲线，抱住了娃娃，好像她的胳膊天生就在等着抱那个娃娃。美丽的玛丽伸出手等待弗兰茜来握。尽管弗兰茜又尴尬又困惑，但她还是看见了那只娇嫩的小白手，手上分散着浅蓝色的血管，椭圆形的指甲闪闪发亮，像精美的粉色贝壳。

弗兰茜尴尬地退回自己的座位上，那位女士还在继续讲话。她说："你们今天都见证了什么是真正的圣诞精神。小玛丽家里非常富有，她在圣诞节收到了很多漂亮的娃娃。但她并不自私，她想让一个没她那么幸运的穷玛丽开心快乐，于是她把娃娃送给了那个和她同名的穷玛丽。"

热泪刺痛了弗兰茜的双眼。她痛苦地想，"他们为什么不能直接把娃娃送出去，非要说我穷，说她富呢？为什么不直接送出去，非要啰里啰唆说那么一大堆话？"

弗兰茜受到的羞辱还不只这个。她沿着过道走下来的时候，女孩们身子朝她斜过来，压低嗓子，轻蔑地喊着："叫花子，叫花子，叫花子。"

一路走来，过道里全是"叫花子，叫花子，叫花子"的叫骂声。那些女孩以为自己比弗兰茜更富有，其实她们和她一样穷，只不过她们有弗兰茜身上缺少的东西——尊严。弗兰茜知道这一点。当众撒谎，冒名顶替领取娃娃，她对自己的行为没有丝毫悔意。为了谎言，为了娃娃，她已经付出了代价，放弃了尊严。

她记得那位老师说过，谎言不能说，但是可以写出来。也许她不该上台冒领娃娃,她应该把这个情节写成故事才对。但是不行!真正拥有娃娃当然比讲娃娃的故事强得多。演出结束的时候,大家站起来一起唱《星条旗之歌》的时候,弗兰茜低头把脸靠近娃娃的脸。油漆瓷器散发着清香凉爽的气味,娃娃头发上神奇的味道令人难以忘怀,娃娃身上的新纱衣服摸上去妙不可言。娃娃的真睫毛碰了碰她的脸颊,她欣喜若狂、浑身发抖。孩子们在唱:

> 在这自由的国家,
> 在这勇士的家园……

弗兰茜紧紧握着娃娃的一只小手,恰好自己大拇指的神经跳了一下,她以为是娃娃的手在动。她几乎相信这个娃娃是活的。

弗兰茜告诉妈妈,这个娃娃是她的奖品,她不敢实话实说。妈妈讨厌任何打着慈善旗号的东西,如果她了解真相,一定会把娃娃扔掉。尼利也没有告发她。弗兰茜就这样拥有了这个娃娃,但她的灵魂上又多了一个谎言。那天下午,她写了一个故事:有个小女孩非常想要一个娃娃,为了得到娃娃,她愿意让自己不朽的灵魂下炼狱。这是一个感人至深的故事,但弗兰茜读了一遍后,心想,"这对故事里的女孩来说倒没什么,但对我却不一样,我还是感觉不舒服。"

她想,下星期六一定要去做忏悔,到时候无论神父给她什么苦行,她都要自愿加双倍完成。但她还是感觉不很难过。

这时候她灵机一动,想了个主意,也许她可以把谎言变成事实!她知道,天主教的孩子举行坚信礼的时候,大人们会挑圣贤的名字给孩子取个中间名。多么简单的解决方案啊!接受坚信礼的时候,她一定要选"玛丽"这个名字。

那天晚上,读完《圣经》和《莎士比亚》之后,弗兰茜想和妈妈商量商量。

"妈妈，我受坚信礼的时候，可不可以用'玛丽'做中间名？"

"不可以。"

弗兰茜的心沉了下去。"为什么？"

"因为你受洗的时候，用了安迪的姑娘的名字，叫弗兰茜。"

"我知道了。"

"不过，你也用了我母亲的名字'玛丽'。你的真名是玛丽·弗兰茜斯·诺兰。"

弗兰茜带着娃娃上床睡觉。她静静地躺着，生怕打扰了娃娃。夜里她不时醒来，低声呼唤着"玛丽"，手指轻轻抚摸着娃娃的小鞋。摸着那薄薄的、柔柔的、滑滑的皮革，她不由得一阵颤抖。

这是她生平第一个娃娃，也是最后一个娃娃。

28

对凯蒂来说，未来就在眼前。她说话总是一套一套的："不知不觉，圣诞节就到了。"假期开始的时候，她会说："不知不觉，学校就要开学了。"春天来了，弗兰茜脱下长袖内衣，兴高采烈地扔在地上，妈妈让她把衣服捡起来，说："你很快还得穿这些衣服，冬天不知不觉就来了。"妈妈在说什么啊？春天才刚刚开始，冬天再也不会来了。

小孩子对未来没有概念，他们能想到的最远的未来恐怕就是下星期，而两个圣诞节之间的一年则是最漫长的时间，漫长得像永恒。弗兰茜十一岁之前，就是这么理解时间的。

在她十一岁到十二岁的生日之间，情况发生了变化。未来比以前跑得更快了，日子似乎更短了，一周的天数似乎更少了。亨尼·加迪斯死了，弗兰茜对时间的理解也与此事有关。她早就听说亨尼快死了，她听了无数遍，最后终于相信他将来真的会死，但她以为他的死期尚早呢。现在，遥遥无期的未来竟然就在眼前。曾经的未来变成了现在，而且还会成为过去。弗兰茜想知道，是不是非得有人去世，小孩子才能明白这个道理。可是，不对啊，她记得在她九岁的时候，在她第一次参加圣餐礼一周后，祖父罗姆利就去世了，那时候圣诞节似乎还那么遥不可及。

变化来得太快，弗兰茜都被弄糊涂了。尼利比她小一岁，却突然猛长，比她高出一头。莫蒂·多纳文搬走了。三个月后，她回来玩耍，弗兰茜发现她变了。就在这三个月里，莫蒂身上多了些女人味。

弗兰茜以前觉得妈妈总是对的，但她现在发现妈妈偶尔也会犯错。她还发现，她自己深爱的爸爸身上的某种品质，在他人眼里可能是滑天下之大稽。茶叶店的磅秤不再那么闪闪发亮了，她发现店里箱柜上的油漆也脱落了，看上去破破烂烂的。

星期六晚上，她不再观望托莫尼先生从纽约短途旅行回家。突然间，她觉得他这样的生活方式很蠢，又想去纽约，又舍不得家里要回来。他有的是钱，既然这么喜欢纽约，为什么不直接搬到那里呢？

一切都在变化。弗兰茜惊慌失措，她的世界正在从她身边溜走，取而代之的又将是什么呢？不过，到底是哪里不同呢？和往常一样，她每天晚上都会读一页《圣经》和《莎士比亚》，她每天练一小时钢琴，她照常给存钱罐里放硬币。垃圾回收站还在原地，其他商店都是老样子。一切都没有改变。她，才是那个正在改变的人。

她把这件事告诉了爸爸。爸爸让她伸出舌头，摸着她的手腕把了个脉。他悲伤地摇了摇头，说：

"你得了重病，很重很重的重病。"

"什么病啊？"

"成长病。"

成长是件破坏性很强的事情，它拆穿了饥饿时家里人玩的游戏。没有东西吃的时候，家里人就会玩游戏打发时间。钱花光了，食物耗尽了，凯蒂和孩子们就假装是北极探险家，被暴风雪困在一个洞穴里，只有一点食物。他们必须坚持，等待救援到来。妈妈把碗橱里仅有的食物分成小份，美其名曰"口粮"。孩子们吃完饭后还是很饿，她会说："加油，伙计们，救援很快就会到来。"有点小钱的时候，妈妈会买很多食品，还会买个小蛋糕庆祝庆祝，她会在蛋糕上插一根廉价的旗子，说："我们胜利了，伙计们。我们到达北极了，我们到达北极了。"

一天，获得"救援"之后，弗兰茜问妈妈：

"探险家忍饥挨饿，那是有原因的。苦难之后能取得大成就，他们发现了北极。但是，我们这样饥肠辘辘的，图个啥？"

凯蒂突然显得精疲力竭，她说了句弗兰茜听不懂的话。她说："你看清里面的猫腻了。"

成长颠覆了剧院在弗兰茜心目中的地位——确切地说，不是剧院，而是戏剧。她发现自己对无巧不成书的桥段越来越不满意了。

弗兰茜非常喜欢剧院。她曾经想当女风琴手，后来想做教师。第一次参加圣餐会后，她想当修女。十一岁的时候，她想做演员。

威廉斯堡的孩子就算一无所知，可他们对这里的剧院还是略知一二的。那时候，社区有许多好剧院：布兰尼、科斯佩顿和菲利普莱斯。后者就在街角，只要能凑出一毛钱，弗兰茜每个周六下午都会去那里（除了夏天关门的时候）。为了抢到第一排的好位子，她经常在展览开始一小时前就在走廊里排队等候。

她迷上了男主人公哈罗德·克拉伦斯。星期六日场过后，她会在后台出口等候，跟随他走到那幢破旧的褐石房子，他低调地住在这么个简陋的房间里。就算走在大街上，他也老是摆出演员的派头，走起路来，双腿挺直。他脸色粉红，好像涂了青春的油彩。他从容悠闲地走着，目不斜视，嘴里抽着一支上好的雪茄。进屋之前，他把雪茄扔掉，因为房东不允许这位伟人在她的房间里抽烟。弗兰茜站在路边，虔诚地俯视着那个被丢弃的烟头。她把烟头上的纸环拿下来，在自己手指上戴了一个星期，假装那是他给她的订婚戒指。

有个星期六，哈罗德和剧社同伴演出《牧师的情人》。英俊的乡村牧师爱上了女主人公格里·莫尔豪斯。不知怎么的，女主角不得不到一家杂货店干活儿。有个坏女人也爱上了年轻帅气的牧师，她故意过来挑衅女主人公。她浑身珠光宝气，昂首阔步地走进店铺，颐指气使地点了一磅咖啡。令人心惊肉跳的时刻到来了！只见她大声吼道："给我磨碎！"观众席发出痛苦的呻吟声。纤细柔美的女主角根本无法转动那个巨大的轮子，而她的工作恰恰要求她必须研磨咖啡。她像往常一样使出浑身力气，但是那个轮子依然一动不动。她苦苦哀求，告诉坏女人说自己实在需要这份工作。坏女人只是重复说，"给我磨碎！"败局似乎已定，英俊的红脸哈罗德身穿牧师服走了进来。了解了事情的来龙去脉，他用一个戏剧性的手势，把牧师帽扔到了舞台对面，直挺挺地走到咖啡机前，把咖啡磨碎了，就这样拯救了女主人公。现磨的咖啡香气四溢，弥漫着剧院，观众刚开始心怀敬畏，鸦雀无声，紧接着就出现了喧嚣和混乱。真正的咖啡！名副其实的假戏真做！人人都见过磨咖啡不止千次，但是看舞台上现磨咖啡，这可是前所未有的头一回。那个坏女人咬牙切齿地说："又失败了！"哈罗德拥抱着格里，格里满脸骄傲，大幕落下了。

中场休息的时候，弗兰茜没有和其他孩子一起，给贵宾座（三毛钱一位）的富豪们吐唾沫。相反，她在思考落幕时的情况。一切都安排得恰到好处，关键时刻，英雄救美，现磨咖啡。可是，如果英雄没有出现，那怎么办？女主角可能就会被开除。被开除其实也没关系，那然后又该怎么办呢？等她饿了，她就会出去再找一份工作。像妈妈一样出去帮人擦地板，或者像弗洛茜·加迪斯那样敲男人的竹杠。杂货店的工作很重要，这只是剧情需要罢了。

接下来的一个周六，她又看了一场戏，仍然觉得不满意。好吧，失散已久的情人及时赶回家，偿还了房屋抵押贷款。如果他遇事无法及时赶回，不能成功还债怎么办？房东会限定他们三十天内搬出去——至少布鲁克林是这样规定的。在那个月里，可能会出现一些转机。如果依然无力支付，他们就得搬走，所以，他们必须想办法解决。漂亮的女主人公就得去工厂打零工，她敏感的弟弟得出去卖报纸，母亲得每天出去打扫卫生。但他们一定会活下去，相信他们会活下去的。弗兰茜冷冷地想，没那么简单。

弗兰茜不明白为什么女主人公不嫁给那个恶棍。嫁了，房租问题就解决了。她不待见他，而他却爱得如此深沉，愿意为她四处奔波，这样的男人实在不能视而不见。至少，当男主人公在外疯狂瞎跑的时候，他还陪在身边。

她自己为那出戏写了第三幕，也就是后续。她用对话写剧本，觉得轻而易举。讲故事的时候，你得解释人物的行为，写对话就不用，对话里的人物会解释自己的所作所为。弗兰茜会沉醉在自己的对话里，不能自拔。她又一次改变了自己的未来职业规划，她决定不做演员，她要做一名剧作家。

29

就在那年夏天，乔尼突然冒出一个念头：孩子们在慢慢长大，不能对冲刷布鲁克林海岸的大海一无所知吧。乔尼觉得，他们应该乘船出海。他决定带孩子们去卡纳西划船，顺便去深海钓钓鱼。他从来没有钓过鱼，也从来没有划过船。可他就是这么想的，也打算这么干。

除了这个突发奇想的念头，乔尼还有另一个想法，一个只有他自己能理解的想法，他想带小蒂莉一起去旅行。小蒂莉是邻居家一个四岁的孩子，他根本不认识她。事实上，他见都没见过小蒂莉，但他却想补偿一下这个孩子，因为小蒂莉的哥哥古西是个十足的奇葩。总之，卡纳西之行捆绑了太多的奇思妙想。

古西是个六岁男孩，是社区里臭名昭著的传奇人物。他生性邪恶，下嘴唇肥大。他和其他婴儿一样出生，和其他孩子一样吃奶，除此之外，他与任何孩子——不管是活的还是死的——都没有半点相似之处。九个月大的时候，妈妈打算给他断奶，他拒不接受。不给他吃奶，他就拒绝吃奶瓶，不吃不喝，就这么躺在摇篮里呜咽。妈妈怕他饿死，只好继续给他喂奶。他心满意足地吮吸着，他拒绝吃其他东西，只吃妈妈的奶水。直到快两岁的时候，妈妈又怀上了孩子，奶水自然就断了。古西闷闷不乐，在漫长的九个月里，他一直在等待时机。他拒绝喝任何形式、任何包装的牛奶，却迷恋上了黑咖啡。

小蒂莉出生之后，他的妈妈又有奶水了。第一次看到婴儿吃奶，古西变得歇斯底里。他躺在地上，大喊大叫，脑袋四处乱撞。

他绝食四天，也不上厕所。看到他面容憔悴，妈妈既心疼又害怕，心想再给他吃一次奶也没什么大碍吧。但她大错特错了。古西就像是长期断了毒品的瘾君子一样，一旦续上，他就不会放手。

从那时起，他独霸了母亲的奶水，病恹恹的小蒂莉只能去喝奶瓶。

古西那时候三岁，体形比同龄的孩子大些。和其他男孩一样，他身穿及膝短裤，脚穿铜头鞋。一看到妈妈解开衣服扣子，他就立刻跑上去。他喝奶的时候站着，一只手肘放在妈妈的膝盖上，双脚心满意足地交叉着，眼睛望着房间滴溜溜乱转。站着吃奶并不是什么了不起的本事，因为他母亲的乳房硕大如山，衣服松开后，乳房会摊在腿上。古西吃奶的样子着实可怕，看起来就像大男人，一个脚踩在酒吧栏杆上，嘴里叼着粗大的淡色雪茄。

邻居们发现古西的古怪行为，都在背后窃窃私语，议论他的病态。古西的父亲觉得颜面扫地，不愿再和老婆同床共枕，他说老婆养了只怪物。这个可怜的女人绞尽脑汁想给他断奶。她下定决心，要给这个大块头把奶断掉。他都快四岁了，她真怕他换牙的时候出什么岔子。

有一天，她去商店买了一罐炉子用的黑油和一把刷子。她把自己关在卧室里，用黑油把左胸涂得乌黑，又用口红在乳头附近画了张宽大丑陋的嘴巴，上面还有獠牙。然后她扣好衣服，走进厨房，坐在窗边喂奶的椅子上。古西一看到她，立刻就把正在玩的骰子扔到洗衣盆下面，小跑着过来喝奶。他交叉着双脚，把胳膊放在妈妈的膝盖上，就这么等着。

"古西想喝奶了，是吗？"妈妈用甜言蜜语哄骗他。

"是的。"

"好吧，那古西要好好喝奶哦。"

她猛然扯开衣服，把那只可怕的乳房推到他的面前。古西被吓得差点瘫倒，等回过神来，他尖叫着跑开，躲到了床底下，二十四小时都没敢出来。最后，他浑身颤抖地爬了出来。这之后，他又开始喝黑咖啡了。每当看到妈妈的胸部，他都会不寒而栗。古西终于断奶了。

他妈妈向邻居们大肆宣扬她的成功事迹，从此开启了一种新的断奶风潮，美其名曰"古西式断奶"。

听了这个故事后，乔尼对古西嗤之以鼻，不屑一顾。他更关心的是小蒂莉。他想，这孩子被人夺走了人生中某些很宝贵的东西，成长过程中或许会有挫败感。他想，带她去卡纳西海岸划船，或许会稍稍抵消她那变态哥哥对她的伤害。于是，他让弗兰茜去问小蒂莉的家人，是否愿意让小蒂莉和他们一起去。那位疲惫不堪的母亲愉快地答应了。

接下来的那个星期天，乔尼和三个孩子出发前往卡纳西。弗兰茜十一岁，尼利十岁，蒂莉三岁多。乔尼身穿燕尾服，头戴礼帽，穿着新的假衬衣和纸衣领。弗兰茜和尼利则穿着平常的衣服。为了纪念这个特殊的日子，小蒂莉的妈妈给她穿了一条便宜但华丽的蕾丝裙子，裙子边上围着深粉色的丝带。

乘电车的时候，他们坐在前排，乔尼和司机交上了朋友，他们一路谈论着政治。他们在最后一站，也就是卡纳西站下车，找到了一个小小的码头，码头上有一个简陋的棚屋。几艘浸水的小船在水里上下颠簸，左右晃动。船上系着破破烂烂的绳子，绳子的一端拴在码头上。棚屋上方有个牌子，上面写着：

出租渔具和船只

底下有个更大的牌子，上面写着：

此处出售新鲜活鱼

乔尼和老板讨价还价，三言两语间，两人成了好朋友。那人邀请他到棚屋里去开开眼界，说他自己只在夜间垂钓时才用这玩意儿。

乔尼进屋开眼界的时候，尼利和弗兰茜站在外面困惑不已，夜间垂钓的东西，能开什么眼界呢？小蒂莉穿着蕾丝裙站在那里，一句话也没说。

乔尼出来时，手里拿着鱼竿和生锈的锡罐，罐里装满了带泥的蚯蚓。那位友好的船夫解开一条稍微好点的船，把绳子放到乔尼手里，祝他好运，然后自己回屋去了。

乔尼把渔具放进船舱里，安顿孩子们坐上船。然后他蹲在码头上，手里拿着那根绳子，给孩子们讲解坐船指南。

"上船的方式，有正确和错误之分。"乔尼说道。事实上，除了上次集体出游，他从来没有坐过船。"正确的方法是：先推一下船，趁船还没漂出去多远后，赶紧跳上去。就像这样。"

他直起身子，推了一下船，准备跳上去……结果掉进了水里。孩子们目瞪口呆地望着他。前一秒，爸爸还高高地站在码头上；下一秒，他就掉进下面的水里了。水漫过了他的脖子，淹到了那打过蜡的小胡子上，只有他的帽子仍旧稳稳地扣在头上。乔尼和孩子们一样大惊失色，他瞪了他们半天，才说：

"你们几个小毛孩，谁也不许笑！"

他狼狈地爬上船，差点把船弄翻。孩子们不敢放声大笑，弗兰茜在肚子里闷笑，连肋骨都笑疼了。尼利不敢看姐姐，他知道，如果他们两人对视，一定会笑出声来。小蒂莉什么也没说。乔尼的假衬衣和纸领子变成了一摊纸糊的烂泥。他把这些玩意儿脱下来，扔到海里。他开始划船出海，犹犹豫豫却显得镇定自若。划着划着，来到了一个他自认为还不错的地方，他宣布，要在此处"抛锚"。孩子们很失望，他们原以为"抛锚"是个很浪漫的事，没想到竟然是将拴在绳子上的铁块扔到海里而已。

他们惊讶地看着爸爸将一条浑身是泥的蚯蚓穿到鱼钩上。钓鱼就这样开始了，整个过程就是：上鱼饵，迅速抛出，耐心等待一会儿，再拉上来，鱼饵不见了，鱼也没上钩。然后把上述过程再来一遍。

太阳越来越晒，越来越热。乔尼的燕尾服晒干了，变成了硬硬的、皱巴巴的绿色外套。孩子们被晒得头昏眼花。似乎过了几个小时，爸爸才说该吃饭了，孩子们如释重负，兴高采烈。他收起渔具，放好之后拉起锚，向码头划去。船似乎在打转转，离码头越来越远。最后，他们又划了几百码，才终于上了岸。乔尼将船系好，转身上了码头，他让孩子们在船上等着，说要招待他们一顿丰盛的午餐。

不一会儿，他就回来了，手里拿着热狗、越橘馅饼和草莓汽水。他们坐在摇摇晃晃的小船上，小船连着破破烂烂的码头，他们看着下面黏稠的绿色海水，水里散发着腐烂的鱼腥味。他们就这么吃了起来。乔尼在码头上喝了几杯，酒后良心发现，后悔自己刚才对他们大喊大叫。他告诉他们，他们想笑他落水就笑吧。但不知怎的，他们都笑不出来了。时间过去了，笑点没了。弗兰茜心想，爸爸可真有趣。

"这才叫生活啊。"他说，"远离尘世的喧嚣。啊，没有什么能比得上坐船出海。我们要远离这一切。"最后，他莫名其妙地说了这么一句。

大餐过后，乔尼又划船出海了。汗水从他的礼帽下涌出，小胡子上抹的蜡也融化了，精心修饰的胡须变成了一团杂乱的毛发，散落在上唇。不过，他自我感觉良好，一边划船一边放声高歌：

起航，起航，划向群岛环绕着的海洋……

他划了一圈又一圈，一直打转无法出海。最后，他的双手磨出了很多水泡，他不想再划船了。于是，他戏剧性地宣布，他准备靠岸了。他划呀划，圈子兜得越来越小，最后终于靠近码头了。他根本没有注意到，三个孩子被晒得像甜菜一样通红，没晒到的地方则像豌豆一样发绿。热狗、越橘馅饼、草莓汽水和鱼钩上的蚯蚓，所有这些对孩子们没有任何好处，可惜他根本不知道这一点。

船靠岸后，他跳上了码头，孩子们也学着他的样子，跳上码头。其他人都成功了，只有蒂莉掉进了水里。乔尼趴在码头上，伸手把她捞了上来。小蒂莉站在那里，她的蕾丝裙湿了也毁了，但她一句话也没说。虽然天气酷热难耐，但乔尼还是脱下他的燕尾服，跪在地上，把蒂莉裹了起来。礼服的袖子就这么在沙地上拖着。乔尼把她抱起来，在码头上走来走去，拍着她的后背安抚她，给她唱催眠曲。小蒂莉无法理解那天发生的一切，她不明白为什么自己会被送上船，为什么自己会掉进水里，为什么这个男人对自己如此关心。可她什么也没说。

当乔尼觉得她情绪已经稳定了，便将她放下来，走进了小棚屋，不知道他是想开开眼界，还是想夜间垂钓。他花了两毛五分钱，从船夫那里买了三条比目鱼。湿漉漉的鱼用报纸包着，他捧着报纸走了出来。他告诉孩子们，他答应要给妈妈带现钓的新鲜鱼回家。

"最重要的是，"爸爸说，"我带回家的，是在卡纳西钓到的鱼。至于是谁钓的又有多大关系呢？重要的是我们去钓鱼了，还把鱼带回了家。"

孩子们知道，他想让妈妈觉得是他自己钓到了鱼。爸爸并没有让他们撒谎，他只是想让他们不要太纠结于真相。孩子们心领神会。

他们上了一辆电车，车上有两排座椅，他们坐成了一排，样子滑稽可笑。坐在最前面的是乔尼，他穿着皱巴巴的绿色裤子，浸过盐水的布料硬邦邦的，里面的衬衣上有很多洞，他头戴礼帽，胡子乱糟糟的。接着是蒂莉，她被裹在礼服里，密不透风，盐水从大衣下面滴落下来，在地上滴出了一个咸水摊。最后是弗兰茜和尼利，他们的脸红得跟砖头似的，他们直挺挺地坐着，努力装出没病的样子。

人们陆续上了车，坐在对面，好奇地盯着他们。乔尼坐得笔直，鱼放在腿上，尽量不去想衬衣上的破洞。他将目光看向乘客的头顶，假装在研究缓泻药片的广告。

车上的人越来越多，车里变得很拥挤，但谁也不愿意坐在他们这一行人旁边。最后，一条鱼从湿透的报纸中钻了出来，掉在了地上，黏糊糊的，沾满了灰。小蒂莉终于忍不住了，她看着那条鱼呆滞的眼睛，什么也没说，悄无声息地吐了起来，吐得彻彻底底，乔尼的礼服没有一片幸免。弗兰茜和尼利仿佛正在等候信号，也跟着吐了起来。乔尼坐在那里，腿上放着两条赤裸裸的鱼，脚下还躺着一条，但他坚持盯着广告，他不知道自己还能做什么。

这次令人啼笑皆非的旅行终于结束了，乔尼把小蒂莉送回家，觉得自己有必要解释一番。可蒂莉的妈妈根本不给他解释的机会，看到湿漉漉、脏兮兮的孩子，她忍不住尖叫起来。她把外套扒下来，扔到乔尼的脸上，骂他是"开膛手杰克"。乔尼想方设法想要解释清楚，但她根本不听。小蒂莉一句话也不说。最后，乔尼终于插上了话。

"夫人，您的小女儿还没开口说话呢。"

听了这话，那位母亲更加歇斯底里了。"都是你干的好事，都是你干的好事。"她对着乔尼大喊大叫。

"您能不能让她说点什么？"

那位母亲抓住孩子，把她晃来晃去。"你说话啊！"她尖叫着，"说点什么。"最后，小蒂莉张开了嘴巴，高兴地笑着说："谢谢。"

凯蒂把乔尼臭骂了一顿，说他根本不配有孩子。孩子们因为严重中暑，身体忽冷忽热。看到乔尼唯一的礼服被毁，凯蒂差点哭了。要想把礼服洗好熨好，至少得花一块钱，而且也很难再恢复原样。至于那些鱼，已经腐烂得不能吃了，只好扔进垃圾桶。

孩子们上床了。他们一会儿冷，一会儿热，一会儿又恶心得想吐。他们把头埋在被子里，想起爸爸站在水里的滑稽模样，忍不住发笑，笑得床都在抖。

乔尼在厨房窗户边坐了很久，一直坐到深夜。他百思不得其解，为什么一切都搞砸了？他唱过很多坐船出海的歌，歌词里都有号子和口令。他不明白，为什么现实和歌曲所唱的不一样呢？孩子们本该兴高采烈地回来，他们应该对大海满含深情，而他也应该带着各种鱼儿满载而归。为什么？为什么结果和歌曲中唱的不一样？为什么手会起水泡？为什么衣服会毁掉？为什么孩子会晒伤？为什么鱼会腐烂？为什么小蒂莉的母亲无法理解他的好意，根本不在意结果？他想不明白，他百思不得其解。

有关大海的歌曲欺骗了他。

30

"今天，我变成女人了。"十三岁那年夏天，弗兰茜在她的日记中写道。她看着这个句子，心不在焉地在光腿上抓了抓蚊子叮过的伤口。她低头看了看自己瘦长却没有发育完全的双腿，画掉了那个句子，重新开头。"很快，我就会变成女人了。"她低头看了看自己的胸部，发现那里平得像搓衣板，就把那页纸撕了下来，换了一页新纸重新开始。

"党同伐异，"她用铅笔用力地写道，"会引起战争、大屠杀、钉十字架和私刑。党同伐异使大人虐待小孩，折磨彼此。世界上大部分邪恶、暴力、恐怖、心碎和灵魂破碎都可以归因于党同伐异。"

她把这段话大声念了一遍。这些话听起来像罐头里的食物，新鲜的味道已经被煮没了。她把日记本合上，收了起来。

* * *

那个夏天的星期六，应该载入她的日记本，那是她一生中最快乐的日子。她第一次看到自己的名字变成了印刷体。学校在年底出版了一份校刊，里面精选了每个年级最优秀的一篇作文。弗兰茜的作品《冬日时光》被选作七年级的最佳作品，刊登在校刊上。校刊一毛钱一本，弗兰茜只能等到周六才能去买。可是学校周五就放暑假了，弗兰茜担心自己买不到校刊。但是詹森先生说，他周六会正常上班，如果她带一毛钱过来，就给她一份校刊。

午后，她站在家门口，把杂志翻到有自己作文的那一页，希望有人路过，好拿给他看看。

午饭的时候，她已经给妈妈看了一次，但妈妈得回去上班，没有时间细看。午饭期间，弗兰茜反复说自己的作文发表了，至少提了五次。最后，妈妈终于开口了：

"是的，是的，我知道了。这一切我都看到眼里了。以后还会有更多文章发表出来，你会习惯的。现在，就不要让这件事冲昏头脑了，还有盘子要洗呢。"

爸爸当时在工会总部，他要到星期天才能看到校刊，但弗兰茜知道他一定会很高兴的。于是她站在街上，腋下夹着这份荣耀。她对这杂志爱不释手，时不时地看一下自己的铅字名字，兴奋之情丝毫不减。

她看见一个叫乔安娜的女孩从不远处那栋楼里走了出来。乔安娜正推着婴儿车带孩子出来透透气。那些出来购物的家庭主妇一望见她，就立刻在人行道上停下来，开始交头接耳、说长道短。你看，乔安娜还没有结婚，她现在惹上大麻烦了，她的孩子是私生子——这个社区的人不用"私生子"这个词，取而代之的是"杂种"。这些良家女人觉得乔安娜没有权利在光天化日之下这么傲气十足地带孩子出来。她们觉得她应该把孩子藏在某个黑暗的角落。

弗兰茜对乔安娜和她的孩子充满了好奇。她听到妈妈和爸爸谈论过他们。小推车经过的时候，她一直盯着婴儿看。小家伙愉快地坐在推车里，模样漂亮又可爱。也许乔安娜是个坏女孩，但可以肯定的是，她把孩子打扮得比那些良家妇女的孩子更甜美、更精致。孩子戴着一顶漂亮的褶边兜帽，身穿干净的白色衣裙，脖子上围着围兜。手推车的车盖一尘不染，车盖上的刺绣渗透着浓浓的母爱。

乔安娜在一家工厂上班，她的母亲负责照顾孩子。这位老母亲不好意思把孩子带出来，所以孩子只有在乔安娜周末休息的时候才有机会出来透透气。

是的，弗兰茜断定，那是个漂亮的孩子，看上去像乔安娜。弗兰茜还记得，那天爸爸和妈妈谈论她的时候，爸爸是如何描述她的。

"她的皮肤就像木兰花的花瓣。"（乔尼从未见过木兰花。）"她的头发黑得像大乌鸦的翅膀。"（他从来没见过这种鸟。）"她的眼睛又深又黑，就像森林里的水池。"（他从来没有去过森林，他唯一知道的池子是赌场的赌池，每个人在赌池里放一毛硬币，猜测道奇队的比分是多少，谁猜对，钱就归谁。）他准确无误地描述了乔安娜的相貌，她是个漂亮的女孩。

"也许是吧，"凯蒂回答说，"可是她的外表有什么用呢？红颜祸水。我听说她的母亲也没结过婚，未婚生了两个孩子。现在，儿子在新新监狱，女儿又有了这个私生子。这家人的血脉也许中邪了，你再多愁善感也于事无补。当然，"她又以一种惯常的超然态度补充道，"这不关我的事。我也不必插一杠子。我没必要因为她做错了事而出去啐她一口，我也没必要因为她做错了事把她收养在家。她生下这个孩子，注定要吃苦受累，和结了婚生孩子一样痛苦。如果她骨子里是个好女孩，她就该从痛苦和耻辱中吃一堑长一智，从此洗心革面。如果她生性恶劣，那她也不会在意大家的态度。所以，如果我是你，乔尼，我就不会怜香惜玉。"突然，她转向弗兰茜，"乔安娜就是前车之鉴，你要引以为戒啊。"

就在这个星期六下午，看着乔安娜走来走去，弗兰茜想知道自己究竟要怎么"引以为戒"。乔安娜为她的孩子自豪，要以此为戒吗？乔安娜只有十七岁，她待人和善，也希望大家都能善待她。她对那些冷冰冰的良家妇女笑脸相迎，可是，见她们横眉冷对，她也收起了笑容。她冲街上玩耍的孩子微微一笑，有些孩子也还以微笑。她对弗兰茜笑了笑，弗兰茜也想还以微笑，但却没笑。所谓的"引以为戒"，难道就是不要搭理乔安娜这样的女孩？

那些循规蹈矩的家庭主妇，怀里抱着一袋袋的蔬菜和一包包的肉，那天下午似乎无所事事，不停地扎堆聚集，互相交头接耳。乔安娜经过的时候，她们立刻打住，等她刚一走开，她们就又开始窃窃私语。

每次经过，乔安娜的脸颊都会变得更粉嫩，头昂得更高，裙子在身后摆得更有挑战性。她似乎越走越漂亮，越走越骄傲了。她经常有意无意地停下来，调整婴儿的小被子，摸摸婴儿的小脸颊，温柔体贴地朝着孩子微笑。这一切彻底激怒了那些娘儿们，她们心想：她竟然敢这么肆无忌惮！她有什么资格这么做？

这些良家妇女家中也有孩子，大多是在咆哮怒吼和拳打脚踢中长大。她们很多人都讨厌晚上躺在身边的丈夫。她们对于男欢女爱已经不再有兴奋之情。她们硬着头皮忍受着，一边做爱，一边祈祷千万不要再怀上。这种不情不愿的机械顺从惹恼了男人，反倒使他们更加粗暴。对他们大多数人来说，男欢女爱已经变成了彼此折磨，早结束早解脱。她们憎恨这个女孩，因为她们觉得，她和这孩子的父亲之间似乎不是这样的关系。

乔安娜意识到了她们的仇恨，但她丝毫不想退缩。她不想就此让步，也不想把孩子带回家中。双方就这么僵持着，谁也不肯让步。那些娘儿们终于爆发了，她们忍无可忍，一定得给她点颜色看看。乔安娜再次经过的时候，一个精瘦的女人喊道：

"你难道不觉得丢人现眼吗？"

"丢什么人？"乔安娜问道。

这句话彻底激怒了那个女人。"她竟然还问丢什么人！"她对其他女人说。"我来告诉你丢什么人。因为你是个婊子，是个贱人。你根本没有资格带着你的小杂种招摇过市，让无辜的孩子们看到你。"

"我想这是个自由的国家。"乔安娜说。

"你这样的人，根本配不上谈自由。滚出这条街，滚出这条街。"

"你试试！想赶走我！"

"滚出这条街吧，你这个妓女。"那个精瘦的女人命令道。

那姑娘的声音开始颤抖了："请你说话小心点，不要恶语伤人。"

"对婊子说话，我们当然不用小心翼翼了。"另一个女人插话道。

这时候有个男人路过，他稍停片刻，碰了碰乔安娜的胳膊："听我的，妹妹，你干吗不回家躲躲，等这些母老虎消消气再说？你斗不过她们的。"

乔安娜猛然甩开自己的胳膊："谁要你多管闲事！"

"我也是一片好心，妹妹。对不起。"说完，他悻悻地走了。

"你干吗不跟他一起去呢？"那个精瘦的女人奚落她，"或许只要两毛五分，他就能让你快活快活呢。"其他女人都跟着笑了起来。

"你们这都是嫉妒。"乔安娜平静地说。

"她说我们嫉妒！"一个妇女说，"嫉妒什么，你吗？"她故意把"你"字说得好像那女孩的名字一样。

"嫉妒什么？你们嫉妒的是男人喜欢我。幸亏你已经结婚了，"她对那个精瘦的女人说，"否则你永远找不到男人。我敢打赌，你男人跟你做完之后一定会啐你的。我敢打赌，他肯定就是这么做的。"

"婊子！你这个婊子！"那个精瘦的女人歇斯底里地尖叫起来。凭着一种在基督时代就已经很强烈的本能，她从阴沟里捡来一块石头，朝着乔安娜砸了过去。

这个动作就像一声号令，引得其他女人纷纷开始扔石头。其中一个蠢女人滑稽之至，竟然扔了一坨马粪。有些石头砸中了乔安娜，而一块尖尖的石头砸中了婴儿的前额。顿时，一股细细的血从婴儿的脸上流了下来，滴落在婴儿干净的围嘴上。婴儿抽泣起来，伸出双臂让妈妈抱。

　　几个女人本来还准备继续战斗，现在只好悄悄地把石头扔回排水沟，骚扰就此结束。突然间，一股愧疚感袭上她们的心头。她们本来不想伤害孩子，只是想把乔安娜赶出街道而已。她们悄无声息地各自散开，回家去了。刚才站在边上看热闹的孩子们又继续玩起了游戏。

　　这一刻，轮到乔安娜哭了，她把孩子从婴儿车里抱了起来。婴儿还在轻声呜咽，好像没有权利放声大哭似的。乔安娜把脸贴在婴儿脸上，眼泪混着孩子的血一起流淌。那些女人赢了。乔安娜把孩子抱进屋，婴儿车留在人行道中间。

　　弗兰茜目睹了这一切，她听到了每一个字。她想起乔安娜对她微笑，而她却转过头去，没有还以微笑。为什么她不还以微笑呢？为什么不还以微笑呢？现在她得面临良心的煎熬——余生只要想到自己没有还以微笑，她都会懊悔不已。

　　有几个小男孩开始围着婴儿车玩起了追人游戏，他们一会儿抓住车身，一会儿推着车乱跑。弗兰茜将他们轰散，把婴儿车推到乔安娜家门口，踩上了刹车。这里有一条不成文的法规，住户门外的东西，不能擅自乱动。

　　她手里依旧拿着那本刊登着她作品的杂志，站在婴儿车旁，再一次看了看自己的名字:《冬日时光》，作者弗兰茜·诺兰。她想要做点什么，牺牲点什么，来弥补自己没有对乔安娜微笑的过失。她想到了自己的作文，自己引以为荣的作品。她迫切地想把这篇大作拿给爸爸、艾薇姨妈和茜茜姨妈看。她想永久保留这篇作文，每每读到它，都会有那种美好而温暖的感觉。如果把这本杂志送给别人，她就再也别想看到自己的作品了。她把杂志打开，翻到有自己作品的那一页，放到婴儿枕头下面。

她看到雪白的婴儿枕头上有极小的几滴血迹。她仿佛又看到了那个婴儿。看到婴儿脸上慢慢流淌的鲜血，看到小婴儿伸出双臂想要妈妈的抱抱。一阵伤痛涌上弗兰茜的心头，弄得她精疲力竭。又一阵伤痛席卷而来，爆发，消退，周而复始。她跌跌跄跄地摸索着走到地下室，在最暗的角落找了个麻袋坐了下来，等待着那一阵阵不断袭来的伤痛。每当旧的伤痛消散，新的伤痛又卷土重来的时候，她都会瑟瑟发抖。她紧张地坐在那里，等待疼痛消失。如果疼痛不消失，她就一定会死——她肯定会死的。

过了一会儿，疼痛感变得越来越弱，两次疼痛之间的间隔也越来越长。她开始思考。她现在明白乔安娜给她的"前车之鉴"是什么了，不过这和妈妈说的"前车之鉴"完全不能同日而语。

她想起了乔安娜。晚上从图书馆回来，路过乔安娜家门口的时候，她常常看到乔安娜和一个男孩在狭窄的门厅里紧紧相拥。她看到那男孩温柔地撩拨着乔安娜的秀发，看到乔安娜抬手抚摸着他的脸颊。街灯下，乔安娜的表情宁静安详，如痴如梦。这么美好的开局，竟然以耻辱收场，还生了个小孩。为什么？为什么呀？这个开局如此温柔，如此美妙，为什么会落得这个下场？

她知道，有个扔石头的妇女结婚才三个月就生了个孩子。弗兰茜和很多小孩站在马路牙上，望着参加婚礼的人群向教堂走去。新娘踏上马车的时候，弗兰茜看到了洁白无瑕的婚纱下高高隆起的孕肚。她看到新娘的父亲紧紧握着新郎的胳膊。新郎眼圈乌黑，看上去神情沮丧。

乔安娜没有父亲，没有男性亲属。家里没有人能拽着那男孩的胳膊，把他强行拖到婚礼的祭坛。这就是乔安娜的过错，弗兰茜心想，不是因为她坏，只是因为她不够聪明，没有把那个男孩逼到教堂。

弗兰茜无法了解故事的来龙去脉。实际上，那个男孩很爱乔安娜，也愿意在她未婚先孕后娶她为妻。但是，那男孩有一大堆家人——一个妈妈，三个姐姐。他刚说自己要娶乔安娜，她们就立刻劝他打消这个念头。

别做冤大头，她们告诉他。她不守规矩，她们全家都不守规矩。再说了，你怎么知道你是孩子的父亲呢？她既然能和你好，也就有可能和其他人好。哎呀，女人都是诡计多端的。我们知道。我们也是女人。你心地善良、心慈手软。她说孩子是你的你就相信啊，她在撒谎。别上当了，我的儿子；别被骗了，我的弟弟。如果你一定要结婚，那就娶一个规规矩矩的姑娘，一个牧师不证婚就不和你上床的姑娘。如果你非要娶这个女孩，我就不认你这个儿子了；我们也不认你这个兄弟了。你永远都没法确定这个孩子是不是你的。你上班的时候会心神不宁。你早上走出家门，还得担心谁会溜到她的床上。哎呀，是的，我的儿子，我的弟弟，女人就是这个德行。我们太清楚了。我们就是女人啊，我们知道女人的把戏。

那个男孩就这么被说服了。他的母亲和姐姐们给了他一笔钱，他在泽西找了份工作，租了个住处。她们不肯告诉乔安娜他的去向，他后来再也没见过她。乔安娜没有结婚，却把孩子生下来了。

一阵一阵的疼痛渐渐止住了，弗兰茜惊恐地发现，她的身体似乎出了状况。她把手压在心口上，想触摸肉体上被锯子割来割去的感觉。她听爸爸唱过很多很多关于心脏的歌：破碎的心、疼痛的心、舞动的心、沉重的心、喜极而跳的心、悲痛欲绝的心、翻滚的心、宁静的心。她真的相信心脏有那么多功能。她觉得自己已经为乔安娜的孩子操碎了心，破碎的心正离开心脏，流出自己的身体。想到这里，她惊恐不已。

她跑上楼，回到公寓去照镜子。她的眼睛下面有黑眼圈，头痛得厉害。她躺在厨房的旧皮沙发上，等着妈妈回家。

她把地下室里发生的事告诉了妈妈，只字未提乔安娜。凯蒂叹了口气说："这么快啊？你才十三岁，我还以为得再过一年呢。我第一次来的时候是十五岁。"

"那么……然后……这事就这样啊？"

"这是所有女人都要遇到的事情，很自然的事情。"

"可是，我不是女人。"

"这就意味着，你正从女孩变成女人。"

"你觉得这会停住吗？"

"几天后就停住了。但是，一个月后又会再来。"

"要多久啊？"

"要很久很久，一直到你四五十岁的时候。"她沉思了一会儿，"我妈妈生我的时候已经五十岁了。"

"哦，原来这和生孩子有关啊。"

"是的。你要时刻记住，做个规规矩矩的好女孩，因为现在你可以生孩子了。"乔安娜和她的孩子在弗兰茜的脑海一闪而过。"千万不能让男孩子吻你。"妈妈说。

"吻了我就会生孩子吗？"

"那倒不会。不过，一旦开始亲吻，就会发生别的事情，那样离生孩子也就不远了。"她又补充说，"你要记住乔安娜的教训。"

其实，凯蒂并不知道那天街上发生的事情，她只是碰巧想到了乔安娜。但是，弗兰茜却认为妈妈有惊人的洞察力。她不由得对妈妈产生了新的敬意。

记住乔安娜，记住乔安娜。弗兰茜永远也不会忘记她。从那时起，一想起那些扔石头的女人，她就开始讨厌女人。她害怕她们阴险狡诈的德行，不信任她们的直觉和天性。她讨厌她们背信弃义，讨厌她们彼此施暴。在所有扔石头的女人中，没有一个人敢为那姑娘说句公道话，她们避之不及，唯恐和乔安娜扯上关系。只有那个路过的男人说了句暖心的话。

大多数女人都有一个共同点：生孩子的时候历经艰辛闯过鬼门关。这个苦难经历应该成为一个纽带，把她们团结在一起，让她们互相关爱，互相保护，一起对抗男人的世界。但事实并非如此。生孩子时的剧痛似乎缩小了她们的心胸和灵魂。她们团结一致，却只为一个目标：践踏其他女人……直接扔石头或者传播流言蜚语。这似乎是她们表达忠诚的唯一方式。

男人就不一样。他们也许会仇恨对方，但他们会团结一致对抗世界，对抗任何想要诱骗他们的女人。

弗兰茜打开日记本，跳过关于偏执的那个段落，隔了一行，写道：

"有生之年，我绝不结交任何女性朋友。我也不会再信任任何女人，妈妈或许可以例外，有时候艾薇姨妈和茜茜姨妈也可以除外。"

31

弗兰茜十三岁的那一年，发生了两件非常重要的事情：欧洲爆发了战争，一匹马爱上了艾薇姨妈。

艾薇的丈夫和他那匹名叫德鲁默的马，做了八年的死对头。他对马非常苛刻，他踢它、揍它、骂它，故意用力拉马缰绳。这匹马对威利·弗利特曼叔叔也很刻薄。马已经熟悉了路线，每次到一个送奶点，它都会自动停下来。往常，只要弗利特曼一上马车，它就会重新出发。最近，弗利特曼刚一下车去送奶，它就开始迈步小跑，弗利特曼不得不跑半个街区才能追上马车。

中午送完奶，弗利特曼就会回家吃饭，然后把马和马车带回马厩，在那里洗马车和马。这匹马会玩阴招，弗利特曼在它肚子底下给它洗澡的时候，它会往他身上撒尿。其他人会站在旁边等待这个场面，然后开怀大笑。弗利特曼忍无可忍，于是改变地点，在自己家门前洗马。夏天还可以凑合，但是冬天就没那么简单了。寒冬季节，艾薇姨妈会下楼告诉威利，冰天雪地用冷水洗马，这太残忍了。那匹马似乎知道艾薇是向着它说话。艾薇和丈夫争吵的时候，德鲁默就会可怜兮兮地嘶鸣着，把头靠在她的肩膀上。

在一个寒冷的日子里，德鲁默决定自己动手，或者正如艾薇姨妈所言，自己"动蹄"。艾薇姨妈向诺兰一家讲述着这个故事，弗兰茜听得津津有味。艾薇姨妈讲故事堪称一绝，她能活灵活现地把所有的角色都表演出来——包括马，她还会把每个角色当时的心理活动添加进来。根据艾薇的描述，故事的经过是这样的：

威利在街上用冰冷的水和硬邦邦的黄肥皂给瑟瑟发抖的马洗澡。艾薇正站在窗口观望着。他斜下身子钻到马的肚子下，马立即绷紧了身子。弗利特曼以为它又要在自己身上撒尿了，而这个倍受折磨、百无一用的小男人已经忍无可忍。他把马绳拖住，在马的肚子上狠狠揍了一拳。马抬起后腿，正好踢中了他的脑袋。弗利特曼滚到马肚子下面，躺在那里不省人事。

艾薇连忙跑了下来。马一看见她，高兴地嘶鸣起来，但她根本没有注意到它。马回头一看，发现艾薇想把弗利特曼从它肚子下面拉出来，它开始踱步。也许它想帮助艾薇把马车拉开，远离那个不省人事的人，或者它想一了百了，拉着马车从他身上碾过去。艾薇大声喊道："哇呜，小伙子。"德鲁默及时停了下来。

有个小男孩去找了警察，警察叫来了救护车。救护车上的医生无法判断弗利特曼究竟是骨折还是脑震荡。他把他送到了绿点医院。

现在，得找人把这匹马和装满了空奶瓶的马车送回马厩。艾薇从来没有驾过马车，但这并不妨碍她一试身手。她穿上丈夫的旧外套，头上披一条围巾，爬上座位，拿起缰绳，喊了一声："回家去吧，德鲁默。"马把头往后一甩，深情地看了她一眼，然后欢快地一路小跑出发了。

艾薇根本不知道马厩在哪里，幸亏德鲁默老马识途。这是一匹聪明的马，每到一个十字路口，它都会停下来，等着艾薇左右观望。如果左右没有障碍，她就会说："继续前进，小伙子。"如果有其他车辆，她就会说："稍等片刻，小伙子。"就这样，他们平安顺利地到达了马厩，马骄傲地一路小跑回到它平常待的地方。其他车夫正在清洗马车，看到一个女车夫，大家诧异不已，顿时喧哗起来。马厩老板闻声也跑了过来，艾薇给他讲了事情的来龙去脉。

"我知道迟早得出事，"马厩老板说，"弗利特曼从来不喜欢那匹马，那匹马也根本不喜欢他。得了，我们再换个人吧。"

艾薇害怕丈夫丢了饭碗，便问老板，丈夫住院期间，她是否可以替他驾车送奶。她说，牛奶都是趁天黑送的，没有人会知道换没换人。老板冲她笑了笑。她告诉他，家里急需每周那笔二十二块五的收入。她态度诚恳，苦苦哀求，她看上去那么小巧迷人，勇气可嘉，老板终于让步了。他把顾客名单给了她，告诉她小伙子们会帮她装车。他还说，马熟悉路线，应该不会太难。一个车夫建议她带上马厩里的狗做伴，防止牛奶被盗。老板同意了，让她在凌晨两点到马厩报到。艾薇成了这条线上第一个女送奶工。

她干得非常出色，马厩里的同事都喜欢她，说她比弗利特曼更胜任。尽管她很务实，但她也不失温柔和女人味，男人们喜欢她那种低沉的说话方式。那匹马非常高兴，全心全意地配合她。每到一家需要留奶的房子门前，它都会自动停下，直到她安全坐回座位，它才重新出发。

和弗利特曼一样，她回家吃饭的时候，也把它带回家里。天气寒冷，她怕马等她的时候受凉感冒，就从床上拿起一条旧被子，披到马身上。她还把马吃的燕麦带上楼，在烤箱里加热几分钟，然后再喂给它，她觉得冷冰冰的燕麦会伤害马的胃口，温暖的燕麦果然深受德鲁默的喜爱。吃完燕麦，她还奖励它半个苹果或一块糖。

她觉得当街洗马太冷了，于是就回到马厩清洗车马。她觉得黄色肥皂太粗糙，会扎着马的皮肤，所以就换了块甜心牌肥皂，还带了一块大大的旧浴巾来给它擦身。马厩里的工人主动请缨帮她洗马洗车，但她坚持亲力亲为。两个男人为争抢洗车权大打出手，艾薇建议他们一人一天轮着来，此事得到妥善解决。

她不想用冷水洗马，于是就用老板办公室的煤气炉给德鲁默加热洗澡水。她用温水给它洗澡，用香皂清洗皮毛，用毛巾小心翼翼地一点点擦干。在整个洗澡过程中，德鲁默从来没有冒犯过她，它打着响鼻，愉快地嘶鸣着。艾薇帮它擦干身体的时候，它的皮肤欢快地抖动着。当她绕着马的肩部擦洗的时候，它会把自己硕大的脑袋靠在她瘦小的肩膀上。毫无疑问，这匹马疯狂地爱上了艾薇。

弗利特曼康复后回来上班，那匹马拒绝由他驾车，拒绝和他离开马厩。老板只好给弗利特曼安排了另一条路线，换了一匹马。不过，德鲁默也不愿意和其他车夫一起出车。老板差点决定把它卖掉，但他突然灵机一动，想到一个好主意。车夫中有一个女里女气的年轻人，说话吐字不清，让他驾驶弗利特曼的马车岂不两全其美？德鲁默果然心满意足，同意和这位女里女气的车夫一起出车送奶。

就这样，德鲁默又恢复了它的常规工作。不过每天中午，它都会走进艾薇家那条街道，站在她家门前。只有艾薇下来，给它吃点苹果或给它一块糖，摸摸它的鼻子，叫它一声"好小子"，它才肯离去。

"这匹马太好玩了。"听完故事，弗兰茜说。

"它可能一直都很好玩，"艾薇姨妈说，"但它确实知道自己想要什么。"

32

十三岁生日那天，弗兰茜在日记里写了这样一个开头：

> 12 月 15 日。今天，我成了青少年。我很好奇，来
> 年会发生什么事呢？

根据日记记载，这一年没有发生太多事情。随着时间的推移，日记的内容越来越少。她写日记的初衷，是模仿小说中的主人公。这些主人公都会写日记，日记内容丰富，多愁善感。弗兰茜觉得她的日记应该也是这种风格。然而，除了对演员哈罗德·克拉伦斯有些浪漫的描写，其他日记都是枯燥无味的流水账。到了年底，她随便翻看了几页，大致内容如下：

> 1 月 8 日。玛丽·罗姆利外婆有个漂亮的箱子，上
> 面雕刻着精致的花纹，这是她的曾祖父在奥地利做的，
> 有着一百多年的历史。箱子里放着一件黑色连衣裙、
> 一件白色衬裙，还有鞋子和袜子。这些都是她给自己
> 选择的寿衣，因为她不想死后缠着裹尸布。威利·弗
> 利特曼叔叔说，他希望死后被火化，骨灰从自由女神
> 像上撒下去。他想下辈子投胎做只小鸟，这样起码有
> 个好的开始。艾薇姨妈说他已经是鸟了，是一只疯狂
> 的布谷鸟。妈妈训斥了我，说我不该笑。难道火葬比
> 土葬好吗？我有点疑惑。

1月10日。爸爸今天病了。

3月21日。尼利从麦卡伦公园偷了些柳条，送给了格瑞琴·哈恩。妈妈说他不该这么小就想女孩子，她说以后长大有的是时间。

4月2日。爸爸已经三周没上班了。他的手好像有点毛病，颤抖得厉害，拿不住任何东西。

4月20日。茜茜姨妈说她要生孩子了，可我不太相信，因为她的肚子从前面看平平的。我听她对妈妈说，她的孩子靠近后背。我很好奇。

5月8日。爸爸今天病了。

5月9日。爸爸今晚去上班，没多久又回来了，说人家不需要他。

5月10日。爸爸病了。他白天做了个噩梦，大声尖叫。我只好去找茜茜姨妈。

5月12日。爸爸已经一个多月没上班了。尼利想拿到工作证后就辍学，妈妈说她绝不同意。

5月15日。爸爸今晚去上班了。他说，从现在开始，他要负起责任。因为办工作证的事情，他把尼利骂了一顿。

5月17日。爸爸带病回家了。街上有几个小孩一直跟着他，还取笑他。我讨厌小孩子。

5月20日。尼利找到一个卖报纸的差事。他不让我帮忙卖报纸。

5月28日。卡尼今天没捏我的脸蛋，但他捏了其他地方。我想，我自己长大了，不适合卖废品了。

5月30日。加恩德小姐说，他们打算在杂志上发表我那篇描写冬天的作文。

6月2日。爸爸今天又带病回家了。尼利和我帮妈妈把他搀到楼上。爸爸哭了。

6月4日。今天，我的作文得了 A。我们的作文题目是"我的理想"。我只犯了一个错误。我写的是"剧作者"，加恩德小姐说，正确的写法是"剧作家"。

6月7日。今天，两个男人把爸爸搀扶回家，他又病了。妈妈不在家，我把爸爸安顿到床上，给他泡了黑咖啡。妈妈回来后，夸了我，说我做得很对。

6月12日。泰莫尔小姐教我弹舒伯特的《小夜曲》。妈妈比我学得快，她已经弹到了《汤豪瑟》选曲《夜空之星》。尼利说他学得更快，比我们俩都快，不看乐谱他也能弹《亚历山大的拉格泰姆乐队》。

6月20日。今天去看演出，名为《金色西部的女孩》。这是我看过的最棒的演出。血从天花板上滴下来。

6月21日。爸爸已经两个晚上没回家了，我们不知道他去了哪里。他又带着病回家了。

6月22日。妈妈今天翻开床垫，发现了我的日记本，她从头到尾翻看了一遍。她让我把日记中所有描写爸爸的"醉"字全部改成"病"字。幸亏我没有写妈妈的坏话。要是我以后有了孩子，我不会翻他们的日记，因为我相信，就算是孩子，也有隐私权。如果妈妈再次发现我的日记，再次翻看，我希望她能心领神会。

6月23日。尼利说他交了个女朋友，妈妈说他太小了。我有点怀疑。

6月25日。威利叔叔、艾薇姨妈、茜茜姨妈和约翰今晚都来了。威利叔叔喝了很多啤酒，忍不住大哭起来。他说他的那匹新马名叫贝西，这畜生做出的事情，比在他身上撒尿还要过分。妈妈又一次责备我，说我不该笑。

6月27日。今天我们把《圣经》读完了。现在我们又得重新阅读。我们已经把《莎士比亚》读了四遍了。

7月1日。偏执……

弗兰茜把手放在日记本上，用手把那些字盖住。刹那之间，她以为当时的痛苦记忆会卷土重来。但是，那种感觉没过多久就消失了。她翻到下一页，开始看别的日记。

7月4日。麦克肖恩警官把爸爸带回了家。一开始我们以为爸爸被捕了，结果发现我们猜错了。爸爸又病了。麦克肖恩警官给我和尼利每人两毛五分钱，妈妈让我们还回去。

7月5日。爸爸又病了。他还会再去上班吗？我想知道。

7月6日。我们今天开始玩一个新游戏，游戏的名称叫北极

7月7日。北极。

7月8日。北极。

7月9日。北极。没能等到救援。

7月10日。今天我们打开了存钱罐，里面有八块两毛钱。我的金币变黑了。

7月20日。存钱罐里所有的钱都用光了。妈妈帮麦加里蒂夫人洗了些衣服。我帮忙熨烫，不小心把她的内裤烫了个洞。妈妈不再让我熨衣服了。

7月23日。我在亨得利饭店找到了一份暑期差事：在午饭和晚饭高峰期帮忙刷刷碗，用桶装的洗涤剂清洗。每到星期一，都会有个人将三桶油渣带走，星期三又带来一桶洗涤剂。世界上没有无用的东西，万物

自有它的用武之地。我一周赚两块钱，三餐免费。这份差事倒不辛苦，但我不喜欢那种洗涤剂。

7月24日。妈妈说，我不知不觉就会变成女人。我不知道她说得对不对。

7月28日。弗洛茜·加迪斯和弗兰克准备等他涨工资的时候就结婚。弗兰克说，如果按照威尔逊总统的行事方式，我们迟早会卷入战争。他说他之所以要结婚，是因为他要是有了妻儿，就可以逃避兵役，不用参加战争。弗洛茜说他在胡说八道，他们彼此真心相爱。我不知道该相信谁。只记得几年前，弗兰克洗马的时候，弗洛茜经常在他屁股后面穷追不舍。

7月29日。爸爸今天没生病，他说要去找份工作，说妈妈不能再为麦加里蒂夫人洗衣服了，我也必须辞掉差事。他说我们会发家致富，然后搬到乡下去住。我感到很疑惑。

8月10日。茜茜姨妈说她很快就要生小孩了。我不知道她说的是真是假，毕竟她的肚子平得跟煎饼似的。

8月17日。爸爸工作三个星期了。我们的晚餐非常丰盛。

8月18日。爸爸又病了。

8月19日。爸爸病了，因为他丢了工作。亨得利先生不让我回饭店工作，他说我不可靠。

9月1日。艾薇姨妈、威利叔叔晚上都来了。威利唱了首歌，歌名是《弗兰克和乔尼》，歌词里掺杂了很多脏话。艾薇姨妈站在椅子上，挥舞着拳头，朝他的鼻子抢了过去。妈妈又责骂了我，说我不该乱笑。

9月10日。开学了，我今年就要毕业了。加恩德小姐说，如果我的作文一直都能得A，她就让我为毕业典礼写剧本。我脑海中蹦出一个美妙的想法。舞台上有一个小女孩，身穿白色裙子，头发在背后自然垂下，她就是"命运女神"。其他女孩子走上舞台，说出她们各自的人生愿望，"命运女神"会告诉她们最终的结果。最后，一个身穿蓝色裙子的女孩子站出来，张开双臂问："生活，值得吗？"大家一起回答："值得！"不过，台词得押韵。我把这个想法讲给爸爸听，可惜，他病得厉害，根本不明白我在说什么。可怜的爸爸。

9月18日。我问妈妈，我可不可以扎双马尾辫子，妈妈不同意，她说那种发型是女人的加冕发型。这是不是意味着我马上就要变成女人了？但愿如此，我想自己做主，想扎什么辫子就扎什么辫子。

9月24日。今晚洗澡的时候，我发现自己变成了女人。是时候了。

10月25日。我太开心了，这个日记本终于快写满了，我已经厌倦了写日记。压根没发生过什么大事。

弗兰茜看到最后一篇时，发现日记本还有一张空白。快点把这一页写满吧，这样就没有写日记的负担了，她也就不用再为此费心了。她用笔蘸了些墨水：

11月2日。每个人的生活都不可避免会遇到性。人们写文章反对它，牧师们布道时抨击它，人们甚至制定法律禁止它，但它仍然会如约而至。学校里的所有女孩谈论最多的一个话题，无外乎就是性和男孩。她们对性都很好奇。我对性也很好奇吗？

她反复斟酌着最后一句话，右眉梢皱了皱。她把那句话画掉，重新写道："我对性很好奇。"

33

　　没错，威廉斯堡的青少年对性有着强烈的好奇心，日常谈话少不了这个话题。年幼的孩子们喜欢互相参观（你给我看，我给你看）。伪君子们发明了很多"玩房子"或"看医生"之类的游戏。少数天不怕地不怕的孩子则喜欢所谓的"玩脏脏"。

　　在社区里，关于性的话题是个大禁忌。孩子们问这方面的问题时，父母们不知道如何作答，因为他们找不到恰当的语言去描述。夜深人静的时候，每对已婚夫妇都有自己专属的床上悄悄话。但是，没有几个母亲胆敢把这些悄悄话正大光明地讲给孩子听。孩子们长大以后，也会相应地发明一些床上悄悄话，同样也不能讲给自己的孩子听。

　　凯蒂·诺兰既不是精神上的懦夫，也不是身体上的胆小鬼。她总能巧妙解决各种棘手问题。她不会主动挑起性话题，但是，弗兰茜提问的时候，她总是尽其所能予以解答。弗兰茜和尼利还是小孩子的时候，两个人相约要找妈妈问问题。有一天，他们站在凯蒂面前，弗兰茜是发言人。

　　"妈妈，我们是从哪里来的？"

　　"上帝把你们赐给了我。"

　　天主教家庭长大的孩子们都能够接受这个答案，但是，接下来的问题有点棘手。"上帝是怎么把我们赐给你的？"

　　"这个我无法解释，因为我必须用很多大词，这些大词你们根本听不懂。"

　　"你把这些大词说出来吧，看看我们能不能听懂。"

"如果你们能听懂，那我就没必要告诉你们了。"

"那你就换个说法讲讲吧。告诉我们婴儿是怎么来到世上的。"

"不行，你们俩太小了。如果我告诉你们，你们会到处乱说，告诉其他孩子，他们的妈妈就会跑来找我麻烦，说我是个肮脏的女人，大家肯定要吵架的。"

"那好吧，给我们说说，女孩和男孩有什么不同。"

妈妈想了一会儿，说："主要的区别是，小女孩上厕所要蹲下来，小男孩站着上厕所。"

"可是妈妈，"弗兰茜说，"在那个黑暗的厕所里，我害怕极了，就站起来小便了。"

"我也会，"小尼利承认道，"蹲着上厕所，如果……"

妈妈打断了他的话："好了，我知道了，每个女人身上都有一点男人的气息，每个男人身上也会有一点女人的气息。"

讨论就此打住，孩子们觉得这个话题太烧脑，他们决定不再深究了。

弗兰茜在日记里记录了自己开始变成女人的经过，好奇心驱使她又跑去找妈妈谈起了性的话题。凯蒂简单直白地把自己所知道的一切，知无不言，言无不尽地讲了一遍。在叙述中，凯蒂不得不使用所谓的"脏词"，但她用得放心大胆，用得毫不畏惧，因为她根本不知道什么其他说法。没有人给她讲过她告诉女儿的这些话。那时候，像凯蒂这样的家长根本找不到什么书本可以去了解性知识。尽管凯蒂措辞生硬、用语粗俗，但她的解释毫不令人反感。

弗兰茜比社区大多数孩子都要幸运。她在该懂的时候弄懂了所有该懂的知识。她不需要和其他女孩一样偷偷溜进黑暗的走廊，悄悄交换内疚的秘密。她从来不需要用扭曲的方式学习这些知识。

　　如果说正常的性行为是个大谜，那么犯罪的性行为则是一目了然的公开话题。在所有贫穷和拥挤的城区，总有一些图谋不轨的色情狂，他们是家长心中挥之不去的噩梦。似乎每个社区都有这样一个人。弗兰茜十四岁那年，威廉斯堡就出了一个。很长一段时间，他一直在猥亵小女孩，尽管警察一直在监视他，但他每次都侥幸逃脱。其中一个原因是，小女孩遭到侵犯后，父母们会瞒着不报，免得别人知道后歧视孩子，免得孩子无法和其他玩伴一起玩耍，过正常的童年生活。

　　一天，弗兰茜所在街区的一个小女孩被杀了，这事终于瞒不住了。受害女孩只有七岁，她性格文静、举止得体、乖巧听话。放学的时候，她没有回家，她妈妈也没有放在心上，以为孩子到哪里玩去了。晚饭后，他们去找她，问遍了她的玩伴。自从学校放学后，没有人见过这孩子。

　　一股恐惧的浪潮席卷了整个社区。街头的孩子纷纷被召回，关在家里。麦克肖恩带着六名警察过来，开始搜查屋顶和地下室。

　　这个孩子终于被她十七岁的哥哥找到了。在附近一栋房子的地下室里，她的小尸体躺在一辆破旧的婴儿车上，撕破的裙子和内衣、鞋子和红袜子被扔在灰堆上。女孩的哥哥被带去审问。他情绪激动，回答问题结结巴巴。警察以嫌疑人身份逮捕了他。麦克肖恩并不愚蠢。这只是个障眼法，目的是让凶手放松警惕。麦克肖恩知道凶手一旦感到安全，就会再次出手。这一次，警察会等着他落网。

　　家长们采取了行动。他们告诉孩子们那个色情狂的所作所为（这时候没人在乎自己的用词是不是妥当）。他们警告小女孩不要吃陌生人给的糖果，也不要和陌生男人说话。放学的时候，妈妈们会在家门口等孩子们回来。街道冷清，就好像拐子花衣吹笛手把所有的孩子都拐到山里的某个城堡去了。整个社区笼罩在恐惧中。乔尼非常担心弗兰茜，他从朋友那里搞到了一把枪。

乔尼有个朋友名叫伯特，是街角银行的守夜人。四十岁的伯特娶了个只有他一半年龄的女孩，他常常为她争风吃醋，怀疑自己值夜班的时候她会带情人回家。他为此忧心忡忡、闷闷不乐，思前想后，他得出一个结论，如果他能确定此事，而且能够捉奸在床，那反倒是一种解脱。他宁肯用令人心碎的现实来换取毁灭灵魂的猜疑。于是，夜深人静的时候，他会不定期偷偷溜回家，让自己的朋友乔尼·诺兰代他看管银行。他们之间有个暗号。如果哪天晚上，可怜的伯特痛苦不堪，不得不回家，他就让值班警察按三次乔尼家的门铃。如果暗号响起，乔尼正好在家，他会像消防员一样从床上一跃而起，匆忙穿好衣服，一路狂奔到银行，好像在干一件生死攸关的大事。

守夜人溜出去后，乔尼躺在他狭窄的小床上，头碰到了薄薄的枕头下硬硬的左轮手枪。他希望有人来抢劫银行，这样他就有机会成为保护财产的英雄。但是，他顶班的夜里总是平安无事。守夜人回家也没有捉奸在床，实在令人提不起精神。守夜的丈夫悄悄溜回家时，那个女孩总是独自一人在熟睡。

听到社区发生了强奸谋杀案，乔尼去银行找自己的朋友伯特，问他是否还有多余的枪。

"当然有啊，你要干什么？"

"我想借用一下，伯特。"

"为什么，乔尼？"

"我们街区有人杀了个小女孩，现在还在流窜。"

"我希望警察能抓住他，乔尼。我真希望警察能抓住这个坏蛋。"

"我自己也有女儿。"

"是的，是的。我知道的，乔尼。"

"所以我想借你的枪。"

"可是，这违反了《沙利文法》。"

"你擅自溜出银行，把我留在这儿顶班，这肯定违反了什么法规。如果我是个劫匪，你都不知道自己又犯了什么罪。"

"哎呀，乔尼，你不可能是劫匪啊。"

"我在想，既然你已经违法了，再犯一次又何妨？"

"好吧，好吧。我就借给你吧。"他打开桌子抽屉，拿出一把左轮手枪，"现在，我来教教你。你想杀谁的时候，你就这样瞄准他，"他把枪对准了乔尼，"然后扣动这玩意儿。"

"我明白了，让我试试吧。"乔尼把枪对准了伯特。

"话说回来，"伯特说，"我自己也从来没用过这该死的玩意儿。"

"这是我第一次拿枪。"乔尼解释道。

"那你就要小心了，"守夜人轻声说，"这里面上满了子弹！"

乔尼吓得浑身哆嗦，他小心翼翼地把枪放了下来。"哎呀，伯特，我还真不知道。我们刚才差点把对方打死。"

"天啊，你说得没错。"守夜人哆哆嗦嗦地说。

"手指一扣，一条人命。"乔尼谨慎地说。

"乔尼，你不会是想自杀吧？"

"怎么可能呢，我宁肯喝死也不会自杀。"乔尼笑了笑，又突然止住了。他带着枪离开的时候，伯特对他说：

"如果抓住了那个浑蛋，你告诉我一声。"

"我会的。"乔尼答应道。

"好吧。再见。"

"再见，伯特。"

乔尼把家人召集过来，解释了那把枪的来龙去脉。他警告弗兰茜和尼利不要碰枪。他夸张地解释说："这个小圆筒里，装着五条人命呢。"

弗兰茜觉得那把手枪看起来像个怪诞的手指，伸手向人致意，不过这手指好像在召唤死亡，让死亡跑步前进。看到爸爸把枪放到枕头底下，她很高兴，眼不见，心不烦。

枪在乔尼的枕头下躺了一个月，没人碰过。社区再也没有发生骇人听闻的事件。那个恶魔似乎已经转移阵地了。妈妈们开始放松警惕。然而，还有一些像凯蒂这样的妈妈，到了孩子们放学回家的时候，她们会继续到门口或走廊去看孩子。凶手的习惯是潜伏在黑暗的走廊里趁机作案。凯蒂觉得还是小心为妙。

当大多数人都觉得平安无事的时候，这个变态狂又出动了。

一天下午，凯蒂正在自己家隔壁楼栋的大厅里打扫卫生。听到孩子们在街上的说话声，她知道学校放学了。她正在犹豫要不要回到自家楼栋的走廊里等候弗兰茜，谋杀案发生后她一直这么坚持着。弗兰茜快十四岁了，可以照顾自己了。再说，那个凶手通常会袭击六七岁的小女孩。也许他已经在其他社区被抓获，现在稳稳地关在监狱里呢。不过……她犹豫了片刻，还是决定回家看看。反正一小时之内，她还得回去换一块新肥皂，不如现在就回去，一举两得。

她在街上四处观望，没有看到弗兰茜，不由得惴惴不安起来。后来她想起来，弗兰茜上学路远，回家应该稍微晚些。一到家里，凯蒂决定先热杯咖啡喝一喝。等咖啡热好了，弗兰茜也该到家了，她的思想包袱也就放下了。她走进卧室，看看枪还在不在枕头下面。当然，枪还在原地，她觉得自己很蠢，竟然去找枪。她喝过咖啡，拿了块黄肥皂，准备回去继续干活儿。

像往常一样，弗兰茜按时回家了。她打开走廊门，上下打量着长长的走廊，没发现什么意外，就把身后那扇实木门关上了，走廊立即变暗了。她沿着走廊，向不远处的楼梯走去。刚迈上第一个台阶，她就看见了他。

那个人从通往地下室的楼梯口走了出来。他步子很轻，但步伐很快。他又瘦又小，穿着破旧的深色西装，里面的衬衫没有领子，也没打领带。他浓密的头发垂在前额上，几乎遮住了眉毛。他鼻子高耸，呈鹰钩状，嘴巴歪斜，呈细线状。即使在黑暗的光线下，弗兰茜也能感觉到，他的眼睛湿漉漉的。她又上了一层台阶，那个人的形象更清晰了，这时候，她的双腿僵住了。她再也抬不起双脚，再也迈不动步子！她双手抓住楼梯的栏杆，死死抓住不放手。她之所以无法动弹，是因为那个男人露出下体向她走了过来。弗兰茜惊恐地盯着他身体裸露的部位，当场就吓瘫了。那个玩意儿像个白色蠕虫，和他丑陋的黄脸和脏手形成了鲜明的对比。她感到一阵恶心，上次看到一群白色的肥大蛆虫在腐烂的老鼠尸体上爬行，她也有同样的感觉。她想尖叫一声"妈妈"，但是她的喉咙堵住了，出来的只有空气。这就像一场可怕的噩梦，你拼命想喊却喊不出声。她一动也不能动！她一动也不能动！她紧抓栏杆的双手一阵疼痛。荒唐的是，她竟然在想，栏杆怎么没有被她抓断啊。就在这时，他向她走了过来，可她却跑不动！她跑不动！求求你，上帝，她祈祷着，快派一个房客出来吧。

就在这时，凯蒂手拿黄肥皂，轻轻地向楼下走去。走到最后一段楼梯的顶部时，她往下一看，看见那个男人正向弗兰茜走去，看见弗兰茜紧抓楼梯栏杆，呆若木鸡。凯蒂没有出声。下面两个人都没看见她。她悄悄转过身，爬过两段楼梯回到自家门口。她的手沉着地从脚垫下面拿出钥匙打开门。时间宝贵，她却鬼使神差地跑过去把黄肥皂放在盥洗盆的盖子上。然后，她从枕头底下取出枪，对了对焦，做了个瞄准的动作，然后放到围裙下面。这时候，她的手开始颤抖。她把另一只手也放到围裙下，用两只手把枪稳稳端住。她就这样拿着枪，跑下了楼梯。

那个男子走到楼梯脚，绕过楼梯，跳上两级台阶，像猫一样迅速用一只胳膊搂住弗兰茜的脖子，手掌压住她的嘴，防止她尖叫。

他用另一只胳膊搂住她的腰，想把她拖走。他脚下一滑，身体裸露的部位碰到了弗兰茜的光腿。那条腿抽搐了一下，好像被火烧着似的。她的双腿不再瘫软，又踢又蹬不断挣扎。那个变态狂把身体紧贴在她的身体上，紧紧靠在栏杆上。他开始一个指头一个指头地掰开她紧握的手。他松开了弗兰茜的一只手，把手拧到她背后，身体紧紧把手压住，然后开始掰另一只手。

旁边有声音。弗兰茜抬头一看，发现妈妈正从最后一段楼梯跑了下来。因为双手紧握在围裙下面，无法保持平衡，凯蒂的姿势有点笨拙。凶手也看见了她，但不知道她有枪。他不情不愿地松开了手，后退了两步，湿漉漉的眼睛盯着凯蒂。弗兰茜站在原地，一只手仍然紧握着栏杆。她无法让手松开。那家伙走下台阶，背靠着墙，打算贴着墙溜到地下室门口。凯蒂停了下来，跪在台阶上，在两个栏杆之间举起了围裙里的武器，对准他身体裸露的地方，扣动了扳机。

一声巨响，伴随着一股围裙烧焦的味道。那个变态狂的嘴唇向后咧开，露出一口肮脏的烂牙。他双手捂着肚子，倒了下去。落地的时候，他的手松开了，那片像白色蠕虫的地方现在已经血肉模糊。狭窄的走廊里烟雾弥漫。

女人们发出尖叫声。一家家的大门砰然打开。走廊里传来了双脚奔跑的声音。街上的人开始大量拥进走廊。顷刻间，门口卡住了，没有人能进，也没有人能出。

凯蒂抓住弗兰茜的手，拼命想把她拉上楼梯，但是孩子的手指在栏杆上僵住了，根本松不开。凯蒂用枪托敲了敲弗兰茜的手腕，麻木的手指终于放松了。凯蒂把她拉上台阶，穿过走廊，一路不断遇到从各家各户走出来的女人。

"怎么了？怎么了？"她们尖叫着。

"没事了。现在没事了。"凯蒂告诉她们。

弗兰茜一路步履蹒跚，不断跌倒。经过最后一段走廊的时候，凯蒂不得不任她膝盖着地，一路拖着往家走。进了家门，她把孩子安顿到厨房的沙发上，把门闩插上。她小心翼翼地把枪放在黄肥皂旁边，无意间碰到了枪口，她惊讶地发现，枪口还在冒热气。凯蒂对枪支一无所知，她以前从来没有开过枪。此时，她竟然在想，高温可能会让枪自行发射，想到这里，她连忙打开盥洗盆的盖子，把枪扔进泡着脏衣服的水里。因为黄肥皂和整个事件混在一起，她把黄肥皂也扔进了水里，然后她走向弗兰茜。

"他伤害你了吗，弗兰茜？"

"没有，妈妈。"她呻吟着说，"只不过，他……他的……我是说……那个东西……碰了我的腿。"

"哪里？"

弗兰茜指了指蓝色袜子上方的一个地方。那里皮肤白皙，没有受伤。弗兰茜惊讶地望着那里，她以为这里的皮肤会被吃掉。

"这里好好的，没什么事儿，"妈妈说。

"但我还是能感觉到，这里被那个东西碰过。"她呻吟着，疯狂地哀号着，"我想把我的腿砍掉。"

外面有人使劲敲门，想问问到底发生了什么事。凯蒂不做回应，照样插着门闩。她让弗兰茜喝了一杯滚烫的黑咖啡，然后她在房间里走来走去，浑身发抖，不知道下一步该怎么办。

枪声响起的时候，尼利正在街上闲逛。看到大家都往走廊挤，他也使劲挤了进来。他爬上楼梯，从栏杆上方看了过去。那个变态狂在他摔倒的地方缩成一团。一群妇女把他的裤子扯掉了，靠近他的女人们用鞋跟踩他。其他人则一边踢他，一边向他吐口水。所有的人都在骂他。尼利听到了他姐姐的名字。

"弗兰茜·诺兰？"

"是的。弗兰茜·诺兰。"

"你确定吗？是弗兰茜·诺兰？"

"我跟你说，我亲眼所见。"

"她妈妈去了，然后……"

"弗兰茜·诺兰！"

他听到了救护车的呼啸声，以为弗兰茜被杀了。他抽泣着跑上了楼梯，疯狂地捶着家门，呜咽着说："让我进来吧，妈妈！让我进来！"

凯蒂给他开了门。看到弗兰茜躺在沙发上，他嚎得更厉害了。弗兰茜也跟着嚎起来。"好了！别哭了！"凯蒂一边尖叫，一边狠命地摇晃着尼利，直到他完全止住。

"快跑，去把爸爸找回来。到处找找，找不到就别回来。"

尼利在麦克加里蒂的酒吧找到了爸爸。乔尼正打算坐下来，慢慢喝酒，打发这个漫长的下午。听了尼利的讲述，他扔下杯子，和儿子一起跑了出去。他们挤不进楼门，救护车就在门口，四名警察在人群中推推搡搡，给救护车医生开道。

乔尼和尼利穿过隔壁的地下室进入院子，互相扶着越过木栅栏，进入自家院子，爬上了防火梯。凯蒂看到乔尼的礼帽在窗外渐渐逼近，吓得尖叫着四处乱跑，疯狂地寻找手枪。也算乔尼命大，幸亏她忘记把枪扔到哪里了。

乔尼跑到弗兰茜身边，把她抱了起来，仿佛她还是个小婴儿。他摇着她，哄她睡觉。弗兰茜一直坚持要把腿砍掉。

"他没伤着孩子吗？"乔尼问道。

"没有，但我打伤了他。"凯蒂冷冷地说。

"你用手枪打的吗？"

"还能用什么呢？"她给他看了看围裙上的洞。

"打得准吗？"

"我尽力了。但她一直在说自己的腿。他的……"她看了看尼利，"……那个，你懂的，碰到了她的腿。"她指了指那个地方。乔尼看了看，可是什么也看不见。

"真倒霉，这事怎么发生在她身上。"凯蒂说，"她记性那么好。以后一想起这件事，她可能都不愿意结婚了。"

"腿的问题，我来处理。"爸爸承诺道。

他把弗兰茜放回沙发，拿了些石碳酸，用这浓烈的刺激物擦拭那块地方。弗兰茜喜欢石碳酸刺痛的感觉。那个变态狂与自己身体的接触使她感到罪恶，石碳酸的刺痛消解了那种罪恶感。

有人在用力敲门。他们保持沉默，不作回应。此时此刻，他们不希望外人到自己家来。一个强有力的爱尔兰口音喊道：

"请把门打开。我们是执法人员。"

凯蒂把门打开了。一名警察走了进来，后面跟着一个救护车实习生，随身拿着一个包。警察指着弗兰茜说：

"这就是那个受害女孩？"

"是的。"

"医生要给她做个检查。"

"我不同意。"凯蒂反对说。

"这是法律规定的。"他平静地回答。

就这样，凯蒂和实习生把弗兰茜带进了卧室，极度惶恐的孩子不得不接受这个羞辱的检查。那个性格活泼的实习生快速而仔细地检查了一遍。他直起身子，一边把仪器放回包里，一边说：

"她没事。那家伙根本没碰到她。"他摸了摸弗兰茜肿胀的手腕。

"这是怎么回事？"

"我用枪柄敲的，当时她的手没法松开栏杆。"凯蒂解释说。他看到了孩子瘀紫的膝盖。

"这又是怎么回事？"

"我不得不把她从走廊里拖回来。"随后，他又看到了弗兰茜脚踝上方的烧伤痕迹。"上帝啊，这又是怎么回事？"

"那个变态碰了这里，她爸爸用石碳酸帮她洗了洗。"

"我的天哪！"那个实习生终于爆发了，"你们想给她个三级烫伤？"他又打开医药包，给烫伤处涂了些冷却膏，然后用绷带仔细缠好。"我的天哪！"他又说，"相比之下，你们两个给孩子造成的伤害，比那个犯罪分子还大。"他抚平了弗兰茜的衣服，拍了拍她的脸蛋，说："你马上就好了，小姑娘。我要给你吃点东西，让你睡觉。等你醒来的时候，就只当这是一场噩梦。仅此而已，一场噩梦。听到了吗？"

"听到了，先生。"弗兰茜感激地说。她又一次看到了一根针头，她想起了很久以前的那件事。她有些担心：自己的胳膊干净吗？他会不会说……

"真是个勇敢的姑娘。"他一边说，一边把针扎了下去。

"原来，他站在我这边。"弗兰茜蒙蒙眬眬地想。打完针，她立刻睡着了。

凯蒂和医生走出卧室，来到厨房。乔尼和警察正坐在桌子旁。警察的大手里抓着一支小铅笔，在一个小笔记本上煞费苦心地做着详细的笔录。

"孩子没事吧？"警察问。

"孩子没事，"实习生回答说，"只是受了点惊吓，被父母折腾得不轻。"他冲着警察眨了眨眼。"她醒来的时候，"他对凯蒂说，"记得要一直告诉她，她做了个噩梦。其他什么也别说。"

"我该付你多少钱，医生？"乔尼问道。

"不用付钱，伙计。这笔钱算在市政府头上。"

"那太感谢了。"乔尼低声说。

实习生发现乔尼的手在发抖。他从屁股后面的口袋里掏出一小瓶酒塞给乔尼。"给你！"乔尼抬头看了看他。"喝吧，伙计。"实习生坚持说。乔尼快意地喝了一大口。实习生又把酒瓶递给了凯蒂。"你也来一口吧，女士。看起来你也需要它。"凯蒂也喝了一大口。警察开口说话了：

"你们把我当什么了？没人关心的孤儿？"

实习生从警察手里抢回酒瓶时，里面只剩下一英寸的酒了。他叹了口气，把剩下的酒全部喝光了。警察也叹了口气，转身对着乔尼。

"那么，你把枪放在哪里了？"

"在我的枕头底下。"

"交给我。我要带回警察局。"

凯蒂把处理枪的事情忘得一干二净，她走进卧室，看了看枕头底下，然后满面愁容地回来了。

"糟了，枪不在枕头底下！"

警察笑了："当然不会在那里。你把枪取出来去打坏人了。"

凯蒂花了很长时间才想起枪被扔进了盥洗盆。警察把捞出来的枪擦干，取出了子弹。他问了乔尼一个问题。

"你有持枪许可证吗，伙计？"

"没有。"

"这就难办了。"

"这不是我的枪。"

"谁给你的？"

"没——没有人。"乔尼不想给守夜人惹麻烦。

"那你是怎么弄到枪的？"

"我捡的。没错，我是在排水沟里捡的。"

"然后自己上油，再装上子弹？"

"都是实话。"

"这就是你的证词？"

"这就是我的证词。"

"我听着没毛病，伙计。记住，你的证词不能改来改去。"

救护车司机在走廊里大声叫喊，说他已经把嫌犯送去医院折返回来了，问医生要不要离开这里。

"医院？"凯蒂问，"这么说，我没把他打死？"

"目前还没死。"实习生说，"我们会让他站起来，自己坐到电椅上。"

"真遗憾。"凯蒂说，"我真想杀了他。"

"在他昏倒之前，我从他那里套出了口供。"警察说，"街区里的那个小孩，是他杀的。他还有另外两个案底。我录了他的口供，签过字，也有人证。"他拍了拍自己的口袋，"如果专员听到这个消息，有可能会提拔我呢。"

"希望如此。"凯蒂没好气地说，"希望有人能从中获益。"

第二天早上，弗兰茜醒来的时候，爸爸在床边告诉她，这都是一场梦。随着时间的推移，这件事也确实像场梦，没有在弗兰茜的记忆中留下任何丑陋的痕迹。身体上的恐惧削弱了她情绪上的感知。楼梯上受的惊吓很短暂，只有三分钟，这惊吓就像麻醉剂。再加上那一针催眠剂，后来发生的事情在她的记忆里已经完全模糊了。即使后来在法庭的听证会上，她必须讲述事情的经过，一切也都像是一部虚构的戏剧，她的台词非常简短。

凯蒂事先被告知会有一场听证会，但这只是例行公事走过场。弗兰茜记不清整个过程，只记得她和妈妈各自讲述了事情的经过，其他一概不需要。

"我从学校回家，"弗兰茜做证道，"刚进入走廊，这个人就窜了出来，一把抓住了我，我来不及叫喊。他想把我从楼梯上拖下来，这时候，我妈妈走了下来。"

凯蒂说："我走下楼梯，看到他正在拖我的女儿。我跑回家拿起枪（不用多长时间），再跑下来，他想溜进地下室，我就开枪了。"

弗兰茜有点担心，妈妈开枪杀人，会不会被逮捕。结果当然是否定的，法官不但没有逮捕妈妈，还和妈妈握了握手，也和她握了握手。

报社也报道了这件事，不过纯属偶然。有个记者平时每晚都要打电话给警察局，打听当日犯罪信息。那晚他喝醉了酒，正好听到了这个故事，但他把诺兰的名字和警察的名字搞混了。布鲁克林的一家报纸刊登了一篇短小精悍的文章，上面写道：威廉斯堡的欧利瑞夫人在自家走廊射杀一名色情狂。第二天，纽约的两家报纸又腾出两英寸的版面，报道威廉斯堡的欧利瑞夫人在自家走廊里被一名色情狂射杀。

最后，整个事件逐渐淡出社区话题。凯蒂一度成为社区的女英雄，但随着时间的推移，大家忘记了那个杀人凶手变态狂，只记得凯蒂·诺兰枪杀了一个人。一谈到她，大家纷纷直言不敢惹。想想看，如果看你不顺眼，说不定她会开枪毙了你。

石碳酸留下的伤疤一直没有消，只是逐渐缩小成一毛硬币那么大。弗兰茜慢慢习以为常，随着年龄的增长，她已经不再关注那里了。

因为无证持枪，违反了《沙利文法》，乔尼被罚款五块钱。另外，对了，守夜人的年轻妻子最终和一个与自己年龄相仿的意大利人私奔了。

几天后，麦克肖恩警官过来看望凯蒂，见她正把一大桶垃圾往路牙上拖，不由得心生怜悯，连忙上前帮她一把。凯蒂感激地抬头看了看他。那次玛蒂·马霍尼外出的时候，他们见过一面，他还问弗兰茜，凯蒂是不是她的妈妈。后来有一次乔尼醉酒，无法独自回家，他把乔尼送了回来。凯蒂听说麦克肖恩太太因为得了肺结核无法医治，现在住进了疗养院，活不了多久了。"他还会再婚吗？"凯蒂心想。"他当然会的。"她自问自答。"他外表帅气、身体强壮、工作体面，女人们会送货上门的。"他一边跟她说话，一边脱下了帽子。

"诺兰夫人，警察局里的伙计们和我都很感谢你，感谢你抓到了凶手。"

"不用谢。"凯蒂回了句客套话。

"为了表示他们的感激，我们不能只是脱帽致敬啊！"他递过来一个信封。

"钱？"她问。

"是的。"

"你留着吧！"

"你肯定需要钱啊，你先生工作不稳定，孩子们也要买这买那。"

"这不关你的事，麦克肖恩警官。你也看到了，我干活儿很卖力，我们不需要任何人的任何施舍。"

"那我们就尊重您吧。"

他把信封放回口袋里，眼睛却一刻不停地盯着她。"这个女人不简单！"他想，"她身材苗条，皮肤白皙娇美，一头鬈发乌黑亮丽。她勇气过人，一人可以抵六个人。我是个四十五岁的中年男人，"他越想越多，"她还只是个女孩子。"（凯蒂当时三十一岁，但她看起来比实际年龄小很多。）"我们两个的婚姻都不尽如人意。我们都很不幸。"麦克肖恩对乔尼了如指掌，知道照这样下去他活不了多久。他对乔尼只有同情；他对自己的妻子莫莉也只有同情。他绝不会伤害他们。他从来没想过要对病妻不忠。"但是，如果只是内心想想，算不算伤害他们呢？"他问自己。"当然，还要继续等待。等待多少年呢？两年？五年？没关系，我已经无望地等了这么长时间，当然还可以继续等待，再长一点也无妨。"

他再次感谢她，正式向她道别。他握着她的手，心想："总有一天，她会成为我的妻子，如果上帝允许，如果她也愿意。"

凯蒂不知道他在想什么。（要么，她知道？）也许吧。因为她好像突然想到了什么，把他叫住，说：

"麦克肖恩警官，您应该过上幸福的生活，希望有朝一日，您能如愿以偿。"

34

　　听到茜茜姨妈告诉妈妈，说她要"养"个孩子，弗兰茜感到很疑惑，为什么茜茜不像其他女人那样，说"生"孩子。后来她发现茜茜说"养"不说"生"的背后另有隐情。

　　茜茜有三任丈夫。柏树山的圣约翰公墓有一小块墓地，那里埋葬着茜茜的十个孩子，每块墓碑上的死亡和出生日期都是同一天。茜茜现在三十五岁了，她迫切地想要一个孩子，哪怕孤注一掷，也在所不惜。凯蒂和乔尼经常谈起此事，凯蒂担心茜茜说不定哪天会绑架一个孩子。

　　茜茜想收养一个孩子，但她的约翰不同意。

　　"我可不想养其他男人的小杂种，明白吗？"这是他的说法。

　　"你不喜欢孩子吗，亲爱的？"她用甜言蜜语哄骗他。

　　"我当然喜欢孩子。但孩子必须是我亲生的，不要其他废物生的。"他回答说，无意中把自己也连带着给骂了。

　　大多数情况下，约翰就像茜茜手里的软面团，任由她拿捏。但是，唯独在这件事上，他不想听茜茜任意摆布。如果非要生个孩子，他一直坚持说，那必须是他亲生的，而不是其他男人的。茜茜知道他说到做到。她甚至对他的态度有些敬意。可是，她得有个孩子，一个活生生的孩子。

　　一个偶然的机会，茜茜发现马斯佩斯有个漂亮的十六岁女孩，这女孩和一个已婚男人纠缠不清，竟然怀上了孩子。女孩的父母是西西里岛人，最近特意赶来，把她关进一间黑屋子，免得邻居们看见她日渐隆起的肚子。她的父亲只给她面包和水。他以为这样会使她身体虚弱，分娩的时候她和胎儿就会同归于尽。为了防止好心的老婆偷偷给露西亚送东西吃，这位父亲早上上班时不给家里留任何钱。他每晚回家都买一袋食物，看着大家把食物吃个精光，一点儿残渣也不留。一家人吃完饭后，他才给女孩安排每日口粮：半块面包和一壶水。

听到这个女孩忍饥挨饿受虐待的故事，茜茜非常震惊。她想出了一个好办法。她想，等孩子生下来，找个人家送出去，这样岂不皆大欢喜。于是她决定去看看那家人。如果他们看起来头脑正常、身体健康，她就自告奋勇把孩子领走。

第一次上门，那位母亲不让她进屋。第二天，茜茜又来了，外套上别着一枚徽章。她敲了敲门。门打开一条缝时，她指了指徽章，断然要求进门。惊恐的母亲以为茜茜是移民局的官员，连忙让她进了家门。母亲是个文盲，否则她应该认识徽章上的字"家禽检查员"。

茜茜开始执行公务。那位准妈妈既害怕自己的父母，又有点不服气管束，人已经饿得瘦骨嶙峋。茜茜威胁女孩的母亲，如果她不善待女孩，就会被绳之以法。那位母亲泪流满面，用极其蹩脚的英语讲述了女孩做出的丑事，讲述了她父亲一尸两命的计划。茜茜和露西亚母女长谈了一整天。她们大部分时间是互相表演哑剧。最后，茜茜终于让她们明白，孩子一出生，她过来把孩子抱走。那位母亲终于明白了茜茜的来意，不断感激地亲吻茜茜的手。从那天起，茜茜成了这家人最喜欢、最信任的朋友。

早上约翰出门上班后，茜茜把公寓打扫得干干净净，为露西亚做了一锅美食，带到那个意大利人家。她用爱尔兰和德国混合食谱喂养露西亚。她认为，如果出生前就吸收了这些食物，孩子身上的意大利特征就不会那么明显了。

茜茜悉心照顾露西亚。天气好的时候，她带她出去逛公园，让她晒太阳。在这段不同寻常的关系中，茜茜是露西亚忠实的朋友，贴心的伴侣。露西亚非常喜欢茜茜，在这个新世界，茜茜是唯一一个善待她的人。全家人（除了蒙在鼓里的父亲）都很喜欢茜茜。母亲和其他孩子乐得暗中结盟，不让父亲知道真相。听到父亲上楼的脚步声，他们就会把露西亚重新锁进黑屋子。

这家人不大会说英语，茜茜又不懂意大利语，但是几个月后，他们从茜茜那里学了些英语，茜茜也从他们那里学了些意大利语，他们竟然可以一起交谈了。茜茜从没给他们说过自己的名字，他们就叫她"自由女神"，因为他们到达美国后看到的第一个形象就是这个举火炬的女人。

茜茜成功接管了露西亚，她未出生的孩子和家人。一切料理妥当，双方达成一致后，茜茜向亲朋好友宣布，说她打算再生个孩子。没有人在意她的话。茜茜一直都想要孩子啊。

她找了一个不知名的接生婆，提前付了分娩钱。接生婆给了她一份文件，她让凯蒂帮忙在文件上写上她的名字、约翰的名字和她的娘家姓。她嘱咐接生婆在孩子出生后立即把文件提交给卫生委员会。这个无知的女人不懂意大利语（茜茜就是确定她不懂意大利语之后才雇用她的），她认为文件上写的就是胎儿父母的信息。茜茜要确保出生证明合乎程序。

茜茜把假怀孕演得形象又逼真，她在孕初几周假装了几次晨吐。露西亚说自己感到胎动的时候，茜茜就告诉丈夫她感觉到了胎动。

露西亚开始产前阵痛的那天下午，茜茜回到家躺在床上。约翰下班回家的时候，她告诉他自己就要临产了。他看她身材苗条得像个芭蕾舞演员，就与她争辩起来，没想到她决不让步，他只好去把丈母娘搬来。玛丽·罗姆利看着茜茜，说她怎么也不像要生孩子的样子。母亲话音未落，茜茜立刻发出一声令人毛骨悚然的尖叫，说她痛不欲生。玛丽若有所思地看着她。她不知道茜茜的葫芦里卖的什么药，但她知道和她争论毫无用处。如果茜茜说她要生孩子，那她就生孩子吧，没什么大不了的。可是约翰提出了抗议。

"可是，你看她多瘦啊。这样的肚子里怎么会有婴儿，对不对？"

"也许婴儿会从她头上钻出来。你看她的脑门多大啊。"玛丽·罗姆利说。

"哎哟，得了，这都什么乱七八糟的。"约翰说。

"你在说谁呢？"茜茜质问他，"圣母玛利亚不也没找男人就生孩子了吗？如果她能做到，我相信我可以做得更容易，毕竟我结婚了，有个男人。"

"谁知道呢？"玛丽问。她转向那个疲惫不堪的丈夫，和蔼地说："有很多事情男人无法理解。"她劝这个晕头转向的男人别再多想了，她答应给他做顿丰盛的晚餐，让他好好吃一顿，然后上床，美美睡一觉。

这个茫然的男人一整夜躺在妻子身边，无法安心入睡。他不时用胳膊肘撑起身体，盯着她看。他不时用手触摸她那扁平的肚子。茜茜整晚都睡得很香。

第二天早上他去上班前，茜茜宣布，等他晚上回家，他就升级当父亲了。

"我投降了。"这个备受折磨的男人大声喊道，说完，他就去那个低俗杂志社上班了。

茜茜连忙冲到露西亚家。父亲离开后仅仅一小时，露西亚就把孩子生出来了，是个漂亮、健康的女孩。茜茜高兴极了。她要露西亚先给孩子喂十天奶，然后她再带回家。她出去买了一只鸡和一块烘焙店烤的馅饼。露西亚的母亲做了意大利风味烤鸡。茜茜到街上的意大利杂货那里赊了一瓶基安蒂酒，大家一起享用了一顿丰盛的晚餐。屋子里洋溢着节日的气氛。每个人都很高兴。露西亚的肚子差不多恢复了原状，那个象征着耻辱的纪念碑已经不复存在。现在，一切都和从前一样了……或者说，等茜茜把孩子带走，一切都会恢复正常。

茜茜每小时都要给婴儿洗个澡，一天给婴儿换了三次上衣和头饰。不管需不需要，她每五分钟都要换一次尿布。她给露西亚洗了澡，把她打扮得干干净净、甜甜美美，还把她的头发刷得像缎子一样闪闪发光。她把露西亚和孩子照顾得无微不至。那位老父亲下班回来的时候，她才不得不依依不舍地离开。

那位老父亲回到家里，走进黑屋给露西亚送干粮。他把气灯调亮，发现露西亚容光焕发，身边躺着一个健康的胖宝宝，宝宝心满意足地睡着了。他大为惊讶。只吃面包只喝水，竟然是这样的结果！他感到害怕了。这是个奇迹！毫无疑问，圣母玛利亚暗中眷顾着这位年轻的母亲。意大利人都知道她能创造这样的奇迹。他这样毫无人性地虐待自己的亲生骨肉，一定会受到惩罚。万般懊恼的他端来一盘意大利面，露西亚不肯吃，说她已经习惯吃面包喝白水了。母亲站在露西亚一边，她解释说，面包和水养出了这个完美的宝宝。父亲越来越相信：圣母玛利亚显灵了。他疯狂地想对露西亚示好，但全家人都在惩罚他，不允许他对女儿表示任何善意。

那天晚上，约翰回家的时候，茜茜静静地躺在床上。他半开玩笑地问：

"你今天把孩子生下来了吗？"

"生下来了。"她有气无力地回答说。

"哼，那你就继续装呗！"

"你今天早上走后一小时生的。"

"不可能！"

"我发誓！"

他环顾四周："那么，孩子又在哪儿呢？"

"在科尼岛的恒温箱里。"

"放在那里干什么？"

"你知道，宝宝只有七个月，三磅重。这就是你看不出我怀孕的原因。"

"你在说谎，你知道吗？"

"等我一恢复体力，就带你去科尼岛，让你直接看看那个玻璃罩子。"

"你究竟想干什么？把我逼疯吗？"

"十天后我就把孩子带回家。等她长出指甲。"她一时冲动就胡乱编了个理由。

"你到底怎么了，茜茜？你心里清楚，今天早上你根本没有生孩子。"

"我生了个孩子，三磅重。他们把孩子放进了恒温箱，防止她夭折。十天后我就把她抱回家。"

"我投降！我投降！"他大喊着走出家门，喝了个酩酊大醉。

十天后，茜茜把孩子带回了家。这个宝宝个头很大，体重将近十一磅。她的约翰最后一次表达了自己的质疑。

"才十天大的婴儿，似乎太大了点吧。"

"你自己就是个大男人，亲爱的。"她低声说。看见他的脸上露出了一丝欣喜，她双手搂住他。"我现在没事了，"她在他耳边说，"如果你想和我睡觉的话。"

"你知道吗，"他事后说，"这孩子确实有点像我。"

"尤其是耳朵周围。"茜茜昏昏欲睡地低声说。

几个月后，那家意大利人返回了意大利。他们乐得回去，因为他们在新世界一无所获，只留下悲伤、贫穷和耻辱。茜茜后来再也没听到他们的消息。

大家都知道这孩子不是茜茜生的——不可能是她生的。但她死不改口，既然找不到其他解释，大家也就慢慢接受了。毕竟，这个世界不乏奇闻怪事。她给孩子取名莎拉，但是没过多久，大家都叫她小茜茜。

凯蒂是唯一知道这孩子底细的人。茜茜让凯蒂帮忙在出生证明上写名字的时候，向她透露了这个秘密。哦，对了，弗兰茜也知道真相。夜里，她常常被说话声吵醒，听到妈妈和茜茜姨妈在厨房里谈论这个孩子。弗兰茜常常对天发誓，要替茜茜保守秘密。

乔尼是唯一一个知情的外姓人（那个意大利家庭除外）。凯蒂趁着弗兰茜熟睡的时候和他谈起了那个孩子，没想到被弗兰茜偷听到了。爸爸向着茜茜的丈夫。

"对任何男人来说，这都是个肮脏的伎俩。应该告诉他真相。我去跟他说。"

"不要！"妈妈严厉地说，"他挺高兴的。别扫他的兴。"

"高兴？拿另一个男人的孩子来糊弄他，他也接受？我搞不明白。"

"他疯狂地爱着茜茜，总是害怕她不要他，如果她真的离他而去，他就会去死。你了解茜茜。她换了一个又一个男人，嫁了一个又一个丈夫，总是想要个孩子。如果没有这个孩子，她也差不多要甩掉这个男人了。从现在起，茜茜一定会脱胎换骨。你记住我的话。她最终会安定下来，做个贤妻，配他绰绰有余。这个约翰算老几？"她停顿了一下，"她会成为一个好母亲。这个孩子将是她的全部，她再也不用去物色男人了。所以，你千万别捣乱啊，乔尼。"

"你们罗姆利家的女人城府太深，我们男人搞不懂。"乔尼说完这句话，突然有了一个念头，"喂，你是不是也这样耍我，是不是？"

为了以示清白，凯蒂把孩子们拖下床，让他们穿着白色的长睡衣站在他面前。"看看他们吧。"她命令道。乔尼看看儿子。他仿佛在照一面魔镜，里面是一个小号的自己。他又看看弗兰茜。这简直就是凯蒂的脸蛋，只是多了一分忧郁，眼睛长得像乔尼。弗兰茜心血来潮，拿起一个盘子，举在胸前，就像乔尼唱歌时举着帽子。她唱起了爸爸的一支拿手歌：

> 他们叫她轻浮的萨尔。
> 古灵精怪的女孩。

她的表情和手势，完全是乔尼的翻版。

"我明白了，我明白了。"爸爸小声说。他亲了亲孩子们，拍拍他们的屁股，让他们回去睡觉。孩子们走后，凯蒂勾住乔尼的头，小声对他耳语了一句。

"不会吧？"他惊讶地说。

"千真万确，乔尼。"她平静地说。他戴上了帽子。"你要去哪儿，乔尼？"

"去外面。"

"乔尼，回家的时候，请不要……"她望了一眼卧室的门。

"我不会的，凯蒂。"他一边答应，一边轻轻地吻了吻她，走出了家门。

弗兰茜半夜醒来，想知道为什么自己睡不着。啊，原来是爸爸还没回家呢。就是这个原因。只有知道爸爸平安回家，她才能睡得安稳。一旦醒来，她就开始思考。她想到了茜茜的孩子。她想到了生，想到了生的必然结果：死。她不想思考死亡，可是人难免都有一死。就在她竭力回避死亡的话题的时候，耳畔传来爸爸一边轻声唱歌、一边上楼的声音。听到他在唱《莫莉·马露恩》的最后一节，弗兰茜不禁浑身发抖。他从来不唱这一节，从来不唱！为什么……？

> 她死于严重的热病，
> 无人能救她性命，
> 甜美的莫莉·马露恩，
> 就这样香消玉殒……

弗兰茜没有动。按照家规，爸爸如果回家晚，妈妈要去开门，她不想打扰孩子们睡觉。这首歌快结束的时候，妈妈没听见，也没起床。弗兰茜从床上跳了起来。可是，她还没走到门口，爸爸就唱完了。门打开了，爸爸静静地站在那里，手里拿着帽子。他直视着前方，从弗兰茜头顶上看过去。

"你赢了，爸爸。"她说。

"是吗？"他问。他径直走进房间，看都没看她一眼。

"你把歌唱完了。"

"是的，我想我把歌唱完了。"他在窗边的椅子上坐了下来。

"爸爸……"

"关灯，回去睡觉吧。"（他回家之前，屋子里一直点着灯，灯光调得很暗）她把灯关掉。

"爸爸，你……你病了吗？"

"没有。我没喝醉。"他在黑暗中清楚地说。弗兰茜知道他说的是实话。

她爬上床，把脸埋在枕头里，莫名地哭了起来。

35

又到了圣诞节的前一周。弗兰茜刚过完十四岁生日。尼利嘛，引用他自己的话说，不知不觉就到十三岁了。这一年的圣诞节好像凶多吉少。乔尼似乎不大正常，他不再酗酒了。当然，在此之前，乔尼也有不酗酒的时候，但那是他上班的时候。现在呢，他滴酒不沾，也不上班，但奇怪的是，他现在虽然不喝酒了，可他的行为举止和醉汉没什么两样。

他已经有两个多星期没有和家人讲话了。弗兰茜记得，爸爸最后一次跟她讲话的那天晚上，他喝了酒但依然清醒，嘴里唱着《莫莉·马露恩》的最后一小节。仔细想想，那天晚上过后，他再也没唱过歌。他来来回回一声不吭。他在外面待到很晚才回家，意识清醒，没有人知道那段时间他去了哪里。他的手抖得厉害，吃饭的时候几乎拿不住叉子。突然间，他苍老了许多。

昨天，大家吃晚饭的时候他回来了。他看了看大家，貌似想要说些什么，但最终没有开口，他闭着眼睛站了一会儿，然后回卧室了。他的作息时间已经完全混乱。不管白天还是晚上，他都随意进出。在家的时候，他穿戴整齐地躺在床上，眼睛紧闭着。

凯蒂脸色苍白，一声不吭。她有一种不祥的预感，仿佛体内正在酝酿着一个巨大的悲剧。她脸庞消瘦，两颊凹陷下去，可她的身体比以前更丰满了。

圣诞前这一周，她又额外接了一份差事。她比平时起得更早，手脚麻利地打扫公寓楼，下午很早就完工了。然后，她匆匆赶到格兰德街尽头的波兰街区，到戈尔林百货商店帮忙，在那里从四点工作到七点，给那些女销售员送咖啡和三明治。因为在圣诞节生意高峰期，店里不让她们外出吃晚饭。这样一来，凯蒂每天能多挣七毛五，这对一家人来说无疑是雪中送炭。

快到七点的时候，尼利送完报纸回家，弗兰茜也从图书馆回来了。家里没有火，他们只能等妈妈回家后，才能要钱去买捆木柴。屋里很冷，孩子们穿着外套，戴着帽子。弗兰茜看到妈妈在绳子上晾的衣服，想把它们收回来。衣服已经冻成了奇形怪状，没办法从窗户里拉进来。

"来，让我试试。"尼利说着，伸手去够那套冻住的睡衣。睡衣的长裤腿被冻得叉开，尼利再怎么使劲，它也无动于衷。

"我要把这该死的裤腿给扯掉。"弗兰茜说。她拼命地捶打着，那睡衣"咔嚓"一声，终于松了下来。她气鼓鼓地把衣服拖了进来。那一刻，她看起来和凯蒂像极了。

"弗兰茜？"

"怎么了？"

"你……你说脏话了。"

"我知道。"

"上帝一定听到了。"

"哎呀，糟了！"

"是的，他听到了。他能看到一切，也能听到一切。"

"尼利，你觉得此时此刻，上帝能看到我们这个又小又旧的房子吗？"

"他当然能了。"

"这你也信啊，尼利。他那么忙，他要忙着照看小麻雀，怕它们摔下来，又要忙着照看花骨朵，怕它们开不出花，他根本没时间监督我们啊。"

"弗兰茜，别这么说。"

"我就要说。如果他真像你说的那样，四处走动，从每家每户的窗户往里看，那他一定会看到我们现在的处境，看到我们此刻饥寒交迫，看到妈妈身子很弱不应该这么操劳。他会看到爸爸的状况，就会做些什么来改变爸爸。如果他在看，他就应该这么做！"

"弗兰茜……"尼利心神不宁地环顾四周。弗兰茜看出了他心中的忐忑。

"我已经长大了，不该再这么戏弄他了。"她想。于是，她大声说："好了，我不说了，尼利。"于是他们谈起了别的话题，直到凯蒂回家。

凯蒂急匆匆地赶回家。她花两分钱买来一捆木柴、一罐炼乳和三根香蕉。她把纸和木头塞进炉子里，很快就生起了火。

"好了，孩子们。我想今天的晚饭还得吃燕麦。"

"又吃燕麦？"弗兰茜忍不住发了声牢骚。

"也没这么糟糕啊，"妈妈说，"我们有炼乳，我还买了香蕉，可以切成片放在上面。"

"妈妈，"尼利说道，"不要把我的炼乳和燕麦混在一起。就把炼乳放在上面。"

"把香蕉切了，和燕麦一起煮。"弗兰茜建议道。

"我想吃整根香蕉。"尼利反对道。

"我给你们一人一根香蕉，你们想怎么吃就怎么吃。"妈妈平息了这场争论。

燕麦煮好后，凯蒂把两个餐盘装得满满的，放在桌子上，在炼乳罐子上打了两个洞，在每个盘子旁边各放了根香蕉。

"你怎么不吃啊，妈妈？"尼利问道。

"我待会儿再吃，现在不饿。"凯蒂叹了口气。

弗兰茜说："妈妈，如果你不想吃饭，倒不如去弹钢琴，这样我们就像在饭店里吃饭一样。"

"前屋太冷了。"

"把油炉子点着吧。"孩子们异口同声地说。

"好吧。"凯蒂从壁橱里拿出一个便携式油炉,"不过你们知道我弹得不好。"

"你弹得很棒,妈妈。"弗兰茜真诚地说。

凯蒂很开心。她跪下来把油炉点着,"你们想听什么?"

"《来吧,小叶子》。"弗兰茜说。

"《甜蜜春光欢迎你》。"尼利喊道。

"那我先弹《小叶子》吧。"妈妈决定道,"因为我没有给弗兰茜买生日礼物,就把这首歌当作生日礼物吧。"她走进了冰冷的前屋。

"我想把香蕉切成片,放在燕麦上。如果我切得够薄的话,就会有很多香蕉片。"弗兰茜说。

"我打算把整根香蕉吃掉,"尼利决定道,"慢慢地吃,可以吃很长时间。"

妈妈正在弹奏弗兰茜点的歌。那是莫顿先生教孩子们唱的。弗兰茜随着音乐唱了起来:

风儿说,来吧,小叶子。
和我一起,去草地上玩耍嬉戏。
穿上你的红裙和金衣……

"好了,这是小孩子唱的歌。"尼利打断了她。弗兰茜停了下来。等凯蒂弹完弗兰茜点的歌,她准备弹奏鲁宾斯坦的《F 大调旋律》。莫顿先生恰巧也教过这首歌,歌词是《甜蜜春光欢迎你》。尼利开始唱了起来:

欢迎你,甜蜜的春光,我们唱歌迎接你。

"唱歌"本来是高音，尼利一下子唱跑调了，变成了男低音。弗兰茜情不自禁地笑起来，尼利也跟着咯咯直笑，再也唱不下去了。

"如果妈妈坐在这里，你知道她会说什么吗？"弗兰茜问。

"说什么？"

"她会说：'春天不知不觉就来了。'"他们笑了起来。

"圣诞节马上就要到了。"尼利说。

"记得小时候，"刚满十四岁的弗兰茜说，"我们闻到味道就知道圣诞节快到了。"

"我们看看现在还能不能闻到？"尼利一边冲动地说，一边把窗户开了个小缝，用鼻子闻了闻，"没错。"

"闻到什么了吗？"

"雪的味道。还记得吗，小时候，我们常常会抬头对着天空大喊：'羽童，羽童，从天上甩点羽毛来。'"

"每次下雪，我们都想，天上有个小羽童吧。我来闻闻。"她突然边说边凑到窗户缝闻了闻，"是的，我闻到了。是橘子皮和圣诞树交织在一起的味道。"他们关上了窗户。

"那次，你说你叫玛丽，得到了那个娃娃，我一直都没有揭穿你。"

"是的。"弗兰茜感激地说道，"这样说来，我也算帮过你。有次你用咖啡渣做香烟，抽的时候，纸着火了，落在了你的衬衫上，烧了个大洞，我还帮你把衬衫藏了起来。"

"你知道，"尼利沉思着说，"妈妈发现了那件衬衫，在洞上缝了个补丁，她从来没问过我那个洞是怎么来的。"

"妈妈真有趣。"弗兰茜说。他们思前想后，仍不理解妈妈的做法。火苗正在熄灭，可厨房里依旧很温暖。尼利坐在离炉子比较远的地方，那里不算烫。妈妈曾告诉过他，坐在热炉子上会长痔疮。尼利不在乎，他只想把后背烤得暖暖的。

孩子们也算得上是幸福快乐的。厨房里暖暖和和，他们没有忍饥挨饿，妈妈弹奏的钢琴，听起来心安又舒服。他们回忆着过去的圣诞节，就像弗兰茜所说的，他们在怀旧。

他们说话的时候，有人在用力敲门。"是爸爸。"弗兰茜说。

"不是，爸爸总是边上楼边唱歌，那样我们就知道他回来了。"

"尼利，那天晚上之后，爸爸回家就没再唱过歌……"

"让我进来！"乔尼大喊。他狠狠地捶门，仿佛要把门砸开。妈妈从前屋跑出来。她那白皙的脸，衬得眼睛愈发的黑。她把门打开，乔尼冲了进来。大家瞪着他，像看陌生人似的，他们从来没见过爸爸这副模样。他总是穿戴整齐，可现在，他的礼服脏得像在水沟里滚过似的，礼帽也压瘪了。他没穿大衣，也没戴手套。他的手冻得通红，不住地颤抖着。他猛然冲向桌子。

"没有，我没喝醉。"他说。

"没人说……"凯蒂开口道。

"我终于把酒戒掉了。我讨厌酒，我讨厌酒，我讨厌酒！"他捶打着桌子。他们都知道他说的是实话。"那晚过后，我就滴酒不沾……"他突然大哭起来，"可是根本没人相信我。没有人……"

"好了，乔尼。"妈妈安抚道。

"爸爸怎么了？"弗兰茜问。

"嘘，别来烦你爸爸了。"妈妈对弗兰茜说。她又对乔尼说："今天早上剩的咖啡，又香又热，今晚我们还喝了牛奶。我一直在等你回来吃晚饭呢。"她倒了杯咖啡。

"我们已经吃过了啊。"尼利说。

"闭嘴！"妈妈一边对他说，一边把牛奶倒进咖啡里，坐到乔尼对面，"乔尼，趁热喝了吧。"

乔尼盯着杯子看。突然，他扬手把杯子一推，"哐当"一声摔到地上，凯蒂倒吸了一口冷气。乔尼抱头痛哭，全身颤抖着。凯蒂走到他旁边。

"怎么了，乔尼，怎么了？"她轻声抚慰着他。最后，他抽泣着说：

"他们今天把我赶出了侍者工会。他们说我是废物，是酒鬼。他们还说，这辈子也不给我安排事情做了。"他缓了缓，然后又用恐惧的声音说，"一辈子啊！"他又痛哭起来，"他们要我把工会的徽章还回去。"他攥住西服翻领上那枚小小的、绿白相间的徽章。弗兰茜的嗓子眼儿像被堵住似的，她想起爸爸把徽章当作玫瑰，别在领子上。他为自己是一名工会成员而自豪。"不过，我不会放弃的。"他抽泣着说。

"没什么大不了的，乔尼。你只要好好休息，重振雄风，他们会接受你的。你是个优秀的侍者，也是最好的歌手。"

"我已经不行了，我没办法再唱歌了。凯蒂，我一开口唱歌他们就笑我。我最后做的几份差事，就是他们雇我去逗人发笑。已经到这个地步了，我真的完蛋了。"他大哭起来，哭得好像永远都会停不下来。

弗兰茜想跑进卧室，把头埋进枕头。她慢慢朝门口挪过去，妈妈发现了。

"待在这儿！"她尖锐地喊道。她又对爸爸说："来吧，乔尼，休息一会儿，你就会感觉好点。我把油炉子放到卧室来，一会儿你就觉得温暖又舒服。我坐你旁边，你安心睡吧。"她伸手搂着他。他轻轻地把她的手臂推开，独自一人走进卧室，低声抽泣着。凯蒂对孩子们说："我要去陪爸爸待一会儿，你们继续聊天，该干什么干什么。"孩子们看着她，呆若木鸡。"你们干吗这样看着我？"她的声音都破了，"没什么大事。"他们把目光移开。凯蒂去了前屋拿油炉子。

许久，弗兰茜和尼利都没有对视。最后，尼利说："你还想谈谈往事吗？"

"不想。"弗兰茜说。

36

三天后，乔尼去世了。

那天晚上，他上了床，凯蒂一直坐在他身边，守着他入睡。后来，凯蒂害怕打扰他睡眠，就去弗兰茜床上凑合了一夜。晚上不知道什么时候，他起床了，摸黑穿好衣服，走出了家门。第二天晚上他没有回来。第三天，大家开始寻找他。他们把他常去的地方找了个遍，但是，最近一周根本没人见过他。

第四天晚上，麦克肖恩过来，把凯蒂带到附近的一家天主教医院。路上，他尽量放缓语气，给她讲了乔尼的状况。那天一大早，有人发现他蜷缩在一个门道里。警察赶到时，他已经不省人事了。他内衣外穿着晚礼服，扣子扣得紧紧的。警察看到他脖子上挂着圣安东尼奖章，于是叫来了天主教医院的救护车。他身上没有任何证明的标记。后来，警察给警局写了一份情况汇报，上面描述了那个昏迷者。麦克肖恩例行公务，检查报告的时候，看到了这个描述。他凭着第六感猜出了这个人的身份。他跑到医院一看，果然是乔尼·诺兰。

凯蒂到医院的时候，乔尼还活着。医生告诉她，他得了肺炎，没有生还的可能了，最多只能撑几小时。目前他正处于临终昏迷状态。他们带着凯蒂去见他。他躺在一个长长的、走廊状的病房里。病房还有另外五十张床。凯蒂谢过麦克肖恩，并与他道别。麦克肖恩知道她想和乔尼独处，就连忙告退了。

乔尼的病床四周围着屏风，暗示着他快要死了。他们给了凯蒂一把椅子，她整整一天坐在那里看着他。他呼吸急促，脸上还有泪痕。凯蒂一直守到他去世。他一直没有睁开眼睛。他没有跟妻子说一句话。

她回家的时候，天已经黑了。她决定第二天早上再告诉孩子们。"他走了，让他们睡个好觉吧，"她想，"无忧无虑地再睡一觉。"她只告诉他们，爸爸病重躺在医院里，其他什么也没说。见她神情肃穆，孩子们不敢多问。

黎明时分，弗兰茜醒了。从狭窄的卧室望过去，她看到妈妈正坐在尼利床边，低头注视着他的脸。她眼圈发黑，好像在那儿坐了一整夜似的。见弗兰茜醒了，她吩咐她马上起床穿好衣服。她轻轻摇醒了尼利，叫他起床穿衣。然后，她走进了厨房。

卧室又阴又冷，弗兰茜哆哆嗦嗦地穿好衣服。她等着尼利，不想独自去见妈妈。凯蒂坐在窗边。孩子们走到她面前，站在那里等着。

"你们的父亲已经去世了。"她告诉他们。

弗兰茜站在那里，呆若木鸡。没有惊讶，也没有悲伤。没有任何感觉。妈妈刚才说的话毫无意义。

"你不要为他哭泣。"妈妈命令道。她接下来说的话也毫无意义。"他现在已经解脱了，也许他比我们都幸运。"

* * *

医院的一个清洁工拿了殡仪馆老板的好处，只要有人死亡，他就会立刻通知殡仪馆。这位精明的殡仪馆老板经营理念比他的同行略胜一筹：他主动出击找生意，其他人则坐在家里等业务。这个有心人一大早就来拜访凯蒂。

"诺兰太太，"他偷偷看了看清洁工写给他的名字和地址，"我对您的悲痛深表同情。我劝您想开点：您的遭遇，我们以后都会遇到。"

"你想要什么？"凯蒂直截了当地问。

"我想做你的朋友。"不等她产生误解，他就匆匆直逼主题，"有一些细节与……啊……遗体……我是说……"他又快速看了一眼纸条，"我是说诺兰先生的遗体。我请求您把我当作前来安慰您的朋友……我会……好吧，我希望您把一切都交给我来处理。"

凯蒂心领神会："办一场简单的葬礼，你要多少钱？"

"这样吧，您不用担心费用问题，"他避重就轻，"我要给他办一场盛大的葬礼。我对诺兰先生敬仰之至（他根本不认识诺兰），我要把这事当作我个人的私事来办，会给他办得最好。钱的问题您不用担心。"

"我不会担心。因为我根本没钱。"

他舔了舔嘴唇："当然，除了保险金之外。"这是个问题，不是简单一句话。

"保险金倒是有。一点点。"

"啊，"他高兴地搓着手，"那我就可以帮上一把了。保险理赔有很多繁文缛节需要处理，你要花很长时间才能拿到钱。请您（您知道，我不会向您额外收费）让我来处理这件事。您只要在这里签个字，"他迅速从口袋里掏出一张纸，"把您的保单交给我。葬礼的费用我先垫付，保险赔付以后再从中扣除。"

所有的殡仪馆老板都提供这种"服务"。这里面自有门道，首先要确定保费的金额。一旦确定了金额，他们就会把葬礼的费用控制在保费金额的百分之八十内。他们还得留下一点钱来买丧服，让主家满意。

凯蒂拿出保单，放在桌子上，精明的老板一眼看到了金额：两百块钱。他假装没有看到保单。等凯蒂在保单签字后，他顾左右而言他地闲扯了一会儿。最后，他好像在做一个决定，说：

"告诉您我会怎么办吧，诺兰太太。我要为死者举行最风光的葬礼，四驾马车，镍把手的棺材，一共只要一百七十五块。平时这样规模的葬礼要收二百五十块呢，这次我一分钱也没赚。"

"那你为什么要白干呢？"凯蒂问。

他丝毫不乱阵脚。"我这么做，是因为我喜欢诺兰先生。一个了不起的人，一个勤劳的人。"他看到了凯蒂惊讶的眼神。

"我不知道。"她犹豫了一下，"一百七十五……"

"这也包括做弥撒的费用。"他急忙插嘴道。

"好吧。"凯蒂面无表情地说。她已经厌倦了这个话题。

殡仪馆老板拿起保单，假装第一次看到金额。"您看看！这是两百块的保单。"他故作惊讶地说，"也就是说，葬礼结束后，您还可以得到二十五块。"他把腿伸直，手在口袋里摸来摸去，"所以嘛，我总是说，遇到这种时候，手头有点现金总会派上用场……任何时候有现金总归没坏处。"他善解人意地笑了起来，"所以我就自掏腰包，先垫付给您二十五块吧。"他把二十五块钱的新钞票摆在了桌上。

凯蒂向他表达了谢意。他没有欺骗她，她也没有提出反对意见。她知道这就是做事的规矩。他只是在做他的分内之事而已。他还请她从主治医生那里要到死亡证明。

"请您告知他们我会去处理尸……我的意思是遗……好吧，我会来接诺兰先生的。"

再次去医院的时候，凯蒂被带到医生办公室。教区的牧师也在场。他正在努力协助医生填写死亡证明。看到凯蒂时，他在胸前画了个十字架表示祝福，然后和她握手。

"诺兰太太应该比我更了解情况。"牧师说。

医生问了些必要问题：全名、出生地点、出生日期，等等。最后，凯蒂问了医生一个问题。

"您在纸上都写了些什么——我的意思是，他的死因是什么？"

"急性酒精中毒和肺炎。"

"他们说他死于肺炎。"

"这是导致死亡的直接原因。但是，急性酒精中毒才是真正的诱因。如果你希望了解真相，这或许是他死亡的最主要原因。"

"我不想让您写，"凯蒂缓慢而坚决地说，"不想让您写他死于酗酒。就写他死于肺炎吧。"

"夫人，我必须如实记录。"

"他都死了。他的死因对您有什么意义呢？"

"法律规定……"

"您听我说，"凯蒂说，"我有两个优秀的孩子。他们长大后一定会出人头地。他们的父亲就这样死了……这并不是他们的错。如果我能告诉他们，他们的父亲死于肺炎，这对我来说，意义重大。"

牧师也过来帮腔。"您可以做到的，医生，"他说，"既不伤害自己，又对别人有益。这个年轻人已经走了，不要揪着一个可怜的死人不放。只写个肺炎吧，您也没撒谎，这位女士会记着您，以后一直为您祈祷。再说，"他又补充了一句很现实的话，"这跟您有什么关系呢？"

突然，医生回想起两件事情，他记得牧师是医院董事会的成员，他还记得他想做那家医院的主治医生。

"好吧，"他做出了让步，"我就按你们说的写。但你们不要乱传啊。我这是看您的面子啊，牧师。"他在"死因"后面的空白处写下了"肺炎"。

于是，没有任何记录表明约翰·诺兰是醉酒而死。

* * *

凯蒂用那二十五块钱置办了丧服。她给尼利买了一套崭新的黑色西装加长裤。第一次拥有长裤套装，尼利百感交集：骄傲、快乐和悲伤在心中交织着、挣扎着。根据布鲁克林的习俗，凯蒂为自己买了一顶新的黑帽子和一顶三英尺长的寡妇面纱。她只给弗兰茜买了双她期待已久的新鞋，没给她买黑色外套，因为她长得快，明年冬天就穿不上了。妈妈说，可以把自己的旧绿大衣给弗兰茜穿，只要在胳膊上戴个黑色袖章就可以了。弗兰茜非常高兴，因为她讨厌黑色，正担心妈妈会让她穿黑色丧服呢。购完丧服，凯蒂把剩下的一点零钱放进了储蓄罐。

殡仪馆老板又来了，他说，乔尼已经被安放在他的殡仪馆了，遗容已经整理好了，晚上就可以带回家。凯蒂严厉地告诉他，不要在孩子们面前提这些细节。

接下来，一个沉重的打击从天而降。

"诺兰夫人，我得有你家的地契。"

"什么地契？"

"墓地地契啊。有地契才能挖墓穴。"

"我以为这都包括在一百七十五块以内。"

"不，不，不！我已经给你让过价了。光是棺材就花了我……"

"我不喜欢你，"凯蒂直言不讳地说，"我不喜欢你这个行业。可是，"她用惊人的超然态度补充道，"我想，活人总要去埋死人。一块地契多少钱？"

"二十块。"

"我到哪里去弄……"她突然停了下来，"弗兰茜，去拿螺丝刀。"

他们撬开了储蓄罐。里面有十八块六毛二分。

"这还不够啊，"殡仪馆老板说，"剩下的钱我来出。"他伸出手来要钱。

"我会把钱凑齐的。"凯蒂告诉他，"但是，等地契到手，我再付钱。"

老板急得又吵又叫，最后还是打道回府，说他要把契约带过来。妈妈派弗兰茜到茜茜家借了两块钱。殡仪馆老板带着地契回来时，凯蒂想起了母亲十四年前说过的一番话，她仔仔细细、认认真真地把地契读了一遍，然后让弗兰茜和尼利也读了一遍。殡仪馆老板用这只脚着地站一会儿，再用另一只脚着地站一会儿。诺兰家三个人轮流看完地契，确认无误以后，凯蒂把钱交给了对方。

"我为什么要欺骗你呢，诺兰太太？"他一边小心翼翼地把钱收起来，一边哀怨地问道。

"为什么有些人总想骗人呢？"她反问道，"但他们确实在骗人。"

桌子中间放着储蓄罐，它已经服役十四年，边上的锡条都掉皮了。

"妈妈，要不要把存钱罐再钉上去？"弗兰茜问道。

"不用了，"妈妈慢悠悠地说，"我们不再需要存钱罐了。你看，我们有块土地了。"她把折叠好的地契放在粗糙的星形存钱罐上。

棺材放在前屋时，弗兰茜和尼利一直侍在厨房里。他们甚至睡在厨房里。他们不想看到爸爸躺在棺材里。凯蒂似乎也能理解，没有强迫他们去前屋看爸爸。

房子里摆满了鲜花。不到一星期前，侍者工会刚刚把乔尼赶出组织，现在却送来枕头大一大捧白色康乃馨，上面斜拉着一条紫色丝带，上面写着几个金色的字："我们的兄弟"。为了纪念诺兰家勇擒杀人狂魔，辖区警察局送来了十字架形状的红玫瑰花束。麦克肖恩警官送来了一束百合花。乔尼的母亲、罗姆利一家和一些邻居也都送了鲜花。还有几十个乔尼的朋友也送来了鲜花，凯蒂从来没有听说过这些人的名字。酒店老板麦加里蒂送来一个人造月桂叶做成的花环。

"真想把这玩意儿扔进垃圾桶。"艾薇看到花环上的卡片，愤愤不平地说。

"不用了，"凯蒂轻声说，"我不能怪麦加里蒂。他又没有逼乔尼去那里。"

（乔尼去世时欠麦加里蒂三十八块钱。不知什么原因，这位酒店老板对凯蒂只字未提。他默默地把这笔债务注销了。）

玫瑰花、百合花和康乃馨的香味混杂在一起，弥漫在公寓楼里，令人作呕。从那以后，弗兰茜开始讨厌鲜花，而凯蒂发现亲朋好友这么思念乔尼，不由得心生欢喜。

乔尼的棺材封盖之前几分钟，凯蒂走进厨房，见到两个孩子。她把手放在弗兰茜的肩膀上，低声说：

"我听到邻居们在窃窃私语，他们说你们不愿意见爸爸最后一面，因为他不是个好爸爸。"

"他是个好爸爸。"弗兰茜气鼓鼓地说。

"是的，他是好爸爸。"凯蒂附和着说。她等待着，让孩子们自己做决定。

"走吧，尼利。"弗兰茜说。两个孩子手拉手走进前屋见他们的爸爸。尼利迅速看了一眼，然后跑出了房间，他害怕自己会哭。弗兰茜站在那里，眼睛盯着地上，不敢抬头看爸爸。最后，她终于抬起眼睛。她无法相信爸爸已经去世了！他穿着的礼服，洗得干干净净，熨得平平整整。他穿着一条新的假衬衣和纸领子，打着一条精心系好的领结。他的翻领上插着一朵康乃馨，康乃馨上面别着他的工会徽章。他的金色卷发依旧闪闪发光，和以前一模一样。其中一撮头发没梳整齐，搭在前额上。他双眼微闭，好像刚刚睡着。他看上去年轻、英俊、养尊处优。她第一次发现爸爸的眉毛那么完美。他的小胡子修剪整齐，像以前一样温文尔雅。他的脸上再也没有往日的痛苦、悲伤和忧虑。这张脸光滑平和，看起来像个大男孩。乔尼去世时只有三十四岁，但他看上去比实际年龄更年轻，像个二十出头的小伙子。弗兰茜看了看他的手，那双手随意地交叉着，放在一个银十字架上。他的无名指上有个白圈，那里曾经戴着结婚时凯蒂送给他的图章戒指。（凯蒂把戒指摘下来，留给尼利成年的时候戴。）她记得爸爸的手一直在颤抖，现在却一动不动，真是太奇怪了。爸爸的手指又长又细，双手显得又窄又美。她一直盯着爸爸的手，似乎感觉它们在动。她心里突然一阵恐慌，想拔腿逃跑。可是，房间里到处都是人，大家都在盯着她看。他们会说，她之所以逃跑，是因为……他一直是个好爸爸。他是好爸爸！他是好爸爸！她把手放在他的头发上，把那撮头发放回原位。茜茜姨妈走过来，搂住她，低声说："是时候了。"弗兰茜退后一步和妈妈站在一起，他们合上了棺材盖。

做弥撒的时候，弗兰茜跪在妈妈的一边，尼利跪在另一边。弗兰茜的眼睛盯着地板，这样她就不用看棺材了。棺材放在祭坛前的支架上，上面覆盖着鲜花。她偷偷地看了一眼妈妈。凯蒂跪在地上，直视前方，在寡妇面纱下，她的脸苍白而安静。

牧师走下来，绕着棺材，在棺材四角洒圣水，坐在走廊对面的一个女人大声呜咽起来。即使乔尼已经去世，凯蒂的醋意和占有欲丝毫未减，她猛然转身，去看哪个女人胆大包天，敢为乔尼放声大哭。她仔细端详着那个女人，然后转过头去。她思绪凌乱，就像风中飞舞的纸屑。

"希尔迪·奥黛尔真显老，"她想，"她的黄色头发上就像撒了一层面粉。其实她并不比我大多少……三十二三岁的样子。我十七岁时，她十八。你走你的阳关道，我走我的独木桥。大家井水不犯河水。你的意思是你要走她的路。希尔迪，希尔迪……他是我的男朋友，凯蒂·罗姆利……希尔迪，希尔迪……但她是我最好的闺蜜。我也不太好，希尔迪……我不应该引导你继续……你应该走你的路……希尔迪，希尔迪。让她哭吧，让她哭吧。"凯蒂心想，"爱乔尼的人就应该为他哭泣，但我不能哭。

让她……"

　　凯蒂、乔尼的母亲、弗兰茜和尼利乘坐第一辆马车，紧跟灵车去了墓地。孩子们背对司机坐着。弗兰茜很高兴，因为她不喜欢看送葬队伍前面的灵车。她看见了后面的马车。艾薇姨妈和茜茜姨妈单独坐在第二辆马车上，她们的丈夫因为上班不能来。外婆玛丽·罗姆利在家帮着茜茜看孩子。弗兰茜真希望自己能坐在第二辆马车上。鲁蒂·诺兰一路不停地哭泣着、哀号着。凯蒂像块石头，无声无息地坐着。封闭的车厢不通风，里面散发着潮湿的干草味和腐臭的马粪味。臭不可闻的味道，封闭的空间，倒着坐车的奇怪感受，再加上葬礼的紧张气氛，这一切让弗兰茜有一种从未有过的恶心。

　　墓地里有个深洞，旁边放着一个普通的木箱。人们把盖着布的棺材和闪亮的把手放进木箱里。他们把棺材放进坟墓的时候，弗兰茜就把目光移开了。

　　那一天天色阴暗、寒风呼啸。冰冻的尘土飞速旋转，在弗兰茜的脚边徘徊。不远处有个一周前新建的坟墓，几个男人正从铁丝架上拆下枯萎的花。他们拆得有条不紊，把枯萎的花整整齐齐地堆起来，小心翼翼地堆起铁丝架。他们的生意正规合法。他们从墓地官员手里买下特许权，把拆下的铁丝架卖给花商，供花商循环使用。没有人抱怨他们，因为他们非常谨慎，花朵枯萎之前绝不会轻易拆除。

　　有人把冰冷潮湿的泥土塞到弗兰茜手里。她看见妈妈和尼利站在坟墓边，把手里的泥土撒进坟墓。弗兰茜慢慢走到墓穴边缘，闭上眼睛，慢慢张开手。一秒钟后，她听到尘土落地时轻柔的撞击声，那种恶心的感觉又来了。

　　葬礼结束后，马车分道扬镳。送葬人各回各家。鲁蒂·诺兰和几个送葬的邻居结伴离开。她甚至都没过来道别。整个葬礼过程中，她都拒绝与凯蒂和孩子们搭腔。茜茜姨妈、艾薇与凯蒂、弗兰茜和尼利上了同一辆马车。马车坐不下五个人，弗兰茜只好坐在艾薇的腿上。回家路上，大家都默不作声。为了逗大家开心，艾薇姨妈讲了几个威利叔叔与马的新故事。可是，没有一个人笑，因为根本就没人听。

马车经过他们家街角一家理发店时，妈妈让车夫停了下来。

"你进去，"她告诉弗兰茜，"把你爸爸的杯子取回来。"

弗兰茜不知道她是什么意思。"什么杯子？"她问了一下。

"就说要杯子。"

弗兰茜走了进去。店里有两个理发师，但没有顾客。其中一个理发师坐在靠墙的一把椅子上，左脚踝靠在右膝盖上，怀抱一把曼陀铃，正在演奏《我的太阳》。弗兰茜知道这首歌，莫顿先生教他们唱过，说歌名叫《阳光》。另一个理发师坐在理发椅上，对着一面长镜子照着自己。看到小姑娘进来，他从椅子上跳了下来。

"什么事？"他问。

"我要我爸爸的杯子。"

"叫什么名字？"

"约翰·诺兰。"

"啊，好吧。太糟糕了。"他叹了口气，从架子上一排杯子里拿出一个。这是个厚厚的白色杯子，上面烫金的花体字写着"约翰·诺兰"。杯子底部有一块破旧的白肥皂和一把卷了毛的刷子。理发师把肥皂撬出来，和刷子一起放在一个更大的没有写名字的杯子里。他洗了洗乔尼的杯子。

等候期间，弗兰茜环顾四周。她从来没有进过理发店。这里充斥着肥皂、干净毛巾和发油的味道。还有一个燃气加热器，轻轻地发出嘶嘶的声音。理发师唱完那首歌，又重新开始唱。曼陀铃单薄清脆的声音给暖洋洋的理发店蒙上一丝悲伤。弗兰茜在心里唱着莫顿先生教过的歌词：

啊，多么辉煌，

灿烂的阳光，

暴风雨过去后，

天空多晴朗。

　　每个人生活中都有自己的秘密，弗兰茜心想。爸爸从来没有说起过这家理发店，但他每周来这里三次。生性讲究的乔尼模仿家境富足的人，自带杯子，不用普通杯子里的泡沫剃须。这不是乔尼的风格。他每周去那里三次——有钱的时候——坐在椅子上，照着镜子，和理发师高谈阔论：那年布鲁克林的球队是否优秀，民主党是否会像往常一样胜出。另一个理发师演奏曼陀铃的时候，他也许还会伴唱。是的，弗兰茜确信他一定唱过。对他来说，唱歌与呼吸一样轻而易举。她想知道，排队等候的时候，他是不是读过放在长凳上的《警察公报》？

　　理发师把洗过擦干的杯子交给她。"乔尼·诺兰是个好人，"他说，"告诉你妈妈，这是我，他的理发师说的。"

　　"谢谢您。"弗兰茜满怀感激地低声说。在忧伤的曼陀铃音乐中，她走出理发店，关上了门。

　　回到马车上，她把杯子递给凯蒂。"这个留给你，"妈妈说，"爸爸的图章戒指留给尼利。"

　　弗兰茜看着爸爸烫金字的名字，轻轻说了声"谢谢。"短短五分钟，她道了两次谢。

　　乔尼在世三十四年。不到一个星期前，他还在街上行走。现在，他只留下一个杯子、一枚戒指和家里两个没有熨烫的侍者围裙，只有这几个物件可以证明这个男人曾经在世上走过一遭。乔尼没有留下任何其他遗物，下葬的时候，他穿着自己所有的衣服，佩戴着他的装饰纽扣和十四克拉的金领扣。

　　回到家后，他们发现邻居们来过，把屋子打扫干净了。前屋的家具放回了原处，枯枝败叶和凋落的花瓣已经清扫干净。窗户打开了，房间也通风了。他们还带来了煤，在厨房炉灶里生了大火，在桌子上铺了块白色的新桌布。泰莫尔姐妹带了一块自己烤的蛋糕，切成片放在盘子里。弗洛茜·加迪斯和她妈妈买了很多切好的腊肠，放了整整两大盘子。还有一篮子新鲜的黑麦面包。桌上摆放着咖啡杯，炉子上放着一壶新煮的咖啡，桌子中央放了一罐真正的奶油。诺兰一家不在的时候，他们做好了这一切，然后离开，锁上门，把钥匙放在门口的垫子下。

茜茜、艾薇、妈妈、弗兰茜和尼利坐在桌子旁。艾薇姨妈给大家倒了咖啡。凯蒂坐在那里，盯着杯子看了很久。她想起乔尼最后一次坐在桌子旁的情形。她和乔尼一样，她用胳膊把杯子推开，头靠在桌子上，极其痛苦地哀号起来。茜茜搂住她，用她那温柔而亲切的声音说：

"凯蒂，凯蒂，不能这么哭。不能这样哭，否则动了胎气，这个孩子生出来性格会忧郁的。"

37

葬礼后的第二天，凯蒂没有起床，弗兰茜和尼利不知所措，两个人魂不守舍地在家里走来走去。傍晚时分，凯蒂起床做了些晚饭。吃完饭，她劝孩子们去散散步，透透气。

弗兰茜和尼利沿着格雷厄姆大道走向百老汇。这是一个静悄悄、冷冰冰的夜晚，天上没有飘雪。街上空空如也。圣诞节已经过了三天，孩子们在家里玩着新玩具。街灯又冷又亮。一股从海面吹来的寒风贴着地面刮过来，吹得脏纸在排水沟飞速旋转。

他们的童年在过去的几天里已经结束了。圣诞节竟然就这么不经意地过去了，因为他们的父亲正好在圣诞节去世。尼利的十三岁生日也在过去的几天里糊里糊涂地溜走了。

他们来到一家歌舞剧院门前，高大的门墙灯光闪耀。两个孩子都识字，遇到什么都要读一读，他们停下脚步，不由自主地阅读起本周表演的节目单。在第六个节目下面，有一行大写的公告。

"下周此时此地！昌西·奥斯本，情歌王子唱情歌。不要错过！"

"情歌王子……情歌王子……"

父亲去世后，弗兰茜没有流过一滴眼泪，尼利也没有。现在，弗兰茜觉得自己所有的眼泪都冻结在喉咙里，形成一个坚实的肿块，这个肿块在扩大……扩大。她觉得，如果这个肿块不尽快融化，重新变成眼泪，她就会憋死。她看了看尼利，眼泪从他的眼里滚落下来。她的眼泪也来了。

他们转到一条黑暗的小巷，坐在人行道的边缘，脚放在排水沟里。尼利虽然哭了，但他记得把手帕铺在路牙上，免得弄脏了新裤子。他们又冷又孤单，紧紧靠在一起。坐在寒冷的街道上，他们静静地哭了很久。最后，他们再也哭不动了，就开始说话。

"尼利，爸爸为什么要死呢？"

"我想，是上帝要他死的。"

"为什么？"

"也许是为了惩罚他。"

"惩罚他什么？"

"我不知道。"尼利痛苦地说。

"你相信是上帝让爸爸来到这个世界的吗？"

"相信。"

"那么他就想让他活下去的，是不是？"

"我想应该是吧。"

"那他为什么要让他死得这么早呢？"

"也许是为了惩罚他。"尼利重复着这个答案，他找不到别的理由。

"如果真是这样，那又有什么用呢？爸爸死了，他根本不知道自己受到了惩罚。上帝把爸爸造成了那个样子，然后自言自语道，我谅你也不敢把我怎么样。我打赌上帝就是这么说的。"

"也许你不应该那样谈论上帝。"尼利提心吊胆地说。

"他们说上帝非常伟大，"弗兰茜轻蔑地说，"他无所不知，无所不能。如果他真的很伟大，他为什么不帮助爸爸，反而像你说的那样去惩罚他呢？"

"我只是说也许。"

"如果上帝掌管全世界，"弗兰茜说，"掌管日月星辰，掌管花草树木，掌管飞禽走兽，掌管全人类，你一定会觉得他日理万机，德高望重，对不对？他一定不会花时间来惩罚某个人——像爸爸这样的人。"

"我觉得你不应该那样谈论上帝，"尼利惴惴不安地说，"他可能会让你倒地丧命。"

"那就让他来吧。"弗兰茜恶狠狠地叫道，"让我倒在水沟里丧命吧！"

他们胆战心惊地等待着，结果什么也没发生。弗兰茜再次开口说话时，语气变得平静多了。

"我相信耶稣基督和他的母亲圣母玛利亚。耶稣曾经是个活生生的婴儿。他像我们一样，夏天光脚走路。我见过他的一幅画像，他小时候没有穿鞋。长大成人以后，他去钓鱼，和爸爸那次一样钓鱼。人们也会伤害他，但人们伤害不了上帝。耶稣不会到处惩罚人，他了解人，所以我永远相信耶稣基督。"

他们像天主教徒在提到耶稣的名字时一样画十字架。然后她把手放在尼利的膝盖上，低声说：

"尼利，除了你，我不会告诉任何人，我不再相信上帝了。"

"我想回家。"尼利说。他浑身发抖。

凯蒂给他们打开门，见他们面容憔悴，但态度冷静。"嗯，看来他们已经哭出来了。"她想。

弗兰茜看一眼妈妈，然后迅速把目光移开了。"我们出去的时候，"她想，"她一定哭了又哭，直到哭不动为止。"他们谁也没有提到哭泣。

"我觉得你们回家会很冷，"妈妈说，"所以给你们一个温暖的惊喜。"

"是什么？"尼利问道。

"你马上就能看到了。"

妈妈准备的惊喜原来是"热巧克力"，就是把可可粉和炼乳拌成糊状，然后加上沸水。凯蒂把这又浓又稠的东西倒进杯子。"这还不是全部。"她补充说。她从围裙口袋里的一个纸袋里拿出三个棉花糖，每个杯子里都塞了一个。

"妈妈！"孩子们异口同声、心醉神迷地喊了一声。"热巧克力"是格外特别的东西，通常只有过生日才能享受一次。

"妈妈真是了不起。"弗兰茜一边想，一边用勺子压棉花糖，看着它溶化成白色圆圈浮在黑巧克力上。"她知道我们哭过，但她没问这个问题。妈妈从不……"突然，她想到一个能够恰当形容妈妈的词，"妈妈从不笨手笨脚。"

是的，凯蒂从不笨手笨脚。她的双手形状美丽，外表粗糙，做起事来十拿九稳，一个动作就可以准确无误地将破碎的花朵扔进水桶；左手向外，右手向里，双手同时使劲一转，就可以把擦洗布拧得干干净净。说话的时候，她实话实说、言简意赅、一针见血。她的思想强硬决绝，毫不妥协。

妈妈说："尼利长大了，不能再和姐姐睡一个房间了。所以我把你……"她稍作停顿，接着说，"……爸爸和我的房间收拾好了。现在，那就是尼利的卧室了。"

尼利的眼睛突然向妈妈望去。一个自己的房间！梦想成真，双喜临门啊：一条长裤，一个房间……可是，一想到这些好处因何而来，他的眼睛又黯然了。

"我和你合住你的房间，弗兰茜。"凯蒂生来机智圆滑，她没有用这样的句子："你和我合住你的房间。"

"我希望也有自己的房间。"弗兰茜心中泛起一股嫉妒，"但我想，这样也没错，尼利应该有个房间。家里只有两间卧室，他不能和妈妈一起睡觉。"

凯蒂了解弗兰茜的心思，她说："等天气再暖和点，弗兰茜就可以住到前屋。我们把她的小床搬过去，白天给床上盖上漂亮的床罩，前屋就像一个私人客厅。你看这样可以吗，弗兰茜？"

"可以，妈妈。"

过了一会儿，妈妈说："我们好几天晚上都忘了读书，现在，我们重新开始吧。"

"看来一切照旧啊。"弗兰茜心想，她有点惊讶，从壁炉架里拿出了《圣经》。

"因为，"妈妈说，"今年我们错过了圣诞节，那我们就跳过其他内容，直接读耶稣诞生那一段。我们轮流阅读吧。弗兰茜，你先来。"

弗兰茜开始阅读。

> ……就这样，他们在那里的时候，玛利亚的产期到了。她就生出了头胎儿子，裹在襁褓里，放在马槽里。因为客店里没有地方。

凯蒂突然叹了口气。弗兰茜停下来，好奇地抬起头来。"没什么，"妈妈说，"你继续读吧。"

"是的，没什么，"凯蒂心想，"这时候也该胎动了。"那个未出生的孩子又在她肚子里动了动。"是不是因为他知道这个孩子要来，"她默默地想，"所以他最后不喝酒了？"她曾低声对他说，他们又要有孩子了。知道了这个消息，他是不是想洗心革面？是不是因为想要洗心革面，才导致了他的死亡？"乔尼……乔尼……"她又叹了口气。

他们轮流读了耶稣诞生的故事，大家边读边想死去的乔尼。但是，每个人都没说出自己的想法，大家彼此心照不宣。

孩子们准备上床睡觉的时候，凯蒂一改往日的风格，做了件极不寻常的事情。她不是个感情外露的女人，但是，她却把孩子们抱在怀里，和他们吻别。

"从现在起，"她说，"我要又当爹又当妈了。"

38

就在圣诞节假期结束前，弗兰茜告诉妈妈，她打算辍学。

"你不喜欢学校吗？"妈妈问。

"不，我喜欢学校。但我现在十四岁了，我可以轻松地拿到工作证。"

"你为什么要去上班？"

"帮家里一把啊。"

"不用，弗兰茜。我想让你回去上学，念到毕业。只有几个月时间，六月不知不觉就到了。你可以暑假去拿工作证。或许尼利也能拿到。但是，秋天你们都要去上高中。所以，别再想工作证的事，回去上学吧。"

"可是，妈妈，我们怎么能熬到夏天呢？"

"我们能对付过去。"

凯蒂说得信心十足，其实心里根本没底。她时时刻刻都在想念乔尼。乔尼没有稳定工作，但星期六和星期天晚上总有夜场工作，也能有三块钱入账。家里实在揭不开锅的时候，乔尼也会想方设法克制自己，和家人一起共渡难关。但现在，乔尼走了。

凯蒂估算了一下。只要她能保持那三套公寓干净整洁，自己家的房租就解决了。尼利投递报纸，每周可以挣一块五毛钱，这笔钱可以买煤，当然只能晚上生火。但是等等！每周还得从这笔钱中拿出两毛交保险费。（凯蒂每周投保一毛钱，每个孩子投保五分钱。）好吧，那就少用一点煤，早点上床就可以解决这个问题了。衣服？想都不要想了。多亏给弗兰茜买了新鞋，给尼利买了新西装。那么，最大的问题就是食物了。也许麦加里蒂太太会重新让她帮忙洗衣服，这样，每周可以有一块钱进账。然后，她再找点户外清洁工作。是的，他们无论如何也得熬过去。

他们一直熬到了三月底。那时凯蒂已经很笨重了。（孩子的预产期是五月份。）她肚大如箩，站在熨衣板前，或者双膝跪地，四肢趴着笨拙地擦洗地板。雇请她的女人们龇牙咧嘴，不忍直视。出于怜悯，她们不得不帮她一把。可是很快，她们就意识到自己花钱雇人，却是自己在干活儿。于是，她们陆陆续续告诉她，家里不再需要清洁工了。

有一天，凯蒂没钱支付两毛钱的保险费，保险代理人是罗姆利一家的老朋友，他对凯蒂的处境一清二楚。

"我真不想看到你的保单失效，诺兰太太。你已经交了这么多年保费了。"

"你不会因为我稍微推迟交保费就让我的保单失效吧？"

"我不会，但公司会这么做。听我说，你为什么不兑现孩子们的保单呢？"

"我不知道这个规则。"

"没几个人知道。他们停交保费，公司保持沉默。时间一过，公司把已经付了的钱截留下来。如果他们知道我跟你讲了这些，我肯定会丢饭碗。但我是这么理解的：我代理你父母亲、你们罗姆利家的几个女儿、你们的丈夫和孩子的保险业务，我给你们之间互相传话，你们的生老病死我都了解，我觉得自己就是你们的家庭成员。"

"我们离不开你。"凯蒂说。

"你可以这么做，诺兰太太。把孩子们的保单兑现，保留自己的保单。说句不该说的话，如果孩子发生意外，你肯定能设法把他们埋葬。但是，我再说句不该说的话，如果你有个三长两短，他们没有保险金，就没法埋葬你，对不对？"

"是的，他们无能为力。那我就保留自己的保单，我可不想死后埋在波特田里的乱坟堆。如果这样，他们就永远也想出人头地，他们的孩子也别想出人头地，子子孙孙都休想。所以，我听你的，保留我的保单，把孩子们的保单兑现。你告诉我该怎么操作。"

他们靠两份保单兑现的二十五块一直撑到了四月底。再过五周，孩子就要出生了。再过八周，弗兰茜和尼利就要小学毕业了。总得想方设法把这八个星期熬过去。

罗姆利三姐妹围坐在凯蒂家的餐桌旁开会。

"如果力所能及，我会出手相助。"艾薇说，"但你知道，自从被那匹马踢了以后，威利就不大正常了。老板觉得他冒失无礼，同事也和他处不来，没有一匹马愿意和他一起出工。他被安排在马厩干活儿，清理粪便，清扫破瓶子。他的薪水减成了每周十八块，这点钱养三个孩子都够呛。我自己也在找零活儿帮人做清洁呢。"

"但凡我有什么法子……"茜茜开口了。

"不用。"凯蒂斩钉截铁地说，"你让妈妈和你住，这已经够了。"

"没错。"艾薇说，"凯蒂和我过去总是担心她，她独自住在一个房间里，还出去帮人打扫卫生，挣几个零钱。"

"妈妈不用花钱，也没给我们添麻烦。"茜茜说，"我家约翰也不介意她跟着我们。当然，他每周只挣二十块。现在又有了孩子。我本来想回去继续上班，但妈妈年纪太大，不能照顾孩子又看家。她现在八十三岁了。我可以去工作，但我又得雇个人照顾妈妈和孩子。如果我有工作，我肯定能帮你，凯蒂。"

"我知道你心有余而力不足，茜茜，没办法。"凯蒂说。

"只有一个办法。"艾薇说，"让弗兰茜辍学，让她弄个工作证。"

"但我想让她毕业。我的孩子们将是诺兰家族中最先获得文凭的孩子。"

"文凭不能当饭吃。"艾薇说。

"你难道没有男性朋友可以帮忙吗？"茜茜问，"你是个大美人，这你知道。"

"或许吧，当她恢复体形的时候。"艾薇说。

凯蒂想起了麦克肖恩警官。"没有。"她说，"我没有异性朋友。我从来只有乔尼，没有其他人。"

"我觉得艾薇说得没错。"茜茜说，"尽管我不想说，但是你得让弗兰茜去工作。"

"没有小学毕业证，她就没法上高中了。"凯蒂坚决反对道。

"好吧，"艾薇叹了口气，"那就去找天主教的慈善机构。"

"如果到了这个地步，"凯蒂平静地说，"我得去慈善机构乞讨，那我就堵上门窗，等孩子们睡熟了，打开家里的煤气阀自我了断。"

"别这么说话。"艾薇厉声说道，"你还是想活下去，是不是？"

"是。但我要活得有目标，我不想指望慈善机构的食物，吃饱喝足有力气了，再去吃更多的慈善食物。"

"那么，我们又回到这个问题上。"艾薇说，"弗兰茜得出去工作。而且只能让弗兰茜去工作，因为尼利只有十三岁，他拿不到工作证。"

茜茜把手放在凯蒂的胳膊上："这也没那么可怕。弗兰茜聪明伶俐读书多，这姑娘总有机会得到教育的。"

艾薇站起身来："好了，我们得走了。"她在桌上放了一枚五毛硬币。她料到凯蒂会拒绝，所以就先发制人地说："别以为这是礼物啊，迟早要还给我。"

凯蒂笑了："别这么大喊大叫的。自己姐姐的钱，不要白不要。"

茜茜做事干脆利落。她俯身和凯蒂吻别时，在她围裙口袋里塞了一块钱。"如果你需要我，"她说，"派人来叫我，我就来，半夜三更都无妨。但是，你派尼利来，女孩走夜路，穿过煤场附近的街道不安全。"

凯蒂独自坐在厨房的桌子旁，一直坐到深夜。"我需要两个月……只要两个月。"她想，"亲爱的上帝，给我两个月的时间，就短短两个月。到那时，孩子就出生了，我也会恢复体力。到那时，孩子们也从公立学校毕业了。等我头脑清晰、身体恢复的时候，我就不求您赐这赐那了。但我现在实在力不从心，我得向您求助。就两个月……两个月……"她等待一道暖光闪现，这说明她与她的上帝建立了联系。可是，没有看见亮光。她又试了一次。

"圣母玛利亚，耶稣的母亲，您了解我的苦衷，您有孩子。圣母玛利亚……"她等待着。什么都没有。

她把茜茜的一块钱和艾薇的五毛钱放在桌子上。"这些够我们过三天，"她想，"然后呢……"她不知不觉地低声说，"乔尼，无论你在哪里，请你再帮帮我们。再帮一次……"她又等了一会儿，这一次亮光出现了。

真是无巧不成书，乔尼果然显灵帮了他们一把。

酒吧老板麦加里蒂始终无法忘怀乔尼。并不是麦加里蒂良心发现；不，没有这样的事。他从不强迫别人进入酒吧消费。他给门的铰链涂上油，只要轻轻一碰，门就能开，除此之外，他没有使用任何别人不用的招数诱惑顾客。他的免费午餐并不比其他酒吧好吃，他的酒吧没有坑蒙拐骗的娱乐活动，除非顾客情不自禁、自娱自乐。不，这事与良心毫无关系。

他想念乔尼，仅此而已。这也与钱无关，毕竟乔尼总是欠他的钱。他喜欢乔尼来，因为他能让酒吧增色不少。想想看，在一群卡车司机和挖沟工人中间，鹤立鸡群地站着一位身材修长、阳光自信的帅小伙。麦加里蒂承认，"乔尼·诺兰太贪杯，这对身体不好。但是，如果他不在这里喝，就会去其他地方喝。但他不是酒鬼，喝过酒后不会骂人、吵架、撒酒疯。是的，"麦加里蒂断定，"乔尼真的不错。"

麦加里蒂想念乔尼的举止和谈吐。"那家伙真会聊天。"他想，"他会给我讲南方的棉花地，讲阿拉伯海岸，讲阳光明媚的法国，他讲得绘声绘色，好像他曾经去过似的，其实他不过是从歌词里了解到的。我当然很喜欢听他介绍那些遥远的地方。"他陷入了沉思，"但是，我最喜欢听他谈自己的家庭。"

麦加里蒂过去对家庭充满梦想。这个梦想的家庭远离酒吧，因为路远，他要坐电车才能回家。他梦中有个温柔的妻子等着他归来，给他煮了热咖啡做了美食。吃完饭后，他们会聊天……聊的都是与酒吧无关的事情。他还有梦想中的孩子——干净、漂亮、聪明的孩子，他们在一天天长大，他们为父亲经营酒吧而羞愧。他为他们的羞愧感到骄傲，因为这说明他有能力生出优雅的孩子。

这一直是他梦想中的婚姻。然后他娶了梅。她是一个曲线优美、性感十足的女孩，深红色头发、大嘴巴。但结婚后不久，她变得又胖又邋遢，在布鲁克林俗称"酒吧型"。婚姻生活头两年还算美满，有一天早上，麦加里蒂一觉醒来，发现大事不好。梅根本不愿意做他的梦想妻子。她喜欢酒吧。她坚持要在酒吧上面租房住，不想去法拉盛买房子，她不想做家务。她喜欢日夜坐在酒吧的后屋里，和顾客们一起喝酒逗笑。梅给他生的孩子个个都像小流氓在街上瞎混，到处吹嘘自己的父亲是酒吧老板。令他非常失望的是，他们还以此为荣。

他知道梅对他不忠。他不在乎，只要别的男人不在背后嘲笑他就好。多年前，他对梅的身体已经没有了欲望，也不吃她的醋了。他渐渐不想和她，也不想和其他女人睡觉了。不知怎么的，在他看来，言谈举止和性爱质量息息相关。他想找一个可以推心置腹的女人，一个能让他无话不谈的女人；他希望她能与自己交谈，热情大方、聪慧明智、亲密无间。

他想，如果他能找到这样的女人，他的男子气概就会恢复过来。他以自己笨拙的方式，渴望思想、灵魂和身体的结合。随着时间的推移，和亲近的女人亲密交谈成了他的一大追求。

他在做生意的同时也观察着人性，还颇得了一些结论。这些结论缺乏智慧和创意，有点令人生厌。但对麦加里蒂至关重要，因为这些都是他自己归纳总结的。婚后头几年，他想与梅分享这些结论，没想到她只说了一句："我知道。"有时候她还会换个说法："我就知道。"渐渐地，因为无法和她推心置腹，他失去了做丈夫的动力，而她也开始对他不忠。

麦加里蒂的灵魂里有深重的罪恶感。他讨厌自己的孩子。他的女儿艾琳和弗兰茜年龄相仿。艾琳的眼睛是粉红的，头发是淡红的，其实说是粉红也没错。这女孩既刻薄又愚蠢。她多次留级，十四岁还在上六年级。他的儿子吉姆十岁了，除了屁股太大，裤子撑不下，他没什么突出特点。

麦加里蒂还有一个梦想，那就是：梅能够到他面前承认，孩子们不是他亲生的。这个梦使他心情愉悦。他觉得，如果他知道这俩孩子是其他男人的，说不定自己反倒会喜欢他们。这样，他就能客观地看待他们的卑鄙和愚蠢，继而同情他们，帮助他们。偏偏他知道孩子们是他的，他就更讨厌他们，因为两个孩子身上集合了他和梅的所有缺点。

乔尼光顾麦加里蒂酒吧的八年里，他每天都向麦加里蒂夸赞凯蒂和孩子们。这八年里，麦加里蒂一直在玩一个秘密游戏。他假装自己是乔尼，是他麦加里蒂，在谈论梅和他的孩子们。

"我想给你看点东西。"有一次，乔尼一边骄傲地说，一边从口袋里掏出一张纸，"我女儿在学校写的作文，得了个 A，她只有十岁啊。我读给你听。"

乔尼读的时候，麦加里蒂假装这是他女儿写的故事。还有一天，乔尼拿来一对做工粗糙的木书挡，放在酒吧台上炫耀。

"我想给你看点东西。"他骄傲地说，"这是我儿子，尼利在学校做的。"

"这是我儿子，吉米在学校里做的。"麦加里蒂仔细端详着书挡，心里自豪地说。

还有一次，麦加里蒂问："乔尼，你觉得我们会卷入战争吗？"

"说起来有点好笑。"乔尼回答说，"凯蒂和我一宿没睡，谈的就是这件事。我们一直谈到天亮，我终于说服了她，威尔逊不会让我们卷入其中。"

麦加里蒂想，如果他和梅整晚坐着谈论这种事，会是什么样的情形？如果她说"你说得对，吉姆"又是怎样的情形？但他根本无从知晓，因为他知道这种事情不可能发生。

乔尼一死，麦加里蒂的梦想也破灭了。他试着自己玩这个游戏，但根本没有效果。他需要像乔尼这样的人来启发。

大约就在三姐妹坐在凯蒂家厨房里聊天的时候，麦加里蒂想了个好主意。他的钱多到不知道该怎么花。也许通过乔尼的孩子，他可以再买到那种梦境。他猜测凯蒂手头拮据，也许他可以给乔尼的孩子放学后安排点简单的活儿。他愿意助他们一臂之力……上帝知道，他负担得起，也许还会得到一点回报。也许他们会和他说话，就像和他们的爸爸说话一样。

他告诉梅，他要去找凯蒂，给孩子们安排点零活儿。梅竟然爽快地答应了，说他一定会被撵出来。麦加里蒂认为，自己不至于会被赶走。临行前刮胡子的时候，他想起了那天，凯蒂进来感谢他送花篮的情形。

乔尼的葬礼结束后，凯蒂挨家挨户感谢每个送花的人。她没有从写着"女士入口"的侧门进来，而是径直从前门走进了麦加里蒂酒吧。她不顾酒吧里那些目瞪口呆盯着她的男人，直接来到了麦加里蒂面前。看到她，麦加里蒂连忙把围裙的下摆塞进腰带，表示他已经下班了，从酒吧后台出来迎接她。

"我来感谢您送的花环。"她说。

"哦，为这事。"他如释重负地说。他还以为她是来兴师问罪的。

"让您破费了。"

"我喜欢乔尼。"

"我知道。"她伸出手来。他呆呆地看着她的手，突然明白她是想和他握手。他紧紧握着她的手，问："你不恨我吗？"

"为什么恨你？"她回答说，"乔尼是自由之身，是白人，年龄超过二十一岁。"说完，她转身走出了酒吧。

不会的，麦加里蒂断定，如果他带着善意而来，这样的女人是不会把他撵出去的。

他惴惴不安地坐在厨房的一把椅子上，和凯蒂说话。孩子们本该在做家庭作业，但是弗兰茜假装低头看书，其实正在听麦加里蒂先生说话。

"我和我太太商量过了，"麦加里蒂像在说梦话，"她同意我们雇请你家女儿。你知道的，没有什么重活儿，就是铺铺床、洗洗盘子。你儿子可以在楼下做事，剥鸡蛋、切奶酪，你知道，为晚上的免费餐做准备。我把他安排在后厨，不会让他靠近吧台。放学后过来干一小时左右，周六干半天。我给他们每人每周付两块钱。"

凯蒂的心怦怦直跳。"一周四块钱，"她心中暗想，"还有投送报纸的一块五。这样，他们俩都可以继续上学，家里也不用愁不够吃了。我们可以渡过难关了。"

"你意下如何，诺兰太太？"他问。

"这要看孩子们愿不愿意。"她回答。

"是吗？"他转向孩子们，"你们两个觉得怎么样？"

弗兰茜假装才从书本里缓过神来："你刚才说什么？"

"你愿意帮助麦加里蒂太太做家务吗？"

"愿意，先生。"弗兰茜说。

"你呢？"他看了看尼利。

"愿意，先生。"尼利附和道。

"就这么定了。"他转向凯蒂，"当然，这只是权宜之计，我们还是要找个固定的女工来打扫房间料理厨房。"

"我也宁愿他们只是临时打打工。"凯蒂说。

"你可能手头有点紧。"他把手伸进口袋，"所以，我想提前支付第一周的工资。"

"不用，麦加里蒂先生。既然他们去挣钱，那就让他们凭借劳动，周末自己把工资带回家。"

"好吧。"但他的手没有从口袋里拿出来，而是握住了厚厚的一卷钞票。他想："我有这么多钱，却什么也没买到。而他们一无所有。"他突然灵机一动。

"诺兰太太，你知道我和乔尼有个约定。我赊账给他，他把小费给我。你看，他走的时候，在我这里还有点余钱。"他拿出一卷厚厚的钞票。弗兰茜看到这么多钱，眼睛瞪得像两只铜铃。麦加里蒂的初衷是说，乔尼还余十二块钱，然后把钱如数交给凯蒂。取下橡皮筋的时候，他看了一眼凯蒂，见她眯起了眼睛，他连忙改变了主意。他知道，凯蒂根本不会相信有十二块余钱。"当然，钱不多，"他漫不经心地说，"只有两块钱。但我想，这钱该给你。"他取出两张钞票递给她。

凯蒂摇了摇头："我知道你不欠我们钱。如果实话实说，乔尼可能还欠你的钱。"麦加里蒂被当场拆穿，他羞愧地把钱卷起放回口袋，钱贴着大腿，弄得他很不自在。"但是，麦加里蒂先生，我非常感谢你的好意。"凯蒂说。

她最后这句话使麦加里蒂彻底放松，他打开了话匣子，谈到了他在爱尔兰的童年时光，谈到了他的父母和许多兄弟姐妹，谈到了他的梦想婚姻。他把多年来自己内心的想法都讲给凯蒂听。他没有贬低妻子和孩子，只是把他们屏蔽在自己的话题之外。他谈到了乔尼，谈到乔尼每天谈论妻子和孩子的情形。

"就说你们家窗帘吧。"麦加里蒂一边说，一边用粗壮的手指着带有红玫瑰花纹的黄色印花瓣窗帘，"乔尼告诉我，你把自己的旧裙子拆了，改成了这个厨房窗帘。他说，这窗帘让厨房增色不少，就像坐在吉卜赛人的马车里。"

弗兰茜不再假装学习，她仔细玩味着麦加里蒂说的最后一句话。"吉卜赛人的马车。"她一边想，一边用新的眼光重新审视这窗帘，"原来爸爸是这么说的。我还以为他当时根本没有注意到新窗帘。他当时什么也没说，但他注意到了，还跟这个人赞扬了窗帘。"听到别人这么谈起乔尼，弗兰茜差点相信他没有死。"看来爸爸曾经对这个人说过很多话。"她怀着新的兴趣重新审视着麦加里蒂。他矮矮胖胖，双手粗大，脖子又红又短，头发又稀又薄。弗兰茜心想，"只看他的外表，谁能猜到，他的内心是如此的与众不同呢？"

麦加里蒂一刻不停地聊了两小时。凯蒂专注地听着，她不是在听麦加里蒂高谈阔论，她是在听麦加里蒂谈论乔尼。每当他稍作停顿，凯蒂都会及时做出回应，比如她会说"是吗？"或者"那又怎么样？"或者"然后呢？"他找不到合适的措辞时，凯蒂会适当提示，他也会欣然接受。

就这么聊啊聊，一件了不起的事情发生了。麦加里蒂感到自己失去的男子气概在内心涌动起来。倒不是因为凯蒂和他同处一室。凯蒂的身体臃肿扭曲，他看了都避之不及。这跟女人无关，这跟谈话有关。

屋子里渐渐黑了。麦加里蒂不再说话了。他嗓子哑了，人很疲倦。但这是一种新的平和的疲倦。想到自己得回去了，他心不甘，情不愿。酒吧里马上会挤满下班回家的男人，他们路过这里，顺便来喝杯餐前酒。他不喜欢看到一群男人站在吧台前，而梅在吧台后面服侍着。他缓缓地站了起来。

"诺兰太太，"他边说边摸索着自己的棕色礼帽，"我能偶尔来这里聊聊吗？"她慢慢地摇了摇头。"只是聊聊天？"他用央求的语气重复了一遍。

"不行，麦加里蒂先生。"她尽可能温柔地说。

他叹了口气，走了。

弗兰茜喜欢忙，忙起来就没时间老想爸爸了。她和尼利早上六点起床，上学前帮妈妈做两小时清洁。妈妈现在不能干太多活儿。弗兰茜擦光三个门厅的门铃底座，用油布擦拭栏杆。尼利打扫地窖，清扫铺着地毯的楼梯。他们俩每天都要把装得满满的垃圾桶拖到路牙上。拖垃圾桶是个大难题，就算他们俩一起使劲，也挪不动沉重的垃圾桶。弗兰茜想了个好主意，他们把垃圾倒在地下室的地板上，把空桶运到马路牙子上，然后再把垃圾运过去重新放进桶里。这办法行之有效，只不过两个人要进进出出地下室好几趟。他们只给妈妈留了铺着油毡的大厅。有三名房客提出自己擦洗走廊，等凯蒂生完孩子后再交给她干，他们帮了个大忙。

放学后，孩子们不得不去教堂上慕道班，因为来年春季他们都要行坚信礼。上完慕道班，他们就去麦加里蒂酒吧干活儿。正如他承诺的那样，这里的活儿很轻松。弗兰茜铺了四张乱七八糟的床，洗了几个早餐盘子，打扫了房间。这根本用不了一小时。

尼利和弗兰茜的时间表相同，只是多了一份投递报纸的差事。有时候他到八点才回家吃晚饭。他在麦加里蒂酒吧的后厨干活儿。他的工作是剥熟鸡蛋壳，每天剥差不多五十个，把硬奶酪切成一英寸见方的方块，每块上面插一根牙签，把大泡菜切成条。

麦加里蒂等了几天，等孩子们习惯这里的工作。然后，他认为时候已到，可以让他们和他聊天了，就像过去和乔尼聊天那样。他走进厨房，坐下来，看着尼利干活儿。"这小子和他爸爸长得一模一样。"麦加里蒂心想。他等了很长时间，让男孩习惯有他在身边，然后，他清了清嗓子。

"最近有没有做木书挡？"他问。

"没有……没有，先生。"尼利结结巴巴地回答说，这个奇怪的问题让他大吃一惊。

麦加里蒂继续等着，为什么这小子不开口说话呢？尼利剥鸡蛋的动作更快了。麦加里蒂又试了一次，"你认为威尔逊会让我们远离战争吗？"

"我不知道。"尼利说。

麦加里蒂等了很长时间。尼利以为他在检查工作，为了取悦老板，他加快速度，提前完成了任务。他把最后一个去壳的鸡蛋放进玻璃碗，抬起头来。"啊，现在他要和我说话了。"麦加里蒂心想。

"您就让我做这些吗？"尼利问。

"就这些。"麦加里蒂还在等待。

"那么，我就先走了。"尼利大胆地说。

"好吧，孩子。"麦加里蒂叹了口气。他看着孩子走出了后门。"如果他转过身来说点什么……随便什么……个人私事。"麦加里蒂心里想着。但尼利并没有转身。

第二天，麦加里蒂又想试着和弗兰茜聊天。他上楼来到房间，默不作声地坐下来。弗兰茜有点害怕，边扫地边往门口走。"如果他靠近我，"她想，"我跑起来才方便。"麦加里蒂静静地坐了很久，他以为这样孩子就会习惯他在身边。他不知道自己已经吓着孩子了。

"最近有没有写过得 A 的好作文啊？"他问。

"没有，先生。"

他等了一会儿。

"你觉得我们会卷入这场战争吗？"

"我不知道。"她慢慢地溜到了门口。

他心想："我吓到她了。她以为我和那个走廊里的变态狂是一路货色。"于是，他大声说："别害怕，我这就走。如果你愿意，你可以把门锁上。"

"好的，先生。"她说。他走后，弗兰茜想："我猜他只是想聊聊天。但我和他没话说啊。"

梅·麦加里蒂上来过一次。那时候，弗兰茜正跪在地上，想清除水槽下水管后面的污垢。梅叫她站起来，不要弄了。

"主爱你，孩子。"她说，"别为了干活儿把自己累死。将来你和我都死了上天堂了，这套公寓还会在这里。"

她从冰箱里拿出一大坨玫瑰色果冻，切成两半，然后把一份放在另一个盘子上。她在上面涂了很多鲜奶油，把两个勺子放在桌子上，她坐了下来，示意弗兰茜也坐下来。

"我不饿。"弗兰茜撒谎道。

"不管怎样，吃点吧，不要拒人于千里之外。"梅说。

这是弗兰茜第一次吃果冻和鲜奶油，味道好极了。她时刻提醒并竭力克制自己，不要狼吞虎咽，以免吃相太难看。她一边吃，一边想："其实，麦加里蒂太太人挺好的。麦加里蒂先生人也不错。我猜他们只是彼此不合罢了。"

梅和吉姆·麦加里蒂坐在酒吧间后的一张小圆桌旁，像往常一样匆匆忙忙、默不作声地吃着晚餐。出乎意料的是，梅把手放在了丈夫的胳膊上。这意想不到的触摸弄得他浑身发抖。他明亮的小眼睛望着她桃花木色的大眼睛，从中看到了怜悯和同情。

"这招不管用，吉姆。"她温柔地说。他的心里翻腾起一阵兴奋。"她知道！"他心想，"这么说……这么说……她能理解。"

"老话说得好，"梅继续说，"金钱不是万能的。"

"我明白了，"他说，"那我就让他们走吧。"

"再等几周，等孩子出生以后吧。做给他们看看吧。"她站起身来，向酒吧走去。

麦加里蒂坐在那里，不由得感慨万千。"我们俩能谈话了，"他惊讶地想，"没有提谁的名字，也没有说什么事。但她竟然知道我在想什么，我也知道她在想什么。"他急忙去追赶妻子，想保持这种彼此的默契。他看见梅站在酒吧尽头，一个卡车司机用胳膊搂住她的腰，在她耳边窃窃私语。她用手捂住嘴，强忍着笑。见麦加里蒂进来，那位卡车司机偷偷撤出胳膊，走过去和一群男人站在一起。麦加里蒂走到吧台后面，望着妻子的眼睛。那双眼睛毫无波澜，看不到任何默契。麦加里蒂开始忙晚上的活儿，脸上写满了悲伤和失望。

玛丽·罗姆利越来越老了，她再也无法独自在布鲁克林走动了。她想在凯蒂分娩前见她一面，所以就让保险代理人带了个信。

"女人生孩子的时候，"她告诉保险代理人，"死神会和她握一会儿手。有时候，他就不肯松手了。告诉我的小女儿，分娩之前，我还想再见她一面。"

收到信息后的那个周日，凯蒂带着弗兰茜去看望母亲。尼利请假没有一起去，他说滕艾克街要在空地举办一场球赛，他答应要去做投球手。

茜茜家的厨房宽敞明亮又暖和，干干净净、一尘不染。外婆玛丽·罗姆利坐在火炉边一张低矮的摇椅上。这是她从奥地利带来的唯一一件家具，这摇椅在奥地利旧屋的炉子边已经放了一百多年了。

茜茜的丈夫坐在窗边，抱着婴儿用奶瓶喂奶。弗兰茜和凯蒂给玛丽和茜茜打过招呼后，又向茜茜的丈夫打了个招呼。

"你好，约翰。"凯蒂说。

"你好，凯蒂。"他回答。

"你好，约翰叔叔。"

"你好，弗兰茜。"

打完招呼，他就再也没说一句话。弗兰茜凝视着他，研究着他。罗姆利家族的人都以为他是临时人物，和茜茜的其他丈夫和情人一样。弗兰茜在想，他知不知道自己是临时人物呢？他的真名叫史蒂夫，但茜茜总是称他为"我的约翰"，家里人谈到他时，也都说"约翰"或"茜茜的约翰"。弗兰茜不知道，在他上班的杂志社里，大家是不是也叫他约翰？他曾经抗议过吗？他有没有说过："听着，茜茜。我叫史蒂夫，不叫约翰。让你的妹妹们以后也叫我史蒂夫。"

"茜茜，你变胖了。"妈妈说。

"女人生过孩子后，体重增加很正常。"茜茜一本正经地说。她对弗兰茜笑了笑说："你想不想抱抱孩子，弗兰茜？"

"哦，当然想啊！"

茜茜的丈夫，那个高个子男人，二话不说就站起身来，把孩子和奶瓶交给了弗兰茜，然后一言不发地走出了房间。没有人和他道别客套。

弗兰茜坐在他腾出来的椅子上。她从来没抱过孩子。她模仿乔安娜的样子，用手指触摸孩子柔软的圆脸蛋。一阵激动从她的指尖开始，伸出手臂，穿过整个身体。"等我长大了，"她决定，"家里一定要一直有个宝宝。"

她一边抱着孩子，一边听妈妈和外婆聊天，一边看着茜茜做面条，这些面条可以供一家人吃一个月。茜茜把一个硬硬的黄面团用擀面杖擀平，然后像果冻卷一样卷起来。她用锋利的刀把面卷切成薄薄的条子，再将这些面条抖开，挂在厨房炉子前一根细长的架子上，把面条烤干。

弗兰茜觉得茜茜变了，她不再是过去那个茜茜姨妈。尽管她没有以前那么苗条，但这个变化与身材无关；这种变化与她的外表没有关系。弗兰茜对此深感困惑。

玛丽·罗姆利什么都想打听，凯蒂就把一切一股脑儿地都讲给她听。她采用倒叙的方法，从后往前讲。首先，她告诉妈妈，孩子们现在在麦加里蒂的酒吧打工，他们挣的钱能维持家用。然后她讲了麦加里蒂如何坐在厨房和她聊起乔尼。她最后说：

"我告诉你，妈妈，如果麦加里蒂那天不来我们家，我真不知道我们该怎么办。我情绪低落，头儿天晚上，我还祈祷乔尼能帮帮我们。我真是太傻了，我知道。"

"你一点也不傻。"玛丽说，"他听到了你的祈祷，而且他帮了你们。"

"鬼魂帮不了任何人，妈妈。"茜茜说。

"鬼魂不完全是从门缝里钻进来的东西。"玛丽·罗姆利说，"凯蒂说她丈夫过去常常和这个酒吧老板聊天。在这么多年的谈话中，乔尼把自己的零碎的部分给了这个人。当凯蒂向她男人求助的时候，他零碎的部分就聚集在这人身上，这附在酒吧老板身上的灵魂听到了祈祷，特地赶来帮助她。"

弗兰茜的脑海中开始翻腾。"如果是这样的话，"她想，"那么麦加里蒂先生谈起爸爸的时候，他就把爸爸零碎的部分又还给了我们。也许就是因为这个原因，他想和我们聊天，我们却无话可说，没法配合他。"

离别的时候，茜茜给凯蒂装满一鞋盒面条，让她带回家。弗兰茜和外婆吻别的时候，玛丽·罗姆利紧紧抱着她，用她自己的语言低声说：

"接下来的一个月里，要听妈妈的话，尊敬妈妈，处处让着妈妈。她非常需要关爱和理解。"

弗兰茜一个字也没听懂，但她回答说："好的，外婆。"

乘电车回家时，弗兰茜把鞋盒放在自己的膝盖上，妈妈的膝盖现在已经被肚子遮住了。弗兰茜在车上陷入了沉思。"如果玛丽·罗姆利外婆说得没错，那么没有人真的死了。爸爸虽然走了，但他在以很多方式活着。他活在尼利身上，尼利和他长得一模一样。他活在妈妈身上，妈妈认识他那么久。他活在他母亲身上，他母亲给了他生命，现在依然活着。也许有一天，我会有个儿子，长得像爸爸，有爸爸身上所有的优点，却滴酒不沾。我的儿子还会有自己的儿子。那个儿子还会有儿子。也许，根本没有真正的死亡。"她突然想到了麦加里蒂。"谁也不会相信他身上还有爸爸的气息。"弗兰茜想到了麦加里蒂太太，想到她如何善解人意，让她坐下来吃果冻。弗兰茜突然豁然开朗！她突然明白茜茜跟以前有什么不同了。她对妈妈说：

"茜茜姨妈不再用那种浓烈的甜香水了，是不是，妈妈？"

"是的，她再也用不着了。"

"为什么？"

"她现在有孩子，还有个男人照顾她和孩子。"

弗兰茜还想再问，但妈妈闭上了眼睛，把头靠在椅背上。她看上去脸色苍白，非常疲倦，弗兰茜决定不再打扰她。她得自己把问题弄清楚。

"一定是这样的，"她想，"使用浓烈香水和女人想要孩子息息相关，想要孩子就得找个男人，这个男人能帮她生孩子，还可以照顾她和孩子。"她把这块知识和她不断收集的其他知识放到了一起。

弗兰茜开始头痛了。她不知道这头痛因何而起，是因为抱婴儿太兴奋？还是因为坐电车太颠簸？是因为思念爸爸太伤感？还是因为研究茜茜的香水太用脑？也许是她现在起床太早，整天又太忙碌。也许是到了每月的那几天，她都会头痛。"没错，"弗兰茜断言，"我猜，让我头痛的，是生活——除了生活，没别的原因。"

"别犯傻了。"妈妈平静地说，她依然斜靠着椅背，闭着眼睛，"茜茜姨妈家的厨房太热了。我也感到头痛。"

弗兰茜跳了起来。难道妈妈闭着眼睛也能看穿她的心思？这时候她才想起来，她之前只是在默想，到了最后，她把自己对生活的感悟说了出来，可是，自己竟然把这茬给忘了。她忍不住笑了，爸爸去世后，她第一次笑了。妈妈睁开了眼睛，也笑了。

39

　　弗兰茜和尼利在五月举行了坚信礼。那时弗兰茜将近十四岁半，尼利比她小一岁。茜茜擅长剪裁衣服，她为弗兰茜做了一条款式简约的白色平布连衣裙。凯蒂想方设法筹了点钱，给弗兰茜买了双白色羊皮鞋和白色长丝袜。这是弗兰茜的第一双长丝袜。尼利身着父亲葬礼时买的黑色西装。

　　社区里有个传说：坚信礼那天许下的三个愿望都会梦想成真。一个是压根儿不可能实现的愿望，另一个是可以通过自己的努力实现的愿望，第三个愿望是长大后的人生规划。弗兰茜那个不可能实现的愿望，是把自己的一头棕色直发变成和尼利一样的金色卷发。她的第二个愿望，是拥有一副好嗓子，和妈妈、艾薇姨妈和茜茜姨妈一样。而她的第三个愿望，就是长大后能环球旅行。尼利的愿望是：第一，做个有钱人；第二，成绩单上有好成绩；第三，长大后不要像爸爸那样嗜酒如命。

　　布鲁克林有个铁定的惯例：坚信礼当天，孩子们必须得找个专业摄影师拍照留念。凯蒂没钱找摄影师，只好让弗洛茜·加迪斯用她的盒式相机给孩子们拍了张快照。弗洛茜让孩子们站在人行道边，摆好姿势，然后按下了快门，但她没有注意到，在自己按快门的那一刻，一辆电车恰巧从孩子们身后驶过。弗洛茜将快照放大，装进相框，作为坚信礼礼物送给了弗兰茜。

　　送来照片的时候，茜茜也在。凯蒂拿着照片，大家都站在她背后一起欣赏照片。弗兰茜之前从未拍过照片。这是她第一次从别人的视角审视自己。照片中，她站在路边，抬头挺胸，身体僵硬，背对着水沟，裙摆一侧被风扬起。尼利紧挨她站着，比她高一头，身穿熨得笔挺的黑色西装，看起来帅气又富有。太阳从屋顶上方斜射下来，尼利正好站在阳光下，他的脸庞清晰又明亮，而弗兰茜站在阴影中，显得忧郁又愤怒。他们身后，是电车驶过留下的残影。

茜茜说："我敢肯定这是世界上唯一一张有电车的坚信礼照片。"

"照片拍得真好。"凯蒂说，"与其站在摄影师用纸做的教堂窗户前，倒不如站在大街上，这样拍照更自然些。"说完，她把照片挂在了壁炉架上。

"尼利，你选了什么名字？"茜茜问。

"爸爸的。现在我叫科内利斯·约翰·诺兰。"

"这名字听起来就像个外科医生。"凯蒂说道。

"我用了妈妈的名字。"弗兰茜郑重其事地说，"现在我的全名是玛丽·弗兰茜斯·凯瑟琳·诺兰。"弗兰茜期待着妈妈的点评，可是她并没有说这名字听起来像个作家。

"凯蒂，你还有乔尼的照片吗？"茜茜问道。

"没有。只有一张我们结婚时拍的合影。你怎么突然问起这个？"

"没什么，我只是想说，时间飞逝，不是吗？"

"是啊。"凯蒂叹了口气，"也只有这一点我们可以确定。"

坚信礼结束后，弗兰茜不必再上慕道班。于是，她每天可以用多出来的一小时写小说。这样，她就可以向新来的英语老师加恩德小姐证明，她的确了解究竟什么是美。

自从爸爸去世后，弗兰茜就不再关注草木花鸟和个人感想。她非常想念爸爸，于是开始写一些与爸爸有关的小故事。她想证明，就算爸爸有缺点，他也是一位称职的父亲，一个和善厚道的人。弗兰茜已经写了三篇这样的故事，可是，一篇也没有得

"A"，全部都得了"C"。第四次作文发下来后，上面写了一行字，让她放学后留下。

其他孩子都回家了，教室里只剩加恩德小姐和弗兰茜，还有那本大字典。加恩德小姐的桌子上放着弗兰茜最近的四篇作文。

"弗兰茜斯，你的作文怎么回事？"加恩德小姐问道。

"我不知道啊。"

"你是我最得意的学生之一。你的作文写得很棒，我很喜欢读你的文章。可是，最近这几篇……"她轻蔑地拍了拍作业本。

"我检查了拼写，也花了心思琢磨写作技巧……，另外……"

"我说的是你的话题。"

"您说过，我们可以自己选择话题。"

"但你不应该选择贫穷、饥饿、酗酒这些负面的话题。我们承认这些东西的确存在，但没有人会把它们写出来。"

"那该写什么呢？"弗兰茜接过老师的话茬儿，下意识问道。

"挖掘想象力，在其中发现美。作家和艺术家一样，始终在探索美的道路上前进。"

"美是什么？"孩子问。

"我觉得济慈对美的定义是最完美的：'美即是真，真即是美。'"

弗兰茜鼓起勇气，紧握双手，说道："我写的这些故事都是真的。"

"荒唐！"加恩德小姐突然火冒三丈，然后，她语气缓和下来，继续说道，"我们所说的真，指的是星星永远挂在天空，太阳每天照常升起，还有人性的高贵、母爱以及爱国情怀。"她有头无尾地解释了一番。

"我明白了。"弗兰茜说。

加恩德小姐继续说着，弗兰茜不服，在心中愤愤地和她争论着。

"酗酒既不是真，也不是美。酗酒是一种恶习。酒鬼应该被关进监狱，而不应该写在故事里。还有贫穷，贫穷也不该是挡箭牌。只要你想干活儿，可选择的工作够多了。人穷就是因为好吃懒做。懒惰跟美扯不上半点关系。"

（妈妈也是懒惰的人吗！）

"饥饿也不是美。根本没必要忍饥挨饿。我们有组织有序的慈善机构。大家没必要挨饿。"

弗兰茜开始咬牙切齿。在所有的语言表达中，她妈妈最讨厌"慈善机构"这个词。在她的潜移默化下，孩子们也对这个词非常反感。

"你看，我也不是个势利小人。"加恩德小姐声明道，"我家也不富裕，我爸爸是个牧师，薪水很低。"

（再低也是薪水啊，加恩德小姐。）

"唯一能帮我母亲的人，都是些未经训练的女佣，她们大多是乡下女孩。"

（我可算看出来了，加恩德小姐，您这也叫穷，请得起女佣也叫穷。）

"很多时候，家里没有女佣，我妈妈只好包揽所有家务活儿。"

（加恩德小姐，我妈妈不仅要包揽所有家务，还要承担比做家务累十倍的清洁工作。）

"我想上州立大学，可我们负担不起。我父亲只能把我送到一个小教派学院。"

（起码您得承认，您还能去大学进修。）

"相信我，只有穷人才上这种大学。我知道挨饿的滋味。我父亲的工资一次次迟迟不发，家里没有钱买食物。有一次，我们只能喝茶、吃吐司，忍饥挨饿过了三天。"

（所以您也知道挨饿的滋味啊。）

"可是，如果我只写贫穷、饥饿，也会枯燥无味，是吧？"弗兰茜默不作声。"是不是？"加恩德小姐又强调了一遍。

"是的，老师。"

"现在我们来谈谈毕业戏剧的事。"她从桌子抽屉里拿出一本薄薄的手稿，"有些部分的确写得很好，有些部分写得不太合理。比如这里，"她翻到一页，"命运说：'年轻人，你的理想是什么？'男孩回答：'我想做一名医师，把人们破碎的身体缝合好，帮助他们痊愈。'这个想法很好，弗兰茜。但是，到这里你又给搞砸了。命运：'那只是你理想的工作，但是，你看！你最终会变成这副模样。'光线照到一位老人身上，老人正在焊接一个垃圾桶的底部。老人：'我曾经想缝合伤口，治愈他人，如今我却在修理……'"加恩德小姐猛然抬起头来，"你这是在开玩笑吧，弗兰茜斯？"

"哦，不是的，老师。"

"我们也短暂交流过了，你应该理解为什么我们毕业演出不能用你的剧本了吧。"

"我懂了。"弗兰茜的心都要碎了。

"目前，碧翠斯·威廉姆斯想了个好主意。一个仙女挥舞着魔杖，男生女生都穿着象征着各个节日的服装出场，每个人朗诵一首诗，描写自己所代表的那个节日。这个想法近乎完美，不过，遗憾的是，碧翠斯不会写诗。你愿不愿意根据这个想法写点诗歌呢？碧翠斯不会介意的。到时候，我们会在节目单上注明，这个构思来自碧翠斯。这很公平，是不是？"

"是的，老师。可我不想用她的构思，我想用我自己的。"

"当然，你保留自己的观点，这值得表扬。好吧，我也不坚持了。"她站起身来，"我花这么长时间和你沟通，说实话，就是因为我相信你有潜力。现在我们把话说开了，我相信你不会再写那些上不了台面的污秽故事了。"

"污秽"。弗兰茜仔细考量着这个词。她不懂这个词是什么意思。"请问污秽是什么意思？"

"我——有——没——有——跟——你——说——过，遇——到——生——词——该——怎——么——做？"加恩德小姐边说边唱，样子滑稽又可笑。

"啊，我差点忘了。"弗兰茜走到那本大字典前，去查这个单词。污秽："肮脏"。肮脏？她想起了爸爸，他生平每天都整整齐齐地穿着假衬衣和纸领子。皮鞋虽旧，但每天都擦两次，擦得锃亮。肮脏？爸爸在理发店里有自己的杯子。第二个含义是"卑鄙"，弗兰茜跳了过去，她不知道这个解释是什么意思。第三个含义是"恶心"。这不可能啊！爸爸是跳舞高手。他身材匀称，动作敏捷。他的身体才不恶心呢。污秽还有"坏"和"低下"的意思。她记得爸爸既温柔又体贴。她记得大家都那么喜欢他。她的脸开始发烫，看不清下面的字。字典的纸在她眼中变成了一团红色。她转向加恩德小姐，整张脸因愤怒而扭曲。

"不许用这个词来形容我们！"

"我们？"加恩德小姐茫然地问道，"我们在讨论你的作文。你怎么回事，弗兰茜！"她诧异地说，"我很吃惊！像你这样的好学生竟然说出这样的话。如果你妈妈知道你对老师如此不恭，她会怎么说？"

弗兰茜害怕了。在布鲁克林，对老师不恭简直就是犯罪。"请您原谅。请您原谅。"她可怜巴巴地重复道，"我不是故意的。"

"我能理解。"加恩德小姐柔声说道。她搂着弗兰茜，把她领到门口。"看来我们这次谈话对你有一定影响了。污秽是一个丑陋的词，我很高兴你反感这个词。这表明你理解了。也许你从此不再喜欢我，但你要相信，我这么说都是为你好。总有一天，你会记起我说的话，并为此感谢我。"

弗兰茜希望大人不要再对她说这种话。未来要感谢的人太多，她已经有了心理负担。她想，等她长大后，是不是要耗费大部分时间，把这些人一个个找出来，千恩万谢地告诉他们，他们说得没错。

　　加恩德小姐将这些"污秽"的作文和剧本，一并交给弗兰茜，说："回家以后，把这些东西放进炉子里烧掉。你自己动手点火柴，火焰升起的时候，你就说'我在焚烧丑陋的东西，我在焚烧丑陋的东西'。"

　　回家的路上，弗兰茜一直在想整件事情的来龙去脉。她知道加恩德小姐不是坏人，她完全是为自己好才这么讲的。可是，这话对弗兰茜没起什么好作用。她开始意识到，在别人眼里，她的生活令人恶心。她想知道，长大后，她是否会为自己的背景感到羞耻？她会不会为自己的亲人感到羞耻？为自己英俊帅气、无忧无虑、心地善良、善解人意的爸爸感到羞耻？为勇敢而率真的妈妈感到羞耻（妈妈为自己的母亲感到骄傲，尽管外婆不识字）？为诚实守信的尼利感到羞耻？不！不会的！如果受教育会让她对自己的身份背景感到羞耻，那她宁肯不受教育。"我一定要让加恩德小姐看看，"她发誓说，"我要让她知道，我有想象力。我一定会让她看到的。"

　　从那天开始，她便写起了小说。主人公叫雪莉·诺拉，是个含着金汤匙出生的富家女。小说名为《这就是我》，这是弗兰茜想象中的虚构生活。

　　弗兰茜已经写了二十页了。但目前为止，小说还只是在描述雪莉家的豪华装修，盛赞雪莉家的精美服饰，记录女主人公家吃的每一道饭菜。

　　故事写完后，弗兰茜打算让茜茜姨妈的丈夫约翰拿到他的公司，帮忙出版。弗兰茜幻想着把书拿给加恩德小姐时的场景。她的脑海里早已构思好了这个场景。

　　弗兰茜（她把书递给加恩德小姐）：我想您在这本书中看不到任何污秽。就把它当作我的学期作业吧。我已经把它出版了，还请您不要介意。（加恩德小姐瞠目结舌，弗兰茜视而不见。）印刷出来更方便阅读，您觉得呢？（加恩德小姐阅读的时候，弗兰茜漠不关心地盯着窗外。）

　　加恩德小姐（读完后）：天哪，弗兰茜，写得太棒了！

　　弗兰茜：什么？（开始回忆起来）哦，这本小说啊，是我利用零碎时间见缝插针仓促完成的。写这个耗费不了多少时间，反正都是我不了解的东西。写身边的真人真事，反而更耗时间，因为你得经历一番。

　　弗兰茜把这句话画掉。她不想让加恩德小姐发觉她的感情受到了伤害。她重新写了一遍。

　　弗兰茜：什么？（陷入回忆中）哦，这本小说，我很感激您喜欢。

　　加恩德小姐（羞怯地）：弗兰茜斯，我能……能不能请你为我签名呢？

　　弗兰茜：当然可以。（加恩德小姐打开钢笔盖，笔尖朝着自己，递给弗兰茜。弗兰茜写道："M.弗兰茜·K.诺兰赠。"）

　　加恩德小姐（仔细端详着签名）：这签名多么与众不同啊！

　　弗兰茜：这不过是我的大名罢了。

加恩德小姐（小心翼翼地）：弗兰茜？

弗兰茜：您还是像过去那样，随意和我说话吧。

加恩德小姐：我有个不情之请，你能在签名上方写上"致我的朋友穆丽尔·加恩德"吗？

弗兰茜（稍作停顿后）：有何不可？（嘴角带着狡黠的笑）我以前总是按你的要求写的。（题字）

加恩德小姐（低声说道）：谢谢你。

弗兰茜：加恩德小姐……其实现在已经无所谓了……就当是看在过去的分上，您能否给这个作品评个分呢？（加恩德小姐掏出红笔，在书上写了一个大大的 A^+。）

这个美妙的幻想使弗兰茜兴奋不已，她狂热地写起了下一章。她要一直写下去，早点完成，让梦想变成现实。她写道：

"帕克，"雪莉·诺拉问自己的贴身女仆，"今晚厨师给我们准备了什么晚餐？"

"应该是恒温野鸡胸肉、温室芦笋、进口蘑菇和菠萝慕斯吧，雪莉小姐。"

"听上去也太乏味了。"雪莉评论道。

"是的，雪莉小姐。"女仆毕恭毕敬地说道。

"你知道，帕克。我心血来潮，想另外点一些。"

"您怎么说，我们就怎么办。"

"我想要各式各样的甜点，从里面挑选晚餐。你给我拿一打俄罗斯奶油布丁来，还有草莓酥饼，以及一夸脱冰激凌——要巧克力味的，还要一打松脆饼和一盒法式巧克力。"

"好的，雪莉小姐。"

一滴水落到了纸上。弗兰茜抬头看了一眼。不，屋顶没有漏水，这不过是她的口水。她饿了，非常非常饿。她走到炉子边，看了看锅里。锅里有块颜色浅浅的骨头，泡在水里。面包盒里有一些面包，虽然有点硬，但有总比没有好。她切了片面包，倒了杯咖啡，把面包放进咖啡里泡软。吃面包的时候，她看着刚写的文字，有了一个惊人的发现。

"你看，弗兰茜·诺兰，"她自言自语道，"在这个故事里，你写的恰巧就是加恩德小姐讨厌的内容。在这里，你其实想写的是自己很饿。只不过你在用一种反常、迂回、愚蠢的方式书写罢了。"

她对这本小说心生怒意，把抄写本撕了，塞进炉子里。火燃烧的时候，她心中的怒火也更加旺盛。她跑到房间，从床下拿出一箱手稿。她小心翼翼地把关于爸爸的那四篇作文放在一边，把剩下的塞进炉子里。她把所有得 A 的作文都烧了。在着火、发黑、翻卷之前，作文中的句子瞬间变得清晰起来。"一棵参天白杨树，高耸入云，宁静又安详。"另一句："苍穹如弯弓。这是个完美的十月天。"另一个句子的结尾是："……蜀葵如同凝练的夕阳，燕草如同浓缩的天空。"

"我从来没见过白杨树，苍穹如弯弓这句也是我在其他地方看到的。还有这些花朵，我只在种子目录上看到过，根本没有亲眼见过。因为我擅长撒谎，所以才总是得 A。"她捅了捅这些纸，好让它们烧得更快。待这些纸化作灰烬的时候，她反复吟诵着："我在焚烧丑陋的东西。我在焚烧丑陋的东西。"等最后的火星也熄灭的时候，她对着锅炉戏剧性地宣布："我的写作生涯到此结束。"

突然间，恐惧感和孤独感涌上她的心头。她想爸爸，她想爸爸。他不可能死了，他不可能死了。要不了多久，他就会一边上楼，一边唱着《莫莉·马露恩》。她会过去打开门。他会说："你好，小天后。"弗兰茜会说："爸爸，我做了个噩梦。我梦见你死了。"然后，她会把加恩德小姐的话转述给爸爸，而他会绞尽脑汁说服她，让她相信一切都会好起来的。她等待着，听着。也许，这只是一个梦。但是，不可能，没有梦会持续这么久。这是现实，爸爸永远都不会回来了。

她趴在桌子上，低头啜泣着。"妈妈不像爱尼利那样爱我。"她哭着说道，"我竭力讨好她让她爱我。不管她去哪里，我都紧挨着她坐，她让我做什么我就做什么。但我还是没法让她像爸爸那样爱我。"

接着，她的眼前浮现出电车上妈妈的样子，她仰着头靠在座椅后面，双眼紧闭。妈妈看起来脸色苍白、神情倦怠。妈妈其实很爱她，妈妈当然爱她了。只是她和爸爸表达爱的方式不一样罢了。而且，妈妈任劳任怨，守规矩。现在，她随时都要生孩子了，可她还在干活儿。要是妈妈生孩子时死掉了怎么办？一想到这个，弗兰茜的血液都要凝固了。要是她和尼利没有妈妈了，那该怎么办？他们能去哪儿？艾薇和茜茜也很贫穷，养不起他们。他们无家可归。除了妈妈，他们在这个世上没有别的亲人了。

"亲爱的上帝啊，"弗兰茜祈祷，"别让妈妈死。我知道我告诉过尼利我不相信您。但是，我相信您！我相信您！我只是嘴上说说罢了。请您别惩罚妈妈。她没做过任何坏事。不要因为我说过不相信您，您就把妈妈带走。要是您能让她活着，我就放弃我的写作。只要能让她活着，我可以永远不提笔写故事。圣母玛利亚，请让您的儿子耶稣去上帝那儿求个情，别让我妈妈死。"

可是她觉得自己的祷告不顶用。上帝一定记得她曾说过不相信他，作为惩罚，他一定会带走妈妈，就像带走爸爸一样。她吓得歇斯底里，感觉妈妈已经死了。她冲出公寓去找妈妈。凯蒂当时不在他们那栋楼里干活儿。她又跑到另一栋楼，跑上第三段台阶，喊了声"妈妈！"她也不在这栋楼里。弗兰茜又跑到最后一栋楼里。妈妈不在一楼。妈妈不在二楼。还剩最后一层楼了。要是妈妈也不在那里，那她一定死了。她大声尖叫道：

"妈妈！妈妈！"

"我在这儿呢。"凯蒂平静的声音从三楼传来，"别大喊大叫的。"

弗兰茜如释重负，整个人几乎瘫倒在地。她不想让妈妈觉察她哭过。于是，她找自己的手帕。手帕没找到，她就用裙子擦了擦眼睛，然后慢慢走上台阶。

"你好，妈妈。"

"尼利出什么事了吗？"

"没有，妈妈。"（她总是第一时间想到尼利）

"那就好。你还好吧？"凯蒂笑着说。她猜测可能学校出了什么事，让弗兰茜不高兴了。如果她愿意告诉她……

"妈妈，你喜欢我吗？"

"我要是连自己的孩子都不喜欢，那我岂不是个怪物，是不是？"

"您觉得，我有没有尼利好看？"她急切地等着妈妈的回答。她很清楚，妈妈从不撒谎。等了好久，妈妈才回答她。

"你的手很漂亮，还有一头茂密的直发。"

"可是，你觉得我是不是和尼利一样好看？"弗兰茜没完没了地问道，她倒希望妈妈能撒个谎。

"听着，弗兰茜。我知道你在钻牛角尖，但我太累了，没有精力跟你兜圈子。耐心点，等孩子出生以后再说。我喜欢你，也喜欢尼利。我觉得你们两个都是漂亮的孩子。现在，别再让我操心了。"

弗兰茜顿时悔恨不已。她看到妈妈，挺着大肚子，手脚并用，以一种诡异的姿势趴在地上打扫卫生，怜悯之心油然而生，她跪到妈妈旁边。

"起来，妈妈。让我来打扫楼道吧。我闲着没事。"她把手伸进桶里。

"不要！"凯蒂惊呼道。她把弗兰茜的手拿出来，用围裙擦干。"别把手放进水里。那里面有苏打和碱液。你看我的手都成什么样子了。"说着，她伸出双手，那双手骨节匀称但伤痕累累。"我不希望你的手变成我这样。我希望你的手好好的，白白嫩嫩的。再说了，我就快打扫完了。"

"既然帮不上忙，我能坐在台阶上看看吗？"

"要是你没什么事的话，就坐着看吧。"

弗兰茜坐在那里，看着妈妈。知道妈妈还活着，还在她身边，这种感觉太美妙了。即便是擦洗声，听起来也那么平安祥和，悦耳动听。刷子发出沙沙沙的声音。拖地时拖布发出呼呼呼的声音。妈妈把刷子和抹布扔进水桶时，发出扑通扑通的声音。妈妈把水桶推到另一个地方时，水桶发出咕噜咕噜的声音。

"弗兰茜，你有没有一个可以谈心的女性朋友？"

"没有，我讨厌女人。"

"那可不正常。和同龄女孩多交流，对你有好处。"

"妈妈，你有女性朋友吗？"

"没有，我讨厌女人。"凯蒂说。

"你看，你和我一样。"

"不过，我曾经有个女友，通过她，我才认识了你爸爸。所以你看，有时候女友还是有用处的。"她打趣道。可是，她的刷子似乎消极怠工似的，大有一种"你走你的阳关道，我过我的独木桥"的感觉。她强忍住泪水。"是的，"她接着说道，"你需要朋友。除了尼利和我，你从不与人交流，你只知道读你的书，写你的故事。"

"我再也不写了。"

凯蒂立刻明白，不管弗兰茜在想什么，一定与她的作文有关。"你今天的作文是不是得分不高？"

"不是。"弗兰茜虽然撒了个谎，但她对妈妈未卜先知的能力深感诧异。她站起身来。"我想我该去麦加里蒂酒吧了。"

"等一下！"凯蒂把刷子和拖把放进桶里。"我今天也完工了。"她伸出手，"扶我起来。"

弗兰茜抓着妈妈的手。凯蒂用力拉着，笨拙地站了起来。"和我一起走回家，弗兰茜。"

弗兰茜拎着水桶。凯蒂一只手扶着栏杆，一只手搭在弗兰茜的肩膀上。她重重地靠着女儿，慢慢走下楼梯。妈妈走路摇摇晃晃，弗兰茜尽量和她保持同步。

"弗兰茜，我现在随时都有可能生孩子，如果你能一直在我附近，我会安心得多。你就别走远。我干活儿的时候，你不时过来看看我，看我是否安然无恙。我没法告诉你，但我真的全指望你了。尼利是靠不住了，这种时候，男孩子是派不上用场的。我现在太需要你了，知道你在附近，我就觉得心安。所以，离我近些吧，弗兰茜。"

弗兰茜的心头涌上了一股巨大的柔情。"我永远都不会离开你的，妈妈。"她说。

"真是我的好女儿。"凯蒂按了按她的肩膀。

"也许，"弗兰茜心想，"她不像爱尼利那样爱我，但她更需要我。我想，被人需要和被人爱同样美好。也许还更好。"

40

两天后，弗兰茜回家吃午饭，下午就没有去学校。妈妈躺在床上，尼利去上学了。弗兰茜想把茜茜或艾薇叫过来，但妈妈说，还没到时候呢。

独当一面的弗兰茜顿时觉得责任重大。她把家里打扫得一尘不染，仔细检查了食物，安排好晚餐。每隔十分钟，她就会把妈妈的枕头垫高，问她想不想喝水。

三点刚过，尼利就气喘吁吁地冲进家门，把书扔进角落里，问妈妈要不要去找人来。看着他迫不及待的样子，凯蒂笑了，说不到万不得已，没必要打扰艾薇和茜茜做事。尼利出门上班的时候，妈妈嘱咐他问问麦加里蒂能否把弗兰茜的活儿一起干掉，因为弗兰茜要在家照顾妈妈。麦加里蒂先生不仅同意了，还给尼利提供了免费的午餐。这样一来，四点半的时候，尼利就完工了。他们早早地吃了晚饭。尼利送报送得越早，结束得就越快。妈妈说她什么都不想吃，只想喝杯热茶。

弗兰茜泡好茶后，妈妈又不想喝了。弗兰茜很担心，因为妈妈粒米未沾。尼利出门去送报纸，弗兰茜端来一碗炖菜，劝妈妈多少吃一点。凯蒂冲她大发雷霆，叫她别来烦她，说她想吃的时候自己会要。弗兰茜把菜倒回锅里，强忍住受伤的泪水，她不过是想帮忙而已。妈妈又叫她了，似乎不再生气了。

"几点了？"凯蒂问。

"还有五分钟就六点了。"

"你确定这钟没有慢吧？"

"没有，妈妈。"

"那就是快了。"见妈妈忧心如焚，弗兰茜从前窗望了出去，看到了沃伦诺夫珠宝商店的大街钟。

"我们的钟是准的。"弗兰茜说。

"外面天黑了吗？"凯蒂对外面一无所知，因为即便是阳光明媚的中午，也只有一缕灰蒙蒙的光线透过通风窗。

"没有，外面还亮着呢。"

"屋里太黑了。"凯蒂显得心烦气躁。

"我把夜里的蜡烛点上吧。"

墙上钉着一个小架子，架子上放着圣母玛利亚的石膏像，她身着蓝色长袍，伸出双手，仿佛在祈求着什么。石膏像下面，有一个厚壁红色玻璃杯，里面放着黄蜡和灯芯。杯子旁边放着一个花瓶，里面装着纸做的红玫瑰。弗兰茜擦亮火柴，将蜡烛点上。烛光透过厚厚的玻璃，发出暗红色的微光。

"几点了？"过了一会儿，凯蒂问道。

"六点十分。"

"你确定这钟既不快也不慢？"

"绝对准点。"

凯蒂似乎很满意。可是，五分钟后，她又开始问时间了。仿佛她有个重要的约会，唯恐迟到误事。

六点半的时候，弗兰茜又向她报了一次时间，还补充说尼利一小时后就回来。"他一进门，就让他去找艾薇姨妈。别让他步行，那太费时间了。给他五分钱，让他坐车，记住，先去找艾薇，因为她比茜茜住得近。"

"妈妈，要是孩子突然生出来，而我又不知所措，那可怎么办？"

"我哪有那么幸运——孩子说生就生。几点了？"

"还有二十五分钟就七点了。"

"你确定吗？"

"我确定，妈妈。尽管尼利是男孩，但他和你待在一起，一定会比我好些。"

"为什么？"

"因为他总能给你很大安慰。"弗兰茜说这话的时候，没有丝毫的恶意或妒忌，貌似在陈述一个简单的事实，"可我……我……我不知道该说些什么才能让你感到好受些。"

"几点了？"

"还有二十四分钟到七点。"

凯蒂沉默了许久。她再次张口的时候，语气平静，像是在自言自语。"不，这种时候男人还是不在场的好。可女人总想让他们站在旁边。她们想让男人听到自己的每一声呻吟，看到自己流下的每一滴血，听到肉体的每一次撕裂。让男人在旁边和她们一道受苦，享受这种扭曲的乐趣，有什么意义呢？她们似乎在报仇雪恨，因为上帝把她们造成了女人。几点了？"没等弗兰茜回答，她继续说道，"结婚前，要是有男人看到她们头顶卷发器，或者没穿胸衣，女人就要死要活的。可生孩子的时候，她们却要让男人看到自己最难看的一面。我不知道为什么，我不知道为什么。一想到跟女人在一起，竟然会给她们带来痛苦和折磨，男人就会深感不安，某些状况就不好了。很多男人有了孩子之后就开始不忠……"凯蒂根本没有意识到自己在说什么。她太思念乔尼了，所以就拼命找理由，为他不在身边开脱。"另外，还有一点要记住：如果爱一个人，你会心甘情愿独自承受痛苦，而不是拉他垫背。以后，等你生孩子的时候，别让男人在家待着。"

"好的，妈妈。现在七点过五分了。"

"去看看尼利回来了没有。"

弗兰茜看了看，只能如实相告说不见尼利的踪影。凯蒂脑子里又浮现出弗兰茜刚才说过的话，尼利总能带来安慰。

"不，弗兰茜，现在对我来说，你才是安慰。"她叹了口气，"如果是个男孩，我们就叫他乔尼。"

"妈妈，家里又要有四口人了，真好。"

"是啊，真好。"自那以后，凯蒂好久没有说话。等她再次问起时间时，弗兰茜告诉她七点十五分了，尼利就快回来了。凯蒂叮嘱她把尼利的睡衣、牙刷、干净的毛巾和一小块肥皂用报纸包起来。尼利今晚要在艾薇家过夜。

弗兰茜夹着包裹，去街上跑了两趟，才看到尼利从街上跑过来。弗兰茜迎上前去，把包裹递给他，又给了他车费，把妈妈的叮咛转达给他，让他赶快去。

"妈妈怎么样了？"他问道。

"她很好。"

"确定吗？"

"我确定。我听到电车来了。你快跑吧。"尼利跑了过去。

弗兰茜回来的时候，看到妈妈汗如雨下，下嘴唇有血，好像被咬破了。

"天哪，妈妈，妈妈！"她晃着妈妈的手，把手贴上自己的脸。

"拿块毛巾放进冷水里拧一下，然后给我擦擦脸。"妈妈低声说道。弗兰茜照着做了，凯蒂又继续说刚刚没说完的话。"当然，对我来说，你是个安慰。"她的脑海里突然跳出一个看似风马牛不相及但却息息相关的话题，"我一直想看看你得 A 的那些作文，但一直没有时间。现在我有点时间了，你能为我读一篇吗？"

"我读不了。我把作文全烧了。"

"你自己苦思冥想，写出作文又交上去，得到了好成绩，然后你又胡思乱想，结果就把作文给烧了。自始至终，我连一篇也没有看过。"

"没关系的，妈妈。那些作文写得不好。"

"我良心不安啊。"

"写得真不怎么样，妈妈。我知道您没有时间。"

凯蒂想，"但是，儿子需要我的时候，我都有时间。我会为他腾出时间。"她接着将自己的想法大声地说出来："但是，尼利更需要鼓励。你内心强大，想到就要做到，和我一样。但尼利需要外界的鼓励。"

"没关系的，妈妈。"弗兰茜重复道。

"我真的别无选择。"凯蒂说，"但我还是会良心不安啊。几点了？"

"将近七点半。"

"再用毛巾给我擦擦，弗兰茜。"凯蒂似乎总想抓住什么东西。"难道你一篇都没有留下，没法读了？"

弗兰茜想到了那四篇关于爸爸的作文，又想到加恩德小姐的评价，她回答道："没有。"

"那你就读一读莎士比亚的作品吧。"弗兰茜拿起书，"就读一段'在这样的夜里'，我希望生孩子前，脑海里留点美好的东西。"

书上的字太小了，弗兰茜只好将汽灯点亮。灯亮之后，她仔细地看了看妈妈的脸。那张脸苍白暗淡，扭曲变形，一点儿也不像往日的妈妈。她看起来像玛丽·罗姆利外婆痛苦时的样子。凯蒂极力避开灯光。弗兰茜眼疾手快，立刻把汽灯关了。

"妈妈，这些剧本我已经看过很多遍了，我可以倒背如流。用不着灯，也用不到书，妈妈，你听着。"她背诵道：

> 在这样的夜里，月光皎洁如水，
> 那甜美的风，给树儿送去香吻。
> 在这样的夜里，悄无声息。

特洛伊罗斯……

"几点了？"
"七点四十。"

我想登上了特洛伊城墙，

长叹一声，走向希腊营房，

克雷西达夜晚，就在那里平躺。

"你弄清楚特洛伊罗斯是谁了吗，弗兰茜？还有克雷西达？"
"弄清楚了，妈妈。"
"哪天我有空了，你给我讲讲。"
"好的，妈妈。"

凯蒂呻吟起来，弗兰茜又一次帮她把脸上的汗擦掉。凯蒂伸出两只手，就像那天在大厅里那样。弗兰茜用力抓住妈妈的手，脚用力撑着。凯蒂一拉，弗兰茜感觉自己的胳膊随时都有可能从胳肢窝处断开。妈妈放松下来，便放手了。

又过去一小时。弗兰茜背诵着自己熟悉的篇章——鲍西亚的法庭陈述，马克·安东尼的葬礼致辞，"明日复明日"——显而易见，这些都是莎士比亚剧本中耳熟能详的桥段。有时候凯蒂会问个问题，有时候她会掩面呜咽，她根本不知道自己在干什么，也不在乎别人的答案是什么，就这么一直下意识地不断询问时间。弗兰茜隔段时间就帮她擦一次脸。一小时内，凯蒂伸手拉了三四次弗兰茜。

艾薇八点半到了，弗兰茜终于得到了解脱。"再过半小时茜茜姨妈就到了。"艾薇说着便冲进了卧室。她看了看凯蒂的脸，便从弗兰茜床上拿了个床单，一端打结拴在凯蒂的床柱上，另一端递给凯蒂。"你换着拉这个，试试看。"她建议道。

凯蒂使出浑身力气扯着床单，再次满头大汗，她低声问道："几点了？"

"你问这个干什么？"艾薇笑着回答，"你又不去别的地方。"凯蒂想笑，但是笑容很快被一阵痉挛代替。"要是屋里亮点就好了。"艾薇说。

"可是汽灯太刺眼了。"弗兰茜反对道。

艾薇把客厅灯架上玻璃球状的汽灯拿了过来，在灯罩外面涂了一层肥皂，放在卧室的灯架上。汽灯再次点燃，散发出柔和分散的光线，一点儿也不刺眼。虽然五月的夜晚很温暖，但艾薇还是在炉子里生了火。她指导弗兰茜做好准备工作。弗兰茜东奔西跑，将水壶灌满水，放到火上，把搪瓷脸盆洗干净，往里面倒了一瓶橄榄油，放在炉子后面。弗兰茜又将放满脏衣服的洗衣篮拿过来，取出脏衣服，在里面放条破旧但干净的毯子，放到炉子旁的两把椅子上。艾薇把所有的餐盘都放进烤箱加热，然后叮嘱弗兰茜把热盘子放进篮子，冷却后拿出来，再放些热盘子。

"你妈妈有没有准备宝宝的衣服？"她问道。

"你把我们当成什么人了？"弗兰茜一边略带轻蔑地说，一边拿出全套婴儿用品，其中有四件手工制作的法兰绒小和服[①]，四条头饰带子，一打手工缝制的尿布和四件脱线的衬衫，这衬衫是她和尼利小时候穿过的。"除了衬衫，其他都是我做的。"弗兰茜得意扬扬地说。

"嗯。看来你妈妈想生个男孩。"艾薇一边说，一边仔细查看小和服上蓝色的羽毛状针脚，"好吧，我们等着看吧。"

茜茜到来以后，两姐妹进了卧室，留弗兰茜在外面等着。弗兰茜能听到她们说话。

"该去请接生婆了。"茜茜说，"弗兰茜知道她住哪儿不？"

---

① 原文为 Kimono，于婴儿服饰特指无领交襟的和尚服。

"我没打算请接生婆，"凯蒂说，"家里没有请接生婆的五块钱。"

"这样吧，或许我和茜茜可以凑够五块钱。"艾薇说，"要是……"

"等等。"茜茜说，"我生过十个——不——十一个孩子了。你生过三个，凯蒂生过两个，我们三个人一共生过十六个孩子，也算是经验丰富，接生不成问题吧。"

"也是，我们自己接生吧。"艾薇决定。

然后她们把卧室门关上。弗兰茜虽然能听到她们的讲话声，但听不清她在说什么。被姨妈们关在门外，弗兰茜有点愤愤不平。她们没来的时候，自己还独当一面呢。她从篮子里拿出冷盘子，放进烤箱，又拿出两个热盘子。她突然感到无比孤独。她真希望尼利在家，这样他们两个可以谈谈过去的事情。

弗兰茜猛地睁开眼睛。她不可能是在打瞌睡吧，她想。不可能。她摸了摸篮子里的盘子，是凉的。她立刻换上了热盘子。篮子必须是热的，得让宝宝暖暖的。她听着卧室里的声音。她打完盹以后，这声音似乎变了。里面不再是悠闲的走动，也没有了轻松的交谈。两个姨妈似乎迈着小碎步跑来跑去，说话也都只用简短的句子。她看了看钟，九点半了。艾薇从卧室走了出来，随手把门带上。

"这是五毛钱，弗兰茜。去买四分之一磅的甜黄油、一盒苏打饼干和两个脐橙。告诉那个人你要脐橙，说是给一位生病的女士吃的。"

"可是，所有商店都关门了啊。"

"到犹太城去，他们一直开着门。"

"我明天早晨去。"

"照我说的做。"艾薇厉声道。

弗兰茜心不甘情不愿地出去了。走到最后一阶楼梯时，她听到一声痛苦万状的惨叫。她停下脚步，不知道该往回跑还是继续往前走。她想起艾薇姨妈严厉的命令声，便继续下楼。走到外面大门口时，又传来一声撕心裂肺的惨叫。她庆幸自己走到了街上。

在这栋楼中的某套房子里，那个像猿猴一样的卡车司机，不顾妻子反对，强行命令她准备上床。就在这时，他听到了凯蒂的第一声惨叫，他不由得喊道："天哪！"第二声惨叫传来的时候，他说："但愿她别让我整晚都睡不好。"他那孩子般的新娘边哭边脱衣服。

* * *

弗洛茜·加迪斯和她妈妈坐在厨房里。弗洛茜在缝制另一件白缎子礼服，打算在婚礼上穿，她与弗兰克的婚期延期了。加迪斯夫人在给亨尼织一只灰袜子。当然，亨尼已经死了，但他妈妈为他织了一辈子袜子，已经习以为常了。听到第一声惨叫时，加迪斯夫人织漏了一针。

弗洛茜说："男人只会寻欢作乐，而女人只能承担痛苦。"妈妈一言不发。听到凯蒂再一次哭喊的时候，她浑身发抖。"真可笑，"弗洛茜说道，"做件服装竟然要缝两个袖子。"

"是的。"

两个人默默地忙活了一阵，弗洛茜打破了沉默。"我想知道，这么做值吗？我是说生孩子。"

加迪斯夫人想起自己死去的儿子和胳膊残疾的女儿，她一言不发，只顾低头编织。她回到漏针的地方，专心把漏掉的地方补起来。

泰莫尔家两个骨瘦如柴的老姑娘躺在硬板床上。她们互相摸着对方的手。"你听到了吗，姐姐？"麦吉小姐问道。

"她到生的时候了。"莉齐小姐说。

"很久以前哈维向我求婚的时候，我没答应，就是因为这个原因。我就害怕这个。我害怕。"

"我不知道。"莉齐小姐说，"有时候，我觉得遭受痛苦和不快，勇敢地抗争，高声呐喊，甚至忍受疼痛，都比这种……平安无事要好。"她等待着，直到最后一声尖叫声消失，"至少她知道自己还活着。"

麦吉小姐哑口无言。

诺兰家对面的屋子空着。楼栋里另一户住着波兰裔的码头工人、他的妻子和四个孩子。听到凯蒂的喊叫时，他正从罐子里往桌上的玻璃杯倒啤酒。

"女人！"他轻蔑地哼了一声。

"你给我闭嘴。"他的妻子咆哮道。

住在这栋楼里的女人们，每次听到凯蒂的叫喊声，都会心头一紧，和她一起经受煎熬。普天下妇女唯一全部认同的，是分娩的痛苦。

弗兰茜沿着曼哈顿大街走了很久，才找到一家犹太人的乳制品店。她去另一家店买了饼干，又找到一个水果摊，买了些脐橙。回来的时候，她看了看奈普药店的大钟，发现已经快十点半了。她根本不在乎现在几点，但是妈妈似乎非常看重时间。

走进厨房，她察觉到了一丝异样。屋子里有一种全新的平静，还有股说不出来的味道，一股清新的，淡淡的香气。茜茜背对着篮子站着。

"你觉得怎么样？"她说，"你多了个小妹妹。"

"妈妈呢？"

"你妈妈没事。"

"就是因为这个，你们把我支走，让我去商店买东西？"

"我们觉得你知道得太多了，毕竟你才十四岁。"艾薇从卧室里走出来说。

"我只想弄清楚一件事,"弗兰茜凶巴巴地说,"是妈妈把我支出去的?"

"是的,弗兰茜,是她说的。"茜茜轻声说,"她好像说,不想让自己爱的人跟着受罪。"

"我知道了。"弗兰茜感觉有点宽慰。

"你不想看看小宝宝吗?"

茜茜站到一旁。弗兰茜把毯子从宝宝头上掀开。宝宝很漂亮,皮肤白白的,头发黑黑的、卷卷的、软软的,长到了额头前面,和妈妈的头型很像。宝宝的眼睛偶然会睁开。弗兰茜发现她的眼睛呈奶蓝色。茜茜解释说,所有新生儿的眼睛都是蓝色的,长大以后,眼睛的颜色会越来越深,最后变得像咖啡豆一样。

"她长得像妈妈。"弗兰茜断定。

"我们也是这么想的。"茜茜说。

"宝宝没什么事吧?"

"完全没事。"艾薇告诉她。

"没有畸形或者其他毛病吧?"

"当然没有了。你怎么会这么想?"

弗兰茜没有告诉艾薇,她一直担心宝宝畸形。因为妈妈临产前还在手脚并用,跪在地上干活儿。

"我可以进去看看妈妈吗?"她谦卑地问,仿佛在这个家里,自己倒是个陌生人。

"你可以把盘子拿进去给她。"弗兰茜把盘子拿进去,上面放着两块黄油饼干。

"你好,妈妈。"

"你好,弗兰茜。"

妈妈又恢复了以前的样子,只是看起来疲惫不堪。她无法抬头,弗兰茜就拿着饼干喂给她吃。吃完饼干后,弗兰茜手里拿着空盘子，站在原地。妈妈一句话也不说。弗兰茜觉得她和妈妈又形同陌路了，前几天的亲密关系已荡然无存。

"你选的是男孩的名字，妈妈。"

"是的。女孩也挺好的，真的。"

"她很漂亮。"

"她有一头黑色卷发。尼利长着褐色卷发。可怜的弗兰茜是褐色直发。"

"我喜欢褐色直发。"弗兰茜顶嘴说。她迫不及待地想知道宝宝的名字，但妈妈这会儿却像个陌生人似的，她也就不再直接询问。"要不要我把出生情况写下来，交给卫生局？"

"不用。牧师会在洗礼后把出生情况报上去的。"

"哦，好的。"

凯蒂意识到弗兰茜语气中的失望。"你把笔和纸拿过来，把她的名字写下来。"

弗兰茜从壁炉架上拿出那本基甸《圣经》，那是十五年前，茜茜从宾馆里顺手牵羊弄来的。她看着扉页上的四行字。前三个是乔尼写的，笔迹工整，书法精致。

1901 年 1 月 1 日。凯瑟琳·罗姆利与约翰·诺兰结婚。

1901 年 12 月 15 日。弗兰茜斯·诺兰出生。

1902 年 12 月 23 日。科尼利厄斯·诺兰出生。

第四个是凯蒂用反手斜体写的，字迹苍劲有力。

1915 年 12 月 25 日。约翰·诺兰去世。享年 34 岁。

茜茜和艾薇跟着弗兰茜走进卧室。她们也很好奇，凯蒂会给孩子取什么名字。萨拉？伊娃？露丝？伊丽莎白？

"写下来。"凯蒂口述道。弗兰茜用笔蘸了蘸墨水。"1916 年 5 月 28 日。安妮·劳丽·诺兰出生。"

"安妮！这名字也太普通了。"茜茜咕哝着说。

"凯蒂，为什么叫这个名字？为什么？"艾薇耐心地问道。

"乔尼生前唱过一首歌。"凯蒂解释说。

弗兰茜写这个名字的时候，耳边似乎传来一阵和弦和爸爸的歌声。"安妮·劳丽就在那儿。"……爸爸……爸爸……

"……他说，这首歌源自一个更好的世界。"凯蒂接着说，"他如果知道我用他的歌给孩子取名，一定会满心欢喜。"

"劳丽是个好名字。"弗兰茜说。

就这样，宝宝取名叫劳丽。

41

　　劳丽是个乖宝宝。她大部分时间都在心满意足地睡大觉。醒来的时候，她就安安静静地躺着，棕色的眼睛全神贯注地盯着自己的小拳头。

　　凯蒂选择母乳喂养，不仅仅出于本能，还因为家里没钱买鲜奶。因为小宝宝不能离人，凯蒂只好每天早上五点就开始干活儿，先清扫另外两栋较远的楼房。她一直干到将近九点才回来，这时候弗兰茜和尼利也该去上学了。然后她开始打扫自己住的这栋楼。干活儿的时候，她把自家门半开着，以便听到劳丽的动静。每天晚上吃完晚饭，凯蒂就立即上床睡觉，弗兰茜很少见到妈妈，仿佛妈妈不在家似的。

　　麦加里蒂并没有按原计划在婴儿出生后解雇两个孩子。他现在迫切需要他们，因为他的生意在1916年的春天突然火爆起来，酒吧里常常座无虚席。这个国家正发生着天翻地覆的变化，他的顾客和世界各地的美国人一样，得聚在一起讨论时局。街角的酒馆是穷人的俱乐部，是他们唯一的聚集地。

　　弗兰茜在酒吧楼上的公寓里干活儿，透过薄薄的地板，她能听到楼下高谈阔论的声音。她经常会停下手里的活儿听他们谈话。是的，这个世界风云变幻，这一次她终于明白，变化的是这个世界，而不是她自己。她听着这些言论，觉察出世事的变化。

　　这是事实。他们马上就不酿酒了，要不了三年五载，整个国家全部禁酒。

辛苦干活儿的人总有权利喝点啤酒吧。

这话你找总统说去，看看有什么结果。

这是人民的国家。如果我们不愿意禁酒，那就不该禁酒。

当然，这是人民的国家，但他们会强制推行禁酒令。

天哪，那我就自己酿酒吧。我家老爷子过去在祖国就会酿酒。你取一蒲式耳的葡萄……

拉倒吧！他们不可能让女人投票。

这可说不准。

如果真让女人投票，我老婆就得听我的，我投谁她就投谁，要不然，看我不扭断她的脖子。

我那个老娘们才不会去投票，不会跟酒鬼和懒鬼混在一起。

……女总统。有可能啊。

他们绝不会让女人来管理政府。

现在管理政府的不就是个娘们儿。

胡说八道！

威尔逊连上厕所都要请示太太，太太不同意，他都不敢转身。

威尔逊自己就是个老娘们儿。

他没让我们卷入战争。

他是大学教授！

白宫需要一个明智的政客，不需要这样的教书匠。

* * *

……汽车。很快，马就被取而代之了。底特律那个伙计生产的汽车非常便宜，要不了多久，每个工人都买得起汽车了。

工人还能开自己的车！那得等多久，你活得到那时候吗？

飞机！不过是头脑发热赶时髦。不会长久的。

电影越来越受欢迎了。布鲁克林的剧院一个接一个地关门了。就拿我来说，我宁愿看到查理·卓别林，也不愿跟着那帮娘们儿去看科塞特·佩顿。

……无线电是有史以来最伟大的发明。我告诉你吧，人的讲话可以通过空气传播，根本不需要电线。你只需要用一种机器来接收，戴上耳机听就可以了。

他们把这玩意儿叫作半麻醉，女人生孩子的时候采用半麻醉，一点感觉都没有。所以朋友给我老婆介绍这玩意儿的时候，她说，应该多发明点这种东西。

你在说什么！煤气灯已经过时了。最便宜的公寓都装上电灯了。

不知道现在的孩子怎么回事，他们都痴迷跳舞，整天就知道跳舞……跳舞……跳舞……

所以我把名字从舒尔茨改为斯科特。法官问我，要去哪里？为什么要改名字？舒尔茨是个好名字。他自己就是德国人，你知道吧？听着，伙计，我对他说……我就是这么对他说的，管他是不是法官呢。我说，我要和祖国一刀两断。看看他们对比利时儿童的所作所为，我可不想和德国再有任何瓜葛了。我现在是美国人了，我说，我想要个美国名字。

我们马上就要参战了。天哪，眼看着就要打起来了。

我们唯一能做的就是今年秋天再选举威尔逊当总统。他不会让我们卷入战争。

可别轻信他们的竞选承诺。只要你选了民主党人当总统，你就选择了战争。林肯是共和党人。

但是，南方有个民主党总统，南方人挑起了内战。

我问你们，咱们还要忍多久？那帮浑蛋又击沉了我们的一艘船。咱们还要再等他们击沉多少艘船，才能鼓足勇气，过去给他们点颜色看看？

我们最好不要参与。我们国家发展得很好。让他们自己打仗去吧，可别把我们拖进去。

我们不想打仗。

一旦宣战，我第二天就应征入伍。

你可以过过嘴瘾。你都五十多岁了，人家不会收你。

我宁愿坐牢也不去打仗。

人总要为自己心中的正义而战。我很乐意上前线。

我倒没啥好担心的。我得了双侧疝气。

打仗也有好处。一旦开战，他们就需要我们这些劳动人民来修轮船造枪炮。他们还需要农民种庄稼供军粮。他们会对我们四处盘剥。那些该死的资本家就得依赖我们这些做苦力的。他们不会告诉我们真相，那我们就来告诉他们。天哪，我们得让他们尝点苦头。我希望早点打仗，越早越好。

我早就跟你说过，现在什么事都靠机器干。前几天我听到了一个笑话。有个伙计和他老婆吃饭穿衣都靠机器。他们来到一个婴儿机旁，男人把钱扔进机器，果然就出来一个婴儿。这家伙竟然转过身来说，能不能买回过去的好时光。

过去的好时光！是的。我想，过去的好时光已经一去不复返了。

再把酒杯给我续满，吉姆。

弗兰茜打扫卫生的时候，利用间歇仔细地听他们聊天，费力地把这些话拼凑起来，试图理解这个混乱动荡的世界。在她看来，从劳丽出生到她毕业这段时间，整个世界都发生了翻天覆地的变化。

42

　　弗兰茜还没来得及和劳丽好好相处，毕业典礼就要到了。凯蒂不能同时参加两个毕业典礼，大家协商一番，决定让凯蒂参加尼利的毕业典礼。这个决定合情合理。当初是弗兰茜执意要转学，这个后果不应该由尼利来承担。弗兰茜也能理解，但还是有点难过。如果爸爸还活着，他一定会去参加弗兰茜的毕业典礼。茜茜陪弗兰茜去学校。艾薇留下来照顾劳丽。

　　1916 年 6 月的最后一个夜晚，弗兰茜最后一次步行到她深爱着的学校。自从有了孩子，茜茜变得安静了，她默默地走在弗兰茜旁边。两名消防员从她们身边经过，茜茜看都没看他们一眼，要知道，茜茜以前可是个制服控。弗兰茜真希望茜茜还是以前的样子，她的变化让弗兰茜感到孤独。她悄悄去牵茜茜的手，茜茜紧紧地捏了捏。弗兰茜顿时得到了慰藉，茜茜骨子里还是老样子。

　　毕业班同学坐在礼堂前几排，来宾们坐在后面。校长发表了一场诚挚的演说，告诉孩子们他们即将步入一个纷乱的世界，美国一定会卷入战争，战后一定会重建一个新世界。他鼓励同学们接受高等教育，为建设新世界做好准备。弗兰茜备受鼓舞，她暗暗发誓要铭记校长嘱托，将校长的精神薪火相传。

　　接下来是毕业戏剧表演。憋在眼里的泪水灼痛了弗兰茜的眼睛。无聊乏味的对白在耳边喋喋不休，弗兰茜心想，"我的剧本比这个好多了。我可以把垃圾桶那部分删掉。如果老师让我写毕

344　　*A Tree Grows in Brooklyn*

业剧本，我一定会按照她的要求来写。"

演出结束后，大家走上台领取毕业证书，成了名副其实的毕业生。向国旗宣誓，唱《星条旗之歌》，毕业典礼终于画上了句号。

接下来弗兰茜要面临最最严峻的考验。

按照惯例，女孩子毕业时会收到鲜花。鲜花不能带到礼堂里，只能送进教室，由老师把花束放到毕业生的桌子上。

弗兰茜必须回到教室，才能拿成绩单、铅笔盒和签名簿。她站在门外，神情紧张，内心煎熬。她知道，肯定只有她的桌子上没放鲜花。之所以如此确定，是因为她根本没有告诉妈妈这个惯例，也知道家里不会在这种事情上浪费闲钱。

她决定直面现实，于是鼓足勇气，硬着头皮走进教室，径直走向讲台，不敢看自己的桌子。空气中弥漫着浓郁的花香。她听到女孩儿们在叽叽喳喳，为自己收到鲜花而兴奋不已。她听到同学们在相互赞美彼此的鲜花。

她拿到成绩单，上面有 4 个 A，一个 C$^-$。得 C$^-$ 的竟然是她的英语成绩。她曾经是学校里写作最好的学生，现在却只能勉强及格。突然间，她开始讨厌这所学校，讨厌所有的老师，尤其是加恩德小姐。她也不在乎收没收到鲜花了，无所谓。话说回来，这个惯例本身就很蠢。"我直接去我的桌子上拿东西，"她决定，"要是有人和我说话，我就叫他们闭嘴。然后永远地走出这所学校，不和任何人道别。"她抬眼望去"没放鲜花的就是我的课桌"，但是，根本没有一张桌子是空的。每张桌子上都有鲜花。

弗兰茜走向她的课桌，猜测一定是哪个女孩把自己多出来的一束鲜花暂时放在了她的桌上。弗兰茜打算把花拿起来，递给主人，冷漠地说："你不介意把花拿走吧？我得从桌子里拿点东西。"

她拿起花——两打暗红色的玫瑰插在一束蕨叶中。弗兰茜像其他女孩那样，把花捧在怀里，仿佛那就是她自己的花。她在卡片上找主人的名字。但卡片上写着的是她的名字！她的名字！卡片上写着：

献给弗兰茜，祝顺利毕业。爱你的爸爸。

爸爸！

卡片上是爸爸工整的笔记，用的是家中壁橱里的黑墨水。这一切都是梦，一个漫长而又混沌的梦。劳丽是一场梦，在麦加里蒂上班是一场梦，毕业话剧是一场梦，糟糕的英语成绩也是梦。现在她醒了，一切都会好起来的。爸爸一定会在大厅里等她。

但是大厅里只有茜茜。

"这么说，爸爸真的去世了。"她说。

"没错，"茜茜说，"他已经去世六个月了。"

"但是，这不可能啊，茜茜姨妈。他给我送了花。"

"弗兰茜，大约一年前，他给了我一张写好的卡片和两块钱。他说，'弗兰茜参加毕业典礼的时候，请代我送她一束花——我怕自己忘了。'"

现在，弗兰茜确定这一切都不是梦，而是真真切切的事实。她忍不住放声痛哭，她哭的不是真相，而是过去的一幕一幕。自己的辛苦操劳，对妈妈的过度担忧，错失写毕业剧本的懊恼，英语成绩得 C⁻ 的委屈，收不到鲜花的焦虑，这一切终于压垮了她的情绪。

茜茜把她带到女洗手间，推到一个隔间里。"尽情地哭出来吧。"她命令道，"要快点，不然你妈妈又要为我们晚归牵肠挂肚了。"

弗兰茜站在隔间里，攥着玫瑰花抽泣着。每次洗手间的门打开，听到女孩子叽叽喳喳走进来，她就冲一下马桶，掩盖自己的哭声。很快，她就缓过来了。她出来的时候，茜茜把一只冷水打湿过的手帕递给她。弗兰茜擦了擦自己的眼睛，茜茜问她是否感觉好多了。弗兰茜点了点头，恳求茜茜等一会儿，她要去给大家道个别。

她走进校长办公室，和他握了握手。"可别忘了母校啊，弗兰茜。有空回来看看我们。"他说。

"我会的。"弗兰茜承诺道。她又跑回去和班主任告别。

"我们会想念你的，弗兰茜。"老师说。

弗兰茜从课桌里拿了铅笔盒和纪念册。她开始和其他女孩告别。她们围在弗兰茜身旁，一个女孩搂着她的腰，另外两个女孩亲吻她的脸颊。她们大声说着告别的话。

"有空来我家看我吧，弗兰茜。"

"给我写信吧，弗兰茜。让我知道你过得怎么样。"

"弗兰茜，我们现在有电话了。有时间给我打电话吧，明天就打。"

"在我的纪念册上写点什么吧，弗兰茜？等你成名了，我就把这卖了。"

"我要去夏令营了。把地址给你，给我写信吧。听到了吗，弗兰茜？"

"九月份我要去上女子高中。你也来女子高中吧，弗兰茜。"

"不要吧，和我一起去东城上高中吧。"

"女子高中！"

"东城高中！"

"伊拉斯姆斯·霍尔高中才是最好的。你上那儿吧，弗兰茜，我们一起再做同学。要是你来的话，我就只交你一个朋友。"

"弗兰茜，你还没让我在你的纪念册上留言呢。"

"我也没写。"

"给我，给我。"

她们在弗兰茜几乎空白的纪念册上写了起来。"她们其实都挺好的。"弗兰茜心想，"这么几年，我完全可以和她们交朋友，但一直以为她们不想和我做朋友。肯定都是我不对。"

　　她们在纪念册上写起来。有些写得又小又挤，有些写得又松又乱。但这些都是孩子们的稚嫩笔迹。她们边写，弗兰茜边读：

> 祝你好运，祝你快乐。
> 祝你先生个儿子。
> 当他的头发卷曲的时候，
> 再祝你生个女儿。
> 弗洛伦斯·菲茨杰拉德

> 等你以后嫁了人，
> 要是丈夫冲你发火，
> 你就用火钳敲打他，
> 然后离婚。
> 杰妮·莉

> 当夜晚拉开帷幕，
> 星星像图钉在上面，
> 记住我还是你的朋友，
> 无论你身在何方。
> 诺琳·欧里瑞

　　碧翠斯·威廉姆斯翻到最后一页，写道：

> 在遥远的后面，
> 在看不见的地方。

我签上我的名字，

只是为了泄愤。

　　她署名：你的同行作家碧翠斯·威廉姆斯。"她竟然说'同行作家'。"弗兰茜心想，"看来她还在为毕业剧本耿耿于怀。"

　　弗兰茜终于脱身来到大厅，她对茜茜说，"还有最后一个人。"

　　"你的毕业时间最长。"茜茜嗔怪道。

　　加恩德小姐坐在自己的办公桌前，屋子里灯光明亮。她独自一人。她并不受欢迎，到目前为止，没有人过来跟她告别。见弗兰茜进来，她迫不及待地抬起头来。

　　"你是来跟你的英语老师告别的吧？"她欣慰地说。

　　"是的，老师。"

　　加恩德小姐不想就此罢休，老师的架子还得摆一摆。"我想跟你谈谈你的英语成绩。这学期你没有交作业，我本不该让你通过。但在最后关头，我还是计你及格了，这样你才能和同学们一起毕业。"她等着，但弗兰茜一句话也没说。"怎么，你不打算感谢我吗？"

　　"谢谢你，加恩德小姐。"

　　"你还记得我们那次谈话吗？"

　　"记得呢，老师。"

　　"你后来怎么那么固执，不交作业了？"

　　弗兰茜无话可说，她无法将其中的理由和加恩德小姐解释清楚。于是，她伸出手，说一声："再见，加恩德小姐。"

　　加恩德小姐吃了一惊。"好吧，那就再见吧。"她们握了握手。"等到以后，你会发现我说得没错，弗兰茜。"弗兰茜一言不发。"不是吗？"加恩德小姐厉声问道。

　　"是的，老师。"

弗兰茜走出房间。她不再讨厌加恩德小姐了。她不喜欢她，但却同情她。在这个世界上，除了坚信自己正确无误，加恩德小姐一无所有。

詹森先生站在学校的台阶上。他一边用双手和每个孩子握手，一边说："再见了，愿上帝保佑你。"他还特地给弗兰茜一条个人寄语："正直善良，勤奋努力，为母校争光。"弗兰茜承诺她一定做到。

回家路上，茜茜说："你看这样好不好，别告诉你妈妈送花的事情。要不然，又要勾起她的心事，生完劳丽到现在，她的身子刚有些好转。"她们统一口径，就说是茜茜买的花。弗兰茜拿掉卡片，放进铅笔盒。

弗兰茜对妈妈谎称，说花是茜茜买的。妈妈说："茜茜，真的不该让你破费。"但是弗兰茜看得出来，妈妈非常开心。

大家看着两张毕业证书，都说弗兰茜的更漂亮，这都归功于詹森先生精美的书法。

"这毕业证书在诺兰家族前无古人啊。"凯蒂说。

"希望不会后无来者。"茜茜说。

"我敢保证，我家的三个孩子每人都能拿到三张毕业证书。"艾薇说，"初中、高中还有大学。"

"二十五年后，"茜茜说，"我们家会有这么高一摞毕业证书。"她踮起脚尖，手里比画着六英尺的高度。

最后，妈妈拿起了成绩单。尼利的品行和体育都得了 B，其余科目得了 C。妈妈说："儿子，你很棒啊。"她跳过弗兰茜得的 A，目光集中在 C⁻ 上。

"弗兰茜，你让我吃惊啊。这是怎么回事？"

"妈妈，我不想谈这个。"

"而且还是英语，你最擅长的科目。"

弗兰茜又说了一遍，这一次，她的声音陡然提高了好几度，"妈妈，我不想谈这个。"

"她写的作文是全校最好的。"凯蒂向茜茜和艾薇解释道。

"妈妈！"弗兰茜差点尖叫起来。

"别说了！凯蒂！"茜茜尖声命令道。

"好吧。"凯蒂猛然意识到自己在咄咄逼人，顿时面露愧色，不再追究下去了。

艾薇换了个话题，插嘴说道："我们要不要去参加？"

"等我戴上帽子。"凯蒂说。

茜茜和劳丽待在一起，艾薇、妈妈还有两个毕业生去谢夫利冰激凌店参加晚会。谢夫利冰激凌店里挤满了庆祝毕业的人，孩子们拿着证书，女孩子们手捧着鲜花。每张桌子旁都坐着爸爸或妈妈，有的是父母都在。诺兰家在屋子后面找到一张空桌子。

冰激凌店里，孩子们大喊大叫，父母们笑容满面，服务生忙忙碌碌。有些孩子十三岁，有几个十五岁，但是大多数孩子都和弗兰茜一样——十四岁。大部分男孩子是尼利的同学，他到处和人打招呼，开心极了。弗兰茜几乎不认识这些女孩儿，但她还是开开心心地和大家招手致意，仿佛她们是自己多年的密友。

弗兰茜为妈妈感到骄傲。别人家的妈妈，有的头发发白，大部分身材走样，椅子都兜不住她们肥硕的屁股。妈妈身材纤细，一点儿也不像快三十三岁的人。她的皮肤还是像以前那样光滑透明，头发也依然又黑又卷。"如果穿上白裙子，"弗兰茜心想，"怀里抱一束玫瑰，她看起来和十四岁的毕业生没什么两样——唯一遗憾的是，自从爸爸去世后，她眉头的皱纹更深了。"

她们开始点单。弗兰茜在脑子里列出各种口味的苏打冰激凌。她打算按照这个单子依次往后吃，这样，以后她就可以宣称她已经吃过了世界上所有的苏打冰激凌。凯蒂和艾薇点了平常的香草冰激凌，弗兰茜则点了菠萝味的冰激凌。

艾薇根据屋里的人，编了一些小故事，逗得弗兰茜和尼利哈哈大笑。弗兰茜不时看看妈妈。她对艾薇的笑话无动于衷，只是慢慢吃着冰激凌，眉头皱得更紧了。弗兰茜知道，她又在想心事了。

"我的孩子们，"凯蒂心想，"十三四岁受的教育比我三十二岁受的教育还要多。但这还不够。想想我在他们这个年纪的时候是多么无知啊。是的，即便我结婚生子，也没好到哪里去，竟然还轻信巫婆的符咒，相信接生婆的鬼话，迁怒鱼市上的女人。他们起点就比我高，他们永远不会那么无知。"

"我供他们上完初中，就没法再帮他们了。我所有的计划……尼利做医生，弗兰茜上大学……现在都无法实现了。新生的宝宝……他们学到的知识够不够他们独闯天下？我不清楚。莎士比亚……《圣经》……他们知道怎么弹钢琴，但是现在也不练了。我教他们要干净、诚实，不受嗟来之食。不过，这样就够了吗？"

"不久，他们就要学会取悦老板，学会与同事共处。他们会走上不同的道路。是好？是坏？要是他们整天工作，晚上就不会和我在一起。尼利会和朋友在一起。弗兰茜呢？看书……去图书馆……看演出……听免费讲座或演奏会。当然，我还有宝宝。这个宝宝，她的起点也不错。等她毕业了，另外两个孩子说不定能资助她完成高中学业。我一定要让劳丽过得比哥哥姐姐好。这两个孩子从来都吃不饱、穿不好。尽管我竭尽全力，但还是力不从心。现在他们那么小就要出去工作了。唉，要是我能让他们秋天去上高中就好了！上帝啊！我宁愿少活二十年。我愿意夜以继日地工作。当然，我别无选择，只能留在家里，否则就没有人照顾宝宝了。"

她的思绪被一阵响彻屋子的歌声打断了。有人唱起了一首流行的反战歌曲，其他人也跟着唱了起来：

> 我生儿子，不是让他当兵服役，
>
> 我养儿子，他是我的骄傲和欢喜……

　　凯蒂重拾刚才的思绪。"没有人能帮我们。没有人。"她的脑海中闪现出麦克肖恩警官。劳丽出生的时候，他送来一个果篮。她知道他九月份就要从警队退休，打算竞选他老家皇后区的议员。人人都说他一定能当选。她听说麦克肖恩警官的妻子身患重病，可能活不到她丈夫选举那天了。

　　"他一定会再婚的。"凯蒂心想，"当然了。那些社交经验丰富的女人……会助他一臂之力……政客的妻子都得具备这样的素质。"她盯着自己那双饱经风霜的手看了许久，然后放到桌子下面，仿佛为这双手感到羞愧。

　　弗兰茜察觉到了妈妈的举止。"她在想麦克肖恩警官。"她猜想。记得很久以前那次郊游，麦克肖恩警官过来看妈妈的时候，她连忙戴上棉手套。"他喜欢妈妈。"弗兰茜心想，"妈妈知道这事吗？她肯定知道。她似乎无所不知。我猜，要是妈妈愿意的话，她完全可以嫁给他。但他可别指望我叫他爸爸。我爸爸去世了。无论妈妈嫁给谁，他对我来说都只是某某某先生。"

　　大家的歌也快唱完了。

> 如果母亲们都说，我儿子不上战场，
>
> 那么当今世界，就不会有战争和伤亡……

　　"……尼利，"凯蒂想，"十三岁了。要是真有战争，他也不足年龄入伍，感谢上帝。"

　　此时，艾薇姨妈轻声唱着这首歌，她把歌词改了改，恶搞成了一个笑话。

"艾薇姨妈，你改得也太离谱了。"弗兰茜一边和尼利狂笑，一边叫道。凯蒂突然从自己的思绪中回过神来，她抬头笑了笑。服务员过来把账单放到桌上，大家都默不作声地看着凯蒂。

"但愿她别犯傻，给服务生付小费。"艾薇心想。

"妈妈知道要留五分钱的小费吗？"尼利心想，"但愿她知道。"

"不管妈妈做什么，"弗兰茜心想，"都是对的。"

冰激凌店平常不用付小费，但是，遇到特别的聚会，通常要留下五分钱小费。凯蒂看到账单上写着三毛钱，而她的旧钱包里有一枚五毛硬币，她把硬币放在账单上。服务生取走硬币，又拿回来四枚五分硬币，摆成一排。他在旁边站着，等待凯蒂拿回三枚硬币。凯蒂看了看那四枚硬币。"四块面包啊。"她想。四双眼睛齐刷刷地注视着凯蒂的手。凯蒂毫不犹豫地把手放到钱上，毅然决然地把四枚硬币推给了服务生。

"不用找了。"她郑重其事地说道。

弗兰茜使出浑身力气，努力控制自己，才没有从椅子上蹦起来为妈妈欢呼喝彩。"妈妈真了不起。"她不停地自言自语。服务生喜滋滋地将硬币收起，飞奔而去。

"两份苏打没了。"尼利咕哝着说。

"凯蒂呀凯蒂，你可真傻。"艾薇抱怨道，"我猜这是你所有的积蓄。"

"是的，但这也许也是我们最后一次毕业聚会呢。"

"麦加里蒂明天会给我们付四块钱薪水。"弗兰茜为妈妈辩护。

"他明天也会把我们炒了。"尼利补充道。

"这么说，在他们找到工作之前，你们一家人只能靠这四块钱过活了。"艾薇总结说。

"我不在乎。"凯蒂说，"这一次，我想体验下百万富翁的感觉。如果花两毛钱就能让我们体验一把，这个价钱倒也划算。"

回想起凯蒂让弗兰茜把咖啡倒进水槽的情形，艾薇不再多嘴。妹妹的很多言行都让她琢磨不透。

晚会快要结束的时候，杂货店阔老板的长腿儿子阿尔比·西德莫尔来到他们的餐桌前。

"明天和我一起去看电影行吗，弗兰茜？"他一口气把话说完了，中间根本没有停顿。"我买单。"他又急忙补充道。

（有家电影院为毕业生提供星期六午场优惠：五分钱看两场，只要能出示毕业证书即可。）

弗兰茜看了看妈妈。妈妈点头表示同意。

"当然可以，阿尔比。"弗兰茜答应了。

"那就回见。明天两点啊。"他一溜烟跑开了。

"你的第一次约会哦，"艾薇姨妈说，"许个愿吧。"她伸出小拇指和弗兰茜拉钩，弗兰茜一边拉钩一边许愿："希望我能一直身穿白裙子，手捧红玫瑰，像今晚一样一掷千金。"

Part Four

第四部

她就像小鹿一样快速奔跑，

在人群中穿梭，

第一个冲上通往街道的台阶。

43

"你现在弄明白了吧。"女工头对弗兰茜说,"你迟早会成为一个优秀的缠花技工。"女工头说完就走了,弗兰茜只能靠自己了。这是她的第一份工作,也是她上班第一天的第一个小时。

弗兰茜按照女工头的说明,左手拿起一英尺长、亮闪闪的金属线,右手拿起一条窄长的深绿色薄纸条,用纸条的一端蘸一下潮湿的海绵,然后用双手的大拇指、食指和中指一起滚动纸条,将纸条缠在金属条上。她把缠好的金属条放在一边,一个"花枝"就做成了。

每隔一段时间,马克,一个满脸青春痘的勤杂工,就把一些"花枝"分发给"花瓣工","花瓣工"会把纸做的玫瑰花瓣缠上去。另一个女孩会在玫瑰花下系上花萼,然后交给"花叶工"。"花叶工"从叶子堆中取下一簇深色的、闪亮的叶子,裹到花枝上,交给"收活儿工"。"收活儿工"会用一张更厚的,有纹理的绿纸,从花萼一直裹到花枝。这样花枝、花萼、玫瑰和叶子合而为一,仿佛浑然天成。

弗兰茜感到后背发痛,阵阵刺痛穿过肩膀。她心想:自己一定裹了上千条花枝了吧?现在该到午饭时间了吧?她转身去看钟表,却发现才过了一小时!

"看表等下班啊。"一个女工嘲笑她。弗兰茜惊讶地向上看了看,什么也没说。

她摸索出了干活儿的节奏,似乎越来越得心应手了。第一步,她把包好的金属线放在一边,第一步半,她拿起新的金属线和一张纸。第二步，把纸条打湿。第三、四、五、六、七、八、九、十步，金属线就裹好了。过了一会儿，这个节奏就成了本能反应，她根本不用数，也不用全神贯注。她的背部放松下来，肩膀也不疼了。她的思想获得了自由，开始思考其他事情了。

"这也许就是人的一生。"她心想，"一天工作八小时，裹金属线，挣钱买食物，付房租，勉强维持生计，然后继续裹金属线。有些人从生到死，不过就是为了这些。当然，有些女工会结婚，娶她们的男人也过着这样的生活。她们能得到什么呢？或许在工作之后，睡觉之前能有个人聊天解闷吧。但是她知道，这种状态也不会持续太久。她见过太多劳工夫妻，孩子出生后，账单越来越多，除了大声吵架，很少和对方沟通交流。"这些人都被困住了"，她想，"可是，他们为什么被困住了呢？因为……"（她想起了外婆一再重复、笃信无疑的一句话），"她们受到的教育程度不高。"弗兰茜顿时害怕起来。也许，她再也无法去上高中了，也许她再也无法接受更高的教育了，也许她这辈子都要这样裹着金属线，第一步，第一步半，第二步，第三、四、五、六、七、八、九、十步……和她十一岁在洛舍面包房外看到那恶心的脚趾一样，她突然感到莫名的恐惧。惊慌失措中，她加快了节奏，这样才能集中精力干活儿，才能不胡思乱想。

"来了个新手啊。"一个收活儿工嘲讽说。

"想在老板面前出风头呗。"一个花瓣工说道。

不久之后，加速干活儿又变成了本能动作，弗兰茜的思想又自由了。她偷偷打量着长桌旁的十几个女工们。她们有的是波兰人，有的是意大利人。最小的看上去十六岁，最大的差不多三十岁，各个皮肤黝黑。不知什么原因，她们都身穿黑色衣裙，显然没有意识到黑色衣服配黑色皮肤有多么难看。弗兰茜是唯一一个穿条纹平布裙的人，她觉得自己像个傻孩子。目光敏锐的女工们发觉弗兰茜在偷看她们，就用她们特有的羞辱方式来报复她。桌子最前面的那个女孩开始了。

"这张桌子上有个人的脸很脏。"她宣布，"不是我。"其他人一个接一个地重复着她的话。轮到弗兰茜的时候，她们都停下手里的活儿，等待着。不知道该如何作答，弗兰茜选择默不作声。"新来的女孩没说话啊。"那个罪魁祸首说道，"看来她的脸是脏的。"弗兰茜的脸开始发烫，她加快了干活儿的速度，希望她们别再提这事了。

"有个人的脖子很脏。"游戏又开始了，"不是我。"大家又轮流说了一遍。轮到弗兰茜的时候，她也说，"不是我。"但这不但没有息事宁人，反而让她们更起劲了。

"新来的女工说她脖子不脏。"

"她就是这么说的！"

"她怎么会知道呢？她能看到自己的脖子吗？"

"如果是脏的，她会承认吗？"

"她们想让我做点什么。"弗兰茜很困惑，"可是做什么呢？她们想让我生气然后破口大骂？她们想要我放弃这份工作？或者她们就像以前那个拍打黑板擦的小女孩，想看我哭鼻子？无论她们想要什么，我都不会中她们的圈套！"她埋头苦干，双手裹得更快了。

这个无聊的游戏持续了一个上午。只有当马克过来的时候，她才能松口气。这时候她们会把矛头转向马克，暂时放弗兰茜一马。

"新来的女工，你可要当心马克哦，"她们警告她，"他曾因强奸罪两次被捕，因为拐卖妇女被捕一次。"

这些指控简直令人啼笑皆非，因为马克是个女里女气的娘娘腔。每次被取笑嘲弄的时候，这个可怜的小伙子都会满脸通红，像烧红的砖头，弗兰茜不由得同情起他来。

上午就这样慢慢熬着。无聊的游戏似乎没完没了，突然，午餐铃响了。女孩们放下手头的活计，拿出装午饭的纸袋子，撕开袋子铺成桌布，摊开缀着洋葱的三明治，开始大口吃起来。弗兰茜的手又热又黏，她想在吃饭之前洗一洗，于是就问旁边的女孩洗手间在哪里。

"我不会讲英语。"那个女孩故意用夸张的音调模仿初学者的语音。

"我听不懂。"另一个女孩附和着，其实她一上午都在用地道的英语讽刺挖苦人呢。

"什么是洗手间呀？"一个胖胖的女孩问道。

"可能是'洗手'的房间吧。"一个自作聪明的女孩回答说。

马克正在收纸箱。他站在走廊，两只胳膊垒得满满的，喉结上下滚动了两次，弗兰茜第一次听到他说话。

"耶稣就是为了你们这样的人才死在十字架上，"他慷慨激昂地说，"你们连给新来的女孩指个厕所都不愿意。"

弗兰茜惊讶地注视着他。他滑稽的样子令弗兰茜忍俊不禁，她哈哈大笑起来。马克咽了口唾沫，然后转身，消失在走廊尽头。从那以后，一切都变了。桌边传来一阵低语声。

"她笑了！"

"嘿，新来的女孩笑了！"

"笑了！"

一个年轻的意大利女孩挽住弗兰茜的胳膊说："来，新来的女孩。我带你去厕所。"

到了洗手间里，她为弗兰茜打开水龙头，猛敲一通，把玻璃罐里的液体肥皂敲下来，弗兰茜洗手的时候，她殷勤地守在旁边。洗手间有一块明显从未使用过的白毛巾，弗兰茜正要在那块毛巾上擦手，这位向导拽开了弗兰茜。

"别用那块毛巾，新来的女孩。"

"为什么呢？看上去很干净啊。"

"这很危险。有个在这儿工作的女孩儿得了淋病，你用这毛巾，会被传染的。"

"那我该怎么办呢？"弗兰茜挥了挥湿答答的手。

"像我们一样，在衬裙上擦吧。"

弗兰茜在裙子上擦干了手，惊恐地看着那块恐怖的毛巾。

回到车间后，她发现大家已经帮她铺好了纸袋，把妈妈为她准备的两个腊肠三明治取了出来。她发现她的纸袋上还放了一颗上好的红番茄。女孩们都微笑着迎接她回来。那个一早上都在取笑她的家伙，举起一个威士忌瓶喝了一大口，然后把瓶子递给弗兰茜。

"喝一口吧，新来的女孩，"她命令道，"单吃这些三明治很干哦。"弗兰茜后退一步，连忙拒绝。"喝吧！这就是凉茶而已。"弗兰茜想到了洗手间的毛巾，断然摇头说："不。""啊，"那个女工叫道，"我知道你为什么不敢用我的瓶子了，一定是阿娜斯塔西娅在厕所吓到你了。别相信她的话，新来的。老板故意传出有人得淋病的谣言，其实就是不想让我们用那块毛巾，这样他每星期可以少花几块清洗毛巾的钱。"

"是吗？"阿娜斯塔西娅说，"我也没看到你们用那块毛巾啊。"

"见鬼去吧，我们只有半小时时间吃午饭，哪有时间洗手？喝吧，新来的。"

弗兰茜拿起瓶子喝了一大口，"凉茶"又浓烈又提神。她谢过这个女工后，又感谢了那个送她红番茄的人。但是女工们都立马否认起来。

"你在说什么？"

"什么番茄？"

"没有看到番茄。"

"新来的女孩带了个番茄竟然自己都不记得了。"

就这样，她们又开始取笑她，不过这次是温暖的、友好的调侃。弗兰茜很享受午餐时刻，她终于明白了女工们的心思，她们只是想要她笑一笑——如此简单，却又如此煞费周折。

下午的时光，过得非常愉快。女工们告诫她不要太拼命。这是一份季节工，秋季订单一完成，她们就得下岗。订单完成得越快，她们被解雇得也就越早。能够取得经验丰富的老员工的信任，弗兰茜心中满是欢喜，她于是主动减慢了速度。整个下午，她们都在说笑，不管是真笑话还是下流话，弗兰茜都报之以微笑。后来，她竟然和她们一起戏弄马克，一点儿也没感到良心不安。可怜的马克就像一个殉道者，他不知道，只要他笑一笑，哪怕就笑一次，他在这个车间里的烦恼就会立刻灰飞烟灭。

星期六中午十二点刚过，弗兰茜站在百老汇电车的法拉盛大道站，等待着尼利。她拿着一个信封，里面装着五块钱——这是她第一周的薪水。尼利也要带五块钱回来。他们相约一起回家，举办一个小小的仪式，把钱一起交给给妈妈。

尼利在纽约市中心的一家证券中心打杂。茜茜的约翰通过一个在那里工作的朋友帮他找到了这份工作。弗兰茜非常羡慕尼利。他每天都要穿过雄伟的威廉斯堡大桥，去那个陌生的大城市上班，而弗兰茜却只能步行去布鲁克林北边干活儿。尼利在餐厅吃午饭。其实，第一天上班的时候，尼利和弗兰茜一样，也带了午饭过去，但是其他男孩们都取笑他，称他是布鲁克林来的乡巴佬。从那之后，妈妈每天给他一毛五分钱，让他买午饭吃。他告诉弗兰茜自己吃饭的地方叫作"自助餐馆"。只要把一枚五分硬币投入槽口，咖啡和奶油就会一起出来，不多不少，正好一杯。弗兰茜希望自己也可以乘车穿过大桥去上班，去自助餐厅吃饭，不用每天从家里带三明治。

尼利腋下夹着一个扁平的包裹，沿着电车轨道跑了过来。弗兰茜看到他不是只用脚跟，而是用整个脚底踩到铁轨上，这样他就能站稳。爸爸经常这样下楼梯。尼利不肯告诉弗兰茜包裹里装的是什么，他说，否则就没惊喜了。他们在一家社区银行停了下来，趁着银行还没关门打烊，他们让出纳员把他们的旧钞换成一元面值的新钞。

出纳员问："你们要新钞干吗？"

弗兰茜说："这是我们的第一笔薪水，我们想换成新钱带回家。"

"第一笔薪水？哦……"出纳员说，"这勾起了我的回忆，真的勾起了我的回忆，我想起我第一次拿工资回家时的情景。我当时还是个小伙子，在长岛曼哈西特上班。嗯，先生……"他开始讲起了自己的生平，后面排队的人骚动起来。最后他说："我把第一笔工资交给我妈的时候，眼泪在她的眼里打转。真的，先生，眼泪在她的眼里打转。"

他撕开一沓新钞的包装纸，换了他们的旧钞，然后他说："这是给你们的礼物。"他从收银箱里拿出两枚新铸造的、金光闪闪的一分钱硬币，递给他们，一人一枚。"这都是1916年新铸的硬币，"他解释说，"这是这一片区最早的，你们可别花掉，好好存着。"他从自己口袋里拿出两枚旧硬币放进收银箱里，作为补偿。弗兰茜谢过出纳员，离开的时候，她听到排在后面的一个人把手撑在柜台上说：

"我记得带第一笔工资回家给我妈的时候……"

走出去的时候，弗兰茜心想，是不是每个排队的人都要说说他拿第一笔工资的故事。"每个工作的人，"她说，"都有一个共同的经历，都记得带第一笔工资回家的情形。"

尼利赞同道："是啊。"

他们拐弯的时候，弗兰茜若有所思地说："眼泪在她的眼里打转。"她以前从未听过这种说法，这话让她浮想联翩。

"怎么可能？"尼利不解地问，"眼泪又没有长腿，怎么转呢？"

"他不是这个意思。他的意思就像我们说'我一整天都赖在床上打转转'一样。"

"可是'打转转'没有'赖床'这个意思吧。"

"是这样的，"弗兰茜反驳道，"在布鲁克林'打转转'就是'停留'的过去式。"

"有道理。"尼利承认道，"我们别走格雷厄姆大街，走曼哈顿大街吧。"

"尼利，我有一个好主意，但是不能告诉妈妈。我们做一个储蓄罐，钉在你的橱柜里。我们先把这些新硬币存进去，以后等妈妈给我们零用钱的时候，我们每周都存一毛钱进去。到圣诞节的时候，我们打开储蓄罐，给妈妈和劳丽买礼物。"

"还要给我们自己买礼物呢。"尼利说。

"可以啊。我给你买一个，你给我买一个。圣诞节快到时我会告诉你我想要什么。"

姐弟两个就这么说定了。

他们轻快地走着，把那些从废品站出来在街上闲逛的小孩远远甩在了后面。

"小屁孩。"尼利一边轻蔑地说，一边把自己兜里的几个硬币晃得叮当作响。

"尼利，别忘了以前我们也常常出去卖废品。"

"那是很久以前的事了。"

"是啊。"弗兰茜赞同道。其实，他们最后一次拖着废品去垃圾站，也不过是两周以前的事。

尼利把那个扁平的包裹交给妈妈，说："给你和弗兰茜的。"妈妈拆开包装，里面是一磅洛夫牌花生糖。"这不是用工资买的。"尼利神秘兮兮地说。他们把妈妈支到卧室，趁机把十张新钞摆在桌子上，然后把妈妈叫了出来。

"给你的，妈妈。"弗兰茜大手一挥，说。

"哦，我的天哪！"妈妈惊呼，"我简直不敢相信！"

"还不止这些呢。"尼利一边说，一边又从兜里掏出八毛硬币摆在桌子上。"这是人家给我的小费。"他解释说，"我攒了一星期，本来还更多，但是我买了点儿糖果。"

妈妈把这些零钱推给坐在桌子另一边的尼利，"这都是你自己赚的小费，你留着当零花钱吧。"她说。

跟爸爸待遇一样，弗兰茜心想。

"天哪！那好吧，我给弗兰茜分两毛五吧。"

"不用，"妈妈从破口杯里拿出一枚五毛硬币给弗兰茜，"这是弗兰茜的零花钱，一个礼拜五毛。"弗兰茜非常开心，她从没奢望过自己会有这么多零花钱。两个孩子对妈妈感激不尽。

凯蒂看了看糖果，看了看新钞，又看了看两个孩子。她咬了咬唇，突然转身走进卧室，关上了门。

"她是因为什么事情生气了吗？"尼利小声问道。

"不是，"弗兰茜说，"她没有生气，她只是不想让我们看到她哭。"

"你怎么知道她要哭？"

"因为，她看着这些钱的时候，我看见眼泪在她的眼眶里打转。"

44

弗兰茜才工作两个星期就面临下岗。老板解释说，不过是休息几天而已，女孩们互相交流了个眼神。

"几天？明明就是六个月啊。"阿娜斯塔西娅给弗兰茜解释说。

女孩们打算去绿点工厂做帮工，那里有一批冬天的订单——生产圣诞红花和人造冬青花环。等那里的活儿干完，她们就去另一个工厂打工，以此类推。她们是布鲁克林的流动工人，随着季节的变化打短工，从一个区转到另一个区。

她们劝弗兰茜和她们同去，但是弗兰茜想找份新的工作。她觉得既然必须工作，还不如有机会就多换工种。这样，就如同她尝试不同口味的苏打汽水一样，以后就可以说自己什么工作都做过了。

凯蒂在《世界报》上看到一则广告，有单位要招聘一名档案管理员，可考虑新手，年龄十六岁，要信仰国教。弗兰茜花一分钱买了信纸和信封，认认真真地写了封求职信，按照招聘广告上的信箱寄了过去。其实她只有十四岁，可她和妈妈都觉得对方不会识破，所以她在信中说自己已经十六岁了。

两天后，弗兰茜收到了回信，信笺的抬头颇有创意：一沓折起的报纸上放着剪刀和糨糊。来信地址是纽约运河街模范剪报局，信中邀请诺兰小姐前去面试。

茜茜陪弗兰茜去置办了一身成熟的裙子，买了她人生的第一双高跟鞋。等她换了这身新的行头，妈妈和茜茜都信誓旦旦地说，除了头发，她看起来绝对像十六岁。她扎着长辫子，看起来像个小孩。

弗兰茜恳求说："妈妈，就让我剪个短发吧。"

"你花了十四年才养长这一头秀发，"妈妈不同意，"我不能让你剪掉。"

"哎呀，妈妈，你已经远远落伍了。"

"你为什么要像个假小子留短发？"

"短发好打理呀。"

"打理头发是每个女人的乐趣。"

"但是，凯蒂，"茜茜反驳说，"现在的姑娘都把头发剪短了。"

"那么她们就是傻瓜。女人的秘密都藏在她的头发里。白天可以用卡子把头发别起来，晚上和男人在一起的时候，解开卡子，把头发披散下来，头发就像是闪亮的斗篷。这样的女人，在男人眼中有一种特别的神秘感。"

"关了灯，黑猫白猫全都一个样儿，黑暗中难分美丑。"茜茜顽皮地说。

"你少插嘴。"凯蒂严厉地说。

"如果我把头发剪短了，看起来就像艾莲娜·卡斯特了。"弗兰茜还想继续争取。

"犹太女人结婚的时候被迫剪掉头发，这样别的男人就不会看她们了。修女剪头发是为了证明她们已经和男人彻底了断。女孩子年纪轻轻的，为什么非要剪个短发？"弗兰茜正要回答，妈妈打断了她，"这事没得商量。"

"好吧。"弗兰茜说，"但是，等我到了十八岁，我就自己做主。您就等着瞧吧。"

"到了十八岁，你剃个光头都与我无关。但是现在……"她从自己头发上取下几个骨制发夹，把弗兰茜那两条沉甸甸的大辫子绕起来，用夹子固定好。"你看！"她退后几步，仔细端详自己的女儿。"就像闪闪发亮的王冠。"她夸张地说。

"这样一盘，她还真像十八岁了。"茜茜承认道。

弗兰茜照了照镜子。妈妈把头发这么一弄，她看起来确实成熟多了，她心里美滋滋的，但嘴上还是不肯服软。

"顶着这么一大坨头发，我一辈子都要头疼了。"她抱怨道。

"如果这辈子你只为长发头疼，那你就是个幸运儿了。"妈妈说。

第二天早晨，尼利护送姐姐去纽约。火车离开玛西大道站，驶上威廉斯堡大桥时，弗兰茜发现车上许多人不约而同地站了起来，然后又重新坐下。

"尼利，他们这是在干吗？"

"刚刚上桥的时候，窗外有个银行，银行门口挂着一个大钟。大家站起来看时间，确定自己有没有迟到。我敢打赌，每天得有一百万人看那个大钟。"尼利说。

弗兰茜设想过，自己坐车经过威廉斯堡大桥时肯定会激动不已。但是，这次过桥带来的激动远远不及第一次穿上成人衣服那样让人心潮澎湃。

面试很快就结束了，弗兰茜被录用了，进入试用期，工作时间是九点到五点半，中间有半小时的午餐时间，起薪每周七块钱。老板先带着她参观了模范剪报局。

十个读报工坐在一张斜面长桌前，分工负责阅读来自各州的报纸。每天、每小时有大量的报纸潮水般涌进剪报局，这些报纸来自美国各州各市。姑娘们给报纸做标记，把选出的内容装箱，记下总数，然后在最上面一张纸上写下自己的工号。

做了标记的报纸被收集起来送给印刷工，印刷工有一个手动印刷机，上面有可调日期装置和一排排活字。印刷工将时间调整好，根据报纸名、城市名和州名排好活字，然后印到一张张小纸条上。

然后，小纸条和报纸就被送到剪裁工那里，剪裁工站在大大的斜面桌子前，用一把锋利的弯刀裁开做了标记的报纸（虽然信封的抬头上有剪刀图案，但是整个剪报局根本没有一把剪刀），剪裁报纸产生的大量废纸扔在地板上，每隔十五分钟，堆起来的报纸就有齐腰高了，一个工人会把地上的废纸收起来，拖出去，打包。

裁剪好的报纸和纸条又被送给粘贴工，粘贴工把剪报粘在纸条上，粘好的纸条会统一归档、收集、装进信封、邮寄出去。

弗兰茜很快就摸熟了归档系统，她在两周内就记住了两千多个人名或档案盒标签。接着她又接受培训，做实习阅读工。接下来的两周时间，她什么也不干，全身心研究客户卡片，卡片上的信息比档案盒标签更加详细。她通过了一个非正式测试，证明她已经记住了所有的订单信息，于是被安排阅读俄克拉何马州的报纸。她做了标记的报纸送给剪裁工之前，老板会仔细检查，指出错误。等她得心应手，不需要老板检查的时候，老板又给她加了宾夕法尼亚州的报纸。没过多久，纽约的报纸也派给了她，她一个人负责阅读三个州的报纸。到了八月底，她阅读做标记的报纸，超过了剪报局里所有人。她刚刚入职，急于展示自己，她眼睛明亮视力好（她是唯一不戴眼镜的阅读工），就像相机一样又快又准。只需一瞥，她就能过目不忘，快速判断是否需要进行标注。她每天阅读一百八十到两百份报纸，而排在她之后的阅读工每天只能读一百到一百一十份。

是的，弗兰茜在剪报局里读报最快，薪水却最低。尽管她的薪水已经调到每周十块钱，但那个速度仅次于她的读报工每周拿二十五块，其他读报工每周挣二十块。弗兰茜没有和其他女孩套近乎，她们也没有告诉她这个秘密，她也就无从知晓自己的薪水有多低。

弗兰茜喜欢看报，每周十块钱的收入也让她颇为自豪，但她却并不开心。当初得知要来纽约上班，她兴奋不已。图书馆棕色碗子里的小花都能让她狂喜一阵，她想当然地以为，纽约这样的大城市会让她万分激动。然而事实并非如此。

首先令她失望的是那座大桥。从自家房顶上遥望大桥，她以为过桥的时候，自己肯定会有羽化升仙的感觉。出乎意料的是，乘车过桥的感觉和坐车过布鲁克林街道根本没什么两样。大桥有人行道和交通道，和布鲁克林的街道一模一样，连轨道都如出一辙。火车经过大桥的时候，也没有任何异样的感觉。纽约也令人失望，不过是楼更高些，人更多些罢了，除此之外，与布鲁克林毫无区别。她在想，是不是从此以后，所有的新事物都会令她失望呢？

她经常研究美国地图，想象自己穿过平原，越过山川，渡过河流，跨过沙漠。一切都那么美好，令人向往。现在，她开始担心，假如真的去看这些风景，会不会一样失望而归？她在想，假如要穿越这个国家，早上七点她就得动身出门，一路向西。她要一步一步往前走，用脚步丈量距离，从布鲁克林往西，一路忙着数自己的步数，每一步都与布鲁克林息息相关。如果这样，她就不会去思考那些山川河流、平原沙漠。如果有些东西让她想起布鲁克林，她会觉得妙不可言。如果有些东西和布鲁克林截然不同，她还是觉得妙不可言。"我想，这个世上已经没有什么新鲜事了，"弗兰茜怅然若失地想，"如果真有什么新奇的东西，那一定就隐藏在布鲁克林，而我身在其中，已经习以为常，却视而不见了。"弗兰茜无限伤感地想，就像亚历山大大帝，她确信这世间已无新世界可以去征服了。

她适应了纽约人争分夺秒的工作节奏。去办公室上班的过程紧张又痛苦。如果提前一分钟赶到，她就万事大吉。但如果迟到一分钟，她就会惴惴不安，要是恰逢哪天老板心情不佳，她就顺理成章成了出气筒。就这样，她学会了争分夺秒。火车离站台还有很远的距离，她就挤到离车门最近的地方，这样，车门一开，她就第一个冲上去。下车之后，她就像小鹿一样快速奔跑，在人群中穿梭，第一个冲上通往街道的台阶。她一路都贴着墙根走，这样可以急转弯。她斜插着过马路，节约上下路牙的时间。进入大楼，就算电梯管理员大叫"满了！"，她依然会挤进电梯。之所以如此精打细算，用心良苦，就是为了在九点之前，而不是九点之后，赶到办公室。

有一次，她提前十分钟走出家门，希望时间能宽裕点。尽管不必争分夺秒，她还是冲出火车，飞奔台阶，火速斜穿马路，挤进人满为患的电梯。结果，她提前十五分钟到达办公室，办公室里空无一人，她感到孤孤单单，若有所失。离九点还有几秒钟的时候，其他人才冲进办公室，早到的弗兰茜感觉自己像个叛徒。第二天早上，她回归原来的节奏，多睡了十分钟。

局里只有弗兰茜来自布鲁克林。其他人分别来自曼哈顿、霍博肯、布朗克斯，还有一位来自新泽西的巴约讷。两个年龄最大的阅读工来自俄亥俄州，是姐妹俩。弗兰茜第一天上班的时候，姐妹俩中的一个人告诉她："你有布鲁克林口音。"话里话外透着谴责的味道。弗兰茜开始注意自己的口音，说话咬字小心翼翼，唯恐把"女孩"说成"吕孩"，把"约会"说成"略会"。

局里只有两个人能和弗兰茜倾心交谈。一个是老板，他说话的时候常常不分青红皂白地拉长"a"音，除此之外，这位哈佛毕业生说话倒是通俗易懂，不像那些阅读工，喜欢堆砌辞藻。这些阅读工大多都是高中毕业，多年的大量阅读让他们积累了大量的词汇。另一个是阿姆斯特朗小姐，局里除老板之外的一个大学毕业生。

　　阿姆斯特朗小姐是指定的都市报阅读员。她有一张单独的办公桌，摆在办公室最佳的一个角落，北面和东面都有窗户，光线最适合阅读。她只读芝加哥、波士顿、费城和纽约市的报纸。纽约市的报纸一印刷好，立刻就有专人给她送来。读完报纸后，她不用像其他阅读工那样去帮助进度慢的阅读工。等待下批报纸送来的空隙，她会织织毛线，修修指甲。她是薪酬最高的员工，每周三十块。阿姆斯特朗小姐为人和善，有心帮助弗兰茜，她不忍看弗兰茜孤孤单单，总是抽空找她聊天。

　　有一次，弗兰茜在洗手间，偶然听人说阿姆斯特朗小姐是老板的情妇。弗兰茜只听说过"情妇"这个词，却从未见到过这种传说中的生物。打那以后，弗兰茜开始仔细研究阿姆斯特朗小姐身上的"情妇"特征。她发现阿姆斯特朗小姐并不漂亮，她长了一张猴子脸，嘴巴又宽又大，鼻孔又扁又厚，体形勉强合格。但是，阿姆斯特朗小姐双腿修长，颇具美感。她的丝袜精美绝伦，双脚线条优美，嵌在昂贵的高跟鞋里。"情妇的奥秘原来是美腿啊。"弗兰茜得出了结论。她低头看了看自己竹竿似的双腿，"看来我与情妇无缘了。"她叹了口气，回到自己清白的生活中。

　　局里的员工有明显的阶层划分，这也都是剪裁工、印刷工、粘贴工、打包工和投递工们人为造出来的。这些工人目不识丁，心眼儿却很灵活。他们自称"俱乐部"，认为那些受过教育的阅读工都瞧不起他们。为了报复，他们想方设法在阅读工之间挑拨离间。

　　弗兰茜不属于任何一边。论出身和教育背景，她本该属于"俱乐部"，可是，论才能和智力，她又属于阅读工阶层。俱乐部成员嗅觉灵敏，他们觉察到弗兰茜的矛盾与纠结，就以她为传声筒，把各种挑拨离间的话抛给她，希望她传给阅读工，制造纷争看热闹。不料弗兰茜与阅读工并没有结盟，流言蜚语无法散布，只好在她这里流产了。

一天，剪裁工告诉弗兰茜，阿姆斯特朗小姐 9 月份就要走了，老板会提拔弗兰茜接替她的工作。弗兰茜以为这也是谣言，目的是激起其他阅读工的嫉妒之心，如果阿姆斯特朗小姐离职，大家都指望能接替这个肥差呢。她觉得自己不过十四岁，只有初中学历，哪有资格去接替大学毕业、年龄三十岁的阿姆斯特朗小姐的工作呢？

眼看就到了八月底，妈妈却只字未提让她读高中的事情，弗兰茜因此惴惴不安，她迫切地想要回去上学。这些年来，妈妈、外婆和姨妈们一直都在盛赞高等教育，这些话激发了弗兰茜继续求学的兴趣，也让她为自己的初中学历感到自卑。

她想起那些在自己纪念册上签名的女孩们，她真想回到她们身边。大家的出身半斤八两，她们并不比她强多少。她本该和她们一起去上学，而不是与这些年长的女工一起竞争工作。

她不喜欢在纽约上班。这里人潮汹涌，让她浑身颤抖。她觉得自己还没有做好准备，就被推到了这样的生活里。在纽约，她最害怕的就是挤轨道火车。

有一次，她站在车厢里，手抓着吊环，车里挤得密不透风，她的手想放都没地方放，这时候她感觉有个男人的手在她身上。不管怎么扭动，她都摆脱不掉那只手。后来车子拐弯，她的身体随着人群一起摆动，那只手压得更紧了。她无法扭头，看不见那人是谁。她毫无办法，只能绝望地干站着，忍受那咸猪手的羞辱。她本可以大喊大叫提出抗议，可她又害怕引起大家的注意，让人围观自己的窘境。过了很长一段时间，人流渐渐散去，她才有机会换到其他地方。从此以后，上班挤车成了一种折磨。

有个星期天，她和妈妈带着劳丽去看望外婆。弗兰茜给茜茜说了车上那个摸她的男人，以为茜茜会安慰她。没想到茜茜觉得这不过是个笑谈。

"这么说，有个男的在车上摸了你？"她说，"我觉得无所谓啊。这说明你发育成熟了，有些男人看到身材好的女人就把持不住自己了。唉，我肯定是老了，坐火车已经好几年没人摸过我了。想当年我年轻的时候，哪次坐车回家身上不是青一块紫一块的。"她颇为自豪地说。

"这有什么好吹的！"凯蒂说。

茜茜没睬她。"弗兰茜啊，终有一天，"她说，"等你到了四十五岁，身材就像中间打了结的面粉袋子，那时候你会回忆往事，怀念那些被人摸的日子。"

"要是她真的怀念这种事，"凯蒂说，"那也是因为你的教唆，这种事情并不光彩，有什么好怀念的。"她转头对弗兰茜说，"你下次坐车的时候，不要拉吊环，手放下来，口袋里放根长针。如果觉得有人摸你，你就用针扎他！"

弗兰茜采纳了妈妈的建议。她学会了不拉吊环，也能稳稳站在车里。她把手放在外套口袋里，紧紧握着一根"凶巴巴"的长针。她希望有人来摸她，好让他尝尝被刺的滋味。"茜茜说身材好才会有人摸，可我不喜欢有人从背后摸我。等到了四十五岁，我希望有比这更值得回忆的事情。茜茜真该感到羞耻……"

"我这是怎么了？茜茜对我那么好，我却站在这里批评她；有幸拥有一份有趣的工作，我却依然不满意；我热爱阅读，竟然有人付薪水让我阅读。人人都说纽约是全世界最神奇的城市，我却对此毫无兴趣。如此看来，我似乎是全世界最不知足的人！哦，我真希望自己还年轻，一切都那么美好！"

就在劳动节前，老板把弗兰茜叫到他的私人办公室，告诉她阿姆斯特朗小姐要辞职去结婚。他清了清嗓子，补充说，其实阿姆斯特朗小姐要嫁的就是他。

弗兰茜的"情妇"概念顿时分崩离析了。她以前总以为男人绝不会娶情妇为妻，情妇就像破旧的手套，用完就扔。这位阿姆斯特朗小姐不但不是破手套，还要做名正言顺的妻子呢，真是令人大开眼界！

"所以，我们需要一名新的都市报阅读员。"老板说，"阿姆斯特朗小姐亲自建议我们……嗯……试用你，诺兰小姐。"

弗兰茜的心狂跳起来。她，都市报阅读员！局里最令人羡慕的工作！如此说来，"俱乐部"的传言并非空穴来风！又一个成见被打破了。她一直以为，所有的谣言都是假的。

老板打算每周付她十五块钱，他暗自盘算，只需支付一半薪水，就能搞定这个阅读工，她的能力绝不亚于自己的未婚妻。这女孩一定也乐得心花怒放——小小年纪，一周就能挣十五块钱。她自己声称已经年满十六，可她看上去也就十三岁。当然，她的年龄与他无关，只要她能胜任工作就行。法律也奈何不了他，虽然他雇佣童工，但是真正追究起来，他就说，弗兰茜自己隐瞒了真实年龄。

"工资以外还有一点加薪。"他仁慈地说。弗兰茜高兴地笑了，他却担心起来。"我是不是多此一举？"他想，"也许她根本没指望加薪。"他急忙给自己找了个回旋的余地，把刚才的失误遮掩过去："……我们要看你的工作表现，加薪幅度也不会太大。"

"我不知道……"弗兰茜含含糊糊地说。

"等她年满十六岁，"老板想着，"她一定会坐地要价的。"为了扼杀弗兰茜的欲念，他改口说："我们会给你每周十五块，从……"他犹豫了一下，心想，对员工不能脾气太好，"……从十月一日开始。"他身体往后靠在椅子上，感觉自己像上帝一样仁慈。

"我的意思是，我不会在这里干得太久。"

"她在跟我讨价还价。"想到这里，他大声问道："为什么呢？"

"劳动节后我就要回学校去了，我本来想在计划确定后再告诉您。"

"大学？"

"高中。"

"那我就得让平斯基来做都市报阅读员，"他想，"她现在每周挣二十五块，她一定会要价三十，那我岂不是又回到了原点？这个诺兰比平斯基能力强多了。该死的艾尔玛！她从哪里听到的馊主意，说什么女人婚后就不能工作？她完全可以继续上班……能省一笔是一笔……然后我们可以买个房子。"他对弗兰茜说：

"听你这么一说，我觉得很遗憾。不是我贬低高等教育，我认为读报纸也是一种非常好的教育途径，一种高品质、持久、鲜活的当代教育。而在学校……你只能读书，读死书。"他轻蔑地说。

"我……我得和我妈妈商量商量。"

"你一定要告诉她我刚才说的教育理念。告诉她说，我们老板，"他闭上眼睛，一咬牙，一跺脚，"每周付二十块钱。从十一月一日开始。"他减了一个月时间。

"那可是一笔大数目啊。"她实话实说。

"我们坚信高薪才能让员工与我们同心同德。还有……嗯……诺兰小姐，请不要对别人透露你的薪水。其他人都没你拿得多，"他撒了个谎，"如果他们发现了……"他摊开双手，做了个徒劳的手势，"你明白吗？不要在盥洗室说闲话。"

弗兰茜向老板保证，自己绝不会在盥洗室里乱传闲话，让他放心。说完这些，她也觉得挺宽慰。老板随后便开始签订合同，面试就这样结束了。

"那就这样吧，诺兰小姐。劳动节后第二天等你的答复。"

"好的，先生。"

每周挣二十元！弗兰茜惊呆了。两个月前，她还为每周能挣五块钱而欣喜。威利叔叔四十岁了，每周才赚十八元，茜茜的约翰聪明过人，每周也只赚二十二元五。街坊四邻很少有男人每周能挣到二十元，更何况他们还拖家带口呢。

"有了这些钱，我们就能渡过难关了。"弗兰茜心想，"我们可以找个地方，租一套三居室公寓，妈妈不用出去干活儿了，也不用把劳丽单独留在家里了。如果真是这样，我就是家里的顶梁柱了。"

"可是，我想回学校读书！"

她想起家人们不断灌输给她的教育观。

外婆："读书能让你出人头地。"

艾薇："我的三个孩子每人都要拿三张文凭。"

茜茜："等妈妈走了——上帝啊，不是我咒她老人家——宝宝长大可以上幼儿园了，我就出去工作。我要把我的工资存起来，等小茜茜长大了，我要让她上最好的大学。"

妈妈："我不希望我的孩子和我一样辛苦劳作过一生。教育能改变命运，让他们活得更富裕、更从容。"

"可是，这份工作真的不错啊。"弗兰茜想，"我是说，至少现在看来，这份工作很好。不过，时间久了可能会用眼过度损害视力。年长的阅读工都得戴眼镜。阿姆斯特朗小姐说，阅读工主要靠眼睛吃饭，只要眼睛吃得消，就万事大吉了。其他阅读工刚开始做的时候也是眼明手快，像我一样。但是现在，他们的眼睛……我必须保护好眼睛……工作之余不能读书。"

"妈妈如果知道我每周能赚二十元，也许就不会让我回学校了，我不会怪她。毕竟，我们已经穷了这么久了。妈妈处理所有事情都公平公正，但这笔钱可能会影响她，让她做出其他判断，这不是她的错，但我还是暂时不告诉她加薪的事情吧，让她先决定是否让我回学校上学。"

弗兰茜跟妈妈提起上学的事，妈妈答应要和她好好谈谈。刚吃完晚饭，她们就开始讨论这个问题。

喝完餐后咖啡，凯蒂宣布（这纯粹是多此一举，因为大家都知道要开学了），学校下周就要开学了。"我希望你们两个都能上高中，但现在的情况是，今年秋天，我们只能供一个人去上学。我现在把你们的工资一分一分地攒起来，确保明年你们两个人都能回学校。"她等着，她等了很久。两个孩子都不说话。"怎么啦？你们不想上高中吗？"

弗兰茜说话的时候，嘴唇都僵硬了。一切都仰仗妈妈，她希望自己不要说错话，要给妈妈留下好印象。"是的，妈妈。我想回学校去，这是我这辈子最大的梦想。"

"我不想去上学了，"尼利说，"别让我回学校，妈妈。我喜欢工作，而且，明年初我还有两块钱的加薪。"

"你不想做医生吗？"

"不想了，我想做经纪人，像我那些老板一样赚很多钱。我要进军股票市场，总有一天我能赚到一百万。"

"我儿子会成为伟大的医生。"

"你怎么能这么确定？也许我像莫杰尔街的胡勒医生那样，在地下室开一家诊所，整天穿一件脏兮兮的衬衫。不管怎么说，我已经想明白了，不用再回学校了。"

"尼利竟然不想回去上学。"凯蒂几乎在恳求弗兰茜，"你知道这意味着什么吗，弗兰茜？"弗兰茜咬着嘴唇，哭是解决不了问题的，她必须保持冷静，她必须保持思路清晰。"这意味着，"妈妈说，"尼利必须回学校去。"

"我不回去！"尼利叫喊着，"不管你说什么，我都不会回去上学！我在工作，我在赚钱，我想维持现状。跟这帮伙计在一起，我还算个人物，如果回到学校，我又成了小混混。再说了，你还需要我赚钱，妈妈，我们不能再过穷日子了。"

"你回去上学，"妈妈平静地宣布，"弗兰茜的工资够我们花了。"

"为什么他不想上学你却非要逼他，"弗兰茜哭着说，"而我这么想去读书你又偏不让我去？"

"对啊。"尼利表示赞同。

"因为如果我不逼他，他就永远不会回学校。"妈妈说，"而弗兰茜你，你会继续争取，想方设法回去上学。"

"你为什么总是这么肯定呢？"弗兰茜抗议道，"再过一年，我就太大了，不能回去上学了，而尼利才十三岁，明年再去上学也来得及啊。"

"胡说八道，明年秋天你才有资格说，马上就十八岁了，年龄太大，不能再上学了。

"你在说什么傻话呢？"

"怎么是傻话呢，我不是按照十六岁去报名工作的吗？上班的时候，我的一言一行都得像十六岁的样子，不能像个十四岁的孩子。明年我十五岁，但我的言行却必须比这个年龄大两岁，所以我说，我年纪太大了，变不回小女生。"

"尼利下周回学校读书，"凯蒂固执地说，"弗兰茜明年回去。"

"我讨厌你们两个！"尼利大叫起来，"如果你们逼我回去上学，我就离家出走。是的，我说到做到。"说完，他摔门而去。

凯蒂满脸愁容，弗兰茜为她感到难过。"别担心，妈妈，他不会离家出走的，他只是说说而已。"母亲脸上瞬间露出宽慰的表情，这表情激怒了弗兰茜。"如果我打算离家出走，我才不会昭告天下，等你们不需要我赚钱的时候，我就离开这个家。"

"我的孩子以前都那么听话，现在怎么都变了？"凯蒂心酸地问道。

"因为我们长过头了。"凯蒂没听明白弗兰茜的意思，弗兰茜继续解释说，"我们到现在都没有工作许可证，可是我们却在上班。"

"工作证很难办理。牧师的洗礼证书每份就要一块钱，我还得和你一起去市政厅。那时候我每隔两个小时就得给劳丽喂一次奶，没办法去给你们办理证书。我们都知道，让你们谎称十六岁，既好操作，又能省掉很多麻烦。"

"这些都没有问题，但是，既然说我们是十六岁，我们就得像十六岁的样子，可你却把我们当作十三岁的孩子。"

"希望你们的爸爸还在。他了解你们的心思，我做不到。"妈妈的话深深地刺痛了弗兰茜，痛苦过后，她告诉妈妈，十一月一日起，她的工资会翻倍。

"二十块钱！"凯蒂惊得目瞪口呆。"哦，天哪！"这是她极度吃惊时的惯用表情。"你什么时候知道的？"

"星期六。"

"可你到现在才告诉我。"

"是的。"

"你害怕如果我知道了，就会让你继续工作。"

"是的。"

"我记不清自己什么时候说过，尼利最好能回学校读书。你看得出来，我只是在做自己认为正确的事情，跟钱多钱少没有关系。你看不出来吗？"她近乎在祈求。

"不，我没看出来。我只看到你偏爱尼利，你事无巨细都帮他安排妥当，对我，你却说，你自己能设法解决。总有一天，我也会跟你玩把戏，妈妈。我会做我认为正确的事情，可能会与你的想法背道而驰。"

"这个我不担心，因为我知道我的女儿靠得住。"凯蒂的话言简意赅又不失尊严，弗兰茜顿时自惭形秽。"我也相信我的儿子，让他去做他不愿意做的事情，他自然会生气发脾气。但他一定能想得通，一定会回到学校好好学习，尼利是个好孩子。"

"是的，他是个好孩子，"弗兰茜承认道，"即使他做了坏事，你也不会在意。可是，如果换作是我……"她泣不成声地说。

凯蒂厉声叹了口气，什么话都没说。她站起来，开始清理桌子。她伸手去取杯子的时候，弗兰茜第一次发现，妈妈的手不再像以前那样灵活，她的手颤巍巍，根本拿不起杯子。弗兰茜把杯子放在妈妈手里时，发现杯子上有个大裂缝。

"我们的家过去就像一个坚固的杯子，"弗兰茜心想，"完完整整、结结实实，装东西不会漏出来。但爸爸去世后，家里就出现了裂痕。今晚的争吵又会造成一条裂缝。很快，杯子上的裂缝会越来越多，杯子就会破成碎片，我们就不再是一个整体，而是一个个碎片。我不希望发生这种事情，但我却故意制造了一个深深的裂缝。"她尖厉的叹息声和凯蒂的如出一辙。

大家激烈的争吵声竟然没有吵醒在洗衣篮里安然入睡的宝宝，弗兰茜看到妈妈走到篮子旁，用颤抖的双手抱出了熟睡的宝宝。凯蒂坐在靠近窗户的摇椅上，紧紧地抱着宝宝，摇晃着。

怜悯之情占据了弗兰茜的内心。"我不该对她这么刻薄。"她心想，"她辛苦工作却麻烦不断，除此之外，她还有什么？现在，她只能靠宝宝来寻求安慰。可能她在想，她那么爱劳丽，劳丽也那么依赖她，可是，等到劳丽长大了，也会与她为敌，就像我现在这样。"

她尴尬地把手放在妈妈的脸颊上。"没事的，妈妈，我不是故意的。你说得对，就照你说的做。尼利必须回去上学，你和我一起说服他。"

凯蒂把手放在弗兰茜的手上。"这才是我的好女儿。"她说。

"别因为我和你争吵就生我的气，妈妈。你教育我说，只要自己认为是对的，就要努力去争取，我……我觉得我没错。"

"我知道。我很高兴你能够也愿意为自己该得的事情去争取。不管结果如何，你都能很快想通。这一点和我一模一样。"

"这就是症结所在。"弗兰茜心想，"我们太像了，所以无法理解对方，因为我们对自己都不甚了解。爸爸和我不是一类人，所以我们能互相理解。妈妈理解尼利，因为他们不同。真希望我也能像尼利一样，与妈妈截然相反。"

"那么，我们俩算和好了吗？"凯蒂笑着问道。

"当然了。"弗兰茜回以微笑，还亲吻了妈妈的脸颊。

但在内心深处，她们都心知肚明，明白彼此之间的关系并不融洽，也永远不会再和好如初了。

45

又到一年圣诞季。和往年不同的是，今年圣诞节有钱置办礼物，冰箱里也塞满了食物，屋子里总是暖暖和和。弗兰茜从寒冷的街上回来，感觉那股热气就像情人的臂膀将她环绕，把她拥进房间。她偶尔也会好奇，情人的肩膀究竟是什么样的感觉呢？

无法回学校读书，弗兰茜心有不甘，但是，一想到自己赚的钱可以改善家里的状况，她的心里便有些释然。妈妈一直很公平。弗兰茜的工资涨到二十块时，妈妈每周给她五元让她自己支配，买车票、吃午餐、买衣服。另外，凯蒂每周以弗兰茜的名义在威廉斯堡储蓄银行存五块钱，她解释说这是弗兰茜读大学的费用。凯蒂靠剩下的十块和尼利挣的一块，把家庭收支安排得妥妥当当。这些算不上大钱，但是1916年物价低廉，诺兰一家过得相当不错。

尼利发现很多老朋友都去了东城高中，他也就欢天喜地地回学校了。放学后，他继续在麦加里蒂酒吧打工，每挣两块钱，妈妈从中拿出一块给他作零花钱。他在学校里是个风云人物，零花钱最多，还能把《裘力斯·恺撒》倒背如流。

他们打开储蓄罐，发现里面有将近四块钱。尼利往里面放了一块，弗兰茜放了五块，这样，他们就有十块钱可以置办圣诞节礼物。圣诞节前的下午，三个人带着劳丽一起去购物。

他们首先去给妈妈买了顶新帽子。妈妈坐在帽子店的椅子上，怀里抱着宝宝，试戴着帽子，他们两个站在椅子后面。弗兰茜希望妈妈买顶浅绿色的天鹅绒帽子，可是在威廉斯堡找不到那种颜色。妈妈觉得自己应该买顶黑色帽子。

"是我们买帽子，不是你，"弗兰茜告诉她，"我们都觉得您能不能别买别戴丧帽了。"

"试试这顶红色的，妈妈。"尼利建议道。

"不要，我来试试橱窗里那顶深绿色的。"

"这是最新款。"女店主一边说，一边把帽子从橱窗里取了下来，"我们叫它苔藓绿。"她直接把帽子扣到凯蒂的眉毛上。凯蒂不耐烦地用手一拨，将帽子斜戴着盖住一只眼睛。

"这样才好看。"尼利断言。

"妈妈，你看起来真美。"弗兰茜也做了评价。

"我喜欢这款。"妈妈决定了。"多少钱？"她问女店主。那女人做了一个深呼吸，诺兰一家做好准备，要讨价还价了。

"是这样的……"那女人开始了。

"多少钱？"凯蒂直截了当地重复道。

"在纽约，一样的帽子，要卖到十块钱，但是……"

"要是我愿意花十块钱，那我还不如去纽约买帽子呢。"

"话不能这么说，一样的款式，同样的帽子在沃纳梅克要卖到七块五。"她意味深长地停了一下，"一模一样的帽子，我卖你五块。"

"我只想花两块钱买顶帽子。"

"从我店里滚出去！"女人夸张地吼道。

"好吧。"凯蒂抱着宝宝，站起身来。

"你真就这么急吗？"那女人把她推回椅子，把帽子塞进一个纸袋里，"四块五，你把帽子带走。相信我，就算我婆婆来买都不止这个价格。"

"我相信你。"凯蒂心想，"要是你婆婆和我婆婆一样，我就更相信了。"她大声说："这顶帽子很好，但我只付得起两块。其他地方还有帽子店，两块钱肯定能买一顶，或许不如这个好看，但至少可以挡风。"

"你听着，"那女人的声音变得深沉又诚恳，"大家都说，犹太人认为金钱是万能的，我却不这么想。如果漂亮的帽子遇上漂亮的顾客，我就会特事特办。"她把手放在胸口，"我赚不到……赚不赚钱不重要。我免费送你。"她把袋子塞到凯蒂手里，"四块钱带走吧。这是我的进货价。"她叹了口气，"相信我。其实我不适合做生意。我更适合做画家。"

她们继续讨价还价。还到两块五的时候，凯蒂知道那女人不会再让价了。她假装离开，来试探那女人。但这次，那女人不再拦她。弗兰茜朝尼利点点头。尼利付给了那个女人两块五。

"你别告诉别人你用这么低的价格买了这顶帽子。"那女人告诫道。

"我们绝对不会说的。"弗兰茜保证，"把帽子装盒子里吧。"

"盒子要另收一毛钱——这也是进货价。"

"给我个袋子就行了。"凯蒂不依不饶地说。

"这是给你的圣诞礼物。"弗兰茜说，"得放在盒子里啊。"

尼利又掏出一毛钱，把帽子用纸巾包好，放进盒子里。"我卖给你这么便宜，下次买帽子，再来我店里照顾生意啊。不过，下次可别这么讨价还价了。"凯蒂笑了笑。他们离开时，女人说："戴着我的帽子，包你身体健康。"

"谢谢你。"

门刚一关，那女人悻悻地低声说："犹太狗！"在他们身后狠狠地啐了一口。

到了街上，尼利说："难怪妈妈五年才买一顶新帽子，原来买东西这么麻烦。"

"麻烦吗？"弗兰茜说，"我觉得很有意思啊！"

接着他们到西格勒家的店铺，给劳丽买圣诞节的毛衣外套。一看到弗兰茜，西格勒骂骂咧咧地开口了。

"看到了吧，你最后还是到我店里来了呀！是不是在别的店里没买到，才来我这里啊？还是别人家的东西便宜无好货，是坏的呀？"然后他转身向凯蒂解释说，"这小女孩这么多年一直来我店里给她爸爸买假衬衣、纸领子，最近一整年，她竟然不来了。"

"她父亲一年前去世了。"凯蒂解释道。

西格勒先生用手掌猛一拍自己的脑袋说："哎呀！瞧我这大嘴巴，一不小心就说错话，天天乱说话。"他连忙道歉。

"没关系。"凯蒂安慰说。

"我这里一直都这样，大家什么事情都不告诉我，我也什么都不知道。"

"一直是这样。"凯蒂说。

"好吧，你们想买点什么？"他言归正传，马上问道。

"买一套七个月大宝宝穿的毛线衣。"

"我这里正好就有这个尺码。"

他从盒子里拿出一件蓝色毛绒外套。但是，他们拿着外套在劳丽身上一比画，发现毛线衣只到宝宝的肚脐，裤腿只到膝盖下面一点点。他们又试了试其他尺码，发现两岁宝宝穿的尺码刚好适合劳丽。西格勒先生一阵狂喜。

"我开店二十年，在格兰德街上待了十五年，在格雷厄姆街上待了五年，这辈子也没见过哪个宝宝七个月就长得这么大。"听到这话，诺兰一家三口忍不住心中得意，满眼放光。

西格勒先生的商店不还价，所有商品明码标价。尼利掏出三块钱付了账。他们直接把衣服给宝宝穿在了身上，宝宝换上新衣服，头戴毛帽子，一直扣到耳朵上方，看起来可爱极了。亮蓝色的衣服衬得她的皮肤白里透红。她好像知道自己被打扮一新，高兴得手舞足蹈，露出两颗小牙齿，见谁都笑。

"噢，小宝贝。"西格勒先生双手合十，祷告似的小声说道，

"愿她穿上这件衣服，平安无恙。"他没有像上一个店主那样恶语伤人，也没有吐唾沫诅咒，把祝福的话抵消掉。

妈妈带着宝宝和新帽子回家了。弗兰茜和尼利继续采购圣诞礼物。他们给艾薇姨妈的几个孩子买了些小礼物，给茜茜姨妈的宝宝也买了东西。接下来，他们开始互相给对方买礼物。

"我告诉你我想要什么，你帮我买啊。"尼利说。

"好的，你想要什么？"

"鞋套。"

"鞋套？"弗兰茜的嗓门抬高了八度。

"要珍珠灰色。"尼利语气坚定地说。

"如果你真想要的话……"弗兰茜又疑惑地问了一遍。

"中号的。"

"你怎么连尺码都知道？"

"我昨天去试过了。"

他给了弗兰茜一块五，弗兰茜把鞋套买了下来，让店员用礼品盒包好。到了街上，她把盒子送给尼利，两人神色庄重地皱起了眉头。

"这是我送你的礼物，圣诞快乐。"弗兰茜说道。

"谢谢。"他正式地问道，"你想要什么礼物？"

"工会大街旁那店铺的橱窗里，挂着一件黑色蕾丝舞裙套装。"

"那是不是女士专用品？"尼利心神不安地问道。

"嗯……腰围二十四，臀围三十二。两块钱。"

"你去买，我不想去买这种东西。"

她买了那件垂涎已久的舞裙套装——黑色蕾丝短裤和胸衣，中间用一条窄窄的黑色缎带连接起来。弗兰茜连声道谢，尼利不主张买这种东西，他心不甘情不愿地回了一声："不用谢。"

他们经过圣诞树市场。"还记得那时候吗？我们让那个小贩子把最大的圣诞树抛递给我们。"

"怎么会不记得！我每次头痛，都是被树砸的那个地方痛。"

"还记得爸爸唱着歌帮我们把树搬到楼上去。"尼利回忆说。

那一天，爸爸被提了好几次。每次提起爸爸，弗兰茜的心里就泛起一阵温柔，她再也没有了往日的那种伤痛。"我是不是正在遗忘他？"她心想，"随着时间的流逝，我会不会越来越记不清他了？就像玛丽·罗姆利外婆说的一样：'时间会带走一切。'第一年很难忘却，因为我们可以说，他上次参加选举、他去年和我们一起吃感恩节晚餐。但是到了第二年，我们就会说两年前他怎么样了……随着时间的推移，能记住的事情越来越少，回忆也就越来越难。"

"你看！"尼利抓着她的胳膊，指向一个木盆，里面栽着棵两英尺高的杉树。

"这树还在长呢！"她大叫了一声。

"你在想什么呢？一开始，树不都得长吗？"

"这我知道。你们这些人，经常看见树被砍掉，就觉得它们天生就该被砍。我们把它买下来吧，尼利。"

"这也太小啦。"

"但是它有树根呀。"

他们把树运回家，凯蒂上上下下打量着，她好像想到了什么，眼睛眯成了一条缝。

"对啦，"她说道，"过了圣诞节，我们可以把它放在消防梯上，让它照照阳光，吸收水分，每月施一次马粪。"

"不要呀，妈妈，"弗兰茜连忙反对说，"你可别派我们去拾马粪。"

小时候，拾马粪一直是他们最害怕的苦差事。玛丽·罗姆利在自家窗台上种了一排猩红色天竺葵，这些花因为有马粪滋润，长得枝繁叶茂、色泽明艳。每个月，弗兰茜和尼利都得带着雪茄盒子上街拾马粪，给盒子里装满两排光溜溜的粪球，带回家送给外婆。交货的时候，外婆会奖励他们两分钱。弗兰茜一直羞于拾马粪。有一次，她向外婆提出抗议，外婆说：

"唉，真是一代不如一代，第三代人已经不中用了。在奥地利老家，我的好兄弟们用大马车装马粪，他们都是强壮、体面的人啊。"

"和粪便打交道，"弗兰茜心想，"当然够强壮，也够体面。"

凯蒂说："既然养了这棵树，我们就得把它照顾好，让它茁壮成长。如果觉得丢脸，你们就等天黑了再去拾马粪。"

"现在马车已经很少见了，街上大多是汽车，很难拾到马粪了。"尼利争辩道。

"去找一条不通汽车的鹅卵石小道，如果找不到马粪，就等马过来，跟着马走，一直等到马拉粪。"

"天哪！"尼利抗议道，"我真后悔买了这棵破树。"

"我们两个怎么不开窍呢？"弗兰茜说，"今非昔比啊，我们现在有钱了。我们完全可以给街上年龄大点的孩子五分钱，让他们帮忙拾马粪不就行了。"

"是啊。"尼利如释重负地赞同道。

"我还是觉得，"妈妈说，"你们应该亲力亲为，用自己的双手去照顾自己的树。"

"贫穷和富有的区别就在这里。"弗兰茜说，"穷人事事都亲力亲为，而富人却可以雇人做事。我们再也不穷了，可以花钱雇人做事了。"

"这么说来，我还是宁肯穷下去，"凯蒂说，"因为我喜欢自己动手。"

每次妈妈和姐姐斗嘴的时候，尼利就会觉得乏味无聊。为了转移话题，他说："我敢打赌，劳丽的个子和那棵树一样高了。"他们把小宝宝从摇篮里抱了出来，跟树比高低。

"尺寸完全一样。"弗兰茜模仿起西格勒先生的语气说。

"不知道哪个会长得更快些？"尼利说。

"尼利，我们从来没有养过小狗小猫。干脆我们把这棵树当作宠物养吧。"

"拉倒吧，树怎么能当成宠物呢？"

"为什么不能？树也会生长，会呼吸，对不对？我们可以给它起个名字，就叫'安妮'！这样，树的名字安妮和宝宝的名字劳丽放在一起，就是那首歌的名字啦。"

"你知道吗？"尼利问。

"知道什么？"

"你总是疯疯癫癫的，没个正形。"

"我知道，这样不是挺有趣吗？今天我感觉自己不是诺兰小姐，也不想假装自己已经十七岁，是模范剪报局的首席阅读员。我觉得自己又回到了从前，我让你保管卖废品的钱。我感觉自己就像个孩子。"

"你本来就是个孩子，"凯蒂说，"一个刚满十五岁的孩子。"

"是吗？看到尼利给我买的圣诞礼物，你就不会这么想了。"

"是你让我给你买的啊。"尼利纠正道。

"你就喜欢自作聪明，有本事给妈妈看看你让我给你买的圣诞礼物。给她看看啊。"弗兰茜催促道。

看到尼利手里的东西，妈妈的嗓门像弗兰茜一样提高了八度："鞋套？"

"我想给脚踝保暖。"尼利解释说。

弗兰茜展示了她的舞裙套装，妈妈大惊失色，忍不住叫了一声："我的天哪！"

"你觉得这是放荡女人穿的衣服？"弗兰茜满怀希望地问。

"如果她们真的这么穿，我敢肯定她们都会得肺炎。好了，我们看看，今天晚餐吃什么呢？"

"你就不打算提点反对意见？"弗兰茜很失望，妈妈竟然没有大惊小怪。

"我不反对。每个女人都会有这段经历，痴迷黑色蕾丝内衣。只不过你比其他人开窍早点，过段时间就好了。我想我们把汤热一热，喝点汤，吃点汤里的肉和土豆。"

"妈妈以为自己无所不知。"弗兰茜愤愤不平地想。

……

圣诞节的早晨，他们一起去做弥撒。凯蒂做了祷告，祈祷乔尼的灵魂能够安息。

她戴着那顶新帽子，看上去很标致。宝宝穿着新衣服，看起来也很漂亮。尼利穿着新鞋，坚持要求抱孩子，一副男子汉的气概。他们穿过斯塔格街，路过一家糖果店的时候，门口几个瞎晃悠的男孩对着尼利嘘了起来。尼利顿时脸色通红。弗兰茜知道他们在取笑他的鞋套。为了给他解围，弗兰茜主动要求抱孩子，好让他感觉他们在笑话他抱着宝宝。不料，尼利拒绝了她的好意。尼利和弗兰茜一样心知肚明，他们取笑的是这双鞋套。威廉斯堡人思想狭隘、目光短浅，让他愤怒不已。他决定回家后把鞋套装进盒子，以后再也不穿了，除非搬到一个体面的高档社区。

弗兰茜穿着舞裙套装，差点没被冻僵。凛冽的寒风袭来，掀开她的外套，穿过那薄如蝉翼的裙子，她感觉就像没穿内衣。"要是我，唉，要是我穿着法兰绒灯笼裤就好了。"她懊悔不已，"妈妈说得对，大冬天穿这玩意儿真的会得肺炎。不过，我不能让她知道，否则她就更自以为是了。我得把这套内衣收起来，等到夏天再穿吧。"

他们坐在教堂的第一排，把劳丽放在长椅上躺着。几个迟到的人以为宝宝躺着的位置是空座位，走到第一排入口处，屈膝弯腰准备进去。看到宝宝占了两个座位，他们对凯蒂怒目而视，凯蒂坐在原地一动不动，不仅对他们还以怒目，眼睛睁得比他们还大一倍。

弗兰茜觉得这是布鲁克林最漂亮的教堂。教堂由古老的灰色石头建造，两个尖顶干净利落，直冲云霄，耸立在一众房屋之上。教堂里有高高的穹顶、深嵌的彩色玻璃窗和精雕细琢的祭坛，麻雀虽小，五脏俱全，是个微型的主教座堂。中间祭坛的左侧由罗姆利外公雕刻完成，弗兰茜一直以此为荣。半个多世纪前，外公还很年轻，刚从奥地利过来，有点心不甘情不愿地以工代捐，为教区奉献了自己的手艺。

罗姆利外公一向节俭，他将剩余的碎木收集起来带回家，不辞劳苦地把这些神圣的碎木拼凑在一起粘起来，雕刻出三个小十字架。女儿们结婚的时候，玛丽分别给她们一个十字架，嘱咐她们都要把十字架传给各自的长女。

凯蒂的十字架高高悬挂在自家壁炉上方的墙上，等弗兰茜结婚的时候，就会传给她。一想到十字架取材于祭坛上的福木，弗兰茜感到无比自豪。

今天，祭坛上点缀着圣诞红和冷杉枝，白色蜡烛的金色火焰在树叶间闪闪发光。耶稣诞生的马棚用茅草盖着，放在祭坛的栏杆里。弗兰茜知道，那些手工雕刻的迷你人物——玛丽、约瑟夫、国王、牧羊人和马槽里的孩子——他们的排列顺序一定和一百年前从祖国带来时一模一样。

神父走了进来，祭坛助手紧跟其后。神父套了一件白色缎子弥撒袍，前后都有一个金色十字架。弗兰茜知道，这弥撒服象征着耶稣的无缝衣，相传为玛利亚亲手缝制。耶稣被钉上十字架之前，他们把他的无缝衣脱下来了。耶稣临死的时候，在骷髅地，士兵们不愿损坏这件衣服，就用掷骰子的方式决定归谁保管。

弗兰茜思绪万千，错过了弥撒的开头部分。她连忙集中精力，用心聆听从拉丁文翻译而来的经文：

"神啊，我的神，我要弹竖琴赞美你。你为什么悲伤，我的灵魂，你为什么使我烦躁不安。"神父用深沉浑厚的声音吟诵着。

"请信仰神，因为我仍要赞美他。"祭坛助手回应道。

"赞美归于圣父、圣子和圣灵。"

"过去、现在、将来，直到世界的末日，阿门。"祭坛助手回应道。

"我要走到神的祭坛前。"神父吟诵着。

"神啊，你给我的青春赐予喜悦。"祭坛助手回应道。

"我们得帮助，是奉主之圣名。主创造了天地。"

神父鞠了一躬，开始背诵《悔罪经》。

弗兰茜坚信，祭坛就是那骷髅地，耶稣又一次作为牺牲被奉献。她看着象征圣体的面包和象征宝血的葡萄酒，听着祝圣祷告词，觉得神父的话就像一把神奇的宝剑，将耶稣的血与肉分离开来。她明白，刹那间，在那金色圣杯的葡萄酒里，在那金色餐盘的面包中，耶稣的圣体、宝血、圣灵和圣父完完全全融为了一体，只是她不知道该如何解释这一切。

"这是多么美好的一个宗教啊！"她若有所思，"我希望自己能对它多些了解。不，我还是不要太了解吧。它之所以美好，就是因为它神秘莫测，就像上帝，他本身也总是难以捉摸。有时候，我说我不信上帝，但那只是我生气上火时的胡言乱语。我相信！我相信！我相信上帝、耶稣和玛利亚。我不是个好信徒，因为我偶尔会缺席弥撒，有时候我会不经意做出格的事情，忏悔的时候我会抱怨。可是，不管是好是坏，我都是天主教徒，这永远也不会改变。"

"当然，我从来没有要求自己生来就是天主教徒，也没有要求自己生来就是美国人。而我竟然同时拥有了这两种身份，我为此深感荣幸。"

神父登上弧形台阶，走上布道坛。"请大家一起祈祷，"他用洪亮的声音引导大家，"愿约翰·诺兰的灵魂安息。"

"诺兰……诺兰……"穹顶上回应着悲鸣声。

伴随一声痛苦的低语，近一千人跪了下来，为诺兰的灵魂做了简短的祈祷，尽管认识他的人只有寥寥十几个。

弗兰茜开始为炼狱中的灵魂祷告起来：

"仁慈的耶稣啊，您总是心怀苍生，求您可怜可怜我们那些在炼狱中的亲人吧！啊，神啊，您也爱自己的亲人，恳请您倾听我的祈祷……"

46

"再过十分钟,"弗兰茜说,"就是 1917 年了。"

弗兰茜和弟弟并排坐着,脚穿长袜搭在炉膛外取暖。妈妈正在卧床休息,睡前叮嘱他们,务必提前五分钟喊她起来,一起迎接新的一年。

"我有种预感,"弗兰茜继续说道,"1917 年将是我们人生中最重要的一年。"

"你几乎每年都这样说,"尼利说,"先是说 1915 年是最重要的一年,然后又说 1916 年也是,现在又说 1917 年更重要。"

"这一年一定很重要啊。首先,到了 1917 年,我就真的 16 岁了,不用在办公室里冒充 16 岁了。还有其他重要的事情,有的已经开始了。房东正在屋子里铺电线,几个礼拜后,我们就能用上电了,不用煤气了。"

"正合我意。"

"之后他还要把这些炉子拆掉,装上暖气设备。"

"哎呀,那我会怀念这些旧炉子的。你还记得老早以前(其实就是两年前),我总喜欢坐在炉子上?"

"那时候我总是怕你身上着火。"

"我现在就想坐在炉子上了。"

"去坐吧。"尼利坐在离火口最远的边上,那里不是太热但足够温暖。"还记得吗?"弗兰茜接着说,"我们在壁炉石上演算题目。后来爸爸给我们找到一块真正的黑板擦。这样壁炉石就和学校的黑板一样了,就是个平躺的黑板。"

"当然记得。那是很久以前的事了。可是,你不能说 1917 年是重要的一年,虽然我们马上要通电装暖气。其他公寓楼好几年前就通电通气了。这算不上重要事件。"

"今年最重要的事情是,我们要参战。"

"什么时候?"

"很快。下周……下个月。"

"你怎么知道的?"

"我每天都在读报纸啊,兄弟——每天看两百份呢。"

"哦,天哪!希望战争早点结束,不要耗到我要入伍当兵的年龄。"

"谁要入伍当兵?"两个人惊讶地环顾四周。妈妈正站在卧室门口。

"我们正在聊天,妈妈。"弗兰茜解释道。

"你们忘了叫醒我,"妈妈责备道,"我好像听到一阵鸣笛声。现在大概已经是新的一年了。"

弗兰茜打开窗。这是一个无风的寒夜,万籁俱寂。庭院对面那些屋子的背面森然漆黑。他们站在窗口,听到教堂欢快的钟声。钟声一阵未了,另一阵又开始响起,一阵盖过一阵。接着喇叭声次第响起,夹杂着或高或低的汽笛声。黑黢黢的窗户猛然都打开了。号角声纷纷响了起来,汇入这嘈杂的喧嚣里。有人放了一声空枪,喊叫和不满声齐声响起。

1917 年到了!

嘈杂的声音渐渐退去,空气中弥漫着等待。有人开始唱起来了:

怎能忘记旧日朋友

心中能不怀想……

诺兰一家跟着唱了起来。邻居们也一个接一个跟着唱起来，所有人都跟着唱了起来。唱着唱着，人群中混入了不同的声音。一群德国人唱起了他们的歌，声音掺杂到了《友谊地久天长》中。

啊，这是一座小花房，
小花房，
小花房。
啊，你真美丽，
啊，你真美丽，
啊，你这美丽的小花房。

有人叫喊着："闭嘴，你们这些讨厌的德国佬！"德国人以牙还牙，抬高嗓门，声音淹没了《友谊地久天长》。

为了报复，住在漆黑的后院的爱尔兰人恶搞了德国人的歌词，也跟着唱了起来：

啊，这是一首该死的歌，
该死的歌，
该死的歌。
啊，你真肮脏，
啊，你真讨厌，
啊，你这肮脏讨厌的德国歌。

犹太人和意大利人纷纷撤出，关上窗户，留下德国人和爱尔兰人明争暗斗。德国人的声音越来越强，越来越大，彻底淹没了爱尔兰人的恶搞声，也把《友谊地久天长》淹没了。德国人赢了，他们高呼着"胜利"，结束了这场没完没了的吼歌比赛。

弗兰茜打了个冷战。"我不喜欢德国人,"她说,"他们太……太执着,想要什么东西就决不放手,做什么事都喜欢争强好胜。"

夜再次安静了下来。弗兰茜抓住妈妈和弟弟的手。"我们三个一起喊吧。"她一声令下,三个人一起把头伸出窗外,大声喊道:

"各位,新年快乐!"

片刻寂静之后,黑暗中传来一声厚重的爱尔兰口音。

"新年快乐,诺兰一家!"

"这是谁呢?"凯蒂疑惑地想。

"新年快乐,你这可恶的爱尔兰佬!"尼利尖声喊道。

妈妈连忙用手捂住他的嘴巴,把他拉走,弗兰茜猛然关上窗户。三个人都歇斯底里地大笑起来。

"瞧你干的什么事!"弗兰茜上气不接下气,笑得眼泪都要掉下来了。

"如果他知道是我们干的,一定会过来找我们……打……架。"凯蒂笑到有气无力,只好伏在桌子上,"这……这人是谁?"

"欧布赖恩那个老家伙。上周他把我从院子里骂了出来,这可恶的爱尔兰人……"

"嘘!"妈妈说,"你知道,新年伊始,你做什么,这一年你可能就得一直做这件事。"

"你也不希望像坏了的唱片那样,一直循环播放'可恶的爱尔兰佬',对吧?"弗兰茜说,"再说,你也是个爱尔兰佬。"

"你不也是吗?"尼利还嘴道。

"除了妈妈,我们都是爱尔兰人。"

"我嫁给了爱尔兰人。"她说。

"那么,我们几个爱尔兰人要不要在新年夜举杯同庆一下?

要不要？"弗兰茜提议。

"当然要，"妈妈说，"我去调酒。"

圣诞节的时候，麦加里蒂给诺兰一家送了一瓶上好的陈年白兰地。凯蒂用小量杯倒出一点酒，再分别倒入三个高脚玻璃杯。杯子没有倒满，她又加了些蛋液、牛奶和糖。她还把肉豆蔻碾碎，撒到杯子里。

调酒的时候，她的手沉着稳重，可是她的心里却有些紧张，她知道今晚的酒局至关重要。她一直担心孩子们会遗传诺兰家酗酒的恶习。她想在家里树立饮酒的正确态度。她觉得，苦口婆心地说教会刺激这两个叛逆又自我的孩子，他们会觉得越禁止的事情越刺激越有趣。但是，如果她不严肃对待这个问题，孩子们又会误以为醉酒是稀松平常的小事情。她决定既不要放任不管，也不能小题大做，她要让孩子们知道，逢年过节可以适度饮酒放纵一下。而新年就是举杯畅饮的最佳时刻。她给姐弟俩每人一个酒杯，看看他们有什么反应。

"我们为什么喝酒呢？"弗兰茜问。

"为了希望，"凯蒂说，"希望我们一家人能像今晚一样，一直在一起。"

"等一下！"弗兰茜说，"把劳丽抱过来，让她也和我们在一起吧。"

凯蒂把正在熟睡的宝宝从摇篮里抱起，带到温暖的厨房。劳丽睁开双眼，抬起头，迷迷糊糊地笑了笑，露出两颗小乳牙。然后，她又低下头靠在凯蒂的肩膀上，睡着了。

"来吧！"弗兰茜举起了酒杯，"为我们能一直在一起，干杯！"他们彼此碰杯，开始喝酒。

尼利刚尝了一口，就皱起了眉头，说他宁愿喝纯牛奶。他把酒倒进水槽，重新给杯里装了点冷牛奶。凯蒂忧心忡忡地看着弗兰茜喝光了杯中的宾治酒。

"这酒很好，"弗兰茜说，"相当不错。但是比香草味苏打冰激凌差远了。"

"我这不是杞人忧天吗？"凯蒂心中窃喜，"毕竟，他们既是诺兰家的人，也是罗姆利家的人，而我们罗姆利家的人从不酗酒。"

"尼利，我们到屋顶上去吧，"弗兰茜心血来潮，"去看看新年伊始，外面的世界是什么样子。"

"好的。"他同意了。

"先把鞋子穿上，"妈妈叮咛道，"还有外套。"

他们爬上摇摇晃晃的木梯子，尼利把出口的盖子推开，他们来到了屋顶上。

夜色迷人，寒意阵阵。没有风，空气清冷而安静。璀璨的星星低垂在夜空中。群星闪耀，把天空映衬成了钴蓝色。没有月亮，但星光胜似月光。

弗兰茜踮起脚尖，张开双臂。"哦，我要拥抱这一切！"她大喊着，"我想拥有这无风的寒夜。我想拥有近在咫尺、闪闪发亮的星星。我想紧紧拥抱这一切，直到它们大声叫喊，'放开我！让我走！'"

"别靠屋檐那么近，"尼利不安地说，"否则，你会从屋顶上掉下去。"

"我需要有个人。"弗兰茜迫不及待地想，"我需要有个人。我需要有个人能让我紧紧拥抱。我需要的不仅仅是这样的拥抱。我需要这个人能时刻理解我的感受，就像此时此刻。理解是拥抱的前提，是拥抱的一部分。"

"我爱妈妈，也爱尼利和劳丽。但我需要去爱一个人，用另外一种方式，一种不同于爱家人的方式去爱一个人。

"如果我跟妈妈谈这个话题，她一定会说，'是吗？好吧，你有这种感觉的时候，千万不要和男生一起待在黑暗的走廊里。'

她也会担心，担心我走茜茜以前的老路。但这和茜茜姨妈的风流往事毫不相干，因为我更需要彼此的理解，其次才是相互拥抱。如果我告诉茜茜或艾薇，她们会跟妈妈说一样的话，尽管茜茜十四岁结的婚，艾薇十六岁结的婚，妈妈嫁人的时候还是个小姑娘，但她们都把过去忘得一干二净……她们会说我年纪太小，不应该胡思乱想。也许我还年轻，只有十五岁。但是在某些事情上，我比实际年龄更老成。可是，我没有人可以拥抱，也没有人理解我。也许，将来有一天……有一天……"

"尼利，如果你非死不可，那么现在去死岂不是精彩瞬间？你看看，一切都完美无缺，就像今晚的夜色一样。"

"你知道你这是怎么啦？"尼利问道。

"不知道。怎么啦？"

"你喝醉了，都是那杯宾治酒惹的祸。"

她紧握双拳，向尼利走去。"不许这么说！永远都不许这么说！"

尼利被她怒气冲冲的样子吓坏了，不由得后退了几步。"没……没……没关系，"他结结巴巴地说，"我自己有一次也喝醉了。"

油然而生的好奇心让她忘记了愤怒。"是吗，尼利？是真的？"

"是的。有个伙计带了几瓶啤酒，我们跑到地下室去喝。我喝了两瓶就醉了。"

"醉了是什么感觉？"

"嗯，首先，整个世界都颠倒了。然后，一切就像——你记得那种一分钱买的万花筒吧？你看着小的那头，然后转动大的那头，一张张彩纸不断掉下来，每次的组合都不重复。不过，最主要的感觉是，我头昏脑涨。后来我还吐了。"

"这么说，我也醉过。"弗兰茜承认道。

"你也喝啤酒了？"

"没有。去年春天，在麦卡伦公园，我有生以来第一次看到了郁金香。"

"既然从没见过郁金香，你怎么知道那就是郁金香呢？"

"我看过图片啊。这么说吧，我看着它，看着它生长的样子，看着它的叶子，看着那红的花瓣，黄的花蕊，我感到天旋地转，就像你说的那样，一切都像万花筒里的颜色在旋转。我头晕目眩，只好坐在公园的长凳上。"

"你也吐了吗？"

"没有。"她回答，"今晚在这个屋顶上，我也有同样的感觉，我知道这和那杯宾治酒无关。"

"天哪！"

她恍然大悟。"我明白了，妈妈给我们喝牛奶宾治酒是在试探我们。"

"可怜的妈妈。"尼利说，"不过，她不必担心我。我不喜欢呕吐，所以我再也不会喝醉了。"

"她也不用为我担心。我是酒不醉人人自醉，根本不需要通过喝酒来麻醉自己。郁金香和今夜的美景都会让我陶醉。"

"我想这是一个美妙的夜晚。"尼利赞同道。

"那么宁静，那么明亮……甚至有些……神圣。"

她等待着。要是爸爸现在和她在一起……

尼利唱了起来：

> 平安夜，圣善夜，
> 万籁静，光华射……

"他和爸爸一模一样。"弗兰茜高兴地想。

她眺望着布鲁克林。只见整个城市在星光下半隐半露，那些平顶的屋子高低错落，偶尔穿插一幢旧时代遗留下来的斜顶房。她看到了屋顶上的烟囱……还有隐隐约约的鸽子笼……有时隐约能听到鸽子昏昏欲睡的咕咕声……她看到了教堂的两个尖顶，在幽暗的苍穹下默默沉思……在街道的尽头，那座大桥横跨东河，消失在河对岸。她看到了大桥下漆黑的东河，还有远处雾蒙蒙的纽约城的轮廓，看起来就像用纸板切割而成。

"没有一个地方能和它相提并论。"弗兰茜说。

"你说的是哪里？"

"布鲁克林啊。这是个神奇的城市，一点儿也不真实。"

"布鲁克林和其他地方没什么不同啊。"

"完全不同！我每天都去纽约，纽约就不一样。有一次，我去巴约纳，探望同办公室的女孩，她生病在家。巴约纳和布鲁克林也不一样。布鲁克林神秘莫测，就像——是的——就像一个梦境。这里的房子和街道似乎都不真实，人也不真实。"

"这里的人够真实了——他们互相打架、互相叫骂，他们又穷又脏。"

"但这就像是一个梦境，在梦里，他们贫穷、他们好斗。在现实中，他们根本没有这些感受。这一切都好像发生在梦境里。"

"布鲁克林和其他地方没有什么不同，"尼利坚定地说，"只是你的想象让它与众不同。不过没关系，"他宽宏大量地补充道，"只要你开心就行。"

尼利这么像妈妈，又这么像爸爸。他结合了爸爸妈妈的优点。她爱自己的弟弟。她想搂住他，亲吻他。但他和妈妈一样，讨厌别人感情外露。如果她去亲他，他一定会生气发火，一把推开她。于是，她伸出手来。

"新年快乐，尼利！"

"新年快乐！"

他们一本正经地握了握手。

　　短暂的圣诞假期，诺兰一家重温了往日的美好时光。但是，新年一过，大家又回到各自的新轨道上，一切又恢复到乔尼去世后的状态。

　　姐弟俩的钢琴课停了。弗兰茜已经好几个月没练习了。尼利晚上在附近的冰激凌店演奏钢琴。他擅长演奏拉格泰姆风格，爵士乐弹得出神入化。大家都很喜欢他，夸他钢琴弹得好，说他能让琴说话。他用演奏换取免费苏打水。星期六晚上，舍弗莱有时候会给他一块钱，让他通宵弹奏。弗兰茜觉得这样不妥，就和妈妈谈了谈。

　　"我不同意他这样做，妈妈。"她说。

　　"这样做有什么不妥吗？"

　　"你肯定不想让他养成习惯，靠弹琴换取免费茶点，就像……"她犹豫了。凯蒂接起了她的话茬儿。

　　"像你爸爸？不，他永远不会像他那样。你爸爸从来没唱过自己喜欢的歌，比如《安妮·劳丽》或《夏天最后一朵玫瑰》。他只唱别人要他唱的歌《甜蜜的阿黛琳》和《老磨坊溪边》。尼利却不一样。他只演奏自己喜欢的歌，不会过分关注别人喜不喜欢。"

　　"那么，你是说，爸爸只是个卖艺人，而尼利是个艺术家。"

　　"差不多……是的。"凯蒂挑衅似的承认了。

　　"我觉得你有点母爱泛滥啊。"

　　凯蒂皱了皱眉头，弗兰茜放弃了这个话题。

自从尼利上了高中，他们就不再读《圣经》和莎士比亚了。尼利说他们班正在读《恺撒大帝》，校长每次集会都要读《圣经》，尼利显然不需要再回家读这两部书了。弗兰茜也请求妈妈停止夜读，因为她整天读报，眼睛都酸了。凯蒂没有坚持，她觉得孩子们已经长大了，读或不读，由他们自己决定吧。

　　漫漫长夜，弗兰茜总是很孤独。诺兰一家只有吃晚饭的时候才能聚在一起，连劳丽都坐在高脚椅上。晚饭过后，尼利就会出去，要么呼朋唤友，要么去冰激凌店演奏。妈妈在家看报，八点就和劳丽上床睡觉了。（凯蒂依然是五点起床，趁弗兰茜和尼利在家的时候，完成大部分清洁工作。）

　　弗兰茜很少去看电影，因为电影画面跳跃，很伤眼睛。大多数剧团已不复存在，所以也就没什么演出可看。再说，她曾在百老汇的高尔斯华绥的《正义》中见过巴里莫尔，她的品位顿时提高，从那以后，她就不再看其他剧团的演出了。去年秋天，她看了一部自己喜欢的电影：纳兹莫娃的《战争新娘》，本来希望再看一遍，却不料计划落空，因为她读报得知，由于战争迫在眉睫，此片责令禁演。记忆中，她曾经去过布鲁克林一个陌生街区，去看伟大的莎拉·伯恩哈特在基思歌舞剧院演独幕剧。这位杰出的女演员年过七十，但在舞台上看起来只有三四十岁。弗兰茜不懂法语，但她连蒙带猜，推测这出戏的线索就是女演员截肢。伯恩哈特扮演一名法国士兵，在战争中失去了一条腿。剧中多次出现"德国鬼子"这个词。弗兰茜永远忘不了伯恩哈特的金嗓子和她那头火红的头发。她把节目单珍藏在自己的剪贴簿里。

　　但是，这只是三个不同寻常的夜晚，漫长的一月又一月里，她的夜晚都是在孤单中慢慢熬过来的。

　　那年春天来得很早，甜美温暖的夜晚，她心神不宁、难以入睡。她走过大街，穿过公园。无论走到哪里，她都能看到男男女女成双成对，手挽手在街上散步，勾肩搭背坐在公园长椅上，默不作声站在门厅里。除了弗兰茜，世界上每个人都有情人或朋友。在布鲁克林，似乎只有她一个人形单影只。

1917 年 3 月。社区居民都明白，战争无法避免，大家心里想的，嘴里说的，全是战争。公寓楼里有个寡妇，寡妇有个独子。她担心儿子被迫入伍，不想让他上战场送死。她买了一个短号，让他学习吹号，这样，入伍后他就可以进入军乐队，不用上前线，只要在游行和检阅的时候吹吹号即可。他时时刻刻都在勤学苦练，吹吹停停却总找不着调儿，整栋楼的住户被折磨得痛不欲生。某个不堪其扰的邻居想出了一个阴招，他告诉那位母亲，他有内部消息，军乐队率领士兵冲锋在前，他们才是首当其冲的炮灰。那位母亲吓了个半死，立即把短号拿到当铺当了，当场销毁了当票。从此以后，呕哑嘲哳的练习声再也没有响起。

每天晚饭时，凯蒂都会问弗兰茜："开战了吗？"

"还没有。不过，这几天说打就打。"

"唉，早点开始吧。"

"你希望打仗？"

"不，我怎么会希望打仗呢？可是，如果不得不打，那就越早越好。开始得越早，结束得就越早。"

就在这时，茜茜制造了一场轰动，战争的话题暂时被推到了幕后。

茜茜已经洗心革面，告别过去的狂野生活，她本应静下心来安安稳稳过日子，然后步入心满意足的中年。没想到就在这个时候，她竟然疯狂地爱上了与自己结婚五年多的约翰，一大家被她弄得鸡飞狗跳。不仅如此，她还在十天之内经历了一连串的人生大事：丧偶、离婚、结婚、怀孕。

一天下午下班前，工作人员照例将威廉斯堡最畅销的报纸《标准联盟报》送到弗兰茜的办公桌上，她像往常一样把报纸带回家，让凯蒂晚饭后看。弗兰茜第二天早上会把报纸带回办公室，阅读、做标记。但她下班后从不看报，所以不知道这期报纸的内容。

晚饭后，凯蒂坐在窗前浏览报纸。翻开第三页的一瞬间，她大惊失色地叫了起来："哦，我的天哪！"弗兰茜和尼利跑到她身后，凯蒂指着一个标题：

英雄消防员在沃尔拜特市场大火中丧生

下面有一行小标题："原计划下个月退休，开始领养老金。"

读完文章，弗兰茜才知道，这位英勇的消防员原来是茜茜的第一任丈夫。报纸上有一张茜茜二十年前的照片——茜茜的头发向后梳着，高高的、卷卷的，身穿宽大的羊腿袖上衣——那时，她才十六岁。照片下面有一行字："英雄消防员的遗孀。"

"哦，天哪！"凯蒂又叫了一声，"看来他没有再婚。他一定一直保存着茜茜的照片，他死后，其他人肯定要翻看他的遗物，如此这般，茜茜就被翻了出来！"

"我得马上过去。"凯蒂脱下围裙去拿帽子，边拿边解释说，"茜茜的约翰每天看报。她告诉他自己离婚了，但现在真相大白，他一定会杀了她，至少会把她扫地出门。"她又补充说，"她带着孩子和老母亲，根本没地方去啊。"

"他看起来是个好人。"弗兰茜说，"我觉得他不会那么做的。"

"我们不知道他会做什么。我们对他一无所知。他是这个家族的外来户，一直都是。上帝保佑，别让我迟到啊。"

弗兰茜坚持要和妈妈一起去，尼利同意留在家里照看宝宝，但他提了一个条件，他们必须把事情的经过原原本本地讲给他听。

到达茜茜家的时候，她们发现她激动得面红耳赤。玛丽·罗姆利外婆已经带着孩子退到前屋，她坐在黑暗中默默祈祷，希望一切顺顺利利。

茜茜的约翰从他的视角讲了事情的经过。

"我出去上班了，你们知道吗？邻居们跑到家里，对茜茜说，'你丈夫出了意外，死了，你知道吗？'茜茜以为他们说的'丈夫'就是我。"他突然转向茜茜，"你当时哭了吗？"

"隔两个街区都能听到我的哭声。"她信誓旦旦地说。他似乎非常满意这个答案。

"他们问茜茜该怎么处理遗体？茜茜就问他有没有保险，你知道吧？后来发现真的有保险，险费五百块，十年前买的，用的是茜茜的名字。这下茜茜有得忙了！她让他们把遗体放到斯派希特殡葬馆，你知道吧？她花了五百块钱安排了葬礼。"

"我必须得安排啊。他就我一个活着的亲属了。"茜茜用道歉的口吻说道。

"这还没完呢。"他接着说，"现在他们打算给茜茜抚恤金。这次我忍无可忍了！"他突然咆哮起来。"我和她结婚的时候，"他的语气又平静了些，"她告诉我她离婚了，我现在才知道她根本没离婚。"

"可是天主教不允许离婚啊。"茜茜理直气壮地说。

"可是，你没有在天主教堂结婚啊。"

"我知道。所以我从来没觉得自己结过婚，当然就不需要离婚了啊。"

他高举起双手，呻吟着说："我认输！"当初，茜茜坚持说自己生了个孩子，他也这么绝望地呐喊过。"我真心诚意地娶她为妻，你知道吧？她又做了些什么？"他自问自答地说，"她这么一转身，我们两个都成了通奸犯。"

"不许胡说八道！"茜茜厉声说道，"我们不是通奸，我们只是重婚而已。"

"那么，现在就得打住，知道吧？你第一任丈夫死了，现在你得和第二任离婚，然后才能和我结婚，知道吧？"

"好的，约翰。"她温顺地答应了。

"我不叫约翰！"他又一次咆哮起来，"我叫史蒂夫！史蒂夫！史蒂夫！"他每重复一次自己的名字，就猛捶一次桌子，桌上蓝玻璃糖碗里的勺子也跟着上下晃动，敲打着碗沿。他伸手指向弗兰茜的脸。

"还有你！从现在开始，我是史蒂夫叔叔，明白吗？"

弗兰茜目瞪口呆，默默地盯着这个性情突变的男人。

"喂，你怎么说啊？"他大声叫道。

"你……你……你好，史蒂夫叔叔。"

"这还差不多。"他终于有点心平气和了。他从门后一根钉子上取下帽子，按在头上。

"你要去哪里，约翰……我的意思是，史蒂夫？"凯蒂忧心忡忡地问。

"听着！我小时候，家里如果有客人拜访，我家老头子总会出去买些冰激凌招待他们。这是我的家，知道吧？我的家里来了客人，那我就得去买一夸脱的草莓冰激凌回来，知道吧？"说完，他就出去了。

"他人不错吧？"茜茜叹了口气说，"这样的男人，女人能不爱吗？"

"看样子，罗姆利家族终于有个男人了。"凯蒂冷冰冰地说。

弗兰茜走进昏暗的前屋，借着街灯的光，她看见外婆坐在窗前，怀里抱着茜茜家熟睡的宝宝。外婆的手在颤抖，手上挂着琥珀色的念珠。

"外婆，现在不用祷告了，"她说道，"问题都解决了，他去买冰激凌了，知道吧？"

"愿荣耀归给圣父、圣子、圣灵。"玛丽·罗姆利赞美道。

* * *

史蒂夫以茜茜的名义给她的第二任丈夫写了封信，按照茜茜提供的地址寄了出去，还在信封上写了"烦请转交"的字样。茜茜请求第二任丈夫同意离婚，好让她改嫁。一周后，她收到了第二任丈夫从威斯康星寄来的一个厚信封。这位前夫说他一切安好，七年前就在威斯康星离了婚，很快又再婚，在威斯康星定居下来，拥有一份好工作，养了三个好孩子。他写道，他很幸福，打算继续幸福下去。他特意在这些话底下画上线，以示挑衅。他随信附了一份旧剪报，证明离婚诉讼已经送达茜茜，也通报了大众。他还附上一份直接复印的离婚判决书，上面写的离婚理由是：遗弃。信封里还有一份快照，上面是三个生龙活虎的孩子。

这么三下五除二就把婚离了，茜茜满心欢喜，给前夫寄了一个镀银的腌菜盘子，作为迟到的结婚礼物。她觉得还应该附上一份贺信，但是史蒂夫拒绝帮忙代笔，茜茜只好找弗兰茜帮忙。

"就说我祝他幸福。"茜茜口述道。

"但是茜茜姨妈，他已经结婚七年了，现在都木已成舟了，不管他幸不幸福都没法改了。"

"第一次听到人家结婚，我们就该道个喜，这是礼节问题，就这么写吧。"

"好吧。"她写了下来，"还有什么？"

"写点东西夸夸他的孩子……他们多么可爱……比如说……"她的话在喉咙里卡住了。她知道他寄这些照片的目的就是为了证明茜茜的孩子胎死腹中根本不是他的问题，这让茜茜深受打击。"你这样写，说我也有个女儿，很漂亮，也很健康，你在健康两个字下面画上线。"

"可是，史蒂夫在信里说你正打算结婚。你这么快就有了孩子，那个人会不会觉得很好笑？"

"你就按我说的写，"茜茜命令道，"再写一句，我下周还要生一个。"

"茜茜！不是吧，真的假的？"

"当然是假的。管他三七二十一，你就这样写吧。"

弗兰茜写好后，又问："还有吗？"

"就说谢谢他寄来离婚文件，然后告诉他我比他早一年就拿到离婚证明了。只不过我忘了。"她强词夺理地说。

"可是，你这是撒谎啊。"

"我真的比他早离婚。我在脑子里早跟他离了。"

"好吧，好吧。"弗兰茜只好做出让步。

"你写，就说我很快乐，而且打算一直这样快乐下去，也像他那样，在这些话下面画一根线。"

"天哪，茜茜！你没必要这么争强好胜吧？"

"是的，就像你妈妈一样不服输，还有艾薇和你。"

弗兰茜不再反对。

史蒂夫领了结婚证，和茜茜重办了一次婚礼。这次他们请了个卫理公会的牧师来主持婚礼。这是茜茜第一次在教堂结婚，她终于相信自己真的结婚了，并且会与丈夫一生相伴，永不分离。史蒂夫感到很幸福。他太爱茜茜了，总是怕失去她。茜茜和前任丈夫们说离就离，从不后悔。他害怕茜茜也会抛弃他，把他宠爱的宝宝一起带走。他知道茜茜信教，不管是什么教，天主教、新教都笃信无疑；他知道茜茜绝不会随意否定教堂举办的婚礼，绝不会说走就走。他们俩相处了这么久，他第一次体验到了幸福感和安全感，第一次有了当家做主的感觉。而茜茜则发现，自己竟然疯狂地爱上了史蒂夫。

一天晚上，凯蒂上床后，茜茜来找她，她让凯蒂不要起来，说要到卧室和她说几句悄悄话。弗兰茜此时正坐在厨房的桌子旁，把剪裁下来的诗歌粘贴在旧笔记本上。她在办公室里放了个刀片，把自己喜欢的诗歌和故事裁剪下来，放进剪贴簿。她有一系列剪贴簿。一本名为《诺兰古典诗集》，另一本叫作《诺兰当代诗集》，第三本名叫《安妮·劳丽的书》，里面收集了一些童谣和动物故事，等劳丽长大能听懂的时候就读给她听。

黑暗的卧室里，两个人的谈话声节奏舒缓。弗兰茜一边粘贴，一边听着屋里的谈话。只听茜茜说："……史蒂夫太优雅、太得体了。我现在才意识到这一点，我为自己以前胡乱结交男人而痛恨自己——我不是说前两任丈夫，我是说其他那些乱七八糟的男人。"

"你没有跟他说起其他男人吧？"凯蒂忧心忡忡地问。

"你觉得我有那么傻吗？可是，我真心希望他是我的第一个，也是唯一一个。"

"女人如果这么说"，凯蒂说道，"就意味着她即将进入更年期了。"

"你怎么知道的？"

"如果她从来没有被人爱过，更年期来临的时候，她会怒火中烧，胡乱折腾，想着自己该有的乐趣都没有享受，如今却再也享受不到了。如果她有很多情人，她又会争辩，说自己曾经误入歧途，深感愧疚。她就这样没完没了地折腾下去，因为她知道，自己身上的女性气质很快便会消失殆尽。如果她一开始就确信，和男人在一起没任何好处，那么，更年期对她反倒是一种慰藉。"

"我可不想进入什么狗屁更年期。"茜茜愤愤不平地说道，"首先，我还很年轻。其次，我无法忍受这些变化。"

"总有一天，我们都会经历更年期。"凯蒂叹息道。

茜茜的话音里带着恐惧。"再也不能生孩子了……不男不女……长胖发福……下巴长毛。要是这样，我先自杀算了！"她激动地哭了起来。"但是，不管怎样，"她又沾沾自喜地补充道，"我离更年期还远着呢，因为我又有了。"

黑暗的卧室里传来一阵沙沙声。弗兰茜想象着，妈妈一定用胳膊肘支撑着坐了起来。

"不，茜茜！不！你不能再生孩子了。这已经发生十次了，十个孩子都是死胎。这次应该更难，因为你都快三十七岁了。"

"这个年纪生孩子不算太大。"

"不行啊，如果再发生什么意外的话，你这个年纪恐怕吃不消啊。"

"不用担心，凯蒂。这个孩子能活下来。"

"你每次都这么说。"

"这一次我十拿九稳，因为我觉得上帝站在我这边。"她平静而自信地说道。过了一会儿，她又说："我把小茜茜的身世给史蒂夫讲了。"

"他说什么？"

"他一直都知道小茜茜不是我生的，但我之前斩钉截铁的样子把他搞糊涂了。他说，只要小茜茜不是我和其他男人生的就行，而且孩子一出生就抱过来了，他真的觉得跟亲生的没什么两样。有趣的是，这孩子长得很像他。乌黑的眼睛像他，圆圆的下巴像他，小小的耳朵也像他，他们的耳朵都紧贴着脑袋。"

"其实，她的黑眼睛遗传了露西亚，全世界一百万人长着圆下巴和小耳朵。但是，如果史蒂夫觉得孩子长得像他，而他因此心生欢喜，那我又何乐而不为呢？"沉默了很长时间，凯蒂再次开口说话了，"茜茜，那个意大利人家就没有给你透露过孩子生父的信息？"

"没有。"茜茜也等了很久才继续说，"你知道是谁告诉我，说那女孩陷入困境，是谁给我提供了她的住址？"

"是谁？"

"史蒂夫。"

"天哪！"

两个人都沉默了很长时间。然后，凯蒂说道："当然，这纯属巧合。"

"当然。"茜茜赞同地说，"他说，他店里的一个同事给他讲了露西亚的情况，这个同事就住在露西亚家的街区。"

"当然。"凯蒂重复道，"你知道，布鲁克林这个地方很邪，总会发生莫名其妙的怪事。比如，有时候我走在街上，忽然想起某个五年都没见过的人。结果，我刚一转过街角，竟然看到那个人向我走来。"

"我知道。"茜茜回答道，"有时候，我正在做一件自己从没做过的事情，突然，我会觉得自己以前好像做过这件事，也许是上辈子……"她的声音渐渐弱了下来。过了一会儿，她又说："史蒂夫总是说，他绝不养其他男人的孩子。"

"所有男人都会这么说。生活就是这么有趣。"凯蒂接着说，"几件事情碰巧同时发生，人们就会做出各种解释。你只是偶然得知那个女孩的情况。那个家伙肯定给店里十几个人都说过这件事。史蒂夫只是无意间和你聊起，而你又碰巧和那家人有了交情，那孩子碰巧就长了个圆下巴而不是方下巴。这真是巧合中的巧合。这叫……"凯蒂停下来，想找个词。

厨房里，弗兰茜听得入了迷，竟然忘记了自己不该偷听大人谈话。为了给妈妈解围，她竟然不假思索地脱口而出：

"您想说无巧不成书，对吗，妈妈？"她大喊了一声。

卧室里突然一片寂静，寂静中透着几分惊愕。随后，谈话声又再次响起，不过这次是耳语声。

48

弗兰茜的桌子上放着一份报纸，这是一份"号外"，直接从印刷厂送过来，标题上的墨迹还没有晾干。报纸已经在桌子上放了五分钟，但她还没有用铅笔在上面做标记。弗兰茜盯着报纸上的日期。

一九一七年四月六日

标题只有一个单词 WAR（战争），有六英寸高，标题三个字母的边缘有些模糊，而整个单词也似乎在摇摆颤抖。

弗兰茜开始浮想联翩。五十年后，她会告诉自己的孙辈，她是如何来到办公室，如何坐在自己审稿员的桌子前，如何像往常一样按部就班地工作，如何看到了宣战的消息。弗兰茜经常听外婆唠叨往事，知道老年人都喜欢追忆自己的青春岁月。

但弗兰茜不想回忆生活，她想真真切切地生活——或者作为折中，她宁愿重新体验，也不要沉湎于回忆。

弗兰茜决定将此时此刻的人生定格下来。也许，她能以这种方式保存鲜活的生活，不至于让它变成回忆。

弗兰茜把眼睛凑近桌子，端详着上面的花纹。她手指掠过铅笔的凹槽，将凹槽的感觉定格在脑海中。她用刀片削尖了一支铅笔，然后打开了报纸。弗兰茜将橡皮筋放在手心，用食指碰了碰，发现那玩意弹力十足。她顺手把它扔进了金属垃圾桶，计算着它落下的秒数，她专心致志地听着，不想错过它撞击底部时微弱的声音。她用指尖按在油墨未干的标题上，端详着沾了油墨印的指尖，随即在一张白纸上按下了指纹。

弗兰茜并不关心第一页和第二页上可能提及的客户名称，她裁下报纸的头版，小心翼翼地把它叠成长方形，用手指压出折痕，然后将它装进邮寄剪纸专用的蕉麻纸信封中。

弗兰茜打开抽屉拿钱包，她仿佛第一次听见抽屉发出的声响，也注意到了钱包扣子打开的咔嗒声。她摸了摸皮革，记住了它的味道，研究起了黑色云纹丝绸内衬里。她看了看零钱袋子里硬币上的日期，在信封里放了一枚新的1917年的硬币。她打开口红盖，用口红在指纹下画了一条线。这醒目的红色，这质地和香味，都让她心情愉悦。她依次检查了粉盒里的脂粉、指甲剪上的搓纹、僵硬的梳子，以及手帕上的线头。钱包里有一张破旧的剪报，这是她从俄克拉何马州报纸上裁下的一首诗。这首诗的作者曾经住在布鲁克林，上过布鲁克林公立学校，年轻时还编辑过《布鲁克林鹰报》。她第二十次读起这首诗，脑海里回味着诗中的每一个字。

> 我衰老，我年轻，
> 我蠢笨之至，我聪明绝顶；
> 我目中无人，我心怀天下。
> 我既是爹也是妈，
> 既是顽童，也是成人
> 皮囊里填满粗俗，骨子里刻着文雅。

她把破破烂烂的诗歌简报装进了信封。她从粉盒的镜子里凝视着自己的发型——辫子在头上盘了一圈，她的眼睫毛又黑又直，长短不一。接着，她端详着自己的鞋子，手沿着丝袜一路向下摸去，第一次发现丝绸其实并不光滑，反倒有些粗糙。裙子的布料由小细绳编织而成。她把裙摆往后一翻，发现裙子上狭窄的蕾丝边是菱形图案。

"如果我能在脑海里定格此时此刻的每一个细节，我就可以永远铭记这一刻。"弗兰茜这么想。

弗兰茜用刀片剪下一缕头发，用那张印有自己指纹和口红标记的方形纸包起来，折好，放入信封封好。在信封的外面，她写下如下字样：

> 1917 年，4 月 6 日，弗兰茜·诺兰，十五岁零四个月。

她想："五十年后，如果我再打开这个信封，我会再次体验此刻的感受，那我就永远不会变老。然而，五十年非常漫长，有数十万小时。不过，我坐在这儿已经一小时了，我的生命又少了一小时，我的整个一生里，又有一小时溜走了。"

"亲爱的上帝"，她祈祷道，"让我在我生命中的每分每秒都有所收获吧，让我欢喜让我忧，让我温暖让我寒，让我忍饥挨饿……让我酒足饭饱。让我衣衫褴褛，让我锦衣华服。让我真诚，让我狡诈。让我坦诚相告，让我谎话连篇。让我备受敬仰，让我罪大恶极。只要让我每时每刻都无忧无虑地承蒙上帝的祝福。睡觉的时候，让我一直做梦吧，这样人生中的每个片段都不会虚度。"

报童来了，又将一份城市报纸甩在弗兰茜的桌子上。这份报纸的标题有两个字。

> 宣战！

她觉得天旋地转、眼冒金星，她把头趴在墨迹未干的报纸上，静静地哭了起来。一个稍微年长的审稿员从盥洗室回来，在弗兰茜的桌子旁稍作停顿。她看到了标题，看到弗兰茜在哭泣。她以为自己无所不知。

"啊，开战了！"她叹了口气。"我推测，你一定有个爱人或兄弟，我有没有猜错？"她用审稿人死板的语气问道。

"是的，我有个弟弟。"弗兰茜真诚地回答道。

"我深表同情，诺兰小姐。"审稿员回到自己的座位。

"我又晕了，"弗兰茜心想，"这次是报纸标题惹的祸。我好像动不动就哭——这可真不妙。"

战争影响了模范剪报局的发行量，公司业务日渐萧条。首先，业务往来的一位顶梁柱客户——每年要花数千元订阅巴拿马运河等信息的老板——在宣战次日来到剪报局，说他暂时不能确定邮寄地址，他会每天亲自来取自己的剪报。

几天之后，两位行走迟缓、脚步沉重的男人上门面见老板。其中一个将手伸到老板眼前，老板一看手心，吓得脸色煞白。他从重要客户档案柜中拿出一沓厚厚的剪报。那两人检查完剪报，将其还给老板。老板将这些简报放进信封，再将信封放进自己桌子里。两个男人走进老板的盥洗室，将门半开着。他们在那里等了整整一天。中午的时候，他们让一个跑腿的男孩出去买了一袋三明治和一盒咖啡，在盥洗室里吃了午餐。

那位关注巴拿马运河的客户四点半走了进来。老板慢吞吞地递给他一封厚实的信封。客户正要把信封放进内口袋的时候，那两个脚步沉重的家伙从盥洗室走了出来。其中一个拍了拍客户的肩膀，客户叹了口气，从口袋里拿出信封交给了对方，另一个人也将手放在了客户肩膀上。客户立刻两腿并拢，生硬地鞠了个躬，被两个人夹着走了出去。老板那天回家，患上了急性消化不良。

那天晚上，弗兰茜告诉妈妈和尼利，他们公司抓到了一个德国间谍。

第二天，一个精明能干的男人带着公文包走了进来。老板不得不回答很多问题，那个精干的男人把答案——填进一份打印好的表格里。接着令人遗憾的一幕出现了：老板不得不开出一张近四百块钱的支票——因为客户被迫撤销订单，老板得支付余款。那个精干的人刚走，老板就立刻冲出去，四处借钱，不想让支票跳票。

从那之后，公司的业务每况愈下。老板一朝被蛇咬，十年怕井绳，不肯接受任何新客户，再无辜的客户也被他拒之门外。剧院演出季快要结束了，演员客户也缩水了。过去，春季洪水般出版的图书会带来数以百计的作家客户，他们会花五块钱临时订阅文摘。还有数十个出版商客户，他们会花数百元订阅文摘。如今，这滚滚洪水变成了涓涓细流。出版社都推迟发行重要出版物，等待时局安定下来。很多研究工作者担心自己会应征入伍，也取消了账户。就算业务量不变，局里也无法继续维系日常，因为员工们开始离职了。

政府预计会出现人员短缺，于是在宽敞的第三十四街道邮局公开招聘女员工。很多审稿人参加考试，顺利通过，立即应招开始工作。体力劳动者，那些"俱乐部"成员几乎全部离职，一起去了一家战时工厂做工。他们不但薪水翻了三倍，还因为无私的爱国精神饱受赞扬。老板的妻子重操旧业，做起了审稿工作。除弗兰茜以外，老板把其他审稿人全部辞退了。

三个人撑起公司的所有业务，偌大的屋子空空荡荡。弗兰茜和老板娘负责审稿、归档，兼顾办公室的工作。老板有气无力地胡乱剪裁着报纸，地址条印得模糊不清，文摘贴得歪歪斜斜。

六月中旬，老板终于撑不下去了。他安排人卖了办公设备，解除了租约，至于如何解决客户的退款问题，他的回答简单粗暴："让他们起诉我吧。"

弗兰茜给自己知道的另一家纽约剪报局打电话，咨询他们是否需要审稿人，得知对方不招聘新审稿人。"我们善待自己的审稿人。"对方用抬杠的口气说。"那你们就永远不要换人。"弗兰茜针锋相对，接着对方的话茬儿回了一句，就挂断了电话。

　　在局里上班的最后一个早上，弗兰茜集中精力看招聘广告。她知道如果去办公室工作，自己就得从归档文员做起，所以她不看这类广告。除非你是速记员或打字员，否则在办公室里根本没有出头之日。不管怎样，她更喜欢去工厂工作，更喜欢工厂里的人，喜欢一边用手工作，一边用脑思考问题。当然，妈妈肯定不想让她在工厂里上班。

　　她发现一则广告里提供的工作，看起来是办公室和工厂的完美结合：在办公室里操作机器。一家通信公司提供培训机会，教女孩子们操作电传打字机。可以带薪训练，每周十二块五。时间是下午五点到凌晨一点。如果能得到这份工作，至少她晚上有事可做了。

　　她去和老板道别的时候，老板告诉她最后一周的工钱只能欠着，他说他知道弗兰茜的住址，会把欠款送过去。弗兰茜跟老板道别，跟老板娘道别，跟自己最后一周的酬劳道别了。

　　这家通信公司位于纽约市中心一座摩天大楼里，楼上可以俯瞰东河。弗兰茜递交了一封前老板热情洋溢的推荐信，和其他十几个女孩一样填了一份申请表。她还参加了一项能力测试，测试的题目冒着傻气——比如：一磅铅和一磅羽毛，哪个重？她毫无悬念地通过了考试，拿到了一个号码，一把储物柜钥匙（需要支付两毛五分押金），还被告知第二天五点钟报到。

　　弗兰茜到家的时候，还不到四点钟。凯蒂正在家里打扫卫生，看见弗兰茜走上楼梯，她顿时神情沮丧起来。

　　"不要这么愁眉苦脸的，妈妈，我没病没灾的。"

"哦,"凯蒂如释重负地说,"我刚才以为你把工作给丢了。"

"我是把工作丢了。"

"哦,天哪!"

"我连最后一周的薪水也没拿到。但我又找到了另一份工作……明天开始上班……每周十二块半。我想,迟早还会加薪的。"凯蒂开始问问题。"妈妈,我累了,不想说话了。我们明天再谈这事。还有,我不想吃晚饭了。我只想上床睡觉。"弗兰茜上了楼。

凯蒂坐在台阶上,开始发愁。开战以后,食物和其他物品价格飞涨。上个月,凯蒂都没有给弗兰茜的银行账户存款。一周十块钱根本不够用。劳丽每天得喝一夸脱鲜牛奶,奶价越来越贵。橙汁也必不可少。现在每周有十二块五……扣除弗兰茜的零花钱,余钱更少了。不过,很快就要放假了,尼利暑假可以打工。但是,秋天怎么办?尼利要回去上高中。弗兰茜秋天也得上高中了。怎么办?怎么办?她坐在那里,忧心忡忡。

弗兰茜瞥了一眼熟睡的宝宝,脱下衣服上了床。她双手交叉放在脑后,盯着灰色的通风窗。

"这就是我,"她想,"十五岁了,还四处游荡。上班不满一年,换了三份工作。过去我以为跳槽、换工作挺有意思。但现在,我害怕了。前两份工作我都没有出错,但还是被炒了鱿鱼。我对每份工作都尽心尽力,现在却又得重新开始。我的内心充满惶恐。这一次,如果新老板说'给我跳一次'时,我一定会跳两次,因为我害怕再次丢掉工作。我之所以担惊受怕,是因为全家就指望我赚钱养家。在我工作之前,我们是怎么熬过来的呢?当然,那时候劳丽还没出生。尼利和我还小,开销比较少,当然,爸爸也帮了不少忙。"

"好吧……再见了,大学。再见了,一切美好的梦想。"她把脸转过来，闭上了眼睛。

* * *

弗兰茜坐在一个大房间的电传打字机前。打字机的顶部固定着一块金属盖子，盖子挡着键盘不让她看。房间前面钉了一张巨大的键盘图图表。弗兰茜一边对照图表，一边摸着金属盖下面的字母。这是第一天的训练任务。第二天，她得处理一沓旧电报。她的目光从电报移到图表，手指在键盘上摸索字母。第二天结束时，她已经记住了打字机上字母的位置，不需要再查阅图表了。一周后，他们取下了键盘上的盖子。对弗兰茜来说，有没有盖子已经无所谓了，她已经学会了盲打。

一位讲师给她们讲解了电传打字机的工作原理。弗兰茜花了一整天时间，练习发送和接收虚拟电报。后来，她被分配到纽约—克利夫兰线路。

她觉得这份工作无比神奇，自己坐在打字机前打字，数百英里外俄亥俄州克利夫兰市的一台机器就会卷出一张纸，纸上竟然是自己打字的内容！同样不可思议的是，一个远在克利夫兰市的女孩，在机器上打的字可以在弗兰茜的机器上印出来。

这份工作简单易学。弗兰茜发一小时电报，接收一小时电报。换班时有两段十五分钟的休息时间，九点的时候有半小时可以吃"午饭"。弗兰茜分配到电报线后，她的酬劳涨到了每周十五块。总而言之，这份工作还算不错。

家里人也很快适应了弗兰茜的新作息。下午四点钟刚过，她就出门上班，凌晨两点前回到家中。进入走廊前，她会按三下门铃，这样就会把妈妈叫醒，确保弗兰茜不被潜伏在走廊里的坏人袭击。

每天早上，弗兰茜都要睡到十一点。妈妈也用不着过早起床，因为有弗兰茜陪着劳丽。她每天先打扫自己家这栋楼，等她准备去其他两个楼栋时，弗兰茜已经起来照顾劳丽了。弗兰茜周日晚上还得工作，周三晚上休息。

弗兰茜喜欢这个新作息。她的夜晚不再孤单，还可以助妈妈一臂之力，又能陪劳丽在公园里坐几小时。温暖的阳光对她们俩都大有裨益。

凯蒂想出一个好主意，跟弗兰茜说了。

"他们愿意让你一直上晚班吗？"她问道。

"他们当然愿意啦！他们巴不得呢。没有哪个女孩想上夜班，所以他们才会把夜班排给新来的女孩。"

"我在想，也许今年秋天，你可以晚上继续上班，白天去上高中。我知道，这事操作起来很难，但还是行得通的。"

"妈妈，不管你怎么说，我都不会去上高中了。"

"可是，你去年还闹着要去呢。"

"去年是去年。那时候上学正合适，现在时机已过，太晚了。"

"现在也不晚，你别跟我犟。"

"可是，我现在去高中能学到什么？不是我自负，也不是我矫情，毕竟我每天阅读八小时，一直阅读了接近一年，我学到了很多东西。对于历史、政治、地理、写作和诗歌，我都有自己独到的见解。我阅人无数——我知道人们在干什么，如何生活。我领教过犯罪行为，也阅读过英雄事迹。妈妈，我什么都见识过了。我现在不可能和一群小毛孩坐在一个教室里，听老处女教师自我陶醉地东拉西扯。我会时不时跳起来纠正她。要不然，我就规规矩矩，默默吞下这一切，这样，我会抱憾终身……恨自己窝囊……恨自己有心无胆。总之，我不会去上高中了。但我一定会去上大学。"

"可是，你得先上完高中才能去大学啊。"

"高中要上四年……不，五年，说不定又有这事那事耽误。上大学还要四年。等读完书，我都二十五岁了，成了干瘪的老处女了。"

"不管喜不喜欢，不管做什么，你肯定躲不过二十五岁，还不如在此之前好好接受教育呢。"

"我再说最后一次，妈妈，我不会去上高中。"

"那我们就走着瞧吧。"凯蒂咬牙切齿地说道。

弗兰茜没有再说什么。但她也咬牙切齿，和妈妈的表情一模一样。

不过，妈妈的话让弗兰茜颇受启发。如果妈妈认为她可以晚上工作，白天去上高中，那她为什么不能用同样的方式去上大学呢？她仔细研究报纸上的广告，发现布鲁克林久负盛名的老牌大学正在宣传一个暑期课程，课程面向大学生和高中生。希望研修高级课程、补习以及补考的大学生和希望提前修完大学学分的高中生都可以报名参加。弗兰茜觉得自己可以归到最后一类。她虽然不是严格意义上的高中生，但她的知识储备足以胜任这个课程。她向对方索要了一份课程目录。

她在课程目录里选了三门下午的课。这样，她可以像往常一样睡到十一点，然后去上课，上完课后直接去上班。她选了《初级法语》《基础化学》和《复辟时期的戏剧》。她算了算学费：加上试验费，一共六十多块钱，而她的储蓄账户上有一百零五块钱。她去找凯蒂。

"妈妈，我能从你给我存的大学储蓄款里拿六十五块吗？"

"你要干什么？"

"当然是上大学啊。"为了达到欲扬先抑的效果，她故意漫不经心地说道。果然，妈妈突然抬高了声调，重复着弗兰茜的话：

"大学？"

"暑期大学。"

"但……但……但……但是……"凯蒂结结巴巴地说。

"我知道你的意思，我没上过高中。但是，如果我告诉他们我不需要文凭，也不需要成绩——我只想去听课，也许我就能进去。"凯蒂从壁橱架子上取下她的绿色帽子。"你要去哪里，妈妈？"

"去银行取钱。"

看着妈妈迫不及待的样子，弗兰茜笑了。"现在已经下班了，银行关门了。再说，也没必要这么着急啊。离注册还有一周时间呢。"

＊　＊　＊

大学坐落在布鲁克林高地，弗兰茜对这个片区相对陌生，也从来没有涉足过。填写注册表的时候，她看到"受教育程度"一栏后面有三个选项：小学、高中和大学。她不由得停下笔来，沉思片刻。然后，她画掉了上面三个选项，在上面的空白处写下："私人教育"。

"真的要追究起来，这并不算撒谎。"她自我安慰道。

校方丝毫没有为难她，这让她倍感欣慰，也让她惊讶不已。收银员一手收钱，一手给了她一张学费收据。弗兰茜还拿到了一个注册号、一张图书馆的借书证、一张课程表和一份所需教材的书目单。

弗兰茜跟着大家一起，到街上的大学书店买教材。她对着自己的书目单，要了一本《初级法语》和一本《基础化学》。

"你要新书还是二手书？"售货员问道。

"我不知道啊，我应该买哪种？"

"当然是新书。"售货员回答道。

这时候，有个人碰了碰弗兰茜的肩膀，她转过身去，看到一位英俊帅气、穿着考究的男孩。那男孩对她说："买本二手书，用起来和新书一样，价钱却便宜一半。"

"谢谢你。"弗兰茜转向售货员，"拿本二手的。"她语气坚定地说。接着，她开始挑戏剧课需要的两本教材。那个男孩又碰了碰她的肩膀。

"别，你不用买。"那男孩劝阻她说，"图书馆里有这两本书，你可以课前课后或者有空的时候去看。"

"再次谢谢你啊。"她说道。

"别客气。"说完，他就慢步走开了。

弗兰茜目送他走出书店。"天哪，他又高又帅，"她想，"大学真是个神奇的地方。"

坐电车去办公室的路上，弗兰茜手里攥着那两本教材。电车在轨道上轧出嘎吱嘎吱的声音时，那节奏听起来好像是"大学、大学、大学"。弗兰茜开始感到恶心。这种不适感越来越强烈，她只好中途下车，尽管她知道自己上班要迟到了。弗兰茜靠在一个投币体重器上，不知道自己到底怎么了。不会是她吃什么东西吃坏了肚子，因为她根本没有吃午饭。突然，一个念头犹如一阵惊雷，在她脑海闪现。

"我的爷爷奶奶辈都目不识丁，他们的先辈也都目不识丁。我妈妈的姐姐都是文盲。我的父母连小学都没毕业。我自己也不曾上过高中。但是，我，M.弗兰茜·K.诺兰，现在上大学了。你听见了吗，弗兰茜？你上大学了！"

"噢，天哪，我真的病了。"

49

第一次上化学课出来的时候，弗兰茜兴高采烈。仅仅一小时时间，她就发现一切都是由不断运动的原子组成。她了解到，世界上的万物都不会消失，也不会毁灭。有些东西，即使烧掉了或腐烂了，也不会从地球表面消失，而是变成了气体、液体或者粉末。第一次化学课后，弗兰茜坚信，万事万物，充满生机，化学里根本不存在死亡。为什么有学问的人不信奉化学，把化学当成一种宗教呢？她对此颇为困惑。

《复辟时期的戏剧》需要花大量时间阅读材料，除此之外，这门课倒是好学，毕竟，她在家已经自学《莎士比亚》多年了。她对这门课和化学课都不担心。但一到《法语入门》，她就彻底糊涂了。这并不是真正的入门课。任课老师想当然地认为，选课学生要么以前学过法语，要么是课程不及格重修的，或者在高中时就已经学过法语了，于是她跳过预科部分，直接进入翻译环节。弗兰茜的英语语法、拼写和标点符号都不够牢靠，根本不可能把法语学好，也不可能通过考试。她唯一能做的，就是每天背单词，硬着头皮坚持下去。

坐电车来回的时候她在学习，休息的时候她在学习，吃饭的时候，她把书放在桌上看。她在通信公司教室的打印机上把作业打出来。她从来不迟到，不缺席，一心只求通过至少两门课程。

在书店与她结交的那个男孩成了她的守护天使。他的名字叫本恩·布莱克，是个非常了不起的小伙子。他是马斯佩斯高中的毕业生，是校刊编辑，班长，橄榄球队中卫，是模范生。在过去的三个暑假里，他一直在修大学课程。等到高中毕业的时候，他就修完一年的大学课程了。

除了学校的学业，他每天下午都去一家律师事务所兼职。他起草摘要，送达传票，审查契约和卷宗，查找先例。他熟悉本州法律，完全有能力上法庭审理案件。除了学业突出，他每周还挣二十五块钱。事务所希望他毕业后能来全职上班，和他们一起读法学学位，最后通过律师考试。但是，本恩蔑视没有大学文凭的律师。他已经选好了一所有名的中西部大学，计划完成学士学位的学习，然后进入法学院。

虽然只有十九岁，他的人生却规划得一丝不苟。通过律师考试后，他准备接管一个乡村法律事务所。他相信，年轻律师在小镇上有更多的政治机会。他甚至选好了事务所。他要去继承一位远房亲戚的事务所，这位乡村律师年事已高，经营着一家信誉卓著的事务所。他与这位前辈一直保持着联系，每周都会收到他长长的指导信。

本恩打算接手这个事务所，等待机会成为县检察官。（根据协议，这个小县城里的律师轮流担任检察官。）这将是他从政的起点。他会努力工作，扬名立万，赢得信任，最终当选为该州的众议院议员。他将尽忠效劳，获得连任。然后他会杀回本州，竞选州长。这就是他的计划。

奇妙的是，了解本恩·布莱克的人都确信，一切都会按照他的计划如期进行。

与此同时，1917年的夏天，他准备大展宏图的那片土地，那个中西部大州，正躺在大草原的烈日下做梦呢——躺在广袤的麦田里做梦，躺在无尽的苹果园里做梦。它丝毫没有意识到，此时此刻，有一个布鲁克林的小伙子，正计划着要进驻白宫，成为最年轻的州长。

那个小伙子就是本恩·布莱克。他穿着考究、性格开朗、相貌英俊、才华横溢、乐观自信，男孩们喜欢他，女孩们痴迷他，弗兰茜·诺兰怯生生生地爱上了他。

她每天都能见到他。他的自来水笔在她的法语作业上指指点点。他检查她的化学作业，给她解释《复辟时期的戏剧》中晦涩难懂的知识点。他帮她制订了下个暑假的课程计划，还顺便帮她做好了人生规划。

暑假快结束的时候，弗兰茜为两件事情黯然伤神。很快，她就不能每天见到本恩了，而她肯定无法通过法语课程考试。她把后面这件烦心事私下告诉了本恩。

"别傻了，"他直白地告诉她，"你付了学费，整个暑假都在上课，你又不是白痴。你会通过的。Q.E.D（拉丁语：已经证明）。"

"不会的，"她笑着说，"我 P.D.Q.（拉丁语：很快）就会不及格的。"

"那么，期末考试前我们来临时抱佛脚吧。我们需要一整天。我们能去哪里呢？"

"我家？"弗兰茜怯生生地建议道。

"不行，周围全是人。"他想了一会儿，"我知道一个好地方。星期天早上九点，在盖茨和百老汇街角等我。"

她走下有轨电车时，本恩正在等她。她不知道他为什么会选择这片街区。他把她带到了一家剧院的门口，这家剧院是一些百老汇戏剧首演的地方。剧院的门开着，旁边有个白发老人，斜坐在椅子上晒太阳。他只是简单地说了声："早上好，老爹。"就走进了自动门。弗兰茜后来发现，这个了不起的小伙子周六晚上在这个剧院当引座员。

她以前从未到过后台，进去后激动得浑身发烫。舞台似乎很开阔，剧院的屋顶似乎很高，高得几乎看不见了。走过舞台的时候，她改变了步幅，慢慢地僵直地走着，因为她想起了哈罗德·克拉伦斯走路的样子。本恩说话的时候，她慢慢地转过身来，用一种十分戏剧化的嘶哑的声音说："你（停顿：然后意味深长地），说话了？"

"想不想看个东西？"他问。

他拉开大幕，她看到石棉幕布像巨人的影子一样慢慢卷起。本恩把脚灯打开，弗兰茜走到舞台前方，望着下面成千个黑暗的空座位，整整齐齐，虚位以待。她歪着头，对着走廊的最后一排座位喊道：

"你好，喂！"她喊道，她的声音似乎在空寂的黑暗中放大了一百倍。

"想想看？"他和蔼地问，"你对剧院感兴趣，还是对法语感兴趣？"

"这个吗，当然是剧院了。"

这是真心话。此时此刻，她放弃了自己所有的抱负，回到了她的初心：舞台。

本恩笑着关掉了脚灯。他放下了幕布，拖来两把椅子，面对面放着。不知道通过什么方法，他搞到了过去五年的法语考试试卷。他从这些试卷中选出最常问的问题和最不常问的问题，重新做成了一份试卷。这一天，他用大部分时间训练弗兰茜回答这些问题。然后他让她背诵莫里哀《伪君子》中的一页及其英文译文。他解释说：

"明天的考试中有一道题对你来说绝对是天书。不要去回答。你就实话实说，说你不会，但你想替换一段莫里哀的剧作节选及其译文。然后把你背诵的那段文字和译文写下来，你一定能过关的。"

"但是，假设他们恰巧就考了这段话，那怎么办？"

"不会的。我挑了一段非常晦涩的话。"

显而易见，她过关了，她通过了法语考试。没错，她的分数最低，但她安慰自己说，通过就是通过，分数高低无所谓。她的化学和戏剧考试成绩都非常好。

按照本恩的指示，一周后，她回来取成绩单，如约与他见面。他带她去哈伊勒喝巧克力汽水。

"你多大了，弗兰茜？"他边喝汽水边问。

她快速计算起来。她在家是十五岁，在工作单位是十七岁。本恩十九岁。如果他知道她只有十五岁，他就再也不会和她说话了。他看到她犹豫不决，就说：

"你怎么回答都可能有不利的地方。"

她鼓起勇气，用颤抖的声音大胆地说："我……十五岁了。"她羞愧地低下头。

"嗯，我喜欢你，弗兰茜。"

"我爱你。"她心想。

"在我认识的所有女孩中，我最喜欢你。不过，当然，我没时间陪女孩子。"

"哪怕星期天抽一小时，都不行？"她大胆地说。

"我的几小时空闲时间属于我母亲。我是她的一切。"

在此之前，弗兰茜从来没有听说过布莱克夫人。但是，她恨她，因为她抢占了那一点点空闲时间，要是能给弗兰茜，她该有多高兴啊。

"不过，我会想你的。"他继续说，"如果我有时间，我会写信给你。(他住的地方离她只有半小时的路程。) 但是，如果你需要我——当然，无足轻重的小事就算了——可以给我写信，我会想方设法见你。"他给她一张律师事务所的名片，名片的角落里写着他的全名，本杰明·富兰克林·布莱克。

他们在哈伊勒门外热情地握手道别。"明年暑假见。"他边走边回头说。

弗兰茜站在那里，目送他转过拐角。明年暑假！现在才九月，明年夏天似乎在百万年之后，遥不可及。

她非常喜欢这个暑期班，想在秋天报考这所大学，但是三百多块钱的学费成了拦路虎。一天早上，她在第四十二街的纽约图书馆查看课程目录，发现了一所女子学院，为纽约居民提供免费教育。

她带着成绩单，直接去登记报名。不料对方告诉她，没有高中文凭，不能入学。她解释说，自己已经上过暑期班了。啊，那是另一回事。这些暑期课程只提供学分，不提供学位。她问，如果她只学课程不要学位可不可以。对方回答：不可以。如果过了二十五岁，她可以特殊学生的身份入学，但是也只能学习课程，不能拿学位。弗兰茜遗憾地承认自己还不到二十五岁。不过，天无绝人之路，还有一个办法：如果她能够通过入学考试，或高中毕业会考，那么不管修没修够高中学分，她都可以注册入学。

弗兰茜参加这些考试，除了化学，其他课程都不及格。

"唉，算了算了。"她对母亲说，"我应该有点先见之明，如果上大学那么轻而易举，谁还会去上高中。不过别担心，妈妈。我现在知道入学考试的难度了，我马上去买书籍，好好学习，明年参加考试。我明年一定会通过考试的。这事不难办，我能办得到。您就等着瞧吧。"

* * *

即使她能考上大学，也没法正常上学，因为公司安排她上白班了。她是动作敏捷、技术熟练的操作员，在通信最繁忙的白天更需要她。他们向她保证，如果她愿意，暑假可以继续给她安排夜班。她又得到了一次加薪，现在每周挣十七块五。

又是寂寞秋凉夜。在美丽的秋夜里，弗兰茜漫步在布鲁克林的大街上，想念着本恩。

（"如果你需要我，写信给我，我会想方设法去见你。"）

是的，她需要他，但她确信，如果她写下"我很孤独。请过来和我一起散步，一起聊天"，他一定不会来。在他充实的人生规划里，没有"孤独"二字。

社区看起来没有变化，却有些不同寻常。一些出租房的窗户上贴上了金星，这是阵亡将士家庭的标志。一到晚上，小伙子们依然在街角或廉价糖果店前相聚。但现在，与以往不同的是，总有孩子穿着卡其布军服。

小伙子们站成一圈唱歌。他们唱《老棚屋区的旧棚屋》和《当你戴着郁金香》《亲爱的老太婆》《对不起我惹你哭了》，还有很多其他歌曲。

有时候，当兵的小伙子会带着他们唱战争歌曲：《在那边》《凯蒂之歌》和《无人地带的玫瑰》。

但是，不管他们唱什么，他们总是以布鲁克林的本地民歌收尾：《慈母颂》《当爱尔兰的明眸微笑时》《唤你一声甜心》或者《曲未终》。

夜晚，弗兰茜从他们身边走过，心中暗想：为什么所有的歌听起来都那么悲伤？

50

茜茜的预产期是十一月底。凯蒂和艾薇绞尽脑汁避开话题，不和茜茜谈论这件事。她们确信，这回又是死胎，她们推断，对这件事说得越少，茜茜事后就越记不得。但是，茜茜做了件前所未有的事情，促使她们不得不谈论起这个话题。她宣布：临产时她要请医生，她要去医院。

她的母亲和妹妹们都大吃一惊。罗姆利家族的女人分娩时从来没有请过医生。这似乎不大对劲。你请一位接生婆、一位女邻居或者你母亲，你偷偷地关起门来，把男人拒之门外。生孩子是女人的事。至于医院，大家都知道，那是送死的地方。

茜茜说她们都落伍了，接生婆是旧时代的产物。此外，她还自豪地告诉她们，她在这件事上没有发言权。她家史蒂夫坚持要找医生、上医院。这还不算完。

茜茜要请一个犹太医生！

"天哪，茜茜！为什么？"妹妹们惊讶地问。

"因为这个时候，犹太医生比基督教医生更有同情心。"

"我并不反对犹太人，"凯蒂开口说，"但是……"

"想想看！亚伦斯坦医生望着星星祈祷，基督徒看着十字架祈祷，这与他们的医术毫无关系。"

"但是，我想，你应该找个有同样信仰的医生啊，等到……'生'的时候。"（凯蒂本想说"死"，但她及时管住了自己的嘴巴）

"得了吧，宝贝儿！"茜茜轻蔑地说。

"物以类聚，人以群分。也没见哪个犹太人请基督教医生。"艾薇觉得自己说到了点子上。

"既然人人都知道犹太医生更聪明，人家为什么要请基督教医生呢？"茜茜反驳道。

这次的生产过程和其他几次一样。有医生相助，茜茜生得更轻松了。婴儿出生时，双眼紧闭。她看都不敢看一眼。她以前非常肯定孩子能活。但是，真到了这个时候，她心里又觉得活不成。她终于睁开了眼睛。婴儿躺在附近的桌子上，静静的，浑身发青。她把头转了过去。

"又是这样，"她想，"一次又一次。十一次了，啊，上帝，你为什么不能给我一个活的？十一个中只要一个啊！再过几年，我就过了生育期了。女人总归要死，可是，一辈子没生过一个活孩子……哦，上帝，你为什么要诅咒我？"

这时候，她听到一个词。她听到了一个从未听过的词。她听到了"氧气"这个词。

"快！氧气！"她听到医生说。

她看到医生在检查她的孩子。她看到了一个奇迹，她母亲以前给她们讲过很多圣徒的奇迹，可是，她目睹的奇迹远远超越了圣徒们的奇迹。她看到垂死的青色变成了生动的白色，她看到显然毫无生气的孩子吸了一口气。她第一次听到自己生下的孩子在啼哭。

"孩子……是活的吗？"她问道，有点不敢相信。

"不是活的，还能是什么？"医生耸耸肩，不容争辩地说，"你生了个健康的儿子，不亚于我见过的最棒的男孩。"

"你确定他能活下来？"

"我当然能确定啦。"他又耸了耸肩，"除非你让他从三层楼的窗户掉下来。"

茜茜抓住他的双手，吻了一遍又一遍。对她的情感外露，非犹太医生可能会手足无措，而亚伦·亚伦斯坦医生却丝毫不觉尴尬。

她给婴儿取名斯蒂芬·亚伦。

"我从来没发现过例外，"凯蒂说，"只要让一个不育的女人领养一个孩子，然后，一切搞定！一两年后，她肯定就能生个自己的孩子。好像上帝终于意识到了她的好意。两个孩子一起养，对茜茜来说正好，这比独自抚养一个孩子强多了。"

"小茜茜和斯蒂芬只差两岁，"弗兰茜说，"差不多跟尼利和我一样。"

"是的，他们两个可以互相陪伴。"

茜茜的儿子像个奇迹被家里人挂在嘴边谈来谈去，威利·弗利特曼叔叔不甘寂寞，给大家制造了一些新的话题。威利想去参军，但被无情拒绝；于是他辞掉牛奶公司的工作，回到家里，宣称自己是个窝囊废，然后上床睡觉。第二天早上，他不肯起床，第三天依然赖在床上。他说，只要他活着，他就要躺在床上，永远不会起床。他说，他这辈子都是窝囊废，现在他干脆失败到死算了，早死早托生。

艾薇派人叫来了姐妹们。

艾薇、茜茜、凯蒂和弗兰茜围在窝囊废栖身的大铜床边。威利环视了一眼意志坚强的罗姆利女人团，哀号着说："我是个窝囊废。"说完，他把毯子拽起来，盖到头顶上。

艾薇把丈夫交给了茜茜，弗兰茜看着茜茜如何处置他。茜茜把这个没出息的小矮子抱在怀里，好言相劝。她告诉他，并不是所有的勇士都要上战场，许多英雄在军火厂上班，他们每天也一样在为国家冒着生命危险。她劝了又劝，说了又说，威利听得激动不已，觉得自己也可以为战争出一份力了，他从床上跳了起来，让艾薇姨妈跑来跑去给他拿裤子、找鞋子。

史蒂夫是摩根大道一家军火厂的工头。他在厂里给威利找了份薪水很高的工作，如果加班，还有额外一半工资补贴。

罗姆利家族有个传统，男人挣的小费或加班费归自己支配，无论多少。第一次领到加班费后，威利给自己买了一个低音鼓和一对铜钹。如果不加班，他整个晚上都在前屋练乐器。弗兰茜送给他一把口琴作为圣诞礼物。他把口琴绑在一根棍子上，再把棍子系在腰带上，这样，不用手托，就可以吹口琴，就像骑拖把骑自行车一样。他想同时演奏吉他、口琴、鼓和钹，搞一支单人乐队。

于是，一到晚上，他就坐在前屋，吹口琴，弹吉他，敲大鼓，敲铜钹。他为自己是个窝囊废而悲伤。

51

天太冷，无法外出散步，弗兰茜就去社区中心注册了两门夜校课程——缝纫和舞蹈。

她学会了辨认纸质图案，学会了使用缝纫机。她希望将来能给自己做衣服。

弗兰茜学会了舞厅舞蹈，只是她和她的舞伴们从来不指望能有机会进入正式舞厅。有时候，她的舞伴是涂着油亮发蜡的社区美男子，舞步敏捷，舞技高超，她跟着他学习舞步。有时她的舞伴是个十四岁的小男孩，穿着短裤，她就教他学舞步。她喜欢跳舞，就这么自然而然地学会了。

而那一年也开始接近尾声。

"你正在看的那本是什么书，弗兰茜？"

"是尼利的几何学书。"

"什么是几何？"

"是大学入学考试要考的东西，妈妈。"

"好吧，不要熬夜太晚啊。"

"我母亲和姐姐那边有什么消息吗？"凯蒂问保险代理人。

"嗯，我刚刚为你姐姐的孩子莎拉和斯蒂芬办了投保手续。"

"可是，她给他们出生时就办理了保险手续，每周投保五分钱。"

"这是一个不同的险种。定期人寿保险。"

"什么意思？"

"他们不必等死了才去理赔。等到十八岁时，他们每人都能得到一千块。这是资助他们上大学的一种保险。"

"天哪！先是找医生到医院生孩子，然后是大学保险。接下来会发生什么、还想干什么？"

"有信吗，妈妈？"弗兰茜每次下班回家时都要这样问。

"没有信，只有艾薇姨妈寄来的一张明信片。"

"她说了什么？"

"没说什么。不过由于威利敲鼓的缘故，他们又得搬家了。"

"他们这次准备搬到哪儿去？"

"艾薇在柏树山找到了一家独户住宅。我想知道，那里属不属于布鲁克林？"

"在纽约东部，布鲁克林和皇后区的交界处。就在克雷森特附近，是百老汇电车的最后一站。我的意思是，在电车路线延伸到牙买加以前，这里是最后一站。"

玛丽·罗姆利躺在她狭窄的白床上。她头上光秃秃的墙上，只有一个十字架。她的三个女儿和大孙女弗兰茜站在她的床边。

"唉，我现在八十五岁了，我觉得这次生病凶多吉少。生活给了我勇气，让我直面死亡。我不玩虚的，实话实说：'我走的时候，不要为我悲伤。'我爱过我的孩子们，也尽力而为想做个好母亲，我的孩子们为我悲伤，这是理所当然的。但是，请你们节哀顺变。你们知道我会幸福快乐的。我要面见我热爱了一辈子的那些圣人。"

娱乐室里，弗兰茜指着那些照片给一群女孩看。

"这是安妮·劳丽，我的小妹妹。她只有十八个月大，但她到处乱跑。你们该听听她讲话才有趣呢！"

"她真可爱。"

"这是我的弟弟，科尼利厄斯。他将来要当医生。"

"他也很可爱。"

"这是我妈妈。"

"她很漂亮，而且看起来很年轻。"

"这是我在屋顶上。"

"屋顶也很可爱。"

"我很可爱。"弗兰茜假装凶巴巴的样子。

"我们都很可爱。"女孩们笑了。

"我们的领班很可爱——这辆老破车。我希望她吃饭被噎着。"

她们笑啊笑啊。

"我们都在笑什么？"弗兰茜问道。

"没笑什么呀。"大家笑得更起劲了。

"你让弗兰茜去买。上次我要德国泡菜时，他把我赶出了商店。"尼利抱怨道。

"你现在得把德国泡菜称作'自由卷心菜'了，你这个傻瓜。"（此时德美交战，尽量避免使用德国字样）弗兰茜说。

"别互相骂人啊。"凯蒂有口无心地责备了一句。

"你们知道吗，他们把汉堡大道改成了威尔逊大道？"弗兰茜说道。

"战争会让人做傻事。"凯蒂叹息道。

"你会告诉妈妈吗？"尼利提心吊胆地问。

"不会，可是你还太小，不能和那种女孩约会。大家说她很野。"弗兰茜说。

"谁想要温顺的女孩呢？"

"我不管你怎么说，只是你对——那个，性——一无所知。"

"拉倒吧，我知道的比你多。"他把手放在屁股上，故意挤出口齿不清的假声尖叫说，"哦，妈妈！如果有男人吻过我，我会生孩子吗？我会吗，妈妈？我会吗？"

"尼利！那天你居然在偷听！"

"当然了！我就在外面的大厅里，我听得清清楚楚。"

"太低级了……"

"你也偷听啊。有很多次，妈妈、茜茜或艾薇姨妈聊天的时候，你本来应该在床上睡觉，可是我看见你在偷听。"

"这是另一回事。我得了解事情的来龙去脉。"

"打住吧！"

"弗兰茜！弗兰茜！七点钟了。起床啦！"

"起来干什么？"

"你八点半要去上班啊。"

"你能不能说点别的，妈妈。"

"你今天十六岁了。"

"你能不能说点别的，妈妈。我已经连续两年十六岁了。"

"那你就再过一个十六岁吧。"

"没准儿我这辈子都是十六岁。"

"那我也不会惊讶。"

"我不是偷翻你的包，"凯蒂气愤地说，"我还需要五分钱付煤气费，我想你不会介意我看看的。你不也经常在我的钱包里找零钱嘛。"

"那不一样。"弗兰茜说。

凯蒂手里拿着一个紫色小盒子，里面装着带香味的金色过滤嘴香烟。盒子里少了一根烟。

"好吧，现在，被你抓个现行。"弗兰茜说，"我抽了一根米洛香烟。"

"至少，闻起来还挺香的。"凯蒂说。

"继续，妈妈。开始长篇大论吧，快刀斩乱麻。"

"有这么多士兵在法国和世界各地阵亡，如果你偶尔抽根烟，世界不会因此分崩离析。"

"天哪，妈妈，你每次都这么扫兴——就像去年，你都不反对我穿黑色蕾丝裤。好吧，把香烟扔掉吧。"

"我才不扔呢！我把香烟分撒在我衣柜的抽屉里。这样我的睡衣闻起来很香。"

"我在想，"凯蒂说，"今年我们就不要互相买圣诞礼物了，我们把钱凑在一起，买一只烤鸡，去面包店买个大蛋糕，再买一磅上好的咖啡和……"

"我们买食物的钱绰绰有余，"弗兰茜抗议道，"就不要动用圣诞节的钱了吧。"

"我是说送给两位泰莫尔小姐做圣诞节礼物。现在没有人请她们教音乐了——大家都说她们落伍了。她们食不果腹，莉齐小姐当初对我们多好啊。"

"那好吧。"弗兰茜不太热情地同意了。

"天哪！"尼利恶狠狠地踢了踢桌子腿。

"别担心，尼利。"弗兰茜笑着说，"你会收到礼物的。今年我给你买褐色的鞋套。"

"行了，你闭嘴吧！"

"不要动不动就互相喊'闭嘴'。"凯蒂有口无心地责备道。

"我想征求你的意见，妈妈。这是我在暑期学校遇到的一个男孩，他说他可能会写信给我，但是他从来没有写过。我想知道，如果我给他寄张圣诞卡，会显得冒失吧？"

"冒失？简直胡说八道！如果你愿意，就寄张卡片。我讨厌女人们眉来眼去、欲擒故纵的把戏。人生苦短。如果你找到一个自己喜欢的男人，不要浪费时间低头傻笑，直接走上前去对他说，'我爱你。我们结婚怎么样？'也就是说，"她急忙加了一句，又忧心忡忡地看了女儿一眼，"但是，你要自己心智成熟，真正了解自己的想法。"

"那我就寄张贺卡吧。"弗兰茜决定了。

"妈妈，尼利和我，我们打算就喝咖啡，不要牛奶潘趣酒。"

"好吧。"凯蒂把白兰地瓶放回橱柜里。

"把咖啡煮得特别浓、特别热，在杯子里倒一半咖啡、一半热牛奶，我们用牛奶咖啡庆祝 1918 年。"

"S' il vous plâit.（请。）"尼利用法语说。

"Wee-wee-wee.（好的，好的，好的。）"妈妈说，"我也知道几个法语单词。"

凯蒂一手拿着咖啡壶，一手拿着热牛奶炖锅，同时倒进杯子里。"我记得，"她说，"以前，家里没有牛奶的时候，如果我们有黄油的话，你父亲会在咖啡里放一块黄油。他说，黄油本质上就是奶油，放在咖啡里一样好喝。"

爸爸……！

52

十六岁那年春天，一个阳光明媚的日子，弗兰茜五点钟走出办公室，看到一个和她同排操作打字机的女孩安妮塔，只见她和两名士兵站在通信大楼的门口。一个士兵又矮又胖、眉开眼笑，紧紧抓着安妮塔的胳膊不放手。另一个士兵又高又瘦，尴尬地站在那里。安妮塔从士兵手里挣脱出来，把弗兰茜拉到一边。

"弗兰茜，你得帮帮我。这是乔伊最后一次休假，假期一结束，他的部队就要派驻海外。我们已经订婚了。"

弗兰茜开玩笑说："既然已经订婚了，你们想干吗就干吗，不需要任何人帮忙啊。"

"我的意思是帮帮另一个家伙。乔伊不得不带着他，真讨厌。他们两个好像是好哥们儿，形影不离。那家伙来自宾夕法尼亚州一个乡下小镇，在纽约没有一个熟人，我知道他缠着我们，我根本没法和乔伊独处。你一定得帮帮我啊，弗兰茜。已经有三个女孩拒绝我了。"

弗兰茜试探性地看了一眼十英尺外的那个宾夕法尼亚人。他看起来的确不起眼，难怪那三个女孩拒绝帮忙。然而，他的目光与弗兰茜的目光相遇的时候，他慢慢地露出羞涩的微笑。不知怎的，虽然他相貌平平，但他好心善啊。他羞涩的微笑促使弗兰茜下定了决心。

"这样吧，"她对安妮塔说，"如果我能在我弟弟工作的地方找到他，我就让他捎个口信给我妈妈。如果我弟弟走了，那我就得回家，否则我不回家吃晚饭，妈妈会担心的。"

"那就快点，给他打个电话。"安妮塔一边催促，一边在钱包里摸了摸，"来！我给你五分钱，你去打电话吧。"

弗兰茜在街角的雪茄店里打了电话，碰巧尼利还在麦加里蒂酒吧。她给他讲了讲情况，让她给妈妈捎个口信。打完电话回来时，她发现安妮塔和乔伊已经走了。那个笑容腼腆的士兵独自一人站在原地。

"安妮塔呢？"她问道。

"我想她已经抛弃你了。她和乔跑了。"

弗兰茜很沮丧。她原以为是四个人两对一起约会。可是现在，她该怎么对付这个高个子陌生人？

"我不怪他们，"他说，"他们不过想独处罢了。我自己也是个订过婚的人，我理解他们。这是他的最后一个假期，这是他唯一的女孩。"

"订过婚了，嗯？"弗兰茜心想，"至少他不会和我玩浪漫。"

"但你也没必要一直陪着我。"他继续说，"我对这个城市一点都不熟，如果你能告诉我去三十四街的地铁站在哪里，我就回旅馆房间去。我想，人无事可做的时候，写写信总归是可以的。"他露出孤独而羞涩的微笑。

"我已经给家人打过电话，说我不回家了。所以，如果你愿意……"

"愿意？天哪！今天我太幸运了。哦，天哪，谢谢你，你贵姓……"

"诺兰，弗兰茜斯·诺兰。"

"我的名字叫李·莱恩诺。我的真名叫利奥，可是大家都叫我李。我很高兴见到你，诺兰小姐。"他伸出手来。

"很高兴见到你，莱恩诺下士。"他们握了握手。

"哦，你看出肩章上的条纹了。"他高兴地笑了，"我想你工作了一整天，一定饿了。你有什么特别想去的地方，我们一起吃晚饭……我是说晚餐。"

"说晚饭就可以了，不用那么正式说晚餐。我没有特别想去的地方。你呢？"

"听说这里的炒杂烩不错，我想去尝尝。"

"四十二街附近有家馆子不错，还有音乐助兴。"

"那我们去吧！"

在去地铁的路上，他说："诺兰小姐，你介意我叫你弗兰茜斯吗？"

"我不介意。不过大家都叫我弗兰茜。"

"弗兰茜！"他重复了这个名字，"弗兰茜，我再求你一件事：今晚，我可不可以把你当作我假想中的女朋友？"

"嗯？"弗兰茜心想，"这也太猴急了吧。"

他想打消弗兰茜的疑虑。"我猜你一定觉得我太心急，但情况是这样的：我一年都没有和女孩约会过，几天后我就要坐船去法国了，我不知道以后会发生什么。所以，如果你不介意这几小时做我女朋友，就算是帮我大忙了。"

"我不介意。"

"谢谢！"他指了指手臂，"挽着我，女朋友。"正要进入地铁的时候，他停了下来，命令道："叫我'李'。"

"李。"她说。

"说，'你好，李。很高兴再次见到你，亲爱的。'"

"你好，李。很高兴再次见到你……"她害羞地说着。他收紧了手臂。

鲁比饭店的服务员在他们中间放了两碗杂碎和一大壶茶。

"你给我倒茶，这样更像在家里喝茶。"李说。

"加多少糖？"

"我不加糖。"

"我也不加。"

"你瞧瞧！我们两个的口味完全一样，不是吗？"他说。

两人都很饿，为了集中精力消灭那湿滑的食物，他们不再交谈。每当弗兰茜抬头看他时，他都会报以微笑。每当他低头看她时，她都会高兴地咧嘴笑。吃完杂碎和米饭，喝完茶，他往后一靠，拿出一包香烟。

"你抽烟吗？"

她摇了摇头："我试过一次，但是不喜欢。"

"很好，我不喜欢抽烟的女孩。"

然后，他打开话匣子，把自己的经历向她和盘托出。他谈到了自己童年生活过的那个宾夕法尼亚小镇。（她在剪报局阅读当地周报时，读到过这个镇的名字，现在还记得。）他介绍了自己的父母和兄弟姐妹。他还谈到了自己的学生时代——参加过派对，打过零工，他说自己现在二十二岁——二十一岁那年应征入伍。他讲到了自己的军营生活——自己如何取得下士军衔。他把自己的一切都告诉了她，唯独没有提及老家那个和他订过婚的女孩。

弗兰茜也给他讲了自己的生活。她只讲了一些快乐的事情——爸爸如何英俊帅气，妈妈如何聪明睿智，尼利如何了不起，小妹妹如何漂亮可爱。她还讲了图书馆桌子上的棕色碗，讲了她和尼利新年夜在屋顶上聊天的情形。她根本没提本恩·布莱克，因为她从未想起他。她说完后，李说：

"我一生都很孤独。在拥挤的派对上我总是很孤独。亲吻女孩的时候我还是很孤独。在成百上千人的兵营里，我依然很孤独。但是现在，我不再孤独了。"他缓慢而又腼腆地笑了笑。

"我也是这样。"弗兰茜承认道，"只不过我从来没有吻过男孩。现在，我也第一次觉得自己不再孤独了。"

服务生又给他们的水杯添了些水，其实水杯本来就差不多是满的。弗兰茜知道这是在暗示他们，嫌他们坐得太久。后面有人在等座。她向李询问时间，快十点了！他们已经谈了将近四小时了！

"我得回家了。"她遗憾地说。

"我送你回家。你住在布鲁克林大桥附近？"

"不，我家在威廉斯堡。"

"我原本希望你住在布鲁克林大桥附近。如果真这样，以后来纽约，我都要步行穿过布鲁克林大桥。"

"现在就可以试试啊。"弗兰茜建议道，"我可以从布鲁克林的尾站乘坐电车，电车直达我家的街角。"

他们乘地铁到达布鲁克林大桥，走出地铁，开始步行过桥。半路上，他们停下来俯瞰东河。他们紧紧靠在一起，他握着她的手。他抬头望着曼哈顿海岸的地平线。

"纽约！我一直想来看看，现在终于目睹了你的风采。他们说得没错，这是世界上最棒的城市。"

"布鲁克林更好。"

"可是没有纽约那样的摩天大楼，对吧？"

"没有。但是布鲁克林有种感觉，我无法解释。只有住在布鲁克林才能体会这种感觉。"

"总有一天我们会住在布鲁克林。"他平静地说。她的心狂跳了一下。

她看见一个在桥上巡逻的警察朝他们走来。

"我们赶快走吧。"她心神不宁地说，"布鲁克林海军造船厂就在那边，那里停泊的那艘伪装船是一艘运输船。警察一直在监视，防止间谍出入。"

警察走向他们的时候，李说："我们不是来搞爆炸的，我们只是来看看东河。"

"当然，当然。"警察说，"难道我不懂五月美好的夜晚？我自己不也曾年轻过？不过那是很久很久以前的事了，你们可能想象不出有多久。"

警察冲着他们俩微笑。李还他以微笑,弗兰茜对着他两个咧嘴笑。警察瞥了一眼李的袖子。

"好吧,再见,将军。"警察说,"到了那边,好好教训教训他们。"

"我一定照办。"李许诺道。

警察离开了。

"这家伙不错啊。"李评论道。

"大家都不错。"弗兰茜高兴地说。

他们走到布鲁克林一侧,她说剩下的路不用他陪了。她解释说,上夜班的时候,她经常深夜独自回家。如果他从他们社区回纽约,一定会迷路。布鲁克林的路况很复杂。"你得住在那里,才能知道怎么走。"她说。

其实,她不想让他看到自己住的地方。她爱自己的社区,并不以社区为耻。但她觉得,对于一个不了解具体情况的陌生人来说,那里可能是一个肮脏破旧的地方。

她首先教他如何乘坐电车回纽约。然后,他们朝她要乘车的地方走去。他们经过一家文身店,店里只有一扇窗户。里面坐着一个年轻水手,袖子卷得高高的。文身艺术家坐在他面前的凳子上,旁边放着一盘墨水。艺术家正在年轻水手的手臂上纹一颗被箭刺穿的心。弗兰茜和李停下脚步,透过窗户往里看。水手用另一只胳膊向他们挥手。他们也挥手做了回应。艺术家抬起头来看了看,示意欢迎他们进来,弗兰茜皱了皱眉,摇了摇头,"不要。"

离开文身店时,李惊讶地说:"那家伙真的在文身啊!难以置信!"

"千万别让我逮到你文身。"她故作严肃地说。

"不会的,妈妈。"他温顺地回答。他们两个都笑了。

他们站在拐角等电车。两个人尴尬地沉默着。他们分开站着，李不停地点烟，没抽到一半就把烟灭掉。终于，电车来了。

"我的车来了，"弗兰茜说，她伸出右手，"晚安，李。"

他扔掉了刚点燃的香烟。

"弗兰茜？"他张开了双臂。

她走上前去，他吻了她。

第二天早上，弗兰茜穿着崭新的海军蓝休闲西装，里面穿着白色乔其纱衬衫，脚上穿着平时只有周日才穿的漆皮皮鞋。她和李没有约会，也没有安排再次见面。但她知道他一定会在五点钟等她。弗兰茜快要出门的时候，尼利才起床。弗兰茜让他转告妈妈自己不回家吃晚饭了。

"弗兰茜终于有男朋友了！弗兰茜终于有男朋友了！"尼利吟唱着。

他走到劳丽跟前，劳丽坐在窗边高脚椅上，椅子的托盘上有一碗燕麦粥。劳丽正忙着用勺子把燕麦粥舀出来倒在地板上。尼利捏了捏她的下巴。

"嘿！小笨蛋！弗兰茜终于找到男朋友了。"

这个两岁大的孩子努力地理解着哥哥的话，她右眉毛内侧出现了一条模糊的纹路（凯蒂称之为罗姆利纹）。

"弗兰——妮？"她困惑地说。

"听着，尼利，我帮她起床穿衣，给她做了燕麦粥。现在该你喂她了。别叫她笨蛋。"

她穿过走廊，来到街上，听到有人在喊她的名字。她抬头一看，原来是尼利，他穿着睡衣，身子探出窗外，扯着嗓门高声唱道：

> 迎面走来一位女郎，
> 步履轻盈，神色慌张。

她身穿节日的盛装，

去见自己的情郎。

"尼利，你太讨厌了！太讨厌了！"她对着窗户喊道。他假装听不懂。

"你是说他很讨厌吗？他留着大胡子，他是个秃头？"

"你最好去喂宝宝吃饭。"她大声吼道。

"你说你要生个宝宝，弗兰茜？你说你要生个宝宝？"

一个路过的人朝弗兰茜眨了眨眼。两个女孩手挽手走过，突然咯咯咯地笑了起来。

"你这个该死的臭小子！"弗兰茜怒不可遏地尖叫道。

"你骂人了！我要告诉妈妈，我要告诉妈妈，我要告诉妈妈你骂人了。"尼利唱道。

她听到电车来了，只好跑了过去。

她下班的时候，他正在等她，以他独特的微笑迎接她。

"你好，我的女朋友。"他让她挽住自己的胳膊。

"你好，李。很高兴再次见到你。"

"……亲爱的。"他提示她改口。

"亲爱的。"她补充道。

他一直想见识一下纽约的自助餐厅，于是他们就去那里吃晚饭。餐厅不允许吸烟，而李不吸烟就坐不住，所以喝完咖啡、吃完甜点后，他们就走出了饭店。他们决定去跳舞，在百老汇外面找了一个廉价舞厅，军人还可以享受半价。他花一块钱买了一条二十张的联票，他们开始跳起舞来。

还没走到舞池中央，弗兰茜就发现他的笨拙和尴尬是装出来的。他舞步轻盈、动作熟练。他们紧紧地抱在一起，跳啊跳。此时无声胜有声。

管弦乐队正在演奏弗兰茜最喜欢的歌曲之一《周日清晨》。

某个周日早上，
　　天气那么晴朗。

弗兰茜跟着歌手哼起了合唱部分。

　　身穿格子平布裙，
　　新娘就数我最美。

她感到李的胳膊紧紧地搂着她。

　　我知道我的女友，
　　一定会羡慕嫉妒。

弗兰茜非常高兴，又一次绕场跳了一圈，歌手再次唱起合唱，这一次歌词略有改动，致敬在场的士兵：

　　穿着卡其色新装，
　　你是最帅新郎。

弗兰茜的胳膊紧紧搂住李的肩膀，脸颊靠在他的外衣上。此时的她和十七年前与乔尼跳舞时的凯蒂怀着同样的想法：只要和这个男人在一起，吃任何苦，受任何罪，做任何牺牲她都心甘情愿。弗兰茜和凯蒂一样，根本没有考虑自己的孩子们还得吃苦受罪。

　　一群士兵打算离开大厅。按照惯例，管弦乐队暂停正在演奏的歌曲，临时演奏《来日再相逢》。所有的人都停止了舞步，向士兵们唱告别曲。弗兰茜和李手拉手一起唱歌，不过两个人对歌词都不太确定。

……当乌云滚滚而过，

　我会回到你的身边，

　天空会变得湛蓝湛蓝……

　　大家高喊着："再见，士兵们！""祝你们好运，士兵们！""来日再相逢，战士们。"退场的士兵们站成一排，唱起了歌。李把弗兰茜拉到门口。

　　"我们现在就走，"他说，"好让这一刻成为完美的回忆。"

　　他们慢慢地走下楼梯，歌声跟随着他们。他们走到街上，等待着歌声慢慢散去。

　　每晚为我祈祷，

　　直到我们重逢。

　　"让这首歌成为我们的歌吧，"他低声说，"你以后每次听到这首歌，就想想我。"

　　走着走着，天开始下雨了，他们只好跑到一家空商店的门口躲雨。他们手拉手站在幽暗的门口，看着雨不断落下。

　　"人们总认为幸福可望而不可即，"弗兰茜想，"以为幸福又复杂又难得。其实，很多小事都可以给人幸福感。下雨的时候有个躲雨的地方，忧郁的时候喝一杯浓烈的热咖啡。对男人来说，一支香烟就可以让他心满意足。独处的时候，读书也是一种幸福。和自己喜欢的人在一起……这些都能使人幸福。"

　　"我明天一大早就要走了。"

　　"不是去法国？"突然，她从自己的幸福中跳脱出来。

　　"不是，是回家。我妈妈想让我在家待上一两天，然后再……"

　　"哦！"

"我爱你，弗兰茜。"

"但是你订婚了。这是你告诉我的第一件事。"

"订婚了，"他痛苦地说，"每个人都订婚了。小镇上的人要么订婚了，要么结婚了，要么就麻烦缠身。小镇上没有别的事情可做。"

"你去上学，和一个女孩一起走回家，也许没有别的原因，只是因为她就住在你家附近。你们长大了，她邀请你去她家参加派对。等你再去参加其他派对，大家就会要求你带她一起去，你还得送她回家。很快就没别人愿意约她出去了，大家都认为她是你的女朋友，然后……好吧，如果应酬的时候不带上她，你会觉得自己是个卑鄙小人。然后，因为无事可做，你们就结婚了。如果她是个正派女孩（大多数时候，女孩子都挺正派），你也算是个正派男人，那么一切就会顺理成章。没有狂热的激情，只有亲情带来的满足感。然后，孩子们相继出生，你们把亏欠对方的爱，全部都倾注到孩子身上。从长远来看，孩子们倒是受益匪浅。"

"是的，我已经订婚了。但是她和我之间与你和我之间完全不同。"

"但是，你打算要娶她？"

他等了很久才回答。

"不。"

她又高兴了。

"说吧，弗兰茜，"他低声说，"说吧。"

她说："我爱你，李。"

"弗兰茜……"他的声音有一种急迫感，"我去那边，可能会有去无回，我害怕……害怕。我可能会死……死，从来没有做过……从来没有……弗兰茜，我们能不能在一起，就一会儿？"

"我们这不是在一起吗？"弗兰茜天真地说。

"我是说，能不能单独在一个房间里……就我们俩……直到早上我离开？"

"我……不能。"

"你不想吗？"

"我想。"她诚实地回答。

"那为什么……"

"我才十六岁，"她勇敢地坦白说，"我从来没有和任何人……我都不知道怎么做。"

"这倒没关系。"

"我从来没有在外过夜。我妈妈会担心的。"

"你可以告诉她你在女朋友家过夜。"

"她知道我没有女朋友。"

"你可以找个借口……明天。"

"我不需要找借口。我会跟她实话实说。"

"你会吗？"他惊讶地问。

"我爱你。如果和你在一起，事后我不会感到羞耻，我会感到骄傲、感到快乐，我不想为此撒谎。"

"我根本无法知道，无法知道。"他低声嘟囔着，好像在自言自语。

"你不想偷偷摸摸地……对吧？"

"弗兰茜，原谅我。我不该问。我不知道。"

"知道？"弗兰茜困惑地问。

他搂着她，紧紧地抱着她。她看到他在哭。

"弗兰茜，我很害怕……太害怕了。我担心如果我走了，我会失去你……再也见不到你了。如果你让我别回家，我就会留下来。我们明天后天都会在一起。我们一起吃饭，四处散步，或者坐在公园里，坐在公共汽车的顶层上，我们谈天说地，相依相伴。叫我别走吧。"

"我想你还是走吧。我想你是对的，出发前再见一次你母亲……我不知道。但我想这样做是正确的。"

"弗兰茜，战争结束后，如果我回来，你愿意嫁给我吗？"

"等你回来后，我嫁给你。"

"你愿意吗，弗兰茜？……请问，你愿意吗？"

"我愿意。"

"再说一遍。"

"李，等你回来，我愿意嫁给你。"

"还有，弗兰茜，到时候我就住在布鲁克林。"

"你想住哪里，我们就住哪里。"

"那我们就住在布鲁克林。"

"只要你愿意，李。"

"另外，你会每天给我写信吗？每天。"

"每天。"她答应了。

"你能不能今晚回家后就给我写信，告诉我你有多爱我，这样，我到家的时候，家里就会有封信在等我。"她答应了。"你能不能答应我，不让任何人吻你，不和任何人出去约会？等我……不管等多久？如果我回不来，你也不想和其他人结婚？"

她答应了。

他和弗兰茜约定终身，就像邀请她约会一样简单草率。弗兰茜向他托付终身，就像打招呼时挥挥手那么轻而易举。

没过多久，雨停了，星星出来了。

53

弗兰茜当天晚上就如约写了封长信，把自己所有的爱和盘托出，还重申了自己的承诺。

她提前下班，赶到三十四街的邮局去寄信。窗口的办事员向她保证，信当天下午肯定能到目的地。那天是星期三。

星期四晚上，她虽然满心期待他的来信，却不抱太大希望。他根本没时间写信，除非他也在告别之后立刻动笔。可是，他还得收拾行李，也许还得早早起床赶火车。她从没想过，其实自己也是想方设法挤出时间写信的。星期四晚上没有来信。

星期五，由于流感盛行，公司人手不足，她不得不连续工作十六个小时。当她凌晨两点前回到家时，发现饭桌的糖碗上放着一封信。她迫不及待地撕开了信封。

亲爱的诺兰小姐。

她的兴奋之情顿时烟消云散。这不可能是李写的，他会叫她"亲爱的弗兰茜"。她翻过信纸，看到了签名："伊丽莎白·莱诺夫人"。一定是他的母亲或者嫂子。也许他生病了，无法写信。也许军队有规定，海外驻兵不允许写信，他只好请别人代为执笔。当然就是这个原因了。她开始读信。

李把你的情况全给我说了。他在纽约期间，感谢你无微不至的关心和照顾。他星期三下午回到家中，第二天晚上就得去营地，在家只有一天半的时间。我们举办了一场非常安静的婚礼，只有家人和几个朋友……

弗兰茜把信放下了。"我已经连续工作了十六个小时，"她想，"我很累。我今天读了成千上万条信息，现在看什么文字都没感觉。不管怎么说，我在局里养成了坏习惯——一眼就能看完一个栏目，一个栏目只看到一个词。首先，我除掉睡意，喝杯咖啡，然后再读这封信。这次我要认真读。"

加热咖啡的时候，她一边用冷水洗了洗脸，一边想，这次读到"婚礼"的时候，她一定继续往下读，接下来的一句话肯定是："李是伴郎。如你所知，这是他哥哥的婚礼。"

凯蒂躺在床上，听到弗兰茜在厨房里来回走动。她紧张地躺着，等待着。她不知道自己在等待什么。

弗兰茜又读了一遍来信。

……婚礼，只有家人和几个朋友。李让我写信给你，解释他为什么不回信。再次感谢你作为东道主对他的盛情招待。

你真诚的

伊丽莎白·莱诺夫人

信后还有一行附言。

我读过你写给李的来信。他假装和你相爱，这非常不妥，我也批评过他了。他让我转达他的歉意。

E.R.（伊丽莎白·莱诺的缩略语）

弗兰茜剧烈地颤抖起来。她的牙齿直打架，几乎咬不出什么声音来。

"妈妈，"她呻吟着，"妈妈！"

凯蒂听她讲了事情的前因后果。"该来的总是要来，"她心想，"再也不能为孩子遮风挡雨了。家里没有足够的食物，你可以假装自己不饿，这样他们就可以多吃点。寒冷的冬夜，你起床把自己的毯子给他们盖上，不让他们受冻。如果有人想伤害他们，你可以跟他们拼命。就像上次在走廊里，我真想杀了那个无耻之徒。可是，尽管你愿意牺牲生命，来换取他们平安无事，却无法预料，也许某一天，阳光明媚，他们毫无戒备地走出家门，不幸竟然不期而至。作为父母，你就算拼了老命，也完全无能为力。"

弗兰茜把信递给了她。她慢慢读完信，自信自己已经了解了事情的原委。对方是个二十二岁的男人，用茜茜的话来说，"显而易见"是个情场老手。我方是个十六岁的女孩，比他小六岁。尽管她涂着鲜红的唇彩，身穿成人的衣服，但内心还是个天真幼稚的小姑娘，她看似知识渊博，实则略知皮毛。她曾经与世界的邪恶狭路相逢，也曾经领教过人间的重重苦难，但奇怪的是，她没有被污染，依然保持着赤子之心。是的，她能理解那个男人对弗兰茜的感情。

可是，她能说什么呢？说他不是好人，或者充其量说他软弱无能，没有定力，饥不择食？不，她不能这么说，这么说太残忍了。再说，女儿无论如何也不会相信。

"说点什么吧，"弗兰茜请求道，"你为什么不说话？"

"我能说什么呢？"

"说我还年轻，一定能扛过去。说吧，就这么说。说吧，撒个谎吧。"

"我知道大家都会这么说，说你一定能扛过去。我也会这么说，但我知道这不是真的。你还会找到幸福，不要害怕。但你不会遗忘。每当你坠入爱河，你爱人身上的某些东西一定会让你想起他。"

"母亲……"

母亲！凯蒂突然想起来了！嫁给乔尼之前，她一直叫自己的母亲"妈妈"，直到有一天，她说："母亲，我要结婚了……"从此以后，她再也没有叫过"妈妈"。从"妈妈"改口到"母亲"，她已经长大成人了。现在，弗兰茜也改口了……

"母亲，他让我陪他过夜，我那时候应该拒绝他，对吗？"

凯蒂的脑子飞速乱转，寻找合适的字眼。

"不必撒谎，母亲。实话实说。"

凯蒂找不到合适的字眼。

"我向你保证，以后绝不会在婚前跟男人在一起。如果我觉得婚前必须和他在一起，我会提前告诉你。我向你郑重承诺。你现在可以对我实话实说了，不用担心我明知故犯，误入歧途。"

"有两个真相。"凯蒂终于说话了，"作为母亲，我要说，一个女孩和一个陌生男人认识不到四十八小时，竟然同意和他睡觉，这简直糟糕透顶。你可能遭遇更可怕的事情，你的一生可能彻底毁灭。作为你的母亲，我实话实说。"

"但是，作为女人……"她犹豫了一下，"作为女人，我会告诉你真心话。这是一次非常美好的经历。因为只有这一次，你爱得随心所欲。"

弗兰茜想，"我当时应该和他一起去，我再也不会那样去爱谁了。我本来想去，但我没有去。现在我不能再想他了，因为他已经心有所属。不过，我当时真的想去却没有去，现在太晚了。"她把头趴在桌子上哭了。

过了一会儿，凯蒂说："我也收到了一封信。"

她的信几天前就到了，但她一直在等待合适的机会。她觉得现在时机已到，该提及此事了。

"我收到了一封信。"她又重复了一遍。

"谁……谁写的？"弗兰茜抽泣着问。

"麦克肖恩先生。"

弗兰茜的哭声更大了。

"你不感兴趣吗？"

弗兰茜竭力忍住抽泣。"好吧。他说了什么？"她无精打采地问。

"没说什么。只说他下周来看我们。"她等着。弗兰茜没有表现出特别的兴趣。"让麦克肖恩先生做你们的父亲，你觉得怎么样？"

弗兰茜猛然抬起头来。"母亲！一个男人写信说要到我们家来，你马上就开始胡思乱想。凭什么你总是觉得自己无所不知？"

"我不知道。我真的什么都不知道。我只是凭感觉而已。如果感觉足够强烈，我就说我知道，但其实我真的不知道。不管怎么说，你喜欢他做你的父亲吗？"

"我把自己的生活都搞得一团糟，"弗兰茜怒气冲冲地说（凯蒂没有笑），"你别指望我出主意。"

"我不是找你出主意。我只是想了解孩子们对他的感受，然后决定下一步该怎么办。"

弗兰茜怀疑母亲谈论麦克肖恩纯属计谋，目的是转移她的注意力，她非常生气，因为这个计谋差点奏效了。

"我不知道，母亲。我什么都不知道。我什么都不想说。请你走开。请你走开，让我一个人待会儿。"

凯蒂回到床上。

话说回来，人不可能哭个没完，总得做点事情打发时间。现在是五点钟，弗兰茜觉得现在睡觉没有用，七点钟还得再起床。

她发现自己饿了。从昨天中午开始，她就什么也没吃，只是在白夜班间吃了一个三明治。她重新煮了一壶咖啡，烤了几块面包，煎了两个鸡蛋。她惊讶地发现这些东西的味道都出奇的好。吃饭的时候，她忍不住又看了一眼那封信，眼泪又流了出来。她把信放在水槽，用火柴点燃，接着打开水龙头，看着黑色的灰烬流进下水道。然后，她继续吃早饭。

再后来，她从橱柜里拿出一盒信纸，坐下来写信。她写道：

> 亲爱的本恩：你说过，如果我需要你，就给你写信。所以，我在写信……

她把信纸撕成了两半。

"不！我不需要任何人。我要让别人需要我……我要让别人需要我。"

她又哭了，但这次没那么伤感。

54

　　弗兰茜第一次看到麦克肖恩没有穿制服，她觉得这件做工昂贵的双排扣灰色西装令人眼前一亮。当然，他没有爸爸那么英俊，但是他个头更高、身材更魁梧。尽管他头发灰白，但他有一股独特的英气。不过很可惜，对妈妈来说，他太老了。没错，妈妈也不年轻了，快三十五岁了，但比五十岁的人年轻多了。不管怎样，哪个女人嫁给麦克肖恩都不丢脸。他是个精明的政治家，但是他表里如一，说话温文尔雅。

　　他们边喝咖啡边吃蛋糕。弗兰茜痛苦地发现，麦克肖恩正坐在她爸爸常坐的位置上。凯蒂刚刚讲完乔尼死后发生的一切。麦克肖恩似乎对他们取得的进步深感诧异。他看着弗兰茜。

　　"这么说，这个小姑娘去年夏天就上大学啦！"

　　"今年夏天她又要去了。"凯蒂骄傲地宣布。

　　"太棒了！"

　　"她还拼命工作，现在每周挣二十块钱。"

　　"取得这么多成绩，身体还很健康？"他态度真诚，语气惊讶地问道。

　　"儿子已经上了一半高中了。"

　　"天哪！"

　　"他每天下午和晚上都要打零工。他在校外有时候每周挣五块钱呢。"

　　"了不起的小伙子。最棒的小伙子。瞧他长得多健康。"

　　弗兰茜不明白他为什么对健康问题这么在乎，在他们眼里，身体健康是理所当然的。后来她才想起来，麦克肖恩的孩子大多数生下来就有病，未成年的时候就生病夭折了。难怪他对身体健康这么在乎。

"小宝宝呢？"他问道。

"去把她抱过来，弗兰茜。"凯蒂说。

小宝宝躺在前屋的婴儿床上。前屋本来是弗兰茜的房间，但大家都认为宝宝应该睡在这里，因为这里空气好。弗兰茜抱起熟睡的宝宝。她睁开眼睛，立刻就清醒了。

"再见，弗兰茜？公园？公园吗？"她问。

"不去公园，贝贝。只是带你认个人。"

"人？"劳丽怀疑地问。

"是的，一个优秀的大人。"

"大人！"宝宝高兴地重复着。

弗兰茜把她抱到厨房。这个宝宝漂亮极了，她身穿嫩粉色法兰绒睡袍，黑色的卷发柔软而浓密、相距其远的两只黑眼睛炯炯有神，双颊泛着淡淡的玫瑰红。

"啊，宝贝，宝贝。"麦克肖恩低声说，"她是一朵玫瑰，一朵野玫瑰。"

"如果爸爸在，"弗兰茜想，"他一定会唱'我的爱尔兰野玫瑰'。"她听到妈妈叹了口气，猜想她是不是和自己心有灵犀，想到了一起……

麦克肖恩把宝宝抱过来，放在他的膝盖上，宝宝僵硬地想要脱离他，眼睛疑惑地盯着他。凯蒂不想让她哭，就引导说：

"劳丽！麦克肖恩先生，你说'麦克肖恩先生'。"

宝宝低下脑袋，透过睫毛往上看了看，若有所思地笑了笑，摇了摇头，说："不要。"

"不要。"她说。"的——啊——大"她得意扬扬地叫起来。"大人！"她笑眯眯地看着麦克肖恩，甜甜地说，"劳丽再见？公园？去公园吗？"说着，她把脸靠在他的外套上，闭上了眼睛。

"小宝宝，睡觉觉。"麦克肖恩低声哄着她。

宝宝在他的怀里睡着了。

"诺兰太太，你是否觉得我无事不登三宝殿，那我就打开天窗说亮话吧。我来这里是想问一个私人问题。"弗兰茜和尼利站起身来准备离开。"不，孩子们，不要走，这个问题关系到你们的妈妈，也关系到你们。"两个孩子又坐了下来。他清了清嗓子："诺兰太太，诺兰先生已经过世……上帝保佑他灵魂安息……"

"是的。已经过世两年半了。上帝保佑他灵魂安息。"

"上帝保佑他灵魂安息。"弗兰茜和尼利重复着说。

"我的妻子去世也一年了，愿上帝保佑她灵魂安息。

"我已经等了好几年了，现在把话说清楚也不算是对死者不敬了。

"凯瑟琳·诺兰，我想和你结为伴侣。如果没人反对，秋天就举办婚礼。"

凯蒂迅速瞄了瞄弗兰茜，皱了皱眉头。弗兰茜表情肃穆地听着。

"我有能力照顾你和三个孩子。我有退休金、有薪水，还有伍德黑文和里士满山的房地产，我一年有一万多进账。我也有保险。我愿意供孩子们上大学。过去，我是个忠实的丈夫，我保证，将来依然忠实。"

"你认真考虑过了吗，麦克肖恩先生？"

"我不需要考虑。五年前，在马奥尼郊游的时候，我第一次看到你，就已经暗下决心，我问你家女儿，你是不是她的母亲。"

"我是个保洁员，没受过教育。"她如实陈述，不卑不亢。

"教育！瞧你说的，谁教我读书认字的？没人教我，全靠自学。"

"但是，像你这样的公众人物，在公共场合需要一个善于社交的妻子，帮你招待名流要人。我不是那种女人。"

"办公室是我处理公务、招待朋友的场所，家是我生活的地方。我不是说你帮不上忙，你是个贤内助，能成就一个更好的我。我自己能处理好业务，不需要女人来帮忙打理，谢谢你的好意。我想说声'我爱你……'"他犹豫了片刻，然后对她直呼其名"……凯瑟琳，你是不是该好好考虑一下了？"

"不用，我不用考虑了。我愿意嫁给你，麦克肖恩先生。

"我不图你的钱财。尽管你的财富我早有耳闻。一年一万不是小数目。对我们这样的人家来说，一千块都是大数目。我们一直没钱，但君子固穷，我们过得很好。我也不图你供孩子们上大学。有你相助，他们上学可能更容易些；没人帮忙，我们也一定会想方设法完成学业。我也不图你的公职，当然，嫁个引以为荣的丈夫，何乐而不为呢？"

这话不假。凯蒂已经下定决心，如果他求婚，她就嫁给他，因为她觉得女人没有男人爱，生活就不完整。这和她对乔尼的爱毫不相关，她一直都深爱着他。她对麦克肖恩的感情更平静些，她欣赏他、尊重他，知道自己一定能成为他的好妻子。

"谢谢你，凯瑟琳。我三生有幸，竟然能得到一个年轻漂亮的妻子和三个健康的孩子。"他真诚谦卑地说。

他又转向弗兰茜："作为长女，你同意吗？"

弗兰茜看了看妈妈，她似乎在等女儿表态。弗兰茜又看了看弟弟，弟弟点了点头。

"我想，我弟弟和我都愿意让你做……"一想起父亲，她顿时热泪盈眶，说不出话了。

"好了，好了，"麦克肖恩安慰她说，"我不会让你担心的。"他转向凯蒂。

"我不会让这两个大孩子叫我'父亲'"。他们有自己的父亲，他是上帝创造的最优秀青年，天生一副好嗓子。"

弗兰茜感到喉咙发紧。

"我也不会让他们随我姓，诺兰是个很好的姓。"

"但是，我怀里这个小女孩从未见过父亲一面，你能不能让她叫我父亲，让我合法收养她，让她跟你我一个姓？"

凯蒂看了看弗兰茜和尼利。让他们的妹妹姓麦克肖恩而不是诺兰，他们会怎么想？弗兰茜点头表示同意，尼利也点头表示同意。

"我们把这个孩子送给你。"凯蒂说。

"我们不能叫你'父亲'，"尼利突然说，"但是，或许我们可以叫你'爸爸'。"

"那我得谢谢你。"麦克肖恩说话言简意赅。他终于松了口气，冲着他们笑了笑。"现在我想问问，我可不可以抽烟？"

"你可以随时抽烟，不用问我们。"凯蒂惊讶地说。

"我得听你们的，不能滥用特权。"他解释道。

他解释说："在我有权享受特权之前，我不想被剥夺特权。"

弗兰茜从他的怀里把熟睡的宝宝抱走，好让他抽烟。

"去帮我把她放在床上，尼利。"

"为什么？"尼利意犹未尽，根本不想走。

"你帮我铺毯子啊，我抱着她没办法铺床。"尼利是真糊涂了吗？他难道不知道也许麦克肖恩和妈妈想单独待一会儿，哪怕只是一小会儿？

在黑暗的前屋，弗兰茜低声对弟弟说："你觉得怎么样？"

"这对妈妈来说确实是个好机会。当然，他不可能是爸爸……"

"当然，没有人能替代……爸爸。不过，除此之外，他是个好人。"

"劳丽会过上好日子的。"

"安妮·劳丽·麦克肖恩！她永远不会过我们曾经过的苦难日子，对吧？"

"没错，但她也不会有我们曾经的乐趣。"

"天哪！我们过去很开心，对吧，尼利？"

"是啊！"

"可怜的劳丽。"弗兰茜怜悯地说。

第 五 部

每当你坠入爱河，

你爱的男人会让你想起他。

55

有人拍了拍弗兰茜的肩膀，她惊得跳了起来。不过，她马上放松下来，笑了。没什么好紧张的！现在是凌晨一点，她已经完成使命，她的"救兵"来接管这台机器了。

"让我再发一封吧。"弗兰茜恳求道。

"某些人太敬业了吧！"这位"救兵"笑着说。

弗兰茜慢慢地、满腔热情地打完了最后一封电报。她很高兴这是一个出生喜报，而不是死亡通知。这封电报就是她的告别信。她还没告诉任何人自己即将离开。她担心如果挨个告别，自己会崩溃哭泣。她和妈妈一样，不喜欢在公开场合多愁善感。

她没有直接去自己的寄物柜，而是去了大休息室，一群女孩正在充分利用十五分钟的休息时间玩儿。她们围在一个弹钢琴的女孩身边，一起唱歌："你好，指挥中心，请给我一片无人区。"

弗兰茜走进来的时候，弹钢琴的女孩看到她灰色的新秋装和翻毛皮鞋，突然有了灵感，转而弹起了另一首曲子。姑娘们唱起了"教友镇上的教友"，一个女孩搂着弗兰茜，把她拉进了人群。弗兰茜和她们一起唱起来：

> 我知道，在内心深处，她并不笨……

"弗兰茜，你怎么会想到穿灰色套装？"

"哦，我不知道，我小时候见过一个女演员，我不记得她名字了，不过我记得那部戏的名字叫《部长的情人》。"

"真可爱！"

> 教友镇上的小教友啊，
>
> 她的眼睛会说话，
>
> 稍后我们再见吧……

嘟嘟嘟，突突突，姑娘们以和声完美结束了这首歌。

她们接着唱起了《你会在法国找到老迪克西兰》。弗兰茜走过去，站在那扇大窗前，望着二十层楼下的东河。这是她最后一次从这里看东河了。任何事情的最后一次都带有死亡的辛酸。她心想，我现在看到的一切，以后再也无法重现。最后一次看到的一切都那么清晰明亮，好像一盏被放大的灯。这时候你会悲伤，觉得自己没有牢牢把握曾经的一切。

玛丽外婆怎么说的？"对待任何事情，都要像第一次那样充满好奇，也要像最后一次那样满怀留恋：这样，你在人世间的日子就充满了荣耀。"

玛丽·罗姆利外婆！

外婆生命最后的几个月是在病床上度过的。黎明前，史蒂夫过来向他们报丧。

"我会想念她的，她是个伟大的女士。"

"你是说，她是个伟大的女人。"凯蒂说。

弗兰茜不明白为什么威利叔叔选择在那个时间离家出走。望着桥下划过的一艘小船，她又陷入沉思中。是不是少了一个罗姆利女人，他就多了一份追求自由的信心？是不是她的去世让他有了解脱的念头？还是像艾薇说的那样，他卑鄙无耻地利用外婆的葬礼，浑水摸鱼，离家出走？不管出于什么原因，威利跑了。

威利·弗利特曼！

他拼命地练习，一直练到能同时演奏所有的乐器。作为一个单人乐队，他在一家电影院参加业余表演赛，得了一等奖，挣了十块钱。

他没有回家，带着奖金和乐器跑了，从那以后，家里人再也没见过他。

他们偶尔会听到他的消息。他的个人乐队在布鲁克林街上游荡卖艺，靠他人施舍的零钱谋生。艾薇说，雪花飞扬的时候，他一定会再次回家，但弗兰茜对此表示怀疑。

艾薇在他工作过的厂里找了份差事。她每周挣三十块钱，日子过得有滋有味。只是到了晚上，像所有罗姆利女人一样，她发现没有男人的日子很难熬。

弗兰茜站在窗前，俯瞰着东河，回忆起威利叔叔，总感觉朦朦胧胧像场梦。不过，在她看来，很多事情都像梦。那天坐在走廊里的那个人，那肯定是一场梦吧！麦克肖恩多年来一直在等待妈妈，这也像是一场梦。长期以来，爸爸的死就像一场噩梦，而现在，爸爸就像一个从未存在过的人。劳丽在爸爸去世五个月后出生，这本身就像一场梦。布鲁克林就是梦的老家，那里发生的一切都像梦境般不可复制。又或者，这一切的一切都真实存在，而她弗兰茜，不过是个梦想家？

不过，到了密歇根就会真相大白。如果密歇根对她也有同样的梦幻感，那么她就会明白，自己的确是个梦想家。

安阿伯！

密歇根大学就在那里。再过两天，她就会坐上开往安阿伯的火车。暑期学校结束了，她通过了四门选修课。在本恩的帮助下，她还通过了大学的入学考试。这意味着，只有十六岁半的她不仅可以上大学了，而且还修完了半年的新生学分。

她本想去纽约的哥伦比亚大学或布鲁克林的阿德尔菲大学，但是本恩告诉她，适应新环境也是接受教育的一部分，她的妈妈和麦克肖恩也深以为然。就连尼利也说，去远方上大学对她是件好事，这样她可以改掉布鲁克林口音。不过，弗兰茜不想改口音，她觉得口音就像名字，给人一种归属感。她是布鲁克林女孩，取了个布鲁克林名字，带着布鲁克林口音。她丝毫不想做任何改变。

密歇根大学是本恩帮她选的。他说这是一所自由的州立大学，英语系好，学费低。弗兰茜很纳闷，既然这所大学那么好，他自己为什么不去，反而去了一所中西部州立大学。他解释说，因为自己最终要在该州执业，进入该州政坛，他也可能结交同学，这些同学可能就是该州未来的杰出公民。

本恩现在二十岁了。他是大学预备役军官训练队成员，他身穿制服，仪表堂堂。

本恩！

她看了看左手无名指上的戒指。这是本恩的高中戒指，上面刻着学校名字的首字母和年代："M.H.S.1918."，里面刻着"B.B.献给 F.N."。他告诉弗兰茜，他了解自己的思想，但是弗兰茜太小，思想不成熟。他送她戒指就是希望能够规范他所谓的"理解力"。当然，他还要等五年才能结婚，他说，到那时候，她的思想也该成熟了。如果他们彼此还能理解对方，他就会送她另一种戒指。弗兰茜五年之内不用决定是否要嫁给本恩，她的心里丝毫没有压力。

了不起的本恩！

1918 年 1 月他高中毕业后，立即进入大学，修了数量惊人的课程，回到布鲁克林的暑期学校后，他从事更多工作。暑期结束的时候，他承诺还要与弗兰茜在一起。1918 年 9 月，他回到大学，开始读三年级！

优秀的本恩！

他为人正派、品德高尚、才华横溢，有自知之明。他绝不会向一个女孩求婚后，第二天离开，再娶另一个女孩。他绝不会让她写情书，然后给其他人读。本恩不是这样的人，不是。本恩是个了不起的朋友。她以他为荣。不过，她想起了李。

李！

李现在在哪里呢？

他已经去了法国，乘坐一艘长船，就像她现在看到的那艘，正从港口悄悄溜走。船上涂满了各式迷彩，上千名士兵沉默不语，从她站的地方望去，那些士兵苍白的面孔就像一个个白色的大头钉钉在丑陋的垫子里。

（"弗兰茜，我害怕……太害怕了。我害怕如果走了，我就会失去你……再也见不到你了。告诉我不要走……"）

（"我想你是对的，回去看你妈妈吧……我不知道……"）

他是彩虹师的一名战士，该师现在正在挺进阿尔贡森林。他现在是不是死在了法国，躺在一个普通的白十字架下？如果他真的死了，谁会告诉她？宾夕法尼亚的那个女人肯定不会。

（那个伊丽莎白·莱诺太太）

安妮塔几个月前就不辞而别，去别的地方工作了，没有留下地址。不知道该问谁，没有人告诉她。

她恨不得他已经死了，这样那个宾夕法尼亚女人就永远无法得到他。可是，她马上又祈祷说："哦，上帝，不要让他死，无论谁得到他，我都不会抱怨。求你了……求你了！"

啊，时间……时间，快点流逝吧，让我忘记这一切！

（"你会重新找到幸福，不要怕。但是你不会忘记。"）

妈妈错了，她一定弄错了。弗兰茜想要忘记。虽然认识他只有四个月，但她无法忘记。

（"重新找到幸福……但是你不会忘记。"）

如果不能忘记，她又怎么重找幸福呢？

啊，时间，你这个疗伤大师，快点流逝吧，让我忘记这一切！

（"每当你坠入爱河，你爱的男人会让你想起他。"）

本恩笑起来也慢悠悠的。她觉得自己去年在遇到李之前就爱上了本恩。可是，她还是无法忘记李。

李！李！

娱乐时间结束了，新来了一群女孩，轮到她们休息了。她们围着钢琴，开始演奏系列"微笑"的歌曲。弗兰茜知道她们的日常套路。

> "快跑，快跑，你这个笨蛋，
> 在伤痛的波浪破碎之前。"

但是她无力逃走。

他们演唱了泰德·刘易斯的歌《宝贝向我微笑时》。接着她们一定会唱《微笑让你快乐》。

果然，她们唱起来了：

> 吻别的时候，
> 请你微笑……
> （"……每次听到它，请你想想我。想想我……"）

她跑出房间，从储物柜里匆匆取出灰色帽子、灰色新钱包和手套，朝着电梯跑去。

她在峡谷般的街道上四处张望，光线灰暗，空无一人。一个身穿制服的高个男子站在隔壁大楼阴暗的门口。他走出黑暗，带着羞涩、孤独的微笑，向她走来。

她闭上眼睛，外婆说过，罗姆利家族的女人有一种超能力，她们能看到亲人的鬼魂。弗兰茜从不相信，因为她从没见过爸爸显灵。可是，现在……

"你好，弗兰茜。"

"不意外。我知道你会来的。"

"饿吗？"

"快饿死了！"

"你想去哪里呢？想在自助餐厅喝点咖啡还是吃点炒杂碎？"

"不用！不用！"

"去蔡尔德餐馆？"

"好，去蔡尔德餐馆吃奶油蛋糕喝咖啡。"

他拉过她的手，挽在自己胳膊上。

"弗兰茜，你今晚有点怪怪的。你没生我的气吧？"

"没有啊。"

"我来你高兴吗？"

"高兴啊。"她平静地说，"见到你真好，本恩。"

56

星期六！住在旧家的最后一个星期六。第二天就是凯蒂的大婚之日，婚礼结束，他们就会从教堂直奔新家。搬运工们星期一早上来搬他们的东西。他们将把大部分家具留给新的保洁员。他们只会带走个人物品和前屋的家具。弗兰茜还想带走那条印着粉色大玫瑰的绿色地毯、奶油色的蕾丝窗帘和可爱的小钢琴。到了新家，弗兰茜会有一个自己的房间，这些东西会放在弗兰茜的房间里。

在最后这个周六，凯蒂坚持早上照常工作。当她拿着扫帚和水桶出发的时候，孩子们都笑了。麦克肖恩给她开了一个支票账户，里面有一千块钱，算是送她的结婚礼物。根据诺兰家的标准，凯蒂现在是富婆，不必再做任何工作了。然而，她坚持工作到最后一天。弗兰茜怀疑，她是舍不得离开这些房子，想在离开之前，把它们好好打扫打扫。

弗兰茜厚着脸皮在妈妈的钱包里寻找支票簿，在那个神奇的文件夹中，只看到一张票根：

编号：1

日期：1918 年 9 月 20 日

付给：艾薇·弗利特曼

支付原因：因为她是我妹妹

支付总数：1000.00

本次支付金额：200.00

余额：800.00

弗兰茜想知道为什么是这个数字，为什么不是五十或五百块钱？为什么是两百块钱？然后她想通了。这两百元是威利叔叔的保险金额。如果他死了，艾薇姨妈就可以得到这笔钱。毫无疑问，凯蒂认为威利已经死了。

　　凯蒂没有用支票买婚纱。她解释说，在和这个送钱的人结婚之前，她不想把他的钱用在自己身上。为了买婚纱，她借了弗兰茜存钱罐里的钱，答应她婚礼一结束就还她一张支票。

　　最后的那个星期六早上，弗兰茜把劳丽放到双轮童车里，推着她来到街上。她在街角站了很长时间，看着孩子们拖着垃圾，沿着曼哈顿大道，朝着卡尼废品收购站走去。后来，她也跟着人流向那边走去。趁着没人买东西的时候，她走进了查理平价店，把一枚五毛钱的硬币放在柜台上，告诉老板她要买走所有的奖品。

　　"哦，弗兰茜！天啊，弗兰茜。"他说。

　　"我不想费心挑选。就把木板上所有的东西都给我吧。"

　　"噢，你听听！"

　　"这么说，那盒子里根本就没有中奖号码，对不对，查理？"

　　"基督啊，弗兰茜，糊口谋生不容易，生意不好钱难赚——只能一分一分地抠啊。"

　　"我早就料到那些奖品是假的。你应该感到羞耻——这样欺骗小孩子。"

　　"别这么说嘛。他们在这里花一分钱，我就给他们一分钱的糖果。摸奖不过是图个乐子罢了。"

　　"他们希望能摸到奖品，所以一直都有回头客。"

　　"如果不来我这里，他们就会去吉姆佩家，你明白吗？他们来我这里当然更好了，因为我是已婚男人。"他一本正经地说，"况且，我不会把小女孩带到我的后屋，你明白吗？"

　　"哦，好吧。我觉得你说的有点道理。对了，你有五毛钱的洋娃娃卖吗？"

"六毛九，但我五毛钱卖给你吧。"

"我来付钱买这个洋娃娃，你把它挂起来，作为奖品，让孩子们去赢吧。"

"但是，弗兰茜，你听我说，如果哪个孩子赢了奖品，所有的孩子都指望能赢，明白吗？这个头不能开。"

"哦，看在基督的分上，"她语气虔诚，完全没有亵渎的意思，"就让哪个孩子只赢一次！"

"好吧，好吧。你不要激动好吧。"

"我只想让某个小孩免费得到一个东西。"

"你走后，我会把它挂起来，我也不把号码从盒子里拿出来。这下你满意了吧？"

"谢谢你，查理。"

"我告诉中奖的孩子，娃娃的名字叫弗兰茜，可以吗？"

"哦，不，你别这么说！那娃娃的脸太丑，不要叫它弗兰茜。"

"你知道吗，弗兰茜？"

"知道什么？"

"你越来越有女孩样儿了。你现在多大了？"

"再过几个月我就十七岁了。"

"我记得你过去是一个瘦瘦的长腿孩子。哎呀，我想，有朝一日，你一定会出落成大美女——不漂亮，但有内涵。"

"得了，别起哄了。"她笑了。

"这是你的妹妹？"他向劳丽点点头。

"是的。"

"不用说，你知道，她将来一定会拖着垃圾去卖，然后带着硬币来我这里。今天是婴儿，明天就可以来这里摸奖了。这里的孩子长得很快。"

"她永远不拖垃圾，她也永远不会来这里。"

"没错，我听说你们要搬走了。"

"是的，我们要搬走了。"

"好吧，祝你好运，弗兰茜。"

她把劳丽带到公园，把她从婴儿车里抱出来，让她在草地上跑来跑去。一个卖椒盐卷饼的男孩走了过来，弗兰茜花一分钱买了一个，她把卷饼弄碎，撒在草地上。一群乌黑的麻雀不知从哪里冒了出来，绕着碎饼争抢着。劳丽跌跌撞撞想抓住麻雀。无聊的麻雀故意让她接近，等她快到跟前的时候就拍拍翅膀飞走。每飞走一只麻雀，孩子就高兴地尖叫一次。

弗兰茜推着童车，带着劳丽，最后一次去看望她的母校。母校与她每天去的公园只隔几个街区，但是，不知道什么原因，弗兰茜从毕业那晚起，再也没有回去看望过。

令她惊讶的是，学校现在显得很小。她知道学校应该和以前一样大，只是她的视野变了，变得更加开阔了。

"这就是弗兰茜上过的学校。"她告诉劳丽。

"弗兰妮上学。"劳丽奶声奶气地跟着说。

"有一天，爸爸和我一起来学校，还唱了一首歌。"

"爸爸？"劳丽茫然地问。

"我忘了。你没见过爸爸。"

"劳丽看见爸爸了。男人。大个子男人。"她以为弗兰茜说的是麦克肖恩。

"没错。"弗兰茜附和着。

离开学校两年后，弗兰茜从孩子变成了女人。

她回家时经过她借用过地址的房子。如今看来，那房子又小又破又旧，不过，她喜欢它。

她经过麦加里蒂酒馆，只是麦加里蒂不再是酒吧主人了。他初夏就搬走了。他向尼利吐露过，说自己长了顺风耳，能提前听到禁令的到来，也做了充分的准备。他在长岛一个收费公路附近买了一大片地皮，有计划地在地窖里储藏了大量的酒，以备不时之需。等到禁酒令一颁布，他就开一家他所谓的"俱乐部"。他连俱乐部的名字都取好了：梅玛丽俱乐部。麦加里蒂解释说，他的妻子将身穿晚礼服做女主持，这正是她的拿手好戏。弗兰茜确信麦加里蒂太太一定会享受女主持的工作。她希望麦加里蒂先生将来也幸福快乐。

午饭后，她去图书馆最后一次还书。图书管理员在她的借书卡上盖好戳，然后把卡推回给她，像往常一样，根本没有抬头看她。

"您能不能给一个女孩子推荐一本好书？"弗兰茜问。

"多大？"

"她十一岁了。"

图书管理员从桌子底下拿出一本书。弗兰茜看到了书名《如果我是国王》。

"我不是真的想借书，"弗兰茜说，"而且我也不止十一岁。"

图书管理员第一次抬起头看着弗兰茜。

"我从小就来这里，"弗兰茜说，"可是，你从来没看过我一眼。"

"这么多孩子，"图书管理员心烦气躁地说，"我不可能一个个都看，还有别的事吗？"

"我只想问问那个棕色的碗……这碗对我意义非凡……碗里总有花。"

图书管理员看了看那个棕碗，里面插了一簇粉色的野生紫菀花。弗兰茜感觉图书管理员也是第一次看到这个棕碗。

"哦，那个碗！是保洁员把花放进碗里的。或许是其他人。还有别的事吗？"她不耐烦地问。

"我是来还借书卡的。"弗兰茜把那张盖满日期戳，皱巴巴卷角的卡片推到桌子对面。图书管理员捡起卡片，正要撕成两半，弗兰茜从她手里夺回了卡片。

"我想，还是我自己留着吧。"她说。

她走出门去，最后看了看这破旧的小图书馆。她知道自己再也见不到它了。看到新事物后，人的视野会发生变化。假如日后再回来，她会用新的视野，重新审视今天看到的一切，可能会产生另外一种感悟。她只想记住图书馆现在的样子。

不，她再也回不到以前的老社区了。

再说，未来几年，老社区会被改造。战后，本市计划拆除公寓楼，拆除女校长鞭打小男孩的那所丑陋学校，在原址上建成一个示范住宅区。住宅区里阳光充足、空气清新，一切都经过精细测量和核算，确保每个居民都能平等享受福利。

凯蒂把扫帚和水桶"砰"的一声扔进角落，这最后一扔意味着她收工了。然后，她又拿起扫帚和桶，轻轻地把它们放回原处。

她要去最后一次试穿那件玉绿色天鹅绒婚纱，可是，换上出门的衣服时，她不由得焦躁起来，已经到了九月底，天气却不见凉爽。她担心穿天鹅绒衣服可能太热。那年秋天姗姗来迟，弗兰茜却非要说已经入秋了，凯蒂气得和弗兰茜争论起来。

弗兰茜知道秋天来了。尽管风吹得暖暖的，白天热烘烘的，布鲁克林还是迈入了秋季。夜幕降临，街灯初上，那个卖炒栗子的人在街角架起了小摊。他在炭火上架起平底锅，盖上盖子，锅里炒着板栗。他手拿生板栗，用钝刀在上面切出小小的十字，然后把板栗放进锅里。这一切告诉弗兰茜，布鲁克林的秋天来了。

是的，卖炒栗子的人来了，秋天肯定来了，尽管天气不愿配合，热浪迟迟不愿退去。

安顿好劳丽到婴儿床睡午觉，弗兰茜把最后几件东西装在一个木制的费尔斯·纳普塔牌肥皂箱里。她从壁炉上方取下十字架，取下她和尼利在坚信礼上拍的照片，把这些东西包在她第一次吃圣餐时戴的面纱里，放进箱子。她又把爸爸的两条侍者围裙叠起来，放进箱子，还用一件白色乔其纱衬衫把那只印着烫金"约翰·诺兰"名字的剃须杯包了起来，放进箱子。那个雨夜，弗兰茜和李站在门口的时候，穿的就是这件衬衫，如今它已经严重脱纱，差点被凯蒂放到篮子里扔掉，多亏弗兰茜及时发现，才取了回来。那个名叫玛丽的娃娃和曾经装有十枚镀金硬币的漂亮小盒子，也都被放进了箱子里。她那少得可怜的藏书也放进了箱子：基甸版《圣经》，《莎士比亚全集》，一本破旧的《草叶集》，三本剪贴簿——《诺兰当代诗集》《诺兰古典诗集》和《安妮·劳丽的书》。

她走进卧室，翻开床垫，从下面拿出一个笔记本，里面有她十三岁时写的杂乱无章的日记，还有一个方形的蕉麻纸信封。跪在箱子前，她打开日记，随手翻了一段三年前9月24日的日记。

今晚，当我洗澡的时候，我发现自己变成女人了。
是时候了！

她一边咧嘴笑了笑，一边把日记放进箱子里，又看了看那个信封，只见信封皮上写着：

内有：
一个密封信封，将于1967年开封。
一张毕业文凭。
四个故事。

那四个故事，就是加恩德小姐让她烧掉的故事。弗兰茜记得她曾向上帝许诺过，只要他不让妈妈死，她就放弃写作。她信守承诺。不过，她现在对上帝有了更深刻的认知。她可以肯定，如果她再开始写作，上帝一点也不会在乎。也许有一天，她会再次提笔。她把借书证塞进了信封，在信封皮上加了个条目，然后把信封放进了箱子里。整理完毕。除了衣服，她所有的财产都放进了那个箱子。

尼利一边跑步上楼，一边吹着口哨，"来跳舞吧。"他冲进厨房，脱掉外套。

"我赶时间，弗兰茜。有干净的衬衫给我换吗？"

"有一件洗过了，但没有熨。我来帮你熨。"

她开始加热熨斗，给衬衫上洒些水，把熨衣板放在两把椅子上。尼利从衣柜里拿出擦鞋用具，给他已经擦得完美无瑕的鞋子又涂了一层油。

"要去哪里吗？"

"是的。刚好有时间去看演出。他们请来了范和申克，申克唱歌，那叫一个绝！他就这样坐在钢琴前。"尼利坐在厨房的桌子旁给弗兰茜比画着，"他侧身坐着，跷着二郎腿，看着观众，然后他把左肘靠在乐谱架上，一边用右手弹曲子，一边唱歌。"尼利惟妙惟肖地模仿着他的偶像，唱起了《当你离家很远的时候》。

"是的，他唱得很棒。有点像爸爸以前唱歌的样子。"

爸爸！

弗兰茜在尼利的衬衫上寻找工会的标签，从这个标签开始熨起。

（"这个标签就像装饰品……就像你戴的玫瑰花。"）

诺兰一家买东西的时候，都要挑带工会标签的。这是他们纪念乔尼的方式。

尼利照着水槽上方的镜子。

"你觉得我要刮胡子吗？"他问。

"五年内都没必要。"

"我看，你还是闭嘴吧！"

"不要互相说闭嘴。"弗兰茜模仿妈妈的口气说。

尼利笑了，开始洗脸、洗脖子、洗手臂、洗手，边洗边唱：

> 你梦幻般的眼睛里有埃及，
>
> 你的风格有点开罗的气息……

弗兰茜心满意足地熨着衣服。

尼利终于穿好了衣服。他站在弗兰茜眼前，只见他穿着深蓝色双排扣西装，里面是柔软翻领的白衬衫，系着圆点领结。他身上散发出清新的气味，卷曲的金发闪闪发光。

"我看起来怎么样，天后？"

他兴高采烈地将外套扣上，弗兰茜发现他戴着爸爸的图章戒指。

外婆说得没错：罗姆利家族的女人有特异功能，能看到死去亲人的鬼魂。弗兰茜看见了她的爸爸。

"尼利，你还记得'莫莉·马露恩'吗？"

他把手放在口袋里，转过身去唱了起来：

> 在那美丽的都柏林，
>
> 少女们漂亮又迷人，
>
> 在那里我遇见了……

爸爸……爸爸！

尼利有着同样清晰而真实的声音。他帅得令人难以置信！虽然不到十六岁，他在街上走过，女人们会大呼小叫着转过身来回望他。他长得太帅，跟他在一起，弗兰茜觉得自己就像个黯然失色的丑八怪。

"尼利,你觉得我好看吗?"

"看看,又来了!你为什么不向圣·特蕾莎祷告,让她把你变美?万一出现奇迹,你就心想事成了。"

"不,我是认真问你的。"

"你为什么不把头发剪短,烫成卷发,像其他女孩那样。不要总是扎一堆辫子盘在头上。"

"我得听妈妈的话,等到十八岁才能剪头发。你觉得我长得好看吗?"

"等你长点肉再来问我。"

"求你了,告诉我吧。"

尼利仔仔细细看了看她,然后说:"你能及格。"话说到这个分儿上,她也只能欣然接受了。

他刚才还说要赶时间,但是现在,他似乎又不愿意走了。

"弗兰茜!麦克肖恩……我是说父亲今晚要过来吃晚饭。晚饭后我就要去上班。明天要举办婚礼,明晚在新家举办晚会。星期一我就得去上学,而你,就要乘火车去密歇根。没有单独给你道别的机会了,干脆我们就此作别吧。"

"我会回家过圣诞节的,尼利。"

"但那是另一回事。"

"我知道。"

他等待着。弗兰茜伸出了右手。尼利把她的手推到一边,用双臂搂住她,吻了吻她的脸颊。弗兰茜紧紧抱住他,哭了起来。他把她推开了。

"天哪,你们女孩子真让我恶心,"他说,"总是这么黏黏糊糊的。"不过,他的声音有点沙哑,好像他也要哭了。

他转身跑出了公寓。弗兰茜走到楼道,看着他跑下台阶。他在楼梯底下的暗井里停了下来,回头望了望她。虽然四周很黑,但他站的地方却很明亮。

太像爸爸了……太像爸爸了……她心想。不过，他的脸上比爸爸多了份力量。他向她挥了挥手，然后就走了。

四点钟了。

弗兰茜决定先穿好衣服，然后准备晚饭，这样等本恩来找她时，她就可以准备就绪了。他们相约去看亨利·赫尔主演的《英雄归来》。这是他们圣诞节前的最后一次约会，因为明天本恩就要去上大学了。她喜欢本恩，非常喜欢他。她希望自己能够爱上他。只要他不再那么自以为是，只要偶然也犯一次错误，只要他也需要她就好了。所幸，她还有五年时间来认真考虑这件事。

她穿着白衬裙站在镜子前。抬起胳膊，清洗额头的时候，她突然想起自己小时候的情景。那时候，她坐在防火梯上，看着对面公寓里的大姑娘洗洗漱漱准备约会。现在，有没有人像她当年那样，正盯着她看呢？

她朝着窗户望去。千真万确，两码之外，她看见一个小女孩坐在防火梯上，腿上放着一本书，手里拿着一袋糖果。那女孩正透过栏杆凝视着弗兰茜。弗兰茜也认识那个女孩，她名叫弗洛里·温迪，身材瘦小，只有十岁。

弗兰茜把她的长发编成辫子，再把辫子盘在头上。她穿上新的长筒袜和白色高跟鞋。她把紫罗兰色香粉撒在一块方形棉垫上，再把棉垫塞进胸罩里，然后套上一件粉色亚麻布连衣裙。

她以为自己听到弗拉伯家的马车进来了。她探出窗外看了看，是的，有辆车进来了。只不过那不是马车，而是一辆栗色小卡车，车身两侧写着烫金名字，准备洗车的人不再是面颊红润的优秀青年弗兰克，而是一个免除兵役的罗圈腿。

她朝院子另一边望去，发现弗洛里正透过防火梯的栏杆盯着她看。弗兰茜挥手喊道：

"你好，弗兰茜。"

"我的名字不叫弗兰茜。"小女孩喊道,"我是弗洛里,你也知道啊。"

"我知道。"弗兰茜说。

她俯视着院子。以前,天堂树树枝上的"小伞"卷曲着缠绕在防火梯的周围,后来,院子的主妇们抱怨晾衣服的绳子被树枝缠住了,房东就派两个人把天堂树砍倒了。

但是,这棵树没有死……没有死。

一棵新树从树桩上长了出来,新树干沿着地面一直长,长到上面没有晾衣绳的地方,然后又开始向天空生长。

那棵名叫安妮的枞树,尽管有诺兰一家关心呵护,浇水施肥,却早早就病死了。可院子里的这棵树——被人砍倒了……被人架起篝火焚烧,连树桩也不放过——这棵树竟然还活着!

它活下来了!没有什么能摧毁它。

她又一次看了看在防火梯上读书的弗洛里·温迪。

"再见,弗兰茜。"她低声说。

她关上了窗户。

（完）

...

没有污浊泥泞的河水，
就无法衬托出太阳闪耀的光辉。

*

图书在版编目(CIP)数据

布鲁克林有棵树 / (美) 贝蒂·史密斯著 ; 冯瑞贞
译. -- 北京 : 中国致公出版社, 2023（2024.3重印）
ISBN 978-7-5145-2010-1

Ⅰ.①布… Ⅱ.①贝… ②冯… Ⅲ.①长篇小说－美
国－现代 Ⅳ.①I712.45

中国版本图书馆CIP数据核字(2022)第169577号

布鲁克林有棵树 / （美）贝蒂·史密斯著
BULUKELIN YOU KE SHU

出　　版	中国致公出版社	
	（北京市朝阳区八里庄西里 100 号住邦 2000 大厦 1 号楼西区 21 层）	
发　　行	中国致公出版社（010 66121708）	
责任编辑	李　薇	
监　　制	黄　利　万　夏	
特约编辑	邓　华	
营销支持	曹莉丽	
责任校对	魏志军	
装帧设计	紫图装帧	
责任印制	邢雪莲	
印　　刷	艺堂印刷（天津）有限公司	
版　　次	2023 年 1 月第 1 版	
印　　次	2024 年 3 月第 3 次印刷	
开　　本	889 毫米 ×1194 毫米　1/32	
印　　张	16	
字　　数	416 千字	
书　　号	ISBN 978-7-5145-2010-1	
定　　价	79.90 元	